De son propre aveu, **Kim Harrison** fut longtemps un garçon manqué. Elle joue (mal) au billard et (beaucoup mieux) aux dés, et aime regarder des films d'action en mangeant du pop-corn. À part ça, on la voit souvent traîner avec un type tout de cuir vêtu. Plus sérieusement, elle est depuis 2004 l'un des best-sellers de la *bit-lit*.

Du même auteur, aux éditions Bragelonne :

Rachel Morgan :

1. *Sorcière pour l'échafaud*
2. *Le Bon, la Brute et le Mort-Vivant*
3. *Sorcière blanche, cœur noir*
4. *Pour une poignée de charmes*

www.milady.fr

Kim Harrison

Sorcière pour l'échafaud

Rachel Morgan – 1

Traduit de l'anglais (États-Unis) par Lénaïk Corveller

Bragelonne

Milady est un label des éditions Bragelonne

Cet ouvrage a été originellement publié en France par Bragelonne.

Titre original : *Dead Witch Walking*

Couverture :
Photographie de Claire Arnaud
illustration de Stéphane Collignon

ISBN : 978-2-8112-0272-9

Bragelonne – Milady
35, rue de la Bienfaisance – 75008 Paris

E-mail : info@milady.fr
Site Internet : www.milady.fr

À l'homme qui m'a dit un jour qu'il aimait mon chapeau.

REMERCIEMENTS

Je tiens à remercier tous ceux que j'ai fait souffrir lorsque je remettais ce livre sur le métier. Vous vous reconnaîtrez, et je vous salue.
Mais je voudrais particulièrement remercier mon éditeur, Diana Gill, pour ses merveilleuses suggestions, toujours sources de grandes réflexions et de dépassement, et mon agent, Richard Curtis.

Chapitre premier

J'essayais de passer inaperçue, dissimulée sous l'auvent d'une boutique désaffectée, en face du *Sang et la Bière*. *Tout ça est pathétique,* pensai-je en contemplant la rue presque déserte, vidée par la pluie battante. Je tirai sur la ceinture de mon pantalon de cuir noir pour le remettre en place.

Je valais mieux que ça.

Mon boulot, c'est de mettre en taule les sorcières et sorciers qui pratiquent la magie noire sans licence. Il faut une sorcière pour en arrêter une ou un autre. Mais cette semaine, les rues étaient plus calmes que d'habitude. Notre convention annuelle se tenait sur la côte Ouest et toutes celles et ceux qui le pouvaient y étaient. Mais moi, j'étais le bec et les pieds dans l'eau, plantée sur cette surveillance de merde. Tout ça pour une enquête de routine. La faute à pas de chance. Un aléa du Tournant.

Tu te moques de qui ?

Je remontai la lanière de mon sac sur mon épaule. Depuis plus d'un mois, je n'avais pas été envoyée attraper un sorcier, qu'il soit sans licence, blanc, noir ou n'importe quoi. Faut dire que coffrer le fils du maire pour lycanthropie aggravée en dehors d'une pleine lune n'avait pas été une bonne idée.

Une grosse conduite intérieure tourna le coin de la rue. Elle était noire et brillante dans la lumière tremblante des lampadaires au mercure. C'était la troisième fois qu'elle faisait le tour du pâté de maisons. Elle ralentit en approchant. Je fis une grimace.

— Bon Dieu, il me faudrait une meilleure planque.

— Il doit penser que t'es une pute, murmura mon coéquipier à mon oreille.

Il se foutait de moi.

— Je te l'ai déjà dit, Rachel, ce débardeur rouge craint vraiment.

— Écrase, Jenks. Et à toi, on t'a déjà dit que t'avais une haleine de chauve-souris bourrée ?

J'avais murmuré ça en bougeant à peine les lèvres. Cette nuit, mon renfort était vraiment très près, perché sur ma boucle d'oreille. Un grand machin qui se balançait. La boucle d'oreille, pas le pixie. Jenks était un petit péteux prétentieux, insupportable et doté d'une humeur de chien. Mais il savait de quel côté du jardin se trouvait son nectar. En fait, depuis le coup de la grenouille, on ne me laissait plus sortir qu'avec un pixie comme équipier. Pourtant, j'aurais juré que les lutins étaient trop grands pour tenir dans la bouche d'une grenouille.

J'ondulai jusqu'au bord du trottoir. La voiture s'arrêta dans un chuintement humide. La vitre électrique teintée s'abaissa avec un ronronnement gracieux. Je me penchai avec mon plus beau sourire et montrai ma plaque. Le sourire de m'sieur Sourcil Égrillard s'évanouit et son visage vira au gris cendreux. La voiture redémarra avec un bruit de gomme vraiment déchirant.

— Pauvre taré de diurne !

Non, j'avais tort. Pas besoin d'être méprisante. C'était un norme, un humain. Même objectivement justifiés, les termes de « diurne », de « rangé », de « déclassé », de « seconde-zone », et, mon favori, de « casse-croûte » étaient politiquement incorrects. Mais, s'il continuait à essayer de lever n'importe quoi dans le Cloaque, on pouvait préparer le cercueil.

Il ne ralentit même pas au feu rouge, s'enfuyant sous les quolibets des putes que j'avais forcées à changer de place au coucher du soleil. Elles ne m'avaient pas spécialement à la bonne et se tenaient bien en évidence au carrefour suivant. Je leur fis un petit signe de la main. La plus grande me renvoya un doigt avant de tourner le dos pour m'agiter son fessier, retouché par un charme. La pétasse et sa copine plutôt grassouillette parlaient fort en s'échangeant discrètement une cigarette. Ça ne sentait pas le tabac réglementaire. Mais cette nuit, ce n'était pas mon problème.

Je me renfonçai dans mon embrasure et me laissai aller contre la pierre froide de l'immeuble, contemplant les feux arrière qui s'éloignaient. Les sourcils froncés, je regardai mon reflet dans la vitrine. Pour une femme, j'étais plutôt grande, dans les un mètre soixante-quinze. Mais pas toute en jambes. Le contraire de l'arpenteuse de trottoir qui se tenait dans la flaque de lumière du réverbère le plus proche. Pas aussi maquillée non plus. Mais, avec mes hanches étroites et ma poitrine quasiment plate, je ne pouvais pas rivaliser. Avant que je découvre les boutiques pour leprechauns, je me fournissais au rayon « premiers soutifs ». On n'y trouve pas grand-chose sans petits cœurs ou licornes.

Mes ancêtres avaient émigré pour ces bons vieux États-Unis d'Amérique dans les années 1800. Au fil des générations, les femmes de ma famille avaient gardé les cheveux roux et les yeux verts de notre Irlande natale. Un charme masque mes taches de rousseur. Mon père me l'avait offert pour mes treize ans. Il avait fait enchâsser la minuscule amulette dans un anneau. Je ne sors jamais sans le passer à mon petit doigt.

J'étouffai un soupir en remontant de nouveau mon sac sur mon épaule. Le pantalon de cuir, les bottes rouges et le débardeur avec ses bretelles spaghetti n'étaient pas si loin que ça de la panoplie pré-week-end que j'enfilais le vendredi, rien que pour énerver mon patron. Mais les mettre au coin d'une rue, et de nuit…

— Merde, t'as raison, Jenks. Je fais vraiment pute.

Il se contenta de renifler. Je me forçai à ne pas réagir tout en me tournant de nouveau vers le pub. Le temps était trop pluvieux pour la clientèle de début de soirée. À part mon équipier et les filles un peu plus loin, la rue était toujours déserte. J'étais là depuis près d'une heure, et toujours aucun signe de ma cible. Autant attendre à l'intérieur, et passer pour une cliente plutôt que pour une proposition sur pattes. Après avoir pris une grande inspiration, je tirai une longue mèche de cheveux de mon chignon et pris le temps de l'arranger artistiquement pour qu'elle me balaie le visage. Je crachai mon chewing-gum, traversai la rue et entrai dans le pub. Le « tac-tac » de mes talons renvoyait un écho harmonieux au tintement des menottes pendues sur ma hanche. Les bracelets en acier ressemblaient à un accessoire de mauvais goût, mais ils étaient bien réels et avaient déjà beaucoup servi. Pour le travail, merci, pas pour ce à quoi vous pensez. Pas étonnant que m'sieur Sourcil Égrillard se soit arrêté.

On m'avait envoyée dans le Cloaque, sous la pluie, appréhender un leprechaun pour fraude fiscale. Difficile de descendre plus bas. Bon, c'est vrai, j'avais eu tort de mettre en cage ce chien d'aveugle la semaine dernière. Mais comment j'aurais pu deviner qu'il ne s'agissait pas d'un garou ? Il correspondait tout à fait au signalement qu'on m'avait donné.

Arrivée dans le bar, je laissai l'eau s'écouler de mes fringues tout en prenant note du caractère standard de la déco. De l'irlandais bas de gamme : les cornemuses ringardes accrochées aux murs, les affichettes pour la bière verte de la Saint-Patrick, les sièges en vinyle noir. Et une mini-estrade sur laquelle une future vedette était en train d'installer ses dulcimers et ses binious au milieu d'une forêt d'amplis. Il y avait aussi une vague odeur de Soufre de contrebande. Mes instincts de prédatrice se réveillèrent. L'odeur semblait avoir dans les trois jours, pas assez forte pour la suivre. Si je pouvais mettre la main sur le fournisseur, je ne serais plus sur la liste noire de mon patron. Il me confierait peut-être même une mission à la hauteur de mes talents.

— Hé, t'es la remplaçante de Tobby ?

La voix était basse, presque un grognement. Le Soufre oublié, je me retournai en battant des cils. Pour me trouver le nez sur un tee-shirt d'un vert agressif. Mes yeux remontèrent le long d'une poitrine gigantesque. Du matériel de videur. Sur le tee-shirt, ça s'appelait « Monty ». Probablement le diminutif de montagne.

— Qui ça ?

Je ronronnai carrément, tout en utilisant un bout de son tee-shirt pour essuyer la pluie sur ce que j'appelle généreusement mes seins. Il n'eut aucune réaction, de quoi déprimer.

— Tobby. La pute affectée par l'Administration. Elle a l'intention de revenir ?

De ma boucle d'oreille vint une toute petite voix. *Je te l'avais dit.*

Mon sourire se crispa.

— Pas au courant, articulai-je entre mes dents serrées. Suis pas une pute.

Il grogna de nouveau en considérant ma tenue. Je fouillai dans mon sac et lui collai ma plaque sous le nez. Si quelqu'un nous regardait, il se dirait qu'il vérifiait mon âge. Avec les sorts de dissimulation d'âge en vente libre, c'était obligatoire, tout comme l'amulette de contrôle de charmes qu'il portait autour du cou. Elle brillait d'un rouge ténu en réaction à la bague de mon petit doigt. Cela ne suffirait pas à l'inciter à me contrôler complètement et, pour le moment, tous les autres charmes stockés dans mon sac étaient inactifs. J'espérais bien ne pas en avoir besoin cette nuit.

— Sécurité de l'Outremonde. Je suis à la recherche d'un suspect, pas en train de harceler vos habitués. D'où le… euh… déguisement.

Il s'empara de ma carte et lut à haute voix, ses doigts épais lovés autour du morceau de plastique :

— Rachel Morgan, Agent du Service de Sécurité de l'Outremonde. Z'êtes une Coureuse du SO ? (Ses yeux allaient de ma carte à mon visage, ses lèvres charnues fendues par un large sourire.) Z'aviez fait quoi à vos cheveux ? Croisé une lampe à souder ?

Je serrai les mâchoires. Ma photo avait trois ans. Ce n'était pas une lampe à souder, mais une blague débile, une sorte de bizutage avant mon accession officielle au statut de Coureuse. Vraiment très drôle.

Le pixie s'envola de ma boucle d'oreille, qui oscilla sous son élan. En passant, il jeta un regard en coin à ma carte.

— À votre place, je surveillerais mes paroles. Le dernier balourd qui a rigolé en voyant sa photo a passé la nuit aux urgences, avec un parapluie à cocktail coincé dans une narine.

J'eus une bouffée de chaleur.

— Et tu es au courant.

Je récupérai ma carte et l'enfonçai rageusement dans mon sac.

— Tout le service est au courant, rigola Jenks. Et aussi pour le coup où tu as essayé de mettre le grappin sur le garou qui avait un sort de démangeaison, et où tu l'as perdu dans les chiottes.

— T'as qu'à essayer d'attraper un garou la nuit juste avant la pleine lune sans te faire mordre, répliquai-je pour me défendre. Ce n'est pas aussi facile qu'il y paraît. J'ai dû utiliser une potion. Et ces trucs ne sont pas donnés.

— Et lorsque tu as rasé tous les passagers d'un bus ?

Il riait tellement que ses ailes de libellule étaient devenues rouges ; il commençait à en suffoquer. Avec ses habits de soie noire et son bandana pourpre, il avait l'air d'un Peter Pan miniature. Mais qui voulait se donner des airs de dur. Dix centimètres de problèmes et d'humeur inflammable.

— Ce n'était pas ma faute. Le conducteur est passé sur une bosse. Et quelqu'un avait détourné mes sorts. J'essayais de lui figer les pieds, et finalement j'ai fait perdre tous leurs cheveux au chauffeur et aux trois premiers rangs de passagers.

Mais au moins, j'avais eu ma cible, même si j'avais dû consacrer mon salaire suivant aux notes de taxi. Jusqu'à ce que les conducteurs de bus m'acceptent de nouveau.

— Et la grenouille ? (Jenks voleta dans tous les sens lorsque le videur chercha à le toucher du doigt.) En fait, je suis le seul à avoir accepté de sortir avec toi ce soir. J'ai obtenu une prime de risque.

Il s'éleva de cinquante centimètres, comme soulevé par une grande fierté.

Monty n'était pas impressionné. J'étais horrifiée.

— Écoutez, tout ce que je souhaite, c'est m'asseoir au fond avec un verre, sans bruit et sans problème. (De la tête, j'indiquai la scène, où le post-ado était en train d'emmêler les câbles de ses amplis.) Et ça, ça commence quand ?

Le videur haussa les épaules.

— C'est un nouveau. À vue de nez, il en a bien encore pour une heure…

Un ampli tomba de la scène. Il y eut un grand crash souligné par des applaudissements.

— … Peut-être deux.

Ignorant les hoquets de rire de Jenks, je me faufilai entre les tables vides pour gagner une rangée d'alcôves mal éclairées. Je m'installai dans celle qui était surmontée par une tête d'élan, m'enfonçant de dix centimètres dans un coussin trop flasque. *Dès que j'ai récupéré ma cible, je me tire d'ici*. C'était dégradant. J'étais au SO depuis trois ans – sept si on comptait mes quatre années d'internat – et je me retrouvais ici, à me taper un boulot tout juste digne d'un interne.

C'étaient les internes qui assuraient la sécurité au jour le jour dans Cincinnati et de l'autre côté de la rivière, dans sa banlieue affectueusement appelée le Cloaque. Le SO s'occupait de tout ce qui était surnaturel et que les normes du BFO – abréviation pour Bureau Fédéral de l'Outremonde – ne parvenaient pas à traiter. Les menus désordres dus à des sorts, les familiers coincés dans les arbres et autres étaient de la responsabilité des internes du SO. Mais, bon Dieu, j'étais Coureuse certifiée. Je valais mieux que ça. J'avais fait mieux que ça.

C'était moi, toute seule, qui avais mis fin aux activités du cercle des sorcières noires, celles-ci ayant réussi à percer les sorts de sécurité du zoo de Cincinnati. Elles y dérobaient des singes et les revendaient à un laboratoire de biologie clandestin. Mais est-ce qu'on m'avait remerciée ? Même pas.

C'était encore moi qui avais compris que le taré qui déterrait les cadavres dans l'un des cimetières de la ville était responsable de l'épidémie de morts que connaissait le service de transplantation d'organes de l'un des hôpitaux humains. Tout le monde avait cru qu'il se procurait du matériel pour lancer des sorts, alors qu'il ensorcelait les organes pour leur donner une apparence de fraîcheur et les revendre rapidement au marché noir.

Et les vols aux distributeurs de billets qui avaient frappé toute la ville à Noël ? Il m'avait fallu six sorts simultanés pour ressembler à un homme, mais j'avais chopé la sorcière responsable. Elle utilisait un envoûtement d'amour et d'oubli pour dépouiller de naïfs humains. L'arrestation avait été particulièrement satisfaisante. Je l'avais poursuivie sur trois rues, et je n'avais pas eu le temps de lui jeter un sort lorsqu'elle s'était retournée pour me lancer ce qui aurait pu être un enchantement mortel. J'avais été dans mon droit en l'étendant d'un coup de pied dans la figure. Mieux encore, le BFO l'avait pistée pendant trois mois, alors que la trouver ne m'avait pris que deux jours. Je les avais fait passer pour des crétins. Mais est-ce qu'on m'avait remerciée, ne serait-ce que d'un : « Bon travail, Rachel ! » ? Est-ce qu'on m'avait ramenée en voiture jusqu'aux bureaux du SO ? Non, j'avais dû rentrer à pinces avec mon pied enflé.

Et depuis peu, on ne me confiait plus que les trucs sans importance : les confréries d'étudiants utilisant des sorts pour se brancher sur le câble ; les vols de familiers ; les sorts farceurs ; et – j'allais oublier mon favori – l'expulsion des trolls de sous les ponts et des égouts avant qu'ils aient bouffé tout le mortier. J'eus un frisson. Lamentable.

Jenks réussit à éviter mes gifles apathiques lorsqu'il revint se percher près de mon oreille. Qu'ils soient forcés de lui donner triple paie pour qu'il accepte de sortir avec moi n'augurait rien de bon.

Une serveuse toute vêtue de vert se précipita vers nous, dangereusement guillerette à cette heure.

— Bonsoir ! nous lança-t-elle en montrant ses dents et ses fossettes. Je m'appelle Dottie. C'est moi qui vous servirai ce soir.

Tout sourires, elle plaça trois verres devant moi, un Bloody Mary, un Orange Blossom et un Shirley Temple. Vraiment cool.

— Merci, chérie, soupirai-je avec un air blasé. C'est de la part de qui ?

Elle roula des yeux vers le bar, essayant de se donner l'image de la sophistication lasse de tout, mais ne réussissant qu'à avoir la tronche d'une lycéenne à son premier bal. Me penchant pour regarder derrière sa taille mince et son mignon tablier, j'aperçus trois poivrots, le regard libidineux, le préservatif dans la poche. C'était un vieux rite. Vous acceptiez le verre et en conséquence l'invitation qui suivait. Un autre souci à évacuer pour Mlle Rachel. Ça semblait être des normes, mais on ne pouvait jamais être sûr.

Sentant que je n'allais pas poursuivre la conversation, Dottie se retira pour vaquer à ses occupations de barmaid.

— Jenks ! Sonde-les, s'il te plaît.

Il s'envola, les ailes roses d'excitation. Personne ne le vit se déplacer. La surveillance par pixie dans ce qu'elle a de plus classe.

Le pub était calme, mais comme il y avait deux serveurs derrière le bar, un vieil homme et une jeune femme, je me dis que la clientèle allait bientôt arriver. *Le Sang et la Bière* était un haut lieu de la vie nocturne. Les normes venaient y côtoyer ceux de l'Outremonde. Ils repartaient ensuite de l'autre côté de la rivière où ils n'avaient plus qu'à s'enfermer à double tour, bien au chaud derrière leurs fenêtres calfeutrées, tout émoustillés et se prenant pour des risque-tout. Et, bien qu'un humain soit aussi repérable au milieu de gens de l'Outremonde qu'un bouton blanc sur le front d'une reine de beauté, un Outre peut aisément se fondre parmi des humains. C'est une règle de survie chèrement apprise bien avant Pasteur. D'où l'utilité d'envoyer Jenks. Les pixies et les autres êtres magiques peuvent renifler un Outre plus vite que je ne pourrai jamais le faire.

Je parcourus des yeux le bar à moitié désert. Sans conviction, jusqu'à ce que mon humeur maussade laisse place à un large sourire. J'avais repéré un visage familier. Ivy, une de mes collègues de bureau.

Ivy est un vampire, la star des Coureurs du SO. Nous nous étions connues plusieurs années auparavant, durant ma dernière année d'internat. Nous avions fait équipe pendant quelques mois sur des Courses semi-indépendantes. À l'époque, elle venait juste de signer comme Coureuse à plein-temps, ayant préféré faire six ans d'université et y passer ses diplômes, plutôt que de n'en faire que deux et quatre années d'internat, comme moi. Quelqu'un avait dû se dire que nous associer serait une bonne blague.

Au début, travailler avec un vampire – vivant ou pas – m'avait fait faire dans ma culotte, jusqu'à ce que je me rende compte qu'elle n'était pas un vampire pratiquant, et qu'elle avait renoncé au sang. Nous étions aussi différentes qu'on pouvait l'être, mais ses forces étaient mes faiblesses. J'aurais bien voulu pouvoir dire que ses faiblesses étaient mes forces, mais Ivy n'avait aucune faiblesse. Mis à part sa tendance à supprimer la joie de toute chose.

Nous n'avions travaillé ensemble que peu de temps. Et, malgré ma promotion chèrement acquise, Ivy était encore au-dessus de moi. Elle savait toujours dire le bon mot à la bonne personne au bon moment. Évidemment, son appartenance à la famille Tamwood n'était pas un handicap. Le nom était aussi vieux que Cincinnati. Elle était son dernier représentant vivant, c'est-à-dire ayant une âme et aussi vivante que moi. Elle avait été infectée par sa mère alors que celle-ci était encore en vie. Le virus s'était emparé d'Ivy dans le ventre maternel, lui donnant les deux mondes, celui des vivants et celui des morts.

Je lui fis signe et elle vint me rejoindre d'un pas nonchalant. Les poivrots du bar se donnèrent des coups de coude, se tournant pour la regarder d'un air admiratif. Elle leur jeta un regard méprisant. Je jure que j'en entendis un soupirer.

— Comment va ? demandai-je quand elle se glissa en face de moi.

Le coussin en vinyle couina. Elle s'installa confortablement en face de moi, les talons de ses immenses bottes sur la banquette, les genoux dépassant au-dessus du bord de la table. Elle faisait une demi-tête de plus que moi, mais elle affichait une sveltesse élégante alors que je paraissais juste grande. Ses traits légèrement orientaux lui donnaient un petit air énigmatique, me confortant dans l'idée que tous les top-modèles devaient être des vampires. Elle s'habillait aussi comme un top : jupe de cuir et chemisier de soie très sages, mais d'excellente facture, d'une marque pour vampires, et noirs bien évidemment. Sa chevelure était une vague noire et lisse qui accentuait l'ovale de son visage et la pâleur de sa peau. Quoi qu'elle fasse de ses cheveux, ils lui conféraient une apparence exotique. Je pouvais passer des heures à m'occuper des miens, il en résultait toujours une sorte de masse rouge et frisottée. M'sieur Sourcil Égrillard ne se serait pas arrêté pour elle. Elle était trop classe.

— Salut, Rachel. Qu'est-ce que tu fais dans le Cloaque ? (Sa voix basse et mélodieuse coulait avec toutes les subtilités d'une rivière de soie grise.) Je croyais que tu étais partie attraper un cancer de la peau sur la côte. Denon t'en veut encore pour le chien ?

J'eus un haussement d'épaules penaud.

— Nan.

En fait, le patron avait failli péter une durite. J'avais été à deux doigts de me retrouver à passer le balai et à vider les corbeilles. Ivy appuya sa tête contre le mur dans un mouvement langoureux, déroulant toute la longueur de son cou. Il n'y avait pas une cicatrice. Elle voulut me consoler :

— Tu étais de bonne foi. N'importe qui aurait pu faire la même erreur.

N'importe qui, mais pas toi.

— Ouais ?

J'étais un peu amère. Je poussai le Bloody Mary vers elle. Ça fit tinter les charmes accrochés à mon poignet. J'effleurai mon trèfle en bois d'olivier.

— En tout cas, n'hésite pas à me tenir au courant si tu vois ma proie.

Ses longs doigts se refermèrent autour du verre, comme s'ils le caressaient. Ces mêmes doigts qui auraient pu me briser le poignet sans effort. Quand elle serait morte, elle pourrait le faire sans même y penser, mais elle était déjà bien plus forte que moi. La moitié du liquide rouge disparut entre ses lèvres.

— Depuis quand le SO s'intéresse-t-il aux leprechauns ? demanda-t-elle en contemplant mes amulettes.

— Depuis que le patron a des problèmes de digestion.

Elle haussa les épaules et tira de son chemisier le crucifix qu'elle portait au cou. Elle se mit à en mordiller un anneau d'un air provocant. Ses canines étaient pointues comme celles d'un chat, mais pas plus grandes que les miennes. Elle aurait droit à la version luxe quand elle serait morte. Je forçai mes yeux à se détourner, préférant fixer la croix de métal. Elle était aussi longue que ma main, en argent finement ouvragé. Elle s'était mise à la porter récemment, pour irriter sa mère. Elles ne s'entendaient pas vraiment.

Je tripotai la minuscule croix à mon propre poignet. Ça ne devait pas être évident d'avoir une mère morte-vivante. Je n'avais croisé qu'une poignée de vampires morts. Les très vieux restaient à l'écart, et les plus jeunes, s'ils n'apprenaient pas rapidement à le faire, avaient tendance à se prendre des pieux dans le cœur.

Les vampires morts n'avaient aucun sens moral. Ils étaient l'incarnation de l'instinct le plus sauvage. Pour eux, suivre les règles de la société était un jeu. Et les vieux vampires en connaissaient un bout sur les règles. La poursuite de leur existence reposait sur des règles dont la transgression impliquait la mort ou la douleur. La principale était bien sûr de ne pas s'exposer au soleil. Ils avaient également besoin de sang quotidiennement pour ne pas devenir fous. N'importe quel sang, humain bien sûr, pouvait faire l'affaire, et le prendre aux vivants était leur seul vrai plaisir. Ils étaient extraordinairement puissants et endurants, et guérissaient à une vitesse fabuleuse. On ne pouvait les détruire que par les méthodes traditionnelles, en les décapitant ou en leur enfonçant un pieu dans le cœur.

En échange de leur âme, l'immortalité leur était accordée. Mais c'était au prix de la perte de toute conscience. Les vieux vampires affirmaient que c'était ça, le meilleur : l'aptitude à satisfaire tous ses besoins charnels, sans éprouver aucune culpabilité quand quelqu'un mourait pour votre seul plaisir, ou en vous permettant de rester sain d'esprit un jour de plus.

Ivy avait à la fois le virus du vampirisme et son âme. Jusqu'à ce qu'elle meure et devienne une véritable morte-vivante, elle était coincée dans une sorte de territoire incertain. Elle n'était pas aussi puissante ou dangereuse qu'un vampire mort, mais sa capacité à marcher au soleil et à pratiquer sans douleur faisait l'envie de ses congénères.

Les anneaux métalliques de son collier cliquetèrent doucement contre ses quenottes à la blancheur d'ivoire. J'ignorai la sensualité de son geste avec une aisance née d'un long entraînement. Je la préférais quand le soleil était levé et qu'elle avait un meilleur contrôle sur ses attitudes de prédatrice sexuelle.

Mon pixie revint se poser sur le vase de fleurs artificielles rempli de mégots.

— Bon Dieu, s'exclama Ivy en lâchant sa croix. Un pixie ? Denon doit vraiment t'en vouloir.

Les ailes de Jenks se figèrent une seconde avant de disparaître de nouveau dans leur vrombissement habituel.

— Va te faire Tourner, Tamwood ! éructa-t-il. Tu crois que les fées sont les seules à avoir un nez ?

Je grimaçai lorsqu'il se laissa tomber sur ma boucle d'oreille.

— Rien que le meilleur pour Miss Rachel, dis-je sèchement.

Ce qui fit rire Ivy.

Les cheveux à la base de mon cou se hérissèrent. Je regrettais le prestige de faire équipe avec Ivy, mais elle me mettait toujours les nerfs en pelote.

— Je peux me tirer si tu penses que je vais gêner ta chasse.

Elle eut un geste gracieux de l'épaule.

— Non, fais à ton aise. J'ai une paire d'aiguilles coincées dans les toilettes. Je les ai pris en train de s'attaquer à des gibiers hors saison.

Le verre à la main, elle se glissa jusqu'au bout de la banquette et se leva en s'étirant lascivement. Un gémissement discret s'échappa de ses lèvres.

— Ils paraissent trop débiles pour avoir un sort de changement, poursuivit-elle. Et j'ai ma chouette dehors, au cas où. S'ils essaient de casser un carreau et de s'enfuir transformés en chauves-souris, elle va se régaler. J'attends juste qu'ils me fassent l'honneur de sortir. Si tu attrapes ta cible assez tôt, on pourrait peut-être partager un taxi pour rentrer ?

Elle avala une gorgée. Ses yeux marron me fixaient au-dessus du verre. L'intuition d'un danger me fit hocher la tête d'un air évasif. Un doigt nerveusement entortillé dans une mèche baladeuse de cheveux roux, je notai dans un coin de mon cerveau d'y regarder à deux fois avant de monter dans un taxi avec elle, surtout à cette heure de la nuit. Même si elle n'avait pas besoin de sang pour survivre, il était évident qu'elle avait encore du mal à s'en passer. Son vœu d'abstinence ne faisait pas tout.

Je perçus de vagues condoléances proférées du côté du bar au constat qu'il n'y avait plus que deux verres devant moi. Jenks était toujours dans une fureur volcanique. Je décidai d'essayer de le calmer avant qu'il arrache ma boucle d'oreille. Et l'oreille avec.

— Du calme, Jenks. J'aime bien qu'un pixie surveille mes arrières. Les fées ont beau avoir des ailes et tenir dans une poche, elles ne lèvent pas le petit doigt si leur syndicat n'a pas donné son accord.

— Ouais, toi aussi, tu as remarqué ça ? (Il avait craché les mots, et le vent généré par le mouvement permanent de ses ailes me chatouillait l'oreille.) Juste parce qu'il y a ce poème pourri, écrit avant le Tournant par un cul-terreux saoul comme une vache, elles pensent qu'elles valent mieux que nous. La publicité, Rachel. Tout se joue sur la publicité. Et ce n'est qu'une question de fric. Tu sais que les fées sont mieux payées que les pixies pour le même travail ?

— Jenks ? (Je l'interrompis en faisant voler mes cheveux autour de ma tête.) Ton rapport sur le bar ?

Mais il continua à me crier dans les oreilles.

— Et cette photo ! Tu l'as vue ? Celle où un ado humain s'impose dans la fête de leur fraternité sans y avoir été invité ? Ces fées tenaient une telle biture qu'elles ne se sont même pas rendu compte qu'elles dansaient avec un humain. Elles perçoivent encore des royalties.

Il commençait à m'énerver.

— Jenks, change de disque ! Qu'est-ce que tu as à me dire sur le bar ?

Il y eut comme un hoquet, et ma boucle d'oreille fit un demi-tour sur elle-même.

— Le candidat numéro un est entraîneur d'athlétisme, grommela-t-il. Le numéro deux répare les conditionneurs d'air, et le trois est reporter pour un quotidien. Des diurnes. Tous les trois.

— Et le type sur l'estrade ? soufflai-je sans regarder dans cette direction. Comme notre cible est probablement cachée sous un sort de déguisement, le SO ne m'a donné qu'une description sommaire.

— *Notre* cible ? répéta Jenks, subjugué.

Le vent de ses ailes s'arrêta instantanément. Sa voix avait perdu toute fureur. Peut-être qu'il suffisait qu'il se sente inclus. J'embrayai sans lui laisser le temps de se reprendre :

— Tu pourrais peut-être le contrôler ? Il n'a pas l'air de savoir de quel côté de sa cornemuse il doit souffler.

J'avais transformé l'ordre en question. Élégant. Il ricana et s'envola de meilleure humeur. La fraternisation entre Coureur et équipier est déconseillée, mais la fin justifiait les moyens. Jenks se sentait mieux, et peut-être que mon oreille serait encore en un seul morceau le matin venu.

Les crétins du bar se poussèrent du coude quand je passai mon doigt sur le bord de l'Orange Blossom pour faire sonner le verre. Histoire de m'occuper. Je m'ennuyais, et flirter était bon pour le moral.

Un groupe entra, dans un brouhaha qui me fit penser que la pluie s'était intensifiée. Ils s'agglutinèrent à l'extrémité du bar, parlant tous en même temps. Des bras se levèrent pour exiger des boissons. J'examinai les nouveaux venus. Une soudaine tension au niveau des intestins m'indiqua qu'au moins l'un d'entre eux était un vampire mort. Pas facile de voir lequel sous l'attirail gothique.

J'aurais parié sur le petit jeune bien calme tout au bout. C'est lui qui semblait le plus normal au milieu des piercings et des tatouages du reste du groupe. Il portait un jean et une chemise au lieu des cuirs dégoulinants des autres. Il devait avoir un certain talent pour se déplacer avec une telle volée d'humains, aux cous couverts de cicatrices et aux corps anémiés. Mais ils semblaient assez heureux, contents de faire partie de ce petit groupe uni, presque une famille. Ils étaient tous à s'occuper d'une jolie blonde. Ils la soutenaient et essayaient de la convaincre d'avaler quelques cacahouètes. Elle souriait mais paraissait fatiguée. Probablement le petit déjeuner du vampire.

Comme alerté par mes pensées, le type séduisant se tourna vers moi. Il baissa ses lunettes noires le long de son nez. Mon visage perdit toute expression quand nos yeux se rencontrèrent. Je respirai un grand coup. Je parvenais même à voir les gouttes de pluie dans ses cils, de l'autre côté de la salle. J'eus brusquement envie d'aller les essuyer. Je pouvais presque sentir leur humidité au bout de mes doigts. Comme ce serait doux. Ses lèvres dessinèrent un murmure, et il me sembla que je pouvais entendre les mots sans les comprendre. Des mots qui m'enlaçaient pour m'attirer vers lui.

Le cœur battant, je lui lançai un regard entendu et secouai la tête. Un petit sourire fit remonter le coin de ses lèvres, et il détourna les yeux.

Je respirai de nouveau. Oui, c'était bien un vamp. Un vamp mort. Un vivant n'aurait même pas pu commencer à m'ensorceler. Si celui-ci avait vraiment essayé, je n'aurais eu aucune chance de m'en tirer. Mais c'est pour ça qu'il y a des lois, n'est-ce pas ? Les vamps morts étaient supposés ne prendre comme initiés que des volontaires, et seulement après leur avoir fait signer une décharge. Mais qui pouvait dire si la décharge avait été signée avant ou après ? Les sorcières, les garous et les autres Outres étaient naturellement immunisés contre le virus. Maigre consolation si le vamp perdait toute retenue et que vous mouriez la gorge déchirée. Vous pouviez oublier les lois prévues pour interdire ça.

Encore secouée, je levai la tête et vis le musicien qui se précipitait tout droit sur moi, les yeux enfiévrés. Ce pixie n'était qu'un crétin ; il s'était fait prendre.

— Venue pour m'écouter jouer, ma jolie ?

Le gamin s'était arrêté devant ma table, luttant visiblement pour garder sa voix basse.

— Je m'appelle Sue, pas ma jolie, mentis-je tout en jetant un coup d'œil de côté vers Ivy.

Elle était écroulée et se foutait de moi. Super. Je sentais que ça allait faire la une de la gazette du bureau.

— Tu as envoyé ta fée *pour m'examiner*.

Il chantait à moitié les mots.

— D'abord ce n'est pas une fée, c'est un pixie.

Ce gars-là était soit un norme stupide, soit un Outre superrusé prétendant être un norme stupide. J'aurais parié sur le premier.

Il ouvrit la main et Jenks se précipita vers mon oreille en zigzaguant. Une de ses ailes était pliée, et il laissa derrière lui une traînée de poussière de pixie. Cela créa un bref arc-en-ciel entre la table et mon épaule. Je fermai les yeux et serrai les paupières pour me préparer. Ça allait encore me retomber dessus. Je le sentais.

Le feulement de colère de Jenks m'emplit l'oreille. Je me concentrai pour déchiffrer, mais aucune de ses suggestions ne me sembla anatomiquement possible. En tout cas, le gamin était un norme.

— Si tu veux, je te montre mon gros chalumeau dans ma camionnette. Je suis sûr qu'on pourrait en tirer une belle chanson.

Je le regardai dans les yeux. J'étais encore secouée par le contact avec le vamp mort.

— Dégage ! Allez, du balai !

— Je vais être une star, Suzy-Q. (Il avait pris mon regard hostile pour une invitation à s'asseoir, et il tenait à se vanter.) Je vais sur la côte dès que j'ai ramassé assez de fric. J'ai un copain dans le business ; il connaît un type qui connaît le type qui nettoie la piscine de Janice Joplin.

— Tire-toi.

J'avais répété un peu plus fort, mais il se contenta de s'adosser plus confortablement et de prendre la pose, chantant « sue-sue-sussudio » d'une voix de fausset et tapant sur la table dans un rythme décalé.

Ça devenait embarrassant. Peut-être que j'aurais des circonstances atténuantes si je l'étranglais ? Mais non, j'étais un petit soldat vertueux qui combattait les crimes contre les normes, même si j'étais la seule à m'en rendre compte. Souriante, je me penchai en avant jusqu'à ce qu'il ait une bonne vue sur mon décolleté. Ça les arrête toujours, même s'il n'y a pas grand-chose à voir. Tendant la main par-dessus la table, j'attrapai les quelques poils de sa poitrine et je tournai. Ça aussi, ça les arrête, et c'est beaucoup plus satisfaisant.

Le glapissement qui interrompit sa chanson me fit l'effet d'une cerise sur le gâteau. Vraiment délicieux.

— Casse-toi.

Je m'étais contentée de lui susurrer à l'oreille, tout en refermant ses doigts sur l'Orange Blossom.

— Et, sois gentil, débarrasse-moi de ça.

Ses yeux s'élargirent quand je donnai un nouveau tour. Je relâchai ma prise à regret. Il s'empressa de battre en retraite, non sans renverser la moitié du verre.

Il y eut une salve d'applaudissements du côté du bar. Je jetai un coup d'œil, le vieux barman me souriait. Il passa le doigt sur le côté de son nez, et j'acquiesçai de la tête.

— Jeune taré, murmurai-je.

Il n'avait rien à faire dans le Cloaque. Quelqu'un devrait le reconduire de l'autre côté de la rivière à coups de pied dans les fesses, avant qu'il lui arrive quelque chose.

Il n'y avait plus qu'un verre devant moi, et il y avait sans doute des paris en cours pour deviner si j'allais le boire ou non.

— Ça va, Jenks ?

Je devinais la réponse.

— Ce balourd à la couille molle me réduit presque en compote, et tu demandes si ça va ? (Il grondait, mais sa voix était hilare, et je relevai un sourcil.) Il m'a presque broyé les côtes. J'ai sa sueur visqueuse partout sur moi. Dieu tout puissant, ça pue. Et regarde mes habits. Ils sont fichus, je n'arriverai jamais à faire partir cette odeur ! Ma femme va m'envoyer coucher dans les bacs à fleurs quand elle va sentir ça. Tu peux te mettre la triple paie où je pense, Rach'. Tu ne la vaux pas.

Jenks ne prit même pas conscience que je ne l'écoutais plus. Il n'avait rien dit sur son aile, donc tout allait bien. Je m'enfonçai au plus profond de l'alcôve et me mis à bouillonner. J'étais cuite. Avec Jenks qui perdait de la poussière à tout-va, j'étais royalement Tournée. Si je revenais les mains vides, je n'aurais plus que les plaintes pour tapage de pleine lune et les réclamations sur les sorts non conformes jusqu'au prochain printemps. Et je n'y étais pour rien.

Jenks hors d'état de voler sans se faire repérer, je pouvais aussi bien rentrer. Si je lui achetais quelques champignons maïtaké, peut-être qu'il ne dirait pas au gars chargé des affectations comment son aile s'était retrouvée pliée. *Et puis zut*, pensai-je. *Pourquoi ne pas transformer tout ça en fête ?* Une sorte d'apothéose avant que le patron cloue mon balai à un arbre. Je pourrais même m'arrêter au centre commercial pour acheter du bain moussant et un nouveau disque de slow-jazz. Ma carrière était en train de plonger, mais autant profiter du plaisir de la glissade.

Avec un soupçon d'anticipation perverse, je pris mon sac et le Shirley Temple et me dirigeai vers le bar. Je n'aimais pas laisser les choses inachevées. Le concurrent numéro trois se leva avec un sourire triomphant et secoua une jambe pour remettre son matériel en place. *Dieu me vienne en aide.* Les hommes peuvent être si écœurants. J'étais fatiguée, excédée et pas reconnue à ma juste valeur. Sachant qu'il considérerait la moindre parole comme destinée à l'aguicher un peu plus et m'emboîterait le pas, je renversai le cocktail sur sa chemise et marchai vers la sortie.

Je savourai son hurlement d'indignation. Puis fronçai les sourcils quand sa main s'abattit sur mon épaule. Je fléchis les genoux, pivotai et lançai mon pied dans un magnifique mouvement de fauchage. L'homme heurta le plancher avec un bruit mat. J'étais assise sur sa poitrine avant même qu'il ait pris conscience qu'il était par terre. Après un hoquet collectif, un grand silence s'abattit sur la salle.

Mes ongles rouge sang se détachaient sur la chair de son cou, mes doigts s'enfonçaient dans les poils sous son menton. Ses yeux étaient écarquillés. Monty se tenait calmement près de la porte, profitant du spectacle.

Jenks s'extasia, faisant osciller ma boucle d'oreille.

— Super, Rach' ! Où t'as appris à faire ça ?

— Mon père. (Je me penchai jusqu'à toucher le visage du concurrent numéro trois.) Vraiment désolée. Tu veux jouer les amuse-gueules ?

Mon accent du Cloaque l'emplit de trouille. Il se liquéfia en se rendant compte que j'étais une Outre, pas là pour chercher une folle nuit de jambes en l'air. Il avait vraiment tout de l'amuse-gueule. Un petit en-cas à savourer et à oublier. Je ne lui ferais aucun mal, mais ça, il l'ignorait.

— Par la sainte mère de la fée Clochette, s'exclama Jenks, tentant d'attirer mon attention sur autre chose que cet humain pleurnichard. Tu sens ça ? Du trèfle.

Mes doigts se desserrèrent, et l'homme s'enfuit en rampant entre mes jambes. Il se redressa péniblement et entraîna ses deux compères vers un recoin sombre, tout en leur murmurant quelques grossièretés pour sauver la face.

— L'un des serveurs ?

— La femme, confirma Jenks.

Son excitation était contagieuse. Je me relevai pour regarder l'intéressée et la jauger. Elle remplissait son uniforme noir et vert dans tous les endroits nécessaires. Elle donnait l'impression d'une compétence ennuyée en se déplaçant tranquillement derrière son bar.

— Tu délires, Jenks. C'est impossible.

En même temps, j'essayais discrètement de décoincer mon pantalon de cuir qui était remonté un peu trop haut entre mes jambes.

— Sûrement ! Comme si t'étais capable de le dire. Mais ne fais pas attention au pixie. Il pourrait être bien tranquillement chez lui devant sa télé. Mais nooon. Il est de sortie avec une espèce de grande planche à pain dépourvue de la moindre intuition féminine, et qui pense qu'elle peut faire son boulot mieux que lui. J'ai froid, j'ai une aile pliée en deux, et si la veine principale pète, je serai forcé d'attendre qu'elle repousse complètement. Tu sais combien de temps ça prendra ?

Je parcourus la salle du regard, satisfaite de constater que tout le monde était retourné à ses occupations précédentes. Ivy s'était éclipsée et avait probablement manqué l'épisode. Tant mieux.

— Tais-toi, Jenks. Fonds-toi dans la déco.

Je m'approchai du vieux barman et il me gratifia d'un sourire édenté. Son visage tanné se plissa de petites rides admiratives tandis qu'il m'examinait sous toutes les coutures, tout en évitant de remonter jusqu'à mon visage.

— Donne-moi quelque chose, susurrai-je. Quelque chose de doux, qui me fera monter très haut. Quelque chose de riche et de crémeux, et de pas du tout recommandé pour ce que j'ai.

— D'accord fillette, mais il faudra d'abord me montrer tes papiers. Tu n'as pas l'air assez vieille pour quitter les jupes de ta maman.

Il avait un accent irlandais à couper au couteau, mais qui sonnait faux. Je lui décochai un grand sourire pour le remercier de son compliment, et plongeai la main dans mon sac pour y pêcher mon permis et prolonger ce jeu que nous étions deux à apprécier.

— Sûr, grand-père. Oups ! Je suis vraiment trop maladroite.

Je ris bêtement en laissant tomber ma carte derrière le comptoir. M'aidant d'un tabouret, je me penchai au-dessus du bar pour voir ce qu'il y avait derrière. Mes fesses tendues en l'air retinrent l'attention de tous les mâles présents, mais mon point de vue était idéal. Bon, c'était peut-être un peu dégradant comme attitude, si vous y réfléchissez, mais c'était efficace. Je relevai la tête ; le vieux était tout réjoui, pensant que c'était lui que j'examinais. C'était la femme qui m'intéressait. Elle était debout sur une caisse.

Elle avait à peu près la bonne taille, elle était au bon endroit, et Jenks l'avait désignée. Elle paraissait plus jeune qu'annoncé mais, si vous avez cent cinquante ans, il est probable que vous avez eu le temps de vous procurer quelques secrets de beauté. Jenks renifla dans mon oreille. Satisfait de lui-même.

— Qu'est-ce que je t'avais dit ?

Je me rassis sur le tabouret. Le vieux me tendit mon permis et posa devant moi un Dead Man's Float avec une cuiller : une boule de crème glacée dans un petit doigt de Baileys. Que du bon. Je récupérai ma carte en lui adressant un clin d'œil salace. Je laissai le verre où il était et m'adossai au comptoir, comme pour voir les clients qui venaient d'entrer. Mon pouls s'accéléra et le bout de mes doigts me picota. Il était temps de se mettre au boulot.

Un coup d'œil pour m'assurer que personne ne me regardait, et je renversai mon verre. J'eus un gémissement pas complètement simulé lorsque le contenu se répandit sur le comptoir. J'essayai de sauver au moins la boule de glace.

Une montée d'adrénaline me secoua quand la barmaid me gratifia d'un sourire condescendant. La secousse valait bien plus que le pauvre chèque que je trouvais chaque semaine dans le tiroir de mon bureau. Mais je savais que la sensation ne durerait pas longtemps. Je gâchais mon talent. Je n'aurais même pas besoin d'un sort pour celle-là.

Si c'est tout ce que le SO a à me confier, peut-être que je ferais mieux de laisser tomber la paie régulière pour me mettre à mon compte. On laissait rarement tomber le SO, mais il y avait des précédents. Léon Bairn avait été une véritable légende avant de passer indépendant… mais il s'était fait ratatiner par un sort malfaisant immédiatement après. La rumeur voulait que ce soit le SO qui ait mis un prix sur sa tête, pour avoir rompu son contrat de trente ans. Mais c'était vieux d'une décade. Des Coureurs étaient portés manquants fréquemment, victimes de proies plus futées ou plus chanceuses qu'eux. Faire porter le chapeau au SO et à son service d'assassins était lamentable. Personne ne quittait le SO, simplement parce que la paie y était bonne et les heures légères, c'était tout.

Ouais, pensai-je, ignorant un petit frisson prémonitoire. Les bruits sur la mort de Léon Bairn étaient exagérés. Rien n'avait jamais été prouvé. Et la seule raison pour laquelle j'avais encore mon job était qu'ils ne pouvaient légalement pas me virer. Peut-être que je devrais partir de moi-même. Ça ne pourrait pas être pire que ce que je faisais actuellement. Et ils seraient contents de me voir dégager. *Pour sûr*, ricanai-je. « Rachel Morgan, Coureuse privée, services à louer. Défense ardente de tous les droits. Juste punition de toutes les mauvaises actions. »

Mon sourire était un peu crispé quand la femme se pencha pour passer sa serviette entre mes coudes et éponger la flaque. Ma respiration s'accéléra bruyamment. Ma main gauche s'abattit sur le tissu, je tirai dessus, le rabattant pour lui immobiliser le bras. Ma main droite alla chercher les menottes accrochées à ma ceinture et revint pour les refermer autour de ses poignets. Quelques secondes et c'était réglé. Elle cligna des yeux, surprise. Bon Dieu, j'étais vraiment bonne.

Ses yeux s'agrandirent quand elle comprit ce qui s'était passé.

— Enfer et damnation, s'exclama-t-elle avec un accent irlandais tout à fait charmant et authentique. Qu'est-ce que tu crois faire avec tes menottes ?

La montée d'adrénaline retomba en vrille et un soupir m'échappa lorsque je regardai la cuillerée de glace restée orpheline dans mon verre.

— Sécurité de l'Outremonde ! (Je fis claquer ma carte du SO sur le comptoir ; j'étais redescendue sur terre.) Tu es accusée de fabrication d'arc-en-ciel, dans l'intention de détourner le revenu généré par ledit arc-en-ciel ; d'absence de déclaration dudit arc-en-ciel par les formulaires agréés ; d'absence de notification de la localisation du pied dudit arc-en-ciel auprès du service concerné...

Elle se mit à hurler, essayant d'arracher les menottes. Ses yeux affolés parcouraient la salle. Tout le monde la regardait.

— C'est pas vrai. Tout est faux. J'ai trouvé ce trésor tout à fait légalement.

— Tu as le droit de la boucler, ai-je ajouté pour satisfaire au règlement, tout en prenant une cuillerée de crème glacée.

Le froid sur ma langue, avec juste un soupçon d'alcool, ne fut qu'un pauvre succédané de la montée d'adrénaline.

— Si tu renonces à ton droit de garder la bouche fermée, je serai forcée de te la boucler moi-même.

Le barman frappa du plat de la main sur le comptoir.

— Monty, hurla-t-il, son accent irlandais disparu. Remets la pancarte « Cherche barmaid » sur la porte, et viens me donner un coup de main.

— Ouais, chef.

Monty restait cool, son ton sous-entendant qu'il s'en tapait complètement.

Je posai ma cuiller et me penchai par-dessus le bar, agrippant la leprechaun pour la faire passer de mon côté avant qu'elle rétrécisse davantage : sa taille diminuait à mesure que les charmes contenus dans mes menottes se révélaient plus puissants que ses propres sorts de taille.

— Tu as droit à un avocat. Si tu ne peux pas t'en payer un, t'es cuite.

Je remis ma carte dans ma poche.

— Vous ne pourrez pas me garder ! menaça-t-elle, tandis que les cris de la foule devenaient enthousiastes. Des anneaux d'acier ne peuvent pas me retenir. J'ai échappé à des rois et à des sultans, et même à des garnements munis de filets !

J'enroulai une mèche de cheveux autour d'un de mes doigts, attendant qu'elle se fatigue et qu'elle comprenne que se débattre ne servait à rien. Qu'elle était bel et bien prise. Les menottes rétrécissaient avec elle, la gardant bien attachée.

— Je serai libre… juste… dans un instant. Ah, pour l'amour de saint Pierre…

Elle haletait. Elle arrêta de tirer sur les menottes et les regarda. Elle se tassa sur elle-même à la vue de la lune jaune, du trèfle vert, du cœur rose et de l'étoile orange qui décoraient le métal.

— Que le chien du diable te pisse sur la jambe. Qui m'a balancée pour les sorts ?

Elle regarda de plus près, les sourcils froncés.

— Tu m'as attrapée avec quatre charmes ? *Quatre* ? Je pensais pas que ces vieux trucs marchaient encore.

— Je suis assez conservatrice, commentai-je, le nez plongé dans mon verre. Quand quelque chose fonctionne, je m'y tiens.

Ivy passa à côté de moi, poussant devant elle ses deux vampires vêtus de noir, élégants dans leur misère. L'un avait un coquard qui grossissait sous un œil, l'autre boitait. Elle n'avait aucune compassion pour les vampires qui s'en prenaient à des adolescents au-dessous de la limite d'âge. Me souvenant de l'attraction exercée par le vampire mort au bout du bar, je compris pourquoi. Un ado de seize ans ne pouvait pas lutter contre ça. Ne voudrait pas lutter contre ça.

— Hé, Rachel. Je vais vers le centre. Tu veux partager le prix du taxi ?

Elle avait un ton enjoué. Maintenant qu'elle n'était plus en train de travailler, elle avait un air presque humain.

Je repensai au SO. Je pesai le pour et le contre de devenir un petit entrepreneur indépendant et crève-la-dalle, plutôt que de continuer à courir après les voleurs à la tire et les vendeurs de charmes illégaux. Ce n'était pas comme si le SO allait mettre ma tête à prix. Non, Denon serait ravi de déchirer mon contrat. Je n'aurais pas les moyens de me payer un bureau dans Cincinnati, mais le Cloaque serait peut-être dans mes cordes. Ivy passait pas mal de temps dans le coin. Elle saurait où je pourrais trouver un truc pas cher.

— D'accord, répondis-je tout en notant le joli marron de ses yeux. Et je voudrais te demander quelque chose.

Elle acquiesça et poussa ses deux prises vers la sortie. La foule s'écarta devant elle, la mer d'habits noirs semblant absorber la lumière. Le vampire mort, à la limite de la mêlée, me fit un signe de tête approbateur, comme pour dire : « Belle prise. » Ma tension remonta d'un coup, et je hochai la tête en retour.

— Beau boulot, Rachel, me carillonna Jenks dans l'oreille.

Je souris, ça faisait longtemps que je n'avais pas entendu ça.

— Merci.

Je l'aperçus sur ma boucle d'oreille dans le miroir qui décorait l'arrière du bar. Je repoussai mon verre et tendis la main vers mon sac. Mon sourire s'élargit quand le barman me fit signe que c'était sur le compte de la maison. Me sentant réchauffée par plus que l'alcool, je descendis de mon tabouret et remis la leprechaun sur ses pieds. Des images d'une porte avec mon nom inscrit en lettres d'or m'envahirent. Bonjour la liberté.

— Non, attends ! cria la leprechaun quand je commençai à la tirer vers la sortie. Des souhaits ! Trois souhaits ! D'accord ? Tu me laisses partir et je t'exauce trois souhaits.

Je la propulsai dans la pluie tiède. Ivy avait déjà arrêté un taxi et entassé ses prises dans le coffre pour nous laisser plus de place à l'intérieur. Accepter des souhaits d'un malfaiteur était le plus sûr moyen de se retrouver du mauvais côté d'un manche à balai, mais seulement si vous vous faisiez prendre. Je poussai la leprechaun sur le siège arrière.

— Des souhaits ? Si on parlait ?

Chapitre 2

Je me retournai à moitié sur mon siège pour regarder Ivy.

— Qu'est-ce que tu as dit ?

De l'arrière, elle fit un geste d'impuissance. Les rythmes des essuie-glaces usagés et de la musique se faisaient la guerre dans un magma de guitares plaintives et de plastique dérapant sur le verre. Les haut-parleurs éructaient *Rebel Yell*. Je ne pouvais pas rivaliser. Et l'imitation très crédible de Billy Idol à laquelle se livrait Jenks, perché sur la danseuse hawaïenne accrochée au tableau de bord, n'arrangeait rien.

— Je peux baisser ? lançai-je au chauffeur.

— Pas toucher ! Pas toucher ! hurla-t-il avec un accent bizarre.

Peut-être les forêts d'Europe ? Sa faible odeur musquée me faisait penser à celle d'un garou. J'essayai de toucher le bouton du volume. Il lâcha le volant et me tapa sur les doigts d'une main couverte de poils.

Le taxi dériva sur la voie d'à côté. Ses charmes, tous périmés d'après leur apparence, glissèrent du tableau de bord et tombèrent sur mes genoux, puis sur le sol. La tresse d'ail pendue au rétroviseur se balança et je me la pris dans l'œil. Son odeur, mélangée à celle du sapin en carton accroché avec, faillit me faire vomir.

— Mauvaise fille, accusa-t-il en se rabattant sur sa voie.

Je fus projetée contre lui.

— Si moi bonne fille, toi laisser moi baisser musique ? grognai-je en retombant sur mon siège.

Il sourit. Il lui manquait une dent sur le devant. Si je faisais ce que j'avais envie de faire, il lui en manquerait bientôt une autre.

— Ouais, gloussa-t-il. Maintenant y parlent.

La musique s'était arrêtée, remplacée par un commentateur au débit rapide qui criait plus fort que la musique précédente.

— Oh, mon Dieu, murmurai-je en tournant le bouton.

Mes lèvres se retroussèrent. Mes doigts étaient couverts de graisse. Écœurée, je les essuyai sur les amulettes encore sur mes genoux. De toute façon, elles n'étaient plus bonnes à rien. Le sel déposé par les mains du chauffeur au fil de manipulations trop fréquentes les avait pourries. Avec un regard peiné dans sa direction, je les laissai ensuite tomber dans le repose-gobelet.

Je me retournai vers Ivy, affalée sur son siège. D'une main, elle retenait sa chouette, sur la plage arrière, pour l'empêcher de tomber par la fenêtre dans les embardées. Son autre main était calée derrière sa nuque. Les voitures que nous croisions et un lampadaire occasionnel encore en état de marche illuminaient par à-coups sa silhouette noire. Sombres et impassibles, ses yeux rencontrèrent les miens, puis replongèrent dans la nuit de l'autre côté de la vitre. Son air de tragédie antique me donnait la chair de poule. Elle ne s'entourait pas d'une aura, elle était juste elle-même, mais ça me fichait les jetons. Est-ce qu'il lui arrivait de sourire ?

Ma prise s'était réfugiée contre l'autre portière, aussi loin d'Ivy qu'elle l'avait pu. Les bottes vertes de la leprechaun atteignaient à peine le bord du siège. On aurait dit une de ces poupées qu'ils vendent à la télé. *Trois règlements de*

49,95 $ pour cette reproduction soignée de Becky la Barmaid. Une véritable pièce de collection. Un investissement sûr! Mais cette poupée avait un sale regard. Je lui adressai un petit signe de connivence. Les yeux d'Ivy accrochèrent les miens, pleins de méfiance.

Au cahot suivant, la chouette eut un hululement affligé et étendit ses ailes pour garder l'équilibre. Mais c'était fini. Nous avions traversé la rivière et étions de retour dans l'Ohio. La route était lisse comme du verre, et le chauffeur ralentit quand il se rappela à quoi servaient les panneaux de signalisation.

Ivy retira la main qui assurait la chouette et se la passa dans les cheveux.

—Je disais : « C'est la première fois que tu m'emmènes faire un tour. » De quoi s'agit-il ?

Je posai un bras sur le dossier de mon siège.

—Ah, oui. Est-ce que tu saurais où louer un appart pas trop cher ? Dans le Cloaque éventuellement.

Ivy me regarda droit dans les yeux, l'ovale parfait de son visage très pâle dans la lumière de la rue. À présent, il y avait des lampadaires à chaque intersection, c'était éclairé comme en plein jour. Ces normes étaient vraiment paranos. Non que je le leur reproche.

—Tu veux t'installer dans le Cloaque ?

Elle eut une expression étonnée. Je ne pus m'empêcher de sourire.

—Non, je quitte le SO.

Là, ça retint son attention. Je le vis à ses sourcils soudain levés. Jenks arrêta d'essayer de danser avec la minuscule silhouette accrochée au tableau de bord.

—Tu ne peux rompre ton contrat avec le SO, dit Ivy.

Elle jeta un coup d'œil à la leprechaun, qui le lui renvoya avec méchanceté.

— Tu ne songes pas à…

— Moi ? Enfreindre la loi ? plaisantai-je. Je suis trop honnête pour ça. Mais je n'y peux rien si c'est pas la bonne leprechaun.

Je ne ressentais pas la moindre culpabilité. Le SO avait signifié clairement qu'il n'avait plus besoin de mes services. Qu'est-ce que je devais faire ? Me rouler sur le dos, le ventre en l'air et lécher le… hum… museau de quelqu'un ?

— Que de la paperasse, lança le chauffeur.

Son accent était devenu subitement aussi lisse que la route. D'un coup, il avait basculé vers la voix et les manières nécessaires pour obtenir et conserver des courses de ce côté de la rivière.

— Et la paperasse, ça se perd, reprit-il. Tout le temps. Je dois avoir la confession de Rynn Cormel quelque part par là. Ça date du temps où mon père transportait les avocats entre la Quarantaine et les tribunaux, pendant le Tournant.

Je hochai la tête et souris.

— Oui, le mauvais nom sur le mauvais papier. CQFD.

Ivy ne cilla pas.

— Léon Bairn n'a pas explosé spontanément, Rachel.

Je soufflai entre mes lèvres. Je ne croirais pas ces racontars. Ce n'étaient que des histoires pour décourager le pool de Coureurs de jouer les filles de l'air, une fois qu'ils avaient appris tout ce que le SO pouvait leur enseigner. Je fronçai les sourcils.

— C'était il y a plus de dix ans. Et le SO n'avait rien à voir là-dedans. Ils ne me tueront pas pour avoir dénoncé mon contrat. Ils ont envie que je parte. En plus, je m'amuserai plus en étant à mon compte.

Ivy se pencha en avant, mais je refusai de reculer.

— On dit qu'il a fallu trois jours pour trouver suffisamment de morceaux pour remplir une boîte à chaussures. Pour finir, ils ont dû gratter le toit de son porche.

Je retirai mon bras du dossier.

— Et je suis censée faire quoi ? Ça fait des mois que je n'ai pas une Course correcte. Regarde celle-là : une leprechaun arrêtée pour fraude fiscale. C'est insultant.

La petite femme se redressa.

— Non mais vous gênez pas !

Jenks laissa tomber sa nouvelle copine pour s'asseoir sur le bord postérieur du chapeau du chauffeur. Il montra son aile endommagée.

— Et Rachel va être de corvée de balayage si j'ai un arrêt de travail.

J'eus un sourire peiné.

— Maïtaké ?

— Une demi-livre, proposa-t-il.

J'arrondis à la livre. C'était correct pour un pixie.

Ivy se renfrogna, triturant la chaîne de son crucifix.

— Il y a une autre raison pour laquelle personne ne dénonce son contrat. La dernière personne qui a essayé a été aspirée par une turbine.

Les dents serrées, je me retournai vers le pare-brise. Je m'en souvenais. C'était il y avait un peu plus d'un an. Ça l'aurait tué s'il n'avait déjà été mort. C'était un vampire. Maintenant qu'il était réparé, il devait revenir au bureau d'un jour à l'autre.

— Je ne te demande pas ta permission. Je te demande seulement si tu connais quelqu'un qui a un truc à louer pas cher.

Ivy garda le silence. Je me tournai de nouveau sur mon siège pour la regarder.

—J'ai un peu d'argent de côté. Je mettrai une plaque. Je pourrai aider les gens qui en ont besoin…

—Oh, pour l'amour du sang, m'interrompit Ivy. Tu pourrais tout juste ouvrir une boutique de sorts. Mais ta propre agence ? (Elle secoua la tête, ses cheveux volant autour d'elle.) Rachel, je ne suis pas ta mère, mais écoute-moi. Si tu fais ça, tu es morte. Jenks ? Dis-lui qu'elle est morte.

Jenks approuva solennellement de la tête, et je fis de nouveau face à la route. Je me sentais stupide de lui avoir demandé son aide. Le chauffeur hocha aussi la tête.

—Morte ! Morte, morte, morte.

C'était de mieux en mieux. Entre Jenks et le chauffeur de taxi, toute la ville saurait que je laissais tomber avant même que j'aie pu donner ma démission.

—Oubliez ça, grommelai-je. Je ne veux plus en parler.

Ivy posa un bras sur le dossier de mon siège.

—As-tu songé que quelqu'un pouvait être en train de te tendre un piège ? Tout le monde sait que les leprechauns essaient d'acheter leur liberté. Si tu te fais prendre, tu vas avoir chaud aux fesses.

—Ouais, j'y ai pensé. (Ce n'était pas vrai, mais je n'allais pas le lui dire.) Mon premier souhait sera de ne pas me faire prendre.

—C'est toujours le premier, commenta la leprechaun d'un air rusé. C'est bien votre premier souhait ?

J'eus une bouffée de colère et acquiesçai. La leprechaun sourit, faisant apparaître ses fossettes. Elle était à moitié chez elle.

—Écoute, Ivy. Je n'ai pas besoin de ton aide. Merci pour tout. Laissez-moi là, demandai-je au chauffeur tout en cherchant mon porte-monnaie dans mon sac. J'ai besoin d'un café. Jenks ? Ivy te ramènera au SO. Tu veux bien faire ça pour moi, Ivy ? En souvenir du bon vieux temps ?

— Rachel, protesta-t-elle, tu ne m'écoutes pas.

Le chauffeur mit son clignotant et s'arrêta le long du trottoir.

— Faites attention à vous, beauté.

Je descendis, ouvris la porte arrière et attrapai ma leprechaun par son uniforme. Mes menottes avaient complètement annulé son sort de taille. Elle n'était pas plus grande qu'une enfant de deux ans, mais elle était toujours attachée.

Je jetai un billet de vingt sur la banquette.

— Tenez, prenez ça. Ça devrait suffire pour ma part.

— Il pleut toujours, se plaignit la leprechaun.

— La ferme.

Je sentis les gouttes. Mon chignon n'allait pas résister, les mèches libres se collaient déjà à mon cou. Ivy se pencha pour dire quelque chose, mais je claquai la portière. Je n'avais plus rien à perdre. Ma vie n'était qu'un tas de fumier magique, et je ne pouvais même pas m'en servir comme compost.

— Mais ça mouille, continuait à gémir la leprechaun.

— Tu veux retourner dans la voiture ? (Ma voix était calme mais je bouillonnais intérieurement.) Si tu veux, on oublie tout. Je suis sûre qu'Ivy voudra bien s'occuper des formalités. Deux boulots réussis en une nuit. Elle aura sûrement une prime.

— Non.

Sa voix n'était plus qu'un murmure.

Énervée, je jetai un coup d'œil au *Starbucks* de l'autre côté de la rue. Tous les prétentieux des quartiers chics devaient s'y donner rendez-vous. Tous ceux qui avaient besoin de soixante façons de moudre les grains et de passer le café, sans en apprécier aucune. Mais, de ce côté de la rivière et à cette heure-ci, il n'y aurait personne. C'était l'endroit idéal pour bouder et se reprendre. Je traînai à moitié la leprechaun jusqu'à la porte, essayant d'estimer combien ils faisaient payer une tasse de café à partir du nombre de machins d'avant le Tournant exposés dans la devanture.

— Rachel, attends.

Ivy avait descendu sa vitre, et je pouvais entendre la musique du chauffeur de nouveau à plein tube. *A Thousand Years* de Sting. J'aurais presque pu y retourner.

Quand je poussai la porte, le joyeux tintement du carillon me fit ricaner.

— Un café, noir, et un rehausseur, lançai-je au gamin qui tenait le comptoir.

Tirant toujours la leprechaun derrière moi, je me dirigeai vers le coin le plus sombre. Ça déchirait. Le gamin était l'image même de la classe, avec son tablier rayé rouge et noir et sa coupe parfaite. Probablement un étudiant. J'aurais pu continuer l'université au lieu de m'arrêter au bout de deux ans. Au moins un semestre ou deux. J'avais été acceptée et tout et tout.

L'alcôve était confortable. Les coussins moelleux. Il y avait même une vraie nappe. Et mes pieds ne collaient pas au plancher. Un bon point. Le gamin me toisait avec un air supérieur. Je retirai mes bottes et m'assis en tailleur, rien que pour le narguer. J'étais toujours habillée comme une pute. Il devait se tâter pour savoir s'il appelait le SO ou son équivalent humain, le BFO. Ç'aurait valu son pesant de cacahouètes.

Mon billet pour sortir du SO était assis en face de moi et se trémoussait.

— Je peux avoir un crème ? pleurnicha-t-elle.

— Non.

La porte carillonna de nouveau. Ivy entra avec sa chouette sur le bras, les serres plantées dans un épais brassard voué à cet usage. Jenks était perché sur son épaule, aussi loin de la chouette qu'il le pouvait. Je me raidis et fixai les photos de bébés déguisés en salade de fruits qui trônaient au-dessus de la table. Ils étaient censés être mignons. Ils me donnaient faim.

— Rachel, je dois te parler.

Apparemment ce fut trop pour Junior.

— Excusez-moi, ma'am, dit-il de sa voix parfaite. Les animaux ne sont pas acceptés. La chouette doit rester dehors.

« Ma'am » ? pensai-je tout en essayant de contenir le rire hystérique que je sentais monter.

Il devint tout pâle quand les yeux d'Ivy s'arrêtèrent sur lui. Il recula sans regarder derrière lui et trébucha. Elle lui faisait le coup de l'aura. Mauvais signe.

Ivy dirigea son regard vers moi. L'air s'enfuit brutalement de mes poumons quand je heurtai le fond de l'alcôve. Des yeux noirs de prédateur me clouèrent au siège en vinyle. Une faim brutale me tordit l'estomac. Mes doigts se crispèrent.

Sa tension rentrée était contagieuse. Je ne pouvais pas détourner les yeux. Ça ne ressemblait en rien à la gentille question que le vamp mort m'avait posée au *Sang et la Bière*. C'était fait de colère et de domination. Dieu merci, ça ne s'adressait pas à moi. Elle était vraiment fâchée contre Junior, derrière son bar.

Heureusement, dès qu'elle vit mon expression, la colère qui habitait son regard vacilla et s'évanouit. Ses pupilles s'étrécirent, rendant à ses yeux leur couleur marron habituelle. En un battement de cœur, le voile de pouvoir l'avait quittée, reparti vers les profondeurs de l'enfer dont il s'était échappé. Oui, l'enfer. Une telle domination sauvage ne pouvait pas émaner d'un sort. Ma colère revint au galop. Si j'étais en colère, je ne pouvais pas avoir peur, n'est-ce pas ?

Ça faisait des années qu'Ivy n'avait pas sorti son aura pour moi. La dernière fois, nous étions en train de nous engueuler pour savoir comment épingler une saleté de vamp pour suspicion de détournement de mineures à l'aide d'un jeu de rôles débile. Je l'avais envoyée dans les vapes avec un sort de sommeil, puis j'avais peint le mot « conne » sur les ongles d'une de ses mains avec du vernis écarlate avant de l'attacher sur une chaise et de la réveiller. Depuis, elle avait été une amie modèle, bien qu'un peu froide par moments. Je pense qu'elle m'était surtout reconnaissante de n'en avoir parlé à personne.

Junior s'éclaircit la voix.

— Vous… euh… ne pouvez rester si vous ne commandez pas, ma'am, émit-il péniblement.

Il a des tripes, pensai-je. *Ce doit être un Outre.*

— Un jus d'orange, lança Ivy d'une voix forte tout en restant devant moi. Sans pulpe.

La surprise me fit relever les yeux.

— Du jus d'orange ?

Je fronçai les sourcils.

Je réussis à décrisper mes doigts et à tirer mon sac de charmes sur mes genoux.

— Écoute, Ivy. Je me fous de savoir que Léon Bairn a fini en monocouche sur un trottoir. Je démissionne. Et rien de ce que tu pourras dire ne me fera changer d'avis.

Ivy se dandina. Elle était mal à l'aise et cela fit disparaître le reste de ma colère. Ivy pas sûre d'elle ? Je n'avais jamais vu ça.

— Je veux venir avec toi, finit-elle par lâcher.

Un instant, je ne pus que la regarder, les yeux écarquillés.

— Quoi ? parvins-je à dire.

Après avoir posté sa chouette pour surveiller la leprechaun, elle s'assit en face de moi, avec un air nonchalant tout à fait artificiel. Le bruit de déchirure quand elle enleva les attaches de son brassard me parut résonner dans toute la pièce. Elle le posa sur la banquette à côté d'elle. Jenks sautilla à moitié jusqu'à la table, les yeux comme des soucoupes et, pour une fois, la bouche fermée. Junior s'amena avec le rehausseur pour bébé et nos boissons. Nous attendîmes en silence tandis qu'il les plaçait devant nous avec des mains tremblantes avant de s'enfuir pour se planquer dans l'arrière-boutique.

Ma tasse était ébréchée et seulement à moitié remplie. Je jouai un instant avec l'idée de coller sous la table un charme qui ferait tourner tout pot de lait qui passerait à moins de un mètre, mais décidai que j'avais des choses plus importantes à affronter. Par exemple, pourquoi Ivy s'apprêtait à mettre fin à son illustre carrière.

— Pourquoi ? demandai-je, abasourdie. Le patron t'adore. Tu choisis tes missions. On t'a même payé des vacances l'année dernière.

Ivy regardait les photos, évitant mon regard.

— Et alors ?

— Quatre semaines de vacances ! Tu es allée en Alaska pour le soleil de minuit !

Ses sourcils se resserrèrent et elle tendit la main pour lisser les plumes de sa chouette.

— Moitié du loyer, moitié des charges, moitié de tout pour moi, moitié pour toi. Je trouve mes missions et je les traite, tu trouves les tiennes et tu t'en occupes. Si nécessaire, nous travaillons ensemble. Comme avant.

Je me laissai aller contre le dossier, mais comme il n'y avait qu'un coussin confortable contre lequel s'effondrer, ma surprise ne parut pas aussi évidente que je l'aurais souhaité.

— Pourquoi ? demandai-je de nouveau.

Ses doigts quittèrent le plumage de sa chouette.

— Je suis très bonne dans tout ce que je fais, dit-elle sans me répondre. (Sa voix trahissait un soupçon de vulnérabilité.) Rachel, je ne serai pas une charge. Aucun vamp n'osera s'en prendre à moi. Ce sera pareil pour toi. Je pourrai te protéger des tueurs vamps jusqu'à ce que tu aies ramassé l'argent nécessaire pour payer ton contrat. Avec mes relations et tes sorts, nous pourrons rester vivantes assez longtemps pour obtenir du SO qu'il retire la récompense mise sur nos têtes. Mais je veux un des vœux.

— Il n'y a pas de récompense sur nos têtes, la coupai-je.

— Rachel…, souffla-t-elle d'une voix cajoleuse.

Ses yeux marron étaient adoucis par l'inquiétude. Cela me flanqua la trouille.

— Rachel, il y en aura une.

Elle se pencha jusqu'à ce que je me batte avec moi-même pour ne pas reculer. Je reniflai doucement pour tenter de déceler l'odeur du sang sur elle, mais il n'y avait que l'acidité du jus. Elle était à côté de la plaque. Le SO ne mettrait pas une récompense sur ma tête. Ils voulaient que je parte. C'est elle qui devrait s'inquiéter.

— Moi aussi, intervint soudain Jenks, en sautant sur le bord de ma tasse. (De la poussière iridescente tomba de son aile pliée et forma une couche huileuse sur mon café.) Je veux en être. Je veux un vœu. Je laisserai tomber le SO et je serai votre équipe de secours à toutes les deux. Vous en aurez besoin. Rach', tu te charges des quatre heures avant minuit, Ivy des quatre suivantes. Ou tout autre horaire qui vous arrange. J'ai un jour de congé tous les quatre jours, sept jours de vacances payés, et un souhait. Vous me laissez habiter au bureau avec ma famille, dans les murs, on sera discrets. Vous me payez ce que je touche actuellement, une paie toutes les deux semaines.

Ivy approuva de la tête et avala une gorgée de son jus d'orange.

— Ça me semble honnête. Qu'est-ce que tu en penses ?

Ma mâchoire était prête à se décrocher ; je ne pouvais pas en croire mes oreilles.

— Je ne peux pas vous donner mes vœux.

La leprechaun hocha la tête.

— Si, tu peux.

— Non, répliquai-je avec impatience, je veux dire que j'en ai besoin. (Un soupçon d'inquiétude s'était installé dans mon ventre à l'idée qu'Ivy avait peut-être raison.) Je vais déjà en utiliser un pour ne pas me faire prendre pour l'avoir relâchée. Il va falloir que j'en utilise un autre pour me débarrasser de mon contrat, et ce n'est qu'un début.

— Hum, interrompit la leprechaun. Je ne peux rien faire pour ce qui est écrit.

Jenks eut un ricanement moqueur.

— Pas aussi forte que ça, hein ?

— Ta gueule, la punaise, aboya-t-elle, les joues soudain écarlates.

— Ta gueule toi-même, la serpillière, gronda-t-il.

C'est pas possible, pensai-je. Tout ce que je voulais, c'était m'en sortir, pas conduire une révolte.

— Vous n'êtes pas sérieux, repris-je. Ivy, dis-moi que ce n'est que ton sens de l'humour pourri qui ressort soudain.

Elle me fixa droit dans les yeux. Je n'avais jamais été capable de dire ce qui se passait derrière le regard d'un vamp.

— Pour la première fois de ma carrière, je reviens bredouille d'une chasse. J'ai laissé mes prises s'en aller. (Elle agita une main.) J'ai ouvert le coffre et les ai regardées s'enfuir en courant. J'ai enfreint le règlement. (Il n'y eut même pas de sourire furtif pour desserrer ses lèvres.) Est-ce que c'est assez sérieux pour toi ?

— Allez vous trouver votre propre leprechaun.

Je m'arrêtai juste à temps, la main près de ma tasse : Jenks était toujours assis sur l'anse. Ivy se mit à rire. Il faisait froid et, cette fois, j'eus un frisson.

— Je choisis mes Courses, dit-elle. Alors, que penses-tu qu'il arriverait si je me mettais à la poursuite d'un leprechaun, le ratais, et tentais juste après de quitter le SO ?

De l'autre côté de la table, la leprechaun soupira.

— Aucun souhait ne pourrait rendre ça crédible. (Elle se redressa.) Ça va déjà être assez dur de faire passer tout ça pour une coïncidence.

— Et toi, Jenks ? demandai-je d'une voix cassée.

Il haussa les épaules et s'envola en zigzag vers la leprechaun.

— Je veux un souhait. Pour obtenir quelque chose que le SO ne peut pas me donner. Je veux être stérile pour que ma femme ne me quitte pas. Ou est-ce trop difficile pour toi, la lavette verte ?

Il la narguait, campé les pieds bien écartés, les mains sur les hanches.

— Punaise ! gronda-t-elle.

Mes charmes cliquetèrent lorsqu'elle fit un geste menaçant pour l'écraser. Les ailes de Jenks devinrent rouges de colère et je me demandai si la poussière qui volait autour de lui pouvait prendre feu.

— La stérilité ? soufflai-je, luttant pour essayer de garder les choses sous contrôle.

Il fit un bras d'honneur à la leprechaun et traversa la table en se pavanant pour se diriger vers moi.

— Ouais. Tu sais combien j'ai de gamins ?

Même Ivy parut surprise.

— Et tu jouerais ta vie là-dessus ?

Jenks eut un rire cristallin.

— Qui dit que je risque ma vie ? Le SO s'en fout si je me tire. Les pixies ne signent pas de contrat. Ils nous voient à peine. Je travaille en free-lance. Je l'ai toujours fait. Je le ferai toujours. Je suppose que ma durée de vie risque simplement d'être marginalement allongée si je n'ai plus que deux balourds comme vous à surveiller.

Son sourire était trop rusé pour quelqu'un d'aussi petit. Je me tournai vers Ivy.

— Je sais que tu as signé un contrat. Ils t'aiment. Si quelqu'un doit s'inquiéter d'une menace de mort, c'est toi, pas moi. Pourquoi prendrais-tu un tel risque pour… pour… (J'hésitai.) Pour rien ? Quel souhait vaudrait ça ?

Le visage d'Ivy se ferma. Une ombre sembla passer au-dessus d'elle.

— Je n'ai pas à te le dire.

— Je ne suis pas complètement idiote, contrai-je en essayant de dissimuler mon inquiétude. Comment puis-je être sûre que tu ne vas pas recommencer à pratiquer ?

Visiblement, elle se sentit insultée. Elle me fixa jusqu'à ce que je baisse les yeux, glacée jusqu'aux os. *Ça*, pensai-je, *c'est vraiment une mauvaise idée.*

— Je ne suis pas une vamp pratiquante, finit-elle par dire. Je ne le suis plus. Je ne le serai jamais plus.

Me rendant compte que j'étais en train de triturer mes cheveux trempés, je repris le contrôle de ma main. Ses paroles étaient à peine rassurantes. Son verre était à moitié vide, et je ne me rappelais l'avoir vue prendre qu'une seule gorgée.

— Associées ? demanda Ivy en tendant une main par-dessus la table.

Associée avec Ivy ? Avec Jenks ? Ivy était la meilleure Coureuse du SO. C'était tout à fait flatteur qu'elle veuille travailler avec moi de façon permanente, un peu inquiétant aussi. Mais ce n'était pas comme si j'allais devoir vivre avec elle. Lentement, je tendis la main pour prendre la sienne. Mes ongles rouges soigneusement polis semblaient vulgaires à côté des siens, laissés à l'état brut. Tous mes souhaits y étaient passés. Mais, de toute façon, je les aurais probablement gaspillés.

— Associées, dis-je, frissonnant à la froideur de la main d'Ivy quand je la serrai.

— Super, exulta Jenks, sautant pour se percher sur nos mains jointes. (La poussière qu'il laissait échapper sembla réchauffer la prise d'Ivy.) Associés !

Chapitre 3

— Mon Dieu, geignis-je à mi-voix. Faites que je ne sois pas malade. Pas ici.

Je serrai les paupières quelques secondes, avec l'espoir que la lumière ne me ferait plus aussi mal quand je les rouvrirais. J'étais dans mon box, au vingt-cinquième étage de la tour du SO. Le soleil de l'après-midi s'infiltrait dans la pièce, mais il ne m'atteindrait jamais. Mon bureau était situé vers le milieu du labyrinthe. Quelqu'un avait apporté des beignets, et l'arôme du glaçage me soulevait l'estomac. Tout ce dont j'avais envie, c'était de rentrer chez moi et de dormir.

J'ouvris le tiroir du haut pour y chercher une amulette contre la douleur, et gémis en constatant que je les avais toutes utilisées. Mon front cogna contre le bord du bureau métallique. À travers une masse de cheveux frisottés, je contemplai mes bottes, sous l'ourlet de mon jean. J'avais mis une tenue classique par respect pour ma démission : une chemise de lin rouge rentrée dans mon pantalon. J'allais éviter les cuirs moulants quelque temps.

La nuit dernière avait été une erreur. Il avait fallu beaucoup trop de verres pour que je devienne assez stupide pour donner officiellement mes souhaits restants à Ivy et Jenks. J'avais vraiment compté dessus. Tous ceux qui s'y connaissent un peu en souhaits savent qu'on ne peut pas faire le vœu d'en avoir davantage. C'est pareil pour la richesse. L'argent n'apparaît pas comme ça. Il faut qu'il vienne de quelque part et, à moins de faire le souhait de ne pas être pris, on finit toujours par se faire avoir pour vol.

Les souhaits ne sont pas simples à gérer, ce qui explique pourquoi les Outres ont toujours œuvré pour qu'ils aillent par trois. En y repensant, je ne m'étais pas trop mal débrouillée. Avoir souhaité ne pas me faire prendre pour avoir laissé partir la leprechaun aurait au moins l'avantage de me laisser sortir du SO avec un dossier vierge. Si Ivy avait raison, s'ils essayaient quand même de m'avoir pour rupture de contrat, il faudrait qu'ils se débrouillent pour que ça ait l'air d'un accident. Mais qu'est-ce qu'ils en avaient à faire ? Les menaces de mort revenaient cher, et ils voulaient me voir dehors.

Ivy avait désiré un jeton pour profiter de son souhait plus tard. Il ressemblait à une vieille pièce avec un trou au milieu. Elle l'avait passé sur une cordelette violette et accroché à son cou. Quant à Jenks, il avait dépensé son souhait avant de quitter le bar, s'envolant ensuite en bourdonnant pour annoncer la nouvelle à sa femme. J'aurais dû partir en même temps que lui, mais Ivy n'avait pas semblé avoir envie de s'en aller. Ça faisait longtemps que je n'avais pas passé une soirée entre filles, et je m'étais dit que je trouverais peut-être au fond d'un verre le courage d'annoncer à mon patron que je me tirais. Ça n'avait pas marché.

Au bout de cinq secondes de mon discours soigneusement répété, Denon avait ouvert une enveloppe kraft, en avait sorti mon contrat et l'avait déchiré, me donnant une demi-heure pour quitter les lieux. Mon badge et les menottes fournies par le SO étaient dans le tiroir de son bureau. Les charmes qui les avaient décorés étaient dans ma poche.

Les sept années passées au SO m'avaient laissé tout un fatras de bimbeloterie et de mémos périmés. Je tendis des doigts tremblants vers un vase bon marché qui n'avait pas vu une fleur depuis des mois. Il finit dans la poubelle, comme le crétin qui me l'avait offert. Mon bol de dissolution alla dans la caisse à mes pieds. La céramique bleue incrustée de sel frotta bruyamment sur le carton. Le bol était sec depuis la semaine dernière, et la bordure de sel laissée par l'évaporation partait en poussière.

Un petit bâton de séquoia le rejoignit. Trop épais pour en tirer une baguette, et de toute façon je n'étais pas assez douée pour en fabriquer une. J'avais acheté le bâton pour en faire un jeu d'amulettes détectrices de mensonges, mais je n'étais jamais allé au bout. C'était plus simple de les acheter. Je m'étirai et attrapai ma liste de contacts. Un bref coup d'œil pour vérifier que personne ne me regardait, et je l'enfonçai hors de vue, à côté de mon bol de dissolution, mon lecteur de CD et mes écouteurs par-dessus.

J'avais quelques livres de référence à rendre à Joyce, de l'autre côté de l'allée. La boîte à sel qui les calait avait appartenu à mon père. Je la rangeai dans la caisse, me demandant ce qu'il aurait pensé de mon départ.

— Il aurait été ravi, soufflai-je en serrant les dents face à la gueule de bois.

Je relevai la tête et jetai un coup d'œil par-dessus l'affreuse cloison jaune. Mes yeux s'étrécirent quand je constatai que mes collègues s'empressaient de regarder ailleurs. Ils avaient formé de petits groupes et bavassaient avec un air affairé. Leurs murmures étouffés me portaient sur les nerfs. J'avalai lentement une grande goulée d'air et tendis la main vers ma photo de Watson, Crick, et celle qui avait été à l'origine de tout, Rosalind Franklin. Ils posaient devant leur maquette d'ADN, et le sourire de Rosalind recelait le même humour caché que celui de Mona Lisa. On aurait pu croire qu'elle savait ce qui allait arriver. Je me demandai si elle avait été une Outre. Un paquet de gens en avaient été. Je gardais la photo pour me rappeler combien le monde tourne sur des détails qui échappent à certains.

Ça faisait presque quarante ans qu'un quart de l'humanité était mort d'un virus mutant, l'Ange. Et, malgré les affirmations contraires des évangélistes de la télé, ça n'avait pas été notre faute. Du début à la fin, il n'y avait eu que la bonne vieille paranoïa humaine.

Dans les années cinquante, Watson, Crick et Franklin avaient mis leurs neurones en commun et résolu l'énigme de l'ADN en six mois. Les choses auraient pu en rester là, mais ceux qui étaient à l'époque les Soviets avaient mis la main sur la technologie. Fouetté par la peur de la guerre, l'argent s'était engouffré dans cette science en plein boum. Au début des années soixante, on eut de l'insuline produite à partir de bactéries. Ensuite, tout un tas de drogues sorties de l'ingénierie biologique déboulèrent, envahissant le marché avec des sous-produits issus des recherches secrètes menées par les États-Unis sur les armes biologiques. Nous n'atteignîmes jamais la lune, retournant la science vers l'intérieur plutôt que l'extérieur pour nous éliminer nous-mêmes.

Et, à la fin de la décennie, quelqu'un fit une bourde. Le grand débat sur qui des Américains ou des Soviets est responsable est sans intérêt. Quelque part dans les labos glacés de l'Arctique, une chaîne d'ADN mortelle se fit la malle. Elle laissa une modeste piste de mort jusqu'à Rio, identifiée et traitée sans que la majorité de la population en soit informée. Mais, tandis que les scientifiques couchaient leurs conclusions dans leurs rapports et rangeaient déjà ceux-ci dans les archives, le virus muta.

Il s'incrusta dans une tomate issue de cultures génétiquement modifiées, via une faille dans son ADN bricolé. Une faille que les chercheurs avaient jugée trop infime pour s'y attarder. La tomate était identifiée officiellement sous le nom de tomate Ange T4 – l'étiquette donnée par les labos – et c'est de là qu'est venu le nom du virus, l'Ange.

Personne ne se doutant que le virus utilisait la tomate Ange comme vecteur, il fut véhiculé le long des lignes aériennes. Seize heures plus tard, il était déjà trop tard. Les pays du tiers-monde furent décimés en trois semaines d'horreur, et les États-Unis se refermèrent sur eux-mêmes au bout de quatre. Les militaires bloquèrent les frontières, et une politique gouvernementale du type « désolés, on peut rien faire pour vous » fut instaurée. Même avec ça, les gens souffrirent et moururent, mais, comparé au charnier que devint le reste du monde, ce fut du gâteau.

Pourtant, la raison principale pour laquelle la civilisation resta intacte fut la résistance au virus Ange de la plupart des espèces d'Outres. Les sorciers, les morts-vivants et toutes les petites espèces comme les trolls, les pixies et les fées passèrent au travers comme un charme. Les garous, les vamps vivants et les leprechauns s'en tirèrent avec une grippe. Les elfes, en revanche, disparurent complètement. On raconte que leur habitude de se mélanger avec les humains pour augmenter leur nombre se retourna contre eux, les rendant sensibles à l'Ange.

Quand la poussière retomba et que le virus eut été éradiqué, le nombre total de nos espèces combinées avait presque rejoint celui des humains. C'était une chance que nous nous empressâmes de saisir. Le Tournant, comme on le nomma, commença à midi avec un seul pixie. Il se termina à minuit avec une humanité cachée sous la table, essayant de se faire à l'idée qu'elle avait vécu à côté de sorciers, de vampires et de garous depuis bien avant l'époque des pyramides. La première idée des humains, venant de leurs tripes, fut de nous effacer complètement de la surface de la Terre. Elle fit long feu quand il leur fut mis sous le nez que nous avions maintenu les structures de la civilisation pendant que le reste du monde foutait le camp. Sans nous, le taux de mortalité aurait été bien plus élevé.

Mais, même comme ça, les premières années qui suivirent le Tournant furent un truc de dingues. Effrayés à l'idée de lutter contre nous, les humains mirent la recherche scientifique hors la loi, la désignant comme le démon derrière leurs malheurs. Les labos de biologie furent rasés, les chercheurs qui avaient échappé à l'épidémie furent jugés et éliminés dans ce qui ne fut guère plus que des meurtres légalisés. Il y eut une seconde vague de décès, plus discrète, quand les sources des nouvelles médecines furent accidentellement détruites, en même temps que les biotechnologies.

Ce ne fut qu'une question de temps avant que l'humanité mette en place une institution purement humaine pour contrôler les activités des Outres. Ainsi naquit le Bureau Fédéral de l'Outremonde, qui remplaça toutes les structures de maintien de l'ordre sur le territoire des États-Unis. Les membres des forces de l'ordre de l'Outremonde et les fédéraux réduits au chômage formèrent leur propre police, le SO. Encore aujourd'hui, la rivalité reste forte et sert à garder le couvercle bien fermé sur les plus agressifs des Outres.

Quatre étages de l'immeuble principal du BFO à Cincinnati sont consacrés à la recherche des labos bio illégaux restants. Des labos où, pour un certain prix, on peut encore se procurer de l'insuline propre et des médicaments pour lutter contre la leucémie. Le BFO des humains est aussi obsédé par la recherche de technologies interdites que le SO l'est par sa volonté de chasser des rues la drogue baptisée « Soufre », et d'arrêter sa destruction des cervelles.

Et tout ça a commencé quand Rosalind Franklin a remarqué que son crayon avait été déplacé et que quelqu'un était là où il n'aurait pas dû être, pensai-je en massant du bout des doigts mon front douloureux. Quelques petits indices. De vagues allusions. C'est avec ça que le monde tourne. C'est ce qui faisait de moi une aussi bonne Coureuse. Avec un sourire à Rosalind, j'essuyai mes empreintes sur le cadre et le mis dans ma caisse.

Il y eut un éclat de rire nerveux derrière moi. J'ouvris brutalement le tiroir suivant et farfouillai parmi les vieux Post-it et les trombones. Ma brosse était à la même place que d'habitude, et un nœud d'angoisse s'estompa quand je la jetai dans la caisse. Les cheveux peuvent servir à créer des sorts ciblés. Si Denon s'apprêtait à coller un contrat sur ma tête, il aurait été intéressé.

Mes doigts butèrent sur la masse lisse de la montre de mon père. Rien d'autre n'était à moi, et je refermai le tiroir avec force, me raidissant au moment où ma tête me donna l'impression d'exploser. Les aiguilles de la montre étaient figées sur minuit moins sept. Il me taquinait toujours en affirmant qu'elles s'étaient arrêtées la nuit de ma conception. Me renfonçant dans mon siège, je glissai la montre dans ma poche. Je pouvais presque voir mon père dans l'embrasure de la porte de la cuisine, ses yeux allant de la montre à l'horloge au-dessus de l'évier, un sourire barrant son long visage tandis qu'il se demandait où étaient passés tous ces moments perdus.

Je mis Monsieur Poisson, le Betta que j'avais eu au Noël du bureau précédent, dans mon bol de dissolution, m'en remettant à la chance pour que l'eau et le poisson restent ensemble. La boîte de flocons pour poisson alla le rejoindre dans la caisse. Un bruit sourd attira mon attention vers l'autre bout de la pièce, au-delà des cloisons, du côté de la porte fermée du bureau de Denon. Son hurlement étouffé me parvint :

— Tamwood, tu ne feras pas trois pas au-delà de cette porte.

Les conversations se turent. Apparemment, Ivy venait de démissionner.

— J'ai un contrat. Tu travailles pour moi et pas le contraire ! Tu pars et… (Il y eut un fracas derrière la porte fermée.) Sainte merde… il y a combien là-dedans ?

Sa voix avait baissé d'un cran.

— Assez pour rembourser mon contrat. (La voix d'Ivy était glaciale.) Assez pour vous et les macchabées du sous-sol. Nous nous comprenons ?

— Ouais, dit-il avec un fort relent d'avidité comblée. Ouais. T'es virée.

J'avais l'impression que ma tête était pleine de coton. Je la posai sur mes mains jointes. Ivy avait de l'argent ? Pourquoi n'en avait-elle pas parlé la nuit dernière ?

— Allez vous faire Tourner, Denon, lança Ivy, brisant un silence absolu. Je démissionne. Vous ne m'avez pas virée. Vous pouvez avoir mon fric, mais vous n'achèterez jamais les sang-noble. Vous êtes un seconde-zone, et aucune somme ne pourra jamais changer ça. S'il faut que je vive sur le trottoir en me nourrissant de rats, je serai encore au-dessus de vous, et ça vous tue que je n'aie plus à suivre vos ordres.

— Ne crois pas que tu vas t'en tirer comme ça, rugit le patron, et je pus presque voir la grosse veine prête à péter dans son cou. Les accidents arrivent autour d'elle. Reste trop proche et tu pourrais te réveiller morte.

La porte de Denon s'ouvrit à la volée, et Ivy sortit en trombe, la renvoyant tellement fort que les lumières vacillèrent. Ses traits étaient tendus, et je pense qu'elle ne me vit même pas quand elle passa près de mon box. Entre le moment où elle m'avait quittée et maintenant, elle avait enfilé une blouse en soie qui lui descendait jusqu'aux mollets. Je suis assez sûre de mes préférences sexuelles pour avouer qu'elle la portait vraiment bien. Le bas voletait au-dessus du plancher au rythme de ses pas meurtriers. Des taches de colère coloraient ses joues pâles. Sa tension était palpable et lui faisait une aura presque visible.

Elle ne cédait pas au vampirisme, elle était simplement folle furieuse. Mais même comme ça, elle laissait derrière elle des remous glacés que le soleil qui pénétrait à flots ne pouvait pas réchauffer. Un sac en toile vide pendait à son épaule, et son souhait était encore autour de son cou. *Bonne fille*, pensai-je, *garde-le pour les jours pluvieux*. Elle prit l'escalier et je dus fermer les yeux sous la douleur quand la porte métallique heurta le mur.

Jenks se précipita dans mon box, vrombissant autour de mon crâne comme un papillon de nuit en folie pour bien me faire remarquer le rafistolage de son aile.

— Salut Rach', jeta-t-il en en faisant un peu trop dans le joyeux. Ça boume ?

— Pas si fort, murmurai-je.

J'aurais donné n'importe quoi pour une tasse de café, mais je n'étais pas certaine que les vingt pas jusqu'au distributeur la valaient. Jenks était en habits de ville, portant des couleurs criardes et non assorties. Le violet ne va pas très bien avec le jaune. Ça n'a jamais été le cas et ça ne le sera jamais. *Mon Dieu, le collant sur son aile lui aussi est violet.*

— Tu n'as jamais la gueule de bois ? soufflai-je.

Il se percha sur le bord de mon pot à crayons et sourit.

— Non. Le métabolisme des pixies est trop rapide. L'alcool est immédiatement transformé en sucre. C'est chouette, non ?

— Super.

J'enveloppai soigneusement une photo de maman et moi dans un chiffon et la glissai à côté de Rosalind. Je nourris un instant l'idée de dire à ma mère que je n'avais plus de travail, puis décidai de m'en abstenir pour des raisons évidentes. J'attendrais d'en avoir trouvé un autre.

— Ivy va bien ? demandai-je.

— Ouais. Ça ira. (Jenks vola jusqu'à mon pot de laurier.) Elle est seulement un peu énervée d'avoir dû donner tout ce qu'elle avait pour acheter sa sortie et protéger ses fesses.

J'acquiesçai, heureuse qu'ils aient voulu se débarrasser de moi. Les choses seraient plus simples si nous n'avions ni l'une ni l'autre un contrat sur la tête.

— Tu savais qu'elle avait de l'argent ?

Jenks épousseta une feuille et s'y assit. Il eut un regard condescendant, ce qui est difficile à réussir quand vous faites dix centimètres et êtes habillé comme un papillon enragé.

— Ben, ouais… Elle est la dernière vivante de son sang. À ta place, je lui donnerais un peu d'air pendant quelques jours. Elle est aussi énervée qu'une guêpe mouillée. Elle y a laissé sa maison de campagne, ses terres, ses actions. Tout ce qui lui reste, c'est le manoir en ville près de la rivière, et c'est sa mère qui l'a.

Je m'installai à l'aise dans mon siège, déballai ma dernière plaquette de chewing-gum à la cannelle et la mis dans ma bouche. Il y eut un tintement quand Jenks s'engouffra dans ma caisse en carton et commença à y farfouiller.

— Ah, et Ivy a dit qu'elle avait déjà loué un truc. J'ai l'adresse.

— Sors de mes affaires !

Je lui envoyai une pichenette et il repartit vers le laurier. Il se percha sur la plus haute branche pour regarder les autres papoter. Mes tempes se remirent à battre quand je me penchai pour vider le tiroir du bas. *Pourquoi Ivy a-t-elle donné tout ce qu'elle avait à Denon ? Pourquoi ne pas avoir utilisé son souhait ?*

— Accroche-toi, lança Jenks en se glissant le long de la branche pour se planquer au milieu des feuilles. Il arrive.

Je me redressai et vis Denon déjà à mi-chemin de mon bureau. Francis, le lèche-cul, le mouchard cireur de pompes du service, lâcha un groupe et lui emboîta le pas. Les yeux de mon ex-patron se posèrent sur moi par-dessus la cloison de mon box. Je m'étouffai brusquement, en avalant mon chewing-gum.

Pour expliquer : mon patron avait tout d'un lutteur professionnel avec un doctorat en suavité ; grand, les muscles épais, un teint acajou parfait. Je pense qu'il avait été rocher dans une vie précédente. À la différence d'Ivy, il était né humain et avait été contaminé. Cela le rangeait parmi les sang-bas, une sorte de deuxième classe dans le monde vamp.

Mais même comme ça, Denon était une puissance avec laquelle compter ; il avait travaillé dur pour sortir de son ignoble condition de départ. Sa surabondance de muscles n'était pas là que pour faire joli, elle lui permettait de survivre quand il était avec les forts de sa race d'adoption. Il avait cet aspect sans âge de celui qui se nourrit régulièrement auprès d'un vrai mort-vivant. Seuls les morts-vivants pouvaient transformer des humains en vampires. Et, à voir son excellente santé, Denon était clairement un favori. La moitié du plateau aurait voulu être son jouet sexuel. Il fichait la trouille à l'autre moitié. J'étais fière d'avoir ma carte de membre de cette moitié-là.

Mes mains tremblaient quand je pris ma tasse de café de la veille et prétendis en boire une gorgée. Ses bras se déplaçaient comme des pistons. Sa chemise jaune faisait contraste avec son pantalon noir. Les plis en étaient parfaitement marqués et mettaient en évidence ses jambes musclées et sa taille étroite. Les gens se carapataient de son chemin. Quelques-uns quittèrent l'étage. Que Dieu me vienne en aide si j'avais foiré mon seul souhait et que je me fasse prendre.

Il y eut un gémissement de plastique quand il s'appuya sur le haut de ma cloison d'un mètre vingt. Je ne le regardai pas, préférant me concentrer sur les traces qu'avaient laissées mes punaises dans la toile des panneaux. Mes bras s'étaient couverts de chair de poule comme si Denon m'avait touchée. Sa présence sembla tourbillonner autour de moi, renvoyée par les cloisons de mon box et s'élevant de toutes parts, jusqu'à ce que j'aie l'impression qu'il était aussi derrière moi. Mon cœur battit plus vite, et je me concentrai sur Francis.

Ce péteux s'était assis sur le bureau de Joyce et était en train de défaire le bouton de sa veste en polyester. Il souriait pour montrer ses dents parfaites et manifestement fausses. Il releva les manches sur ses bras maigres. Son visage triangulaire était encadré par des cheveux coupés à hauteur des oreilles qu'il passait son temps à écarter de ses yeux. Il croyait que cela lui donnait l'air d'un gamin charmeur. Pour moi, on aurait dit qu'il venait de se lever. Même s'il n'était que 15 heures, une barbe naissante lui noircissait les joues. Le col de sa chemise hawaïenne était volontairement remonté. Au bureau, la plaisanterie en vogue était qu'il essayait de ressembler à Sony Crockett, mais que ses yeux rapprochés louchaient et que son nez était trop long et trop étroit pour que ça marche. Consternant.

— Je sais où tu veux en venir, Morgan, dit Denon, ramenant mon attention sur lui.

Il avait une voix enrouée et basse que seuls les Noirs et les vampires ont le droit d'avoir. C'est une sorte de loi. Grave et douce. Câline. La promesse qu'elle recelait me glaça, et la peur me transperça.

— Je vous demande pardon ? demandai-je, fière que ma voix ne se brise pas.

Enhardie, je croisai son regard. Ma respiration s'emballa et je me raidis. Il essayait de me jeter une aura en plein après-midi. *Damnation.*

Il se pencha par-dessus la cloison, laissant ses bras reposer sur le haut. Ses biceps se gonflèrent, les veines prenant du relief. Les cheveux de ma nuque s'étaient dressés et je luttai contre l'envie de regarder derrière moi.

— Tout le monde croit que tu te tires à cause des missions de peigne-cul que je te donne, déclara-t-il, sa voix douce caressant les mots quand ils passaient entre ses lèvres. Ils ont raison.

Il se redressa et je sursautai quand le plastique craqua. Le marron de ses yeux avait presque complètement disparu derrière les pupilles qui s'agrandissaient. *Double damnation.*

— Ça fait deux ans que j'essaie de me débarrasser de toi. (Il sourit, me montrant ses dents humaines.) Tu n'as pas la poisse, tu m'as moi. Des coéquipiers débiles. Des instructions mal transmises, des fuites auprès de tes proies. Et quand j'arrive finalement à te faire partir, tu t'en vas avec ma meilleure Coureuse.

Son regard s'intensifia. Je forçai mes mains à se décrisper, mais cela attira son attention sur elles.

— Ce n'est pas bien, Morgan.

Ce n'était pas ma faute, pensai-je, ma peur refluant devant sa révélation. Ce n'était pas moi. Toutes ces erreurs n'étaient pas de mon fait. Mais soudain, Denon se propulsa jusqu'à l'ouverture qui servait de porte dans ma cloison.

Je me retrouvai debout et plaquée contre mon bureau dans un grand bruit de métal et de plastique. Des papiers crissèrent, la souris tomba et se balança au bout de son câble. Les yeux de Denon étaient complètement noirs. Mon cœur tambourinait.

— Je ne t'aime pas, Morgan, dit-il dans un souffle qui passa sur moi comme une lingette poisseuse. Je ne t'ai jamais aimée. Tes méthodes sont débiles et hasardeuses, comme l'étaient celles de ton père. Être incapable de ramener cette leprechaun est proprement incroyable.

Son regard se fit distant et je m'aperçus que je retenais ma respiration. La compréhension semblait danser juste hors de sa portée. *S'il te plaît, fonctionne*, pensai-je, désespérée. *Cher souhait, pourrais-tu marcher ?* Denon se pencha vers moi et j'enfonçai mes ongles dans la paume de mes mains pour m'empêcher de reculer. Je me forçai à respirer.

— Incroyable, répéta-t-il en faisant mine de chercher à comprendre, mais il secoua la tête, comme s'il compatissait.

Mon souffle revint quand il se redressa. Ses yeux quittèrent les miens, se posèrent sur mon cou, où je savais que mon pouls battait. Ma main remonta pour aller le cacher et il sourit comme un amant pour sa chère et tendre. Il n'avait qu'une seule cicatrice sur son cou magnifique. Je me demandai où étaient les autres.

— Dès que tu es dehors, souffla-t-il, la chasse est ouverte.

Le choc se mêla à l'inquiétude dans un magma vomitif. Il allait mettre un prix sur ma tête.

— Vous ne pouvez pas, bredouillai-je. Vous vouliez que je parte.

Il ne bougea pas. Son immobilité même fit monter ma peur. Mes yeux s'élargirent devant sa respiration lente et profonde, ses lèvres qui rougissaient et gonflaient.

— Rachel, quelqu'un va mourir pour ça, murmura-t-il, et la façon dont il prononça mon prénom transforma mon visage en glaçon. Je ne peux pas tuer Tamwood. Alors c'est toi qui serviras de bouc émissaire. Félicitations.

Il me fixait de sous ses sourcils. Ma main quitta mon cou tandis qu'il sortait du box. Ses mouvements n'étaient pas aussi fluides que ceux d'Ivy. C'était la différence entre sang-noble et sang-bas ; ceux qui étaient nés vamps et ceux qui étaient nés humains et avaient été transformés. Une fois dans l'allée, la menace disparut de ses yeux. Denon tira une enveloppe de sa poche arrière et la jeta sur mon bureau.

— Profite de ton dernier chèque, dit-il à haute voix, plus pour les autres que pour moi.

Puis il fit demi-tour et s'éloigna.

— Mais vous vouliez que je parte…

Mon murmure ne l'atteignit pas, et il disparut dans l'ascenseur. Les portes se fermèrent, la petite flèche rouge indiquant la descente s'éclaira. Il devait aller faire son rapport à son propre patron. Il plaisantait sûrement. Il ne mettrait pas une récompense sur ma tête pour un truc aussi ridicule qu'Ivy partant avec moi. Il ne le ferait pas ?

— Rachel, tu as été parfaite.

Ma tête se redressa brutalement sous l'effet de la voix nasillarde. J'avais oublié Francis. Il se laissa glisser du bureau de Joyce et s'appuya contre mon mur. Après avoir vu Denon faire la même chose, le résultat était risible. Lentement, je me rassis sur mon siège pivotant.

— Ça fait six mois que j'attends que la pression te soit assez montée au cerveau pour que tu démissionnes, dit-il. J'aurais dû savoir qu'il suffirait que tu te saoules.

Une vague de colère fit s'évanouir le reste de ma peur et je repris mon rangement. Mes doigts étaient glacés et je les massai pour essayer de les réchauffer. Jenks sortit de sa cachette et revint en volant vers le faîte de ma plante.

Francis remonta les manches de sa veste au-dessus de ses coudes. Repoussant mon chèque d'un doigt, il s'assit sur mon bureau, un pied par terre.

— Ça a pris plus longtemps que j'aurais cru, se moqua-t-il. Tu es vraiment obstinée ou bien vraiment stupide. Dans tous les cas, tu es morte.

Il renifla, produisant un bruit de crécelle à travers son nez étroit.

Je refermai violemment un tiroir, ratant de peu ses doigts.

— Tu veux prouver quelque chose, *Francis* ?

— C'est Frank, corrigea-t-il, essayant de se donner un air supérieur mais réussissant seulement à faire croire qu'il avait un rhume. Et ne prends pas la peine de supprimer tes fichiers, ils sont à moi, comme ton bureau.

Je jetai un coup d'œil à mon écran, avec son économiseur au gros crapaud à yeux de punaise. Périodiquement, il avalait une mouche qui avait le visage de Francis.

— Depuis quand les macchabées d'en bas laissent-ils un magicien s'occuper d'un cas ? demandai-je, mettant l'accent sur son rang.

Francis n'était pas assez bon pour mériter celui de sorcier. Il pouvait invoquer un sort, mais il n'avait pas assez de connaissances pour en fabriquer un. Moi si, même si, en général, j'achetais mes amulettes. C'était plus facile, et probablement plus sûr pour moi comme pour ma cible. Ce n'était pas ma faute si des milliers d'années d'images stéréotypées avaient classé les femmes chez les sorciers, et les hommes chez les magiciens. C'était visiblement ce qu'il avait voulu que je demande.

— Tu n'es pas la seule à savoir cuisiner, ma chère Rachel. J'ai eu ma licence la semaine dernière. (En se penchant, il prit un stylo dans ma caisse et le remit dans le pot à crayons.) J'aurais dû passer sorcier il y a longtemps. Mais j'hésitais à me salir les mains en apprenant à fabriquer un sort. Je n'aurais pas dû attendre si longtemps. C'est trop simple.

Je repris le stylo et le mis dans ma poche arrière.

— Contente pour toi.

Francis est passé au rang de sorcier ? pensai-je. *Ils ont dû baisser la barre.*

— Ouais, acquiesça-t-il, faisant le ménage sous ses ongles avec l'une de mes dagues en argent. J'ai ton bureau, tes enquêtes, et même ta voiture.

Lui arrachant le couteau de la main, je le jetai dans la caisse.

— Je n'ai pas de voiture de fonction.

— Moi, si.

Il tira sur le col de sa chemise couvert de petits palmiers, comme s'il était très content de lui-même. Je me jurai de ne plus ouvrir la bouche pour ne pas lui donner une autre chance de se vanter. Il eut un soupir satisfait.

— Et je vais en avoir besoin. Denon m'a planifié pour une interview du conseiller Trenton Kalamack lundi prochain. (Il renifla.) Pendant que tu ratais ton pauvre boulot d'attrape-couillon, j'ai conduit la chasse qui a ramené deux kilos de Soufre.

— Une belle affaire, dis-je, prête à l'étrangler.

— Ce n'est pas tant le montant. (Il rejeta ses cheveux en arrière.) C'est la personne qui les transportait qui est importante.

Je dressai l'oreille. Le nom de Trent relié à du Soufre ?

— Qui ? demandai-je.

Francis descendit du meuble. Il trébucha sur mes pantoufles de bureau roses et molletonnées et faillit tomber. En se rattrapant, il visa le long de son doigt, comme s'il s'était agi d'un pistolet.

— Regarde bien derrière toi, Morgan.

C'était trop. Le visage convulsé, je lançai mon pied, attrapant bien proprement le sien. Il s'effondra avec un glapissement satisfaisant. Mon genou était sur le dos de sa mocheté de veston en polyester avant qu'il ait touché le sol. Ma main alla vainement chercher les menottes sur ma hanche. Jenks applaudit en passant au-dessus de moi. Après un hoquet apeuré, il n'y avait plus eu un bruit sur le plateau. Personne n'interviendrait. Ils ne me regarderaient même pas.

— Je n'ai rien à perdre, mon chou ! grognai-je, me penchant jusqu'à ce que je sente sa sueur. Comme tu l'as dit, je suis déjà morte. Alors, la seule chose qui me retienne de t'arracher les paupières immédiatement, c'est la curiosité. Je vais te le redemander. Qui as-tu pris avec le Soufre ?

— Rachel, pleurnicha-t-il, capable de me renvoyer sur les fesses mais effrayé d'essayer. Tu aggraves ton cas... Aïe, aïe, hurla-t-il comme mes ongles s'enfonçaient dans le haut de sa paupière droite, Yolin. Yolin Bates !

— Le secrétaire de Trent Kalamack ? commenta Jenks qui planait au-dessus de mon épaule.

— Oui, confirma Francis, son visage raclant la moquette quand il tourna la tête pour me regarder. Ou plutôt son ex-secrétaire. Mais bon Dieu, Rachel. Lâche-moi.

— Il est mort ?

Je secouai la poussière de mon jean en me relevant. Francis se redressa, maussade. Mais il éprouvait un certain plaisir à me raconter ça, sinon il aurait déjà décampé.

— « Elle », pas « il », dit-il en rajustant son col pour le remettre droit. Ils l'ont trouvée hier, défoncée à mort dans sa cellule du SO. Littéralement. C'était une magicienne.

Il avait prononcé ces derniers mots avec un ton condescendant, et je lui renvoyai un sourire aigre. Comme il est facile d'afficher du mépris pour la condition qui était la vôtre seulement une semaine auparavant. *Trent*, pensai-je, mon regard se perdant dans le vague. Si je pouvais prouver qu'il trafiquait dans le Soufre et le livrer au SO sur un plateau d'argent, Denon serait bien forcé de me lâcher. Le SO le pistait depuis des années, depuis que le réseau du Soufre ne cessait de s'élargir. Personne ne savait s'il était humain ou Outre.

— Bon sang, Rachel, pleurnicha Francis en se tamponnant le dessus de la lèvre, tu m'as explosé le nez.

Mes pensées se libérèrent et je lui jetai un regard moqueur.

— Tu es un sorcier, va donc te fabriquer un sort.

Je savais qu'il n'était pas encore assez bon pour ça. Il faudrait qu'il en emprunte un, comme le magicien qu'il avait été, et je savais que ça l'irritait. Je rayonnai quand il ouvrit la bouche pour répondre. Mais il se reprit, pinça ses narines pour arrêter le sang et fit demi-tour.

Je sentis un tiraillement quand Jenks atterrit sur ma boucle d'oreille. Francis s'enfuyait dans l'allée, la tête penchée selon un angle curieux. L'ourlet de son veston de sport oscillait au rythme de sa démarche empruntée, et je ne pus retenir un ricanement quand Jenks chantonna le thème de *Deux Flics à Miami*.

— Quelle chiffe molle, dit le pixie tandis que je me tournais de nouveau vers mon bureau.

Je casai mon plant de laurier dans ma caisse, et mon froncement de sourcils revint. J'avais mal à la tête, et envie de rentrer chez moi et de faire un somme. Un dernier regard à mon bureau, et je ramassai mes pantoufles et les laissai tomber sur le reste de mes affaires. Les livres de Joyce atterrirent sur son siège avec un petit mot pour lui dire que je l'appellerais plus tard. *Et tu vas prendre mon ordinateur, hein ?* pensai-je en m'arrêtant pour ouvrir un fichier. Trois clics suffirent à rendre impossible tout changement de l'économiseur d'écran sans vautrer tout le système.

— Jenks, je rentre chez moi, soufflai-je tout en jetant un coup d'œil à la pendule murale.

15 h 30. Je n'étais là que depuis une demi-heure. Ça semblait des siècles. Un dernier regard au plateau ne me montra que des têtes baissées et des dos tournés. C'était comme si je n'existais plus. *Qui a besoin d'eux ?* songeai-je en arrachant ma veste du dossier de mon siège et en tendant la main vers le chèque.

— Hé, criai-je quand Jenks me pinça l'oreille. Merde, arrête ça !

— C'est le chèque, beugla-t-il. Bon Dieu, ma fille, il a ensorcelé le chèque !

Je me figeai. Laissant tomber ma veste dans la caisse, je me penchai sur l'enveloppe apparemment inoffensive. Les yeux fermés, j'inhalai profondément, cherchant l'odeur de séquoia. Puis je testai le fond de ma gorge en quête du relent de sulfure qui traînait toujours lorsqu'il y avait de la magie noire.

— Je ne sens rien.

Jenks eut un rire bref.

— Moi, si. Ça ne peut être que le chèque. C'est tout ce que Denon t'a donné. Et fais gaffe, Rachel, c'est noir.

J'eus envie de vomir. Denon ne pouvait pas être sérieux. C'était impossible.

Je regardai de nouveau autour de moi, mais sans y trouver d'aide. Inquiète, je sortis mon vase de la poubelle. Un peu de l'eau de Monsieur Poisson y atterrit. J'y ajoutai une dose de sel, plongeai mon doigt pour goûter, et en mis un peu plus. Quand je jugeai que la salinité était équivalente à celle de l'océan, je répandis le tout sur le chèque. S'il avait été ensorcelé, le sel briserait le sort.

Un soupçon de fumée jaune s'éleva au-dessus de l'enveloppe.

— Ah, merde, soufflai-je, soudain effrayée. Gaffe à ton nez, Jenks.

Et je plongeai sous le bureau.

Avec un pschitt brutal, le sort se décomposa. De la fumée jaune pleine de sulfure s'éleva vers les bouches d'aération et y fut aspirée. Des cris de déception et de dégoût s'élevèrent avec elle. Il y eut un bruit de cavalcade quand tout le monde se précipita vers les portes. Même si je m'y attendais, l'odeur d'œuf pourri me piqua les yeux. Ce sort était une vraie saleté, fait sur mesure puisque Denon et Francis avaient pu toucher l'enveloppe. Ç'avait dû coûter un max.

Secouée, je sortis de sous mon bureau. Le plateau était désert.

— Est-ce que c'est bon maintenant ? demandai-je en toussant. (Ma boucle d'oreille bougea quand le pixie acquiesça.) Merci, Jenks.

L'estomac en pleine tempête, je posai le chèque trempé sur la caisse et me mis en marche le long des box vides. Il semblait bien que Denon était sérieux avec sa menace. Fabuleux.

Chapitre 4

— Ra-a-a-chel-l-l-l-l, chantait une petite voix irritante.

Elle perçait au travers des bruits d'embrayage et des hoquets du moteur diesel du bus. La voix de Jenks agaçait mon oreille interne pire qu'une craie sur un tableau noir, et ma main trembla de l'effort que je fis pour ne pas essayer de l'attraper. De toute façon, je ne l'aurais pas eu. La petite peste était trop rapide.

— Je ne dors pas, dis-je avant qu'il puisse recommencer. Je me repose les yeux.

— Et tu vas te reposer les yeux au-delà de ton arrêt… *beauté!*

Il enfonçait à coups de marteau le surnom dont m'avait gratifiée le chauffeur la nuit précédente. Je soulevai une paupière.

— Ne m'appelle pas comme ça!

Le bus tourna à un coin de rue et j'agrippai la caisse posée sur mes genoux.

— Encore deux blocs, dis-je à travers mes dents serrées.

La nausée était partie, mais le mal de tête s'accrochait. Je savais qu'il y avait encore deux pâtés de maisons rien qu'à entendre les cris provenant de l'entraînement de la Ligue Junior dans le parc, juste en bas de mon immeuble. Il y en aurait un autre après le coucher du soleil pour les nocturnes.

Il y eut un froissement d'ailes quand Jenks se laissa tomber de ma boucle d'oreille dans la caisse.

— Sainte mère Clochette, c'est tout ce qu'ils te paient ? s'exclama-t-il.

Mes yeux s'ouvrirent d'un coup.

— Sors de mes affaires !

J'attrapai mon chèque trempé et le fourrai dans ma poche.

Jenks eut une grimace moqueuse. Je frottai mon pouce et mon index l'un contre l'autre, comme si j'écrasais quelque chose. Il comprit l'allusion et mit sa tenue de soie violette et jaune hors d'atteinte, se posant sur le dossier du siège devant moi.

— Tu n'as rien d'autre à faire ? demandai-je. Comme aider ta famille à déménager ?

Jenks éclata de rire.

— Les aider à déménager ? Hors de question. (Ses ailes frémirent.) De plus, il faut que je renifle chez toi pour m'assurer que tout est en ordre, avant que tu te fasses exploser en essayant d'utiliser les W.-C.

Il rit de façon hystérique, et plusieurs personnes se tournèrent vers nous. Je haussai les épaules comme pour dire : « Les pixies… que voulez-vous ? »

— Merci, lançai-je sourdement.

Un pixie comme garde du corps. Denon s'en ferait péter la rate à force de rigoler. J'étais redevable à Jenks d'avoir trouvé le sort sur mon chèque, mais le SO n'avait pas eu le temps de préparer autre chose. J'estimais que j'avais quelques jours s'il m'en voulait vraiment. Pour moi, ça s'apparentait plutôt à un « ne laisse pas ce sort te tuer sur le chemin de la sortie ».

Je me levai quand le bus arriva à l'arrêt. Descendant cahin-caha du marchepied, je débarquai dans le soleil de fin d'après-midi. Jenks continuait ses cercles énervants autour de moi, pire qu'un moustique.

— Joli coin.

Tout en attendant une éclaircie dans la circulation pour traverser jusqu'à mon immeuble, je ne pus que m'avouer d'accord avec son sarcasme. Je vivais dans le quartier nord de Cincinnati, dans ce qui avait dû être un coin sympa vingt ans auparavant. L'immeuble en brique avait trois étages. À l'origine, il avait été construit pour des étudiants de la haute. Il avait dû accueillir ses dernières fêtes d'après exam il y a bien des années, et en était maintenant réduit à ça.

Les boîtes à lettres noires fixées au porche étaient moches et cabossées ; certaines avaient visiblement été fracturées. Je passais prendre mon courrier chez la proprio. Je la suspectais d'avoir elle-même fracturé les boîtes pour pouvoir examiner à loisir le courrier des locataires. Il y avait une mince bande de gazon et deux buissons ébouriffés de chaque côté des larges marches. L'année dernière, j'avais planté les graines d'achillées, des mille-feuilles, que j'avais eues par une promotion dans la revue *Sorts Hebdo*, mais Monsieur Mimi, le chihuahua de la proprio, les avait déterrées avec presque tout le reste du jardin. Des mottes éparses donnaient à l'endroit un air de champ de bataille de fées.

— Et moi qui pensais que ma piaule était ringarde, souffla Jenks.

J'évitai la marche minée par la pourriture sèche. Mes clés tintèrent quand je déverrouillai la porte tout en gardant ma caisse en équilibre. Une petite voix dans ma tête me répétait la même chose depuis des années. Une odeur de friture m'assaillit dès que j'entrai dans le hall. Je fronçai le nez. Une moquette verte premier prix escaladait les marches, usée jusqu'à la moelle et tout effilochée.

Mme Baker avait une fois de plus dévissé l'ampoule de l'escalier, mais le soleil qui entrait par la fenêtre du palier et qui illuminait le papier peint et ses boutons de rose suffisaient pour trouver son chemin.

— Hé, dit Jenks quand je commençai à monter, cette tache sur le plafond a la forme d'une pizza.

Je jetai un coup d'œil. Il avait raison. Marrant, je ne l'avais jamais remarquée.

— Et ce trou dans le mur ? continua-t-il quand nous atteignîmes le premier étage. Il a juste la taille d'une tête. Purée, si ces murs pouvaient parler…

Je découvris que je pouvais encore sourire. Il n'y avait plus qu'à attendre qu'il voie mon appartement. Il y avait un gros creux dans le plancher du salon, à l'endroit où quelqu'un avait improvisé un foyer. Mon sourire se figea quand j'arrivai au deuxième étage. Toutes mes affaires étaient sur le palier.

— Nom d'un diable ! laissai-je échapper. J'ai payé mon loyer !

Consternée, je posai ma caisse sur le plancher et jetai un œil du côté de la porte de Mme Talbu. Du plafond, Jenks lança :

— Hé, Rach', où est ton chat ?

Ma colère montait. Je regardai fixement mes affaires. Elles semblaient prendre beaucoup plus de place, entassées sur la moquette synthétique et hors d'âge du palier.

— Pourquoi elle a fait…

— Rach', répéta Jenks, où est ton chat ?

— Je n'ai pas de chat, aboyai-je presque.

Ç'avait toujours été un sujet sensible.

— Je croyais que toutes les sorcières avaient un chat.

Les lèvres serrées, j'avançai sur le palier.

— Les chats font éternuer Monsieur Mimi.

— Qui est Monsieur Mimi ?

La question venait d'à côté de mon oreille.

— Lui, dis-je en indiquant la photo grand format d'un chihuahua blanc accrochée en face de la porte de ma propriétaire.

Le Médor à yeux de punaise et à tête de fesses portait un nœud blanc, comme ceux que les parents mettent à leur enfant pour que vous sachiez qu'il s'agit d'une fille. Je tapai à coups de poing sur la porte.

— Madame Talbu ? Madame Talbu !

J'entendis les jappements étouffés de Monsieur Mimi, accompagnés du raclement de griffes sur le bas de la porte, et suivis de près par la voix stridente de ma proprio qui essayait de le faire taire. Monsieur Mimi redoubla d'énergie, essayant de creuser le parquet pour arriver jusqu'à moi.

— Madame Talbu ! hurlai-je. Pourquoi mes affaires sont-elles sur le palier ?

— Ça commence à se savoir, beauté, fit Jenks, accroché au plafond. Tu es une marchandise avariée.

— Je t'ai dit de ne pas m'appeler comme ça ! grognai-je, cognant sur la porte en prononçant le dernier mot.

J'entendis une autre porte claquer à l'intérieur, et les jappements de Monsieur Mimi ne me parvinrent plus qu'étouffés, mais encore plus excités.

— Allez-vous-en. (La voix était fluette et aiguë.) Vous ne pouvez plus vivre ici.

Je massai ma paume endolorie.

— Vous croyez que je ne peux pas payer le loyer ? (Le fait que tout l'étage pouvait m'entendre ne m'arrêta pas.) J'ai de l'argent, madame Talbu. Vous ne pouvez pas me virer. J'ai l'argent du mois prochain juste ici.

Je sortis le chèque trempé et l'agitai vers la porte.

— J'ai fait changer votre serrure, chevrota Mme Talbu. Partez avant de vous faire tuer.

Je fixai la porte, estomaquée. Elle était au courant de la menace du SO. Et son numéro de vieille femme était du bidon. Sa voix était suffisamment puissante pour que je l'entende de l'autre côté de ma cloison quand elle estimait que ma musique était trop forte.

— Vous ne pouvez pas me virer ! (Je commençais à désespérer.) J'ai des droits.

— Les sorcières mortes n'ont aucun droit, commenta Jenks, perché sur l'applique murale.

— Bon Dieu, madame Talbu ! criai-je à travers la porte. Je ne suis pas encore morte.

Il n'y eut aucune réponse. Je restai là, à réfléchir. Je n'avais pas beaucoup de recours, elle le savait. Je me dis que je pourrais loger dans mon nouveau bureau le temps de retrouver quelque chose. Retourner vivre chez ma mère n'était pas une solution, et je n'avais pas parlé à mon frère depuis que j'étais entrée au SO.

— Et ma caution ? demandai-je.

Mais la porte resta silencieuse. Ma colère se transforma en un feu couvert mais constant, un feu qui pourrait durer des jours.

— Madame Talbu, repris-je d'une voix calme. Si vous ne me rendez pas le reste du loyer pour le mois en cours ainsi que ma caution, je vais rester assise juste devant votre porte.

Il n'y avait toujours aucun bruit.

— Je vais rester là jusqu'à ce qu'on me lance un sort. Il est probable que j'exploserai à cet endroit. Ça va faire une grosse tache sanglante sur votre moquette. Une tache que vous ne pourrez pas faire partir. Une grosse tache de sang que vous devrez voir tous les jours. Vous m'entendez, madame Talbu ? Il y aura des morceaux jusqu'à votre plafond, menaçai-je doucement.

J'entendis un hoquet.

— Oh mon Dieu, Mimi, tremblota Mme Talbu. Où est mon chéquier ?

Je lançai un coup d'œil à Jenks et souris amèrement. Il me fit un signe de victoire, le pouce levé.

Il y eut un froissement, suivi de quelques instants de silence, puis un bruit net de papier déchiré. Je me demandai pourquoi elle insistait avec son numéro de vieille femme. Tout le monde savait qu'elle était plus coriace que de la bouse de dinosaure pétrifiée, et qu'elle nous enterrerait probablement tous. Même la mort ne voulait pas d'elle.

— Je vais donner le mot à tout le monde en ville, petite dévergondée. Vous ne trouverez pas un seul endroit à louer dans tout Cincinnati.

Jenks se précipita vers le rectangle de papier poussé sous la porte. Après avoir fait du surplace quelques instants au-dessus du chèque, il fit signe que tout était OK. Je le ramassai et lus le montant.

— Et ma caution ? Vous voulez venir avec moi faire une visite de contrôle ? Vous assurer qu'il n'y a pas de trous de clou dans les murs, ou de runes sous la moquette ?

Il y eut un juron étouffé, rapidement suivi par de nouveaux grattements, et un second rectangle blanc apparut sous la porte.

— Et sortez de mon immeuble, hurla Mme Talbu, avant que je lâche Monsieur Mimi.

— Moi aussi je vous aime, vieille chauve-souris.

Je pris mon porte-clés, en enlevai la clé de mon appartement et la laissai tomber. J'étais en colère mais satisfaite. Je ramassai le nouveau chèque et me dirigeai vers mes affaires, avant de ralentir à l'odeur de sulfure qui en émanait. Mes épaules se figèrent d'inquiétude. Ma vie était entassée le long de ces murs, et tout était ensorcelé. Je ne pouvais rien toucher. Dieu me protège, j'étais vraiment sous le coup d'une sentence de mort du SO.

— Je ne peux pas couvrir tout ça de sel.

J'entendis vaguement une porte se fermer.

— Je connais un gars qui a de la place pour stocker. (Le ton de Jenks était inhabituellement compatissant, et je tournai la tête vers lui tout en me tordant les mains.) Si je le lui demande, il passera ramasser tout ça pour le mettre de côté pour toi. Tu pourras dissoudre les sorts plus tard.

Il hésita, contemplant mes CD empilés sans précaution dans le plus grand de mes bols à sorts en cuivre. J'acquiesçai et me laissai glisser contre le mur jusqu'à ce que mes fesses viennent cogner le sol. Mes habits, mes chaussures, ma musique, mes livres... *ma vie*?

— Oh non, s'émut Jenks, ils ont ensorcelé ton *Best of Takata*.

— La pochette est dédicacée, murmurai-je.

Le vrombissement de ses ailes baissa d'un coup.

Le plastique résisterait à un passage dans l'eau salée, mais la pochette serait foutue. Je me demandai fugitivement si Takata m'en ferait parvenir une autre si je lui envoyais un petit mot. Il se souviendrait peut-être de moi. Nous avions passé une nuit de folie à courser les fantômes dans les ruines des vieux labos bio de Cincinnati. Je crois même qu'il en avait tiré une chanson. « La nouvelle lune, qui se lève sur l'inconnu,/ Les fantômes de la foi, vaccins à risque. » Ç'avait tenu seize semaines au top 20. Je fronçai les sourcils.

— Est-ce qu'il y a quelque chose qu'ils n'ont pas ensorcelé ?

Jenks se posa sur l'annuaire du téléphone et haussa les épaules. Quelqu'un l'avait laissé ouvert à la page des entreprises de pompes funèbres.

— Sympathique.

Les intestins noués, je me remis debout. Je pensai à ce qu'Ivy m'avait dit la veille à propos de Léon Bairn. Plein de petits morceaux de sorcier collés partout sur son porche. Je déglutis difficilement. Je ne pouvais pas rentrer chez moi. *Comment diable allais-je faire pour dédommager Denon ?*

Ma tête recommença à m'élancer. Jenks atterrit sur ma boucle d'oreille, se taisant pendant que je ramassais ma caisse en carton et que je redescendais. Faire les choses dans l'ordre.

— Le gars que tu connais s'appelle comment ? l'interrogeai-je en atteignant le hall. Celui qui a de la place pour stocker. Si je lui donne un bonus, est-ce qu'il pourrait s'occuper de la dissolution sur mes affaires ?

— Si tu lui expliques comment faire. Ce n'est pas un sorcier.

Je tentai de rassembler mes idées. Mon portable était dans mon sac, mais la batterie était morte. Le chargeur était quelque part dans le tas d'affaires ensorcelées.

— Je pourrai l'appeler du bureau.

— Il n'a pas le téléphone.

Jenks lâcha ma boucle d'oreille et vola en arrière pour se poster devant mes yeux. La bande sur son aile s'était décollée, et je me demandai un instant si je devais lui proposer de la retaper.

— Il vit dans le Cloaque, ajouta-t-il. Je lui demanderai moi-même. Il est un peu timide.

Je tendis la main vers la poignée de la porte, puis hésitai. Me collant contre le mur, j'écartai le rideau jaune décoloré par le soleil pour regarder par la fenêtre. La courette miteuse était calme sous le soleil de l'après-midi, vide et tranquille. Le ronronnement d'une tondeuse à gazon et celui des voitures passant à toute allure étaient étouffés par la vitre. Les lèvres serrées, je décidai d'attendre jusqu'à l'arrivée d'un bus.

— Il aime le fric. (Jenks s'était laissé tomber sur l'appui de fenêtre.) Je l'amènerai au bureau après qu'il aura mis tes affaires sous clé.

— Tu veux dire tout ce qui ne sera pas parti tout seul avant qu'il arrive.

Mais je savais que tout était raisonnablement en sécurité. Les sorts, surtout les noirs, sont censés être destinés à une cible spécifique, mais on n'est jamais sûr de rien. Personne ne risquerait sa peau pour mes malheureuses affaires.

— Merci, Jenks.

C'était la deuxième fois qu'il sauvait mes fesses. Ça me mettait mal à l'aise. Je me sentais un peu coupable.

— T'en fais pas, les associés sont là pour ça.

Ça me mit encore plus mal à l'aise. Répondant par un sourire timide à son enthousiasme, je posai ma caisse pour attendre.

Chapitre 5

Le bus était calme. À cette heure-ci, les gens sortaient du Cloaque. Jenks s'était envolé par une fenêtre à peine passé la rivière pour entrer dans le Kentucky. D'après lui, le SO n'essaierait pas de me choper dans un bus devant des témoins. Je ne le croyais qu'à moitié, mais je n'allais pas non plus lui demander de rester avec moi.

J'avais donné l'adresse au chauffeur, et il m'avait dit qu'il me préviendrait quand nous y serions. C'était un humain maigrichon, son uniforme bleu passé pendant sur lui malgré les gaufrettes à la vanille dont il s'empiffrait.

La plupart des conducteurs des transports en commun de Cincinnati n'avaient pas de problème avec les Outres, mais pas tous. Les réactions des humains face à nous étaient très variables. Certains avaient peur, d'autres non. Certains nous enviaient, d'autres voulaient nous tuer. Quelques-uns profitaient des taux d'imposition inférieurs et vivaient dans le Cloaque, mais beaucoup n'y auraient même pas songé.

Peu après le Tournant, un exode imprévu s'était produit quand tous les humains qui en avaient les moyens étaient partis s'installer dans les centres-ville. Les psychologues de l'époque avaient appelé ça un « syndrome de nidification » et, *a posteriori*, ce phénomène national se comprenait. Les Outres furent plus que ravis de mettre la main sur les propriétés des périphéries et d'augmenter leur patrimoine immobilier, et ce avec le concours de l'astronomique chute des prix des logements.

L'équilibre des populations commençait seulement à se rétablir. Des Outres aisés retournant vers les villes, et les humains les moins fortunés et plus informés décidant qu'à tout prendre, un bon voisinage dans l'Outremonde valait mieux qu'un environnement humain mais dégueu. Mais de façon générale, mis à part une petite zone autour de l'université, les humains vivaient dans Cincinnati et les Outres de l'autre côté de la rivière, dans le Cloaque. Nous nous fichions bien que les humains évitent nos quartiers comme les ghettos pré-Tournant.

Le Cloaque était devenu une place forte de la vie outre, confortable et décontracté en surface, ses problèmes potentiels soigneusement cachés. La plupart des humains étaient surpris par l'apparence tout à fait normale du Cloaque, ce qui était cependant assez compréhensible quand vous y réfléchissiez. Notre histoire était celle de l'humanité. Nous n'étions pas tombés du ciel en 1966. Nous avions débarqué sur Ellis Island. Nous nous étions battus pendant la guerre civile, la Première Guerre mondiale, et la Seconde – certains d'entre nous avaient même participé aux trois. Nous avions souffert pendant la Dépression, et attendu avec les autres pour savoir qui avait tué JR.

Mais des différences dangereuses existaient. Tout Outre de plus de cinquante ans avait passé une bonne partie de sa vie à les dissimuler, et la tradition avait perduré.

Les maisons étaient modestes, peintes en jaune ou en blanc, et même quelquefois en rose. Il n'y avait pas de demeures hantées si l'on exceptait le Château des Amours en octobre, quand ils en faisaient le pire des lieux hantés des deux côtés de la rivière. Il y avait des balançoires, des piscines découvertes, des vélos sur les pelouses, et des voitures garées le long des trottoirs. Il fallait un œil exercé pour s'apercevoir que les fleurs étaient protégées par des charmes anti-magie noire et que les fenêtres des sous-sols étaient le plus souvent murées. La réalité dangereuse et sauvage ne fleurissait que dans les profondeurs de la cité, où les gens s'assemblaient et où les émotions se libéraient : les parcs d'attractions, les boîtes de nuit, les bars, les églises. *Jamais* dans nos maisons.

Et tout était calme, même la nuit, lorsque tous les habitants étaient debout. C'était toujours ce calme que les humains remarquaient en premier, ça les mettait à cran et faisait partir en vrille tous leurs instincts.

Regardant par la vitre et comptant les rideaux noirs opaques, je sentis ma tension baisser. La tranquillité du voisinage semblait imprégner le bus. Les quelques passagers se tenaient immobiles. Il y avait quelque chose dans le Cloaque qui criait « Maison ».

Mes cheveux balayèrent mon visage quand le bus freina. J'étais sur les nerfs et je sursautai lorsque le type derrière moi me heurta l'épaule en se levant. Ses talons claquant sur le plancher du bus, il descendit rapidement les marches et se retrouva au soleil. Le conducteur me dit de descendre au prochain arrêt, et je me levai tandis que le gentil monsieur prenait une rue transversale pour m'amener à destination. Je descendis sur les pavés ombragés, et restai les bras serrés autour de ma caisse, essayant de ne pas respirer les gaz d'échappement du bus qui s'éloignait. Il disparut au coin de la rue, le bruit de son moteur s'évanouissant en même temps que les derniers vestiges d'humanité.

Le calme revint doucement. Le chant des oiseaux reprit. Tout près, des enfants s'appelaient – non, hurlaient – et un chien aboyait. Des runes dessinées avec des craies de couleur décoraient le trottoir crevassé, et une poupée me souriait niaisement de ses grandes dents peintes. Il y avait une petite église en pierre de l'autre côté de la rue, son clocher surplombait les arbres.

Je me retournai et contemplai ce qu'Ivy avait loué pour nous : une maison sans étage qui pourrait aisément être transformée en bureaux. Le toit semblait neuf, mais le mortier de la cheminée tombait en morceaux. Il y avait de l'herbe devant, mais elle aurait dû être tondue la semaine d'avant. Il y avait même un garage, dont la porte entrouverte laissait voir une tondeuse rouillée.

Ça le fera, pensai-je en poussant le portillon de la clôture grillagée du jardin. Un vieil homme noir était assis sous la véranda et laissait filer l'après-midi en se balançant. *Le propriétaire ?* songeai-je, souriante. Il portait des lunettes noires pour se protéger du soleil de fin d'après-midi, et je me demandai si c'était un vamp. Bien que rasé de près, il avait une apparence dépenaillée. Sur les tempes, ses cheveux bouclés avaient viré au gris. Il y avait de la boue sur ses chaussures et même un peu sur les genoux de son jean. Il paraissait usé et fatigué, mis au rancart comme un vieux cheval de labour qui ne demandait qu'à faire une saison de plus.

Il posa un grand verre sur la rambarde de la véranda en me voyant approcher.

— Je n'en veux pas, dit-il en enlevant ses lunettes et en les fourrant dans sa poche de chemise.

Sa voix était râpeuse.

Hésitante, je le fixai du bas des marches.

— Je vous demande pardon ?

Il toussa pour s'éclaircir la voix.

— Quoi que vous vendiez et que vous cachez dans cette caisse. Je n'en veux pas. J'ai assez de bougies pour les sorts, de sucre et de magazines. Et je n'ai pas l'argent pour un ravalement, un purificateur d'air ou un solarium.

— Je ne vends rien du tout, le détrompai-je, je suis votre nouvelle locataire.

Il se redressa sur son siège. Ça lui donna un air encore plus négligé.

— Locataire ? Oh, vous voulez dire de l'autre côté de la rue.

Perplexe, je calai ma caisse sur mon autre hanche.

— Ce n'est pas le 1597, Crosse du Chêne ?

— Non, c'est en face, rigola-t-il.

— Désolée de vous avoir dérangé.

Je fis demi-tour, tout en remontant ma caisse.

— Ouais, fit l'homme, et je m'arrêtai pour ne pas paraître malpolie. Dans cette rue, les numéros sont inversés. Les impairs du mauvais côté. (Il sourit, ce qui fit ressortir les rides au coin de ses yeux.) Mais ils ne m'ont pas demandé mon avis lorsqu'ils ont numéroté. (Il tendit la main.) Keasley, à votre service, conclut-il, attendant que je monte les marches et que je la serre.

Les voisins, pensai-je, levant les yeux au ciel tout en escaladant les marches. *Mieux vaut être aimable.*

— Rachel Morgan, dis-je, secouant son bras.

Il rayonna et me tapota l'épaule d'un geste paternel. Sa poigne était d'une force surprenante, comme l'était le parfum de séquoia qui l'entourait. C'était un sorcier, ou au minimum un magicien. Mal à l'aise devant cet accès de familiarité, je fis un pas en arrière quand il lâcha ma main. Il faisait frais sous sa véranda, et je me sentis plus grande sous le plafond bas.

— Vous êtes une copine de la vamp ? interrogea-t-il en faisant un geste du menton vers l'autre côté de la rue.

— Ivy ? Oui.

Il hocha gravement de la tête, comme si c'était important.

— Vous avez toutes les deux démissionné en même temps ?

Je clignai des yeux, surprise.

— Les nouvelles vont vite.

— Ouais. On peut le dire, pouffa-t-il.

— Et vous n'avez pas peur que je sois ensorcelée sous votre véranda et d'exploser avec moi ?

— Non. (Il se recala dans sa chaise à bascule et saisit son verre.) J'ai pris ça sur vous.

Il tenait une petite amulette autocollante entre le pouce et l'index. Comme j'ouvrais la bouche, il la laissa tomber dans son verre. Ce que j'avais pris pour de la limonade se mit à bouillonner tandis que le sort se dissolvait. Une fumée jaune s'éleva, et il agita la main.

— Nom d'un blaireau, c'était un méchant.

De l'eau salée ? Il sourit devant mon air choqué.

— Ce type, dans le bus…

Je bégayais en faisant un pas en arrière et en m'écartant de la véranda. Le sulfure jaunâtre descendit les marches derrière moi, comme pour me rattraper.

— Ce fut une joie de vous rencontrer, mademoiselle Morgan, dit-il tandis que je repassais au soleil et que je titubais dans l'allée. Une vamp et un pixie vous garderont peut-être en vie quelques jours, mais pas si vous ne faites pas plus attention.

Je regardai la rue, dans la direction où avait disparu le bus.

— Ce type, dans le bus…

Keasley acquiesça.

— Vous avez raison de penser qu'ils n'essaieront rien tant qu'il y aura des témoins, du moins au début. Mais il faut vous méfier des amulettes qui se déclencheront quand vous serez seule.

J'avais oublié les sorts à retardement. Mais comment Denon finançait-il cela ? Mon visage se liquéfia quand je compris : le pot-de-vin versé par Ivy payait ma condamnation à mort. Joli coup.

— Je suis à la maison toute la journée, reprit Keasley. Venez donc me voir si vous voulez bavarder. Je ne sors plus beaucoup. L'arthrite.

Il se donna une tape sur le genou.

— Merci… pour le charme.

— Tout le plaisir fut pour moi, dit-il, ses yeux tournés vers le plafond de la véranda et le ventilateur qui y tournait paresseusement.

Je regagnai le trottoir. Mon estomac était noué. Toute la ville était-elle au courant de ma démission ? Peut-être Ivy l'en avait-elle informé.

Je me sentais vulnérable dans la rue vide. Nerveuse, je traversai, en scrutant les numéros.

— Quinze cent quatre-vingt-treize, murmurai-je, jetant un coup d'œil à la petite maison jaune et aux deux vélos emmêlés sur la pelouse.

— Mille six cent un.

De l'autre côté, la maison en brique était bien entretenue. La seule chose entre les deux était cette église en pierre. Je me figeai. *Une église ?*

Un vrombissement aigu me passa à côté de l'oreille. Je baissai la tête instinctivement.

— Hé, Rach' !

Jenks s'arrêta juste hors de portée.

— Bon Dieu, Jenks ! hurlai-je, m'échauffant en entendant le rire du vieil homme. Ne fais plus jamais ça !

— Je me suis occupé de tes affaires, annonça-t-il. Je lui ai fait tout mettre sur cales.

— C'est une église.

— Ça, Sherlock, on peut dire que tu es perspicace. Et attends d'avoir vu le jardin.

— C'est une *église*, répétai-je, figée.

Jenks faisait du surplace, attendant que je me décide.

— Il y a un espace super, derrière. Terrible pour faire des fêtes.

— Jenks, murmurai-je à travers mes dents serrées. C'est une église. Cet espace, derrière, doit être un *cimetière*.

— Oh non, pas tout. (Il commençait à s'agiter impatiemment.) Et ce n'est plus une église. Ça a été une garderie pendant deux ans. Et personne n'a été enterré ici depuis le Tournant.

J'étais toujours immobile, les yeux fixés sur lui.

— Et on a enlevé les restes des corps ?

Il cessa de voler d'un côté à l'autre et plana, immobile.

— Bien sûr qu'ils ont tout enlevé. Tu me crois *stupide* ? Tu penses que je pourrais vivre au milieu d'*humains* morts ? Que Dieu me vienne en aide. Avec toutes les saletés, les bestioles, les maladies, les virus, et toute la pourriture qui se répandrait dans le sol et qui envahirait tout !

Je serrai ma caisse contre moi, m'avançai dans la rue ombragée et montai les larges marches de l'église. Jenks ne savait probablement rien quant à l'enlèvement des corps. Les marches grises étaient usées au milieu par des décennies de passage, et elles glissaient. Les portes à double battant étaient plus hautes que moi, et faites d'un bois rouge renforcé avec du métal. Dans l'un des battants était fixée une plaque. Je lus « Garderie de Donna ».

Je tirai sur une porte, surprise de la force nécessaire pour la bouger. Il n'y avait même pas de serrure, juste un loquet à l'intérieur.

— Bien sûr qu'ils ont emmené les corps, dit Jenks en voletant à l'intérieur.

Mais j'aurais misé cent sacs qu'il partait pour vérifier. Je claquai la porte derrière moi.

— Ivy ? Tu es là ? Ivy ?

Ma voix me revenait de la nef encore invisible. Un écho délicat et grave, renvoyé par des vitraux. Ma relation avec la religion s'était limitée, depuis la mort de mon père, à la lecture des petites formules mièvres qu'ils mettaient tous sur leur pelouse, sur ces pancartes rétroéclairées. Le chœur était dans l'obscurité, sans fenêtres, décoré de panneaux de bois noirs. Il y faisait chaud et il n'y avait aucun bruit. L'atmosphère était lourde de toutes les liturgies passées. Je posai ma caisse sur le parquet de bois et tendis l'oreille vers le silence vert et ambre qui venait de la nef. La voix d'Ivy me parvint de loin.

— Je descends tout de suite !

Elle semblait presque joyeuse, mais où pouvait-elle bien être ? Sa voix venait de partout et de nulle part.

Il y eut le clic assourdi d'un loquet, et elle sortit de derrière un panneau. J'aperçus un étroit escalier en colimaçon par l'embrasure.

— J'ai mis mes chouettes dans le clocher, annonça-t-elle, son regard brun plus vivant que je ne l'avais jamais vu. C'est parfait pour les rangements. Il y a plein d'étagères et de séchoirs. Quelqu'un y a même laissé des affaires. Tu voudras visiter avec moi, tout à l'heure ?

— Ivy, c'est une église.

Elle s'arrêta, les bras croisés, et me dévisagea, son visage soudain dénué d'expression.

— Il y a des gens morts dans le jardin, derrière l'église, ajoutai-je.

Elle fit demi-tour et pénétra dans la nef.

— Et on peut voir les pierres tombales de la rue, continuai-je en lui emboîtant le pas.

Les bancs avaient été enlevés, tout comme l'autel ; il n'y avait plus qu'une pièce vide avec une sorte de scène légèrement surélevée. Le même bois noir lambrissait les murs sous les vitraux impossibles à ouvrir. On voyait encore le contour d'une immense croix autrefois accrochée au-dessus de l'autel. J'observai les sculptures compliquées au plafond, trois étages au-dessus, en pensant que tout ça serait difficile à chauffer en hiver. Ce n'était qu'un grand espace vide… mais l'absence de tout mobilier et de toute décoration semblait ajouter à l'atmosphère paisible.

— Tout ça va coûter combien ? grognai-je, me souvenant brusquement que j'étais censée être en colère.

— Sept cents par mois, euh… charges comprises, annonça doucement Ivy.

— Sept cents ? bafouillai-je, surprise.

Ça ferait trois cent cinquante pour moi. J'avais payé quatre cent cinquante pour mon château une pièce en ville. C'était pas mal. Pas mal du tout. Et en plus avec un jardin. *Non,* pensai-je, ma mauvaise humeur resurgissant, *un cimetière.*

— Où vas-tu ? demandai-je en voyant Ivy s'éloigner. Je te parle !

— Me chercher une tasse de café. Tu en veux une ?

Elle disparut par la porte qui se trouvait au fond, derrière l'estrade.

— Bon, d'accord, le loyer n'est pas cher, dis-je. C'est ce que je voulais, mais quand même, une église ! On ne peut pas avoir nos bureaux dans une église !

En fulminant je la suivis, passant entre les deux salles de bains, pour hommes et pour femmes. Plus loin, il y avait une porte sur la droite. Je jetai un coup d'œil derrière et découvris une belle pièce vide, le sol et les murs lisses me renvoyant l'écho de ma respiration. Un vitrail représentant des saints était tenu ouvert à l'aide d'un bâton, et j'entendis des piafs qui discutaient dehors. La pièce semblait avoir été autrefois un bureau, puis avoir été reconvertie pour accueillir des petits lits pour la sieste des bébés. Le plancher était couvert de poussière, mais le bois était sain avec seulement quelques éraflures.

Satisfaite, je me penchai pour regarder derrière la porte, de l'autre côté du couloir. Il y avait un lit fait et des caisses ouvertes. Avant que j'aie pu en voir plus, Ivy tendit un bras devant moi et referma la porte.

— Ce sont tes affaires, dis-je.

Le visage d'Ivy était vide, et me fit froid dans le dos encore plus que si elle avait été en train de me lancer une aura.

— Je vais être obligée de loger ici en attendant de trouver une chambre quelque part. (Elle hésita, ramenant ses cheveux noirs derrière une oreille.) Ça te dérange ?

— Non, murmurai-je, fermant les yeux de façon appuyée.

Pour l'amour de sainte Philomène, j'allais moi aussi être obligée de vivre au bureau en attendant de trouver un autre endroit. Mes yeux se rouvrirent, et je fus surprise par l'étrange regard que me lançait Ivy, un mélange de peur et… d'excitation ?

— Moi aussi, je vais être obligée de crécher ici, soupirai-je, pas du tout satisfaite, mais ne voyant pas d'autre solution. Ma propriétaire m'a virée. La caisse près de la porte d'entrée est tout ce que j'ai jusqu'à ce que je puisse désensorceler mes affaires. Le SO a jeté des sorts noirs sur tout ce qui était dans mon appartement. Ils m'ont presque eue dans le bus. Et grâce à ma proprio, personne en ville ne voudra me louer quoi que ce soit. Denon a mis un contrat sur ma tête, comme tu l'avais annoncé.

J'essayais de supprimer le ton plaintif de ma voix, mais rien à faire.

Cette étrange lueur était encore dans les yeux d'Ivy, et je me demandai soudain si elle m'avait bien dit la vérité sur cette histoire de vamp non pratiquante.

— Tu peux avoir la pièce vide, déclara-t-elle, sa voix soigneusement neutre.

J'eus un hochement de tête laconique. *OK*, pensai-je en prenant une inspiration profonde. J'allais vivre dans une église… avec des corps dans le jardin, un contrat du SO sur ma tête, et une vamp de l'autre côté du couloir. Le remarquerait-elle, si je mettais un verrou de mon côté de la porte ? Je me demandai aussi si ç'avait une quelconque importance.

— La cuisine est de ce côté.

Je la suivis vers l'odeur de café. Ma bouche béa lorsque je franchis l'arche ouverte, et j'oubliai d'être de nouveau en colère. La cuisine faisait la moitié de la surface de la nef, et elle était aussi équipée et moderne que la nef était vide et médiévale. Il y avait des surfaces de métal luisantes, des chromes resplendissants, des lumières fluorescentes et brillantes. Le réfrigérateur était énorme. Une cuisinière et un four à gaz occupaient un bout de la pièce ; des plaques et un fourneau électrique l'autre. Au centre trônait un îlot d'acier inoxydable, sous lequel se trouvaient plein d'étagères vides. Au-dessus, des ustensiles en métal, des poêles, des bols, étaient accrochés à une grille qui pendait du plafond. Une cuisine de rêve pour une sorcière ; je n'aurais pas à faire mijoter mes sorts et à faire à manger sur la même cuisinière.

Mis à part la table et les vieilles chaises en bois dans un coin, cette cuisine ressemblait à ce que l'on aurait pu voir dans une émission spécialisée à la télé. Un des bouts de la table avait été transformé en poste de travail informatique, le grand écran plat se parlait furieusement à lui-même tout en cherchant la meilleure connexion possible à la Toile. C'était un logiciel coûteux. Je haussai les sourcils.

Ivy se racla la gorge et ouvrit un placard à côté de l'évier. Il y avait trois chopes dépareillées sur l'étagère du bas ; à part ça, il était vide.

— La cuisine a été installée il y a cinq ans à la demande des services de santé, dit-elle, rappelant brutalement mon attention. La congrégation n'était pas très nombreuse ; elle n'en a pas eu les moyens. C'est pour ça qu'ils ont tout mis en location. Pour essayer de rembourser les prêts bancaires.

Le bruit de la cafetière emplit la pièce. Je passai un doigt le long du métal immaculé de l'îlot central. Il n'avait jamais vu ne serait-ce qu'une tarte aux pommes ou un gâteau dominical pour les enfants. Ivy paraissait frêle, appuyée au comptoir et réchauffant ses mains pâles autour d'une chope fumante.

— Ils voudraient récupérer leur église, continua-t-elle. Mais ils sont en train de mourir. Je veux dire la congrégation, ajouta-t-elle quand nos yeux se croisèrent. Pas de nouveaux fidèles. C'est vraiment triste. Le salon est là, derrière.

Je ne savais que répondre. Je gardai la bouche fermée et la suivis dans le couloir puis par une porte étroite au fond. Le salon était confortable, meublé avec tant de goût que je ne doutai pas un instant que tout appartenait à Ivy. C'était la première douceur et la première chaleur que je voyais dans cet endroit – même si tout était dans des nuances de gris – et les fenêtres étaient en verre blanc. Divin. Je sentis ma tension se relâcher. Ivy attrapa une télécommande et un jazz nocturne envahit la pièce. Peut-être que ça ne serait pas si terrible.

— Ils t'ont presque eue ? (Ivy lança la télécommande sur une table basse et s'installa dans l'un des voluptueux sièges de daim gris disposés autour de l'âtre vide.) Tu vas bien ?

— Ouais, admis-je. (Il me semblait m'enfoncer jusqu'aux chevilles dans le coûteux tapis.) Tout ça est à toi ? Un type m'a bousculée, et m'a collé un charme qui ne devait se déclencher que quand il n'y aurait aucun témoin ni victime potentielle – autre que moi. J'ai peine à croire que Denon soit sérieux. Tu avais raison.

J'essayais de garder une voix désinvolte pour qu'elle ne sache pas combien j'étais secouée. Bon Dieu, même moi, je ne souhaitais pas savoir combien j'étais secouée. Je trouverais l'argent pour payer mon contrat, d'une façon ou d'une autre.

— C'est un coup de chance que le vieux bonhomme de l'autre côté de la rue me l'ait retiré.

Je pris une photo d'Ivy avec un golden retriever. Un sourire découvrait ses dents. J'étouffai un frisson.

— Quel vieux bonhomme ? demanda-t-elle vivement.

— Juste en face. Il semble te connaître.

Je reposai le cadre métallique et tapai le coussin du second siège pour lui redonner du gonflant avant de m'asseoir. Des sièges assortis, c'était chou. Une vieille pendule faisait entendre son tic-tac sur la cheminée, doux et apaisant. Il y avait un grand écran de télé avec une chaîne CD intégrée dans un coin. La platine avait tous les boutons qu'il fallait. Ivy s'y connaissait en électronique.

— J'apporterai mes affaires une fois qu'elles seront passées à la dissolution, dis-je. (Je fis la grimace ; mes affaires paraîtraient vraiment nulles à côté des siennes.) Du moins, celles qui auront résisté. (*Résisté ?* pensai-je soudain, fermant les yeux et me massant le front.) Oh non, m'exclamai-je, la dissolution ne pourra rien pour mes charmes.

Tout en prenant un magazine, Ivy posa sa chope en équilibre sur son genou.

— Humm ?

— Mes charmes… (J'eus comme un râle.) Le SO a couvert ma réserve de charmes de sorts noirs. L'eau salée pour dissoudre ces sortilèges détruira aussi mes charmes. Et je ne pourrai pas en acheter d'autres. (Je fis une grimace devant son air d'incompréhension.) Si le SO a eu le temps de passer par mon appartement, je suis sûre qu'ils sont aussi allés au magasin. J'aurais dû acheter un stock de réserve hier, avant de démissionner, mais je croyais qu'ils se moqueraient de mon départ.

J'ajustai machinalement l'abat-jour de la lampe de table. Ils s'en étaient moqués avant qu'Ivy parte avec moi. Déprimée, je renversai la tête sur le dossier et contemplai le plafond.

— Je pensais que tu savais faire tes charmes toi-même ? demanda Ivy, agacée.

— Bien sûr, mais c'est chiant comme la pluie. Et où vais-je me procurer les matériaux bruts nécessaires ?

Je fermai les yeux, effondrée. J'allais être forcée de *fabriquer* tous mes charmes.

Il y eut un froissement de papier. Je redressai la tête. Ivy était en train de feuilleter son magazine. Il y avait une pomme et Blanche-Neige sur la couverture. Le bustier en cuir de Blanche-Neige était assez court pour dévoiler son nombril. Une goutte de sang étincelait comme un diamant au coin de sa bouche. Ça donnait un relief tout nouveau à cette histoire de sommeil enchanté. M. Disney aurait été horrifié. Sauf si, bien sûr, lui aussi avait été un Outre. En fait, ça aurait expliqué bien des choses.

— Tu ne peux pas simplement acheter ce dont tu as besoin ?

Je me raidis en entendant le soupçon de sarcasme dans sa voix.

— Ouais, mais tout devra être passé à l'eau salée pour s'assurer que personne ne l'aura trafiqué. Après, il sera presque impossible de se débarrasser complètement du sel. Ça veut dire que ça foutra en l'air tous les dosages.

Jenks surgit de la cheminée, dans un nuage de suie et avec un sifflement irritant. Je me demandai depuis combien de temps il écoutait dans le conduit. Il se posa sur une boîte de Kleenex et se mit à nettoyer une tache sur l'une de ses ailes. Il avait tout d'un croisement entre une libellule et un chat miniature.

— Ça alors, ça tourne à l'obsession. (Ça répondait à ma question, il nous écoutait depuis un moment.) Le SO cherche à te harponner avec un peu de magie noire, et voilà que tu tournes parano.

Agacée, je donnai des pichenettes à la boîte sur laquelle il était assis jusqu'à ce qu'il s'envole. Il se stabilisa entre Ivy et moi.

— Et tu n'as pas encore vu le jardin, Sherlock ?

Je lui balançai un coussin, qu'il évita avec aisance. Le coussin alla heurter la lampe à côté d'Ivy, qui tendit la main et la rattrapa d'un geste désinvolte avant qu'elle tombe par terre. Elle ne leva même pas les yeux de son magazine et ne renversa pas une goutte du café en équilibre sur son genou. Les cheveux se hérissèrent sur ma nuque.

— Arrête de m'appeler comme ça, aussi, dis-je pour couvrir mon malaise. (Il voletait devant moi, l'air très content de lui-même.) Et quoi ? lançai-je, moqueuse. Autre chose que des mauvaises herbes et des morts, dans ce jardin ?

— Peut-être.

— Vraiment ?

Ça serait bien la première chose sympa qui m'arriverait aujourd'hui. Je me levai pour aller jeter un œil par la porte de derrière.

— Tu viens ? demandai-je à Ivy en tendant la main vers la clenche.

Elle avait la tête penchée sur une page montrant des rideaux de cuir.

— Non.

Manifestement, ça ne l'intéressait pas. Ce fut Jenks qui m'accompagna dans le jardin. Le soleil couchant était chaud et entêtant. Il faisait monter du sol humide des odeurs fortes et moites. Il y avait un sorbier quelque part. Je reniflai profondément. Et aussi un bouleau et un chêne. Tout autour, ce qui devait être la marmaille de Jenks voletait bruyamment, chassant un papillon jaune par-dessus des monticules de végétation. Des rideaux de verdure couvraient les murs de l'église et le muret de pierre. À hauteur d'homme, celui-ci entourait complètement la propriété, isolant avec diplomatie l'église de ses voisins.

Un autre muret, suffisamment bas pour qu'on puisse l'enjamber, séparait le jardin du petit cimetière. Je clignai des yeux, apercevant quelques plantes éparses entre les herbes hautes et les pierres tombales, celles qui gagnent en pouvoir en poussant parmi les morts. Plus je regardais avec attention, plus j'étais impressionnée. Ce jardin était complet. Même les plantes les plus rares y poussaient.

— C'est parfait, murmurai-je, faisant glisser mes doigts à travers un plant de citronnelle. Tout ce dont je pourrais jamais avoir besoin. Comment est-ce arrivé là ?

La voix d'Ivy répondit juste derrière moi.

— D'après la vieille dame…

Je fis un demi-tour sur moi-même. Elle se tenait immobile et calme dans une nappe ambrée de soleil couchant.

— Ivy ! Ne joue pas à ça !

Saleté de vampire, pensai-je. *Je devrais lui mettre une cloche autour du cou.*

La main en visière pour se protéger de la lumière rasante, les yeux plissés, elle continua :

— Elle m'a dit que leur dernier prêtre avait été un sorcier. C'est lui qui a planté ce jardin. Et je peux diminuer le loyer de cinquante si l'un de nous le garde dans l'état où il est.

Je contemplai ce trésor.

— Pas de problème, je m'en occuperai.

Jenks s'éleva au-dessus d'une touffe de violettes. Son pantalon pourpre était constellé de taches de pollen qui s'accordaient avec sa chemise jaune.

— Du travail manuel ? interrogea-t-il. Avec tes ongles ?

Je regardai l'ovale parfait de mes ongles rouges.

— Ça ne sera pas du travail, mais une… thérapie.

— Si tu veux.

Son attention se reporta sur ses enfants et il se précipita à l'autre bout du jardin pour porter secours au papillon qu'ils se disputaient.

— Tu penses qu'il y a tout ce dont tu pourras avoir besoin ? demanda Ivy, tout en se tournant pour rentrer.

— À peu près. On ne peut pas ensorceler le sel. Ma réserve est probablement OK, mais j'aurai besoin de mon pot à sorts et de tous mes livres.

Ivy s'arrêta au milieu de l'allée.

— Je croyais que l'on devait savoir mélanger une potion par cœur pour avoir son diplôme de sorcière.

C'était mon tour d'être embarrassée. Je me penchai pour arracher une mauvaise herbe au pied d'un plant de romarin. Personne ne faisait ses sorts s'il avait les moyens de les acheter. Je laissai tomber l'herbe et grattai la terre sous mes ongles.

— Sûr. Mais je manque d'entraînement.

Je poussai un soupir ; ça risquait d'être plus dur que ça en avait l'air. Elle haussa les épaules.

— Est-ce que tu peux les trouver sur la Toile ? Je veux dire trouver les recettes.

Je la regardai de travers.

— Faire confiance à quelque chose trouvé sur la Toile. En voilà une bonne idée.

— Il y a quelques livres dans le grenier.

— Je vois, dis-je, un sarcasme dans la voix. Cent et un sorts pour le débutant. Toutes les églises en ont un exemplaire.

Ivy se raidit.

— Ne fais pas ta crâneuse, soupira-t-elle, le marron de ses yeux disparaissant derrière ses pupilles dilatées. Je me disais seulement que si l'un des membres du clergé était un sorcier, et si les plantes étaient les bonnes, il aurait pu laisser ses livres. La vieille dame a dit qu'il s'était enfui avec l'une de ses plus jeunes paroissiennes. Ce sont probablement ses affaires qui sont dans le grenier, au cas où il aurait les tripes pour revenir.

La dernière chose dont j'avais besoin, c'était d'une vamp en colère dormant de l'autre côté du couloir.

— Désolée, m'excusai-je. J'irai voir. Et si j'ai un peu de chance, quand j'entrerai dans l'appentis pour chercher une scie pour couper mes amulettes, je trouverai un sac de sel destiné aux marches du perron en cas de verglas.

Ivy eut un sursaut et se retourna pour regarder l'appentis de la taille d'un placard. Je la dépassai et m'arrêtai sur le seuil.

— Tu viens ? demandai-je, bien décidée à ne pas lui laisser voir que ses passages constants en mode vamp me secouaient. Ou bien tes chouettes me laisseront-elles y aller seule ?

— Non, je veux dire oui.

Elle se mordit la lèvre. Un geste décidément humain, et je haussai les sourcils.

— Elles te laisseront aller là-haut. Fais seulement attention à ne pas faire trop de bruit en entrant. Je… je te suis.

— Comme tu veux, grognai-je, me retournant pour chercher le chemin menant au clocher.

Comme l'avait annoncé Ivy, les chouettes me laissèrent tranquille. Il s'avéra que le grenier contenait une copie de tous les livres que j'avais perdus dans mon appartement. Plusieurs étaient si vieux qu'ils partaient en morceaux. La cuisine cachait un nid de pots en cuivre, probablement utilisés, d'après Ivy, pour faire mijoter le chili. Ils étaient parfaits pour jeter des sorts. Ils n'avaient même pas été gardés fermés pour éviter le ternissement. Trouver tout ce dont j'avais besoin était étrange. À un point tel que lorsque j'allai explorer l'appentis pour y prendre une scie, je fus soulagée de ne pas y trouver de sel. En fait, celui-ci était dans le fond du garde-manger.

Tout allait trop bien. Il fallait que ça déraille quelque part.

Chapitre 6

Les chevilles croisées, j'étais assise sur l'antique table de cuisine d'Ivy et balançais mes pieds dans leurs pantoufles molletonnées roses. Les légumes coupés en jardinière étaient cuits à la perfection, encore croquants. Je les poussai sur le côté de l'emballage en carton blanc avec mes baguettes, cherchant un reste de poulet.

— C'est absolument délicieux, grommelai-je la bouche pleine.

Une épice rouge et acide me brûla la langue. Mes yeux s'emplirent de larmes. Attrapant le verre de lait déjà prêt, j'en descendis un tiers.

— Chaud, conclus-je, tandis qu'Ivy levait les yeux de la boîte soigneusement tenue dans ses longues mains. Bon sang, c'est vraiment fort.

Ivy arqua ses fins sourcils noirs.

— Contente que tu aimes.

Elle était assise à la table, à la place qu'elle avait libérée devant son ordinateur, la tête penchée sur sa propre barquette. Sa masse de cheveux noirs faisait comme un rideau devant son visage. Elle la passa derrière une oreille, et je contemplai la ligne de son menton bougeant doucement tandis qu'elle mangeait.

J'avais tout juste assez d'entraînement aux baguettes pour ne pas passer pour une parfaite idiote, mais Ivy s'en servait avec une précision majestueuse, menant les petits tas d'aliments à sa bouche avec un rythme quasiment érotique. Je détournai les yeux, soudain mal à l'aise.

— Ça s'appelle comment ? demandai-je en farfouillant dans ma boîte en carton.

— Poulet au curry rouge.

— C'est tout ?

Elle acquiesça. J'émis un petit bruit. Je pourrais m'en souvenir. Je découvris un autre morceau de viande. Le curry explosa sur ma langue, et je le fis passer avec une nouvelle gorgée de lait.

— Ça vient d'où ?

— De chez Piscary.

Mes yeux s'élargirent. Piscary était une combinaison de pizzeria et de lieu de réunion pour vamps. De la très bonne nourriture dans une atmosphère unique.

— Ça vient de chez Piscary ? répétai-je tout en croquant dans une pousse de bambou. Je ne savais pas qu'ils livraient autre chose que de la pizza.

— Ils ne le font pas, en règle générale.

Le son enroué de sa voix attira mon attention, mais elle semblait toujours aussi occupée par la nourriture. Comme je ne disais rien, elle leva la tête. Ses yeux en amande clignèrent à mon intention.

— Ma mère leur a donné la recette, expliqua-t-elle. Piscary la prépare spécialement pour moi. Pas de quoi en faire une histoire.

Elle retourna à sa barquette. Un sentiment de malaise me traversa. Je prêtai l'oreille au grésillement des criquets par-dessus le cliquettement conjugué de nos baguettes. Monsieur Poisson nageait dans son saladier sur l'appui de fenêtre. Le bruit étouffé du Cloaque était à peine audible derrière les coups rythmés de mes vêtements dans le sèche-linge.

Je ne pouvais pas supporter l'idée de porter les mêmes habits deux jours de suite. Et Jenks m'avait dit que son copain ne pourrait pas avoir mes vêtements désensorcelés avant dimanche. Le mieux que je pouvais faire était de laver ce que j'avais et d'espérer que je ne croiserais pas quelqu'un que je connaissais. Pour le moment, j'avais passé une chemise de nuit et une robe de chambre qu'Ivy m'avait prêtées. Elles étaient noires, évidemment, mais elle avait dit que la couleur m'allait bien. Leur faible parfum de cendre de bois n'était pas déplaisant, et il semblait me coller à la peau.

Mon regard se porta sur l'emplacement vide au-dessus de l'évier, où aurait dû se trouver une pendule.

— Tu penses qu'il est quelle heure ?

— Trois heures passées de quelques minutes, affirma-t-elle sans regarder sa montre.

Je continuai à farfouiller dans ma boîte. Je soupirai en me rendant compte que j'avais mangé tout l'ananas.

— J'aimerais que mes habits soient secs. Je suis tellement fatiguée.

Ivy croisa les jambes et me regarda par-dessus son dîner.

— Va te coucher. Je les sortirai. Je ne me coucherai pas avant 5 heures.

— Non, je reste. (Je bâillai derrière le dos de ma main.) Ce n'est pas comme s'il fallait que je me lève demain matin pour aller au bureau, lançai-je avec un peu d'amertume.

Il y eut un murmure d'acquiescement du côté d'Ivy qui fit ralentir ma fouille dans les restes d'aliments.

— Ivy, tu peux me dire si ça ne me regarde pas, mais pourquoi t'es-tu engagée au SO si tu ne voulais pas travailler pour eux ?

Elle leva la tête, semblant surprise. Elle répondit d'une voix atone très révélatrice.

— Je l'ai fait pour embêter ma mère. (L'ombre de ce qui me parut être de la douleur la parcourut, disparaissant avant que je puisse être sûre qu'elle avait existé.) Mon père n'apprécie pas que je laisse tomber, ajouta-t-elle. Il dit que j'aurais dû tenir bon, ou bien tuer Denon.

Mon dîner oublié, je la dévisageai. Je ne savais pas si j'étais plus surprise par le fait que son père était encore vivant, ou par son conseil plutôt créatif sur la façon de progresser au sein du bureau.

— Euh, Jenks m'a dit que tu étais la dernière vivante de ta famille, murmurai-je finalement.

La tête d'Ivy oscilla dans un lent hochement contrôlé. Ses yeux sombres restèrent posés sur moi. Elle fit aller les baguettes de la boîte à ses lèvres dans une danse lancinante. Ce subtil déploiement de sensualité me déconcerta. Perchée sur la table, je me trémoussai, mal à l'aise. Elle n'avait jamais été aussi inquiétante quand nous travaillions ensemble. Mais, naturellement, nous avions toujours terminé avant minuit.

— Mon père s'est marié dans la famille, dit-elle entre deux plongées dans sa barquette, et je me demandai si elle se rendait compte qu'elle avait vraiment l'air provocante. Je suis la dernière vivante du sang de ma lignée. Du fait de la prénuptialité, l'argent de ma mère est le mien, ou du moins l'était. Elle est folle furieuse que j'aie abandonné. Elle voudrait que je trouve un gentil vamp de haute naissance, vivant, que je me range et que je ponde autant de bébés que cela me sera possible pour être sûre que son sang vivant ne s'éteindra pas. Elle me tuera si je crève avant d'avoir eu un enfant.

Je hochai la tête comme si j'avais tout compris ; en fait, je n'y pigeais rien.

— Moi, je me suis engagée à cause de mon père, admis-je. (Embarrassée, je reportai mon attention sur la nourriture.) Il travaillait pour le SO, dans la division Arcane. Il revenait chaque soir à la maison avec des histoires un peu folles sur les gens qu'il avait aidés ou attrapés. Dans sa bouche, c'était tellement excitant. (Je reniflai.) Il n'avait jamais parlé de la paperasse. Quand il est mort, j'ai pensé que ça serait un moyen pour être plus proche de lui, pour entretenir sa mémoire, d'une certaine façon. Stupide, n'est-ce pas ?

— Non.

Je levai la tête en croquant un bout de carotte.

— Il fallait que je fasse quelque chose. Je suis restée un an à regarder ma mère disjoncter. Elle n'est pas folle, mais c'est comme si elle ne voulait pas admettre qu'il soit mort. On ne peut pas parler avec elle sans qu'elle sorte un truc du genre : « Aujourd'hui, j'ai fait du pudding à la banane. C'était le préféré de ton père. » Elle sait qu'il est mort, mais elle ne peut pas le laisser partir.

Perdu de l'autre côté de la fenêtre noire de la cuisine, le regard d'Ivy était figé sur un souvenir.

— Mon père est comme ça. Il passe tout son temps à s'occuper de ma mère. Je ne peux pas le supporter.

Ma mastication se ralentit. Il n'y avait pas beaucoup de vamps qui pouvaient se permettre de rester vivants après la mort. Les précautions à prendre avec le soleil et l'assurance en responsabilité civile à elles seules suffisaient à mettre la plupart des familles sur la paille. Sans oublier la nécessité d'un approvisionnement permanent en sang frais.

— Je ne le vois quasiment jamais, continua-t-elle d'une voix presque inaudible. Je ne le comprends pas, Rachel. Il a toute sa vie devant lui, mais il n'accepte pas de la laisser se procurer le sang dont elle a besoin chez quelqu'un d'autre. S'il n'est pas avec elle, c'est qu'il est quelque part, étendu pour le compte, à cause des pertes de sang. L'empêcher de mourir complètement le tue. Une personne seule ne peut satisfaire aux besoins d'un vampire mort. Ils le savent tous les deux.

Cette conversation prenait un tour inconfortable, mais je ne pouvais pas simplement me lever.

— Peut-être le fait-il parce qu'il l'aime ? proposai-je.

Ivy fronça les sourcils.

— Mais de quelle sorte d'amour s'agit-il ?

Elle se leva, ses longues jambes se dépliant dans un lent mouvement gracieux. Sa barquette à la main, elle disparut dans le couloir.

Le silence soudain me martela les oreilles. Je fixai son siège vide avec surprise. Elle s'était éclipsée. Comment avait-elle pu faire ça avec autant de naturel ? Cette conversation était trop intéressante pour être interrompue aussi brutalement. Je descendis de la table et la suivis au salon avec mon dîner.

Elle s'était affalée dans l'un des fauteuils de daim gris, complètement relaxée, l'air parfaitement indifférent. La tête sur l'un des bras du fauteuil, les pieds pendant par-dessus l'autre. J'hésitai dans l'embrasure, figée par ce tableau. Comme une lionne dans sa tanière, repue après la mise à mort. *Ouais,* pensai-je, *c'est quand même un vampire.* À quoi m'étais-je attendue ?

Me forçant à me souvenir qu'elle n'était pas une vamp pratiquante et que je n'avais rien à craindre, je m'installai avec précaution dans le siège qui lui faisait face, séparée d'elle par la table basse. Une seule des lampes était allumée, et les extrémités de la pièce étaient indistinctes, perdues dans la pénombre. Les voyants de son équipement électronique rougeoyaient.

— Alors, t'engager au SO était une idée de ton père ? la relançai-je.

Ivy avait posé sa barquette en carton blanc sur son estomac. Sans croiser mon regard, elle restait sur le dos, à mastiquer indolemment une pousse de bambou et à regarder le plafond.

— À l'origine, c'est venu de ma mère. Elle voulait que je sois à la direction. (Ivy prit une autre bouchée.) J'étais supposée rester au chaud, bien en sécurité. Elle jugeait que ce serait bien pour moi d'aiguiser mes talents sur les gens. (Elle haussa les épaules.) Je voulais être Coureuse.

Je fis tomber mes pantoufles d'un coup sec et mis mes pieds sous mes fesses. Enroulée autour de ma boîte, je jetai un œil vers Ivy. Elle retirait lentement les baguettes d'entre ses lèvres. La plupart des membres de la haute direction du SO étaient des morts-vivants. J'avais toujours pensé que c'était parce que le boulot était plus facile quand vous n'aviez pas d'âme.

— Elle ne pouvait rien faire pour m'arrêter, continua Ivy, parlant au plafond. Alors, pour me punir d'avoir fait ce dont j'avais envie plutôt que ce qu'elle voulait, elle s'est débrouillée pour que j'aie Denon comme patron. (Un ricanement lui échappa.) Elle pensait que j'en aurais tellement marre que je sauterais sur un poste de direction dès qu'il y en aurait un de libre. Elle n'avait pas prévu que j'échangerais mon héritage pour racheter mon contrat. (Elle conclut sur un sarcasme :) Je l'ai bien eue.

J'écartai un minuscule épi de maïs pour attraper un morceau de tomate.

— Tu as foutu en l'air tout ton argent simplement parce que tu n'aimais pas ton patron ? Je ne l'aime pas non plus, mais…

Ivy se raidit. La force de son regard me glaça. Les mots se figèrent dans ma gorge devant la haine qui s'affichait sur son visage.

— Denon est une goule, déclara-t-elle, ses paroles retirant toute chaleur à la pièce. Si j'avais eu à endurer ses grossièretés un jour de plus, je l'aurais égorgé.

— Une goule ? (J'avais hésité sur le mot, un peu surprise.) Je pensais que c'était un vamp.

— C'en est un.

Comme je ne disais rien, elle se redressa et posa ses bottes sur le plancher.

— Réfléchis, poursuivit-elle, un peu ennuyée. Tu dois avoir remarqué que Denon ne ressemble pas à un vamp. Ses dents sont humaines, n'est-ce pas ? Il ne peut pas conserver une aura à midi. Et il se déplace si bruyamment qu'on peut l'entendre venir à un kilomètre.

— Ivy, je ne suis pas aveugle.

Elle serra les mains sur sa barquette de carton et me fixa. L'air nocturne qui entrait par la fenêtre était froid pour la fin de printemps, et je remontai la robe de chambre qu'elle m'avait prêtée sur mes épaules.

— Denon a été mordu par un mort-vivant, alors il a le virus en lui. Ça lui ouvre quelques possibilités, et ça le rend assez joli. Je suppose aussi qu'il est assez effrayant si on le laisse s'imposer. Mais, Rachel, il n'est que le laquais de quelqu'un. Il n'est qu'un jouet, et ne sera jamais rien d'autre.

Elle se pencha en avant vers la table basse qui nous séparait et y posa sa boîte blanche avec un faible raclement.

— Même s'il meurt et si quelqu'un prend la peine de le transformer en mort-vivant, il restera de seconde zone. Regarde ses yeux la prochaine fois que tu le croiseras. Il a peur. Chaque fois qu'il laisse un vamp se nourrir sur lui, il doit se convaincre que celui-ci le ramènera en mort-vivant s'il perd tout contrôle et le tue accidentellement. (Elle prit une profonde inspiration.) Il a raison d'avoir peur.

Le curry rouge perdit soudain toute saveur. Le cœur battant, je cherchai son regard, priant pour n'y voir que l'Ivy que je connaissais. Ses yeux étaient toujours marron, mais il y avait dedans quelque chose d'autre. Quelque chose d'ancien que je ne comprenais pas. Mon estomac se serra et je me sentis moins sûre de moi.

— N'aie pas peur des goules comme Denon, souffla-t-elle. (Je supposai que ses mots étaient destinés à me rassurer, mais ils me picotèrent.) Il y a beaucoup d'autres choses plus dangereuses à craindre.

Toi par exemple ? Je le pensai, mais ne le dis pas. Sa transformation soudaine en prédatrice sous contrôle faisait résonner des sonnettes d'alarme sous mon crâne. Je songeai que je ferais peut-être mieux de me lever et de m'éclipser. De ramener mes fesses décharnées de sorcière dans la cuisine, à leur vraie place. Mais elle s'était renfoncée dans le fauteuil avec son dîner, et je ne voulais pas lui laisser voir qu'elle me fichait la trouille. Ce n'était pas que je ne l'aie jamais vue tourner vamp auparavant. Mais pas après minuit. Pas dans son salon. Et pas seule avec elle.

— Ta mère par exemple ? dis-je, espérant ne pas être allée trop loin.

— Oui, ma mère, soupira-t-elle. C'est pourquoi je vis dans une église.

Mes pensées se concentrèrent sur la minuscule croix accrochée à mon nouveau bracelet avec le reste de mes amulettes. Ça m'impressionnait toujours que quelque chose d'aussi petit puisse arrêter une telle force. Ça ne ralentirait même pas un vamp vivant – seulement un mort-vivant –, mais toute protection était bonne à prendre.

Ivy appuya les talons de ses bottes sur le bord de la table basse.

— Ma mère est une vraie morte-vivante depuis une dizaine d'années, dit-elle, me sortant de mes sombres réflexions. Je la hais.

— Pourquoi ?

Surprise, je n'avais pu m'empêcher de lancer la question.

Elle repoussa son dîner, visiblement mal à l'aise. Il y avait un vide inquiétant derrière son visage, et elle refusait de croiser mon regard.

— J'avais dix-huit ans quand ma mère est morte, murmura-t-elle. (Sa voix était lointaine, comme si elle n'avait même pas conscience qu'elle parlait.) Elle y a laissé une part d'elle-même, Rachel. Quand tu ne peux plus marcher au soleil, tu perds quelque chose de si nébuleux que tu ne peux même pas le définir. Mais c'est parti. C'est comme si elle était figée dans un type de comportement sans pouvoir s'en rappeler la raison. Elle m'aime toujours, mais sans savoir pourquoi. La seule chose qui lui redonne un peu de vie, c'est de prendre du sang. Et elle le fait si sauvagement. Quand elle est repue, je peux presque voir ma mère en elle, ou du moins ce qu'il en reste. Mais ça ne dure jamais. Ce n'est jamais assez. (Elle me regarda par en dessous.) Tu as un crucifix, n'est-ce pas ?

— Juste là.

Mon ton enjoué était un peu forcé. Je ne voulais pas qu'elle voie qu'elle me mettait sur les nerfs. Pas question. Levant ma main, je la secouai pour faire descendre la manche de la robe de chambre jusqu'à mon coude, lui montrant mon nouveau bracelet de charmes.

Ivy reposa ses bottes sur le sol. Je me détendis devant cette attitude moins provocante, jusqu'à ce qu'elle se penche complètement par-dessus la table basse. Sa main s'avança avec une rapidité irréelle. Elle avait attrapé mon poignet avant même que je ne l'aie vue bouger. Elle examina attentivement l'amulette en bois sertie de métal. Je résistai à l'envie de lui arracher ma main.

— Est-il bénit ? s'enquit-elle.

Les joues glacées, je hochai la tête. Elle me relâcha, et se renfonça dans son siège avec une lenteur angoissante. J'avais l'impression de toujours sentir ses doigts sur mon poignet, une fermeté qui me tenait captive, mais qui ne se resserrerait que si je faisais mine de le retirer.

— Le mien aussi, continua-t-elle, sortant son crucifix de sous son chemisier.

Toujours aussi impressionnée par son crucifix, je posai mon dîner et me penchai en avant. Je ne pus m'empêcher de tendre la main. L'argent ouvragé ne demandait qu'à être touché, et elle se pencha aussi pour l'amener à portée. Des runes anciennes étaient gravées dans le métal, avec d'autres bénédictions plus traditionnelles. Il était superbe et je me demandai de quand il datait.

Je me rendis soudain compte que le souffle chaud d'Ivy me balayait la joue.

Je me rassis, sa croix toujours dans la main. Ses yeux étaient noirs et son visage inexpressif. Il n'y avait plus rien en face de moi. Effrayée, je fis aller mes yeux de son visage à la croix. Je ne pouvais pas simplement la lâcher. Elle irait directement heurter sa poitrine. Mais je ne pouvais pas non plus aller la remettre doucement à sa place.

— Tiens, dis-je, très gênée devant son regard vide. Reprends-la.

Ivy tendit la main, et ses doigts effleurèrent les miens quand elle saisit le vieux métal. Déglutissant difficilement, je me calai contre le dossier de mon siège et réajustai la robe prêtée par Ivy pour couvrir mes jambes.

Avec une lenteur provocante, elle défit le crucifix. La chaîne d'argent se prit dans la masse lustrée de sa chevelure noire. Elle dégagea ses cheveux, et ils tombèrent en cascade avec mille feux sur ses épaules. Elle posa le bijou sur la table, entre nous. Le bruit du métal heurtant le bois résonna longuement. Les yeux fixes, elle se lova dans son siège, les jambes ramassées sous elle, et me contempla.

Bonté divine, pensai-je, submergée par la panique et une compréhension soudaine. Elle me faisait du gringue. C'était ça. J'étais vraiment aveugle.

Ma mâchoire se crispa. Mon cerveau tourna à toute vitesse pour trouver une sortie. J'étais hétéro. Jamais eu aucun doute là-dessus. J'aimais les hommes plus grands que moi, et pas trop costauds, pour pouvoir les plaquer au sol dans un accès de passion si j'en avais envie.

— Hum, Ivy…, commençai-je.

— Je suis née vampire, coupa-t-elle doucement.

Son ton neutre me courut le long du dos, me serrant la gorge. Le souffle coupé, je croisai le noir de ses yeux. Je ne dis rien, de peur que cela déclenche un mouvement chez elle. Je ne voulais vraiment pas qu'elle bouge. Il s'était passé quelque chose, et je n'étais pas du tout sûre de savoir où nous nous trouvions.

— Mes deux parents sont des vampires, continua-t-elle. (Et, bien qu'elle n'ait pas bougé, je sentis la tension monter dans la pièce, jusqu'à couvrir le chant des grillons.) J'ai été conçue et je suis née avant que ma mère devienne une vraie morte-vivante. Sais-tu ce que cela signifie, Rachel ?

Ses mots étaient lents et choisis, tombant de ses lèvres avec toute la douceur insistante de psaumes murmurés.

— Non.

Je ne respirais presque plus.

Ivy pencha la tête, et ses cheveux ondulèrent en une vague d'obsidienne qui étincela dans la lumière douce. Elle me regarda de sous une mèche.

— Le virus n'a pas eu besoin d'attendre que je sois morte pour me façonner. Il m'a modelée tandis que je grandissais dans le ventre de ma mère, me donnant un peu des deux mondes, celui des vivants et celui des morts.

Ses lèvres s'entrouvrirent et je frissonnai en voyant ses dents pointues. Je n'avais pas pu m'en empêcher. Une sueur froide me parcourut l'échine et, comme en réponse, Ivy prit une grande inspiration puis retint son souffle.

— Il est facile pour moi de projeter une aura, dit-elle en exhalant finalement. En fait, le problème est de la garder refoulée.

Elle se déplia de son siège, et ma respiration siffla à travers mes narines. Elle se redressa à ce bruit. Lentement, avec méthode, elle posa ses pieds sur le sol.

— Et bien que mes réflexes et ma force ne soient pas aussi développés que ceux des véritables morts-vivants, ils sont bien au-dessus des tiens.

Je savais tout cela. Mais pas pourquoi elle me le disait, ce qui décupla ma peur. Luttant pour ne pas montrer mon inquiétude, je refusai de me recroqueviller sur moi-même quand elle plaça ses mains à plat sur la table, de chaque côté du crucifix, et se pencha en avant.

— En plus, j'ai la garantie de devenir une morte-vivante, même si je meurs seule dans un champ, avec toutes les gouttes de mon sang encore en moi. Pas de problème, Rachel. Je suis déjà éternelle. La mort ne fera que me rendre plus forte.

Mon cœur battait. Je ne pouvais détacher mes yeux des siens. *Damnation.* C'était plus que je voulais en savoir.

— Sais-tu ce qu'il y a de mieux encore ?

Je secouai la tête, effrayée que ma voix puisse se briser. J'étais sur le fil d'une lame. Je désirais savoir dans quelle sorte de monde elle vivait, mais je luttais pour ne pas y entrer.

Ses yeux devinrent brûlants. Sans bouger le torse, elle amena l'un de ses genoux sur la table basse, puis l'autre. Dieu du ciel. Elle venait vers moi.

— Les vamps vivants peuvent enchanter quelqu'un… quelqu'un qui le voudrait, murmura-t-elle.

La douceur de sa voix caressait ma peau. Celle-ci s'était mise à me piquer. *Double damnation.*

— À quoi ça sert si ça ne fonctionne que sur ceux qui le veulent bien ? demandai-je, ma voix rugueuse à côté de l'essence vaporeuse qu'était la sienne.

Les lèvres d'Ivy s'écartèrent pour dévoiler le bout de ses dents. Je ne pouvais en détacher mes yeux.

— C'est super pour le sexe… Rachel.

— Oh.

C'est tout ce que j'avais pu répondre. Ses yeux étaient perdus dans la luxure.

— Et j'ai le goût de ma mère pour le sang, ajouta-t-elle en s'agenouillant sur la table qui nous séparait. C'est comme l'amour de certaines personnes pour le sucre. Ce n'est pas une très bonne comparaison, mais c'est le mieux que je puisse trouver. À moins que tu… essaies.

Ivy exhala, son corps tout entier en mouvement. Son souffle me fit vibrer des pieds à la tête. Mes yeux s'agrandirent de surprise et de perplexité quand je m'aperçus que c'était du désir. Par l'enfer, qu'est-ce qui m'arrivait ? J'étais hétéro. Pourquoi me demandais-je soudain à quel point ses cheveux étaient doux ?

Tout ce que j'avais à faire, c'était tendre la main. Elle n'était qu'à quelques centimètres de moi. À l'affût. Attendant. Dans le silence, je pouvais entendre mon cœur.

Ses battements résonnaient à mes oreilles. Je regardai avec horreur les yeux d'Ivy quitter les miens et descendre jusqu'à ma gorge, où je sentais battre le sang.

— Non ! hurlai-je, paniquée.

Je donnai une ruade, hoquetant de peur en sentant son poids sur moi, qui me collait au fauteuil.

— Ivy, non !

C'était un sanglot.

Il fallait que je me débarrasse d'elle. Je me battis pour bouger. J'avalai une grande bouffée d'air, l'entendant exploser lorsque je la relâchai avec un cri de désespoir. Comment avais-je pu être aussi stupide ? C'était un vampire.

— Rachel… arrête.

Sa voix était posée et douce. L'une de ses mains m'agrippait par les cheveux, tirant ma tête en arrière pour exposer mon cou. Cela faisait mal, et je m'entendis pleurnicher.

— Tu ne fais qu'empirer les choses, dit-elle.

Mais je continuai à me tortiller, haletant quand sa prise sur mon poignet se resserra jusqu'à me faire mal.

— Laisse-moi partir… (Je suffoquais, je n'arrivais plus à respirer, comme si j'avais couru.) Dieu me vienne en aide, Ivy. Laisse-moi. S'il te plaît. Je ne veux pas.

Je suppliais. Je ne pouvais m'en empêcher. J'étais terrifiée. J'avais vu des photos. Ça faisait mal. Mon Dieu, ça allait faire mal.

— Arrête, répéta-t-elle de nouveau. (Sa voix était stressée.) Rachel. J'essaie de te lâcher, mais il faut que tu cesses de te débattre. Tu ne fais que rendre ça plus difficile. Il faut que tu me croies.

J'avalai une nouvelle goulée d'air et la gardai. Je laissai mes yeux courir sur ce que je voyais d'elle. Sa bouche était à quelques centimètres de mon oreille. Ses yeux étaient noirs. La faim que j'y vis contrastait de façon effrayante avec le calme de sa voix. Son regard était fixé sur mon cou. Une goutte de salive tiède roula sur ma peau.

— Mon Dieu, non, murmurai-je, tremblante.

Ivy eut un frémissement, son corps frissonnant au contact du mien.

— Rachel, arrête, répéta-t-elle encore.

La terreur me submergea quand j'entendis une panique nouvelle dans sa voix. Ma respiration n'était plus qu'un halètement. Elle essayait vraiment de me lâcher. Et, apparemment, elle était en train de perdre la bataille.

— Qu'est-ce que je dois faire ? soufflai-je.

— Ferme les yeux, dit-elle. J'ai besoin que tu m'aides. Je ne me doutais pas que ça allait être aussi difficile.

Ma bouche se dessécha en entendant la petite fille perdue dans sa voix. J'eus besoin de toute ma volonté pour fermer les yeux.

— Ne bouge plus.

Sa voix était de soie grise. La tension claqua en moi. Une nausée monta de mon estomac. Je pouvais sentir mon pouls pousser contre ma peau. Durant ce qui parut être une minute, je restai sous elle, tous mes instincts m'ordonnant de fuir. Les grillons s'étaient remis à chanter et je sentis des larmes s'échapper de sous mes paupières frémissantes chaque fois que son souffle caressait ma gorge dénudée.

Je pleurai vraiment quand sa prise sur mes cheveux se desserra. Je pus inspirer un grand coup quand son poids s'effaça de mon corps. Je ne pouvais plus sentir son odeur. Je me figeai, attendant.

— Je peux rouvrir les yeux ?

Il n'y eut pas de réponse.

Je m'assis pour découvrir que j'étais seule. Il y eut un bruit faible, la porte de la nef qui se refermait, puis le claquement pressé de ses bottes sur le trottoir. Et plus rien.

Je levai les mains, d'abord pour m'essuyer les yeux, ensuite la gorge, étalant sa salive sur un endroit resté frais. Mes yeux parcoururent la pièce, ne trouvant aucune chaleur dans le gris feutré du décor. Elle était partie.

Épuisée, je me levai, ne sachant que faire. Je serrai les bras autour de moi à m'en faire mal. Je pensai de nouveau à la terreur et, avant cela, à l'éclair de désir qui m'avait traversée, puissant et entêtant. Elle avait dit qu'elle ne pouvait enchanter que ceux qui le voulaient. Avait-elle menti, ou avais-je vraiment souhaité qu'elle me colle à mon siège et qu'elle m'ouvre la gorge ?

Chapitre 7

Le soleil ne baignait plus la cuisine, mais il faisait encore chaud. Pas assez chaud pour atteindre le centre de mon âme, mais agréable. J'étais vivante. Toutes les parties de mon corps étaient encore là. J'avais encore tous mes fluides vitaux. Un après-midi somme toute agréable.

J'étais assise à l'extrémité libre de la table d'Ivy, et j'étudiais le livre le plus décrépit que j'avais trouvé au grenier. Il paraissait assez ancien pour avoir été imprimé avant la guerre civile. Je n'avais jamais entendu parler de certains des sorts. C'était une lecture fascinante et je devais admettre que l'envie d'en essayer un ou deux me titillait dangereusement. Aucun ne faisait la moindre allusion aux arts noirs, ce qui m'emplissait d'un immense plaisir. Faire du mal à quelqu'un avec la magie était odieux et malsain. Ça allait à l'encontre de tout ce en quoi je croyais… et le risque n'en valait pas la peine.

Toute magie avait un prix : la mort. J'étais strictement une sorcière de la terre. La source de mon pouvoir venait avec tendresse de la terre, à travers les plantes, et était augmentée par la chaleur, la sagesse et mon sang de sorcière. Comme je ne pratiquais que la magie blanche, seules des plantes mouraient. Je pouvais vivre avec ça. Je n'allais pas m'appesantir sur la moralité de tuer des plantes, ou bien je serais devenue folle chaque fois que je passais la tondeuse sur la pelouse de ma mère. Ça ne voulait pas dire qu'il n'existait pas de sorcières ou de sorciers de la terre noirs – il y en avait –, mais la magie noire de la terre avait quelques ingrédients déplaisants, comme des parties de corps humains et des sacrifices. Le simple fait de devoir rassembler les ingrédients pour un sort noir suffisait à faire rester blancs la plupart des sorciers ou sorcières de la terre.

Il en allait tout autrement pour les sorcières des lignes d'énergie. Elles tiraient leur pouvoir à la source, brut et non filtré au travers d'êtres vivants. Pour elles aussi la mort était nécessaire. Mais c'était une mort plus subtile : la mort lente de l'âme, et pas forcément de la leur. La mort de l'âme exigée des sorcières blanches des lignes d'énergie n'était pas aussi sévère que pour les sorcières noires – comme si vous compariez la tonte du gazon et le sacrifice de chèvres dans votre cave. Mais créer un sort destiné à blesser ou à tuer laissait une blessure visible dans l'essence d'une sorcière.

Les sorcières noires des lignes d'énergie détournaient le problème en faisant payer le prix à quelqu'un d'autre. Habituellement, la facture était directement liée au sort, et le destinataire en prenait deux fois plus pour le même prix. Mais si ce destinataire était d'une « pureté d'esprit » maladive, ou bien plus puissant, le prix, mais pas le sort, revenait immédiatement à l'émetteur. On disait que si votre âme était suffisamment noire, cela permettrait à un démon de vous attirer facilement dans l'au-delà contre votre gré.

Comme c'est arrivé à mon père, pensai-je en frottant mon pouce sur la page ouverte devant moi. Je savais de tout mon être qu'il avait été un sorcier blanc jusqu'à la fin. Il aurait fallu qu'il soit capable de retrouver son chemin vers la réalité, mais il n'avait pas tenu jusqu'au lever du soleil.

Un bruit attira mon attention. Je me raidis en apercevant Ivy dans un peignoir de soie noire, appuyée contre le chambranle de la porte. Le souvenir de la nuit précédente me submergea, me nouant l'estomac. Je ne pus empêcher ma main de remonter jusqu'à mon cou, et je cachai le geste au dernier moment en réajustant ma boucle d'oreille, tout en prétendant étudier le livre devant moi.

— Bonjour, dis-je prudemment.

— Quelle heure est-il ? murmura Ivy avec une voix éraillée. Je lui jetai un coup d'œil. Ses cheveux habituellement si soignés étaient ébouriffés, ils portaient encore la trace de son oreiller. Ses yeux étaient soulignés de larges cernes noirs, et l'ovale de son visage était flasque. La lassitude de début d'après-midi avait complètement étouffé son air de prédateur à l'affût. Elle avait à la main un mince volume relié de cuir. Je me demandai si sa nuit avait été aussi vide de sommeil que la mienne.

— Il est presque 14 heures, répondis-je, sur la défensive.

D'un pied, j'écartai un siège de l'autre côté de la table pour qu'elle ne s'assoie pas à côté de moi. Elle semblait dans un état normal, mais je ne savais plus comment la traiter. Je portais mon crucifix – non qu'il puisse l'arrêter – et mon poignard de cheville en argent – qui ne vaudrait pas mieux. Une amulette de sommeil la neutraliserait, mais elles étaient dans mon sac, hors de portée, sur un autre siège. Cela prendrait bien cinq secondes pour en invoquer une. Mais, honnêtement, elle ne semblait pas bien dangereuse pour le moment.

— J'ai fait des muffins. J'ai utilisé tes provisions, j'espère que tu ne m'en voudras pas.

— Euh, émit-elle.

Elle crapahuta jusqu'à la cafetière, faisant racler ses pantoufles sur le plancher brillant, et se versa une tasse de breuvage tiède. Elle s'adossa au comptoir pour le siroter. Elle n'avait plus son vœu autour du cou. Je me demandai à quoi elle l'avait utilisé. Et si cela avait un rapport avec la nuit dernière.

— Tu es habillée, glissa-t-elle. (Elle s'affala dans la chaise que j'avais poussée vers elle, devant son ordinateur.) Tu es debout depuis combien de temps ?

— Midi.

Menteuse, pensai-je.

J'étais restée éveillée toute la nuit, faisant semblant de dormir sur son canapé. Mais je décidai de dater mon réveil du moment où j'avais remis mes habits. Je tournai une nouvelle page.

— Je vois que tu as dépensé ton souhait, avançai-je avec précaution. Tu as demandé quoi ?

— Pas tes affaires.

C'était visiblement un avertissement. Je chassai lentement l'air de mes poumons et gardai les yeux baissés. Un silence pénible s'installa, que je laissai prospérer, me refusant à le briser. La nuit dernière, j'étais presque partie. Mais la mort certaine qui m'attendait si je quittais la protection d'Ivy avait contrebalancé une mort probable entre ses mains. Peut-être. Peut-être que j'avais envie de savoir à quoi ressemblerait la sensation de ses dents s'enfonçant dans ma chair.

Ce n'était pas dans cette direction que je souhaitais voir vagabonder mes pensées. Ivy m'avait vraiment filé la pétoche, mais, à la voir dans la lumière de l'après-midi, elle semblait humaine. Inoffensive. Oserais-je même dire ronchonne ?

— Je voudrais bien que tu lises ça, fit-elle.

Lorsque le mince livre qu'elle avait apporté heurta la surface de la table devant moi, j'y jetai un coup d'œil. Il n'y avait rien d'écrit sur la couverture, et le relief d'une gravure y était presque effacé.

— C'est quoi ?

Mon ton était froid, et je ne fis pas un geste pour prendre le livre.

Les yeux baissés, elle se lécha les lèvres.

— Je suis désolée pour la nuit dernière, dit-elle. (Ma gorge se serra.) Tu ne me croiras probablement pas, mais cela m'a fait peur à moi aussi.

— Pas autant qu'à moi.

Travailler un an avec elle ne m'avait pas préparée à la nuit dernière. Je n'avais vu que son côté professionnel. Je n'avais pas imaginé qu'elle puisse être différente hors du bureau. Je lui jetai un bref regard en coin. Elle avait l'air complètement humaine. Joli trucage.

— Ça fait trois ans que je ne pratique plus, continua-t-elle à mi-voix. Je n'étais pas préparée à… Je ne comprenais pas que… (Elle leva la tête, ses yeux marron suppliant.) Il faut que tu me croies, Rachel. Je ne voulais pas que ça arrive. C'est juste que tu m'envoyais tous les mauvais signaux. Et puis soudain, tu as pris peur, et ensuite tu as paniqué, et ça a dérapé.

— Dérapé ? lançai-je, préférant la colère à la peur. Tu m'as presque ouvert la gorge !

— Je sais, implora-t-elle. Je suis désolée. Mais je ne l'ai pas fait.

Je luttai pour ne pas frissonner en me rappelant la chaleur de sa salive sur mon cou.

Elle poussa le livre vers moi.

— Mais nous pouvons éviter de répéter cette scène. Je veux vraiment que ça marche. Il n'y a pas de raison. Je te dois quelque chose pour le souhait que je t'ai pris. Si tu t'en vas, je ne pourrai pas te protéger contre les assassins vamps. Je suppose que tu ne veux pas qu'ils aient ta peau.

Mes mâchoires se serrèrent. Non. Je ne voulais pas qu'un vampire ait ma peau. En particulier un vampire qui s'excuserait tout en m'égorgeant.

Je croisai son regard par-dessus la table encombrée. Elle était assise là, avec son peignoir noir et ses pantoufles, l'air aussi dangereuse qu'une éponge. Son besoin de mon pardon était si évident et si brut qu'il en était douloureux. Mais je ne pouvais pas. Pas encore. Je tendis un doigt pour rapprocher le livre.

— C'est quoi ?

— Un… euh… guide des rendez-vous amoureux ? dit-elle en hésitant.

Je respirai à fond en retirant mon doigt, comme piquée.

— Ivy. Non.

— Attends, ce n'est pas ce que je voulais dire. Tu m'envoies des signaux contradictoires. Dans ma tête, je sais que ce n'est pas ce que tu veux exprimer, mais mes instincts… (Son front se plissa.) C'est embarrassant, mais les vampires, vivants ou morts, sont guidés par leurs instincts, et ceux-ci sont activés surtout par… les odeurs, conclut-elle, contrite. Tu n'as qu'à lire les chapitres sur les appels, l'excitation de l'autre, d'accord ? Et les éviter.

Je me renfonçai dans mon siège. Lentement, je rapprochai le livre, jaugeant son âge à sa reliure. Elle avait dit « instincts », mais je pensais que le mot « appétits » aurait été plus juste. Ç'avait dû être très dur pour elle d'admettre qu'elle pouvait être manipulée par quelque chose d'aussi stupide que des odeurs. C'est tout ce qui me retint de lui balancer son livre dans la figure. Ivy s'enorgueillissait de son sang-froid, et avoir confessé une telle faiblesse était plus parlant qu'une centaine de mots d'excuse.

— C'est bon, dis-je sur un ton neutre.

Elle me lança un sourire soulagé, les lèvres fermées.

Elle prit un muffin et attira vers elle l'édition du soir du *Cincinnati Enquirer* que j'avais trouvée devant la porte du perron. L'atmosphère était encore tendue, mais ça allait mieux. Je ne voulais pas quitter la sécurité de l'église, pourtant la protection d'Ivy était à double tranchant. Elle s'asseyait sur sa soif de sang depuis trois ans. Si elle lâchait, j'étais morte.

— Le conseiller Trenton Kalamack accuse le SO de négligence pour la mort de sa secrétaire, lut-elle, essayant visiblement de changer de sujet.

— Ouais, dis-je prudemment. (Je mis son livre sur la pile de mes bouquins de sorts en attente de lecture ; j'éprouvai le besoin de m'essuyer les doigts sur mon jean.) Le pouvoir de l'argent ? Il y a un autre article qui affirme qu'il a été lavé de tout soupçon de trafic de Soufre.

Elle ne répondit rien, tournant les pages tout en mangeant son muffin, jusqu'à ce qu'elle trouve l'article.

— Écoute ça. Il a déclaré : « J'ai été choqué de découvrir la double vie de Mlle Bates. Elle avait tout d'une employée modèle. Je financerai bien sûr les études du fils qu'elle laisse derrière elle. » Typique. (Ivy eut un petit rire dénué de joie avant de passer à la page des BD.) Et, au fait, tu vas faire des sorts aujourd'hui ?

Je secouai la tête.

— Non, je vais aller aux archives avant qu'ils ferment pour le week-end. Ce qui est écrit là-dedans (j'indiquai du doigt le journal) ne présente aucun intérêt. Je veux savoir ce qui s'est vraiment passé.

Ivy posa le reste de son muffin, les sourcils levés en signe d'interrogation.

— Si je peux prouver que Trent trafique dans le Soufre et le livrer au SO, ils oublieront le contrat sur ma tête. Ils ont un mandat en blanc contre lui.

Et alors, je pourrai me tirer vite fait de cette église, ajoutai-je intérieurement.

— Prouver que Trent est dans le Soufre ? ricana Ivy. Ils n'ont jamais pu prouver s'il était humain ou Outre. Son argent le rend aussi glissant que de la bave de crapaud sous une averse. L'argent ne peut pas acheter l'innocence, mais suffit pour le silence.

Elle mordit de nouveau dans son muffin. Dans son peignoir négligé, avec ses cheveux ébouriffés, elle aurait pu être n'importe laquelle de mes colocataires épisodiques de ces dernières années. C'était déstabilisant. Tout était différent quand le soleil était levé.

— Ils sont très bons, continua-t-elle en agitant le muffin. Je vais te dire. J'achète les provisions si tu fais le dîner. Pour le petit déjeuner et le déjeuner, je peux me débrouiller, mais je déteste faire la cuisine.

J'eus une grimace compréhensive. J'étais d'accord avec elle – je n'appréciais pas non plus les aspects les plus sophistiqués de l'art culinaire – mais je me mis à réfléchir. Ça me prendrait du temps, mais ne pas avoir à faire les courses me semblait super. Même si Ivy ne faisait cette proposition que pour m'éviter de risquer ma vie pour une boîte de haricots, ça me semblait honnête. De toute façon, j'aurais fait la cuisine, et faire à manger pour deux était plus facile que le faire pour un.

— D'accord, dis-je finalement. On peut essayer comme ça.

Elle eut un murmure satisfait.

— Marché conclu.

Je regardai ma montre. 13 h 40. Ma chaise racla le linoléum quand je me levai. J'attrapai un muffin.

— Bon, j'y vais. Il faut que je trouve une voiture. J'en ai marre du bus.

Ivy posa la page de BD sur tout le fatras qui entourait son ordinateur.

— Le SO ne va pas te laisser entrer comme ça.

— Ils ne peuvent pas faire autrement. Les archives sont publiques. Et personne ne va me descendre devant des témoins qu'il faudrait ensuite acheter. Ça boufferait leurs profits.

Mon ton était amer.

Les sourcils levés d'Ivy montraient plus clairement que des mots qu'elle n'était pas convaincue.

— Écoute… (Je pris mon sac sur une chaise et entrepris une fouille en règle.) Je vais utiliser un sort de déguisement, ça te va ? Et je me sauverai au premier signe d'embrouille.

L'amulette agitée sous son nez parut la satisfaire, mais, tout en se replongeant dans sa BD, elle murmura :

— Tu pourrais prendre Jenks avec toi ?

Ce n'était pas vraiment une question, et je fis la grimace.

— Bon, d'accord.

Je savais qu'il allait jouer les baby-sitters. Pourtant, en passant la tête par la porte de derrière pour l'appeler, je décidai qu'une compagnie serait la bienvenue, même celle d'un pixie.

Chapitre 8

Je m'enfonçai un peu plus dans le coin de la banquette du bus, essayant de m'assurer que personne ne pouvait regarder par-dessus mon épaule. Le bus était plein, et je ne tenais pas à ce que quelqu'un voie ce que je lisais.

« Si votre amant vampire est rassasié et ne réagit pas à vos avances, essayez de porter quelque chose qui lui appartient. Cela n'a pas besoin d'être grand-chose, vous pouvez vous contenter d'un mouchoir ou d'une cravate. L'odeur de votre sueur se mêlant à son propre parfum est quelque chose d'irrésistible, même pour un vampire qui sait se tenir. »

D'accord. Ne plus porter de robe ou de peignoir appartenant à Ivy.

« En général, le simple fait de laver vos habits avec les siens laisse assez d'odeurs pour que votre amant connaisse vos sentiments. »

Très bien. Des lessives séparées.

« Si votre amant vampire vous laisse pour s'isoler dans un lieu plus discret en plein milieu d'une conversation, ce n'est pas pour vous repousser. C'est au contraire une invitation. Lancez-vous. Prenez avec vous un peu de nourriture ou à boire pour décoincer les maxillaires et pour amorcer la salive. Mais pas de drague. Le vin n'est plus à la mode. Essayez une pomme ou quelque chose de croquant. »

Enfer.

« Tous les vampires ne sont pas semblables. Demandez-vous si votre amant aime parler sur l'oreiller. Les préludes amoureux peuvent être très divers. Une conversation sur des liens passés et sa lignée trouvera forcément un écho et éveillera son orgueil, sauf si votre amant est d'une maison de second rang. »

Enfer et damnation. J'étais une garce. Une saleté d'entraîneuse dévergondée pour vampire.

Les yeux fermés, je laissai ma tête retomber contre le dossier du siège. Un souffle chaud me chatouilla le cou. Je me redressai brutalement, et tournai sur moi-même. Ma main était déjà lancée. Je tapai dans la paume d'un homme séduisant. Il rit au bruit du choc, levant ses deux mains en signe de paix. Mais ce fut son amusement plein d'une douceur spéculative qui m'arrêta.

— Avez-vous essayé la page 49 ? demanda-t-il en se penchant en avant et en posant ses bras croisés sur le dossier de mon siège.

Je le fixai, le regard vide. Son sourire se fit séducteur. Il était presque trop beau. Ses traits enjôleurs révélaient un enthousiasme enfantin. Ses yeux revinrent au livre dans ma main.

— Quarante-neuf, répéta-t-il sur le ton de la confidence. Vous ne serez plus jamais la même.

Irritée, je feuilletai rapidement le livre pour trouver la bonne page. Oh… mon… Dieu. Le bouquin d'Ivy était illustré. Puis j'hésitai, plissant les yeux, perplexe. C'était une troisième personne dans cette image ? Et, par tous les démons, qu'est-ce que c'était que ce truc fixé au mur ?

— Non, comme ça.

L'homme tendit le bras par-dessus le dossier et tourna le livre à quatre-vingt-dix degrés. Son eau de Cologne était sylvestre et nette. Aussi agréable que sa voix décontractée et sa main légère qui frôlait sciemment la mienne. C'était le groupie standard des vampires : jolie silhouette, vêtu de noir, et un besoin désespéré d'être aimé. Sans oublier son incompréhension totale de l'espace vital.

Je revins au livre quand il le tapota du doigt.

— Oh, dis-je quand je compris le sens de l'image. Oh !

Le rouge aux joues, je refermai vivement le livre. Il y avait deux personnes. Trois si vous comptiez celui avec le… le truc.

Je levai les yeux pour le dévisager.

— Et vous avez survécu à ça ?

Je ne savais pas si je devais être scandalisée, horrifiée ou impressionnée. Son air se fit respectueux.

— Ouais. Je n'ai pas pu bouger les jambes pendant deux semaines, mais ça valait le coup.

Le cœur battant, je remis le livre dans mon sac. Il se leva après un dernier sourire charmeur et partit d'un pas lent vers la sortie. Je ne pus m'empêcher de remarquer qu'il boitait. J'étais étonnée qu'il pût même marcher. Il me regarda en descendant les marches, ses yeux graves ne quittant pas les miens.

Avalant avec difficulté, je me forçai à regarder ailleurs. Mais la curiosité l'emporta. Avant même que le dernier passager soit descendu, j'avais ressorti le livre d'Ivy. Mes doigts glacés le rouvrirent. J'ignorai l'image pour lire les petits caractères sous les engageantes instructions sur « comment vous y prendre ». Mon visage se figea et mon estomac se noua.

C'était un avertissement. Ne pas laisser votre amant vampire se livrer à cet exercice tant que vous n'aviez pas été mordu au moins trois fois. Autrement, il n'y aurait pas assez de salive vamp dans votre système pour inhiber vos récepteurs sensoriels et persuader votre cerveau que la douleur était du plaisir. Il y avait même des conseils pour éviter de s'évanouir si vous n'aviez effectivement pas assez de salive vamp et si vous vous trouviez face à une douleur atroce. Apparemment, si la pression sanguine baissait, il en était de même du plaisir de votre amant vampire. En revanche, il n'y avait aucune recommandation pour le ou la faire arrêter.

Mes yeux se fermèrent et je laissai mon front cogner la vitre. Je les rouvris au bruit des passagers qui montaient. Je clignai des yeux quand je vis qu'il était debout sur le trottoir et qu'il me surveillait. Je me recroquevillai sur moi-même, frissonnante. Il souriait, comme si son bas-ventre n'avait pas été délicatement incisé, son sang aspiré et consommé dans un simulacre de communion. Il y avait même pris plaisir, ou du moins il le pensait.

Il leva trois doigts, faisant un salut scout, les porta à ses lèvres et me souffla un baiser. Le bus se remit en marche et il se détourna, l'ourlet de son cache-poussière se balançant au-dessus du sol.

Les yeux fixés sur l'extérieur, j'eus envie de vomir. Ivy avait-elle déjà participé à ce genre de scène ? Peut-être avait-elle accidentellement tué quelqu'un ? Peut-être était-ce pour cela qu'elle ne pratiquait plus. Je devrais peut-être le lui demander. Ou peut-être que je devrais la fermer pour pouvoir continuer à dormir la nuit.

Je refermai le livre et l'enfouis tout au fond de mon sac. Je sursautai quand je découvris un morceau de papier avec un numéro de téléphone coincé entre les pages. Je le chiffonnai et l'enfonçai dans mon sac avec le livre. Levant la tête, je vis Jenks qui volait vers moi après avoir fini de discuter avec le conducteur.

Il se posa sur le dossier du siège devant moi. Mis à part une ceinture d'un rouge criard, il était vêtu de noir des pieds à la tête : ses habits de travail.

— Pas de sort contre toi en provenance des nouveaux venus, annonça-t-il joyeusement. Et qu'est-ce que voulait ce type ?

— Rien.

J'expulsai cette image de ma mémoire. Et où était Jenks la nuit dernière, pendant qu'Ivy me plaquait dans mon fauteuil ? J'aurais voulu le savoir. Je le lui aurais bien demandé, mais j'eus peur qu'il me dise que ç'avait été ma faute.

— Non, sérieux, insista Jenks. Qu'est-ce qu'il voulait ?

Je soutins son regard.

— Rien, vraiment. Laisse tomber.

J'étais heureuse d'être sous mon sort de déguisement. Je ne souhaitais pas que M. Page Quarante-Neuf puisse un jour me reconnaître dans la rue.

— C'est bon, c'est bon, dit-il en se perchant sur ma boucle d'oreille.

Il fredonna *Strangers in the Night*. Je soupirai. Cette chanson allait me trotter dans la tête toute la journée. Je sortis mon miroir à main et prétendis remettre mes cheveux en ordre, en prenant soin de donner un ou deux coups secs sur la boucle d'oreille qui servait de perchoir à Jenks.

J'étais brune, avec un gros nez. Un élastique retenait mes cheveux noirs en queue-de-cheval. Ils étaient toujours longs et frisottés. Il y a des choses plus difficiles à enchanter que d'autres. Mon blouson en jean était sur l'envers pour laisser voir un motif floral. J'avais une casquette Harley-Davidson en cuir sur la tête. Je la rendrais à Ivy avec toutes mes excuses dès que je la verrais, et ne la mettrais plus jamais. Avec toutes les bourdes que j'avais accumulées la nuit dernière, pas étonnant qu'Ivy ait dérapé.

Le bus passa à l'ombre de grands immeubles. Je descendais au prochain arrêt. Je rassemblai mes affaires et me levai.

— Il faut que je me procure un moyen de transport, dis-je à Jenks quand mes bottes touchèrent le trottoir, tout en regardant à gauche et à droite. Peut-être une moto.

Je fis attention à synchroniser mon entrée pour ne pas toucher les panneaux de la porte vitrée qui menait au vestibule de l'immeuble des archives du SO.

De ma boucle d'oreille me parvint un grognement.

— À ta place, j'éviterais. C'est trop facile de bidouiller une moto. Tu devrais t'en tenir aux transports en commun.

— Je pourrais la laisser à l'intérieur, protestai-je, examinant nerveusement les quelques personnes qui se trouvaient dans le petit hall.

— Alors, tu ne pourrais pas la monter, Sherlock. Ton lacet est défait.

Je regardai, ce n'était pas vrai. Il se foutait de moi.

— Très drôle, Jenks.

Le pixie grommela quelque chose que je ne pus saisir.

— Non, lança-t-il, excédé. Je veux dire : prétends que ton lacet est défait, et baisse-toi pour le renouer pendant que je m'assure que les lieux sont suffisamment sûrs pour toi.

— Oh.

J'obéis. Je m'assis sur une chaise dans un coin et relaçai ma chaussure. Je pouvais à peine suivre Jenks tandis qu'il voletait au-dessus des quelques Coureurs présents, reniflant pour vérifier qu'aucun sort ne m'était destiné. Ma visite avait été bien planifiée. On était samedi. Les archives n'étaient ouvertes que par courtoisie, et seulement pour quelques heures. Il y avait quand même des gens, venues déposer des informations, mettre à jour des fichiers, copier des documents, essayer de faire bonne impression en venant travailler le week-end.

— Pas d'odeur anormale, me glissa Jenks. Je crois qu'ils ne pensaient pas que tu viendrais ici.

— Parfait.

Plus en confiance que je ne l'aurais dû, je me dirigeai vers le bureau de la réceptionniste. J'avais de la chance. Megan était de service. Je lui adressai un sourire et ses yeux s'élargirent. Elle remit ses lunettes en place sur son nez. Les verres cerclés de bois étaient enchantés pour voir à travers à peu près n'importe quoi. L'équipement standard pour les réceptionnistes du SO. Il y eut comme un voile en mouvement devant moi et je me figeai.

— Gaffe à toi, fillette, hurla Jenks.

Mais il était trop tard.

Quelqu'un me poussa. Seul l'instinct me fit garder l'équilibre quand un pied s'engagea entre les miens pour me faire tomber. Paniquée, je tournai sur moi-même et me retrouvai en position accroupie, prête à tout. Mon visage se glaça.

C'était Francis. *Par le Tournant, qu'est-ce qu'il fait ici ?* pensai-je. Il se tenait le ventre et riait. Je me relevai. Je n'aurais pas dû prendre mon sac. Mais je n'imaginais pas croiser quelqu'un qui me reconnaîtrait sous le sort de déguisement.

— Joli couvre-chef, Rachel.

Il s'étouffait presque, tout en remettant droit le col de sa chemise criarde. Son ton était un mélange répugnant de bravade et du reste de la peur qu'il avait éprouvée quand j'avais failli l'attaquer.

— Hé, hier, j'ai pris six tickets au loto du bureau. Tu ne pourrais pas mourir demain entre 19 heures et minuit ?

—Pourquoi tu ne t'en occupes pas toi-même ? jetai-je avec un reniflement de mépris.

Ou bien ce crétin n'avait pas d'orgueil, ou bien il ne réalisait pas combien il était ridicule avec une de ses chaussures bateau délacée et ses cheveux filasse en bataille, échappés du sort d'ondulation. Et comment pouvait-il avoir l'équivalent d'une barbe de plusieurs jours aussi tôt dans la journée ? Il devait la peindre avec une bombe. Il prit son air supérieur habituel. Malheureusement, ça ne marchait pas avec moi.

—Oh non, si je le faisais moi-même, mon pari serait annulé. Et puis, je n'ai pas le temps de discuter avec une sorcière morte. J'ai rendez-vous avec le conseiller Trenton Kalamack et j'ai besoin de faire quelques recherches préliminaires. Tu sais, des « recherches » ? Tu connais le mot ? En tout cas, ce n'est pas ce qu'on m'a dit.

Il renifla bruyamment.

—Va t'enfiler une tomate, *Francis.*

Je m'étais forcée à parler gentiment. Il jeta un coup d'œil le long du couloir qui menait au sous-sol.

—Ooooh, dit-il d'une voix traînante. Comme j'ai peur. Tu ferais mieux de partir maintenant si tu veux avoir la moindre chance de regagner vivante ton église. Si Meg n'a pas déclenché l'alarme pour signaler ta présence, je vais le faire moi-même.

—Cesse de pisser dans ma semoule, grondai-je. Tu commences vraiment à me porter sur les nerfs.

—À plus tard, Rachel ma belle. Dans les avis de décès.

Son rire était trop aigu. Je lui adressai un regard méprisant. Il signa le registre qui se trouvait devant Megan avec un geste théâtral, puis se retourna et lança :

—Cours, petite sorcière, cours.

Sortant son téléphone portable, il frappa sur quelques touches et passa en se pavanant devant les bureaux fermés des VIP, jusqu'à la porte du sous-sol. Megan fit une grimace d'excuse en appuyant sur le bouton pour lui ouvrir la porte.

Je fermai lentement les paupières. Quand je rouvris les yeux, j'adressai un signe à Megan comme pour lui dire « juste une minute ». Je m'assis sur une des chaises du vestibule pour faire semblant de chercher dans mon sac. Jenks se posa sur ma boucle d'oreille.

— On laisse tomber. (Il paraissait inquiet.) On reviendra cette nuit.

— Ouais, acquiesçai-je.

L'enchantement de mon appartement par Denon avait été du simple harcèlement. Envoyer une équipe d'assassins serait trop coûteux. Je ne le valais pas. Mais pourquoi prendre le risque ?

— Jenks, soufflai-je. Peux-tu entrer dans le sous-sol sans te faire repérer par les caméras ?

— Sûr que je peux, fillette. Se faufiler discrètement est ce que les pixies font le mieux. Et elle me demande « sans te faire repérer par les caméras » ! D'après toi, qui fait la maintenance sur ces caméras ? Je vais te le dire. Des pixies. Et est-ce qu'on nous en est reconnaissant ? No-o-o-o-n. Tout va à cet ignare de réparateur qui reste assis sur son cul en bas de l'échelle, qui conduit la camionnette, qui ouvre la boîte à outils, qui passe son temps à bouffer des beignets. Mais est-ce qu'il fait jamais quelque chose, réellement ? No-o-o-n.

— C'est ça, Jenks. Maintenant, ferme-la et écoute. (Je jetai un coup d'œil à Megan.) Va voir quels dossiers Francis est en train de consulter. Je t'attendrai aussi longtemps que je le pourrai, mais s'il y a le moindre signe de danger je me tire. Tu pourras retrouver le chemin de la maison, n'est-ce pas ?

Les ailes de Jenks produisirent une légère brise, déplaçant une de mes mèches qui vint me chatouiller le cou.

— Oui, ça doit être dans mes moyens. Tu veux que je lui lance un sort de pixie pendant que j'y serai ?

— Un sort de pixie ? (Je haussai les sourcils.) Tu sais faire ça ? Je croyais que c'était… euh… un conte de fées.

Il voleta devant moi, ses traits menus pleins de satisfaction.

— Je lui donnerai la chtouille. C'est la deuxième chose que les pixies font le mieux. (Il hésita, souriant comme un pirate.) Non, efface ça, la troisième.

— Pourquoi pas ? dis-je avec un soupir.

Il s'éleva silencieusement sur ses ailes de libellule, étudiant les caméras. Il resta immobile un instant, mesurant leur temps de balayage. Puis, après avoir foncé droit vers le plafond, il partit comme une flèche vers le bout du couloir, passant devant les bureaux, jusqu'à la porte du sous-sol. Si je n'avais pas été en train de le regarder, je n'aurais jamais pu le voir partir.

Je sortis un stylo, tirai sur la lanière pour refermer mon sac et m'avançai à grands pas vers Megan. Le bureau en acajou massif séparait complètement le vestibule des bureaux des employés. C'était le dernier bastion entre le public et les forces travailleuses pures et dures qui gardaient les archives impeccablement rangées. Un rire féminin étouffé me parvint de l'arche qui s'ouvrait derrière Megan. Personne ne faisait grand-chose le samedi.

— Salut, Meg, dis-je en m'approchant.

— Bon après-midi, mademoiselle Morgan, lança-t-elle un peu fort en rajustant ses lunettes.

Son attention était fixée derrière moi, et je dus me battre contre l'envie de me retourner. *Mlle Morgan ?* pensai-je. *Depuis quand suis-je Mlle Morgan ?*

— Qu'est-ce qui se passe, Meg ? demandai-je en jetant un coup d'œil derrière moi dans le hall déserté.

Elle se redressa.

— Dieu merci, vous êtes encore en vie. (Elle soufflait entre ses dents, ses lèvres toujours crispées sur un sourire.) Qu'est-ce que vous faites ici ? Vous devriez être planquée dans un sous-sol. (Avant que j'aie pu répondre, elle pencha la tête comme un épagneul, souriant comme la blonde qu'elle aurait voulu être.) Que puis-je pour vous aujourd'hui, mademoiselle Morgan ?

Je fis une mimique interrogatrice et Megan dirigea ses yeux avec insistance par-dessus mon épaule. Elle eut un regard stressé.

— La caméra, idiote, murmura-t-elle. La caméra.

Je compris d'un coup et manquai une respiration. Je m'étais plus souciée du coup de téléphone de Francis que de la caméra. Personne ne regardait les enregistrements sauf en cas d'incident. Bien trop tard.

— Nous sommes tous avec vous, ajouta Megan. Les paris sont à deux cents contre un que vous passerez la semaine. Personnellement, je vous mets à cent contre un.

Je me sentis mal. Son regard se fixa derrière moi et elle se raidit.

— Quelqu'un est entré, n'est-ce pas ?

Elle grimaça. Je soupirai, balançant mon sac derrière mon dos pour qu'il ne me gêne pas avant de tourner lentement sur mes talons.

Il portait un costume noir bien repassé, une chemise blanche amidonnée et une fine cravate noire. Il avait croisé les mains dans son dos avec assurance. Il n'avait pas retiré ses lunettes noires. Je sentis une faible odeur de musc, et, à sa courte barbe rousse, je me dis que ce devait être un renard-garou.

Un autre homme vint se placer à côté de lui, entre moi et la porte de devant. Il ne retira pas non plus ses lunettes noires. Je les contemplai, essayant de les jauger. Il devait y en avoir un troisième quelque part, probablement dans mon dos. Les assassins travaillaient toujours à trois. *Pas plus, pas moins, toujours trois*, pensai-je sèchement, sentant mon estomac se serrer. Trois contre un, ce n'était pas équitable. Je jetai un coup d'œil au couloir, vers le sous-sol.

— Rendez-vous à la maison, Jenks, murmurai-je, sachant qu'il ne pouvait pas m'entendre.

Les deux « costumes noirs » rendirent leurs épaules carrées. L'un des deux déboutonna sa veste pour laisser voir son holster. Mes sourcils se levèrent. Ils ne m'abattraient pas de sang-froid devant un témoin. Denon était peut-être furieux, mais il n'était pas stupide. Ils attendaient que je me mette à courir.

Je restai les mains sur les hanches et les pieds bien écartés pour assurer mon équilibre. Tout est une question d'attitude.

— Je suppose qu'aucune discussion pondérée n'est envisageable, les garçons ?

Mon ton était acerbe, mais mon cœur battait la chamade.

Celui qui avait déboutonné sa veste sourit. Ses dents étaient petites et pointues. Un tapis de poils rouges couvrait le dos de ses mains. Ouais. Un renard-garou. Super. J'avais mon poignard, mais le but était de rester suffisamment à distance pour ne pas en avoir besoin.

Derrière moi s'éleva la voix furieuse de Megan.

— Pas dans mon hall. Allez faire ça ailleurs.

Mon pouls s'accéléra. Meg m'aiderait-elle ? *Peut-être,* pensai-je en sautant par-dessus son comptoir dans un mouvement fluide, *que, tout simplement, elle ne veut pas de tache sur sa moquette.*

— Par là.

Megan m'indiquait les bureaux des employés derrière elle, de l'autre côté de l'arche.

Pas le temps de la remercier. Je me jetai par l'ouverture et me retrouvai dans un open space. Derrière moi, il y eut des jurons et quelques coups étouffés. Le plateau, de la taille d'un entrepôt, était divisé à l'aide de ces cloisons d'un mètre vingt, favorites des grosses boîtes, qui formaient un labyrinthe de dimensions bibliques.

Je souris et fis un geste amical à l'intention des quelques personnes au travail. Dans ma course, mon sac heurtait les parois. Je renversai la fontaine à eau, lançant un « désolée » pas très sincère quand elle heurta le sol. Elle ne se brisa pas mais se détacha complètement du socle. Le bruit de l'eau qui s'échappait fut bientôt couvert par les cris d'horreur et les demandes de serpillières.

Je regardai derrière moi. L'un des Costumes s'était emmêlé avec trois employés qui cherchaient à prendre le contrôle de la lourde bonbonne. Son arme était dissimulée. Pour le moment, ça allait. La porte de derrière me tendait les bras. Je courus jusqu'au mur du fond. Ouvrant d'un coup la porte anti-incendie, je savourai l'air frais du dehors.

Quelqu'un m'attendait. Elle pointait une arme à gros canon vers moi.

— Merde !

Je fis marche arrière aussi vite que je pus et tirai la porte derrière moi. Avant qu'elle soit complètement fermée, il y eut un splash humide sur la cloison la plus proche. Je vis une tache gélatineuse. Ma nuque me brûla. Je touchai l'endroit et hurlai en découvrant une cloque de la taille d'un dollar en argent. Mes doigts me brûlèrent à leur tour.

— Super, soufflai-je en essuyant la matière poisseuse sur le bord de mon blouson. Je n'ai pas de temps pour ça.

Après avoir enclenché le verrou d'urgence, je me renfonçai dans le labyrinthe. Ils n'utilisaient plus de sorts à retardement. Les sorts étaient armés et placés dans des billes de gélatine. Très original. Je misai sur un sort de combustion spontanée. J'en aurais reçu plus qu'une éclaboussure, j'étais morte. Rien qu'un joli petit tas de cendres sur le tapis berbère. Jenks n'aurait eu aucun moyen de le sentir venir. Ça n'aurait rien changé s'il avait été avec moi.

Personnellement, j'aurais préféré une balle. C'était plus romantique. Mais il était plus difficile de remonter jusqu'au fabricant d'un sort mortel que d'identifier l'arme dont était sortie une balle. Sans oublier qu'un bon charme ne laissait pas de preuve. Ou, dans le cas de sorts de combustion spontanée, pas de corps. Et, pas de corps, pas de crime. Aucun risque de passer des années en prison.

— Là ! cria quelqu'un.

Je plongeai sous un bureau. Une douleur fulgurante me traversa le coude quand je heurtai le sol. J'avais l'impression que ma nuque était en feu. Il fallait que je neutralise le sort avec du sel avant que ça s'étende.

Mon cœur battait à tout rompre. J'enlevai mon blouson. Il était constellé d'éclaboussures de gélatine. Si je ne l'avais pas eu sur le dos, j'y serais passée. Je le jetai dans une poubelle.

Les cris pour obtenir des serpillières étaient toujours aussi forts. Je sortis une fiole d'eau salée de mon sac. Mes doigts me brûlaient et ma nuque n'était que douleur. Les mains tremblantes, j'arrachai la capsule de plastique avec les dents. Je déversai le contenu de la fiole sur mes doigts puis sur ma nuque tendue. Ma respiration devint sifflante lorsque le dégagement de sulfure lié à la dissolution du sort s'accompagna d'une violente sensation de brûlure. De l'eau salée goutta sur le sol. Je savourai un instant d'euphorie quand la douleur cessa.

Tremblant de tout mon corps, je tamponnai ma nuque avec le bout de ma manche. Le contact prudent de mes doigts sur les restes de la cloque était douloureux, mais l'élancement lancinant laissé par l'eau salée était rassurant, comparé à la sensation de brûlure précédente. Je restai où j'étais, me sentant complètement débile, et me demandant comment j'allais pouvoir m'en sortir. En tant que sorcière, j'étais du côté du bien. Tous mes charmes étaient défensifs, pas offensifs. La règle du jeu était de les gifler et de les garder en déséquilibre tant qu'on ne les avait pas maîtrisés. J'avais toujours été le chasseur, jamais la proie. Mon front se plissa quand je constatai que je n'avais rien pour une situation de ce genre.

Les vociférations de Megan m'indiquaient exactement où en était tout le monde. Je touchai de nouveau la cloque du doigt. Elle ne grossissait plus. J'avais de la chance. J'arrêtai de respirer en entendant des pas discrets à quelques box de moi. J'aurais bien aimé ne pas suer autant. Les garous ont un excellent odorat, mais un esprit un peu étroit. C'était probablement les vapeurs rémanentes de sulfure qui les avaient jusqu'à présent empêchés de me repérer. Je ne pouvais pas rester où j'étais. Des coups sur la porte de derrière m'indiquèrent qu'il était temps d'y aller.

Le sang battait à mes tempes quand je passai avec précaution mes yeux au-dessus de la cloison. Costume numéro Un avançait lentement entre les box pour aller ouvrir à Costume numéro Trois. Après avoir repris mon souffle, je partis dans la direction opposée, courant à moitié accroupie. J'aurais parié ma vie que mes assassins avaient laissé l'un des leurs à la porte d'entrée et que je ne risquais pas de tomber sur lui à mi-chemin.

Grâce aux harangues ininterrompues de Megan sur l'eau qui couvrait le sol, je pus arriver jusqu'à l'arche qui donnait sur le hall sans que personne ne m'aperçoive. Concentrée, je jetai un coup d'œil de l'autre côté du chambranle. Il n'y avait plus personne à la réception. Des papiers couvraient le sol. Je marchai sur des stylos. Le clavier de Megan se balançait au bout de son cordon. Respirant à peine, je m'approchai silencieusement de l'ouverture à bascule dans le comptoir. Toujours tassée sur moi-même, je risquai un œil par-dessus le bureau. Mon cœur rata un battement. Un costume noir s'impatientait du côté de la porte, l'air furax d'avoir été laissé là. Mais j'avais plus de chance d'en passer un que deux.

J'entendis la voix geignarde de Francis venant du sous-sol.

— Ici ? Denon les a lancés sur elle ici ? Il doit vraiment lui en vouloir un max. Nan, je te rappelle. Il faut que je voie ça. Ça devrait valoir son pesant de cacahouètes.

Sa voix se rapprochait. *Peut-être qu'il aimerait bien faire une promenade avec moi,* pensai-je, l'espoir tendant tout à coup mes muscles. Il y avait une chose sur laquelle vous pouviez compter avec Francis, c'est qu'il était curieux et *stupide*, une combinaison dangereuse dans notre métier. J'attendis, l'adrénaline courant dans mes veines, jusqu'à ce qu'il soulève le panneau du comptoir et passe derrière le bureau.

— Quel bordel, fit-il, plus intéressé par le désordre qui régnait par terre que par ma présence dans son dos.

Il ne me vit pas venir, trop occupé à se gratter. Avec méthode, je passai un bras autour de son cou et tordis l'un des siens dans son dos, le soulevant presque du sol.

— Oh, bon Dieu, Rachel ! cria-t-il. (Il tremblait trop pour réaliser combien il lui aurait été facile de m'enfoncer un coude dans le ventre et de se débarrasser de moi.) Lâche-moi, ce n'est pas drôle.

Je déglutis. Mes yeux terrifiés notèrent le Costume près de la porte, son arme sortie et pointée vers nous.

— D'accord avec toi, mon chou, soufflai-je dans l'oreille de Francis, douloureusement consciente de la proximité de la mort pour tous les deux.

Francis ne s'en rendait même pas compte, et l'idée qu'il était capable de faire quelque chose de stupide m'inquiétait plus que l'arme du tueur. Mon cœur battit plus vite et je sentis mes genoux ramollir.

— Tiens-toi tranquille, lui glissai-je. S'il pense qu'il a une chance de m'avoir, il va tirer.

— En quoi ça m'intéresse ?

Il avait presque aboyé.

— Tu n'as pas l'impression qu'on est tout seuls ici, toi, moi et le pistolet ? dis-je doucement. Ça ne serait pas très difficile de se débarrasser d'un témoin, n'est-ce pas ?

Francis se raidit. J'entendis un hoquet quand Megan apparut dans l'arche menant aux bureaux. D'autres gens montrèrent leur tête pour voir ce qui se passait. Les commentaires allaient bon train. En les voyant, je fus prise de panique. Il y avait trop de monde. Trop de risques que quelque chose dérape.

Je me sentis un peu mieux quand le Costume quitta sa position accroupie et remit son arme sous sa veste. Il laissa tomber ses bras le long de son corps, les paumes en avant dans un geste de bonne volonté affectée. M'éliminer devant autant de témoins serait trop coûteux. Un point partout.

Je gardai Francis devant moi en bouclier. Il y eut un murmure quand les deux autres Costumes sortirent discrètement de la zone de bureaux. Ils restèrent le long du mur, derrière le bureau de Megan. L'un d'eux avait gardé son arme à la main. Il se rendit compte de la situation et la remit dans son holster.

— D'accord, Francis. Je vais te dire, il est temps de prendre ta pause de l'après-midi. Bien gentiment.

— Va te faire voir, Rachel.

Sa voix tremblait et la sueur dégoulinait de son front. Nous sortîmes doucement de derrière le comptoir. Je luttai pour garder Francis debout quand les stylos roulèrent sous ses pieds. Le garou s'écarta obligeamment de la porte. Son geste était clair. Ils n'étaient pas pressés. Ils avaient tout leur temps. Sous leurs yeux attentifs, Francis et moi franchîmes le seuil à reculons, dans le soleil.

— Lâche-moi, dit Francis en commençant à se débattre.

Les piétons s'écartaient devant nous, les voitures ralentissaient pour regarder. Je détestais les curieux, mais peut-être que ça allait me servir.

— Allez, vas-y, cours, ajouta Francis. C'est ce que tu fais de mieux, Rachel.

Je resserrai ma prise jusqu'à ce qu'il émette un grognement de douleur.

— Tu as raison, je suis une meilleure Coureuse que tu le seras jamais.

Les gens autour de nous commençaient à se disperser, se rendant compte qu'il s'agissait de bien autre chose qu'une querelle d'amoureux.

— Mais peut-être bien que, toi aussi, tu voudrais courir, susurrai-je en espérant le paumer un peu plus.

— Qu'est-ce que tu veux dire ?

La sueur puait par-dessus son eau de Cologne.

Je le traînai de l'autre côté de la rue, zigzaguant au milieu des voitures ralenties. Les trois Costumes noirs étaient sortis pour voir. Ils se tenaient à l'affût près de la porte, cachés derrière leurs lunettes et leurs complets noirs.

— Je suppose qu'ils s'imaginent que tu es en train de m'aider. Sûr, raillai-je. Un grand sorcier costaud comme toi, même pas capable de se dégager d'une fille frêle comme moi ? (Je sentis son inspiration quand il comprit.) Gentil garçon. Maintenant, cours.

Avec la circulation entre moi et les Costumes, je lâchai Francis et me mis à courir, me perdant parmi les piétons. Francis partit au galop dans l'autre sens. Je savais que si j'arrivais à les distancer suffisamment, ils ne me suivraient pas jusque chez moi. Les garous étaient superstitieux. Ils ne violeraient pas l'asile d'une terre sanctifiée. Je serais sauve. Jusqu'à ce que Denon envoie autre chose après moi.

Chapitre 9

— Non, pas celui-là, commentai-je en passant à une autre page jaunie, sentant le gardénia et l'éther.

Un sort de discrétion ne serait pas mal, mais celui-là nécessitait des graines de fougère. Non seulement je n'avais pas le temps d'en chercher suffisamment, mais en plus ce n'était pas la saison. Il devait y en avoir au marché Findlay, mais je n'avais pas le temps.

— Sois réaliste, Rachel. (Je soupirai, refermai le livre et m'étirai ; j'avais mal au dos.) Tu n'es pas capable de préparer un sort aussi compliqué.

Ivy paressait en face de moi, à la table de la cuisine. Elle était en train de remplir les formulaires de changement d'adresse pris à la poste tout en croquant le reste de son céleri trempé dans une sauce froide. C'était tout le souper que j'avais eu le temps de préparer. Elle semblait s'en moquer. Peut-être qu'elle sortirait plus tard pour attraper un dessert. Si je vivais jusqu'à demain, je ferais un vrai souper. Peut-être de la pizza. Ce soir, la cuisine n'était pas destinée à des compositions gastronomiques.

J'étais en train de préparer des sorts. Tout était sens dessus dessous. Des plantes à moitié hachées, des détritus divers, des saladiers tachés de vert, des grilles noircies en train de refroidir, et des pots en cuivre débordant de l'évier. Ça ressemblait à la cuisine de Yoda rencontrant *La Cuisine des Mousquetaires*. Mais, à présent, j'avais mes amulettes de détection, mes charmes de sommeil, et même quelques nouveaux sorts de déguisement pour me faire paraître vieille plutôt que plus jeune. Je ne pouvais m'empêcher d'éprouver une certaine satisfaction à les avoir faits moi-même. Dès que j'aurais trouvé un charme assez puissant pour nous faire entrer dans le sous-sol du SO, Jenks et moi nous mettrions en route.

Jenks était revenu dans l'après-midi, suivi par un garou lymphatique et poilu : son copain qui avait mes affaires. Je lui avais acheté le lit de camp à moitié moisi qu'il avait apporté, tout en le remerciant pour les quelques vêtements non enchantés qu'il avait pu récupérer : mon manteau d'hiver et deux sweats roses qui étaient restés à l'abri dans une caisse, dans le fond de ma penderie. Je lui avais dit de s'occuper d'abord de mes habits, de ma musique et des ustensiles de cuisine. Il était reparti en traînant les pieds, un billet de cent serré dans la main, après avoir promis de se charger au moins de mes fringues pour le lendemain.

En soupirant, je regardai Monsieur Poisson sur l'appui de la fenêtre, puis le jardin obscur. Je caressai les restes de la cloque dans mon cou et je repoussai le livre afin de faire de la place pour le suivant. Denon devait être sérieusement remonté pour me coller des garous aux fesses en plein jour, alors qu'ils étaient à leur désavantage. La nuit, j'y serais probablement restée – nouvelle lune ou pas. Qu'il jette l'argent par les fenêtres en disait long sur l'engueulade qu'il avait dû prendre pour avoir laissé partir Ivy.

Après avoir échappé aux garous, je m'étais payé une folie, un taxi jusqu'à la maison. Je me justifiais en affirmant que c'était pour ne pas risquer de tomber sur des tueurs dans le bus mais, en fait, je ne voulais pas qu'on me voie agitée de tremblements. Ils avaient commencé trois immeubles après que je fus montée dans le taxi, et n'avaient pas stoppé avant que j'aie pris une douche assez longue pour vider le ballon d'eau chaude. Je n'avais jamais été du côté des chassés. Je n'aimais pas ça. Mais, ce qui m'effrayait le plus, c'était de me dire que je serais peut-être forcée de faire et d'utiliser un sort noir pour rester vivante.

La plupart du temps, mon boulot avait consisté à mettre la main sur des fabricants d'enchantements « gris ». Des sorciers et sorcières qui prenaient des sortilèges honnêtes, comme des charmes amoureux, et qui les utilisaient à mauvais escient. Mais les pratiquants sérieux de la magie noire étaient aussi dans la nature, et j'en avais parfois ramené : ceux qui se spécialisaient dans les formes les plus sombres de la possession ; les gens qui pouvaient vous faire disparaître, et, pour quelques billets de plus, enchanter vos proches pour qu'ils ne se souviennent même plus que vous aviez existé ; la poignée d'Outres qui était à la base des luttes pour le pouvoir dans les bas-fonds de Cincinnati. Et, quelquefois, j'avais tout juste été capable de cacher la triste réalité pour que l'humanité ne se rende pas compte de la difficulté qu'il pouvait y avoir à brider des Outres qui considéraient les humains comme du bétail. Mais jamais personne n'avait essayé de m'avoir de cette façon. Je n'étais pas sûre de savoir comment rester sauve tout en gardant mon karma propre.

J'avais passé les dernières heures du jour dans le jardin. Travailler dans la gadoue avec des enfants pixies qui se mettaient constamment dans le chemin était une façon formidable de retrouver ses bases, et je découvris que je devais un très grand merci à Jenks, pour pas mal de raisons. Ce n'est qu'une fois rentrée, avec mes ingrédients pour les sorts et un coup de soleil sur le nez, que je compris le pourquoi des hurlements de joie et des vociférations des enfants. Ils n'avaient pas joué à cache-cache, mais à intercepter les billes de gélatine.

Les petites billes soigneusement rangées en pyramide près de la porte de derrière me donnaient des sueurs froides. Chacune contenait ma mort. Je ne m'étais aperçue de rien. Pas un soupçon. Les voir là me fit bouillonner, provoquant la colère plutôt que la peur. La prochaine fois que les chasseurs me trouveraient, je me jurai d'être prête.

Après ce tourbillon de productivité consacré aux sorts, mon sac était plein de mes charmes habituels. La cheville de bois de séquoia du bureau m'avait sauvé la vie. N'importe quel bois peut stocker des charmes, mais c'est le séquoia qui dure le plus longtemps. Les amulettes qui n'étaient pas dans mon sac étaient pendues aux crochets à tasses, dans le placard toujours aussi vide. C'étaient tous de très bons charmes, mais il me fallait quelque chose de plus fort.

En soupirant, j'ouvris le livre suivant.

— Et la transmutation, lança Ivy en mettant de côté ses formulaires et en rapprochant son clavier. Tu serais assez bonne ?

Je retirai de la terre de sous un ongle avec celui de mon pouce.

— Nécessité est mère de tous les courages, grommelai-je.

Sans croiser son regard, je parcourus l'index. J'avais besoin de quelque chose de petit, de préférence capable de se défendre tout seul.

Au bruit du céleri craquant sous ses dents, je devinais qu'Ivy s'était remise à surfer. Je la surveillais de près depuis le coucher du soleil. Elle se comportait en colocataire parfaite, faisant manifestement un effort pour limiter ses réactions normales de vampire au minimum. Avoir lavé de nouveau mes vêtements devait aider. À l'instant où elle me donnerait l'impression d'être séduisante, je lui demanderais de sortir.

— En voilà un, m'exclamai-je à mi-voix. Un chat. Il me faut une once de romarin, une demi-tasse de menthe, une cuiller à thé d'extrait de laiteron ramassé après la première gelée… zut, c'est fichu. Je n'ai pas d'extrait, et je ne vais pas aller en chercher maintenant dans une boutique.

Ivy sembla étouffer un rire, et je repartis dans l'index. Pas une chauve-souris, je n'avais pas de frêne dans le jardin, et j'aurais probablement besoin d'un peu de liber. En plus, je n'allais pas passer le reste de la nuit à apprendre à voler par écholocation. Même chose pour tout ce qui était oiseaux. La plupart de ceux qui étaient listés ne volaient pas la nuit. Un poisson serait juste débile. Mais peut-être que…

— Une souris, dis-je, me reportant à la bonne page pour voir les ingrédients.

Rien d'exotique. Presque tout ce dont j'avais besoin était déjà dans la cuisine. Il y avait une note manuscrite en bas de la page et je plissai les yeux pour déchiffrer l'écriture masculine, à moitié effacée : « Peut être adapté sans risque à n'importe quelle sorte de rongeur. » Je regardai la pendule. Ça irait.

— Une souris ? réagit Ivy. Tu vas te métamorphoser en souris ?

Je me levai pour aller jusqu'à l'îlot en acier inoxydable au centre de la cuisine et y calai le livre grand ouvert.

— Parfaitement. J'ai tout ce qu'il faut à part les poils de souris. (Mon front se plissa.) Tu crois que je pourrais avoir une des boules de poils régurgitées par tes chouettes ? Il faut que je passe le lait à l'aide d'un peu de fourrure.

Ivy rejeta sa masse de cheveux sur son épaule, ses fins sourcils levés.

— Pas de problème, je vais aller t'en chercher une.

En secouant la tête, elle ferma le site qu'elle consultait et se leva en s'étirant. Suffisamment pour dévoiler son ventre nu. Je clignai des yeux au spectacle du diamant rouge fiché dans son nombril, puis détournai la tête.

— De toute façon, il faut que je les fasse sortir, dit-elle en revenant à une attitude normale.

— Merci.

Je retournai à ma recette, parcourant la liste pour savoir exactement de quoi j'aurais besoin et le rassemblant sur l'îlot. Le temps qu'Ivy revienne du clocher, tout était mesuré et prêt. Il n'y avait plus qu'à touiller.

— Voilà pour toi, lança-t-elle en allant se laver les mains après avoir posé une pelote sur le comptoir.

— Merci, murmurai-je.

Je pris une fourchette et démêlai la feutrine, séparant trois poils des os minuscules. Je fis une grimace, mais me rappelai qu'ils n'avaient pas effectué le circuit complet à l'intérieur d'une chouette, seulement été régurgités.

Attrapant une poignée de sel, je me tournai vers Ivy.

— Je vais faire un cercle de sel. N'essaie pas de le traverser, d'accord ? (Elle me regarda fixement et j'ajoutai :) C'est un sort potentiellement dangereux. Je ne veux pas que quelque chose tombe accidentellement dans le pot. Tu peux rester dans la cuisine, mais ne franchis pas le cercle.

— D'accord, dit-elle, mais elle ne semblait pas sûre d'elle.

J'adorais la mettre mal à l'aise, et je fis le cercle plus grand que d'habitude, entourant tout l'îlot central. Ivy se haussa sur la pointe des pieds pour s'asseoir sur le comptoir. Ses yeux étaient agrandis par la curiosité. Si je devais faire ça souvent, j'aurais peut-être envie d'exploser la caution et de creuser un sillon dans le lino. À quoi sert une caution si un sort mal aligné vous a fait perdre la vie ?

Mon cœur battit plus vite. Il y avait un bail que je n'avais pas fermé de cercle, et le regard d'Ivy me rendait nerveuse.

— On y va…, murmurai-je.

Je respirai lentement, vidant mon esprit et fermant les yeux. Ma seconde vue s'ouvrit et s'ajusta.

Je ne faisais pas ça souvent, c'était beaucoup trop déstabilisant. Un vent qui n'avait pas sa source de ce côté-ci de la réalité souleva mes mèches les plus légères. Je plissai le nez à l'odeur d'ambre brûlé. Les murs disparurent, réduits à l'état de brume argentée, et j'eus l'impression d'être à l'air libre. Ivy, plus fugace encore que l'église, s'était complètement évanouie. Seul le paysage et les plantes étaient encore là. Leurs contours vacillaient, baignés dans une lueur rouge qui semblait rendre l'air palpable. J'avais l'impression de me trouver au même endroit, mais bien avant que l'humanité le découvre. Ma peau se hérissa lorsque je compris que les tombes existaient dans les deux mondes, aussi blanches et consistantes que l'aurait été la lune si elle avait été levée.

Les yeux toujours fermés, j'explorai les alentours avec ma seconde vue, cherchant la ligne d'énergie la plus proche.

— Nom d'un saint ! m'exclamai-je en trouvant une traînée rougeâtre de pouvoir qui courait juste au milieu du cimetière. Tu savais qu'il y avait une ligne d'énergie parmi les tombes ?

— Oui, dit Ivy, sa voix venant de nulle part.

Je tendis ma volonté et touchai la ligne. Mes narines s'ouvrirent en grand sous le coup du pouvoir qui m'envahissait, repoussant mes limites virtuelles jusqu'à ce que la puissance se stabilise. L'université était bâtie sur une ligne d'énergie si forte qu'on pouvait y puiser d'à peu près n'importe où dans Cincinnati. La plupart des villes sont construites sur au moins une ligne, Manhattan sur trois, de dimensions considérables. La plus grosse ligne d'énergie sur la côte Est passe sous une ferme juste à côté de Woodstock. Une coïncidence ? Je ne crois pas.

La ligne d'énergie dans mon arrière-cour était minuscule, mais elle était si proche et si sous-utilisée qu'elle dégageait plus de force que la ligne sous l'université ne l'avait jamais fait. Bien qu'aucune brise ne me touche, ma peau frémissait sous le vent qui soufflait dans l'au-delà.

Se brancher sur une ligne faisait l'effet d'un flash. Un flash dangereux. Je n'aimais pas le faire. Le pouvoir courait en moi comme de l'eau, laissant un résidu qui ne faisait qu'augmenter. Mes yeux ne pouvant rester fermés plus longtemps, ils s'ouvrirent brutalement.

La vision rouge et irréelle fit place à ma cuisine terne. Je fixai Ivy, assise sur le comptoir, la voyant avec toute la sagesse de la terre. De temps en temps, une personne paraît totalement différente. Je fus rassurée, Ivy n'avait pas changé. Son aura – sa véritable aura, pas celle du vampire en elle – était parcourue d'étincelles. Étrange. Elle cherchait quelque chose.

— Pourquoi ne m'avais-tu pas dit qu'il y avait une ligne aussi près ? demandai-je.

Les yeux d'Ivy me parcoururent des pieds à la tête. Haussant les épaules, elle croisa les jambes et fit tomber ses chaussures, les envoyant sous la table.

— Cela aurait-il fait une différence ?

Non. Aucune. Je refermai les yeux pour renforcer ma seconde vue qui faiblissait tout en terminant le cercle. Le flot entêtant de pouvoir me mettait mal à l'aise. J'utilisai ma volonté pour faire passer l'étroite bande de sel de cette dimension à l'au-delà. Elle fut remplacée par un cercle équivalent de réalité venant de l'au-delà.

Le cercle se verrouilla avec un claquement qui fit se hérisser tous mes poils. Je sursautai.

— Purée, soufflai-je. J'ai peut-être mis trop de sel.

La plus grande partie de la puissance que j'avais rapportée de l'au-delà coulait à présent à l'intérieur de mon cercle. Le peu qui tourbillonnait encore en moi faisait courir des fourmis sous ma peau. Le résidu augmenterait jusqu'à ce que je brise le cercle et me déconnecte de la ligne d'énergie.

Je sentais la barrière de cette autre réalité autour de moi comme une faible pression. Rien ne pouvait franchir les murs fluctuants des deux réalités. Avec ma seconde vue, je voyais la vague chatoyante d'un rouge sale qui s'élevait à partir du sol et qui s'était refermée juste au-dessus de ma tête. La demi-sphère avait son équivalent sous moi à la même distance. Il faudrait que je m'assure que je ne coupais pas de canalisations ou de lignes électriques, car cela rendrait le cercle vulnérable si quelque chose essayait d'utiliser la faille éventuelle pour y pénétrer.

Quand je rouvris les yeux, Ivy me regardait. Je lui adressai un sourire sans joie et me détournai. Lentement, ma seconde vue se réduisit jusqu'à disparaître, remplacée par ma vision normale.

— Le cercle est bouclé, dis-je tandis que son aura semblait s'effacer. N'essaie pas de le franchir. Ce serait douloureux.

Elle acquiesça, le visage solennel.

— Tu fais plus… sorcière, énonça-t-elle lentement.

Je souris, flattée. Pourquoi ne pas laisser la vamp voir que la sorcière aussi avait des dents ? Je pris le plus petit des bols mélangeurs en cuivre, de la taille de mes deux mains en coupe. Je le posai sur le petit Camping-gaz qu'Ivy avait acheté pour moi. Je m'étais servie de la cuisinière pour façonner mes petits sorts précédents, mais l'utilisation d'une conduite de gaz aurait créé une brèche dans le cercle.

— De l'eau, murmurai-je.

J'emplis mon verre gradué d'eau de source, plissant les yeux pour ne pas dépasser la dose. Le mélange bouillonna quand je la versai. Je levai le bol hors du feu.

— Souris, souris, souris…

Je psalmodiais les mots, essayant de ne pas montrer ma nervosité. C'était le sort le plus difficile que j'aie essayé hors de la classe.

Ivy descendit du comptoir et je me raidis. Les cheveux dans mon cou se dressèrent lorsqu'elle vint se placer derrière mon épaule, mais toujours hors du cercle. J'arrêtai ce que je faisais et lui jetai un coup d'œil. Son sourire se fit confus et elle retourna vers la table.

— Je ne savais pas que tu puisais dans l'au-delà, dit-elle en se remettant devant son écran.

Je levai les yeux de la recette.

— En tant que sorcière de la terre, je ne le fais pas très souvent. Mais ce sort va me changer physiquement, pas simplement donner l'illusion que je suis une souris. Si quelque chose tombe dans le pot par accident, je pourrais ne pas être capable de le rompre, ou bien me retrouver à moitié transformée… ou n'importe quoi.

Elle fit un bruit vague. Je mis les poils de souris dans un chinois pour y verser le lait. Il y avait toute une école de sorcellerie qui utilisait les lignes d'énergie à la place des potions. Après avoir suivi le cours de base, j'avais passé deux semestres à nettoyer le labo de l'un de mes profs plutôt que d'assister au reste des sessions sur le sujet. J'avais dit à tout le monde que c'était parce que je n'avais pas de familier – ce qui était un prérequis de sécurité – mais, en vérité, je n'aimais pas les lignes d'énergie. J'avais perdu un ami cher lorsqu'il avait décidé de les prendre comme matière principale et s'était retrouvé au milieu d'une foule hostile. Sans oublier que la mort de mon père leur était liée. Le fait que les lignes d'énergie étaient une porte vers l'au-delà n'aidait pas non plus.

On affirmait que l'au-delà était autrefois un paradis où vivaient les elfes, qui ne faisaient de brefs séjours dans notre réalité que pour y dérober des enfants humains. Quand les démons y prirent le pouvoir et le mirent à sac, les elfes furent forcés de venir chez nous pour de bon. Évidemment, c'était bien avant que les Grimm aient écrit leurs contes. Mais tout était raconté dans les histoires les plus anciennes et les plus violentes. Presque toutes se terminaient par le traditionnel « et ils vécurent heureux dans l'au-delà ». Ou, du moins, elles devraient se terminer ainsi. Les Grimm abandonnèrent la mention de l'au-delà en cours de route. Le fait que certaines sorcières utilisent les lignes d'énergie était probablement responsable de la constante confusion entre les sorcières et les démons. Je frissonnai à la simple évocation du nombre de morts que cela avait entraîné.

J'étais une sorcière de la terre au sens strict, travaillant avec des amulettes, des potions et des charmes. Les incantations et les danses rituelles étaient du domaine de la magie des lignes. Les sorcières spécialisées dans cette branche de l'Art puisaient directement leur pouvoir dans les lignes d'énergie. C'était une magie plus rude et, pour moi, moins structurée et moins belle. Il lui manquait la discipline qu'impliquaient les enchantements de la terre. Je voyais un seul avantage à la magie des lignes : on pouvait l'invoquer instantanément avec le mot juste. Il y avait un inconvénient : on était forcé de balader avec soi une tranche d'au-delà incrustée dans son chi. Peu m'importait qu'il existe des moyens de l'isoler de ses chakras. J'étais convaincue que la souillure démoniaque en provenance de l'au-delà laissait sur votre âme une sorte de tache qui ne faisait que s'étendre. J'avais vu bien trop de mes amis perdre leur capacité à juger clairement de quel côté de la barrière était leur magie.

C'était dans la magie des lignes que se trouvait le potentiel le plus fort pour la magie noire. S'il était difficile de remonter jusqu'à celui qui avait lancé un charme, trouver celui qui avait lancé un sort sur votre voiture à l'aide de la magie des lignes était quasiment impossible. Ça ne voulait pas dire que tous les sorciers et sorcières des lignes étaient mauvais – leurs talents étaient très demandés dans l'industrie du divertissement, le contrôle de la météo, les services de sécurité –, mais cette association permanente avec l'au-delà et tout le pouvoir disponible pouvait facilement faire perdre son sens moral.

Mon manque de progression dans la hiérarchie du SO pouvait être attribué à mon refus clair et net d'utiliser la magie des lignes pour mettre la main sur les grands méchants. Mais cela faisait-il une différence si je les alpaguais avec un charme plutôt qu'en utilisant une incantation ? J'étais devenue très forte pour contrer la magie des lignes avec celle de la terre, même si c'était un rien difficile à juger en regardant mon taux de capture par Course.

Le souvenir de la pyramide de billes de gélatine empilées devant la porte de derrière me traversa l'esprit tandis que je versais le lait sur les poils de souris. Il coula dans le pot. Le mélange bouillonnait. Je soulevai le bol au-dessus du trépied tout en remuant avec une cuiller en bois. Utiliser du bois pour faire un enchantement n'était pas recommandé, mais toutes mes cuillers en céramique étaient encore ensorcelées, et utiliser un métal autre que le cuivre aurait été chercher la catastrophe. Les ustensiles en bois tendaient à se comporter comme les amulettes, ils absorbaient les sorts et conduisaient à des erreurs embarrassantes. Mais, si je les trempais dans ma bassine d'eau salée une fois que ce serait fini, je ne courrais aucun risque.

Les mains sur les hanches, je relus le sort et mis le minuteur. Le mélange frémissant commençait à dégager une odeur musquée. J'espérai que c'était bon signe.

— Si je comprends bien, intervint Ivy en continuant à pianoter vigoureusement sur son clavier, tu vas t'introduire dans le sous-sol des archives sous la forme d'une souris. Tu ne pourras pas ouvrir les classeurs.

— Jenks dit qu'il a déjà une copie de tout. Nous y allons juste pour jeter un coup d'œil.

Elle se pencha en arrière et croisa les jambes. Sa chaise craqua. Il était évident d'après la position penchée de sa tête qu'elle doutait que deux nabots comme nous puissions nous servir d'un clavier.

— Pourquoi ne te retransformerais-tu pas en sorcière dès que vous serez entrés ?

Je secouai la tête tout en vérifiant de nouveau la recette.

— Les transformations invoquées à l'aide d'une potion durent jusqu'à ce que l'on prenne une bonne douche d'eau salée. Si je le voulais, je pourrais me transformer en utilisant une amulette, entrer par effraction dans le sous-sol, enlever l'amulette, trouver ce que je cherche sous ma forme humaine, et remettre l'amulette pour sortir. Mais je ne le ferai pas.

— Pourquoi ?

Elle avait encore beaucoup de questions comme ça ? Je levai la tête, gardant à la main les boutons d'un plant de pied de chat que j'étais en train d'ajouter.

— As-tu déjà utilisé un sort de transformation ? éludai-je. Je croyais que les vamps s'en servaient tout le temps pour se changer en chauves-souris et tout le tintouin.

— Certains le font, dit-elle doucement en baissant les yeux.

À l'évidence, Ivy ne s'était jamais transformée. Je me demandai pourquoi. Elle avait visiblement assez d'argent pour ça.

— Utiliser une amulette pour se transformer n'est pas une bonne idée. Il faudrait que je l'attache sur moi, ou que je la porte autour du cou. Et toutes mes amulettes sont plus grosses qu'une souris. Pas très pratique. Et imagine que je sois à l'intérieur d'un mur et que je la perde ? Des tas de sorcières sont mortes en revenant à leur apparence normale avec des parties en trop – comme un mur ou une cage. (Je frissonnai, tout en donnant au mélange un tour dans le sens des aiguilles d'une montre.) En plus, je n'aurai aucun habit en revenant à mon état normal, ajoutai-je à mi-voix.

— Ah, s'esclaffa Ivy, me faisant sursauter. La voilà, la vraie raison. Rachel, tu es pudique !

Que pouvais-je répondre ? Assez embarrassée, je fermai mon livre de sorts et le rangeai sous l'îlot avec le reste de ma nouvelle bibliothèque. Le minuteur sonna et j'éteignis le feu. Il ne restait pas beaucoup de liquide. Il ne faudrait pas longtemps pour qu'il soit à la température de la pièce.

Après m'être essuyé les mains sur mon jean, je cherchai une lancette dans mon bric-à-brac. Beaucoup de sorcières d'avant le Tournant avaient prétexté un léger diabète pour se procurer ces petits bijoux gratuitement. Je les haïssais, mais c'était plus pratique que de s'ouvrir une veine avec un couteau, comme cela s'était fait dans les temps obscurs. Prête à me piquer, j'hésitai soudain. Ivy ne pouvait pas traverser le cercle, mais la nuit dernière était encore bien présente dans mon esprit. J'aurais volontiers dormi dans un cercle de sel si j'avais pu, mais sans familier pour absorber les toxines mentales que généraient les lignes, la connexion permanente avec l'au-delà m'aurait rendue folle.

— J'ai... euh... besoin de trois gouttes de mon sang pour le faire prendre.

— Vraiment ?

Son visage ne présentait pas cette impression d'intensité qui précède généralement l'apparition de l'aura de chasse d'un vamp. Mais ça ne me rassura pas.

— Tu devrais peut-être sortir...

Elle se mit à rire.

— Trois gouttes prélevées à l'aide d'une lancette ne vont rien déclencher.

J'hésitai encore. Mon estomac se serra. Comment pouvais-je être sûre qu'elle connaissait ses limites ? Ses yeux s'étrécirent et des taches rouges apparurent sur ses joues pâles. Si j'insistais pour qu'elle sorte, elle allait le prendre comme une injure. Et je ne devais pas lui montrer que j'avais peur d'elle. J'étais en sécurité dans mon cercle. Ça pouvait arrêter un démon ; alors, un vampire, ça ne devait pas être un problème.

Je respirai un grand coup et me piquai le doigt. Il y eut une lueur noire dans ses yeux et je sentis un frisson me traverser, puis plus rien. Mes épaules se relâchèrent. Je m'enhardis et pressai trois gouttes de sang dans la potion. Le liquide brun et laiteux ne changea pas, mais mon nez put faire la différence. Je fermai les yeux, aspirant jusqu'au fond de mes poumons l'odeur d'herbe et de grain. J'aurais besoin de trois nouvelles gouttes de sang pour activer chaque dose avant utilisation.

— L'odeur est différente.

— Comment ?

J'avais sursauté. Je maudis ma réaction. J'avais oublié qu'elle était là.

— Ton sang ne sent pas comme les autres, précisa Ivy. Il a une odeur boisée, épicée. Comme de la boue, mais de la boue qui serait vivante. Le sang humain ne sent pas comme ça, ni celui des vampires.

— Hum, grommelai-je.

Je n'étais pas sûre d'apprécier le fait qu'elle puisse renifler trois gouttes de mon sang depuis l'autre bout de la pièce et de l'autre côté d'une muraille d'au-delà. Mais il était rassurant de savoir qu'elle n'avait jamais saigné une sorcière.

— Mon sang pourrait-il faire l'affaire ?

Elle paraissait intéressée.

Je secouai la tête tout en remuant nerveusement la potion.

— Non. Il doit provenir d'une sorcière ou d'un sorcier. Ce n'est pas tant le sang que les enzymes qu'il contient. Elles agissent comme catalyseur.

Elle acquiesça, pianotant pour mettre son ordinateur en mode veille, puis s'adossa à sa chaise pour me regarder.

Je frottai le bout de mon doigt pour faire disparaître toute trace de sang. Comme la plupart des recettes, celle-ci était prévue pour sept sorts. Je stockerais sous forme de potion ceux que je n'utiliserais pas cette nuit. Si je prenais le soin de les mettre dans des amulettes, ils pourraient se conserver un an. Mais pour rien au monde je ne me transformerais avec une amulette.

Je sentis le poids du regard d'Ivy sur moi tandis que je répartissais le liquide dans des fioles de la taille d'un pouce et les bouchais soigneusement. Voilà. Il ne restait plus qu'à rompre le cercle et ma connexion à l'au-delà. Le premier était facile, le second un brin plus difficile.

Adressant un petit sourire à Ivy, j'avançai mon pied et ma pantoufle molletonnée et fis une brèche dans le sel. Le bruit de fond de pouvoir de l'au-delà s'intensifia. Je respirai bruyamment par le nez quand toute la force qui avait couru dans le cercle me traversa.

— Qu'est-ce qu'il y a ? demanda Ivy de son siège, l'air inquiet.

Je dus faire un effort pour respirer normalement. J'étais proche de l'hyperventilation. Je me sentais comme un ballon surgonflé. Les yeux fixés sur le sol, je lui fis un signe pour qu'elle ne s'inquiète pas.

— Le cercle est brisé. Reste où tu es. Ce n'est pas fini.

J'avais la tête qui tournait et l'impression de planer.

Je respirai un grand coup et commençai à me séparer de la ligne. C'était une lutte entre le désir instinctif de puissance et la connaissance de la folie qu'elle finirait par provoquer. Il fallait que je la rejette, que je la sorte de moi, de la tête aux pieds, jusqu'à ce que le pouvoir retourne à la terre.

Mes épaules s'affaissèrent quand elle me quitta. Je vacillai et dus m'appuyer au comptoir.

— Ça va ? s'enquit Ivy, attentive et toute proche.

Avec un hoquet, je me redressai. Elle tenait mon coude pour m'aider à me tenir droite. Je ne l'avais pas vue bouger. Mon visage se glaça. Je sentis la chaleur de ses doigts au travers de mon chemisier.

— J'ai mis trop de sel, la connexion était trop forte. Je… je vais bien, lâche-moi.

L'inquiétude disparut de son visage. Visiblement offensée, elle s'écarta. Elle retourna à son coin et s'assit, écrasant bruyamment le sel sous ses pieds. Je l'avais blessée, mais je n'allais pas m'excuser. Je n'avais rien fait de mal.

Le silence, lourd et désagréable, me pesait. Je rangeai toutes les fioles sauf une dans le placard, avec mes amulettes de réserve. En les regardant, je ne pus éviter un pincement d'orgueil. J'avais tout fait moi-même. Il m'aurait fallu plus que mon salaire annuel au SO pour m'offrir une patente et les vendre, mais je pouvais les utiliser.

— Tu veux de l'aide cette nuit ? demanda Ivy. Je n'ai rien contre le fait d'assurer votre couverture.

— Non, balbutiai-je.

Ça allait trop vite. Elle fronça les sourcils. Je secouai la tête tout en souriant pour adoucir mon refus. J'aurais aimé pouvoir dire : « Oui, s'il te plaît », mais je n'arrivais pas encore à lui faire complètement confiance. Et je n'aimais pas me mettre en situation de devoir faire confiance à quiconque. Mon père était mort pour avoir eu confiance en quelqu'un afin d'assurer ses arrières. « Travaille seule, Rachel », m'avait-il dit lorsque j'étais allée le voir sur son lit d'hôpital, et que je serrais ses mains tremblantes tandis que son sang n'arrivait plus à transporter l'oxygène. « Travaille toujours seule. »

Ma gorge se serra quand mes yeux croisèrent son regard.

— Si je ne peux pas semer deux ou trois Costumes noirs, je mérite d'être coincée.

Mais j'évitai d'aborder la vraie question. Je mis mon bol pliant dans mon sac avec une bouteille d'eau salée. J'y ajoutai une de mes nouvelles amulettes de déguisement, que personne au SO n'avait vue.

— Tu n'essaies pas d'abord ? protesta Ivy quand il fut évident que je m'apprêtais à sortir.

Je balayai nerveusement une mèche bouclée de devant mes yeux.

— Il commence à être tard. Je suis sûre que la potion est OK.

Ivy ne semblait pas enthousiaste.

— Si tu n'es pas de retour à l'aube, je viens te chercher.

— D'accord.

Si je n'étais pas de retour au petit matin, je serais morte. J'attrapai mon long manteau d'hiver sur une chaise et l'enfilai. J'adressai à Ivy un sourire rapide et gêné et me faufilai par la porte de derrière. Je voulais prendre par le cimetière et attraper le bus dans la rue suivante.

L'air de la nuit de printemps était froid, et je frissonnai en tirant la porte à moustiquaire derrière moi. La pile de billes à mes pieds était un rappel que je n'appréciais pas. Me sentant vulnérable, je me glissai dans l'ombre du chêne pour attendre que mes yeux s'habituent à la nuit sans lune. On en était au premier quart, et elle ne se lèverait qu'à l'aube. *Merci mon Dieu, pour cette petite faveur.*

— Hé, mademoiselle Rachel !

Je me tournai pour voir d'où venait le faible bourdonnement, pensant que c'était Jenks. Mais c'était Jax, son fils aîné. Le pixie préado m'avait tenu compagnie tout l'après-midi, se faisant presque découper plus de fois que je ne souhaitais m'en rappeler, tant sa curiosité et sa dévotion l'avaient souvent mis dans le chemin de mon sécateur pendant que son père dormait.

— Salut, Jax. Ton père est-il réveillé ? demandai-je en tendant une main pour qu'il puisse se poser.

— Mademoiselle Rachel, dit-il lorsqu'il atterrit, le souffle court. Ils vous attendent.

Mon cœur eut un raté.

— Combien ? Où ?

— Trois. Juste devant. (Il tournait au vert pâle sous le coup de l'excitation.) Des grands types. Votre taille. Sentent le renard. Je les ai repérés quand le vieux Keasley les a chassés de son trottoir. Je vous aurais prévenue plus tôt (il parlait de plus en plus vite), mais ils n'ont pas traversé, et on leur a déjà piqué toutes leurs billes. Et papa avait dit de ne pas vous ennuyer, sauf si quelqu'un passait le mur.

— C'est très bien. Tu as fait du bon boulot.

Jax reprit son vol tandis que je me mettais en mouvement. D'une façon ou d'une autre, j'allais traverser le jardin et prendre le bus de l'autre côté du pâté de maisons.

Je clignai des yeux dans la pénombre et donnai une tape sur la souche de Jenks.

— Jenks ? (Je souris au rugissement subliminal qui sortit du vieux reste de frêne.) Au boulot.

Chapitre 10

Dans le bus, la jolie femme assise en face de moi se leva pour descendre. Elle s'immobilisa, trop proche pour que je sois à l'aise, et je levai la tête du livre d'Ivy.

— Tableau 6.1, dit-elle en croisant mon regard. C'est *tout* ce que vous avez besoin de connaître.

Ses yeux se fermèrent et elle frissonna comme sous l'emprise du plaisir.

Embarrassée, je me reportai à la fin.

— Nom d'un chien, soufflai-je.

Il s'agissait d'un tableau d'accessoires et de leurs conseils d'utilisation. Mes joues virèrent au rouge. Je n'étais pas prude, mais il y avait là-dedans… et avec un vampire ? Passe encore avec un sorcier. S'il était beau à en tomber raide. Sans le sang. *Peut-être.*

Je sursautai quand elle s'accroupit à côté de moi dans l'allée. Se penchant vraiment trop près, elle laissa tomber une carte professionnelle noire entre les pages du livre.

— Si vous avez besoin d'une assistante, murmura-t-elle en souriant avec une complicité que j'eus du mal à comprendre. Les novices sont comme des étoiles filantes, elles en tirent le meilleur. Je ne vois pas d'obstacle à jouer les seconds violons pour votre première nuit. Et je pourrais vous aider… après. Quelquefois, ils oublient.

Un éclair de peur traversa ses yeux, fugace mais bien réel. La bouche béante, je ne trouvai rien à répondre. Elle se releva, s'éloigna et descendit du bus.

Jenks voleta devant moi, et je fermai le livre avec un bruit sec. Il se posa sur ma boucle d'oreille.

— Rach'. Qu'est-ce que tu lis ? Tu as le nez fourré dedans depuis que nous sommes montés.

— Rien, répondis-je en sentant mon pouls battre la chamade. Cette femme. Elle était humaine, n'est-ce pas ?

— Celle qui t'a parlé ? Ouais. Mais, à l'odeur, c'est une groupie de vamp. Pourquoi ?

— Comme ça.

J'enfonçai le livre au fond de mon sac. Je ne le lirais plus en public. Heureusement, nous descendions à l'arrêt suivant. Sans prêter attention aux questions ininterrompues de Jenks, je m'engageai dans la galerie des restaurants du centre commercial. Mon long manteau battant mes chevilles, je plongeai dans la cohue de la nocturne du dimanche. Dans les toilettes, j'invoquai mon déguisement de vieille dame, espérant tromper tous ceux qui auraient pu me reconnaître. Cependant, je jugeai prudent de me perdre quelques instants dans la foule avant de prendre la direction du SO : tuer un peu de temps, rassembler mon courage, me procurer une casquette pour remplacer celle d'Ivy perdue le jour même, acheter du savon parfumé pour couvrir ce qui pouvait rester de son odeur sur moi.

Je passai devant un marchand d'amulettes sans ma seconde d'hésitation nostalgique habituelle. Je pouvais faire tout ce dont j'avais envie, et, si on me cherchait, ce serait d'abord là. *Mais personne ne songerait à me chercher dans un magasin de chaussures*, pensai-je en ralentissant devant une vitrine. Les rideaux de cuir et la lumière tamisée clamaient plus fort que son nom qu'il s'agissait d'une boutique pour vamps.

Et puis quoi ? Je vis avec une vamp. Le vendeur ne pouvait pas être pire qu'Ivy. J'avais assez de jugeote pour faire un achat sans y laisser de sang. Alors, malgré les imprécations de Jenks, j'entrai. Mes pensées firent le va-et-vient entre le tableau 6.1 et le superbe vendeur qui écarta ses collègues après m'avoir regardée à travers ses lunettes cerclées de bois. Son badge portait le nom de « Valentin », et je dégustai son attention à la petite cuiller tandis qu'il m'aidait à choisir une bonne paire de bottes, s'extasiant sur mes bas de soie et caressant mes pieds de ses longs doigts froids. Jenks m'attendait dans le hall, perché sur un pot de fleurs, boudeur.

Dieu me vienne en aide, mais Valentin était mignon. Ça devait être dans l'offre d'emploi pour vamps, comme de porter du noir et savoir flirter sans déclencher aucune de mes alarmes. Ça ne faisait pas de mal de regarder, n'est-ce pas ? Je pouvais regarder et ne pas adhérer au club, d'accord ?

Mais, en sortant avec mes nouvelles bottes trop chères aux pieds, je m'interrogeai sur ma curiosité soudaine. Ivy avait reconnu que c'étaient les odeurs qui la guidaient. Peut-être émettaient-ils tous des phéromones pour endormir et attirer les victimes innocentes. Cela rendrait plus facile la séduction de leurs proies. Je m'étais sentie parfaitement en confiance avec Valentin, aussi détendue que si ç'avait été un vieil ami, le laissant prendre avec ses mains et ses paroles des libertés excitantes que je n'aurais habituellement pas tolérées. Rejetant cette idée dérangeante, je continuai mon shopping.

Je devais faire un arrêt à *La Grosse Cerise*, pour y acheter de la sauce à pizza. Les humains boycottaient toutes les boutiques qui vendaient des tomates – bien que l'Ange T4 soit depuis longtemps éteint –, alors les seuls endroits où vous pouviez en trouver étaient les magasins spécialisés. Et il importait peu que la moitié de la population refuse d'en franchir le seuil.

Mes nerfs me conduisirent droit à la boutique de bonbons. Tout le monde sait que le chocolat calme les nerfs ; je crois qu'ils ont fait une étude sur le sujet. Et, pendant cinq minutes sublimes, Jenks cessa de discourir pendant qu'il mangeait les caramels que je lui avais achetés.

S'arrêter chez *Le Bain et le Corps* était une obligation – je n'utiliserais plus le shampoing et le savon d'Ivy. Cela me conduisit à la parfumerie. Avec l'aide peu enthousiaste de Jenks, je choisis un nouveau parfum qui aiderait à cacher l'odeur rémanente d'Ivy. Seule la lavande donnait un résultat. Jenks affirma que je puais comme une explosion chez un grossiste en fleurs. Je n'aimais pas spécialement non plus, mais si ça évitait de réveiller les instincts d'Ivy, j'irais jusqu'à le boire, ou même à m'y baigner.

Deux heures avant le lever du soleil, j'arpentais de nouveau la rue, en route pour le sous-sol des archives. Mes nouvelles bottes étaient délicieusement silencieuses, j'avais l'impression de flotter au-dessus du trottoir. Valentin avait eu raison. Je tournai dans la rue déserte sans hésitation. Mon charme de vieille dame fonctionnait toujours – ce qui expliquait peut-être les regards étonnés que j'avais provoqués dans le magasin de cuirs et chaussures – mais, si personne ne me voyait, c'était encore mieux.

Le SO choisissait ses immeubles avec soin. La plupart des bureaux dans cette rue respectaient les horaires humains et étaient fermés depuis vendredi soir. La circulation bourdonnait à deux rues de là, mais ici, tout était silencieux. Je jetai un coup d'œil derrière moi en m'enfonçant dans la ruelle qui séparait le bâtiment des archives et l'immeuble d'une société d'assurances. Mon cœur battit plus vite quand je dépassai la sortie de secours où je m'étais presque fait avoir. Je n'avais pas du tout envie d'entrer par là.

— Jenks, tu vois une descente de gouttière ?

— Je vais regarder, dit-il en partant faire une petite reconnaissance.

Je le suivis plus lentement, me laissant guider par le faible battement métallique qui me parvenait à présent. Surfant sur la montée d'adrénaline, je me glissai entre une poubelle de la taille d'un camion et une palette de carton. Un sourire passa sur mes lèvres quand je vis Jenks assis sur une gouttière, et qui la faisait résonner avec ses talons.

— Merci, Jenks.

Je posai mon sac sur le ciment humide de rosée. Jenks vola jusqu'au couvercle d'un container à ordures.

— À ton service. (Subitement il se pinça le nez.) Pour l'amour de Clochette, tu sais ce qu'il y a là-dedans ?

Je lui jetai un coup d'œil. Encouragé, il continua :

— Des lasagnes de trois jours, cinq sortes de pots de yaourt, du pop-corn cramé… (il hésita, les yeux fermés pour renifler) à la façon du Sud, un million d'emballages de bonbons, et, visiblement, quelqu'un a un besoin non sanctifié de burritos Superchunk.

— Jenks, ferme-la.

Un chuintement discret de roues sur la chaussée me fit m'immobiliser. Même avec la meilleure vision nocturne, on aurait du mal à me repérer dans ce recoin. Ça sentait tellement mauvais dans cette ruelle que je n'avais aucune inquiétude au sujet des garous. Mais j'attendis malgré tout que le silence soit retombé pour chercher dans mon sac un sort de détection et une lancette. La douleur de la piqûre me fit sursauter. Je pressai les trois gouttes requises sur l'amulette. Elles furent immédiatement absorbées par le bois, et le disque se mit à briller d'un vert à peine visible. Je laissai échapper une bouffée d'air. Je ne m'étais même pas aperçue que j'avais retenu ma respiration. Il n'y avait aucune créature douée d'intelligence dans un rayon de trente mètres, à part Jenks et moi – et j'avais des doutes sur Jenks. Nous étions suffisamment en sécurité pour que je me transforme en souris.

Je balançai le disque à côté de Jenks.

— Surveille ça et dis-moi quand ça passera au rouge.

— Pourquoi ?

— Fais-le et ne pose pas de questions, soufflai-je.

Je m'assis sur une pile de cartons et délaçai mes nouvelles bottes. Je retirai une chaussette, posant un pied nu sur le béton. Il était froid et humide de la pluie de la nuit, et un petit grognement de dégoût m'échappa. Après un coup d'œil rapide vers le bout de la ruelle, je cachai mes bottes derrière une poubelle de papier déchiqueté et y ajoutai mon manteau. Je m'accroupis dans le caniveau et sortis ma fiole de potion, me faisant l'impression d'être une toxico accro au Soufre. *Y a plus qu'à, Rach'*, pensai-je. Je me souvins que je n'avais pas mis en place mon bol de dissolution.

J'avais confiance en Ivy pour savoir quoi faire si je me pointais en souris, mais je n'aurais pas fini d'en entendre parler. L'eau salée coula bruyamment dans le bol. La bouteille vide mise de côté, la capsule de la fiole finit dans la poubelle. Je grimaçai lorsqu'il fallut faire sortir trois nouvelles gouttes d'un doigt qui commençait à m'élancer. Mais tout sentiment de gêne s'effaça quand mon sang toucha le liquide et qu'une douce odeur de prairie s'éleva.

Mon estomac se serra quand je mélangeai le contenu de la fiole d'une série de pichenettes sur la paroi. Nerveuse, je m'essuyai le doigt sur mon jean et lançai un regard à Jenks. Fabriquer un sort était simple. Ce qui était difficile, c'était d'être sûr que vous l'aviez réussi. Quand on y regardait bien, tout ce qui séparait un sorcier d'un magicien, c'était le courage. *Je suis une sorcière*, me dis-je, mes pieds se glaçant. *Je n'ai fait aucune erreur. Je vais me transformer en souris, et je me transformerai dans l'autre sens en me trempant dans l'eau salée.*

— Promets-moi que tu ne le diras pas à Ivy si ça ne marche pas ? suppliai-je à l'adresse de Jenks.

Il sourit, enfonçant un peu plus sa casquette sur ses yeux avec un air innocent.

— Tu me donneras quoi ?

— Je ne répandrai pas de produit antifourmis sur ta souche.

Il soupira et chercha à m'encourager :

— Décide-toi. Je voudrais être rentré chez moi avant que le soleil se transforme en nova. Les pixies dorment la nuit, tu sais.

Je passai ma langue sur mes lèvres, trop angoissée pour trouver une repartie. Je ne m'étais jamais transformée. J'avais suivi les cours, mais les frais de scolarité ne couvraient pas le coût d'un sort de transformation de niveau professionnel. Et l'assurance étudiante ne permettait pas que nous essayions des potions de notre propre fabrication. L'assurance étudiante. Trop cool, hein ?

Mes doigts se serrèrent sur la fiole et mon pouls s'accéléra. Ça allait vraiment faire mal.

Je pris mon courage à deux mains, fermai les yeux et avalai le contenu cul sec, essayant de ne pas penser aux trois poils de souris. Beurk !

Mon estomac se convulsa et je me pliai en deux. Je suffoquai et perdis l'équilibre. Le ciment froid se précipita vers moi, et je mis une main en avant pour stopper ma chute. Elle était noire et pleine de poils. *Ça marche !* J'étais à la fois contente et effrayée. Ça ne faisait pas si mal.

C'est à ce moment-là qu'une douleur violente me parcourut la colonne vertébrale, comme une flamme bleue, du crâne au coccyx. Je me mis à crier, et paniquai quand un piaillement guttural me déchira les oreilles. Une glace brûlante coula dans mes veines.

Je me tordais par terre ; la douleur était atroce et m'empêchait de respirer. La terreur m'envahit quand je tombai dans un trou noir. Aveugle, je tendis les bras, pour entendre un crissement terrifiant.

— Non ! hurlai-je.

La douleur devint plus intense, chassant toute pensée, m'engloutissant.

Chapitre 11

— Rachel ? Rachel, réveille-toi. Est-ce que ça va ?

Une voix douce, inquiète, mais inconnue formait comme un fil noir qui me ramenait vers la conscience. Je m'étirai, sentant des muscles nouveaux jouer. Mes yeux s'ouvrirent sur des tons de gris. Jenks se tenait devant moi, les mains sur les hanches, les pieds écartés. Il semblait mesurer plus d'un mètre quatre-vingts.

— Merde.

Le juron était sorti comme un criaillement aigu. J'étais une souris. J'étais une bon Dieu de souris !

La panique m'envahit quand je me rappelai la douleur de la transformation. J'allais devoir la subir de nouveau pour retrouver ma forme normale. Pas étonnant que la transformation soit un art en voie de disparition. C'était un véritable enfer.

Ma peur diminua et je me secouai pour sortir de sous mes habits. Mon cœur battait terriblement vite. Cette affreuse odeur de lavande s'élevait de mes vêtements, me prenant à la gorge. Je plissai le nez et essayai de ne pas vomir quand je pris conscience que je pouvais sentir l'alcool qui servait de support à l'odeur florale. Dessous, je décelais ce parfum de cendre et d'encens qui, pour moi, identifiait Ivy. Je me demandai si le nez d'un vamp était aussi sensible que celui d'une souris.

Vacillant sur mes quatre pattes, je me tapis contre le sol et regardai le monde de mes nouveaux yeux. La ruelle faisait la taille d'un entrepôt ; au-dessus, le ciel noir était menaçant. Tout était en nuances de gris et de blanc. Le bruit de la circulation lointaine était comme un grondement sourd, la puanteur de la ruelle une véritable agression. Jenks avait raison. Quelqu'un devait vraiment apprécier les burritos.

À présent que j'étais le nez dedans, la nuit semblait plus froide. Me tournant vers mes vêtements empilés, j'essayai de cacher mes bijoux. La prochaine fois, je laisserais tout à la maison, sauf mon poignard de cheville.

Je fis face à Jenks. La surprise était totale. Waouh ! Il était canon. Ses épaules étaient bien découpées, musclées à souhait pour supporter ses ailes. Il avait une taille fine, un corps parfaitement proportionné. Sa masse de cheveux blonds retombait artistiquement sur son front, lui donnant un air insouciant. Ses ailes étaient couvertes d'un fin réseau étincelant, une véritable toile d'araignée. Le voyant ainsi, je comprenais pourquoi Jenks avait à lui seul plus d'enfants que trois couples de lapins.

Et ses habits… Même en noir et blanc, ils étaient fabuleux ! L'ourlet et le col de sa chemise étaient brodés de digitales et de fougères. Son bandana noir, que j'avais autrefois vu rouge, était parsemé de minuscules éclats qui formaient un motif hypnotisant.

— Hé, beauté, dit-il joyeusement, sa voix étrangement riche et basse pour mes oreilles de rongeur. Ça a marché. Mais où as-tu trouvé un sort pour un vison ?

— Un vison ?

Ma question n'avait été qu'un couinement. Arrachant mes yeux à la contemplation de sa silhouette, je regardai mes mains. Mes pouces étaient petits, mais mes doigts étaient si adroits que cela ne semblait pas gênant. De tout petits ongles acérés les terminaient. Je les levai pour toucher un court museau triangulaire et tournai la tête pour voir ma queue, longue, luxuriante, légère. Tout mon corps n'était qu'une ligne élégante. Je n'avais jamais été aussi mince. Je levai une patte, elles étaient blanches, avec de petits coussinets, blancs eux aussi. Il était difficile de juger de ma taille, mais j'étais largement plus grosse qu'une souris, plutôt un gros écureuil.

Un vison ? Je m'assis et lissai ma fourrure grise avec mes pattes avant. *Cool !* J'ouvris la bouche pour sentir mes dents. Acérées et dangereuses. Je n'aurais pas à m'en faire si je croisais un chat – j'étais presque aussi grosse. Les chouettes d'Ivy étaient de meilleurs chasseurs que je ne l'avais pensé. Mes dents claquèrent et je regardai le ciel au-dessus de moi. Des chouettes. Il fallait que je me méfie des chouettes. Et des chiens. Et de tout ce qui était plus gros que moi. Qu'avait bien pu faire un vison en pleine ville ?

— Rach', tu es vraiment superbe, dit Jenks.

Mes yeux revinrent sur lui. *Toi aussi, petit homme.* Je me demandai fugitivement s'il y avait un sort pour amener les gens à la taille des pixies. Si Jenks était représentatif, il pourrait être intéressant de prendre des vacances chez les pixies et d'écumer les meilleurs jardins de Cincinnati. Transformez-moi en Poucette et je serai une fille heureuse. Il sourit en remarquant mes yeux exorbités.

— Je te retrouve sur le toit, d'accord ?

J'acquiesçai, le contemplant tandis qu'il s'envolait. *Peut-être que je pourrais trouver un sort pour faire grandir les pixies ?*

Mon soupir mélancolique donna un couinement assez curieux, et je trottinai vers la gouttière. Une flaque due aux averses de la nuit s'étalait dessous. Mes moustaches touchèrent les bords quand je m'y engageai et y grimpai avec facilité. Je constatai avec satisfaction que mes griffes étaient acérées et trouvaient des prises dans une surface métallique lisse. Elles pourraient servir d'arme tout autant que mes dents.

J'étais essoufflée quand je parvins au toit plat. Je lâchai la gouttière et, à l'appel de Jenks, courus gracieusement jusqu'à l'ombre du conditionneur d'air de l'immeuble. Mon ouïe était meilleure, sinon je ne l'aurais jamais entendu.

— Par ici, Rach'. Quelqu'un a tordu la grille d'aération.

Ma queue soyeuse se balançait d'excitation quand je le rejoignis. Il manquait une vis à un coin de la grille. Encore mieux, elle était pliée. Jenks tira dessus et il ne fut pas difficile de m'y glisser. Une fois à l'intérieur, je me tapis dans une obscurité plus profonde et attendis que mes yeux s'accommodent. Jenks voletait autour de moi. Peu à peu, je discernai un autre grillage. Mes sourcils de rongeur se levèrent lorsque Jenks écarta un panneau triangulaire découpé dans le treillis. Il était évident que nous avions trouvé l'entrée officieuse du SO.

Mis en confiance, nous continuâmes notre exploration des conduites d'aération de l'immeuble. Jenks parlait sans discontinuer, ses commentaires sans fin sur la facilité qu'il y aurait à s'y perdre et à y mourir de faim n'apportaient pas grand-chose. Il devint vite évident que ce labyrinthe de tuyaux était très fréquenté. De la corde de cinq millimètres était accrochée en haut des aplombs et des pentes les plus raides, et l'odeur d'autres animaux était partout. Il n'y avait qu'une direction possible – vers le bas – et, après quelques culs-de-sac, nous nous retrouvâmes au-dessus des archives.

La plaque d'aération par laquelle nous regardions était juste au-dessus des terminaux. Rien ne bougeait dans la faible lumière des photocopieurs. Des tables rectangulaires sobres et des chaises en plastique étaient disséminées sur la moquette rouge pourrie. Les murs étaient couverts de classeurs. Il ne s'agissait que des dossiers en cours, une maigre partie de toute la saleté dont le SO disposait sur les populations d'Outres et d'humains, vivants comme morts. La plupart étaient stockés électroniquement, mais si un dossier était consulté, une copie papier restait dans les classeurs pendant dix ans, cinquante pour un vampire.

— Prêt, Jenks ?

J'avais oublié que ça ne sortirait que comme un couinement. Je pouvais renifler une odeur de café brûlé et de sucre du côté de la porte, et mon estomac se mit à grogner. Étendue de tout mon long dans le conduit, je passai une patte à travers les lames de la ventilation, m'égratignant l'articulation pour atteindre le levier d'ouverture. Celui-ci lâcha brutalement, basculant avec un crissement bruyant pour rester accroché par les charnières. Tapie dans l'ombre, j'attendis que mon cœur se calme avant de passer le bout de mon museau.

Jenks m'arrêta alors que j'allais pousser dans l'ouverture une corde soigneusement enroulée dans le conduit.

— Attends, souffla-t-il. Laisse-moi truander les caméras. (Il hésita, ses ailes s'assombrissant.) Tu, euh, tu ne diras rien à personne, hein ? C'est un truc… euh… propre aux pixies. Ça nous aide à nous déplacer sans qu'on nous repère.

Son regard était penaud et j'acquiesçai de la tête.

— Merci.

Il se laissa tomber dans la pièce. J'attendis sans respirer, le temps qu'il revienne comme une flèche pour s'asseoir au bord de l'ouverture, les pieds pendant dans le vide.

— C'est fait. Elles vont passer la même séquence en boucle pendant un quart d'heure. Viens, on descend. Je vais te montrer ce que Francis consultait.

Je poussai la corde hors du conduit et commençai à descendre. Mes griffes rendaient la chose facile.

— Il a fait une copie en trop de tout ce qu'il voulait, dit Jenks, qui s'était posé près de la corbeille de recyclage du copieur.

Il sourit quand je renversai la corbeille pour fouiller dans la pile.

— Je déréglais le photocopieur de l'intérieur. Il est reparti en se demandant pourquoi deux copies étaient sorties pour tout ce qu'il demandait. L'assistante l'a pris pour un crétin.

Je levai la tête ; je mourais d'envie de lui dire : « Francis *est* un crétin. »

— Je savais que tu t'en sortirais seule, poursuivit Jenks en commençant à arranger les feuilles en une longue ligne sur le sol. Mais ça a été dur de rester assis là sans rien faire quand je t'ai entendue courir. Ne me le demande pas, d'accord ?

Ses mâchoires étaient serrées. Je ne savais que dire et je me contentai de hocher la tête. Jenks était plus utile que tout ce que j'avais pu imaginer. J'étais gênée de l'avoir mal jugé. Je bougeai les pages pour les mettre dans l'ordre. Il n'y avait pas grand-chose et, plus je lisais, plus je me sentais découragée.

— D'après celle-ci (Jenks se tenait debout sur la première page, les mains sur les hanches), Trent est le dernier de sa lignée. Ses parents sont morts dans des circonstances qui puaient la magie. Presque tout le personnel de maison a été suspecté. Cela a pris trois ans avant que le BFO et le SO abandonnent et décident officiellement de regarder ailleurs.

Je parcourus le rapport de l'enquêteur du SO. Mes moustaches remuèrent d'excitation quand je reconnus son nom : Léon Bairn, le même qui s'était retrouvé à l'état de tache sur le trottoir. Intéressant.

— Ses parents avaient toujours refusé de révéler leur appartenance aux humains ou aux Outres, continua Jenks. Tout comme Trent aujourd'hui. Et il ne restait pas suffisamment de ses parents pour procéder à une autopsie. Tout comme eux, Trent emploie des Outres aussi bien que des humains. De toutes sortes, sauf des pixies ou des fées.

Ce n'était pas surprenant. Pourquoi risquer un procès pour discrimination ?

— Je sais ce que tu penses. Mais il ne semble pas avoir de préférence. Ses secrétaires particulières appartiennent toujours aux magiciens. Sa nourrice était une humaine de bonne réputation, et, à Princeton, il a partagé un appartement avec une meute de garous. (Jenks se gratta la tête en signe de réflexion.) Cependant, il n'a pas rejoint leur fraternité. Tu ne le trouveras pas dans son dossier, mais on raconte qu'il ne fait pas partie des garous, ni des vamps ou de quoi que ce soit d'autre. (Voyant mon haussement d'épaules, il continua.) Mais Trent n'a pas une odeur honnête. J'ai parlé avec une pixie qui avait réussi à le renifler – elle assurait la couverture d'un Coureur du côté des écuries de Trent. Elle affirme que Trent ne sent pas l'humain, et que quelque chose de subtil en lui hurle à l'Outre.

Je pensai au sort que j'avais utilisé cette nuit pour dissimuler mon apparence. Ouvrant la gueule pour interroger Jenks, je la refermai brutalement. Je ne pouvais que couiner. Jenks sourit et sortit une mine de crayon cassée de sa poche.

— Tu vas devoir l'épeler, dit-il en traçant toutes les lettres de l'alphabet en bas d'une page.

Je découvris mes dents, ce qui le fit rire. Mais je n'avais pas le choix. Tapotant sur la page comme si ç'avait été une planche de Ouija, j'indiquai le mot « Charme ? ».

Jenks haussa les épaules.

— Peut-être. Mais un pixie aurait vu au travers, tout comme je peux sentir la sorcière sous l'odeur de vison. Mais si c'est un déguisement, cela expliquerait la secrétaire magicienne. Plus tu utilises la magie, plus tu pues. (Je le regardai d'un air interrogateur.) Les sorciers et les sorcières sentent tous pareil, mais ceux qui pratiquent le plus de magie sentent plus fort, plus étrange. Toi, par exemple, tu sens à cause de ta séance de fabrication de sorts. Tu as été en contact avec l'au-delà, n'est-ce pas ?

Ce n'était pas une question, et je m'assis sur mon derrière, surprise. Il pouvait le dire à mon odeur ?

— Trent pourrait faire fabriquer ses sorts par un autre sorcier, continua Jenks. De cette façon, il pourrait couvrir son odeur avec un charme. Mais on pourrait affirmer la même chose pour un garou ou un vamp.

Une idée me traversa, et j'épelai : « Odeur Ivy ? »

Jenks voleta nerveusement dans l'air avant que j'aie fini.

— Euh, ouais. Ivy sent. Soit elle a fait ça épisodiquement et arrêté seulement la semaine dernière, soit elle pratiquait intensément et a arrêté il y a un an. Je ne peux pas me prononcer. La vérité est probablement entre les deux – probablement…

Je plissai le museau – si tant est qu'un vison en soit capable. Elle avait dit qu'elle avait arrêté depuis trois ans. C'est qu'elle avait dû y être vraiment à fond. Super.

Je regardai la pendule du sous-sol. Le temps passait vite. Impatiente, je m'arrêtai au-dessus de la bio plutôt succincte de Trent. D'après le SO, il vivait et travaillait dans une gigantesque propriété hors de la ville. Il élevait des chevaux de course sur sa propriété, mais la plus grande partie de ses revenus venait de l'exploitation agricole : des oranges et des plantations de pécan dans le Sud, des framboises sur la côte, du blé dans le Midwest. Il avait même une île sur le bord de la côte Est où il faisait pousser du thé. Mais je savais déjà tout ça. C'était ce qu'on trouvait dans n'importe quel journal.

Trent avait été élevé en enfant unique. Il avait perdu sa mère à l'âge de dix ans, et son père quand il était à l'université. Ses parents avaient eu deux autres enfants, morts en bas âge. Le médecin n'avait pas voulu donner ses comptes-rendus sans injonction officielle, et, peu après que la demande eut été faite, son cabinet avait été dévasté par un incendie. Tragiquement, le médecin travaillait tard ce soir-là et n'avait pas pu s'en sortir. *Les Kalamack ne jouent pas pour des prunes*, pensai-je amèrement.

Je m'assis devant les feuilles et fis claquer mes mâchoires. Il n'y avait rien d'utilisable dans tout ça. Et j'avais le sentiment que les dossiers du BFO, si je pouvais par miracle y avoir accès, seraient encore plus vides. Quelqu'un s'était donné beaucoup de mal pour que rien ne filtre sur les Kalamack.

— Désolé, dit Jenks. Je sais que tu comptais beaucoup sur ces dossiers.

Je haussai les épaules, poussant et tirant les papiers pour les replacer dans la corbeille. Je ne serais pas capable de remettre la corbeille droite, mais elle aurait l'air d'être tombée, sans que les papiers aient été regardés.

— Tu veux aller avec Francis à l'entretien concernant la mort de sa secrétaire ? Il est prévu pour lundi midi.

Midi, pensai-je. Une heure tout à fait anodine. Pas ridiculement tôt pour la plupart des Outres, et tout à fait raisonnable pour un humain. Peut-être pourrais-je y aller sur les talons de Francis et donner un coup de main. Je sentis mes lèvres de rongeur découvrir mes crocs pour un sourire. Francis n'y verrait pas de mal. Et ça pouvait être ma seule chance de déterrer quelque chose sur Trent. Lui mettre sur le dos une affaire de Soufre suffirait à payer mon contrat.

Jenks s'envola pour se poser sur le bord de la corbeille, ses ailes bougeant par intermittence pour maintenir son équilibre.

— Ça te dérangerait que je vienne avec toi pour renifler Trent un bon coup ? Je suis prêt à parier que je pourrais dire ce qu'il est.

Mes moustaches balayèrent l'air tandis que je réfléchissais. Ce ne serait pas mal d'avoir une seconde paire d'yeux. Je pourrais me faire transporter par Francis. Pas sous ma forme de vison. Il se mettrait probablement à hurler comme une chochotte et à balancer des tas d'objets s'il me trouvait sur son siège arrière.

« On en parle. Maison », épelai-je.

Le sourire de Jenks se fit finaud.

— Avant que nous y allions, tu veux voir ton dossier ?

Je secouai la tête. Je l'avais vu un paquet de fois. J'écrivis : « Non, je veux le détruire. »

Chapitre 12

— Il me faut une voiture, murmurai-je en dévalant les marches du bus.

Je sauvai mon manteau des portes qui se refermaient et retins ma respiration tandis que le moteur diesel reprenait à fond et que le bus s'éloignait.

— Et vite, ajoutai-je en resserrant ma prise sur mon sac.

Depuis des jours, je dormais mal. J'avais du sel séché sur tout le corps et ça me démangeait de partout. J'avais l'impression de ne pas pouvoir passer cinq minutes sans que quelque chose touche accidentellement les restes de la cloque sur ma nuque. À peine redescendu d'une overdose de sucre provoquée par l'abus de caramel, Jenks était grincheux. Bref, la compagnie n'était pas réjouissante.

Une fausse aurore avait éclairé le ciel à l'est, donnant au bleu léger une transparence superbe. Les oiseaux s'en donnaient à cœur joie, et les rues étaient calmes. Le fond de l'air frais me fit apprécier mon manteau. À vue de nez, le lever du soleil était pour dans une heure. En juin, 4 heures du matin est une heure en or, où tous les bons vampires sont bordés dans leur lit, et où les humains raisonnables n'ont pas encore pointé leur nez dehors pour trouver la première édition de leur quotidien.

— J'ai tellement envie d'être au lit.

— Bonsoir, mademoiselle Morgan, dit une voix grave.

Je pivotai et me ramassai sur moi-même. De ma boucle d'oreille, Jenks émit un petit rire sarcastique.

— C'est juste le voisin, lança-t-il sèchement. Zut, Rach'. Tu pourrais me faire confiance.

Le cœur battant, je me redressai lentement, me sentant aussi vieille que le laissait supposer mon sort de dissimulation. Pourquoi n'était-il pas dans son lit ?

— Plutôt bonjour, répondis-je en arrivant devant le portillon de Keasley.

Il était immobile dans sa chaise à bascule, le visage invisible dans l'ombre.

— Vous avez fait des courses ?

Son pied s'agita pour me signifier qu'il avait remarqué mes bottes neuves.

Fatiguée, je m'appuyai sur le haut de la clôture en grillage.

— Vous voulez un chocolat ? demandai-je, et il me fit signe d'entrer.

Jenks vrombit d'inquiétude.

— La portée d'un pistolet à billes molles est plus grande que celle de mon odorat, Rach'.

— C'est un vieil homme seul, soufflai-je en soulevant le loquet. Il veut un chocolat. Et puis, j'ai l'air d'une vieille mémé. Si quelqu'un regarde, il croira que je suis son amoureuse.

Je laissai retomber le loquet sans faire de bruit, et je crois bien avoir vu Keasley cacher un sourire derrière un bâillement.

Un soupir dramatique mais minuscule s'échappa de Jenks. Je posai mon sac sur le plancher du perron et m'assis sur la plus haute marche. Me tournant, je tirai un sac en papier de ma poche et le tendis à Keasley.

— Ah, dit-il en contemplant le logo avec son cavalier et son cheval. Il y a des choses qui valent de risquer sa vie.

Comme je l'avais prévu, il prit un chocolat noir. Un chien aboya au loin. Tout en mastiquant, il regarda derrière moi, le long de la rue silencieuse.

— Vous êtes allée au centre commercial ?

Je haussai les épaules.

— Entre autres.

— Rachel…

Les ailes de Jenks m'éventaient le cou.

— Jenks, arrête le ventilo.

Il m'irritait. Keasley se mit debout avec une lenteur douloureuse.

— Non, il a raison. Il se fait tard.

Entre les déclarations débiles de Keasley et l'instinct de Jenks, je commençai à m'inquiéter. Le chien aboya de nouveau et je me relevai d'un coup. Mes pensées revinrent à cette pile de balles devant ma porte. Déguisée ou non, j'aurais peut-être mieux fait de rentrer par le cimetière. Keasley avait gagné sa porte, toujours avec la même lenteur douloureuse.

— Faites attention où vous mettez les pieds, mademoiselle Morgan. Dès qu'ils auront compris que vous pouvez tromper leur surveillance, ils changeront de tactique.

Il ouvrit la porte et rentra. L'écran de moustiquaire se referma sans un bruit.

— Et merci pour le chocolat.

— De rien, soufflai-je en me détournant, sachant qu'il pouvait m'entendre.

— Drôle de vieux bonhomme, dit Jenks en se balançant sur ma boucle d'oreille tandis que je traversais la rue.

Il y avait une moto garée devant l'église. La fausse aurore faisait briller ses chromes. Je me demandai si Ivy avait récupéré sa moto au garage.

— Elle me laissera peut-être l'utiliser ? songeai-je à voix haute, appréciant son allure en passant.

Elle était noire et resplendissait, avec son filet d'or et son cuir soyeux. Une Night Wing. Superchouette. Je fis glisser ma main sur le siège, laissant une trace en enlevant la rosée.

— Rach' ! hurla Jenks. À terre !

Je me laissai tomber. Il y eut un sifflement à l'endroit où je m'étais trouvée. Une poussée d'adrénaline fit battre mes tempes. Je roulai sur moi-même, mettant la moto entre moi et la rue.

Je retins mon souffle. Rien ne bougeait parmi les arbustes et les buissons envahissants. Je tirai mon sac devant mon nez, mes mains fouillant l'intérieur.

— Reste planquée, siffla Jenks.

Sa voix était tendue et une lueur pourpre entourait ses ailes.

La piqûre de la lancette me fit bondir sur mes pieds. Mon charme d'endormissement fut invoqué en 4,5 secondes. Mon record à ce jour. Sauf que ça ne servirait pas à grand-chose si mon agresseur restait dans les buissons. Je pourrais peut-être le lancer sur lui. Si le SO continuait comme ça, il faudrait peut-être que j'investisse dans un pistolet à balles molles. J'étais plus du genre je-t'affronte-directement-et-je-t'en-colle-une. Se planquer dans des buissons faisait un peu poule mouillée, mais à Rome fais comme…

J'attendis en tenant le charme par sa cordelette pour qu'il n'agisse pas sur moi.

— Tu peux le ranger, dit Jenks, se détendant lorsqu'une horde volante d'enfants pixies nous entoura.

Ils tournoyèrent au-dessus de nous, parlant si vite et si haut que je ne pus suivre.

— Ils sont partis, traduisit Jenks. Désolé pour ça. Je savais qu'ils étaient dans le coin, mais…

— Tu savais qu'ils étaient là ? m'exclamai-je, mon cou m'élançant quand je levai la tête pour le suivre.

Un chien aboya et je baissai la voix.

— Et qu'est-ce que tu foutais ?

Il sourit.

— Il fallait que je les débusque.

Irritée, je me redressai.

— Super. Merci. La prochaine fois, préviens-moi que je sers d'appât.

Je secouai mon manteau, grimaçant quand je m'aperçus que j'avais écrasé les chocolats.

— Voyons, Rach'. (Il était mielleux, voletant près de mon oreille.) Si je te l'avais dit, tes réactions n'auraient pas été naturelles, et les fées auraient attendu que je regarde ailleurs.

Je sentis mon visage devenir flasque.

— Des fées ?

J'étais glacée. Denon devait vraiment avoir pété un câble. Elles étaient supe-e-e-rchères. Quoiqu'elles lui aient peut-être fait une remise à cause du coup de la grenouille.

— Elles sont parties, continua Jenks. Mais, à ta place, je ne resterais pas trop longtemps dehors. D'après la rumeur, les garous voudraient faire un autre essai. (Il enleva son bandana rouge et le tendit à son fils.) Jax, toi et tes sœurs pouvez garder leur catapulte.

— Merci, papa !

Le pixie s'éleva de cinquante centimètres sous le coup de l'excitation. Il enroula le foulard autour de sa taille. Lui et six autres quittèrent le groupe et foncèrent de l'autre côté de la rue.

— Faites attention, leur cria Jenks. Elle pourrait être piégée.

Des fées, me répétai-je en me tordant les mains et en regardant la rue déserte. *Merde.*

Le reste des enfants de Jenks tournait autour de lui, ils parlaient tous en même temps et essayaient de l'entraîner vers l'arrière de la maison.

— Ivy est avec quelqu'un, dit Jenks en se laissant conduire. Mais, d'après eux, il est OK. Ça te dérange si je vais me coucher ?

— Vas-y. Et… euh… merci.

Je regardai de nouveau la moto. Finalement, ce n'était pas celle d'Ivy.

Ils s'envolèrent comme un nuage de lucioles. Jax et ses sœurs les suivirent de près, portant une catapulte aussi petite qu'eux. Avec un bruissement d'ailes et beaucoup de cris, ils disparurent derrière l'église, laissant retomber un silence tendu dans la rue déserte.

Je fis demi-tour et montai les marches en traînant les pieds. Jetant un dernier coup d'œil de l'autre côté de la rue, je vis un rideau retomber devant la seule fenêtre éclairée. *Le spectacle est terminé. Va dormir, Keasley*, pensai-je en poussant la lourde porte et en me glissant à l'intérieur. Je fis glisser la barre de sécurité bien graissée. Je m'en sentis rassurée, tout en sachant que la plupart des assassins du SO n'utiliseraient pas une porte. *Des fées ? Denon doit vraiment, vraiment être hors de lui.*

Respirant péniblement, je m'appuyai contre le bois épais, tournant le dos au soleil levant. Tout ce que je voulais, c'était prendre une douche et aller me coucher. Quand je traversai en me traînant la nef déserte, le son du soft jazz et la voix d'Ivy qui s'élevait sous le coup de la colère me parvinrent du salon.

— Bon Dieu, Kist, entendis-je en entrant dans la cuisine obscure. Si tu ne sors pas tes fesses de ce fauteuil tout de suite, je vais te les botter si fort que tu vas te retrouver à mi-chemin du soleil.

— Détends-toi, Tamwood. Je ne vais rien faire du tout.

C'était une nouvelle voix. Masculine. Profonde, mais un brin geignarde. Comme si son possesseur avait eu l'habitude que rien ne lui résiste. Je m'arrêtai pour poser mes amulettes usagées dans le pot d'eau salée à côté du frigo. Elles pouvaient encore servir, mais je préférais ne pas laisser traîner n'importe où des amulettes encore chargées.

La musique s'arrêta avec une soudaineté dérangeante.

— Dehors, intima doucement Ivy. Tout de suite.

— Ivy ?

J'avais appelé assez fort. La curiosité me dévorait. Jenks avait dit que le visiteur était nickel. Abandonnant mon sac sur le comptoir de la cuisine, je pris la direction du salon. Mon épuisement se teintait à présent d'un soupçon de colère. Nous n'en avions jamais parlé, mais je supposais que jusqu'à ce que la prime ne soit plus sur ma tête, nous étions censées garder profil bas.

— Oooh, se moqua Kist l'invisible. Elle est de retour.

— Tiens-toi correctement, le menaça Ivy tandis que j'entrais dans la pièce. Ou j'aurai ta peau.

— C'est une promesse ?

Je fis trois pas dans le salon et m'immobilisai brutalement. Ma colère disparut, emportée par un maelström d'instinct primaire. Un vamp vêtu de cuir était vautré dans le fauteuil d'Ivy, aussi à l'aise que s'il avait été chez lui. Ses bottes immaculées étaient posées sur la table basse, et Ivy les repoussa d'un air dégoûté. Elle se déplaçait plus vite que je ne l'avais jamais vue faire. Arrivée à deux pas de lui, elle s'arrêta et se mit à fumer par les oreilles, une hanche en avant et les bras croisés agressivement. Le tic-tac de l'horloge de la cheminée envahit la pièce.

Kist ne pouvait pas être un vamp mort – il était sur un sol sanctifié et le soleil était presque levé –, mais que le grand ratafia consume ma petite culotte s'il en était loin. Ses pieds reprirent contact avec le sol avec une lenteur exagérée. Le regard indolent qu'il me décocha s'insinua jusqu'au fond de mon être, s'entortillant autour de moi comme une couverture humide et me serrant le ventre. Et, bon sang, il était beau. Dangereusement beau. Mes pensées firent un saut jusqu'au tableau 6.1 et je déglutis.

Il avait un chaume léger sur les joues qui lui donnait une apparence sauvage. Se redressant, il rejeta ses cheveux blonds de devant ses yeux dans un mouvement d'une grâce étudiée. Il avait dû lui falloir des années pour le perfectionner. Son blouson de cuir était ouvert pour exposer une chemise de coton noire qui moulait un torse délicieusement musclé. Deux boucles d'oreilles jumelles en forme de tête de clou décoraient l'une de ses oreilles. L'autre ne portait qu'un simple anneau et une vieille cicatrice. Sinon, il n'avait pas d'autre cicatrice visible. Je me demandai si je pourrais les détecter en passant mes doigts dans son cou.

Mon cœur battait la chamade, et je baissai les yeux, me promettant de ne pas les relever. Ivy ne me faisait pas aussi peur. Il se déplaçait avec une sorte d'instinct sauvage, guidé seulement par son bon plaisir.

— Waouh, s'écria Kist en se propulsant hors du fauteuil. Mais elle est mignonne. Tu aurais dû me dire qu'elle était aussi chou. (Il prit une profonde inspiration, l'air de humer la nuit.) Et elle respire ton odeur par tous les pores, ma douce Ivy. (Sa voix baissa d'un ton.) Est-ce que ce n'est pas gentil, tout ça ?

Froid. Je m'agrippai au col de mon manteau pour le tenir fermé et reculai jusqu'à ce que je sois sur le seuil.

— Rachel, dit sèchement Ivy. Je te présente Kisten. Il partait. N'est-ce pas, Kist ?

Ce n'était pas une question, et ma respiration eut un à-coup quand il bougea avec une grâce fluide et animale. Kist s'étira, les mains tendues vers le plafond. Son corps mince se déplaçait comme une corde tendue pour montrer toutes les courbes harmonieuses dessinées par ses muscles. Je ne pouvais détourner les yeux. Ses bras retombèrent et nos regards se croisèrent. Les siens étaient marron. Ses lèvres s'entrouvrirent dans un tendre sourire, comme s'il savait que j'étais en train de le regarder. Ses dents étaient aussi pointues que celles d'Ivy. Ce n'était pas une goule. C'était un vamp vivant. Je détournai les yeux, même si je savais que les vamps vivants ne peuvent ensorceler ceux qui se méfient.

— Tu as du goût pour les vamps, petite sorcière ? murmura-t-il.

Sa voix était comme l'air courant sur l'eau. Mes genoux se ramollirent au désir qu'il y insuffla.

— Vous ne pouvez pas me toucher.

Mais j'étais incapable de ne pas le regarder tandis qu'il essayait de m'ensorceler. Ma propre voix semblait venir de l'intérieur de ma tête.

— Et je n'ai rien signé.

— Non ? souffla-t-il.

Ses sourcils s'étaient soulevés, il avait toute confiance dans sa sensualité. Il se rapprocha. Ses pas ne faisaient aucun bruit. Le cœur battant, je fixai le sol. Mes mains agrippèrent le chambranle derrière moi. Il était plus fort que moi, et plus rapide. Mais un coup de genou dans les parties lui ferait autant d'effet qu'à un autre homme.

— Les tribunaux s'en moqueront, tu es déjà morte.

Sa voix n'était qu'un souffle. Il s'arrêta. Ses mains se tendirent vers moi. Mes yeux s'élargirent, son odeur me balaya, un parfum de terre noire et moisie. Mon pouls s'affola et je fis un pas en avant. Sa main me caressa le menton. Tiède. Un choc me traversa, mes genoux me lâchèrent. Il me retint par un coude, me serrant contre sa poitrine. Une promesse inconnue faisait rugir mon sang. Je me collai contre lui, attendant… Ses lèvres s'entrouvrirent. Des mots murmurés que je ne pouvais pas comprendre sortirent de sa bouche, beaux et sombres.

— Kist ! hurla Ivy, nous faisant sursauter.

Un voile de colère recouvrit les yeux de Kist, puis disparut.

Ma volonté revint au galop, me bouscula douloureusement. J'essayai de m'écarter, mais il me tenait. Je pouvais sentir du sang.

— Lâche-moi, mais lâche-moi !

Je me sentis paniquer car il ne bougea pas.

Puis sa main retomba. Il se tourna vers Ivy, m'ignorant complètement. Je glissai contre le chambranle. Je tremblais mais j'étais incapable de m'en aller de mon propre chef avant qu'il soit parti.

Kist se tenait devant Ivy, calme et sûr de lui. Volontairement tout son opposé.

— Ivy, ma chérie, essaya-t-il. Pourquoi te tourmentes-tu ? Elle est couverte de ton odeur, mais son sang est encore intact. Comment peux-tu résister ? Elle ne demande que ça. Elle n'est qu'une supplication. Elle fera des manières la première fois, elle va se débattre, hurler. Mais à la fin elle te remerciera.

Il se fit timide, se mordilla doucement la lèvre. La traînée écarlate qui s'écoula fut nettoyée d'une langue savante, lente et provocante. Mon souffle résonnait dans mes oreilles, haché. J'essayai de le retenir.

Ivy devint folle furieuse. Ses yeux se transformèrent en puits obscurs. La tension réussit à m'empêcher de respirer. Dehors, les grillons accélérèrent le rythme de leur chant. Avec une lenteur exagérée, Kist se pencha vers elle.

— Et si tu ne veux pas la briser toi-même (sa voix était basse d'anticipation), laisse-la-moi. Je te la rendrai ensuite. (Ses lèvres s'écartèrent sur des canines luisantes.) Parole de scout.

La respiration d'Ivy n'était plus qu'un halètement. La haine et la luxure se disputaient de façon irréelle sur son visage. Je pouvais voir son combat pour surmonter la faim qui la tenaillait, assister avec une fascination horrible à sa disparition, jusqu'à ce qu'il ne reste plus que la haine.

— Sors d'ici, cracha-t-elle, la voix rauque et tremblante.

Kist respira lentement. La tension le quitta avec l'air qu'il expirait doucement. Je découvris que je pouvais de nouveau respirer. Je pris quelques bouffées d'air rapides, heurtées, mes yeux allant de l'un à l'autre. C'était fini. Ivy avait gagné. J'étais… sauve ?

Kist ajusta son blouson de cuir noir d'un geste dégagé.

— C'est stupide, Tamwood, tu gaspilles une belle tranche de ténèbres pour quelque chose qui n'existe pas.

D'un pas rapide et hautain, Ivy alla jusqu'à la porte de derrière. La sueur dégoulinait le long de mes reins quand l'air déplacé par son passage m'atteignit. L'air froid du matin se répandit dans la pièce, repoussant les ténèbres qui semblaient l'avoir envahie.

— Elle est à moi, répliqua Ivy comme si je n'avais pas été là. Elle est sous ma protection. Ce que je fais ou pas avec elle, c'est mon problème. Dis à Piscary que si je vois encore un seul de ses sbires près de mon église, je considérerai qu'il tente de s'approprier quelque chose qui m'appartient. Demande-lui s'il a envie d'une guerre avec moi, Kist. N'omets surtout pas de le lui demander.

Il passa entre Ivy et moi, hésita sur le seuil.

— Tu ne pourras pas lui cacher éternellement ta faim, dit-il – et les lèvres d'Ivy se serrèrent. Une fois qu'elle la verra, elle se mettra à courir. Ce ne sera plus qu'une proie. (En une seconde il se détendit, un air de mauvais garçon adoucissant ses traits.) Reviens, la cajola-t-il avec une innocence sensuelle. Il m'a chargé de t'annoncer que tu pourrais avoir ton ancien appartement, au prix d'une seule petite concession. Ce n'est qu'une sorcière. Tu ne sais même pas si elle...

— Dehors, coupa Ivy, le doigt tendu vers le matin.

Kist franchit le seuil.

— Une offre repoussée ne fait que des ennemis.

— Une offre qui n'en est pas une n'est que honte pour celui qui la fait.

Haussant les épaules, il tira une casquette de cuir de sa poche arrière et s'en coiffa. Il me jeta un coup d'œil, son regard soudain affamé.

— Adieu, mon amour, souffla-t-il.

Je frémis, comme s'il avait passé la main lentement sur ma joue. J'étais incapable de dire si c'était de la répulsion ou du désir. Et il ne fut plus là.

Ivy claqua la porte derrière lui. Se déplaçant toujours avec la même grâce étrange, elle traversa le salon et se laissa tomber dans son fauteuil. Son visage était assombri par la colère, et je la regardai fixement. *Sainte mère de Dieu. Je vis avec un vampire.* Pratiquante ou non, elle était bien une vamp. Qu'avait dit Kist ? Qu'Ivy perdait son temps ? Que je me mettrais à courir quand je verrais sa faim ? Que je lui appartenais ? *Merde.*

Me déplaçant lentement, je commençai à sortir de la pièce à reculons. Ivy leva les yeux et je m'immobilisai. La colère quitta son visage, remplacée par de l'inquiétude quand elle vit ma peur.

Lentement, je clignai des yeux. Ma gorge se serra et je lui tournai le dos, passant dans le couloir.

— Attends, Rachel, appela-t-elle, la voix caressante. Je suis désolée pour Kist. Je ne l'avais pas invité. Il s'est pointé comme ça.

Je m'enfonçai dans le couloir, tendue, prête à exploser si elle me touchait. Était-ce pour cela qu'elle avait démissionné avec moi ? Elle ne pouvait me chasser légalement, mais, comme l'avait dit Kist, les tribunaux n'y feraient même pas attention.

— Rachel…

Elle était juste derrière moi et je pivotai. Mon estomac se contracta. Ivy fit trois pas en arrière. Ils furent si rapides qu'on aurait à peine pu dire si elle avait bougé. Ses mains étaient levées en un geste de supplique. Son front était plissé d'inquiétude. Mon pouls battait fort, me donnant mal à la tête.

— Qu'est-ce que tu veux ?

J'espérais à moitié qu'elle n'allait pas se mettre à mentir et me raconter que c'était un malentendu. De dehors nous parvint le vrombissement de la moto de Kist. Je la fixai tandis que le bruit du moteur disparaissait dans le lointain.

— Rien, assura-t-elle, ses yeux marron accrochés aux miens. N'écoute pas Kist. Il te manipule. Il aime flirter avec ce qu'il ne peut pas avoir.

— Ça, j'ai compris ! (Je criais pour ne pas me mettre à trembler.) Je suis à toi. C'est ce que toi tu as dit. Que je suis à toi ! Je n'appartiens à personne, Ivy ! Alors tiens-toi à distance !

Ses lèvres s'écartèrent sous le coup de la surprise.

— Tu as entendu ça ?

— Bien sûr que je l'ai entendu ! (La colère prenait le pas sur ma peur, et je fis un pas en avant.) Qu'est-ce que tu es vraiment ? (Je tendis le doigt en direction du salon en continuant à crier.) Un… un animal, comme ça ? C'est ça ? Tu me chasses, Ivy ? Tout ce qui compte, c'est te remplir la panse avec mon sang ? Il est meilleur quand tu l'obtiens par trahison ? C'est ça ?

— Non ! (Sa détresse était flagrante.) Rachel, je…

— Tu m'as menti ! vociférai-je. Il m'a ensorcelée. Tu m'avais dit qu'un vamp vivant ne pouvait pas le faire sauf si je le voulais. Et, par l'enfer, je peux t'assurer que je ne le voulais pas !

Elle ne répondit rien, sa haute silhouette encadrée dans l'entrée du couloir. Je pouvais entendre sa respiration et sentir l'odeur douce-amère de cendre mouillée et de séquoia. Nos parfums se mélangeaient dangereusement. Elle était tendue, son immobilité même résonnait en moi comme un choc. La bouche sèche, je reculai, comprenant soudain que j'étais en train d'engueuler un vampire. L'adrénaline s'évanouit. Je me sentis malade et glacée.

— Tu m'as menti.

Ma voix n'était plus qu'un murmure. Je battis en retraite dans la cuisine. Elle m'avait menti. Papa avait raison. Ne faire confiance à personne. Je prenais mes affaires et je me tirais.

Les pas d'Ivy résonnèrent derrière moi. Il était évident qu'elle prenait soin de frapper le sol suffisamment fort pour faire du bruit. J'étais trop en colère pour y faire attention.

J'ouvris un placard et décrochai une poignée de charmes d'une patère pour les mettre dans mon sac.

— Qu'est-ce que tu fais ?

— Je m'en vais.

— Tu ne peux pas ! Tu as entendu Kist. Ils n'attendent que ça !

— Autant mourir en connaissant mes ennemis qu'en dormant innocemment à côté d'eux.

C'était la chose la plus stupide que j'aie jamais dite. Ça ne signifiait rien.

Je m'immobilisai brutalement quand elle se glissa entre moi et le meuble, refermant le placard.

— Pousse-toi, menaçai-je, ma voix assourdie pour qu'elle ne l'entende pas trembler.

La consternation étrécissait ses yeux et plissait son front. Elle avait l'air complètement humaine, et cela me fit encore plus peur. Juste au moment où je croyais la comprendre, elle faisait un truc inattendu.

Mes amulettes et mes lancettes étant hors de portée, j'étais impuissante. Elle pouvait me jeter de l'autre côté de la pièce, m'exploser la tête contre le fourneau. Elle pouvait me briser les jambes pour m'empêcher de partir. M'attacher à une chaise et me saigner. Mais elle se tenait devant moi, un air chagriné et frustré sur l'ovale parfait de son visage.

— Je peux t'expliquer, émit-elle d'une voix timide.

En croisant son regard, j'eus à combattre de nouveaux tremblements.

— Que veux-tu de moi ?

— Je ne t'ai pas menti, dit-elle sans répondre à ma question. Kist est l'héritier désigné de Piscary. La plupart du temps, Kist n'est que Kist, mais Piscary peut…

Elle hésita, et je continuai à la fixer, tous les muscles de mon corps m'ordonnant de courir. Mais, si je bougeais, elle bougerait aussi. Elle continua sur un ton monocorde :

— Piscary est plus ancien que la poussière. Il est assez puissant pour utiliser Kist et se rendre où il ne peut plus aller lui-même.

— C'est un serviteur, crachai-je. Un putain de laquais pour un vamp mort. Il lui fait ses courses, lui rapporte des humains pour son petit déjeuner.

Ivy cilla. Mais la tension la quittait et elle prit une pose plus détendue – mais toujours entre moi et mes charmes.

— Être choisi comme héritier par un vampire tel que Piscary est un très grand honneur. Ce n'est pas à sens unique. Grâce à ça, Kist a plus de pouvoir que n'importe quel autre vampire vivant. C'est comme ça qu'il t'a ensorcelée. Mais, Rachel (elle s'empressa de terminer avant que je puisse l'interrompre), je ne l'aurais pas laissé faire.

Et je devrais t'en être reconnaissante ? Simplement parce que tu ne veux pas partager ? Mon pouls avait ralenti, et je m'effondrai sur une chaise. Mes genoux seraient bientôt incapables de me supporter. Je m'interrogeai sur la cause de ma faiblesse : la dépense d'adrénaline ou les phéromones calmantes qu'Ivy dispensait généreusement dans l'air ambiant ? *Enfer et damnation !* J'étais plongée dedans jusqu'au cou. Surtout si Piscary était dans le coup.

On disait de Piscary qu'il était l'un des plus vieux vampires de Cincinnati. Il ne créait pas de problèmes et gardait ses quelques suivants en ligne. Il utilisait toutes les ressources du système, s'astreignant à toute la paperasserie, et veillant à ce que toutes les prises de ses gens soient légales. Il était beaucoup plus que le simple restaurateur qu'il prétendait être. Le SO avait pour politique « ne demandez rien, ne dites rien » à propos du maître vampire. Il était l'une de ces personnes, déjà mentionnées, qui magouillaient dans les cercles invisibles du pouvoir à Cincinnati. Aussi longtemps qu'il paierait ses impôts et sa licence de débitant de boissons, personne ne pourrait – ou ne voudrait – rien faire. Mais lorsqu'un vampire semblait inoffensif, cela signifiait simplement qu'il était plus futé que les autres.

Mes yeux revinrent à Ivy, debout, les bras serrés autour d'elle comme si elle était bouleversée. *Mon Dieu. Qu'est-ce que je fous ici ?*

—Piscary est quoi pour toi ? demandai-je, entendant ma voix trembler.

—Rien. (À mon reniflement sceptique, elle continua :) Vraiment, ce n'est qu'un ami de ma famille.

—Oncle Piscary, c'est ça ?

J'étais amère.

—En fait, c'est peut-être plus exact que tu le crois. C'est Piscary qui a initié la lignée de vamps vivants de ma mère au XVIIe siècle.

—Et il vous saigne lentement depuis.

J'étais de plus en plus amère.

—Non, tu ne comprends pas, dit-elle, comme blessée. Piscary ne m'a jamais touchée. Il est pour moi comme un second père.

—Peut-être qu'il laisse le sang vieillir dans la bouteille.

Elle se passa une main dans les cheveux, un signe inhabituel d'inquiétude.

—Ce n'est pas du tout ça. Vraiment.

—Super.

Je m'affalai pour poser les coudes sur la table. À présent, il fallait que je me fasse du mouron à propos d'héritiers qui envahissaient mon église avec les pouvoirs d'un maître. Pourquoi ne me l'avait-elle pas dit plus tôt ? Il n'était pas question que je continue ce satané jeu si les règles changeaient tout le temps.

— Que veux-tu de moi ? demandai-je de nouveau, frémissant à l'idée qu'elle me réponde et que cela m'oblige à partir.

— Rien.

— Tu mens, grondai-je.

Mais quand je relevai la tête elle n'était plus là.

Ma respiration s'accéléra. Mon cœur se mit à battre plus vite. Je me levai, les bras serrés autour de moi, et contemplai le comptoir déserté et les murs silencieux. Je détestais quand elle faisait ça. Sur le bord de la fenêtre, Monsieur Poisson faisait des allers-retours incessants. Il n'aimait pas non plus.

Lentement et à regret, je remis mes sorts à leur place. Mes pensées tournoyaient. L'attaque des fées sur le perron. Les billes de gélatine des garous empilées devant la porte de derrière. Et, par-dessus tout, les mots de Kist. Les vamps n'attendaient que le moment où je quitterais la protection d'Ivy. J'étais coincée. Et elle le savait.

Chapitre 13

Je tapai à la fenêtre côté passager de la voiture de Francis pour attirer l'attention de Jenks.

— Il est quelle heure ? demandai-je à mi-voix.

Nos murmures se répercutaient d'un bout à l'autre du parking. Les caméras me filmaient, mais nul ne regardait les enregistrements tant que personne ne s'était plaint d'une effraction. Jenks se laissa tomber du pare-soleil et appuya sur l'interrupteur électrique qui commandait la vitre.

— 11 h 15, dit-il quand elle s'abaissa. Tu crois qu'ils ont changé l'heure du rendez-vous avec Kalamack ?

Je secouai la tête et jetai un coup d'œil vers les portes de l'ascenseur, par-dessus les toits des voitures.

— Non, mais s'il me met en retard ça va m'énerver.

Je tirai sur l'ourlet de ma jupe. À mon grand soulagement, le copain de Jenks était revenu hier, avec mes habits et mes bijoux. Toutes mes fringues étaient soigneusement pendues ou pliées dans mon placard. Ça faisait du bien de les voir là. Le garou avait fait un superboulot pour laver, sécher et repasser tout. Je me demandai combien il prendrait pour le faire toutes les semaines.

Trouver quelque chose qui soit à la fois classique et provocant n'avait pas été une mince affaire. Je m'étais finalement décidée pour une courte jupe rouge, des collants sobres, et un chemisier blanc qui pouvait être boutonné ou déboutonné rapidement selon les besoins. Mes boucles d'oreilles étaient trop petites pour que Jenks puisse s'y poser, et le pixie avait passé la première demi-heure à s'en plaindre. Avec mes cheveux relevés sur le haut de mon crâne et une paire de chaussures à talons rouges très chics, j'avais l'air d'une étudiante en vadrouille. Le sort de déguisement y contribuait ; j'étais de nouveau une petite brune avec un gros nez, dégageant des relents de parfum à la lavande. Francis me reconnaîtrait, mais en fait, c'était le but.

J'attaquai nerveusement la saleté sous mes ongles et notai mentalement de les revernir. La laque rouge avait disparu lors de ma transformation en vison.

— Je te parais comment ? demandai-je à Jenks en tirant sur mon col.

— Splendide.

— Tu n'as même pas regardé. (J'avais à peine terminé ma plainte que les portes de l'ascenseur sonnèrent.) C'est peut-être lui. Tu es prêt avec la potion ?

— Je n'ai qu'à donner une petite tape sur le toit et elle se répand sur lui.

Jenks fit remonter la vitre et se précipita vers sa cachette. J'avais une fiole de « doux sommeil » coincée entre le toit de la voiture et le pare-soleil. L'objectif était de faire croire à Francis que c'était quelque chose de bien plus sinistre. Tout ça pour le convaincre de me laisser prendre sa place pour l'entretien avec Kalamack. Enlever un adulte, lavette ou pas, était délicat. Je ne pouvais pas vraiment lui coller un coup sur la tête et le mettre dans le coffre. Si je le laissais inconscient au vu de tout le monde, on m'attraperait en un rien de temps.

Cela faisait une heure que Jenks et moi étions dans le parking, occupés à faire des modifications mineures mais significatives sur la voiture de sport. Il n'avait fallu que quelques minutes à Jenks pour désactiver l'alarme et venir à bout des serrures. Et, même si j'attendais hors de la voiture que Francis arrive, mon sac était déjà glissé sous le siège passager.

Francis s'était fait attribuer une vraie merveille : un coupé rouge, avec sièges en cuir. Et avec contrôle de température pour chaque siège. Les fenêtres pouvaient s'obscurcir – je le savais, j'avais essayé. Il y avait même un téléphone cellulaire intégré, dont les piles étaient au chaud dans mon sac. La plaque minéralogique personnalisée affichait « épinglé ». Cette saloperie de bagnole avait tellement de gadgets qu'il ne lui restait plus qu'à obtenir les autorisations de décollage. Et elle sentait encore le neuf. *Un pot-de-vin,* me demandai-je avec une pointe de jalousie, *ou le prix du silence ?*

La lumière au-dessus de la porte de l'ascenseur s'éteignit. Je me planquai derrière un pilier, espérant que c'était Francis. Être en retard était bien la dernière chose que je souhaitais. Mon pouls se stabilisa sur un rythme rapide, familier, et je souris en reconnaissant son pas vif. Il était seul. Il y eut un cliquetis de clés et un « hé » surpris quand sa voiture ne produisit pas le « bip » de bienvenue attendu à la désactivation de l'alarme. Le bout de mes doigts me picotait d'avance. On allait rire.

La portière grinça en s'ouvrant, et je me précipitai de derrière mon pilier. Comme un seul homme, Francis et moi nous glissâmes de chaque côté dans la voiture, faisant claquer nos portières au même moment.

— Que diable ? s'exclama-t-il, comprenant seulement alors qu'il avait de la compagnie.

Ses yeux rapprochés clignèrent et il rejeta en arrière ses cheveux filasse.

— Rachel ! Tu es comme morte.

Il dégoulinait d'une confiance mal placée. Il fit mine de rouvrir sa portière et je me penchai pour lui saisir le poignet. Je lui indiquai Jenks. Le pixie lui sourit. Ses ailes vrombissant d'impatience, il tapota la fiole de potion. Francis vira au blanc.

— Chat ! soufflai-je en le relâchant et en verrouillant les portières à partir de mon côté. Je t'ai attrapé.

— Qu'est-ce que tu crois faire ?

Il en bégayait, tout pâle derrière ses joues mal rasées.

Je souris.

— Je prends ta place pour l'entretien avec Kalamack, et tu t'es juste porté volontaire pour faire le chauffeur.

Il se crispa, révélant un soupçon de cran.

— Tu peux aller te faire Tourner, dit-il, les yeux fixés sur Jenks et la potion. Comme si tu faisais dans la magie noire. Tu crois que je vais croire que tu as fabriqué quelque chose de mortel ? À mon tour de t'attraper, maintenant.

Jenks eut un grognement dégoûté et commença à incliner la fiole.

— Pas encore, Jenks.

Je basculai vers le siège conducteur, presque sur les genoux de Francis. Mon bras droit s'enroula autour de son cou décharné, attrapant l'appui-tête pour le coincer contre son siège. Ses doigts agrippèrent mon bras mais il ne pouvait rien faire dans l'espace réduit. Des effluves de sueur se mêlèrent au frottement de sa veste en polyester contre mon bras. C'était encore pire que mon parfum.

— Connard ! (Je parlais juste dans son oreille tout en regardant Jenks.) Tu veux savoir ce que c'est ? Juste au-dessus de tes boules ? Tu tiens à parier qu'il y a un antidote ?

Rouge brique, il secoua la tête. Je me collai un peu plus contre lui, malgré le levier de vitesse qui me rentrait dans la hanche.

— Ne fais pas quelque chose que tu regretterais, dit-il d'une voix plus aiguë que d'habitude.

Du pare-soleil, Jenks se plaignit.

— Oh, Rach'. Laisse-moi y aller. Je t'expliquerai le maniement de la boîte de vitesses.

Les doigts enfoncés dans mon bras se crispèrent. Je durcis ma prise, utilisant la douleur comme une incitation supplémentaire à le coller contre son siège.

— Espèce de punaise, éructa Francis. Tu n'es qu'un…

Les mots s'étranglèrent dans sa gorge quand je donnai un nouveau tour de vis.

— Une punaise ? s'exclama Jenks, outré. Toi, t'es qu'un sac à merde puant. À côté, quand je pète, ça sent bon. Tu crois que tu es meilleur que moi ? Tu chies des cornets glacés ? Tu m'as traité de *punaise* ! Rachel, laisse-moi me le faire !

— Non.

Mon aversion pour Francis était en train de se transformer en véritable dégoût.

— Je suis sûre que Francis et moi allons nous comprendre. Je veux seulement qu'il m'emmène jusqu'à la propriété de Trent pour cet entretien. Il ne va pas s'attirer d'ennuis. Ce n'est qu'une victime, n'est-ce pas ? (J'adressai un sourire figé à Jenks ; après une telle insulte, je me demandai si j'arriverais à le retenir de balancer sa fiole.) Et après, tu ne lui feras pas la peau, hein, Jenks ? On ne tue pas l'âne lorsqu'il a labouré le champ. On peut en avoir besoin au printemps suivant. (Je m'appuyai contre Francis, soufflant dans son oreille :) N'est-ce pas, mon chou ?

Il acquiesça comme il put et je relâchai lentement ma prise. Ses yeux ne quittaient pas Jenks.

— Tu essaies d'écraser mon associé, et le contenu de cette fiole se répandra sur toi. Tu conduis trop vite, même chose. Tu attires l'attention…

— Je me ferai un plaisir de balancer toute la potion sur toi, m'interrompit Jenks. (Son ton enjoué avait fait place à une colère brûlante.) Tu me fais sortir de mes gonds une autre fois, et je te balance ce sort. (Il ricana dans un bruit de crécelles infernales.) Tu percutes, *Francine* ?

Les yeux de Francis en louchaient. Il se remit d'aplomb sur son siège, replaçant le col de sa chemise blanche avant de remonter les manches de sa veste au-dessus de ses coudes. Puis il saisit le volant. Je bénis le ciel qu'il ait laissé ses chemises hawaïennes à la maison par respect pour l'entretien avec Trent Kalamack.

Le visage tendu, il inséra la clé de contact et mit le moteur en marche. Je sursautai quand la musique se mit à hurler. Il passa une vitesse et tourna le volant. D'après son air maussade, il était évident qu'il n'avait pas encore renoncé. Il obéissait en attendant le bon moment pour s'en sortir. Je m'en foutais. J'avais seulement besoin de lui pour sortir de la ville. Après, ce serait « bonne nuit » pour Francis.

— Tu ne t'en tireras pas comme ça.

On aurait dit une réplique d'un mauvais film. Il agita sa carte d'accès devant la borne du portail automatique. Dix secondes plus tard, nous étions au soleil, dans le trafic de fin de matinée, avec en fond très sonore le *Boys of Summer* de Don Henley. Si je n'avais pas été aussi tendue, j'aurais pu y prendre plaisir.

— Tu crois que tu pourrais mettre encore plus de ce parfum, Rachel ? susurra Francis avec un sourire torve sur sa face de rat. Mais peut-être que c'est pour couvrir l'odeur de ta punaise préférée ?

— Si tu ne la lui boucles pas, c'est moi qui vais m'en charger, hurla Jenks.

Mes épaules se raidirent. Tout cela était si stupide.

— Pixe-le autant que tu voudras, Jenks, dis-je en baissant la musique. Mais, pour le moment, ne renverse pas de potion sur lui.

Jenks eut un grand sourire et fit un geste du bras au-dessus de Francis. De la poussière de pixie se répandit sur lui. Il ne la remarqua pas, mais j'avais un meilleur angle et je vis le soleil s'y refléter. Il leva une main pour se gratter derrière une oreille.

— Ça prend combien de temps ? demandai-je à Jenks.

— Environ vingt minutes.

Jenks avait raison. Nous avions à peine eu le temps d'échapper à l'ombre des immeubles, de traverser la banlieue que Francis connecta. Nous roulions dans la campagne. Il ne pouvait plus rester assis sans s'agiter. Ses réflexions devinrent de plus en plus désagréables. Il n'arrêtait pas de se gratter. Je sortis mon rouleau de ruban adhésif de mon sac à main et menaçai de le bâillonner. Des marbrures rouges étaient apparues aux endroits où ses habits étaient en contact avec la peau. Elles suppuraient une humeur transparente et avaient tout d'une attaque de sumac vénéneux. Quand nous fûmes bien engagés dans la campagne, il en était à se gratter si fort que garder la voiture sur la route était devenu une véritable gageure. Je l'étudiais depuis un moment. Manier ce levier ne semblait pas si compliqué.

— Sale punaise, gronda Francis. Tu m'avais aussi fait ça samedi, c'est ça ?

— Je vais lui jeter le sort ! vociféra Jenks, le son aigu de sa voix résonnant derrière mes yeux.

Fatiguée, je me tournai vers Francis.

— C'est bon, mon chou. Tu peux t'arrêter là.

— Quoi ?

Son regard s'était troublé.

Crétin, pensai-je.

— Tu crois que je vais pouvoir retenir Jenks encore longtemps si tu continues à l'insulter ? Arrête-toi.

Les yeux de Francis allaient de moi à la route. Il était nerveux. Nous n'avions pas vu de voiture depuis au moins huit kilomètres.

— Je t'ai dit de *t'arrêter* !

J'avais hurlé. Il s'engagea sur le bas-côté dans un grand bruit de gravier. Je coupai le contact et retirai les clés. La voiture eut un hoquet et s'arrêta brutalement. Mon front cogna contre le rétroviseur.

— Dehors, intimai-je en déverrouillant les portières.

— Quoi ? Ici ?

Francis était un garçon de la ville. Il devait croire que j'allais le laisser rentrer à pied. L'idée était tentante, mais je ne pouvais pas courir le risque que quelqu'un le ramasse, ou qu'il trouve un téléphone public. Il sortit avec une rapidité surprenante. Je compris pourquoi quand il se mit à se gratter.

J'ouvris le coffre, et le visage étroit de Francis devint livide.

— Pas question, dit-il, ses bras maigres dressés devant lui. Je n'irai pas là-dedans.

J'attendais, tâtant la nouvelle bosse sur mon front.

— Colle-toi dans ce coffre, ou je vais t'apprendre à épeler « vison » et me faire une paire de cache-oreilles avec ta peau.

Je laissai ça pénétrer, me demandant s'il allait essayer de s'enfuir. Je l'espérais presque. Ça serait rigolo de le plaquer une nouvelle fois, la dernière remontait presque à deux jours. De toute façon, il finirait dans le coffre.

— Allez, cours, enjoignit Jenks en décrivant des cercles au-dessus de sa tête, la fiole à la main. Allez, ose, sac à merde.

Francis sembla se recroqueviller.

— Tu aimerais ça, hein, sale punaise ?

Il avait sur la bouche un sourire méprisant. Mais il se replia tant bien que mal dans le minuscule espace. Il ne se débattit même pas quand je liai ses poignets devant lui avec le ruban adhésif. Nous savions tous les deux qu'avec assez de temps, il arriverait à s'en débarrasser. Mais son regard hautain baissa d'un cran quand je levai la main pour que Jenks s'y pose avec la fiole.

— Tu avais dit que tu ne le ferais pas, hoqueta-t-il. Que cela me transformerait en vison !

— Eh bien, j'ai menti deux fois.

Il me lança un regard meurtrier.

— Je m'en souviendrai. (Ses mâchoires serrées lui donnaient un air encore plus ridicule que ses chaussures bateau et son pantalon à pattes d'éléphant.) Je vais m'occuper de toi personnellement.

— J'y compte bien. (Je lui souris et versai le contenu de la fiole sur son crâne.) « Doux sommeil » pour toi !

Il ouvrit la bouche pour dire quelque chose, mais ses traits se détendirent dès que le liquide odorant le toucha. Fascinée, je le regardai s'endormir dans ce parfum de laurier et de lilas. Puis, satisfaite, je claquai l'abattant du coffre. Ça, c'était réglé.

Je me glissai maladroitement au volant et ajustai le siège et les rétroviseurs. Je ne m'étais jamais servie d'une boîte manuelle mais, si Francis en était capable, moi aussi.

— Passe la première, dit Jenks en s'asseyant sur le rétro et en mimant ce que je devais faire. Puis donne des gaz, plus que tu ne penses nécessaire, tout en laissant remonter la pédale de d'embrayage.

Je remis le levier au point mort et démarrai le moteur.

— Alors ? lança Jenks, perché sur le miroir. Ça vient… ?

Je tirai sur le levier, appuyai sur l'accélérateur et lâchai l'embrayage. La voiture fit un bond en arrière et percuta un arbre. Prise de panique, je retirai mes pieds des pédales et le moteur cala. Je fixai Jenks avec un air de reproche quand il se mit à rire.

— C'était la marche arrière, sorcière, lança-t-il en s'enfuyant par la fenêtre.

Dans le rétroviseur, je le vis voler jusqu'à l'arrière pour juger des dégâts.

— C'est comment ? demandai-je quand il revint.

— Ça ira… (Je me sentis soulagée.) Donne-lui quelques mois et on ne verra même plus où ça a cogné. Bon, pour la voiture, elle est cassée, t'as eu le clignotant.

— Oh, dis-je en comprenant qu'il avait d'abord parlé de l'arbre.

Mes nerfs étaient à vif quand je poussai le levier en avant, vérifiai sa position, et remis le contact.

Je respirai un grand coup et nous reprîmes la route avec un bond brutal.

Chapitre 14

Jenks se révéla un moniteur potable, hurlant des conseils enthousiastes par la fenêtre tandis que je m'entraînais à démarrer en première jusqu'à avoir pris le coup. Ma toute nouvelle confiance s'évapora quand je m'engageai sur l'allée privée de Kalamack, puis ralentis en arrivant devant le poste de garde. Il était impressionnant, tassé sur lui-même, comme une prison de petite taille. Des plantations élégantes et des murs bas cachaient le système de sécurité qui empêchait qu'on le contourne.

— Et quel était ton plan pour passer ça ? demanda Jenks en retournant se cacher sur le rétro.

— Pas de problème.

Mon cerveau tournait à cent à l'heure. J'étais assaillie par des images de Francis dans le coffre. Avec mon plus beau sourire à l'adresse du garde, j'arrêtai la voiture devant la barrière blanche qui bloquait la route. L'amulette pendue à la montre du garde resta d'un joli vert. C'était un testeur de sorts, bien meilleur marché que les lunettes à monture en bois qui permettaient de voir à travers les charmes. J'avais pris soin de doser la magie utilisée pour mon déguisement afin de rester en dessous des seuils de la plupart des sorts cosmétiques. Aussi longtemps que son amulette resterait verte, il supposerait que j'étais sous un sort de maquillage, pas de déguisement.

J'eus une inspiration soudaine :

— Je m'appelle Francine, dis-je en poussant ma voix dans les aigus et en souriant niaisement, comme si j'avais pris du Soufre toute la nuit. J'ai rendez-vous avec M. Kalamack.

Essayant d'avoir l'air vraiment idiote, je tournai une mèche de cheveux autour d'un doigt. Aujourd'hui j'étais brune, mais ça devait sembler crédible.

— Je suis en retard ? (Je retirai mon doigt du nœud que je venais de faire dans mes cheveux.) Je ne pensais pas que ça prendrait si longtemps pour venir. Il habite vraiment à perpète !

Le gardien ne cilla même pas. Je perdais peut-être mon don ? J'aurais sans doute dû défaire un bouton de plus sur mon corsage. Il aimait peut-être les hommes. Il regarda son porte-bloc, puis me jeta un coup d'œil.

— Je suis du SO, clamai-je sur un ton juste entre l'irritation et l'ennui agacé. Vous voulez voir ma carte ?

Je fouillai mon sac pour y trouver un badge inexistant.

— Votre nom n'est pas sur la liste, madame, dit le garde, toujours aussi impassible.

Je me laissai aller dans mon siège, l'air vexé.

— Le type du secrétariat m'a encore inscrite sous le nom de Francis ? Qu'il aille au diable ! (Je frappai le volant d'un coup de poing inefficace.) Il me le fait tout le temps depuis que j'ai refusé de sortir avec lui. Quand même, j'avais des raisons. Il n'a même pas de voiture ! Il voulait que nous allions au cinéma en bus. Je vous le demande (je gémissais presque), vous me voyez dans un *bus* ?

— Un instant, madame.

Il décrocha le téléphone et commença à parler. J'attendis, essayant de garder mon sourire niais, et priant. Il hocha la tête dans un geste inconscient d'approbation. Cependant, son visage était toujours aussi vide quand il se retourna.

— Vous suivez l'allée, dit-il. (Je luttai pour garder une respiration régulière.) Vous pouvez vous garer dans le parking visiteurs, juste à côté du perron.

— Merci, chantonnai-je, démarrant la voiture avec une embardée quand la barrière blanche se leva.

Dans le rétroviseur, je vis le garde retourner à l'intérieur.

— Simple comme bonjour, murmurai-je.

— Sortir sera peut-être plus difficile, commenta Jenks sèchement.

L'allée faisait bien quatre kilomètres, au milieu d'un bois inquiétant. La route serpentait entre de grandes sentinelles silencieuses. Mon enthousiasme s'estompa. Même si le paysage semblait ancien, je commençai à penser que tout avait été calculé, même les surprises, comme cette chute d'eau que je découvris après un tournant. Un peu déçue, je continuai tandis que la forêt artificielle s'éclaircissait pour laisser place à une grande pâture. Une autre route rejoignit la mienne, plus large et plus pratiquée. Apparemment, j'étais entrée par l'arrière. Je suivis le trafic, et tournai quand je vis indiqué « Parking visiteurs ». Après un dernier virage, je découvris la maison de Kalamack.

Le bâtiment principal, gigantesque, était un curieux mélange d'architecture moderne et d'élégance traditionnelle, avec des portes en verre et des anges sculptés à l'extrémité des gouttières. Sa masse de pierre grise était adoucie par de vieux arbres et des parterres de fleurs multicolores. Plusieurs constructions basses en partaient, mais le corps de la demeure avait deux étages. Je rangeai la voiture de Francis sur une des places visiteurs. L'engin élancé garé à côté la faisait ressembler à un jouet trouvé dans une boîte de céréales.

Je laissai tomber les clés dans mon sac et je jetai un coup d'œil au jardinier en train de s'occuper des buissons autour du parking.

— Tu veux toujours que nous nous séparions ? murmurai-je en me refaisant une beauté à l'aide du rétro et éliminant soigneusement le nœud que j'avais fait dans mes cheveux. Je n'aime pas ce qui s'est passé à l'entrée.

Jenks se laissa tomber jusqu'au levier de vitesse et prit une pose à la Peter Pan, les mains sur les hanches.

— Ton entretien doit durer les quarante minutes habituelles ? J'en ai pour vingt minutes. Si je ne suis pas là quand tu auras terminé, attends-moi un kilomètre après le poste de garde. Je te rattraperai.

— D'accord, mais fais attention. Quelque chose ne tourne pas rond.

Je resserrai le lacet de mon sac. Le jardinier avait des chaussures de ville, pas des bottes, et elles étaient propres. Quel jardinier pouvait garder des chaussures propres ? Je le désignai de la tête à Jenks. Le petit homme renifla.

— Le jour où je ne pourrai pas échapper à un jardinier, je me ferai boulanger.

— Souhaite-moi bonne chance.

J'entrouvris la fenêtre pour Jenks et sortis de la voiture. Mes talons claquèrent fièrement quand j'allai jeter un coup d'œil à l'arrière. Comme l'avait dit Jenks, un feu arrière était cassé. Et la carrosserie était cabossée. Je me détournai avec un soupçon de culpabilité. Après quelques inspirations pour me calmer, je gravis les larges marches qui menaient à la porte à double battant.

Un homme sortit d'un recoin quand j'approchai et je m'arrêtai, surprise. Il était assez grand pour qu'il y ait besoin de deux coups d'œil pour le voir en entier. Et mince. Il me fit penser à un réfugié affamé de l'après-Tournant, en provenance de l'Europe : guindé, propre sur lui et un rien prétentieux. Il avait même un nez en bec d'aigle et un froncement permanent des sourcils cimenté sur un visage légèrement ridé. Ses tempes commençaient à grisonner, détonnant dans une chevelure d'un noir de charbon. Son pantalon anthracite discret et sa chemise blanche lui allaient parfaitement. Je redressai mon col.

— Madame Francine Percy ? demanda-t-il avec un sourire creux et une voix légèrement sarcastique.

— Oui, bonjour. J'ai rendez-vous à midi avec M. Kalamack.

Je lui tendis une main volontairement molle. Je pus presque le voir se raidir de dégoût.

— Je suis Jonathan, le conseiller en communication de M. Kalamack, dit-il. (En dehors du fait qu'il faisait très attention à sa prononciation, il n'avait aucun accent.) Si vous voulez bien m'accompagner, M. Kalamack va vous recevoir dans son bureau de derrière.

Il cilla, des larmes au coin des yeux. Je me dis que ce devait être mon parfum. J'en avais peut-être trop mis, mais je ne voulais pas risquer d'éveiller les instincts d'Ivy.

Jonathan m'ouvrit la porte, me faisant signe de le précéder. J'entrai, surprise de constater que l'intérieur était plus clair que l'extérieur. Je m'étais attendue à une résidence privée, mais ce n'était pas le cas. Le hall d'entrée ressemblait à celui de n'importe quelle société du Top 20 de *Fortune*, avec les décorations habituelles en verre et en marbre. Des colonnes blanches soutenaient un lointain plafond. Un impressionnant bureau en acajou trônait devant l'escalier double qui montait jusqu'aux premier et deuxième étages. La lumière entrait à flots. Ou bien elle était canalisée à partir du toit, ou bien Trent dépensait une fortune en ampoules simulant la lumière naturelle. Une moquette verte tachetée étouffait tout écho. Il y avait un fond sonore permanent de conversations étouffées et un flot constant et tranquille de personnes affairées.

— Par ici, madame Percy, annonça doucement mon escorte.

Je détournai mon regard des citronniers en pots de la taille d'un homme et suivis les pas mesurés de Jonathan, dépassant le bureau d'accueil et enfilant une série de couloirs. Plus nous nous enfoncions, plus les plafonds étaient bas, plus la lumière diminuait, et plus les couleurs et les textures devenaient confortables. D'abord presque indécelable, le bruit apaisant de l'eau courante se fit peu à peu entendre. Nous n'avions rencontré personne depuis que nous avions quitté le hall d'entrée, et je me sentais mal à l'aise.

Nous avions clairement laissé derrière nous la partie publique pour pénétrer dans des lieux plus privés. Qu'est-ce qui se passait ? me demandai-je. Une poussée d'adrénaline me secoua quand Jonathan s'arrêta et porta un doigt à son oreille.

— Excusez-moi, fit-il en s'écartant de quelques pas.

Quand il leva la main vers son oreille, je remarquai qu'il portait un micro au poignet, accroché au bracelet de sa montre. Inquiète, je tendis l'oreille pour essayer d'entendre ce qu'il disait. Il s'était tourné pour que je ne puisse pas lire sur ses lèvres.

— Oui, Sa'han, souffla-t-il sur un ton respectueux. (J'attendis, retenant mon souffle pour mieux entendre.) Avec moi, dit-il. J'ai été informé que vous étiez intéressé, aussi ai-je pris la liberté de l'escorter jusqu'à votre bureau privé.

Jonathan changea de pose, mal à l'aise. Du coin de l'œil il m'adressa un long regard incrédule.

— Elle ?

Je ne savais pas si je devais le prendre comme un compliment ou une insulte. Je prétendis être très occupée à réarranger mes bas et à tirer une nouvelle mèche de mon chignon pour la faire pendre à côté de ma boucle d'oreille. Je me demandai si quelqu'un avait vérifié le coffre. Mon pouls s'accéléra lorsque je pris conscience qu'il ne faudrait pas grand-chose pour que tout cela s'écroule sur moi.

Ses yeux s'élargirent.

— Oui, Sa'han, s'écria-t-il avec précipitation. Acceptez mes excuses. Le poste de garde avait dit… (Il s'interrompit et je le vis se raidir sous ce qui devait être une réprimande.) Oui, Sa'han, reprit-il en baissant la tête dans une démonstration inconsciente de déférence. Le bureau de devant.

Le grand type sembla prendre sur lui lorsqu'il se retourna. Je lui lançai un sourire éblouissant. Il n'y avait aucune expression dans ses yeux bleus et il me regarda fixement comme si j'avais essuyé la boue de mes semelles sur la moquette neuve.

— Si vous voulez bien me suivre dans l'autre sens, déclara-t-il d'une voix sans intonation, pointant du doigt la direction d'où nous étions venus.

Me sentant plus prisonnière qu'invitée, je suivis les indications de Jonathan et refis le chemin en sens inverse. Je marchai devant. Il resta derrière moi. Je n'aimais pas ça du tout. Je me trouvais minuscule à côté de lui et mes pas étaient les seuls à résonner, ce qui n'arrangeait rien. Progressivement, les couleurs et les textures douces furent remplacées par des bâtiments professionnels fourmillant d'efficacité.

Toujours à trois pas derrière moi, Jonathan me fit tourner dans un petit couloir, juste à côté du hall d'entrée. Des portes en verre cathédrale s'ouvraient de chaque côté. La plupart étaient ouvertes et des gens travaillaient dans les bureaux. Mais Jonathan m'indiqua celui du bout. La porte était en bois. Il sembla hésiter avant de tendre le bras devant moi pour l'ouvrir.

— Si vous voulez bien attendre ici, dit-il, une trace de menace dans sa voix mesurée. M. Kalamack vous rejoint dans un instant. Je serai au bureau de sa secrétaire si vous avez besoin de quelque chose.

Il indiqua un bureau visiblement inoccupé placé dans un renfoncement. J'eus une pensée pour Mme Yolin Bates, dure comme de la pierre dans le frigo du SO trois jours plus tôt. Mon sourire se fit forcé.

— Merci, Jon, m'écriai-je avec entrain. Vous avez été un amour.

— C'est Jonathan.

Il referma sèchement la porte derrière moi. Il n'y eut pas de clic d'un pêne qu'on engage.

Je me retournai, examinant le bureau officiel de Kalamack. Il semblait assez normal – dans le genre répugnant des bureaux des gros responsables pleins aux as. Il y avait toute une rangée d'équipement électronique intégré dans le mur à côté du bureau, avec tellement de boutons et de curseurs que ç'aurait fichu la honte à un studio d'enregistrement. Il y avait une fenêtre géante dans le mur opposé ; le soleil s'y engouffrait et illuminait l'épaisse moquette. Je savais que j'étais trop à l'intérieur de la maison pour que cette fenêtre et son soleil soient vrais, mais ils faisaient assez réels pour nécessiter un examen approfondi.

Je posai mon sac à côté de la chaise qui faisait face au bureau et m'approchai de la « fenêtre ». Les mains sur les hanches, je contemplai les yearlings en train de se disputer quelques pommes tombées dans l'herbe. Je haussai les sourcils. Les ingénieurs avaient tout faux. Il était midi, et le soleil n'était pas assez bas pour produire des ombres aussi longues.

Satisfaite de leur erreur, je tournai mon attention vers l'aquarium sur pieds contre le mur du fond, derrière le bureau. Des étoiles de mer, des poissons demoiselles, des chirurgiens jaunes et même des hippocampes cohabitaient paisiblement, sans paraître conscients que l'océan était à sept cent cinquante kilomètres plus à l'est. Je pensai à Monsieur Poisson, satisfait de nager dans son bol en verre. Je fronçai les sourcils. Je n'étais pas jalouse, mais un peu énervée par les caprices de la chance en ce bas monde.

Le bric-à-brac habituel encombrait le bureau de Trent. Il y avait même une petite fontaine en roche noire pour profiter du clapotis de l'eau. Son économiseur d'écran montrait seulement trois nombres défilant : vingt, cinq et un. Plutôt énigmatique comme message. Dans un coin, au plafond, bien visible, la lumière rouge d'une caméra clignait de l'œil dans ma direction. J'étais surveillée.

Mes pensées revinrent à la conversation de Jonathan avec le mystérieux Sa'han. Visiblement, mon histoire de Francine avait été percée à jour. Mais, s'ils avaient voulu me faire arrêter, ils l'auraient déjà fait. Il semblait que j'avais quelque chose que M. Kalamack souhaitait obtenir. *Mon silence ?* Il fallait que je sache quoi.

Souriante, je fis coucou à la caméra et m'installai derrière le bureau de Trent. J'imaginais le remue-ménage que j'allais provoquer en commençant à fouiller. L'agenda y passa le premier, ouvert de façon alléchante juste devant moi. Le rendez-vous de Francis était indiqué, rayé, avec un point d'interrogation à côté du nom. Avec une grimace, je feuilletai jusqu'au jour où la secrétaire de Trent avait pris sa dose de Soufre. Il n'y avait rien de particulier. La phrase

« Huntington à Urlich » m'attira l'œil. Faisait-il sortir des gens du pays ? La belle affaire.

Le tiroir du haut ne contenait rien d'inhabituel : stylos, crayons, bloc-notes, et une pierre de touche grise. Je me demandai pourquoi Trent en avait besoin. Les autres tiroirs contenaient des dossiers de différentes couleurs concernant ses affaires hors de la propriété. Attendant que quelqu'un m'arrête, je commençai à les parcourir. J'appris que ses bosquets de pacaniers avaient souffert d'une gelée tardive cette année, mais que ses fraisiers sur la côte avaient compensé la perte. Je renfonçai bruyamment le tiroir. J'étais surprise que personne ne soit encore venu. Peut-être qu'ils avaient envie de savoir ce que je cherchais ? Moi aussi.

Trent avait l'air d'avoir un faible pour les bonbons à l'érable et le whisky pré-Tournant, à en croire la réserve que je trouvai dans un tiroir du bas. Je fus tentée de déboucher la bouteille de plus de quarante ans d'âge et de le goûter, mais je me dis que cela ferait sortir ceux qui me surveillaient de leur trou plus vite que tout le reste.

Le tiroir suivant était rempli de disques soigneusement rangés. *Bingo !* pensai-je, l'ouvrant complètement.

— Alzheimer, murmurai-je en passant mon doigt sur une étiquette manuscrite. Mucoviscidose, cancer, cancer… (En tout, il y avait huit étiquettes marquées cancer.) Dépression, diabète…

Je continuai jusqu'à trouver Huntington. Mes yeux revinrent se poser sur l'agenda et je refermai le tiroir. *Ahhhhh…*

Je me calai dans le fauteuil luxueux de Trent et pris son carnet de rendez-vous sur mes genoux. Je commençai à janvier et tournai lentement les pages. Environ tous les cinq jours, je trouvai une expédition. Ma respiration s'accéléra quand j'y découvris une logique. Huntington partait le même jour tous les mois. Je vérifiai, avant, après. Toutes les expéditions étaient faites les mêmes jours chaque mois, à quelques jours les unes des autres. Prenant une inspiration plus lente, je revins au tiroir de disques. Certaine que je tenais quelque chose, j'en insérai un dans l'ordinateur et j'agitai la souris. Enfer. Il y avait un mot de passe.

Le pêne de la porte produisit un léger clic. Je me relevai d'un bond tout en appuyant sur le bouton d'éjection.

— Bon après-midi, mademoiselle Morgan.

C'était Trent Kalamack. J'essayai de ne pas virer au cramoisi et glissai le petit disque dans ma poche.

— Je vous demande pardon ? dis-je en appuyant à plein sur mon charme de dissimulation.

Ils savaient qui j'étais. Pas très surprenant.

Trent ajusta le dernier bouton de sa veste grise en lin tout en refermant la porte derrière lui. Un sourire désarmant s'installa sur son visage rasé de près, lui donnant l'air d'avoir mon âge.

Ses cheveux avaient la blancheur transparente que l'on trouve chez certains enfants. Il était confortablement bronzé, on aurait pu croire qu'il n'avait fait qu'un détour avant d'aller au bord de sa piscine. Il semblait bien trop séduisant pour être aussi riche que le prétendait la rumeur. Ce n'était pas juste d'avoir à la fois de l'argent et la beauté. Il me regarda par-dessus ses lunettes cerclées de métal :

— Vous préférez être Francine Percy ?

— En fait… non.

Je remis une mèche derrière une de mes oreilles. J'essayais de prendre un air détaché. Autant admettre qui j'étais. Je devais encore avoir quelques cartes, sinon il n'aurait pas perdu son temps avec moi.

Trent passa derrière son bureau, l'air préoccupé, me forçant à battre en retraite de l'autre côté. Il lissa sa cravate bleu foncé en s'asseyant. Levant les yeux, il afficha une surprise pleine de charme en constatant que j'étais encore debout.

—Asseyez-vous, dit-il avec un sourire qui découvrit des dents parfaites.

Il pointa une télécommande vers la caméra. La lumière rouge disparut et il reposa le boîtier.

J'étais toujours debout. Je me méfiais de son acceptation désinvolte de mon identité. Des tas de sonnettes d'alarme s'étaient déclenchées sous mon crâne, contractant mon estomac. Le magazine *Fortune* l'avait mis en couverture l'année d'avant en tant que célibataire le plus convoité. La photo le montrait de la tête aux genoux, dans une pose détendue, appuyé contre une porte où figurait en lettres d'or le nom de sa société. Son sourire était un mélange fascinant de confiance et de mystère. Certaines femmes y sont sensibles. Moi, ça me met sur mes gardes. Assis face à moi, il avait le même sourire, une main calée sous son menton, le coude appuyé sur le bureau.

Je regardai bouger les courts cheveux autour de ses oreilles. Sa chevelure si parfaitement ordonnée devait être incroyablement fine et légère si le simple souffle en provenance de l'aérateur pouvait la soulever.

Les lèvres de Trent se durcirent quand il vit l'attention que je portais à ses cheveux. Puis le sourire revint.

—Je vous prie d'excuser l'erreur à l'entrée, et ensuite celle de Jon. Je ne comptais pas sur votre présence avant une semaine.

Mes genoux se ramollirent et je m'assis. *Il m'attendait ?*

—Je crois que je ne comprends pas, répliquai-je bravement, soulagée que ma voix ne s'étrangle pas.

Avec un geste désinvolte, il avança la main vers un crayon. Mais ses yeux furent de nouveau sur moi quand je bougeai les pieds. Si je l'avais mieux connu, j'aurais dit qu'il était plus tendu que moi. Il effaça méticuleusement le point d'interrogation à côté du nom de Francis, et ajouta le mien. Reposant le crayon, il se passa la main sur la tête pour aplatir ses cheveux.

— Je suis un homme occupé, mademoiselle Morgan, déclara-t-il d'une voix agréablement modulée. Par expérience, d'un point de vue coût, je trouve plus efficace de débaucher les employés d'autres sociétés plutôt que de les former à partir de zéro. Et, même si je préférerais ne pas admettre de concurrence avec le SO, j'ai toujours trouvé que leurs méthodes d'apprentissage et les talents qu'elles développent correspondent assez bien à mes besoins. Honnêtement, j'aurais préféré voir si vous aviez suffisamment de ressort pour survivre à une menace de mort du SO avant de vous intégrer. Mais le fait que vous soyez presque parvenue à mon bureau est peut-être suffisant.

Je croisai les jambes et haussai les sourcils.

— Vous me proposez un travail, monsieur Kalamack ? Vous me voulez comme nouvelle secrétaire ? Pour taper votre courrier ? Aller chercher le café ?

Il ignora mon ton sarcastique.

— Mon Dieu ! non. Vous sentez trop la magie pour un poste de secrétaire, même en essayant de le dissimuler à l'aide de ce… hummm… parfum ?

Je rougis, déterminée à ne pas baisser les yeux sous son regard interrogateur.

— Non, continua Trent comme si de rien n'était. Vous êtes trop intéressante pour être une secrétaire, même l'une des miennes. Non seulement vous avez démissionné du SO, mais vous les narguez. Vous êtes allée faire du shopping. Vous êtes entrée par effraction dans leur sous-sol à archives pour détruire votre dossier. Vous avez aussi enfermé un de leurs Coureurs dans sa propre voiture ! (Il accompagna sa liste d'un rire soigneusement cultivé.) J'aime tout cela. Mais votre quête pour vous améliorer est encore plus impressionnante. J'applaudis à deux mains votre volonté d'élargir votre horizon, de maîtriser de nouvelles techniques. Cette ardeur à explorer des options que d'autres rejettent, je me bats pour l'inculquer à mes employés. Même si lire ce livre dans un bus montre un certain manque de… jugeote. (Un bref éclat d'humour noir traversa son regard.) À moins que votre intérêt pour les vampires ait une motivation plus… primaire, mademoiselle Morgan ?

Mon estomac se serra. Je me demandai si j'aurais assez de charmes pour réussir à sortir d'ici. Comment Trent pouvait-il en savoir autant, alors que le SO avait du mal à me pister ? Je me forçai à rester calme en me rendant compte que j'étais jusqu'au cou dans la poussière de pixie. Qu'est-ce que j'avais cru, en me pointant ici ? La secrétaire de ce type était morte. Il trafiquait dans le Soufre, même s'il était plus que généreux dans le domaine caritatif ou s'il jouait au golf avec le mari de la mairesse. Il était bien trop intelligent pour se satisfaire de diriger un bon tiers des activités de Cincinnati. Ses intérêts cachés s'étendaient à la pègre, et j'étais certaine que ça ne changerait pas avant longtemps.

Trent se pencha en avant avec une expression résolue. Je sus qu'il en avait fini avec les bavardages.

— Ma question est, mademoiselle Morgan : (Sa voix était doucereuse.) Que voulez-vous de moi ?

Je ne répondis rien. Mon assurance s'effilochait.

Il montra son bureau de la main.

— Que cherchiez-vous exactement ?

— Des chewing-gums ? demandai-je.

Il soupira.

— Pour éviter de perdre beaucoup de temps et d'énergie, je suggère que nous soyons honnêtes l'un avec l'autre. (Il retira ses lunettes et les posa sur le bureau.) Du moins, autant que nécessaire. Dites-moi pourquoi vous avez risqué la mort pour me rendre visite. Vous avez ma parole que l'enregistrement de vos actions d'aujourd'hui sera… égaré. Je veux simplement savoir où j'en suis. Qu'ai-je fait pour retenir votre attention ?

— Je pourrai m'en aller ?

Il s'appuya contre le dossier de son fauteuil et acquiesça. Ses yeux étaient d'un vert que je n'avais jamais vu. Ils ne contenaient aucun bleu. Pas même une ombre.

— Tout le monde veut quelque chose, mademoiselle Morgan. (Les mots étaient bien distincts les uns des autres, mais tous se fondaient ensemble comme de l'eau.) Que voulez-vous ?

Mon cœur battait à la promesse de liberté. Je suivis son regard posé sur mes mains et sur la crasse sous mes ongles. Je repliai mes doigts pour les cacher.

— Vous. Je veux obtenir les preuves que vous avez tué votre secrétaire. Que vous trafiquez dans le Soufre.

— Oh, dit-il avec un soupir amer. Vous voulez votre liberté. J'aurais dû le deviner. Mademoiselle Morgan, vous êtes plus complexe que je ne l'avais imaginé. (Il hocha la tête ; son costume doublé de soie émettait un doux bruissement quand il bougeait.) Me livrer au SO achèterait probablement votre indépendance. Mais vous voudrez bien comprendre que je ne puis le permettre. (Il se redressa, redevenant très professionnel.) J'ai les moyens de vous offrir quelque chose d'aussi intéressant que la liberté. Peut-être même plus. Je peux m'arranger pour que votre contrat avec le SO soit acquitté. Un prêt, si vous préférez. Vous pourriez le rembourser en un an de carrière chez moi.

Je pourrais vous installer dans une petite société tout à fait décente. Peut-être avec une équipe réduite.

Mes joues se glacèrent puis se mirent à brûler. Il voulait m'acheter. Sans s'apercevoir de la colère qui m'envahissait, il prit un dossier dans la corbeille « Entrées ». Sortant une paire de lunettes cerclées de bois d'une poche intérieure, il les posa en équilibre sur le bout de son nez. Je grimaçai quand il m'examina des pieds à la tête, voyant visiblement au travers de mon déguisement. Il fit un petit bruit avant de pencher la tête sur les feuilles que contenait le dossier.

— Aimez-vous la plage ? dit-il avec entrain. (Je me demandai pourquoi il faisait semblant d'avoir besoin de lunettes pour lire.) J'ai une plantation de macadamias que j'ai l'intention de développer. C'est dans les mers du Sud. Vous pourriez même choisir les peintures pour la maison principale.

— Vous pouvez aller vous faire Tourner, Trent. (Il me regarda par-dessus ses lunettes, apparemment surpris – ça le rendait charmant et je dus chasser cette pensée de mon esprit.) Si j'avais envie que quelqu'un tienne ma laisse, je serais restée au SO. On produit du Soufre sur ces îles. Et, aussi près de la mer, je pourrais aussi bien être humaine. Je ne pourrais même pas faire un sort d'amour dans ce coin.

— Le soleil, continua-t-il sur un ton persuasif en rangeant ses lunettes. Le sable chaud. Vos propres horaires. (Il referma le dossier et posa la main dessus.) Vous pourrez même emmener votre nouvelle amie. Ivy, n'est-ce pas ? Un vampire de la famille Tamwood. Vraiment une belle prise.

Un sourire détendit son visage.

Mon humeur s'échauffait. Il pensait qu'il pouvait se débarrasser de moi en m'achetant. Le problème, c'était que j'étais tentée, et cela me rendait encore plus furieuse. Je fulminais, les mains serrées sur mes genoux.

— Soyez honnête, dit Trent, ses longs doigts faisant tourner un crayon avec une dextérité fascinante. Vous êtes pleine de ressources, peut-être même douée, mais, sur le long terme, personne n'échappe au SO sans aide.

Je me contraignis à rester assise. Je n'avais aucun endroit où aller jusqu'à ce qu'il m'en donne l'autorisation.

— J'ai une meilleure solution. Je vais vous attacher à un poteau en plein milieu de la ville. Je vais prouver que vous êtes impliqué dans la mort de votre secrétaire et que vous trafiquez du Soufre. J'ai abandonné mon boulot, monsieur Kalamack, pas ma morale.

Je vis de la colère dans ses yeux verts, mais son visage resta serein quand il remit le crayon dans son pot avec un bruit sec.

— Vous pouvez me faire confiance. Je tiendrai parole. Je tiens toujours parole, qu'il s'agisse de promesses ou de menaces.

Sa voix semblait se répandre sur le sol et je combattis l'envie stupide de soulever mes pieds de la moquette. Sentencieux, il continua :

— C'est ce que doit faire un véritable homme d'affaires, ou il ne restera pas longtemps dans les affaires.

Je déglutis, me demandant ce qu'il était vraiment. Il avait la grâce, la vivacité et l'assurance d'un vampire. Et même si l'homme me déplaisait profondément, la séduction brute était là, rehaussée par sa force personnelle plutôt que par des attitudes provocantes ou des sous-entendus sexuels. Mais ce n'était pas un vampire vivant. Bien que chaleureux et de bonne compagnie en surface, il avait un espace personnel impressionnant, ce dont manquaient la plupart des vampires. Il tenait les gens à distance, trop loin pour pouvoir les séduire en les touchant. Non, ce n'était pas un vamp, mais peut-être un… héritier humain ?

Je levai les sourcils. Trent cilla, voyant qu'une idée me traversait l'esprit mais sans savoir laquelle.

— Oui, mademoiselle Morgan ? demanda-t-il.

Pour la première fois, il semblait mal à l'aise.

Mon cœur battit plus vite.

— Vos cheveux se soulèvent de nouveau, répondis-je, provocante.

Ses lèvres s'entrouvrirent, et il sembla ne pas trouver ses mots.

Je sursautai quand la porte s'ouvrit, laissant passer Jonathan. Il était raide et furieux. Il avait l'air d'un protecteur ligoté par celui-là même qu'il aurait juré de défendre. Il avait entre les mains une boule de verre de la taille d'une tête. Jenks était à l'intérieur. Effrayée, je me levai, serrant mon sac entre mes doigts.

— Jon, dit Trent, lissant ses cheveux et se levant à son tour. Merci. Si vous voulez bien raccompagner Mlle Morgan et son associé ?

Jenks était si furieux que ses ailes n'étaient plus qu'un brouillard noir. Je pouvais voir qu'il disait quelque chose, mais pas l'entendre. Ses gestes, en revanche, étaient très clairs.

— Mon disque, mademoiselle Morgan ?

Je fis demi-tour sur moi-même, me rendant compte que Trent avait quitté son bureau pour se placer juste derrière moi. Je ne l'avais pas entendu se déplacer.

— Votre quoi ? bégayai-je.

Sa main droite était tendue vers moi. Elle était lisse et manucurée, mais on pouvait y déceler une dureté inflexible. Il avait un seul anneau d'or à l'annulaire. Je ne pus m'empêcher de remarquer qu'il n'était plus grand que moi que de quelques centimètres.

— Mon disque, répéta-t-il.

J'avalai ma salive. Raide, je sortis l'objet de ma poche entre deux doigts et le lui tendis. Quelque chose le traversa. C'était aussi subtil qu'une infime nuance de bleu, aussi indiscernable qu'un flocon de neige au milieu d'un millier d'autres, mais c'était là. À cet instant, je sus que ce n'était pas du Soufre que Trent avait peur. Mais du contenu de ce disque.

Je repensai brutalement à toute la pile de disques soigneusement rangés, et il me fallut une détermination incroyable pour garder les yeux sur lui et ne pas les laisser suivre mes soupçons jusqu'à son tiroir. Que Dieu me vienne en aide. Il s'occupait de drogues biogénétiques en plus du Soufre. Ce type était un putain de seigneur des drogues bio. Mon cœur battit encore plus vite, ma bouche se dessécha. Vous alliez en prison pour le Soufre. Mais vous étiez transpercé avec un pieu, brûlé, vos cendres dispersées pour un trafic de drogues bio. Et il voulait que je travaille avec lui.

— Vous avez montré une capacité imprévue à tirer des plans, mademoiselle Morgan, dit Trent, interrompant le maelström de mes pensées. Les assassins vampires ne vous attaqueront pas tant que vous serez sous la protection d'une Tamwood. Et vous arranger pour bénéficier de la protection d'un clan de pixies contre les fées tout comme vivre dans une église pour écarter les garous sont des idées superbes dans leur simplicité. Faites-moi savoir quand vous changerez d'avis et accepterez de travailler pour moi. Vous y trouveriez satisfaction… et reconnaissance. Ce qui manquait de façon évidente au sein du SO.

Je durcis mon visage, me concentrant pour empêcher ma voix de trembler. Je n'avais rien planifié du tout. C'était Ivy. Et je n'étais pas sûre de sa motivation.

— Avec tout le respect que je vous dois, monsieur Kalamack, vous pouvez aller vous faire Tourner.

Jonathan se raidit, mais Trent hocha simplement la tête et revint derrière son bureau.

Une main se posa lourdement sur mon épaule. Instinctivement, je l'agrippai. Me laissant tomber en avant, je propulsai mon agresseur par-dessus mon épaule. Jonathan heurta le sol avec un grognement surpris. J'avais un genou sur son cou avant d'avoir pris conscience que j'avais bougé. Effrayée par ce que je venais de faire, je me redressai et reculai. Trent releva la tête après avoir remis le disque à sa place. Apparemment pas perturbé.

Trois autres personnes étaient entrées dans la pièce au bruit de la chute de Jonathan. Deux d'entre elles se placèrent à mes côtés, la troisième devant Trent.

— Laissez-la partir, dit Trent. Jon a fait une erreur. (Il soupira, l'air déçu, et ajouta sur un ton fatigué :) Jon, elle n'est pas la chiffe molle qu'elle prétend être.

Le grand bonhomme s'était relevé souplement. Il remit sa chemise d'aplomb et se passa une main dans les cheveux. Il me jeta un regard haineux. Non seulement je l'avais dominé en présence de son employeur, mais celui-ci lui avait fait une remontrance devant moi. Furieux, il ramassa Jenks avec une mauvaise grâce évidente et me montra la porte.

Je sortis libre dans le soleil, plus effrayée par ce que j'avais refusé que par mon départ du SO.

Chapitre 15

J'étirai la pâte à pizza, faisant passer toute la frustration de cet après-midi fabuleux sur la levure et la farine. Un bruit de papier rigide se fit entendre du côté de la table en bois d'Ivy. Je reportai mon attention sur elle. La tête penchée et le front plissé, elle resta concentrée sur sa carte. J'aurais été stupide si je n'avais pas remarqué que ses réactions s'étaient accélérées avec le coucher du soleil. Elle se déplaçait de nouveau avec cette grâce déroutante, mais elle paraissait énervée, pas amoureuse. Je restais pourtant attentive à tous ses gestes.

Ivy avait une vraie mission, pensai-je amèrement, debout devant mon îlot central, occupée à préparer la pizza. Ivy avait une vie. Ivy n'essayait pas de prouver que le citoyen le plus en vue et le plus aimé de la ville était un seigneur des drogues bio, tout en jouant au chef cuisinier.

Trois jours à son compte, et elle était déjà sur une Course pour retrouver un humain porté disparu. Je trouvais bizarre que des humains s'adressent à un vamp pour les aider, mais Ivy avait ses propres charmes, ou plutôt, sa compétence effrayante. Toute la nuit, elle était restée le nez plongé dans sa carte de la ville, entourant avec des marqueurs de couleur tous les repères habituels de l'homme, et essayant de retracer les itinéraires qu'il avait dû logiquement emprunter pour rentrer chez lui, aller travailler, et ainsi de suite.

— Je ne suis pas une spécialiste, dit Ivy en s'adressant à la table, mais est-ce vraiment comme ça que l'on doit s'y prendre ?

— Tu veux faire la cuisine ?

J'avais aboyé. Puis je considérai ce que je faisais. Le rond était plutôt un ovale mal proportionné. Il était si fin par endroits qu'on voyait presque au travers. Gênée, je tirai sur la pâte pour la renforcer où il fallait et tentai de la ramener à la forme de la pierre de cuisson. M'escrimant sur les bords, je regardai Ivy discrètement. Au premier regard un peu sensuel ou au premier geste un peu trop rapide, je décamperais pour me planquer derrière la souche de Jenks. Le bocal de sauce s'ouvrit avec un « plop » bruyant. Mes yeux bondirent vers Ivy. Voyant qu'elle n'avait pas bougé, je renversai une bonne partie du liquide sur la pâte et refermai le bocal.

Qu'est-ce que je pourrais mettre dessus ? me demandai-je. Ce serait un miracle si Ivy me laissait utiliser tous mes ingrédients habituels. Je décidai de ne pas tenter les noix de cajou et sortis des garnitures plus traditionnelles.

— Poivrons, murmurai-je. Champignons. (Je jetai un coup d'œil vers Ivy ; elle m'avait l'air d'être une fille à aimer la viande.) Restes de bacon du petit déjeuner.

Le marqueur crissa quand elle traça une ligne violette du campus à la zone moins bien fréquentée du Cloaque où se trouvaient la plupart des boîtes de nuit et des bars, du côté des quais.

— Alors, reprit-elle d'une voix traînante. Vas-tu m'expliquer ce qui te travaille, ou vais-je devoir commander une pizza quand tu auras carbonisé celle-ci ?

Je mis le poivron dans l'évier et m'appuyai contre le comptoir.

— Trent fait dans les drogues bio. (En le disant, je pris une nouvelle fois conscience de la laideur de ces deux mots.)

S'il se doutait que je vais essayer de le prendre pour ça, il me tuerait plus vite que le SO.

— Mais il ne le sait pas. (Elle traça une autre ligne.) Tout ce qu'il sait, c'est que tu crois qu'il trafique dans le Soufre et qu'il a fait tuer sa secrétaire. S'il était inquiet, il ne t'aurait pas proposé ce boulot.

— Un boulot ? répétai-je en lui tournant le dos pour nettoyer le poivron. C'est dans les mers du Sud – il s'agit très probablement de faire marcher ses plantations de Soufre. Tout ce qu'il veut, c'est me retirer du jeu.

— Donc, en fait…, commença-t-elle, enfonçant le capuchon de son stylo en le tapant d'un coup sec sur la table.

Surprise, je tournai sur moi-même, l'aspergeant de gouttes d'eau.

— Il pense que tu es un danger, termina-t-elle.

Elle fit tout un cinéma pour essuyer l'eau que je lui avais envoyée sans le faire exprès.

Je lui adressai un sourire penaud, espérant qu'elle ne verrait pas qu'elle me mettait sur les nerfs.

— Je n'avais pas considéré les choses sous cet angle.

Ivy revint à sa carte et fit la grimace en tamponnant les taches que l'eau avait faites sur ses lignes bien nettes.

— Donne-moi un peu de temps pour aller à la pêche aux informations, dit-elle d'une voix préoccupée. Si nous pouvons mettre la main sur ses relevés de compte et sur quelques-uns de ses acheteurs, nous pourrons trouver une piste de papier. Mais je maintiens qu'il s'agit seulement de Soufre.

J'ouvris brutalement la porte du frigo pour le parmesan et la mozzarella. Si Trent ne trafiquait pas de drogues bio, j'étais une princesse pixie. Il y eut un grand bruit quand Ivy lança l'un de ses marqueurs dans le pot à côté de l'écran. Je lui tournais le dos, et ça me fit sursauter.

— Le seul fait qu'il ait un tiroir rempli de disques étiquetés avec des noms de maladies que l'on soignait à l'aide de drogues bio n'implique pas qu'il est un seigneur de la drogue, déclara-t-elle en en jetant un autre. Il s'agit peut-être de listes de clients. Il est très impliqué dans le caritatif. Il fait fonctionner une demi-douzaine d'hôpitaux dans la région rien qu'avec ses dons.

— Peut-être.

Mais je n'étais pas convaincue. J'étais au courant pour les versements généreux de Trent. L'année dernière, il avait participé aux ventes aux enchères en faveur du Fonds de charité pour les enfants de Cincinnati pour un montant supérieur à ce que je gagnais en un an. Personnellement, je considérais que toutes ces initiatives étaient une façade publicitaire. Ce type était une saleté.

— De plus, continua Ivy en s'appuyant sur le dossier de sa chaise et en lançant un nouveau marqueur dans le pot – une démonstration irréelle de coordination de la main et de l'œil – pourquoi s'occuperait-il de drogues bio ? Il est déjà riche au-delà de tout besoin. Les gens sont motivés par trois choses, Rachel. L'amour… (Un marqueur rouge alla cliqueter contre les autres.) La vengeance… (Un noir s'empila par-dessus.) Et le pouvoir. (Elle finit par un vert.) Trent a assez d'argent pour s'acheter les trois.

— Tu en oublies un, dis-je en me demandant si je n'aurais pas mieux fait de la boucler. La famille.

Ivy attrapa les marqueurs dans le pot. Appuyée contre le dossier de sa chaise en équilibre sur deux pieds, elle recommença à les lancer.

— Et pour toi, la famille ne va pas avec l'amour ?

Je la regardai du coin de l'œil. *Pas s'ils sont morts*, pensai-je, mes souvenirs retournant à mon père. *Dans ce cas, ils pourraient aussi bien aller avec la vengeance.*

La cuisine resta silencieuse tandis que je saupoudrais une fine couche de parmesan sur la sauce. Seuls les bruits des marqueurs d'Ivy rompaient le calme. Ils finirent tous dedans, les claquements espacés me portant sur les nerfs. Les stylos cessèrent de voler. Inquiète, je m'immobilisai. Son visage était dans l'ombre. Je ne pouvais pas voir si ses yeux devenaient noirs. Mon cœur battit plus vite, et je ne bougeai pas, attendant.

— Pourquoi ne m'enfonces-tu pas simplement un pieu dans le cœur, Rachel ? (Elle était exaspérée et repoussa ses cheveux pour bien me montrer ses yeux marron pleins de colère.) Je ne vais pas te sauter dessus. Je t'ai dit que vendredi avait été un accident.

Les épaules un peu moins tendues, je fourrageai bruyamment dans le tiroir, cherchant l'ouvre-boîte pour les champignons.

— Un sacré putain de foutu accident, murmurai-je pour moi-même en les égouttant.

— Je t'ai entendue. (Elle hésita ; un stylo atterrit dans le pot avec un tintement.) Tu as… euh… lu le livre, n'est-ce pas ?

— Presque complètement, admis-je. Pourquoi ? Je ne fais pas ce qu'il faut ?

J'étais soudain inquiète.

— Tu m'énerves, voilà ce qui ne va pas. (Sa voix était montée d'un ton.) Arrête de me surveiller. Je ne suis pas un animal. Je suis peut-être un vampire, mais j'ai encore une âme.

Je me mordis la langue pour ne pas répondre. Il y eut un grand bruit quand elle lâcha le reste de ses marqueurs dans le pot à crayons. Le silence se fit pesant tandis qu'elle tirait ses cartes vers elle. Je lui tournai le dos pour lui prouver que je lui faisais confiance. En fait, ce n'était pas vrai. Je mis le poivron sur la planche à découper, ouvris sauvagement un tiroir et en remuai bruyamment le contenu jusqu'à y trouver un couteau géant. Il était trop grand pour mon poivron, mais je me sentais vulnérable, et c'était le couteau dont j'avais besoin.

— Euh, hésita Ivy. Tu ne vas pas mettre de poivron dessus, hein ?

Un soupir m'échappa et je posai le couteau. Il était probable que nous n'aurions que du fromage sur notre pizza. Sans un mot, je remis le poivron dans le frigo.

— Comment peut-on manger une pizza sans poivron ? marmonnai-je.

— Avec les mains, lança-t-elle vivement.

Je grimaçai, elle n'était pas censée m'entendre. Des yeux, je fis l'inventaire de mes ingrédients étalés sur le comptoir.

— Les champignons, ça ira ?

— Je ne peux pas imaginer une pizza sans champignons.

Je répartis les tranches marron et poisseuses sur le parmesan. Ivy déplaça une de ses cartes et je la regardai sans en avoir l'air.

— Tu ne m'as pas dit ce que tu avais fait de Francis.

— Je l'ai laissé dans son coffre. Ouvert. Il faudra que quelqu'un l'asperge d'eau salée. Je crois que j'ai pété sa voiture. Elle n'accélère plus, quelle que soit la vitesse enclenchée, et même en appuyant à fond sur l'accélérateur.

Ivy se mit à rire et j'eus la chair de poule. Comme pour me défier de le lui interdire, elle se leva et vint s'appuyer contre le comptoir. Ma tension remonta. Elle doubla carrément quand elle se jucha sur le plan de travail, juste à côté de moi.

—Alors ? (Elle ouvrit le sachet de pepperoni et en glissa une tranche entre ses lèvres dans un geste sensuel.) D'après toi, qu'est-ce qu'il est ?

Elle mangeait. Super.

—Francis ? (J'étais surprise qu'elle ait à le demander.) C'est un crétin.

—Non, Trent.

Je tendis la main pour avoir les tranches de pepperoni et elle me mit le sachet dans la paume.

—Je ne sais pas, mais pas un vamp. Il a supposé que mon parfum était destiné à couvrir mon odeur de sorcière, pas… euh… la tienne. (Je me sentais gauche avec Ivy aussi proche et je distribuai les tranches de saucisson sur la pizza comme des cartes à jouer.) Et ses dents ne sont pas assez pointues.

Il y en avait assez. Je remis le sachet dans le réfrigérateur, hors de sa portée.

—Elles pourraient être recouvertes. (Ivy fixait le frigo et le pepperoni disparu.) Ça rendrait les choses plus difficiles pour un vamp pratiquant, mais ça a déjà été fait.

Mes pensées revinrent au tableau 6.1, avec ses diagrammes trop explicites. Je dissimulai le frisson qui me parcourut en tendant le bras pour attraper la tomate. Je laissai ma main suspendue et Ivy hocha la tête en réponse à la question.

—Je ne crois pas, dis-je, sûre de moi. Il n'a pas cette absence de compréhension de ce qu'est l'espace personnel que semblent avoir tous les vamps vivants que j'ai rencontrés, sauf toi.

Les paroles n'eurent pas plus tôt quitté mes lèvres que je regrettai de les avoir prononcées. Ivy se raidit, et je me demandai si cette distance insolite qu'elle mettait entre elle et tous les autres était liée au fait de ne pas pratiquer. Il devait être frustrant de devoir anticiper chaque mouvement, de choisir si c'était votre tête ou votre faim qui en décidait. Pas étonnant qu'elle ait tendance à péter les plombs. Elle se battait avec un instinct millénaire, sans personne pour lui indiquer comment s'y prendre. J'hésitai, puis demandai :

— Y a-t-il un moyen de dire si Trent est un héritier humain ?

— Un scion humain ? (Elle semblait surprise.) C'est peut-être une idée.

Je lançai le couteau à l'assaut de la tomate pour la découper en petits cubes rouges.

— Il me semble que ça correspond assez bien. Il a la force intérieure, la grâce et le pouvoir personnel d'un vamp, mais sans cette impression curieuse. Et je parierais ma vie qu'il n'est ni sorcier ni magicien. Ce n'est pas seulement l'absence de la moindre odeur de séquoia, c'est la façon qu'il a de bouger, la lumière au fond de ses yeux…

Je m'arrêtai brutalement au souvenir de ses yeux verts énigmatiques.

Ivy se laissa glisser du comptoir, chipant une tranche de pepperoni sur la pizza. Par prudence, je la transférai de l'autre côté de l'évier. Elle la suivit, prélevant une autre tranche. Il y eut un bourdonnement léger quand Jenks entra par la fenêtre. Il avait dans les bras un champignon presque aussi grand que lui. Une odeur de terre humide pénétra avec lui dans la cuisine. Je regardai Ivy. Elle haussa les épaules et retourna à sa chaise dans le coin de la cuisine. Apparemment, nous avions passé le test « Je peux rester juste à côté de toi sans te mordre ».

— Et toi, Jenks, demanda-t-elle. Qu'en penses-tu ? Trent est-il un garou ?

Jenks lâcha le champignon, son minuscule visage changé par la colère, ses ailes devenues indistinctes.

— Comment pourrais-je savoir si Trent est un garou ? aboya-t-il. Je ne suis pas arrivé assez près. Je me suis fait prendre. D'accord ? Jenks s'est fait prendre. Contentes ?

Il vola jusqu'à la fenêtre. Les mains sur les hanches, debout à côté de Monsieur Poisson, il se mit à contempler l'obscurité. Ivy secoua la tête avec un air dégoûté.

— Oui, tu t'es fait prendre. Pas de quoi en faire une histoire. Ils savaient qui était Rachel, et elle n'est pas en train de pleurnicher.

En fait, j'avais piqué ma crise sur le chemin du retour, ce qui expliquait peut-être le bruit bizarre que faisait la voiture de Francis quand je l'avais laissée dans un petit parking, à l'ombre d'un arbre.

Jenks s'envola pour s'arrêter à cinq centimètres du nez d'Ivy. Ses ailes étaient rouges de colère.

— Laisse donc un *jardinier* t'attraper et te coller dans une boule en verre, et on verra si ça ne change pas ta vision de la vie, toi la mère sourire ensoleillé.

Je sentis ma mauvaise humeur s'estomper en voyant un pixie de dix centimètres défier un vamp.

— Laisse tomber, Jenks, dis-je sur un ton faussement joyeux. Je ne crois pas qu'il s'agissait d'un vrai jardinier.

— Vraiment ? rétorqua-t-il, sarcastique, en fonçant vers moi. Tu crois ?

Derrière lui, Ivy fit le geste d'écraser Jenks entre son pouce et son index. Levant les yeux au ciel, elle revint à ses cartes. Le silence s'établit, désagréable, mais pas insupportable. Jenks vola ramasser son champignon et me l'apporta, avec la terre. Il portait une tenue ample et décontractée. La soie couleur de mousse humide flottait autour de lui, et la coupe du costume le faisait ressembler à un cheik du désert. Ses cheveux blonds étaient plaqués en arrière, et je crus distinguer une odeur de savon. Je n'avais jamais vu un pixie relax chez lui. C'était sympathique.

Mal à l'aise, il fit rouler le champignon jusqu'à moi.

— C'est pour toi. Je l'ai trouvé dans le jardin. J'ai pensé que tu pourrais en avoir besoin, pour la pizza.

— Merci, Jenks, murmurai-je en commençant à enlever la terre.

— Et puis, tu sais, dit-il en reculant de trois pas. (Ses ailes devinrent un mélange confus d'agitation et de calme.) Je suis désolé. J'étais supposé assurer tes arrières, pas me faire prendre.

Vraiment embarrassant, pensai-je. Quelqu'un de pas plus gros qu'une libellule s'excusait de ne pas m'avoir protégée.

— Bon, d'accord, on a tous les deux foiré le coup, admis-je avec aigreur, souhaitant qu'Ivy n'ait pas été là, à nous écouter.

Je fis semblant d'ignorer son soupir appuyé. Je rinçai le champignon et commençai à l'émincer. Jenks parut satisfait et partit décrire des cercles bruyants autour de la tête d'Ivy, jusqu'à ce qu'elle essaie de l'écraser.

L'abandonnant, il revint vers moi.

— Je vais trouver ce que sent Kalamack, même si je dois y laisser ma peau, décida-t-il tandis que j'ajoutais sa contribution sur la pizza. À présent, j'en fais une affaire personnelle.

Eh bien, pourquoi pas ?

Je pris une profonde inspiration.

— J'y retourne la nuit prochaine, dis-je en pensant au contrat sur ma tête.

Je finirais bien par commettre une erreur. Et, à la différence d'Ivy, je ne pouvais pas revenir d'entre les morts.

— Tu veux venir avec moi, Jenks ? Pas en soutien, en partenaire.

Jenks s'éleva comme une flèche, ses ailes tournant au violet.

— Tu peux parier la petite culotte de ta mère que j'y serai.

— Rachel, s'exclama Ivy. Qu'est-ce que tu crois que tu vas faire ?

Je déchirai la fermeture du sachet de mozzarella et en répartis sur la pizza.

— Je vais faire de Jenks un associé. Tu y vois à redire ? Il fait trop d'heures sups, on lui doit bien ça.

— Non, ce n'est pas ce que je voulais dire. (Elle me regardait depuis l'autre bout de la cuisine.) Qu'est-ce que tu vas faire chez Kalamack ?

Jenks se mit à ma hauteur, pour faire front commun.

— Ferme-la, Tamwood. Elle a besoin d'un de ces disques pour prouver que Kalamack est un trafiquant de drogues bio.

— Je n'ai pas le choix.

J'appuyai si fort sur le fromage qu'il déborda tout autour.

Ivy se renfonça sur son siège avec une lenteur exagérée.

— Je sais que tu veux l'avoir, mais réfléchis bien, Rachel. Trent peut te faire coffrer pour n'importe quelle bonne raison, de la violation de domicile à l'usurpation de l'identité d'un membre du SO. Ou même pour avoir regardé ses chevaux de travers. Si tu te fais prendre, tu es cuite.

— Si j'accuse Trent sans preuves, il s'en tirera devant les tribunaux sur des arguties techniques. (Je ne pouvais pas croiser son regard.) Il faut que ça soit solide et à l'épreuve de ce genre d'idioties. Que les médias puissent y planter leurs dents et s'en régaler. (Avec des gestes saccadés, je remis sur la pizza le fromage qui avait débordé.) Il faut que j'aie un de ces disques, et demain je l'aurai.

Ivy émit un petit grognement d'incrédulité.

— Je ne peux pas croire que tu vas te précipiter là-bas, sans plan, sans préparation. Rien. Tu as déjà essayé la méthode « fonce et réfléchis après », et tu t'es fait prendre.

Mes joues étaient écarlates.

— Ce n'est pas parce que je ne fais pas de plan chaque fois que je vais aux toilettes que je ne suis pas une bonne Coureuse, rétorquai-je sèchement.

Ses mâchoires se serrèrent.

— Je n'ai jamais dit que tu n'étais pas une bonne Coureuse. Je veux simplement insinuer qu'un peu de préparation t'éviterait des erreurs embarrassantes, comme aujourd'hui.

— Des erreurs ! hurlai-je. Attends un peu, Ivy. Je suis une superbonne Coureuse.

Elle leva les sourcils.

— Tu n'as pas eu une bonne prise dans les six derniers mois.

— Ça ne venait pas de moi, c'était Denon ! Il l'a admis. Et si tu crois aussi peu en mes capacités, pourquoi m'as-tu suppliée de te prendre avec moi ?

— Je ne t'ai pas suppliée.

Ses yeux s'étaient étrécis et des taches de colère étaient apparues sur ses joues.

Je n'avais pas envie de discuter avec elle. Je me retournai pour enfourner la pizza. Le souffle d'air sec fit voler des mèches devant mes yeux.

— Si, tu l'as fait, murmurai-je tout bas, sachant qu'elle m'entendait. (Puis, plus fort :) Je sais exactement ce que je vais faire.

— Vraiment ? dit-elle, juste derrière moi.

J'étouffai un hoquet et me retournai brutalement. Jenks était sur le bord de la fenêtre à côté de Monsieur Poisson. Il était blême.

— Alors, explique-moi. (Sa voix dégoulinait de sarcasme.) Quel est ton plan parfait ?

Je n'avais pas envie qu'elle voie qu'elle m'avait fait peur. Je la frôlai, lui tournant délibérément le dos, et commençai à gratter avec le grand couteau les restes de farine sur le plan de travail. Les cheveux dans mon cou se dressèrent. Je me retournai à moitié, mais elle n'avait pas bougé. Elle avait croisé les bras, et une ombre sinistre planait derrière ses yeux. Mon pouls s'accéléra. Je savais que j'aurais mieux fait de ne pas discuter avec elle.

Jenks se mit entre Ivy et moi.

— Comment entrerons-nous ? demanda-t-il en se posant à côté de moi sur le comptoir.

Je me sentais plus en sécurité quand il était là pour la surveiller, et je lui tournai sciemment le dos.

— J'entrerai en vison.

Ivy émit un murmure d'incrédulité et je me raidis. Je ramassai dans ma main la farine récoltée sur le plan et la versai dans la poubelle.

— Même si je suis repérée, ils ne sauront pas que c'est moi. Il suffira d'entrer, d'attraper un disque et de me tirer en courant.

Les paroles de Trent sur mes activités me revinrent en mémoire et je me demandai si ce serait aussi simple.

— Cambrioler le bureau d'un conseiller n'est pas tout à fait du vol à la tire, dit Ivy. (La tension semblait suinter d'elle.) On parle de vol à grande échelle.

— Avec Jenks, je serai ressortie du bureau en deux minutes. De la maison en dix.

— Et enterrée dans le sous-sol de la tour du SO en une heure, acheva Ivy. Vous êtes fous. Tous les deux. Fous à lier. Il s'agit d'une forteresse en plein milieu de foutus bois ! Et ce n'est pas un plan, tout juste une idée. Les plans, on les met sur du papier.

Sa voix s'était faite méprisante, et raidissait un peu plus mes épaules.

— Si j'utilisais des plans, je serais déjà morte au moins trois fois. Je n'ai pas besoin de plan. Tu apprends tout ce que tu peux, et tu y vas. Les plans ne tiennent pas compte des surprises !

— Si tu utilisais un plan, tu n'aurais pas de surprises.

Ivy me fixait, et je déglutis. Il y avait plus qu'un soupçon de noir tournoyant dans ses yeux. Mon estomac se noua.

— Mais si tu cherches vraiment à te suicider, j'ai une meilleure idée, soupira-t-elle.

Jenks atterrit sur ma boucle d'oreille, m'arrachant à la contemplation d'Ivy.

— C'est sa première idée intelligente depuis le début de la semaine. Alors, bas les pattes, Tamwood.

Les yeux d'Ivy devinrent deux fentes et je reculai d'un pas, profitant de sa distraction.

— Pixie, tu es aussi stupide qu'elle, dit-elle en montrant les dents.

Les dents de vamp sont comme les revolvers, on ne les sort que quand on a l'intention de s'en servir.

— Laisse-la faire son boulot ! hurla Jenks en réponse.

Ivy se tendit comme un filin. Un courant d'air froid me passa dans le cou quand Jenks déplia ses ailes, prêt à s'envoler.

— Assez, criai-je avant que Jenks puisse décoller. (Je le voulais là où il était.) Ivy, si tu as une meilleure idée, donne-la. Sinon, tais-toi.

Jenks et moi regardâmes Ivy, pensant stupidement que nous étions plus forts ensemble que seuls. Ses yeux virèrent brutalement au noir. Ma gorge se dessécha. Ses yeux ne cillaient pas, animés d'une promesse jusqu'ici seulement sous-entendue. Un bouillonnement s'éleva de mon ventre et m'envahit la gorge. Je ne savais pas si c'était de la peur ou de l'excitation. Ses yeux se fixèrent sur moi. Elle ne respirait plus. Je paniquai. *Qu'elle ne regarde pas mon cou. Mon Dieu, qu'elle ne regarde pas mon cou.*

— Enfer et putréfaction, souffla Jenks.

Mais elle frissonna, se détourna et se pencha au-dessus de l'évier. Je tremblais, et je peux jurer que j'entendis Jenks pousser un soupir de soulagement. Je compris soudain que cela aurait pu mal tourner, vraiment mal.

La voix d'Ivy ne contenait aucune vie quand elle parla.

— Bien, déclara-t-elle à l'évier. Allez vous faire tuer, tous les deux.

Elle bougea et je sursautai. Voûtée et l'air blessée, elle sortit d'un pas raide de la cuisine. Plus vite qu'on n'aurait pu l'imaginer, la porte de l'église claqua. Puis plus rien.

Quelqu'un va souffrir, cette nuit.

Jenks quitta ma boucle d'oreille et se posa sur le bord de la fenêtre.

— Qu'est-ce qui lui prend ? (Dans le silence soudain, son ton était agressif.) On croirait qu'elle se fait du souci pour nous.

Chapitre 16

Je m'éveillai d'un sommeil profond, secouée par un bruit lointain de verre brisé. Je sentis une odeur d'encens. Mes yeux s'ouvrirent brutalement.

Ivy était penchée sur moi, son visage à quelques centimètres du mien.

— Non, hurlai-je.

Dans une panique aveugle, je lançai mon poing. Elle le prit dans le ventre.

Elle se replia sur elle-même et s'effondra sur le plancher, luttant pour respirer. Je me réfugiai à l'autre bout du lit et m'y ramassai sur moi-même. Mes yeux allaient de la fenêtre grise à la porte. Mon cœur battait, et l'afflux soudain et douloureux d'adrénaline me glaça. Elle était entre moi et mon seul chemin vers l'extérieur.

— Attends, haleta-t-elle.

La manche de son peignoir glissa et découvrit son coude quand elle tendit une main pour m'attraper.

— Espèce de vamp assoiffée de sang, traître…

La surprise me coupa le souffle quand je vis Jenks – non, c'était Jax – s'envoler du bord de la fenêtre pour venir stationner devant moi.

— Mademoiselle Rachel, dit-il, visiblement tendu et l'esprit ailleurs. Nous sommes attaqués. Des fées.

Il avait presque craché le dernier mot.

Des fées, pensai-je, douchée par une peur froide. Je jetai un œil vers mon sac. Je ne pouvais pas affronter des fées avec mes charmes. Elles étaient trop rapides. Le mieux que je pourrais faire serait d'essayer d'en écraser une. Mon Dieu. Je n'avais jamais tué personne, de toute ma vie. Même par accident. Par l'enfer, j'étais une Coureuse. On devait les ramener vivants, pas morts. Mais des fées…

Mes yeux revinrent sur Ivy, je rougis à la pensée de ce qu'elle était venue faire dans ma chambre. Avec autant de grâce que je le pus, je sortis de mon lit.

— Désolée, murmurai-je, lui tendant une main pour l'aider à se relever.

Elle redressa à moitié la tête, de façon à me voir à travers le rideau de ses cheveux. La douleur cachait à peine sa fureur. Une main blanche se leva et m'amena brutalement au sol. Je heurtai le plancher avec un grognement et me remis à paniquer quand elle couvrit ma bouche d'une paume ferme.

— Silence, siffla-t-elle, la bouche contre ma joue. Tu veux nous faire tuer ? Elles sont déjà à l'intérieur.

Les yeux écarquillés, je murmurai à travers ses doigts :

— Elles ne peuvent pas, c'est une église.

— Les fées ne se préoccupent pas des lieux sanctifiés, corrigea-t-elle. Elles n'en ont vraiment rien à secouer.

« Elles sont déjà à l'intérieur. » Voyant mon inquiétude, Ivy enleva sa main. Mon regard se porta sur la bouche d'aération utilisée pour le chauffage. Je tendis une main hésitante et la fermai. Le grincement me fit grimacer.

Jax se posa sur mon genou. Le regard meurtrier qu'affichait son visage enfantin paraissait déplacé.

— Elles ont envahi le jardin, dit-il, les pieds sur le tissu de mon pyjama. Elles vont le payer. Et moi, je ne vais pas rester à tenir la main de deux balourdes.

Dégoûté, il s'envola vers la fenêtre.

Il y eut un bruit sourd dans la cuisine. Ivy me ramena au sol quand j'essayai de me lever.

— Reste là, me glissa-t-elle dans l'oreille. Jenks va s'occuper d'elles.

— Mais…

Je ravalai ma plainte quand Ivy croisa mon regard. Ses yeux étaient noirs dans la lumière diffuse de l'aube. Que pouvait faire Jenks contre des fées tueuses ? Il était formé pour assurer les arrières, pas pour participer à une guérilla.

— Écoute, je suis désolée, soufflai-je. Je veux dire, de t'avoir frappée.

Ivy ne bougea pas. Un mélange bouillonnant d'émotions se vit dans ses yeux et je retins ma respiration.

— Si je te voulais, petite sorcière, tu ne pourrais pas m'arrêter.

Transie, je déglutis difficilement. Ça ressemblait à une promesse.

— Il doit y avoir du nouveau, dit-elle en reportant son attention sur la porte. Je ne m'attendais pas à ce genre d'action avant au moins trois jours.

Je me sentis mal. Le SO avait changé de tactique. C'était ma faute.

— C'est à cause de Francis. Ils ont compris que je pouvais échapper à leurs guetteurs.

J'appuyai le bout de mes doigts sur mes tempes. Le vieil homme de l'autre côté de la rue, Keasley, m'avait prévenue.

Il y eut un troisième bruit sourd, beaucoup plus fort. Ivy et moi fixions la porte. Je pouvais entendre battre mon cœur. Est-ce qu'Ivy l'entendait aussi ? Au bout d'un temps assez long, quelqu'un frappa légèrement à la porte. Ma tension se relâcha brusquement et je sentis Ivy respirer lentement pour retrouver son calme.

— Papa ? demanda la petite voix de Jax.

Il y eut toute une série de sifflements et de plaintes du côté du couloir, et Jax se précipita vers la porte en hurlant « Papa ».

Je sautai sur mes pieds, la tête basse. J'allumai la lumière et l'illumination soudaine m'obligea à plisser les yeux pour voir l'heure à la pendule prêtée par Ivy. 5 h 30. Je n'avais dormi qu'une heure.

Ivy se leva avec une rapidité déconcertante. Elle ouvrit la porte et sortit d'un pas décidé, le bas de son peignoir flottant autour d'elle. Je grimaçai quand elle s'éloigna. Je n'avais pas voulu lui faire mal. Non, c'était faux. J'avais voulu lui faire mal, mais j'avais cru qu'elle voulait faire de moi son petit déjeuner.

Jenks vola en zigzaguant dans la pièce, se cognant presque dans la fenêtre quand il voulut se poser. Je décidai que mes excuses à Ivy pouvaient attendre.

— Jenks ? Est-ce que ça va ?

— Ouaaais, dit-il d'une voix traînante, comme s'il était ivre. On n'aura pas à s'inquiéter des fées pour un bout de temps.

Mes yeux s'élargirent quand je vis la tige de fer dans sa main. Elle avait une poignée en bois et ressemblait à ces pics sur lesquels on enfile les olives. Il vacilla et s'assit maladroitement, coinçant accidentellement sa seconde paire d'ailes sous lui.

Jax le remit debout.

— Papa ? répéta-t-il, inquiet.

Jenks était bien amoché. L'une de ses ailes du dessus était en loques. Il saignait de plusieurs égratignures, dont l'une juste sous un œil. L'autre œil était gonflé et fermé. Il s'appuyait lourdement sur Jax, qui luttait pour garder son père debout.

— Viens là, dis-je en passant ma main derrière Jenks et sous lui, pour le forcer à s'asseoir dans ma paume. Je vais t'emmener dans la cuisine, il y a plus de lumière. On pourra peut-être mettre un collant sur ton aile.

— Plus de lumières, marmonna Jenks. Les ai toutes cassées. (Il cligna des yeux pour adapter sa vision.) Désolé.

Inquiète, je l'enfermai entre mes deux mains, ignorant ses protestations étouffées.

— Jax, va chercher ta mère.

Il attrapa l'épée de son père et se précipita dehors en volant au niveau du plafond.

— Ivy ? (J'appelai en cherchant mon chemin à l'aveuglette dans le couloir obscur.) Tu sais comment s'occuper d'un pixie ?

— Je crains que non.

Elle était juste derrière moi et je sursautai.

En entrant dans la cuisine j'appuyai du coude sur l'interrupteur. Rien. Les ampoules avaient explosé.

— Attends, lança Ivy. Il y a des morceaux de verre partout.

— Comment peux-tu le voir ?

J'avais du mal à la croire, mais j'hésitai, n'ayant pas envie de risquer mes pieds nus dans cette pénombre. Ivy me frôla pour entrer, tel un souffle de noirceur. L'air déplacé par son passage me glaça et je frissonnai. Elle repassait en mode vamp. Il y eut des bruits de verre écrasé et le tube fluorescent au-dessus de la cuisinière s'alluma après un clignotement, baignant la cuisine d'une lueur désagréable.

Des éclats de verre fin provenant des ampoules couvraient le sol. Une brume âcre planait dans la pièce. Mes yeux s'écarquillèrent quand je me rendis compte qu'il s'agissait d'un nuage de poussière de fée. Ça prenait à la gorge, et je posai Jenks sur le comptoir avant d'éternuer et de le lâcher par inadvertance.

Retenant ma respiration, je marchai avec précaution jusqu'à la fenêtre pour l'ouvrir en grand. Monsieur Poisson gisait, impuissant, dans l'évier, son bol brisé. Je le récupérai en faisant attention aux larges éclats de verre, remplis une tasse en plastique et le collai dedans. Monsieur Poisson se tortilla, frissonna et alla se poser sur le fond. Lentement, ses ouïes se mirent à s'ouvrir et se fermer. Il était sauf.

— Jenks ? (En me retournant je le trouvai debout, là où je l'avais laissé.) Qu'est-il arrivé ?

— On les a eues.

Il était à peine audible et penchait complètement d'un côté.

Ivy sortit le balai du placard et commença à rassembler le verre.

— Elles croyaient que je ne savais pas qu'elles étaient là, ajouta Jenks.

Je cherchai du ruban adhésif et sursautai en trouvant une aile de fée sectionnée. Elle ressemblait à une aile de papillon lune plutôt que de libellule. Les petites écailles collèrent à mes doigts, les teintant de vert et de violet. Je mis soigneusement l'aile de côté. Il y avait plusieurs sorts compliqués qui nécessitaient de la poussière de fée.

J'hallucine, pensai-je en me détournant. J'allais vomir. Quelqu'un venait de mourir et je prévoyais d'en utiliser un morceau pour fabriquer des sorts.

— C'est mon petit Jacey qui les a repérées en premier, continua Jenks d'une voix qui prit un rythme monotone et étrange. À l'autre bout des tombes humaines. Des ailes roses dans la lune couchante, la terre se dépouillant de sa lumière d'argent. Elles ont atteint notre mur. Mais nos lignes étaient formées. Nous tenions notre territoire. Ce qui est dit est fait.

Déconcertée, je jetai un coup d'œil vers Ivy, immobile et silencieuse, le balai à la main. Ses yeux s'étaient élargis. C'était étrange. Jenks ne jurait pas, il déclamait. Et il ne semblait pas avoir fini.

— La première est tombée sous le chêne, frappée par le goût de l'acier dans son sang. La deuxième sur le sol sanctifié resta, baignée dans ses hurlements de folie. La troisième échoua dans la poussière et le sel, renvoyée à son maître, avertissement sans mots. (Jenks leva la tête, mais sans me voir.) Cette terre est la nôtre. Ainsi en témoignent l'aile brisée, le sang empoisonné et nos morts répandus.

Avec Ivy, nous nous regardâmes dans la lumière incertaine.

— Qu'est-ce qu'il a ? souffla-t-elle.

Les yeux de Jenks perdirent leur flou. Il se tourna vers nous, fit un salut en se touchant la tête et, lentement, s'effondra.

— Jenks !

Nous avions crié en même temps et nous ruâmes en avant. Ivy arriva la première. Elle prit Jenks dans le creux de ses mains et se tourna vers moi, paniquée.

— Qu'est-ce que je dois faire ?

— Comment tu veux que je le sache ? Est-ce qu'il respire ?

Il y eut comme un bruit de carillon à vent quand la femme de Jenks se précipita dans la pièce, suivie par au moins une douzaine d'enfants pixies.

— J'ai nettoyé le salon, dit-elle avec brusquerie, son manteau en soie couleur de brume cessant de tourbillonner autour d'elle. Plus aucun charme. Emmène-le là-bas. Jhem, éclaire pour Mme Ivy. Ensuite, tu aideras Jinni à porter mon nécessaire de soins jusqu'ici. Jax, emmène les autres finir l'inspection de l'église. Commencez par le clocher. Ne négligez aucun recoin. Sondez les murs, les tuyaux, les câbles électriques, les lignes de téléphone. Faites attention aux chouettes et, je vous en prie, vérifiez bien ce trou à prêtre. Si vous pensez sentir un sort ou une fée, chantez. C'est compris ? Alors, allez-y.

Les enfants pixies se dispersèrent. Ivy aussi obéit à l'ordre de la minuscule matrone et se dépêcha de passer dans le salon. J'aurais pu trouver ça amusant s'il n'y avait eu Jenks, immobile dans sa main. Je les suivis.

— Non, chérie, dit la petite femme en voyant qu'Ivy s'apprêtait à poser Jenks sur un coussin. Sur la table basse, s'il te plaît. J'ai besoin d'une surface dure pour couper.

Couper? J'enlevai les magazines d'Ivy de la table et les posai par terre pour faire de la place. Je m'assis sur le fauteuil le plus proche et orientai l'abat-jour de la lampe. Mon adrénaline était en train de retomber, me laissant la tête un peu embrumée, et j'étais glacée dans mon pyjama en pilou. Et si Jenks était gravement blessé ? J'étais consternée qu'il ait vraiment tué deux fées. *Il les a tuées.* J'avais déjà envoyé des gens à l'hôpital, sûr, mais en tuer ? Je repensai à ma peur, blottie dans le noir, plaquée contre un vampire paniqué et me demandai si je serais capable de faire la même chose.

Ivy déposa Jenks comme s'il avait été fait de papier de soie, puis recula vers la porte. Elle voûta sa grande silhouette. Elle semblait nerveuse et mal à l'aise.

— Je vais vérifier l'extérieur, annonça-t-elle.

Mme Jenks sourit, ses traits lisses et pleins de jeunesse dégageant une chaleur sans âge.

— Pas la peine, chérie. Il n'y a plus rien à craindre. Nous avons au moins un jour de répit devant nous, le temps que le SO arrive à trouver un autre clan de fées qui veuille bien s'attaquer à nos lignes. Et il n'y aura jamais assez d'argent pour convaincre des pixies d'envahir le jardin d'autres pixies. Tout ça prouve encore une fois que les fées ne sont que des barbares mal élevées. Mais vas-y si tu veux. Ce matin, des enfants en bas âge pourraient aller danser parmi les fleurs.

Ivy ouvrit la bouche pour protester, puis, se rendant compte que la pixie était tout à fait sérieuse, elle baissa les yeux et se glissa par la porte de derrière.

— Jenks a-t-il dit quelque chose avant de s'évanouir ?

Mme Jenks était en train de le disposer pour que ses ailes soient étendues sur la table. On aurait dit un papillon épinglé pour une exposition et cela me perturba.

— Non. (Je m'étonnais de son calme ; moi, j'étais complètement surexcitée.) On a eu l'impression qu'il récitait un poème, ou quelque chose dans le genre. (Je tirai sur les pans de mon pyjama pour les serrer sur ma poitrine et me recroquevillai sur moi-même.) Est-ce qu'il va s'en tirer ?

Elle s'agenouilla à côté de lui, son soulagement tangible. Elle passa un doigt soigneux sous l'œil gonflé de son mari.

— Ça va aller. S'il était en train de jeter des malédictions ou de déclamer un poème, ça va aller. Si tu m'avais dit qu'il chantait, j'aurais été inquiète. (Ses mains ralentirent leurs mouvements au-dessus de lui, et ses yeux se perdirent dans le vague.) La seule fois où il est rentré à la maison en chantant, nous avons failli le perdre.

Ses yeux retrouvèrent leur vivacité. Serrant les lèvres en un sourire sans joie, elle ouvrit le petit sac que lui avaient apporté ses enfants.

Je sentis surgir une pointe de culpabilité.

— Je suis vraiment désolée pour ce qui s'est passé, madame Jenks. Si je n'avais pas agi ainsi, rien de tout ça ne serait arrivé. Si Jenks veut résilier son contrat, je comprendrai.

— Résilier son contrat ! (Mme Jenks me dévisagea avec une intensité effrayante.) Mon Dieu, mon enfant. Pas pour un petit problème comme ça.

— Mais Jenks n'aurait pas dû avoir à les affronter, protestai-je. Il aurait pu être tué.

— Il n'y en avait que trois. (Elle étendit une toile blanche près de Jenks, comme un drap chirurgical, y posa des bandages, un baume et même ce qui me sembla être de la membrane d'aile artificielle.) Et elles étaient prévenues. Il y avait des signaux de mise en garde. Leur mort était justifiée.

Elle sourit, et je compris pourquoi Jenks avait utilisé son souhait pour la garder. Elle avait l'air d'un ange, même avec le couteau qu'elle avait à la main.

— Mais ce n'était pas contre vous qu'elles en avaient, c'était contre moi.

Elle secoua la tête, ce qui fit voleter ses mèches de cheveux diaphanes.

— Aucune importance, dit-elle de sa voix lyrique. Elles se seraient emparées du jardin. Et quand je pense qu'elles ont fait ça pour de l'*argent*. (Elle avait presque craché le mot.) Ça a dû nécessiter un paquet de fric de la part du SO pour les convaincre de se mesurer à mon Jenks.

Elle soupira et, aussi calme que si elle reprisait une chaussette, elle se mit à découper dans la membrane des pièces de la taille des trous dans l'aile de Jenks pour la réparer.

— Ne t'inquiète pas. Parce que nous venions juste de nous installer, elles ont cru qu'elles pourraient nous prendre en défaut. (Elle tourna vers moi un œil satisfait.) Elles se sont trompées, hein ?

Je ne sus que répondre. L'animosité entre les pixies et les fées était beaucoup plus profonde que je ne l'avais imaginé. Les deux étant d'accord pour croire que nul ne pouvait posséder la terre, pixies et fées rejetaient l'idée de titres de propriété, et s'appuyaient sur la seule loi du plus fort. Et, comme ils n'étaient en compétition que les uns avec les autres, les tribunaux refusaient de s'occuper de leurs affaires, et les laissaient régler eux-mêmes leurs différends, y compris, apparemment, lorsqu'ils s'entre-tuaient. Je me demandai ce qui était arrivé aux occupants précédents du jardin, avant qu'Ivy loue l'église.

— Jenks t'aime bien, reprit la petite femme en roulant ce qui restait de la membrane et en la rangeant. Il t'appelle son amie. Et je ferai de même, par respect pour lui.

— Merci, bégayai-je.

— Mais je n'ai pas complètement confiance en toi. (Je cillai : elle était aussi directe que son mari, et pas plus diplomate.) C'est vrai que tu en as fait un associé ? Vrai de vrai, ce n'est pas une mauvaise plaisanterie ?

Je hochai la tête, plus sérieuse que je ne l'avais été de toute la semaine.

— Oui, m'dame. Il le mérite.

Mme Jenks prit dans sa main une minuscule paire de ciseaux. On aurait dit un objet ancien et précieux plutôt qu'un outil fonctionnel. Les poignées en bois étaient sculptées en forme d'oiseaux, le bec était en métal. Mes yeux s'agrandirent quand je la vis la saisir et s'agenouiller près de Jenks.

— S'il te plaît mon amour, reste endormi, l'entendis-je murmurer.

Étonnée, je la regardai couper délicatement les bords déchiquetés de l'aile de Jenks. L'odeur de la chair cautérisée emplit rapidement la pièce calfeutrée.

Ivy réapparut dans l'embrasure de la porte, comme si elle avait été appelée.

— Tu saignes.

Je secouai la tête.

— C'est l'aile de Jenks.

— Non, tu saignes. Ton pied.

Je me redressai, étouffant une bouffée d'angoisse. Évitant ses yeux, je levai le pied et le retournai pour regarder dessous. Une traînée rouge couvrait le talon. J'avais été trop occupée pour m'en apercevoir.

— Je vais le nettoyer, dit Ivy et je laissai retomber mon pied, me tassant sur moi-même. Le *sol*, précisa-t-elle, écœurée. Tu as laissé des empreintes sanglantes partout sur le plancher.

Mon regard suivit son doigt vers le couloir. Des empreintes étaient visibles tout du long dans la lumière du jour.

— Je n'allais pas toucher ton pied, grogna-t-elle en sortant, furieuse.

Je virai au rouge. Bon… je m'étais quand même réveillée avec son souffle dans le cou.

Il y eut un grand fracas quand elle claqua les portes du placard, suivi par un bruit d'eau dans l'évier. Elle était folle de rage contre moi. Je ferais peut-être mieux de m'excuser. Mais de quoi ? Je lui avais déjà dit que j'étais désolée de l'avoir frappée.

— Vous êtes sûre que Jenks va se rétablir ? demandai-je en évitant d'approfondir le problème.

La pixie soupira.

— Si je peux mettre les pièces en place avant qu'il se réveille.

Elle s'assit sur les talons, ferma les yeux et prononça une courte prière. S'essuyant les mains sur sa jupe, elle prit une lame émoussée avec un manche en bois. Elle posa une pièce sur un trou et passa le plat de la lame sur les bords, collant le morceau à l'aile de Jenks. Il frissonna mais ne se réveilla pas. Ses mains tremblaient quand elle s'arrêta, et de la poussière de pixie émanait d'elle, la faisant resplendir. Un ange, vraiment.

— Les enfants, appela-t-elle. (Il en sortit de partout.) Emmenez votre père. Josie, passe devant et assure-toi que la porte est ouverte.

Je regardai les enfants fondre sur lui, le soulever et l'emporter par le conduit de la cheminée. L'air épuisé, Mme Jenks se remit sur ses pieds tandis que sa fille aînée remballait tout dans le sac.

— Parfois, dit-elle, mon Jenks a des ambitions au-delà du raisonnable, pour un pixie. Ne le faites pas tuer dans cette folie, mademoiselle Morgan.

— J'essaierai, soufflai-je tandis qu'elle et sa fille disparaissaient dans la cheminée.

Je me sentais coupable, comme si j'avais volontairement manipulé Jenks pour me protéger. Il y eut un fracas de verre glissant dans la poubelle, et je me levai et regardai par la fenêtre. Le soleil était haut, et illuminait les herbes du jardin. J'aurais dû être couchée depuis longtemps, mais je ne pensais pas pouvoir me rendormir.

Fatiguée et complètement désorientée, je me traînai jusqu'à la cuisine. Ivy était à quatre pattes, dans son peignoir, et frottait mes empreintes.

— Je suis désolée, murmurai-je, debout au milieu de la cuisine, les bras serrés autour de moi.

Ivy releva la tête, les yeux étrécis, jouant à merveille le rôle de martyre.

— Pourquoi ?

Visiblement, elle voulait des excuses en bonne et due forme.

— Pour t'avoir, euh, frappée. Je n'étais pas encore réveillée, mentis-je. Je ne savais pas que c'était toi.

— Tu t'es déjà excusée pour ça, dit-elle en reportant son attention sur le sol.

— Pour le nettoyage de mes empreintes ? essayai-je.

— Je me suis proposée.

Je hochai la tête. C'était vrai. Je n'allais pas fouiller pour trouver ses éventuelles motivations, mais juste me dire que ç'avait été sympa de sa part. Mais elle était furieuse pour une raison. Sauf que je n'avais aucun indice.

— Euh, il faudrait que tu me mettes sur la piste, Ivy.

Elle se leva et alla jusqu'à l'évier pour y rincer méthodiquement son torchon. Elle accrocha ensuite soigneusement le bout de tissu jaune sur le robinet pour le faire sécher.

— Que dirais-tu de me faire un peu confiance ? Je t'ai assuré que je ne te mordrais pas, et je m'y tiendrai.

Ma mâchoire se décrocha. Confiance ? Ivy était sens dessus dessous pour une histoire de confiance ?

— Tu veux que je te fasse confiance ? m'exclamai-je, découvrant qu'il me fallait être en colère pour discuter de ça avec elle. Et si on commençait par parler d'un peu plus de contrôle de ta part ? Je ne peux même pas te contredire sans que tu vires vamp !

— Ce n'est pas vrai, rétorqua-t-elle, ses yeux s'élargissant.

— Mais si, d'ailleurs ça recommence, dis-je en montrant ses yeux. C'est comme la première semaine où nous avons travaillé ensemble, quand nous nous sommes disputées à propos de la meilleure méthode pour mettre la main sur un voleur à l'étalage dans le centre commercial. Le simple fait que je ne sois pas d'accord avec toi ne signifie pas que j'ai tort. Il faudrait au moins que tu m'écoutes avant d'en décider.

Elle prit une profonde inspiration, puis la rejeta posément.

— Oui. Tu as raison.

Je sursautai, interloquée. Elle pensait que j'avais raison ?

— Et, autre chose, ajoutai-je, un peu calmée. Arrête de te tirer en plein milieu des discussions. Tu es partie cette nuit comme si tu allais direct arracher la tête de quelqu'un. Et ensuite, je me réveille et tu es penchée sur moi ? Je suis désolée de t'avoir envoyé ce coup de poing, mais admets que tu le méritais un peu.

Un sourire fugitif passa sur ses lèvres puis disparut.

— Oui, c'est possible. (Elle réarrangea le torchon sur le robinet puis se retourna en croisant les bras.) C'est bon, je ne partirai plus au milieu des discussions, mais il va falloir que tu t'excites moins quand nous ne sommes pas d'accord. Tu me secoues à tel point que je ne sais plus sur quel pied danser.

Je clignai des yeux. Est-ce qu'elle voulait dire « excitée », comme dans « effrayée », « furieuse », ou les deux à la fois ?

— Je te demande pardon ?

— Et peut-être te procurer un parfum encore plus fort ? ajouta-t-elle d'un ton désolé.

— Je… je viens d'en acheter un nouveau, hésitai-je, étonnée. Jenks affirme qu'il devrait tout couvrir.

Une détresse soudaine pinça ses joues. Elle chercha mes yeux.

— Rachel… je peux encore sentir mon odeur sur toi, vraiment. Tu es comme un gros biscuit plein de pépites de chocolat, seul sur une table vide. Et quand tu t'énerves, c'est comme si tu venais de sortir du four, toute chaude et moelleuse. Et je n'ai pas mangé de biscuit au chocolat depuis trois ans. Est-ce que tu pourrais simplement te calmer pour ne pas sentir aussi bon ?

— Oh.

J'eus soudain froid et m'assis sur ma chaise, près de la table. Je n'aimais pas être comparée à de la nourriture. Et je ne serais plus jamais capable de manger un biscuit aux pépites de chocolat.

— J'ai lavé mes vêtements deux fois de suite, protestai-je d'une toute petite voix. Je n'utilise plus ni tes draps, ni ton savon.

Ses yeux étaient fixés sur le plancher quand je me retournai.

— Je sais. J'apprécie et ça m'aide. Ce n'est pas ta faute. L'odeur d'un vampire s'accroche à ceux avec qui il vit. C'est une caractéristique de survie, destinée à prolonger la vie du compagnon du vampire. Pour les autres vampires, ça signifie « bas les pattes ». Je ne pensais pas que j'y ferais attention, comme nous ne partageons que le logement, pas le sang.

Un tremblement me parcourut quand je me rappelai mes premiers cours de latin. Le mot « compagnon » était en rapport avec l'idée de partager du pain.

— Je ne t'appartiens pas.

— Je sais. (Elle respira profondément, sans me regarder.) La lavande aide. Peut-être que si tu en attachais des sachets dans ta penderie, ça suffirait. Et si tu faisais un effort pour ne pas réagir avec autant d'émotion, surtout quand nous… discutons pour choisir un plan ?

— D'accord, dis-je doucement, réalisant combien cette colocation allait être difficile à gérer.

— Tu es toujours décidée à aller chez Kalamack cette nuit ?

J'acquiesçai, heureuse du changement de sujet.

— Je ne voulais pas y aller sans Jenks, mais je ne pourrai pas attendre qu'il soit de nouveau en état de se battre.

Ivy resta silencieuse un long moment.

— Je te conduirai. Aussi près que tu voudras te risquer.

Ma mâchoire se décrocha une seconde fois.

— Pourquoi ? Je veux dire : vraiment, tu ferais ça ?

Elle haussa les épaules.

— Tu as raison. Si tu ne règles pas ça rapidement, tu ne dureras pas une semaine de plus.

Chapitre 17

— Chéri, tu n'iras pas.

La voix de Mme Jenks était ferme.

Je jetai dans l'évier ce qui restait de café dans ma tasse et, mal à l'aise, regardai le jardin, lumineux dans le soleil de début d'après-midi. J'aurais préféré être n'importe où, mais pas ici.

— Que je sois damné si je n'y vais pas, marmonna Jenks.

Je me retournai, trop fatiguée par la matinée pour me réjouir de voir Jenks se faire mener par le bout du nez. Il se tenait sur l'îlot en acier inoxydable, les mains agressivement campées sur les hanches. Derrière lui, Ivy était penchée sur sa table en bois et préparait trois itinéraires pour aller jusqu'à la propriété de Kalamack. Mme Jenks était à côté d'elle. Son attitude rigide en disait long. Elle ne voulait pas qu'il vienne. Et, à la regarder, je n'allais pas la contredire.

— J'ai dit que tu n'irais pas, répéta-t-elle, la voix froide comme l'acier.

— Reste à ta place, femme, répliqua-t-il.

Mais un brin de supplication dans l'intonation fichait par terre son rôle de gros dur.

— C'est ce que je fais. (Son ton était grave.) Tu es en mille morceaux. Ce que je dis prime. C'est notre loi.

Jenks gesticula plaintivement.

— Je vais bien. Je peux voler. Je peux me battre. J'irai.

— Non, tu n'iras pas. Tu n'en es pas capable alors tu n'iras pas. Et, jusqu'à ce que je dise le contraire, tu es un jardinier, pas un Coureur.

— Mais je peux voler, s'exclama-t-il, ses ailes disparaissant dans un battement frénétique. (Il se souleva de quelques millimètres au-dessus de l'îlot et retomba.) C'est juste que tu ne veux pas que j'y aille.

Elle se raidit.

— Il ne sera pas dit que tu t'es fait tuer à cause de mon laxisme. Te garder vivant est de ma responsabilité, et j'affirme que *tu es en morceaux* !

Je passai à Monsieur Poisson un flocon de céréale écrasé. C'était plutôt embarrassant. Pour ma part, j'aurais autorisé Jenks à venir, capable de voler ou non. Il se remettait plus vite que je ne l'aurais cru possible. Mais, moins de dix heures auparavant, il était encore en train de débiter de la poésie. Je regardai Mme Jenks en levant un sourcil interrogateur. La jolie pixie secoua la tête. C'était réglé.

— Jenks, intervins-je. Je suis désolée. Mais, jusqu'à ce que le feu soit au vert, tu es consigné dans le jardin.

Il avança de trois pas, s'arrêtant au bord du plan de travail, les poings serrés.

Mal à l'aise, je rejoignis Ivy près de la table.

— Euh, bredouillai-je maladroitement, il paraît que tu as une idée pour entrer ?

Ivy enleva le bout du crayon d'entre ses dents.

— J'ai fait des recherches ce matin sur le Net…

— Tu veux dire, après que je me suis recouchée ?

Elle me regarda de ses yeux marron énigmatiques.

— Oui. (Elle se détourna et fouilla parmi ses cartes, en tirant une brochure colorée.) Tiens, je t'ai imprimé ça.

Je m'assis et examinai le document. Elle ne s'était pas contentée de l'imprimer, mais l'avait plié pour en faire une brochure du format habituel. Le prospectus criard était une publicité pour les visites guidées des jardins botaniques de Kalamack. Je lus à voix haute : « Découvrez les spectaculaires jardins privés du conseiller Trenton Kalamack », « Appelez pour les tarifs et les réservations », « Fermé à la pleine lune pour entretien ». Il y en avait d'autres, mais j'avais mon billet d'entrée.

— J'ai un autre dépliant pour les écuries, compléta Ivy. Ils les font visiter toute l'année, sauf au printemps, quand naissent les poulains.

— C'est gentil de leur part.

Je suivis du doigt le plan très clair de la propriété. Je ne savais pas que Trent s'intéressait au jardinage. Peut-être que *c'était* un sorcier.

Jenks poussa un fort gémissement, tout à fait flagrant, quand il franchit en volant la distance qui le séparait de la table. Il pouvait voler, mais avec difficulté.

— C'est fantastique, appréciai-je en feignant de ne pas remarquer le pixie agressif qui s'était posé sur le papier, juste dans mon champ de vision. Je pensais te demander de me déposer quelque part dans les bois pour essayer de trouver un accès, mais ça, c'est super. Merci.

Ivy m'adressa un petit sourire, sincère, les lèvres serrées.

— Un peu de recherche peut faire gagner pas mal de temps.

J'étouffai un soupir. Si je laissais faire Ivy, nous aurions un plan en six parties affiché au-dessus de la cuvette des W.-C., pour expliquer quoi faire s'ils refoulaient.

— Je pourrais me dissimuler dans un grand sac à main, dis-je en m'échauffant.

— Un mégasac, alors, émit Jenks avec un reniflement.

— J'ai quelqu'un qui me doit un service, annonça Ivy. Si elle achetait le ticket, mon nom ne serait pas sur la liste des visiteurs. Et je pourrais mettre un déguisement.

Elle sourit, ce qui découvrit légèrement ses dents. Je le lui retournai timidement. Dans la lumière éclatante de l'après-midi, elle avait l'air tout à fait humaine.

— Hé, dit Jenks en jetant un regard en coin vers sa femme. Je pourrais aussi tenir dans un sac à main.

Ivy tapa son crayon contre ses dents.

— Je vais faire la visite, et égarer mon sac quelque part.

Jenks était toujours sur le dépliant, ses ailes s'agitant par à-coups.

— Je viens.

Je tirai le prospectus de sous ses pieds et il partit en arrière.

— Je te retrouverai demain dans les bois, derrière le portail. Tu pourras me ramasser sans qu'on se fasse repérer.

— Je viens, répéta Jenks plus fort, sans que personne fasse attention à lui.

Ivy s'appuya contre le dossier de sa chaise, l'air satisfait.

— À présent, *il y a* un plan.

Je ne comprenais pas vraiment. La nuit dernière, Ivy m'avait presque arraché la tête quand j'avais suggéré à peu près la même chose. Tout ce qu'il lui fallait, c'était avoir l'impression de participer. Contente d'avoir découvert ce petit indice sur elle, je me levai et ouvris mon placard à charmes.

— Trent sait que nous sommes associées, dis-je en fouillant dans mes sorts. Dieu seul sait comment. Tu as absolument besoin d'un déguisement. Voyons… Je pourrais te vieillir.

— Est-ce que quelqu'un m'écoute ? hurla Jenks, ses ailes rouges de colère. Je viens. Rachel, dis à ma femme que je suis suffisamment remis pour y aller.

— Hé, attends une minute, s'écria Ivy. Je ne veux pas être ensorcelée. J'ai mon propre déguisement.

Je me retournai, surprise.

— Tu ne veux pas l'un des miens ? Ça ne fait pas mal. Ce n'est qu'une illusion. Ce n'est pas comme si c'était un sort de transformation.

Elle refusa de croiser mon regard.

— J'ai déjà mon idée.

— J'ai dit que je venais ! cria Jenks.

Ivy se passa une main lasse sur les yeux. Je commençai :

— Jenks…

— Dis-lui, supplia-t-il en jetant un coup d'œil vers sa femme. Si tu dis que c'est d'accord, elle me laissera y aller. Quand nous y serons, je serai capable de voler.

— Écoute. Il y aura d'autres occasions…

— De s'introduire dans la propriété de Kalamack ? Ça m'étonnerait un max. C'est maintenant ou jamais. C'est ma seule chance de découvrir ce que sent Kalamack. Aucun pixie, aucune fée n'a été capable de dire ce qu'il est. Et ni toi ni personne ne m'enlèvera cette chance. (Un brin de désespoir perçait dans sa voix.) Aucune de vous deux n'est assez grande pour ça.

Je regardai Mme Jenks derrière lui, la suppliai des yeux. Il avait raison. Il n'y aurait pas d'autre occasion. Je ne l'aurais jamais tenté si je n'avais pas déjà été dans le mixeur, à attendre que quelqu'un le mette en marche. Les yeux de la jolie pixie se fermèrent, elle croisa les bras et agrippa ses coudes. Avec un air douloureux, elle hocha la tête.

— C'est bon, décidai-je, mon attention de nouveau sur Jenks. Tu peux venir.

— Quoi ? glapit Ivy.

Je haussai les épaules d'un air impuissant et indiquai Mme Jenks.

— Elle dit que c'est d'accord. Mais seulement s'il promet de prendre ses ailes à son cou à la seconde où je le lui dirai. Je ne lui ferai pas prendre de risque au-delà de ses capacités de vol.

Les ailes de Jenks vrombirent d'excitation et se transformèrent en nuage violet.

— Je partirai quand je voudrai.

— Pas du tout. (J'étendis mes bras sur la table, posant un poing de chaque côté de lui, et le fixai sévèrement.) Nous y allons à ma discrétion, et nous repartirons de même. C'est une sorciérocratie, pas une démocratie. C'est compris ?

Jenks se raidit et ouvrit la bouche pour protester. Mais, à ce moment-là, ses yeux quittèrent les miens et croisèrent ceux de sa femme. Elle tapait sur le sol de son pied minuscule.

— C'est bon, accepta-t-il docilement. Mais seulement pour cette fois.

Je hochai la tête et retirai mes bras.

— Ivy, est-ce que ça va pouvoir s'intégrer dans ton plan ?

— On fera avec. (Sa chaise racla le plancher et elle se leva.) Je vais appeler pour le ticket. Nous devrons partir assez tôt pour passer d'abord chez mon amie et nous trouver à la station de bus vers 16 heures. C'est le point de départ des visites.

Quand elle sortit de la cuisine, son allure s'était modifiée peu à peu pour passer en mode vamp.

— Jenks, chéri ? demanda la pixie d'une voix douce. Je serai dans le jardin si tu...

Les mots s'étranglèrent dans sa gorge et elle s'envola par la fenêtre.

Jenks avait virevolté, mais un battement de cœur trop tard.

— Matalina, attends. (Ses ailes en mouvement étaient devenues invisibles, mais il était scotché à la table, incapable de la suivre.) Que le Tournant m'emporte ! C'est ma seule chance, cria-t-il contre elle.

J'entendis la voix étouffée d'Ivy dans le salon, elle discutait avec quelqu'un au téléphone.

— Je me moque qu'il soit 14 heures. Tu me dois un service. (Il y eut un bref silence.) Je pourrais passer cette nuit et t'arracher la peau, Carmen. Je n'ai rien de prévu pour cette nuit.

Avec Jenks, nous sursautâmes au bruit d'un objet heurtant le mur. Ce devait être le téléphone. Apparemment, tout le monde passait un après-midi fabuleux.

— C'est réglé, cria-t-elle avec un entrain visiblement forcé. Nous pourrons passer prendre le billet dans une demi-heure. Ça nous donne juste le temps de nous changer.

— Super, dis-je avec un soupir et en tendant la main pour prendre un sort de vison dans le placard.

J'avais du mal à imaginer qu'un simple changement de tenue serait suffisant pour déguiser un vamp.

— Hé, Jenks ? appelai-je tout en fouillant le tiroir à couverts pour trouver une lancette. Qu'est-ce que sent Ivy ?

— Quoi ?

Il avait presque aboyé. Il était encore perturbé par sa femme. Des yeux, j'indiquai le couloir désert.

— Ivy, répétai-je encore plus bas pour qu'elle ne puisse pas entendre. Avant l'attaque des fées, elle est sortie en coup de vent, comme si elle était décidée à arracher le cœur de quelqu'un. Je ne rentrerai pas dans son sac à main tant que je ne saurai pas si… (J'hésitai, puis terminai.) A-t-elle recommencé à pratiquer ?

Jenks devint soudain sérieux.

— Non. (Il fit un effort et réussit à voler jusqu'à moi.) Je l'ai fait suivre par Jax. Juste pour être sûr que personne ne lui collerait un sort contre toi. (La fierté paternelle gonfla sa poitrine.) Pour sa première Course, il s'est très bien débrouillé. Personne ne l'a vu. Tout comme son vieux père.

Je me penchai pour être plus près.

— Où est-elle allée ?

— Un bar vamp sur les quais. Elle est restée assise dans un coin, grondant dès que quelqu'un approchait, et elle a bu des jus d'orange toute la nuit. (Il secoua la tête.) Vraiment bizarre, si tu veux mon avis.

Il y eut un faible bruit du côté de la porte. Nous nous redressâmes avec une rapidité coupable. Je levai la tête et clignai des yeux de surprise.

— Ivy ? balbutiai-je.

Elle eut un sourire hésitant, plein d'un embarras satisfait.

— Comment me trouves-tu ?

— Euh, super ! réussis-je à lâcher. Tu es vraiment superbe. Je ne t'aurais jamais reconnue.

Et c'était vrai. Elle portait une robe d'été jaune et moulante. Les fines bretelles se détachaient violemment sur sa peau d'une pâleur choquante. Sa chevelure formait une vague d'ébène. Son rouge à lèvres brillant était la seule trace de couleur sur son visage, la faisant paraître encore plus exotique que d'habitude. Elle avait mis des lunettes de soleil et un chapeau jaune à large bord qui faisait pendant à ses talons hauts. Accroché sur son épaule, son sac me parut suffisamment grand pour héberger un poney.

Elle tourna lentement sur elle-même, comme un mannequin stoïque sous les feux de la rampe. Ses talons produisirent un « clic-clac » sonore, et je ne pus m'empêcher de l'admirer. Je me mis un mémo mental de côté... terminé, le chocolat. S'immobilisant, elle enleva ses lunettes.

— Tu crois que ça ira ?

Je secouai la tête, incrédule.

— Euh, ouais. Tu portes réellement ça d'habitude ?

— Ça m'est arrivé autrefois. Et, en plus, ça ne déclenchera aucune amulette de détection de sorts.

Jenks fit une grimace en grimpant sur le bord de la fenêtre.

— Même si j'apprécie énormément cet horrible débordement d'œstrogènes, je vais aller dire au revoir à ma femme. Vous n'aurez qu'à me prévenir quand vous serez prêtes. Je serai dans le jardin, probablement à côté du datura.

Il s'envola par la fenêtre en zigzaguant et je me retournai vers Ivy, encore stupéfaite.

— Je suis étonnée qu'elle m'aille encore, avoua Ivy en regardant sa robe. Elle a appartenu à ma mère. Je l'ai prise à sa mort. (Elle me regarda avec un froncement de sourcils sévère.) Et si jamais elle se pointe sur notre perron, ne lui dis pas que je l'ai.

— Sûr, répondis-je mollement.

Ivy jeta son sac sur la table et s'assit, jambes croisées.

— Elle croit que ma grand-tante l'a volée. Si elle savait que je l'ai, elle exigerait que je la rende. (Elle renifla.) Comme si elle pouvait encore la mettre. Une robe d'été après la tombée de la nuit, ce serait trop ringard.

Elle se tourna vers moi, le visage éclairé par un sourire. J'étouffai un frisson. Elle avait l'air d'une humaine. Une humaine riche et désirable. Je pris soudain conscience que ce devait être une robe de chasse.

Elle se figea en voyant mon expression horrifiée. Ses yeux se dilatèrent, faisant s'affoler mon pouls. Cette noirceur atroce se répandit sur elle tandis que ses instincts se mettaient en branle. La cuisine disparut de ma conscience. Bien qu'elle soit à l'autre bout de la pièce, Ivy semblait juste devant moi. Je sentis la chaleur m'envahir, puis le froid. Elle me balançait son aura en plein milieu de l'après-midi.

— Rachel…, soupira-t-elle, sa voix grise me faisant frissonner de désir. Arrête d'avoir peur.

Mon souffle s'affola. Effrayée, je me forçai à lui tourner le dos presque complètement. Dieu ! Dieu ! Dieu ! Ce n'était pas ma faute. Je n'avais rien fait ! Elle était si normale, et tout à coup… ça ? Je la vis du coin de l'œil se figer, essayer de reprendre son sang-froid. Si elle faisait le moindre geste, je sauterais par la fenêtre.

Mais elle parvint à rester immobile. Lentement, ma respiration redevint normale. Mon pouls ralentit et sa tension décrut. Je pris une profonde inspiration, et le noir de ses yeux diminua. Je rejetai mes cheveux de mon visage et prétendis me laver les mains. Elle se laissa tomber sur sa chaise près de la table. La peur était un aphrodisiaque et nourrissait sa faim. Involontairement, je lui avais fourni de quoi l'alimenter.

— Je n'aurais pas dû remettre cette robe, dit-elle d'une voix basse et tendue. J'attendrai dans le jardin pendant que tu invoques ton sort.

J'acquiesçai et elle sembla flotter jusqu'à la porte, faisant visiblement un effort pour se déplacer à une allure normale. Je ne l'avais même pas vue se lever, et elle était déjà dans le couloir.

— Et, Rachel, ajouta-t-elle doucement, juste dans l'embrasure. Si je me remets à pratiquer, tu seras la première à le savoir.

Chapitre 18

— Je pense que je ne nettoierai jamais mon nez de l'odeur qui régnait dans ce sac à viande.

Avec une pose très théâtrale, Jenks aspira une grande goulée d'air nocturne.

— Sac à main, corrigeai-je, entendant les mots sortir en un couinement sans relief.

C'était tout ce dont j'étais capable. J'avais tout de suite reconnu l'odeur qui imprégnait le sac de la mère d'Ivy, et la simple pensée que j'y avais passé une bonne partie de mon après-midi me filait les chocottes.

— Est-ce que tu as jamais reniflé quelque chose de ce genre ? continua Jenks sans se démonter.

— Jenks, la ferme.

« Scouic, scouic. » Jouer aux devinettes sur ce qu'un vampire transportait quand il partait en chasse n'était pas ma priorité. J'essayai vraiment très fort de ne pas penser au tableau 6.1.

— Noon, dit-il d'une voix traînante. Ça ressemblait à une sorte d'odeur métallique et musquée, comme… oh.

Mais l'air de la nuit était agréable. Il était presque 22 heures, et le jardin de Trent avait l'odeur luxuriante de l'humidité montante. La lune n'était qu'un trait fin perdu derrière les arbres. J'étais cachée avec Jenks dans les arbustes, derrière un banc de pierre. Ivy était partie depuis longtemps.

Elle avait glissé le sac sous le banc durant l'après-midi, prétendant se sentir mal. Lorsqu'elle avait mis sa fatigue sur le compte de l'hypoglycémie, la moitié des hommes participant à la visite s'étaient proposés pour courir jusqu'au pavillon et y chercher un biscuit. Je nous avais presque fait repérer en me tordant de rire devant la parodie loufoque exécutée par Jenks pour simuler ce qui se passait à l'extérieur du sac. Ivy était partie au milieu d'un brouhaha d'inquiétude masculine, et je m'étais demandé si je devais me faire du souci ou m'amuser de la facilité avec laquelle elle les avait manipulés.

— Ça donne une impression aussi foireuse que si Oncle Vamp se pointait en plein milieu d'une boum d'ados, déclara Jenks en sortant des ombres pour s'engager sur l'allée. Je n'ai pas entendu un oiseau de l'après-midi. Pas plus de pixies ou de fées.

De sous le bord de son chapeau, il considéra la voûte de verdure.

— Allons-y, couinai-je en regardant le long de l'allée déserte.

Tout était dans des tons de gris. Je n'y étais pas encore habituée.

— Je pense qu'il n'y a *pas* de pixies ou de fées, continua Jenks. Un jardin de cette taille pourrait en accueillir quatre clans sans problème. Qui prend soin des plantes ?

— Peut-être de ce côté, émis-je, éprouvant le besoin de m'exprimer même s'il ne pouvait pas me comprendre.

— Oui, tu as raison, continua-t-il sans me prêter aucune attention. Des balourds, des imbéciles aux gros doigts qui arrachent une plante souffrante au lieu de lui donner une dose de potasse. Euh, je ne parle pas de toi, bien sûr.

— Jenks, pépiai-je, tu en tiens vraiment une couche.

— Tu l'as dit.

Je ne faisais pas confiance à Jenks sur l'absence de fées et de pixies, et je m'attendais à moitié à les voir nous tomber dessus d'un instant à l'autre. Ayant vu les résultats d'un affrontement pixies/fées, je n'étais pas vraiment pressée d'en vivre un autre en direct. Surtout en ayant la taille d'un écureuil.

Jenks se tordit le cou et examina les branches du dessus tout en ajustant son chapeau. Il m'avait dit plus tôt qu'il était d'un rouge flamboyant, et que cette couleur criarde était la seule protection d'un pixie quand il pénétrait dans le jardin d'un autre clan. C'était une annonce de ses bonnes intentions et une promesse de départ rapide. Il passait son temps à le triturer depuis que nous avions quitté le sac d'Ivy, et ça me rendait folle. Être restée coincée derrière un banc tout l'après-midi n'avait rien arrangé non plus pour mes nerfs. Jenks avait passé la majeure partie de la journée à dormir, ne se réveillant vraiment que lorsque le soleil effleurait l'horizon invisible.

Je fus traversée par un éclair d'excitation qui s'évanouit aussitôt. Oubliant cette sensation, je couinai pour attirer l'attention de Jenks et pris la direction d'où venait une odeur d'habitation. Le temps passé dans le sac d'Ivy, sous le banc, avait fait beaucoup de bien à Jenks. Mais il traînait quand même derrière. Inquiète que le léger bruit produit par son vol laborieux puisse alerter quelqu'un, je m'arrêtai et lui fis signe de s'accrocher sur mon dos.

— Qu'est-ce que tu as, Rach', demanda-t-il en repoussant son chapeau. Ça te gratte ?

Je grinçai des dents. Assise sur mon derrière, je l'indiquai d'une patte, puis montrai mes épaules.

— Pas question. (Il leva les yeux vers les arbres.) Je ne serai pas transporté comme un bébé.

Je n'ai vraiment pas le temps, pensai-je. Je lui fis un nouveau signe, mais cette fois, je pointai ma patte vers le ciel. C'était le signal dont nous étions convenus pour lui indiquer de rentrer à la maison. Les yeux de Jenks s'étrécirent et je découvris mes dents. Surpris, il fit un pas en arrière.

— D'accord, d'accord, grommela-t-il. Mais le moindre mot à Ivy, et je te pixe toutes les nuits pendant une semaine. Compris ?

Son faible poids heurta mon épaule et il s'agrippa à ma fourrure. C'était une sensation étrange que je n'appréciai pas du tout.

— Pas trop vite, murmura-t-il, pas très à l'aise lui non plus.

Mis à part son étreinte crispée sur ma fourrure, je ne fis plus attention à lui. J'allai aussi vite que je l'osai. Je n'aimais pas l'idée qu'il pût y avoir des fées armées et des yeux inamicaux en train de nous surveiller, et je quittai immédiatement l'allée. Plus tôt nous serions à l'intérieur, mieux ce serait. Mon nez et mes oreilles travaillaient à plein. Je pouvais tout sentir et tout entendre, et ce n'était pas aussi chouette qu'on aurait pu le croire.

Les feuilles frémissaient à chaque souffle de vent, me faisant m'immobiliser ou m'enfoncer plus profond sous les feuillages. Jenks fredonnait à mi-voix une chanson ennuyeuse. Ça parlait de sang et de marguerites.

Je trouvai mon chemin tant bien que mal à travers un muret de pierres descellées et de ronces, et m'arrêtai. Quelque chose était différent.

— Les plantes ont changé, constata Jenks, et j'approuvai de la tête.

Les arbres au milieu desquels je zigzaguais en descendant la colline étaient beaucoup plus âgés. Je pouvais sentir du gui. Une terre ancienne, bien entretenue, servait de terreau à des plantes bien portantes. Les senteurs semblaient avoir plus d'importance que l'apparence. Le chemin étroit que je découvris était de terre battue et non plus de gravillons. Des fougères l'encombraient, ne laissant de passage que pour une personne. Pas loin, de l'eau tombait en cascade. Je continuai prudemment pour m'arrêter brutalement quand je perçus une odeur familière. Du thé, de l'Earl Grey.

Immobile dans l'ombre d'un lys sauvage, je cherchai l'odeur d'êtres humains. À part le chant des insectes, il n'y avait aucun bruit.

— Par là, murmura Jenks. Une tasse sur le banc.

Il descendit de mon dos et se fondit dans les ombres.

J'avançai doucement, les moustaches tendues et les oreilles grandes ouvertes. Le bosquet était désert. Avec des mouvements fluides, je montai sur le banc. Il y avait un fond de thé laissé dans la tasse. Sa présence ici était aussi révélatrice que le changement dans la nature des plantes. Nous avions quitté les jardins ouverts au public. Nous étions dans celui de Trent.

Jenks se percha sur l'anse de la tasse, les mains sur les hanches. Il prit un air renfrogné.

— Rien, gémit-il. Je ne peux rien sentir à partir de cette tasse. Il faut que j'aille à l'intérieur.

Je bondis du banc et atterris sans bruit. L'odeur de lieux habités était plus forte sur la gauche et nous suivîmes le chemin de terre au milieu des fougères. Bientôt, l'odeur de mobilier, de moquette et d'électronique se fit plus âcre, et c'est sans surprise que je débouchai devant la terrasse. Je levai la tête. Un treillis se découpait sur le ciel. Une plante grimpante à floraison nocturne y était accrochée, son parfum essayant de surmonter la puanteur humaine.

— Attends, Rachel !

Comme j'allais m'engager sur les planches couvertes de mousse, Jenks s'était accroché à mon oreille. Mes moustaches touchèrent quelque chose, et je sautai en arrière. Je passai mes pattes sur mes moustaches. Ça collait et j'en récupérai sur mes pattes. Sans le faire exprès, je collai mes oreilles sur mes yeux. Paniquée, je m'assis sur mon derrière. Je ne pouvais pas me libérer !

— Ne frotte pas, Rachel, m'intima Jenks. Tiens-toi tranquille.

Mais je ne pouvais plus rien voir. Mon pouls s'accéléra. J'essayai de crier, mais ma gueule était elle aussi collée. Frénétiquement, je me débattis. Je perçus le bourdonnement courroucé de Jenks. Je pouvais à peine respirer ! Par l'enfer, c'était quoi ce truc ?

— Par le Tournant, Morgan ! (Jenks avait presque craché les mots.) Arrête de te débattre. Je vais te l'enlever.

Je mis mes instincts sous clé et me laissai tomber, le souffle court et haché. Une de mes pattes était collée sur mes moustaches et c'était douloureux. J'avais du mal à m'empêcher de me rouler sur le sol.

— Ne bouge pas. (Je sentis sur moi le souffle des ailes de Jenks.) Je vais te toucher l'œil.

Mes pattes se contractèrent quand il tira sur la mixture collée sur ma paupière. Ses doigts étaient doux et adroits mais, si j'en croyais la douleur, il était en train de m'arracher la moitié de la peau. Et soudain, c'était parti, et je pus voir de nouveau. D'un œil, je vis Jenks frotter ses paumes l'une contre l'autre et former une petite balle. De la poussière de pixie s'élevait de ses vêtements et le faisait luire.

— Ça va mieux ? demanda-t-il en me regardant.

— Bon Dieu, oui, couinai-je.

Comme ma gueule était toujours fermée par la colle, ça sortit encore plus déformé que d'habitude.

Jenks jeta la balle de matière collante, couverte de poussière.

— Tiens-toi tranquille. Je vais retirer le reste plus vite qu'Ivy ne peut balancer une aura.

Il se mit à tirer sur ma fourrure, transformant la colle en petites balles. Je hurlai quand il en arracha un morceau sur mon oreille.

— Désolé, je t'avais prévenue.

— Quoi ?

Pour une fois, il parut comprendre mon pépiement.

— Cette matière gluante. (Il grimaça en tirant sur un nouveau morceau.) C'est comme ça que je me suis fait prendre hier. (Il était furieux.) Trent a de cette matière tendue en fils de soie sur tout le plafond du hall d'entrée, juste au-dessus de la hauteur humaine. Ça coûte supercher, je suis surpris qu'il en mette ailleurs. (Il vola pour aller sur mon autre flanc.) C'est un répulsif pour les pixies et les fées. On peut l'enlever mais ça prend du temps. Je parierais que toute la terrasse est piégée. C'est pour ça que rien ne vole dans le coin.

Je remuai la queue pour montrer que j'avais saisi. J'avais entendu parler des fils de soie adhésifs, mais je n'avais jamais imaginé me prendre dedans. Pour quiconque était d'une taille supérieure à celle d'un enfant, ça ne faisait pas plus d'effet qu'une toile d'araignée.

Quand il eut fini, je palpai mon museau, me demandant s'il avait toujours la même forme. Jenks enleva son chapeau et le glissa sous une pierre.

— J'aurais dû apporter mon épée, soupira-t-il.

L'instinct territorial des pixies et des fées était si développé que si Jenks se débarrassait de ce chapeau voyant, je pouvais miser ma vie sur leur absence complète de ce jardin.

L'air légèrement soumis qu'il avait affiché tout l'après-midi disparut d'un coup. De son point de vue, ce jardin était maintenant le sien puisqu'il n'y avait personne pour dire le contraire. Il se campa debout près de moi, les mains sur les hanches et contempla gravement la terrasse en bois.

— Regarde, dit-il.

Il se secoua pour faire tomber un nuage de poussière de pixie de ses habits. Ses ailes disparurent et le vent déplacé par leur battement propulsa la poussière vers la terrasse. Le nuage transparent sembla se figer en l'air. Comme par magie, la poussière se fixa sur la soie, faisant apparaître un morceau de filet. Jenks m'adressa un petit sourire satisfait.

— J'ai bien fait d'apporter les ciseaux de Matalina.

Il tira de sa poche les ciseaux à poignées de bois, puis s'approcha sans crainte du filet chatoyant et y découpa un trou à la taille d'un vison. Il eut un geste grandiloquent.

— Après toi.

Je me faufilai sur le plancher. Mon cœur s'emballa, puis revint à un rythme plus serein. Ce n'était qu'une autre Course, me dis-je. Je ne pouvais me permettre de me laisser déborder par l'excitation. Je devais ignorer le fait que ma vie en dépendait. Mon nez se plissa pour renifler. Outre ou humain, il n'y avait personne.

— Je pense que c'est une des pièces de derrière. Regarde, il y a un bureau.

Un bureau ? Mes sourcils soyeux se soulevèrent. C'était bien un bureau. Ou peut-être pas. Jenks volait en tous sens, comme une chauve-souris enragée. Je le suivis à une allure plus posée. Au bout de quinze pas, les planches couvertes de mousse firent place à une moquette tachetée entourée de trois murs. Il y avait partout des plantes en pot bien entretenues. Le petit bureau appuyé contre le mur du fond ne semblait pas beaucoup utilisé. Il y avait un canapé et des fauteuils disposés près d'un minibar avec un évier, faisant de la pièce un endroit confortable pour se relaxer ou travailler sans pression. Cette pièce était un morceau de jardin ; une impression renforcée par son ouverture sur la terrasse et, au-delà, sur la forêt.

— Hé, s'exclama Jenks, très excité. Regarde ce que j'ai trouvé.

Je me détournai des orchidées que je regardais avec jalousie pour voir Jenks en vol stationnaire au-dessus d'un banc d'équipement électronique.

— C'était planqué dans le mur, expliqua-t-il, et vise un peu ça.

Il vola les pieds les premiers vers un bouton placé sur le mur. La console de lecture, les disques et tout le reste se renfoncèrent dans leur cachette. Très content de lui, Jenks poussa de nouveau sur le bouton, et le matériel réapparut.

— C'est fabuleux ce que fait ce bouton.

Puis, distrait par la promesse de nouveaux jouets, il s'envola vers l'autre côté de la pièce.

Trent avait plus de disques qu'une association d'étudiantes : pop, classique, new age, même du heavy metal. *Mais pas de disco*, constatai-je, et mon respect pour lui remonta d'un cran. De la patte, je caressai amoureusement un exemplaire de *Takata's Sea*. Le disque disparut à l'intérieur de la console, et je me jetai en arrière. Effrayée, je bondis pour enfoncer le bouton avec un crissement de griffes et tout renvoyer à l'intérieur du mur.

— Il n'y a rien ici, Rachel. Continuons.

Jenks jeta un regard intéressé vers la porte et alla se poser sur la poignée. Mais il fallut que je saute afin d'ajouter mon poids au sien pour qu'elle bascule et que la porte s'ouvre. Je retombai maladroitement par terre avec un bruit sourd. Je m'immobilisai un instant sans respirer, écoutant avec Jenks dans l'entrebâillement.

Le cœur battant, je poussai la porte avec mon nez pour permettre à Jenks de se faufiler. Quelques secondes plus tard, il était de retour.

— C'est un vestibule. Tu peux venir, je me suis occupé des caméras.

Il disparut de nouveau derrière la porte et je le suivis. J'eus besoin de tout mon poids pour la refermer. Le cliquetis de la serrure brisa le silence et je me tapis contre le sol, priant pour que personne ne l'ait entendu. Je pouvais percevoir de l'eau couler et le bruissement de créatures nocturnes sortant de haut-parleurs invisibles. Je reconnus le vestibule. J'y étais passée la veille. Le fond sonore avait dû être là, mais si feutré qu'il restait subliminal, sauf pour l'ouïe d'un rongeur. Je hochai la tête. Je savais où nous étions. Avec Jenks, nous avions trouvé le bureau privé de Trent, l'endroit où il accueillait ses invités « spéciaux ».

— De quel côté ? souffla Jenks, voletant au-dessus de moi.

Ou bien son aile était complètement réparée, ou bien il ne souhaitait pas être vu à califourchon sur un vison. Sûre de moi, je m'engageai dans le couloir. À chaque intersection, je pris le chemin le moins séduisant, le plus fonctionnel. Jenks volait en éclaireur, réglant chaque caméra sur une boucle de quinze minutes pour qu'on ne nous voie pas. Heureusement, Trent fonctionnait sur une horloge humaine, du moins officiellement, et le bâtiment était désert. Du moins, c'est ce que je croyais.

— Merde, laissa échapper Jenks à voix basse au moment où je me figeais.

Des voix venant du vestibule s'amenaient dans notre direction. Mon pouls s'accéléra.

— Vite, m'intima Jenks. Non ! À droite. Ce fauteuil et la plante en pot.

Je me précipitai. L'odeur de citrus et de terre cuite s'épanouit autour de moi, et je me glissai derrière le pot. Juste à temps : des pas résonnaient sur le sol du couloir. Jenks s'était envolé pour se cacher dans les branches de la plante.

— Autant que ça ?

La voix de Trent était douloureuse pour mes oreilles sensibles.

Lui et un autre homme tournèrent à l'angle du couloir.

— Vérifie ce qu'Hodgkin fait pour annoncer une telle augmentation de la production. Si tu penses qu'on peut l'appliquer sur d'autres sites, je veux un rapport.

Je retins ma respiration. Trent et Jonathan passèrent devant nous.

— Très bien, Sa'han. (Jonathan prenait des notes sur un bloc électronique.) J'ai aussi fini la sélection parmi les candidates potentielles pour le poste de secrétaire. Il serait assez simple de libérer du temps demain matin dans votre agenda. Vous voudriez en voir combien ?

— Limite ça aux trois que tu penses les plus aptes et à une autre que tu trouves moins intéressante. Il y en a que je connais déjà ?

— Non, cette fois, j'ai dû aller chercher en dehors de l'État.

— Et, au fait, Jon, aujourd'hui n'était pas ton jour de repos ?

Il y eut une pause.

— Comme vous n'aviez pas de secrétaire, j'ai préféré travailler.

— Ah. (Trent eut un rire détendu tandis qu'ils tournaient au coin suivant.) Je comprends mieux ton zèle pour venir à bout de ces entretiens.

La dénégation timide de Jonathan ne fut plus qu'un murmure quand ils disparurent de notre vue.

— Jenks, couinai-je. (Il n'y eut pas de réponse.) Jenks, couinai-je plus fort, me demandant s'il avait fait quelque chose d'aussi stupide que les suivre.

— Je suis toujours là, grommela-t-il, et je me sentis soulagée.

Le tronc de l'arbuste vibra quand il glissa jusqu'en bas. Il s'assit sur le bord du pot et laissa pendre ses pieds.

— Cette fois, je l'ai bien reniflé, dit-il. (Je m'assis sur mon derrière, impatiente.) Je ne sais pas ce qu'il est. (Les ailes de Jenks virèrent à un bleu lugubre tandis que sa circulation sanguine ralentissait et que son humeur s'assombrissait.) Il sent la prairie, mais pas comme un sorcier. Il n'y a pas un poil de fer, donc ce n'est pas un vamp. (Les yeux de Jenks affichèrent sa confusion.) J'ai pu sentir ses rythmes biologiques ralentir, ce qui veut dire qu'il dort bien la nuit. Ce qui exclut les garous ou n'importe quel type d'Outre nocturne. Par le grand Tournant, Rach', il ne sent comme rien de connu. Et tu sais ce qui est encore plus étrange ? Ce type, avec lui. Il sent juste comme Trent. Ça ne peut être qu'un enchantement.

Mes moustaches s'agitèrent. Étrange n'était pas le mot.

— « Scouic », dis-je au lieu de « je suis désolée ».

— Oui, tu as raison. (Il se souleva lentement sur ses ailes de libellule et se dirigea vers le milieu du couloir.) Nous devrions finir ce que nous avons à faire et nous tirer d'ici.

Je sentis une décharge. *Se tirer d'ici*, pensai-je en quittant la sécurité du citrus. J'étais prête à parier que nous ne pourrions pas ressortir par où nous étions entrés. Mais je m'inquiéterais une fois le bureau de Trent fracturé. Nous avions déjà fait l'impossible. Sortir serait un jeu d'enfant.

— Par ici, couinai-je, empruntant un couloir familier juste à l'entrée du vestibule.

Je pouvais sentir le sel de l'aquarium dans le bureau de Trent. Les portes en verre cathédrale que nous dépassâmes n'ouvraient que sur des locaux déserts et obscurs. Personne ne travaillait aussi tard. La porte en bois de Trent était naturellement fermée.

Vif et silencieux, Jenks se mit au travail. La serrure était électronique mais, après quelques minutes passées à s'escrimer derrière le panneau relié à l'encadrement, elle se déconnecta et la porte s'entrebâilla.

— Que du classique, se rengorgea Jenks. Jax y serait arrivé.

Le glouglou apaisant de la fontaine de bureau s'échappa dans le couloir. Jenks passa le premier pour prendre soin de la caméra avant que je suive.

— Non, attends, couinai-je quand je le vis se laisser tomber les pieds en avant sur l'interrupteur.

La pièce fut envahie d'une clarté douloureuse.

— Hé !

Je couinai de plus belle et me cachai les yeux derrière mes pattes.

— Désolé.

La lumière disparut.

— Allume au-dessus de l'aquarium, essayai-je de dire en tentant de voir de nouveau avec mes yeux blessés par la lumière. L'aquarium !

Mais ça ne servait à rien. Je m'assis sur mes fesses et pointai de la patte.

— Rach', ne fais pas l'idiote, tu n'as pas le temps de manger. (Il hésita, descendant de quelques centimètres.) Oh ! La lumière ! Hé, hé ! Bonne idée.

L'éclairage se mit en marche avec un clignotement, baignant le bureau de Trent d'une douce lumière verte. J'escaladai son fauteuil et, de là, le bureau. Je feuilletai maladroitement son agenda, remontant plusieurs mois en arrière et arrachant une page. Mon cœur battit plus vite quand je la laissai tomber par terre. Je la suivis.

Les moustaches dressées, je tirai sur le tiroir pour l'ouvrir. Les disques y étaient. Je n'aurais pas trouvé anormal que Trent ait tout déplacé. *Peut-être*, pensai-je avec fierté, *s'est-il dit que je ne représentais pas un gros danger*. Je pris le disque intitulé « Alzheimer » et glissai jusqu'à la moquette, poussant de tout mon poids pour refermer le tiroir. Son bureau était fait dans un superbe bois de merisier rouge, et je songeai tristement à la gêne que j'allais éprouver en installant mon mobilier de travail à côté de celui d'Ivy.

M'asseyant sur mon derrière, je fis un signe à Jenks pour le lacet. Il avait déjà replié la feuille pour pouvoir la transporter. Dès que le disque serait attaché sur moi, nous pourrions partir.

— Le lacet, c'est ça ?

Il fouilla sa poche.

La lumière centrale illumina la pièce et je me tapis au sol, immobile. Respirant à peine, je tendis la tête pour regarder par-dessous le bureau, vers la porte. Il y avait deux paires de chaussures – des pantoufles confortables et du cuir – devant le chambranle, dans la lumière qui se répandait jusqu'au couloir.

— Trent, mima Jenks en atterrissant près de moi avec le papier plié.

Au ton de sa voix, Jonathan était furieux.

— Ils sont partis, Sa'han. J'alerte les gardes.

Il y eut un soupir tendu.

— Vas-y. Je vérifie ce qui a été pris.

Mon pouls s'affola, et je me renfonçai sous le bureau. Les chaussures en cuir firent demi-tour et sortirent. Mon adrénaline atteignit un sommet, j'hésitai à tenter une sortie, mais je ne pourrais pas courir avec le disque serré dans mes pattes avant. Et je n'allais pas l'abandonner.

La porte du bureau se referma, et je maudis mon hésitation. Je reculai vers la cloison au fond du bureau. Je croisai le regard de Jenks et lui fis le signe de rentrer à la maison. Il approuva de la tête. Nous nous tassâmes sur nous-mêmes quand Trent fit le tour du bureau et s'arrêta devant son aquarium.

— Bonsoir, Sophocle, susurra-t-il. Qui était-ce ? Si tu pouvais seulement me le dire.

Il avait abandonné sa veste de travail et avait un air beaucoup plus décontracté. Je ne fus pas surprise par la musculature de ses épaules, révélée à chaque mouvement sous la chemise en tissu léger. Avec un soupir, il s'assit dans son fauteuil. Sa main se dirigea vers le tiroir à disques, et je me sentis vaciller. Je déglutis difficilement en me rendant compte qu'il fredonnait la première piste de *Takata's Sea*. *Enfer et damnation*. Je nous avais fait repérer.

— « N'est-ce pas une merveille que le cri du nouveau-né ? » dit Trent tout bas, chantonnant les paroles. « Le choix était réel. La chance un mensonge. »

Il s'immobilisa, les doigts sur les disques. Lentement, il referma le tiroir avec son pied. Le cliquetis final me fit tressaillir. Il rapprocha son fauteuil du bureau, et j'entendis un crissement lorsqu'il tira l'agenda vers lui. Il était si près que je pouvais sentir sur lui les odeurs du dehors.

— Oh, s'écria-t-il, légèrement surpris. Imaginez ça. Quen ! appela-t-il.

Je fixai Jenks, désorientée, jusqu'à ce qu'une voix masculine s'élève dans la pièce, sortant d'un haut-parleur invisible.

— Sa'han ?

— Lâche les chiens, dit Trent.

Le pouvoir dans sa voix me fit frissonner.

— Mais ce n'est pas la pleine…

— Lâche les chiens, Quen, répéta Trent.

Il n'avait pas parlé plus fort mais on sentait sa colère. Sous le bureau, son pied commença à battre rythmiquement.

— Très bien, Sa'han.

Le pied de Trent s'immobilisa.

— Attends.

Je l'entendis prendre une inspiration profonde, comme s'il goûtait l'air.

— Monsieur ? demanda la voix cachée.

Trent renifla de nouveau. Lentement, il fit rouler le fauteuil à l'écart du bureau. Mon cœur battait et je retins mon souffle. Jenks voleta pour aller se cacher derrière le fond d'un tiroir. Je me figeai quand Trent se leva, s'éloigna du bureau, puis s'accroupit. Je n'avais aucun endroit où aller. Les yeux de Trent croisèrent les miens et il sourit. La peur me paralysa.

— Venez voir ça, intima-t-il doucement.

— Oui, Sa'han.

Le haut-parleur se déconnecta avec un pop audible. Je fixai Trent, me sentant prête à exploser.

— Mademoiselle Morgan ? dit-il avec un petit signe cordial de la tête, et je me mis à trembler. Je voudrais pouvoir vous assurer que c'est un plaisir.

Il souriait toujours, tout en se rapprochant. Je découvris les dents et couinai. Il retira sa main et fronça les sourcils.

— Sortez de là. Vous avez quelque chose qui m'appartient.

Je sentis le disque à côté de moi. Prise en flagrant délit, je passai du statut de voleuse brillante à celui d'idiote du village en un battement de cœur. Comment avais-je pu croire que je réussirais à m'en tirer ? Ivy avait raison.

— Approchez, mademoiselle Morgan, ordonna-t-il en tendant la main sous le bureau.

Je me réfugiai dans l'espace vide derrière les tiroirs, essayant de lui échapper. Sa main me suivit. Je couinai quand une poigne ferme se referma sur ma queue. Mes griffes crissèrent quand il tira. Terrifiée, je plantai mes dents dans la partie charnue de sa paume.

— Petite peste ! Espèce de chienne ! rugit-il, m'arrachant de sous le bureau malgré toute mon énergie pour m'accrocher.

Le monde se retourna quand il se releva. D'un mouvement brusque du poignet, il me frappa violemment contre le bureau. Je vis des étoiles, qui semblèrent accompagner le goût obscur de cannelle de son sang. La douleur dans ma tête me fit desserrer les dents et je me retrouvai pendue par la queue.

— Lâche-la ! entendis-je Jenks vociférer.

Le monde tournait autour de moi.

— Et vous avez amené votre punaise, dit Trent avec calme, tapant du plat de la main sur un bouton sur le côté du bureau.

Un faible parfum d'éther m'agaça les narines.

— Tire-toi, Jenks, couinai-je en reconnaissant l'odeur du filet collant.

Jonathan ouvrit la porte d'un coup et resta dans l'embrasure, les yeux écarquillés.

— Sa'han !

— Ferme la porte ! hurla Trent.

Je me convulsai frénétiquement pour me libérer. Jenks se précipita à côté de moi, juste comme mes dents se refermaient sur le pouce de Trent.

— Sois maudite, sorcière ! cria Trent, me cognant contre le mur.

Je vis une nouvelle série d'étoiles, qui se transformèrent en braises noires. Les braises grossirent, et je les contemplai, hébétée, jusqu'à ce qu'elles engloutissent toute ma vision et qu'il n'y ait plus rien d'autre. J'avais chaud et je ne pouvais plus bouger.

J'étais en train de mourir.

Ça devait être ça.

Chapitre 19

— Donc, mademoiselle Sara Jane, les horaires décalés ne sont pas un problème pour vous ?

— Non, monsieur. Cela ne me gêne pas de travailler jusqu'à 7 heures si j'ai l'après-midi pour faire mes courses ou autre chose.

— J'apprécie votre souplesse. Les après-midi sont pour la contemplation. Je suis plus productif le matin et en soirée. Je ne garde qu'une équipe réduite après 5 heures, et je trouve que le manque de distractions m'aide à me concentrer.

Le son de la voix de Trent dans son rôle de personnage public pénétra dans ma conscience, me réveillant d'un coup. J'ouvris les yeux, ne comprenant pas pourquoi tout n'était que blanc et gris éclatant. Et je me rappelai. J'étais un vison. Mais j'étais vivante. Ou presque.

Les voix aiguë et profonde alternant, l'entretien entre Trent et Sara Jane se poursuivit tandis que je me mettais sur mes pattes, encore groggy. Je découvris que j'étais dans une cage. Une vague de nausée serra mon estomac. Je m'effondrai, luttant pour ne pas vomir.

— Je suis cuite, soufflai-je.

Trent me lançait des coups d'œil par-dessus le bord en fil métallique de ses lunettes, tout en parlant avec une jeune femme bien mise, avec un ensemble clair d'entretien d'embauche.

Ma tête me faisait mal. Si je n'avais pas de commotion, il s'en fallait de peu. Mon épaule droite, là où j'avais heurté le bureau, était douloureuse. Rien que le fait de respirer me faisait souffrir. Je serrai ma patte contre moi et essayai de ne plus bouger. Fixant Trent, je tentai de comprendre ce qui s'était passé. Jenks n'était pas en vue. *Je me souviens*, pensai-je, soulagée. Il avait réussi à s'enfuir. Il devait être rentré retrouver Ivy. Même s'ils ne pouvaient pas grand-chose pour moi.

Il y avait une bouteille d'eau dans ma cage, un bol de croquettes, une cabane pour furet assez grande pour m'y rouler en boule, et une roue d'exercice. *Comme si j'allais l'utiliser*, pensai-je amèrement.

La cage était posée sur une table, dans le fond du bureau de Trent. À en croire le faux soleil derrière la fenêtre, on ne devait être que quelques heures après le lever du jour. Trop tôt à mon goût. Et même si ça me faisait mal au ventre, j'allais me glisser dans cette cabane et piquer un somme. Je me moquais de ce que Trent penserait.

Respirant un grand coup, je me levai.

— Ouch ! Ouch ! couinai-je en grimaçant.

— Oh, vous avez un furet apprivoisé, s'exclama doucement Sara Jane.

Je fermai les yeux, misérable. Je n'étais pas un furet apprivoisé. J'étais un vison apprivoisé. *Regarde mieux, ma fille.*

J'entendis Trent se lever de derrière son bureau, et je les sentis plus que je ne les vis s'approcher. Apparemment, l'entretien était terminé. C'était l'heure de reluquer le vison apprivoisé. Une ombre occulta la lumière, et j'ouvris les yeux. Ils se tenaient au-dessus de moi, me contemplant.

Sara Jane avait l'air très professionnel dans sa tenue chic d'entretien. Ses longs cheveux lui descendaient presque jusqu'aux coudes ; leur coupe était simple et stricte. Cette femme menue était mignonne comme une poupée, et je me dis que la plupart des gens ne devaient pas la prendre au sérieux avec son nez retroussé, sa voix haut perchée de petite fille et sa petite taille. Mais, d'après le regard intelligent de ses yeux bien écartés, elle avait l'habitude de travailler dans un monde masculin et de faire exécuter ses ordres. Je supposai que si quelqu'un l'évaluait mal, elle n'était pas opposée à s'en servir à son propre avantage.

Son parfum était entêtant et j'éternuai, me tordant de douleur.

— Je vous présente… Ange, dit Trent. C'est une femelle vison.

Le sarcasme était subtil, mais clair à mes oreilles. Sa main gauche massait la droite. Elle était bandée. *Et trois hourras pour le vison*, pensai-je.

— Elle a l'air malade.

Les ongles soigneusement polis de Sara Jane étaient rongés presque jusqu'au sang, mais ses mains me parurent inhabituellement fortes, comme celles d'un travailleur agricole.

— Vous n'avez pas peur des rongeurs, Sara Jane ?

Elle se redressa, et je fermai les yeux quand la lumière m'atteignit de nouveau.

— Ils me répugnent, monsieur Kalamack. Je viens d'une ferme. On y tue à vue les animaux nuisibles. Mais je n'ai pas l'intention de perdre une place potentielle du fait d'un animal. (Elle prit une inspiration profonde.) J'ai besoin de ce travail. Toute ma famille s'est saignée pour me faire suivre des études, pour me sortir des champs. Il faut que je le leur rende. J'ai une sœur plus jeune. Elle est trop brillante pour passer sa vie à arracher des betteraves à sucre. Elle voudrait être sorcière, avoir son diplôme. Je ne pourrai pas l'aider si je n'ai pas une bonne place. S'il vous plaît, monsieur

Kalamack, je sais que je n'ai pas l'expérience requise, mais je suis intelligente et je sais travailler dur.

Je levai une paupière. Le visage de Trent était concentré. Son teint et ses cheveux clairs tranchaient sur son complet sombre. Lui et Sara Jane formaient un joli couple, bien qu'elle soit un peu petite à côté de lui.

— Bien dit, Sara Jane, approuva-t-il en souriant chaleureusement. Plus que tout, j'apprécie l'honnêteté chez mes employés. Quand pouvez-vous commencer ?

— Immédiatement, répondit-elle, la voix tremblante.

Je me sentis mal à l'aise. La pauvre fille.

— Merveilleux. (D'après sa voix, il était vraiment heureux.) Jon aura quelques papiers à vous faire signer. Il passera en revue avec vous vos responsabilités et vous servira de mentor durant la première semaine. Allez le voir quand vous aurez des questions. Il est avec moi depuis des années et il me connaît mieux que je me connais moi-même.

— Merci, monsieur Kalamack, dit-elle, ses épaules étroites bien droites sous l'excitation.

— Tout le plaisir est pour moi.

Trent la prit par le coude et l'entraîna vers la porte. *Il l'a touchée*, pensai-je. Pourquoi ne m'avait-il pas touchée ? Peur que je me rende compte de ce qu'il est, peut-être ?

— Avez-vous trouvé un endroit où loger ? demandait-il. N'hésitez pas à demander à Jon de vous parler des logements hors site que nous avons pour nos employés.

— Merci, monsieur Kalamack. Non, je n'ai pas encore d'appartement.

— Très bien. Prenez le temps nécessaire pour vous installer. Si vous le souhaitez, nous pourrons même nous débrouiller pour verser une partie de vos émoluments sur un fonds pour votre sœur, net d'impôts.

— Oh oui, s'il vous plaît.

Le soulagement s'entendait dans la voix de Sara Jane quand elle franchit la porte. Elle était pieds et poings liés. Trent était devenu son dieu, un prince venant la sauver, elle et sa famille. Il ne pourrait rien faire de mal.

Mon estomac se convulsa. La pièce était vide et je me traînai dans ma cabane. Je tournai une fois sur moi-même pour mettre ma queue en place et m'effondrai, le nez à l'extérieur. La porte du bureau de Trent se referma avec un clic discret et je sursautai, toutes mes douleurs revenant au galop.

— Bonjour, mademoiselle Morgan, dit Trent en passant près de ma cage.

Il s'assit à son bureau et commença à mettre de l'ordre dans les papiers qui l'encombraient.

— Je comptais vous garder ici seulement le temps de me faire une autre opinion à votre sujet. Mais je ne sais plus. Vous êtes un *si* bon sujet pour lancer une conversation.

— Va te faire Tourner, répliquai-je en montrant les dents.

Mais le seul résultat fut une série de couinements et de piaillements.

— Vraiment. (Il s'enfonça dans son fauteuil et se mit à faire tourner un crayon.) Je ne sais pas pourquoi, mais je me dis que ce n'était pas flatteur.

Un coup à la porte me fit me renfoncer hors de vue. C'était Jonathan, et Trent revint aux affaires lorsqu'il entra.

— Oui, Jon, demanda-t-il, les yeux rivés sur son agenda.

— Sa'han. (Le type inhabituellement grand se tenait à distance respectueuse.) Mlle Sara Jane ?

— Elle a exactement les qualifications dont j'ai besoin.

Trent posa son crayon. S'appuyant contre le dossier du fauteuil, il enleva ses lunettes et mâchouilla distraitement le bout d'une branche jusqu'à ce qu'il s'aperçoive que Jonathan le fixait avec une désapprobation muette et guindée. Trent jeta ses lunettes sur le bureau d'un air ennuyé.

— La sœur de Sara Jane veut quitter la ferme pour devenir sorcière. Nous nous devons d'aider l'excellence à triompher autant que nous le pouvons.

— Ah. (Les épaules étroites de Jonathan se détendirent.) Je vois.

— Autre chose, renseigne-toi sur le prix de la ferme familiale de Sara Jane. Je pourrais peut-être me lancer dans l'industrie sucrière. Voir comment ça marche, étudier le marché ? Garde les employés. Mets Hodgkin comme contremaître pendant six mois pour former l'encadrement actuel à ses méthodes. Et demande-lui de surveiller la sœur de Sara Jane. Si elle a un cerveau, qu'il la fasse passer à un poste où elle aura des responsabilités.

Je passai la tête par ma porte, inquiète. Jonathan me jeta un regard dégoûté le long de son nez étroit.

— De retour parmi nous, Morgan ? se moqua-t-il. Si cela avait dépendu de moi, je vous aurais fourrée dans le vide-ordures de la salle de repos des employés, et j'aurais mis en marche le broyeur.

— Connard, couinai-je en faisant une patte d'honneur pour être sûre qu'il comprenne.

Les quelques rides de Jonathan se creusèrent quand il se renfrogna. Il balança son long bras pour cogner le côté de la cage avec le dossier qu'il tenait à la main.

Sans plus faire attention à la douleur, je bondis, m'accrochant aux barreaux et montrant les dents.

Il recula, visiblement choqué. Puis, virant au rouge, il arma de nouveau son bras.

— Jon, dit Trent doucement. (Sa voix n'était guère plus qu'un murmure, mais Jonathan se figea.) Tu oublies ta place. Laisse Mlle Morgan tranquille. Si tu fais une erreur d'appréciation et qu'elle se défende, ce ne sera pas sa faute, mais la tienne. Tu as déjà fait ce genre d'erreur, de façon répétée.

En bouillonnant, je me laissai retomber sur le sol de la cage et grognai. J'ignorais que je pouvais grogner, mais c'était pas mal. Lentement, le poing serré de Jonathan se détendit.

— C'est mon rôle de vous protéger.

Les sourcils de Trent se levèrent.

— Mlle Morgan n'est pas en position de nuire. Alors arrête.

Mes yeux allant de l'un à l'autre, je regardai l'homme plus âgé plier devant le reproche de Trent beaucoup plus facilement que je n'aurais pu l'imaginer. Il y avait une relation étrange entre eux. Trent était visiblement le patron, mais je me souvins de la gêne qu'il avait manifestée devant la désapprobation de Jonathan lorsqu'il l'avait surpris à mordiller ses lunettes. Cela n'avait pas dû être le cas autrefois. Je me demandai si ce n'était pas Jonathan qui avait élevé Trent, même partiellement, quand sa mère, puis son père étaient morts.

— Acceptez mes excuses, Sa'han, murmura Jonathan, allant même jusqu'à baisser la tête.

Trent ne dit rien et revint à ses papiers. Bien que manifestement congédié, Jonathan attendit jusqu'à ce que Trent relève la tête.

— Il y a autre chose ? lança Trent.

— Votre rendez-vous de 8 h 30 est en avance. Dois-je accompagner M. Percy jusqu'ici ?

— Percy, couinai-je, et Trent me jeta un coup d'œil. *Pas Francis Percy ?*

— Oui, fais donc, énonça Trent lentement.

Super, pensai-je tandis que Jonathan passait dans le couloir et refermait derrière lui. L'entretien déplacé de Francis. J'arpentai nerveusement le périmètre de ma cage. Mes muscles se dénouaient, bouger leur faisait douloureusement du bien. Je m'arrêtai, prenant conscience que les yeux de Trent me suivaient toujours. Sous son regard interrogateur, je m'enfonçai dans ma cabane, un peu honteuse. J'enroulai ma queue autour de moi et la posai sur mon museau pour le réchauffer. Trent me regardait toujours.

— Ne soyez pas fâchée contre Jon, murmura-t-il. Il prend son poste à cœur – ce qui est la moindre des choses. Si vous le poussez trop loin, il vous tuera. Espérons que vous n'aurez pas à apprendre la même leçon que lui.

Je retroussai une babine pour découvrir mes dents. Je n'aimais pas son discours de vieux sage.

Une voix plaintive attira notre attention vers le couloir. Francis. Je lui avais dit que je pouvais me transformer en vison. S'il additionnait deux et deux, j'étais morte. Encore plus morte que maintenant. Je ne voulais pas qu'il me voie. Apparemment, Trent non plus.

— Mmmm, oui, fit-il en se levant en hâte pour déplacer un des pots de fleurs et cacher ma cage.

C'était une fleur de lune et je pouvais encore voir à travers ses larges feuilles tout en restant dissimulée. On frappa à la porte et Trent lança :

— Entrez.

— Mais non, était en train de dire Francis à Jonathan, celui-ci le poussant quasiment dans la pièce.

Derrière ma plante, je regardai Francis croiser les yeux de Trent et déglutir avec difficulté.

— Euh, bonjour, monsieur Kalamack, bégaya-t-il en s'immobilisant, mal à l'aise.

Il avait l'air encore plus négligé que d'habitude. Un de ses lacets dépassait de sous son pantalon, presque défait, et le chaume sur ses joues était passé de potentiellement attractif à répugnant. Ses cheveux noirs étaient collés, et des rides de fatigue partaient des coins de ses yeux fuyants. Il était probable qu'il n'était pas encore allé se coucher, se présentant pour son entretien avec Trent à la convenance de celui-ci et pas du SO.

Trent ne dit rien. Il alla s'asseoir, s'installant derrière son bureau avec toute la tension relâchée d'un prédateur se postant à côté d'un point d'eau.

Francis jeta un œil vers Jonathan et ses épaules s'affaissèrent. Il y eut un bruit de polyester froissé quand il remonta ses manches de veste, puis les redescendit. Repoussant ses cheveux de ses yeux, il se rapprocha d'une chaise et s'assit sur son bord. La tension était marquée sur son visage triangulaire. Elle augmenta quand Jonathan ferma la porte et vint se placer derrière lui, les bras croisés et les pieds largement écartés. Mon attention allait de l'un à l'autre. Qu'est-ce que ça signifiait ?

— Pourriez-vous m'expliquer ce qu'il s'est passé hier ? demanda Trent avec une désinvolture onctueuse.

La confusion me fit cligner des yeux, jusqu'à ce que ma gueule se décroche lorsque je compris. Francis travaillait pour Trent ? Ça expliquerait sa promotion rapide, sans même parler de la façon dont un cuistot de fast-food comme lui avait pu obtenir le statut de sorcier. Un frisson me parcourut. Cette association ne pouvait pas avoir la bénédiction du SO. Le SO n'en savait rien. Francis était une taupe. Le petit malin était un cookie, une putain de taupe !

Je regardai Trent à travers les larges feuilles. Ses épaules remuèrent légèrement, comme en accord avec mes pensées. Mon envie de vomir ressurgit. Francis n'était pas assez bon pour quelque chose d'aussi puant. Il allait se faire tuer.

— Euh… je…, hoqueta Francis.

— Le responsable de la sécurité vous a trouvé ensorcelé dans votre propre coffre. (Trent parlait calmement, un infime soupçon de menace dans la voix.) Mlle Morgan et moi-même avons eu une conversation intéressante.

— Elle… elle avait dit qu'elle me transformerait en animal, l'interrompit Francis.

Trent respira profondément.

— Pourquoi, reprit-il avec une patience excédée, aurait-elle fait ça ?

— Elle ne m'aime pas.

Trent ne dit rien. Francis se tassa sur lui-même en comprenant le caractère infantile de ses paroles.

— Parlez-moi de Rachel Morgan.

— C'est un véritable furoncle dans le… sur les fesses, répondit Francis en jetant un regard nerveux à Jonathan.

Trent saisit un stylo et commença à le faire tourner entre ses doigts.

— Je suis au courant. Dites-moi autre chose.

— Que vous ne sachiez pas ? balbutia Francis. (Ses yeux cernés étaient hypnotisés par le mouvement du stylo.) Vous l'avez probablement à l'œil depuis plus longtemps que moi. Vous lui aviez accordé un prêt pour ses études ? (Il semblait presque jaloux.) Vous avez soufflé quelque chose à l'oreille du recruteur du SO ?

Je me raidis. Comment pouvait-il oser ? J'avais *travaillé* pour mes études. J'avais obtenu mon boulot *par moi-même*. Je regardai Trent, les haïssant tous. Je ne devais rien à personne.

— En aucun cas. (Trent reposa le stylo.) Mlle Morgan fut une surprise. Mais je lui ai offert un emploi.

Francis sembla se tasser encore plus. Sa bouche s'ouvrit, mais rien n'en sortit. Je pouvais sentir sa peur, acide et tranchante.

— Mais pas votre emploi. (Le dégoût de Trent était palpable.) Dites-moi de quoi elle a peur. Ce qui la rend furieuse. Ce qu'elle préfère le plus au monde.

Sous l'effet du soulagement, Francis recommença à respirer librement. Il se trémoussa, faillit croiser les jambes mais hésita au dernier moment, mal à l'aise.

— Je ne sais pas, moi, le centre commercial ? J'essaie de l'éviter un max.

— Très bien, déclara Trent de sa voix claire. Restons là-dessus un moment. Après avoir examiné vos activités de ces derniers jours, on pourrait s'interroger sur votre loyauté… monsieur Percy.

Francis croisa les bras. Il respira plus vite et se trémoussa encore plus. Jonathan fit un pas menaçant vers lui, et il rejeta une nouvelle fois ses cheveux de ses yeux.

Le regard de Trent se fit intense.

— Savez-vous combien cela m'a coûté de faire taire les rumeurs lorsque vous vous êtes enfui des archives du SO ?

L'autre se lécha les lèvres.

— Rachel avait dit qu'ils allaient penser que je l'avais aidée. Que je ferais mieux de courir.

— Alors vous avez couru.

— Elle a dit…

— Et hier, l'interrompit Trent, vous l'avez conduite jusqu'ici.

La colère rentrée dans sa voix me tira de ma cabane. Trent était penché en avant, et je jure que j'entendis le sang de Francis se transformer en cristaux glacés. L'aura de l'homme d'affaires s'évanouit autour de Trent. Il ne restait plus que la domination. Une domination naturelle, sans équivoque.

La transformation me laissa les yeux écarquillés. L'attitude de Trent n'avait aucun rapport avec l'aura de pouvoir d'un vamp. C'était comme du chocolat non sucré : fort, amer et huileux. Ça laissait un arrière-goût désagréable. Les vamps se servaient de la peur pour obtenir le respect. Trent le demandait simplement. Et, à ce que je voyais, la pensée qu'on puisse le lui refuser ne lui avait jamais traversé l'esprit.

— Elle vous a utilisé pour parvenir jusqu'à moi. (Ses yeux ne cillaient plus.) C'est inexcusable.

Francis était recroquevillé sur sa chaise, les traits tendus sur son visage étriqué, les yeux écarquillés.

— Je... je suis désolé, bégaya-t-il. Ça ne se reproduira pas.

Trent aspira lentement, comme pour rassembler son pouvoir, et je le contemplai, fascinée. Dans l'aquarium, le poisson jaune sauta au-dessus de l'eau. Les poils dans mon cou se dressèrent. Mon pouls s'accéléra. Quelque chose s'éleva, aussi nébuleux qu'une bouffée d'ozone. Le visage de Trent était vide, sans âge. Une brume semblait l'entourer. Choquée, je me demandai s'il était en train de tirer de l'énergie de l'au-delà. Il lui aurait fallu être un sorcier ou un humain pour le faire. Et j'aurais juré qu'il n'était ni l'un ni l'autre.

Mes yeux lâchèrent Trent. Les fines lèvres de Jonathan étaient entrouvertes. Il se tenait derrière Francis, et regardait Trent avec un mélange de surprise et d'inquiétude. Cette démonstration de pouvoir brut était imprévue, même pour lui. Il leva la main pour protester, hésitant et craintif.

Comme en réponse, les yeux de Trent cillèrent et il relâcha sa respiration. Le poisson jaune se cacha derrière le corail. Ma peau ondula étrangement. Les doigts de Jonathan tremblaient et il serra les poings. Ne regardant toujours pas Francis, Trent psalmodia :

— Je sais que cela ne se reproduira pas.

Sa voix était comme la poussière sur du fer brut, les sons glissant d'un mot à l'autre avec une grâce liquide fascinante.

Je me sentis à bout de souffle. Prise de frissons, je me tassai sur moi-même. Par l'enfer, qu'est-ce qui était arrivé ? Presque arrivé ?

— Quelles sont vos intentions ? demanda Trent.

— Monsieur ?

La voix de Francis se craquela et il cligna des yeux.

— C'est ce que je pensais. (Le bout des doigts de Trent tremblait d'une colère rentrée.) Rien. Le SO vous surveille de trop près. Votre utilité commence à s'amenuiser.

La bouche de Francis s'ouvrit.

— Monsieur Kalamack ! Attendez ! Comme vous le dites, le SO me surveille. Je peux attirer leur attention. Les tenir à l'écart des quais des douanes. Une autre prise de Soufre me blanchirait, et les occuperait. (Francis se trémoussa sur le bord de sa chaise.) Vous pourriez faire passer vos… trucs, termina-t-il d'une voix étouffée.

Trucs, pensai-je. *Pourquoi n'a-t-il pas juste dit « drogues bio » ?* Francis détournait l'attention du SO avec une quantité symbolique de Soufre pendant que Trent faisait ses vraies affaires. Depuis combien de temps ? Depuis combien de temps Francis travaillait-il pour lui ? Des années ?

— Monsieur Kalamack ? murmura Francis.

Trent joignit ses doigts devant lui, comme plongé dans une profonde réflexion. Derrière Francis, Jonathan fronça ses fins sourcils. L'inquiétude qui l'avait envahi avait presque disparu.

— Dites-moi quand, supplia Francis, se rapprochant encore du bord de sa chaise.

Trent remit Francis au fond de sa chaise avec un regard de trois secondes.

— Percy, je ne donne pas de chances. Je saisis les occasions. (Il tira son agenda vers lui, feuilletant quelques pages.) Je souhaiterais organiser une livraison pour vendredi.

Par la Southwest. Dernier vol avant minuit pour L. A. Vous trouverez votre prise habituelle dans un casier à la gare routière centrale. Déclarez vos sources anonymes. Mon nom a trop souvent été cité dans la presse ces derniers temps.

Francis bondit sur ses pieds, soulagé. Il avança comme pour serrer la main de Trent, mais un coup d'œil à Jonathan le fit reculer.

— Merci, monsieur Kalamack, débita-t-il. Vous n'aurez pas à le regretter.

— Je ne peux même pas imaginer le regretter. (Trent regarda Jonathan, puis la porte.) Bon après-midi.

Il le congédiait.

— Oui, monsieur. Vous aussi, monsieur.

Je pensai que j'allais me sentir mal quand Francis sortit tout guilleret de la pièce. Jonathan hésita sur le seuil, observant Francis qui faisait des bruits désagréables à l'intention des femmes qu'il croisait dans le hall.

— M. Percy s'est révélé être plus un handicap qu'un avantage, murmura Trent sur un ton las.

— Oui, Sa'han, approuva Jonathan. Je vous conseille instamment de le rayer de la liste des employés.

Mon estomac se serra. Francis ne méritait pas de mourir simplement parce qu'il était stupide.

Trent frotta le bout de ses doigts contre son front.

— Non, décida-t-il. Je préfère que nous le gardions jusqu'à ce que nous ayons un remplaçant. Et j'aurai peut-être d'autres projets pour M. Percy.

— Comme vous voudrez, Sa'han, répondit Jonathan en refermant la porte sans bruit.

Chapitre 20

— Viens, Ange, cajolait Sara Jane.

Une carotte se tortillait entre les barreaux de ma cage. Je m'étirai pour la prendre avant qu'elle la laisse tomber. Je préférais la manger sans assaisonnement aux copeaux de tremble.

— Merci, couinai-je, sachant qu'elle ne pouvait pas me comprendre, mais éprouvant le besoin de m'exprimer.

La jeune femme me sourit et tendit prudemment ses doigts à travers les barreaux. Je frottai mes moustaches contre sa main, sachant qu'elle serait contente.

— Sara Jane ? (Trent était à son bureau, et la femme menue se retourna avec une célérité coupable.) Je vous emploie pour tenir mon bureau en ordre, pas comme gardienne de zoo.

— Désolée, monsieur. Je profitais de cette occasion pour essayer de me débarrasser de cette peur irrationnelle des animaux nuisibles.

Elle passa les mains sur sa jupe en coton. Elle lui arrivait au genou. Elle n'était pas aussi fraîche et professionnelle que le costume pour son entretien d'embauche, mais quand même neuve. Juste ce qu'on pouvait s'attendre à voir porté par une fille de ferme pour son premier jour de travail.

Je grignotai voracement la carotte laissée par Sara Jane sur son déjeuner. Je mourais de faim, vu que je me refusais à manger ces croquettes nauséabondes. *Qu'est-ce qu'il y a, Trent ?* pensai-je entre deux bouchées. *Jaloux ?*

Trent ajusta ses lunettes et retourna à ses papiers.

— Quand vous aurez fini de vous débarrasser de vos peurs irrationnelles, j'aimerais que vous alliez à la bibliothèque.

— Oui, monsieur.

— Le bibliothécaire a rassemblé des informations pour moi. Mais je souhaiterais que vous les contrôliez à ma place. Vous en sortirez ce qui vous semblera le plus pertinent.

— Monsieur ?

Trent posa son crayon.

— Des informations concernant l'industrie de la betterave sucrière. (Il sourit avec une chaleur sincère ; je me demandai s'il avait déposé un brevet là-dessus.) J'envisage de me diversifier dans cette direction, et j'ai besoin d'en savoir suffisamment pour prendre la bonne décision.

Sara Jane rayonnait. Elle ramena une mèche de ses cheveux clairs derrière une oreille d'un geste embarrassé mais comblé. Visiblement, elle devinait que Trent pourrait acheter la ferme sur laquelle servaient ses parents. *Tu es une fille intelligente*, songeai-je sombrement. *Va au bout du raisonnement. Trent possédera ta famille. Tu seras à lui, corps et âme.*

Elle se retourna vers ma cage et y laissa tomber une dernière côte de céleri. Son sourire s'effaça. L'inquiétude plissa son front. Ç'aurait pu paraître adorable sur son visage d'enfant, sauf que sa famille était vraiment en danger. Elle inspira pour dire quelque chose, mais referma la bouche.

— Oui, monsieur, déclara-t-elle, les yeux dans le vague. Je vais tout de suite chercher ces informations.

En partant, Sara Jane ferma la porte. Ses pas lents résonnèrent dans le couloir.

Trent adressa à la porte un regard suspicieux tout en tendant la main vers sa tasse de thé : Earl Grey, sans sucre ni lait. S'il suivait le schéma d'hier, ç'allait être conversations téléphoniques et travaux d'écriture de trois à sept, heure à laquelle les quelques personnes qu'il gardait tard s'en allaient. J'imaginais qu'il était plus facile de diriger un trafic de drogues illégales de votre bureau quand il n'y avait personne pour vous voir.

Trent était revenu de sa pause déjeuner de trois heures, ses cheveux fins fraîchement peignés et sentant l'extérieur. Il semblait complètement revigoré. Si j'avais été mauvaise langue, j'aurais supposé qu'il passait sa pause de midi à dormir dans son bureau de derrière.

Pourquoi pas? pensai-je en m'étirant sur le hamac fourni avec ma cellule. Il était assez riche pour choisir comment occuper son temps.

Je bâillai et mes yeux se fermèrent. C'était mon deuxième jour de captivité, et j'étais certaine que ce ne serait pas le dernier. J'avais passé la nuit précédente à explorer ma prison, pour en conclure qu'elle me résisterait. Conçue pour des furets, la cage en fil métallique à double niveau était étonnamment sûre. Les heures passées à tirer sur les soudures m'avaient laissée épuisée. Il était agréable de ne rien faire. Mon espoir d'être secourue par Jenks ou Ivy était mince. J'étais livrée à moi-même. Et il faudrait probablement un moment avant que je réussisse à faire comprendre à Sara Jane que j'étais une personne et qu'il fallait qu'elle me sorte de là.

Je soulevais une paupière quand Trent se leva pour aller d'un pas nerveux jusqu'à ses disques, rangés sur une étagère en retrait à côté de la console. Il avait une silhouette attirante, debout devant sa collection musicale, si concentré sur son choix qu'il ne rendait même pas compte que j'étais en train de reluquer sa face arrière: 9,5 sur 10. J'enlevai un demi-point du fait du costume de travail, qui devait coûter plus que certaines voitures, et qui cachait la plus grande partie de son corps.

J'avais eu une vue intéressante de sa silhouette la nuit dernière, lorsqu'il avait tombé la veste après le départ de tout le monde. Il avait un dos musclé. Pourquoi le gardait-il caché sous cette veste ? C'était à la fois un mystère et un crime. Son ventre plat était encore plus délicieux. Il devait faire de la gym. Bien que je ne voie pas où il trouvait le temps. J'aurais donné n'importe quoi pour le voir en maillot de bain… ou sans. Ses jambes devaient être tout aussi musclées, étant donné sa réputation d'excellent cavalier. Et si je donnais l'impression d'être une nympho privée de sexe… Eh bien, je n'avais rien d'autre à faire que le regarder.

La veille, Trent avait travaillé longtemps après le coucher du soleil, apparemment seul dans le bâtiment. L'unique lumière provenait de cette fausse fenêtre. Elle avait pâli à mesure que le soleil descendait, reflétant la lumière extérieure, jusqu'à ce qu'il allume la lampe de bureau. Je m'étais surprise plusieurs fois à sommeiller, me réveillant lorsqu'il tournait une page ou que l'imprimante ronronnait pour sortir une feuille. Il s'était arrêté seulement quand Jonathan était venu lui rappeler qu'il devait manger. Je suppose qu'il fallait qu'il gagne son argent, tout comme moi. Sûr, il avait deux boulots, étant à la fois un homme d'affaires respectable et un seigneur de la drogue. Ça devait occuper.

Mon hamac oscillait tandis que je regardais Trent choisir un disque. Une fois celui-ci inséré, le rythme lancinant de tambours s'éleva. Me regardant, Trent ajusta son costume de lin gris et lissa ses cheveux fins, comme s'il me mettait au défi de dire quelque chose. Je lui fis un signe d'approbation, les deux pattes dressées, et il prit un air renfrogné. Ce n'était pas la musique que j'aimais, mais ça pouvait aller. Celle-ci était plus ancienne, avec un son oublié, d'une intensité extrême, une tristesse perdue enchaînée pour remuer l'âme. Pas mal du tout.

Je pourrais m'habituer à cette vie, rêvassai-je tout en étirant soigneusement mon corps en cours de guérison. Je n'avais pas aussi bien dormi depuis que j'avais démissionné du SO. C'était assez rigolo d'être ici, dans une cage, dans le bureau d'un seigneur de la drogue, à l'abri de la sentence de mort que m'avait collée le SO.

Trent se remit au travail à son bureau, son crayon adoptant de temps à autre le rythme des tambours quand il s'arrêtait pour réfléchir. Visiblement, c'était un de ses disques favoris. Je passai le reste de l'après-midi entre sommeil et éveil, bercée par le bruit des tambours et le murmure de la musique. Un coup de fil occasionnel faisait monter et descendre la voix de Trent dans un ronronnement rassurant, et je me surpris à attendre le prochain appel seulement pour l'entendre.

Ce fut un brouhaha dans le hall qui me réveilla brutalement.

— Je sais où est son bureau, résonna une voix sûre d'elle qui me rappela celle de l'un de mes professeurs les plus prétentieux.

Il y eut une protestation vite étouffée de Sara Jane, et les yeux de Trent croisèrent mon regard interrogateur.

— Qu'ils aillent se faire Tourner en enfer, grommela-t-il en plissant les coins de ses yeux expressifs. Je lui avais dit d'envoyer un de ses assistants.

Il se mit à fouiller un tiroir avec une hâte inhabituelle. Le bruit des objets déplacés me réveilla complètement. Je chassai les dernières bribes de sommeil et le vis pointer une télécommande vers le lecteur. Les flûtes et les tambours s'arrêtèrent. Il jeta la télécommande dans le tiroir avec un air résigné. Si je n'avais pas été persuadée du contraire, j'aurais pu croire que Trent aimait avoir quelqu'un avec qui partager sa journée, quelqu'un devant qui il n'avait pas besoin de prétendre être autre que lui-même. *Quel qu'il soit*. Sa colère contre Francis avait fait péter mon trouillomètre.

Sara Jane frappa et entra.

— M. Faris est là pour vous, monsieur Kalamack.

Trent respira posément. Visiblement, il n'était pas content.

— Faites-le entrer.

— Oui, monsieur.

Elle laissa la porte ouverte en sortant et j'entendis le claquement de ses talons s'éloigner. Elle revint rapidement, et fit entrer un homme costaud portant une blouse de laboratoire d'un gris sombre. Il avait l'air gigantesque, debout à côté d'elle. Elle se retira, les yeux étrécis par une inquiétude persistante.

— Je ne peux pas dire que j'apprécie votre nouvelle secrétaire, émit Faris tandis que la porte se refermait. Sara, c'est ça ?

Trent se leva et avança en tendant la main, son dégoût caché derrière un sourire d'apparence sincère.

— Faris. Merci d'être venu aussi vite. Ce n'est qu'un point mineur. L'un de vos assistants aurait suffi. J'espère que je n'ai pas interrompu vos recherches.

— Pas du tout. Je suis toujours content de mettre le nez dehors.

Il respirait fort, comme essoufflé.

La main de Faris écrasa les morsures que j'avais infligées la veille à Trent, et le sourire de celui-ci se figea. L'homme cala sa masse sur la chaise en face du bureau de Trent comme si elle lui appartenait. Il posa une cheville sur un genou, exposant des chaussures vernies. Sa blouse de labo s'ouvrit sur un pantalon habillé. Mais le revers de son veston affichait une tache sombre et un fort relent de désinfectant planait autour de lui, cachant presque l'odeur de séquoia. De vieilles cicatrices de variole grêlaient ses joues et la partie visible de ses mains bovines.

Trent se rassit derrière son bureau, se penchant en arrière et dissimulant sa main bandée sous son autre main. Il y eut un silence.

— Alors, que voulez-vous ? gronda Faris.

Je crus déceler un éclair d'agacement dans les yeux de Trent.

— Direct, comme d'habitude, constata-t-il. Dites-moi ce que vous savez sur ça.

Il m'indiqua du doigt, et ma respiration s'arrêta. Sans me soucier de la raideur de mes muscles, je bondis vers l'intérieur de ma cabane. Faris se releva avec un grognement, et l'odeur âcre de séquoia me submergea quand il s'approcha.

— Eh bien, dit-il, l'idiote s'est fait prendre.

Agacée, je croisai son regard sombre, presque perdu au milieu des plis de peau. Trent s'était assis sur le bord de son bureau.

— Vous la reconnaissez ? demanda-t-il.

— Personnellement ? Non.

D'un doigt épais, le gros homme donna une légère pichenette contre les barreaux.

— Hé ! criai-je de ma cabane. J'en ai vraiment marre.

— Toi, la ferme, lança Faris avec dédain. C'est une sorcière, continua-t-il comme si je n'existais pas. Gardez-la à l'écart de votre aquarium et elle ne pourra pas quitter cette forme. C'est un sort puissant. Elle doit avoir le soutien d'une organisation importante qui seule pourrait en supporter le coût. Et elle est stupide.

Ces derniers mots m'étaient destinés, et je résistai à l'envie de lui balancer des croquettes.

— Pourquoi ?

Trent était retourné derrière son bureau pour fouiller dans le tiroir du bas. Il y eut un bruit cristallin et il en sortit deux verres qu'il remplit d'une dose du whisky de quarante ans d'âge.

— La transformation est un art difficile. On doit utiliser des potions plutôt que des amulettes, ce qui implique qu'on doit préparer un mélange complet pour une seule fois, et jeter le reste. Très coûteux. Vous pourriez payer le salaire de votre bibliothécaire avec ce qu'a coûté cette préparation, et tout le personnel d'un petit bureau avec le prix de l'assurance si vous décidiez de le commercialiser.

— Difficile, dites-vous ? (Il tendit un verre à Faris.) Pourriez-vous confectionner un sort identique ?

— Si j'avais la recette, répondit l'autre en gonflant sa grosse poitrine, visiblement vexé. C'est ancien. Époque préindustrielle peut-être ? Je ne sais pas qui a pu le confectionner. (Il rapprocha son visage de ma cage, la respiration lourde.) Une chance pour l'auteur, ou je me verrais contraint de le soulager de sa bibliothèque.

Cette conversation devient très intéressante, pensai-je.

— Alors, vous ne croyez pas qu'elle ait pu faire cette potion elle-même ?

Trent était de nouveau assis sur le bord de son bureau, l'air incroyablement soigné et en forme comparé à Faris.

L'homme aux traits épais secoua la tête et se rassit. Le verre d'alcool était invisible entre ses mains.

— Je parierais ma vie là-dessus. Vous ne pouvez pas être assez brillante pour réussir un tel sort et être en même temps assez stupide pour vous faire prendre. Ça n'a aucun sens.

— Elle était peut-être impatiente.

Faris éclata de rire. Je fis un bond, me couvrant les oreilles avec mes pattes.

— C'est bon, ça. (Faris s'étouffait presque.) Oui. Elle était impatiente. J'aime cette idée.

Je me dis que le vernis habituel de Trent commençait à craquer tandis qu'il repassait derrière le bureau et posait son verre sans y avoir touché.

— Qui est-ce ? demanda Faris en se penchant en avant pour se donner l'apparence d'un conspirateur. Une journaliste avide d'écrire l'article de sa vie ?

— Y a-t-il un sort qui me permettrait de la comprendre ? interrogea Trent en ignorant la question de Faris. Elle est seulement capable de couiner.

Faris grogna en posant son verre vide sur le bureau. Il le poussa vers Trent pour une autre dose.

— Non. Les rongeurs n'ont pas de cordes vocales. Vous comptez la garder longtemps ?

Trent fit tourner son verre entre ses doigts. Son silence était inquiétant. Faris eut un sourire malicieux.

— Qu'est-ce qui mijote sous votre vilain petit crâne, Trent ?

Le craquement du fauteuil de Trent quand il se pencha en avant me parut assourdissant.

— Faris, si je n'avais pas autant besoin de vos talents, je vous ferais fouetter dans votre laboratoire.

Le gros homme sourit, ce qui fit se percuter tous les plis de chair de son visage.

— Je sais.

Trent rangea la bouteille.

— Je vais peut-être l'inscrire au tournoi de vendredi.

Faris cilla et parla cette fois d'une voix basse.

— Le tournoi de la ville ? J'en ai vu un. Les combats ne cessent pas avant la mort de l'un des concurrents.

— C'est ce que l'on dit.

La peur me plaqua contre le grillage.

— Holà, attends un peu, couinai-je. Ça veut dire quoi, mort ? Hé ! Quelqu'un veut bien parler au vison ?

Je lançai une croquette vers Trent. Elle parcourut cinquante centimètres avant de finir sur la moquette. J'essayai de nouveau, shootant dedans au lieu de la lancer. Elle heurta son bureau avec un « pink ».

— Que le Tournant t'emporte, Trent ! criai-je. Parle-moi.

Trent croisa mon regard ; ses sourcils se levèrent.

— Les combats de rats, bien sûr.

Mon cœur eut un raté. Glacée, je m'assis sur mon derrière. Les combats de rats. Illégaux. Les arrière-boutiques. Les rumeurs. À mort. J'allais être sur un ring, me battre contre un rat jusqu'à la mort.

Je me relevai, en pleine confusion, mes pattes garnies de fourrure blanche agrippées au grillage de la cage. Faris avait l'air malade.

— Vous n'êtes pas sérieux ? souffla-t-il, ses grosses joues virant au blanc. Vous allez vraiment l'engager ? Vous ne pouvez pas faire ça !

— Pourquoi pas ?

Les bajoues de Faris se ratatinèrent. Il cherchait ses mots.

— C'est une personne, s'exclama-t-il. Elle ne tiendra pas trois minutes. Elle va se faire déchiqueter.

Trent haussa les épaules avec une indifférence qui n'était pas feinte.

— C'est son problème, pas le mien. (Il remit ses lunettes cerclées et pencha la tête vers ses papiers.) Bon après-midi, Faris.

— Kalamack, vous allez trop loin. Même vous, vous n'êtes pas au-dessus des lois.

Ces mots à peine lancés, Faris comme moi vîmes que c'était une erreur. Trent leva les yeux. Silencieux, il considéra Faris par-dessus ses lunettes. Il se pencha en avant, un coude sur la pile de dossiers en attente. J'attendis sans respirer, la tension faisant se gonfler ma fourrure.

— Comment va votre plus jeune fille, Faris ? demanda Trent, la beauté de sa voix incapable de dissimuler la laideur de sa question.

Le teint du colosse devint cendreux.

— Elle va bien, murmura-t-il.

Sa confiance primaire avait disparu, ne laissant qu'un gros type effrayé.

— Quel âge a-t-elle ? Quinze ans ?

Trent s'adossa dans son fauteuil, ses lunettes posées à côté des corbeilles « Entrées » et « Sorties ». Il croisa ses longs doigts sur son estomac.

— Un âge merveilleux. Je crois qu'elle veut être océanographe, non ? Parler avec les dauphins ?

— Oui.

La réponse de Faris était presque inaudible.

— Je ne peux vous dire combien j'ai été heureux de la réussite de son traitement contre le cancer.

Mes yeux se portèrent sur le tiroir du bureau de Trent où étaient rangés tous ses disques compromettants. Mon regard revint sur Faris. Je comprenais mieux sa blouse de laboratoire. Je sentis le froid m'envahir et regardai de nouveau Trent. Il ne se contentait pas de transporter les drogues bio, il les fabriquait. Je ne savais pas ce qui m'horrifiait le plus : que Trent flirte activement avec cette même technologie qui avait balayé la moitié de la population mondiale, ou qu'il s'en serve pour faire chanter des gens, en menaçant ceux qu'ils aimaient. Il était si aimable, si charmant, on ne pouvait que l'apprécier, à voir sa personnalité pleine d'allant. Comment quelque chose d'aussi répugnant pouvait-il cohabiter avec une apparence aussi attractive ? Trent sourit.

— Elle est en rémission depuis cinq ans à présent. De bons médecins, disposés à explorer des techniques illégales, sont difficiles à trouver. Et chers.

Faris déglutit.

— Oui… monsieur.

Trent le regarda, un air interrogateur dans ses sourcils levés.

— Bon après-midi… Faris.

— Chiure ! sifflai-je, ignorée. Tu n'es qu'une chiure, Trent ! Tout juste bonne à être grattée de sous mes semelles.

Faris se dirigea en vacillant vers la porte. Reniflant une défiance soudaine, je me tendis. Trent l'avait acculé dans un coin. Le gros homme n'avait plus rien à perdre. Trent dut le sentir aussi.

— Vous allez tenter de m'échapper, n'est-ce pas ? dit-il au moment où Faris ouvrait la porte. (Le brouhaha du bureau nous parvint du hall.) Vous savez que je ne peux pas le permettre.

Faris se retourna, le regard désespéré. Étonnée, je vis Trent dévisser le corps de son stylo et insérer une petite touffe de plumes dans le tube vide. Il le porta à ses lèvres et, d'un souffle, l'envoya vers Faris.

Les yeux du colosse s'agrandirent. Il fit un pas vers Trent, puis porta une main à sa gorge. Un léger râle lui échappa. Son visage commença à gonfler. Je regardais, trop choquée pour avoir peur. Faris tomba à genoux. Sa main chercha la poche de sa chemise, ses doigts se refermèrent, une seringue tomba par terre. Il tenta de la rattraper, s'effondra et tendit le bras vers la seringue.

Trent se leva. Le visage impassible, il poussa du pied la seringue pour la mettre hors de portée de Faris.

— Que lui avez-vous fait ? couinai-je tandis que Trent revissait son stylo.

Faris vira au violet. Un râle le traversa, puis plus rien.

Trent glissa le stylo dans sa poche et enjamba Faris pour gagner la porte.

— Sara Jane ! appela-t-il. Appelez les urgences. Il y a un problème avec M. Faris.

— Il est en train de mourir, pépiai-je. C'est ça, le putain de problème ! Vous l'avez tué !

Un bourdonnement de voix affolées nous parvint tandis que tous les employés sortaient de leurs bureaux. Je reconnus le pas vif de Jonathan. Il s'immobilisa sur le seuil, grimaça en voyant la masse de Faris par terre. Il lança un regard désapprobateur à Trent.

Trent était accroupi près de Faris, tâtant son pouls. Il haussa les épaules pour Jonathan et injecta le contenu de la seringue dans la cuisse de Faris, à travers le pantalon. Je pouvais affirmer que c'était trop tard. Faris ne faisait plus aucun bruit. Faris était mort. Trent le savait.

— Les urgences sont en route, lança Sara Jane du couloir, ses pas se rapprochant. Puis-je…

Elle s'arrêta derrière Jonathan, une main sur la bouche, fixant Faris par terre.

Trent se releva. La seringue glissa de ses doigts et tomba dramatiquement sur le sol.

— Oh, Sara Jane, dit-il doucement en la ramenant dans le couloir. Je suis confus. Ne regardez pas. C'est trop tard. Je crois que c'est une piqûre d'abeille. Faris est allergique aux abeilles. J'ai essayé de lui donner son antitoxine, mais elle n'a pas eu le temps d'agir. Il avait dû faire entrer cette abeille avec lui sans s'en apercevoir. Il a donné une claque sur sa cuisse juste avant de s'effondrer.

— Mais il…

Elle balbutia et jeta un dernier regard derrière elle tandis que Trent l'entraînait.

Jonathan se baissa pour retirer une touffe de plumes de la jambe droite de Faris. Elle finit dans sa poche. Il croisa mon regard, un air narquois et sarcastique sur son visage.

— Je suis vraiment désolé, répétait Trent dans le couloir. Jon ? (Jonathan se releva.) S'il te plaît, veille à ce que tout le monde parte plus tôt. Fais évacuer le bâtiment.

— Oui, monsieur.

— Tout ça est terrible, vraiment affreux. (On aurait dit qu'il le pensait réellement.) Sara Jane, rentrez chez vous. Essayez de ne plus y penser.

Je l'entendis étouffer un sanglot, puis ses pas hésitants s'éloignèrent.

Quelques minutes plus tôt seulement, Faris était encore debout. Choquée, je regardai Trent enjamber le bras du mort. Il était aussi froid qu'un brocoli. Il revint à son bureau et appuya sur le bouton de l'interphone.

— Quen, je suis désolé de vous déranger, mais pourriez-vous venir dans mon bureau de devant ? Il y a une équipe des urgences en chemin vers la propriété et, après cela, probablement quelqu'un du SO.

Il y eut comme une hésitation à l'autre bout, puis la voix de Quen s'éleva du haut-parleur.

— Monsieur Kalamack ? Oui. J'arrive immédiatement.

Je fixai Faris, allongé sur le sol, le corps gonflé.

— Tu l'as tué. Dieu me vienne en aide. Tu l'as tué. Dans ton bureau. Devant tout le monde !

— Jon, dit Trent à mi-voix, en fouillant un tiroir sans paraître concerné. Veille à ce que sa famille reçoive l'indemnisation augmentée de tous les bonus. Je souhaite que sa plus jeune fille puisse aller à l'école de son choix. Garde ça anonyme. Fais-le sous forme de bourse d'études.

— Oui, Sa'han.

Son ton était détaché, comme si les cadavres étaient des événements quotidiens.

— C'est vraiment généreux de ta part, Trent, pépiai-je. Mais je crois qu'elle aurait préféré garder son père.

Trent me regarda. Il y avait une goutte de sueur à la lisière de ses cheveux.

— Je souhaite avoir un entretien avec l'assistant de Faris avant la fin de la journée, ajouta-t-il distraitement. Quel est son nom… Darby ?

— Darby Donnelley, Sa'han.

Trent acquiesça et se frotta le front, comme ennuyé. Quand sa main retomba, la sueur avait disparu.

— Oui. C'est ça. Donnelley. Je ne veux pas que cet incident retarde le planning.

— Que voulez-vous lui dire ?

— La vérité. Faris était allergique aux piqûres d'abeille. Toute son équipe le savait.

Jonathan poussa Faris du bout du pied puis sortit. Ses pas résonnaient violemment maintenant qu'il n'y avait plus aucun bruit ambiant. L'étage s'était vidé avec une rapidité choquante. Je me demandai si ce genre d'incident se produisait fréquemment.

— Avez-vous envie de reconsidérer ma proposition ?

Trent s'adressait à moi. Il serrait entre ses doigts son verre de whisky non entamé. Je n'étais pas sûre, mais j'eus l'impression qu'ils tremblaient. Il contempla le verre quelques instants, puis l'avala cul sec d'un geste rapide. Il le reposa avec délicatesse.

— Il n'est plus question de l'île. Vous garder proche serait plus prudent. La façon dont vous vous êtes introduite dans l'enceinte est impressionnante. Je pense que je pourrais persuader Quen de vous prendre avec lui. Il était mort de rire quand il vous a regardée entortiller M. Percy dans le ruban adhésif et le mettre dans son coffre. Mais ensuite, il vous aurait presque tuée lorsqu'il a appris que vous vous étiez introduite dans mon bureau.

L'indignation paralysa mon cerveau. Je ne pouvais plus rien dire. Faris était *mort, là, par terre*, et Trent me demandait de travailler pour lui ?

— Mais Faris était tout à fait impressionné par votre sort, continua-t-il. Déchiffrer des techniques de manipulation des gènes datant d'avant le Tournant ne doit pas être beaucoup plus compliqué que mélanger un sort complexe. Si vous ne voulez pas explorer vos limites dans l'arène physique, vous pourriez essayer l'arène intellectuelle. Vous avez toutes sortes de talents, mademoiselle Morgan. Cela vous donne curieusement une grande valeur.

Je m'assis sur mon derrière, abasourdie.

— Voyez-vous, mademoiselle Morgan, je ne suis pas un mauvais homme. J'offre à tous mes employés une situation confortable, des chances de promotion, la possibilité d'atteindre leur plein potentiel.

— Possibilité ? Chances de promotion ? (Je bafouillais, sans faire attention au fait qu'il ne pouvait pas me comprendre.) Vous croyez être qui, Kalamack ? Dieu ? Vous pouvez aller vous faire Tourner.

— Je pense que j'ai compris l'essence de votre réponse. (Il m'adressa un bref sourire.) S'il n'y a que ça, je vous ai au moins appris à être honnête. (Il rapprocha son fauteuil du bureau.) Je vais vous briser, Morgan, jusqu'à ce que vous soyez prête à faire n'importe quoi pour sortir de cette cage. J'espère que cela va prendre un certain temps. Pour Jon, cela m'a pris quinze ans. Pas sous forme de rat, mais en esclave quand même. J'imagine que vous craquerez beaucoup plus rapidement.

— Soyez maudit, Trent, grondai-je en bouillonnant de rage.

— Ne soyez pas grossière. (Trent reprit son stylo.) Je suis sûr que vous avez la fibre morale aussi solide, sinon plus, que Jon. Mais il n'a pas vu les rats essayer de le déchiqueter. Avec Jon, j'ai eu tout mon temps. J'ai procédé lentement. Mais, à l'époque, je n'étais pas aussi bon. (Les yeux de Trent se perdirent dans le vague.) Même ainsi, il ne s'est jamais aperçu que j'étais en train de le briser. C'est le cas de beaucoup. Aujourd'hui encore, il n'en est pas conscient. Si vous le lui disiez, il vous tuerait. (Le regard de Trent s'éclaircit.) J'aime beaucoup avoir toutes les cartes visibles sur la table. Cela ajoute à la satisfaction, vous ne croyez pas ? Ne pas avoir à prendre de précautions. Nous savons tous les deux ce qui se passe. Et si vous ne survivez pas, la perte ne sera pas énorme. Je n'ai pas vraiment investi sur vous. Une cage métallique ? Des croquettes ? Des copeaux ?

La sensation d'être en cage revint au galop. Prisonnière.

— Laissez-moi sortir ! hurlai-je, tirant sur les barreaux de ma cage. Trent, laissez-moi sortir !

Il y eut un coup sur le chambranle, et je fis volte-face. Jonathan entra, faisant un pas de côté pour éviter Faris.

— L'équipe médicale est en train de garer sa camionnette. Ils pourront nous débarrasser de Faris. Le SO veut une attestation, rien de plus. (Il eut pour moi un regard méprisant.) Qu'est-ce qui ne va pas avec votre sorcière ?

— Laissez-moi sortir, Trent, couinai-je, prise de frénésie. Laissez-moi sortir !

Je fis le tour de la cage en courant. Le cœur battant, je grimpai à l'étage, me jetai contre les barreaux, essayant de faire basculer la cage. Il fallait que je sorte !

Trent sourit, son expression calme et indifférente.

— Mlle Morgan vient juste de réaliser combien je peux être persuasif. Tape sur sa cage.

En pleine confusion, Jonathan hésita.

— Je croyais que vous ne vouliez pas que je la harcèle.

— En fait, je t'ai dit de ne pas agir sous le coup de la colère quand tu te trompes à propos des réactions de quelqu'un. Ce n'est pas la colère qui me motive. J'enseigne à Mlle Morgan sa nouvelle place dans la vie. Elle est dans une cage. Je peux lui faire ce que je veux. (Ses yeux froids étaient rivés aux miens.) Tape-sur-sa-cage.

Jonathan sourit. Il balança le dossier qu'il tenait à la main contre le grillage. Même prévenue, je me pelotonnai sur moi-même au bruit produit par le coup. La cage trembla, et je dus m'accrocher de mes quatre pattes au grillage du sol.

— Ferme-la, sorcière, ajouta Jonathan, une lueur de jubilation dans l'œil.

Je rampai pour entrer dans ma cabane. Trent lui avait simplement donné la permission de me harceler selon son bon plaisir. Si les rats ne me tuaient pas, Jonathan le ferait.

Chapitre 21

— Allez, Morgan, bouge, souffla Jonathan.

Le bâton me piqua, me faisant presque rouler. L'effort que je dus faire pour ne pas réagir me fit trembler.

— Je sais que tu es furieuse, dit-il, changeant de côté pour m'enfoncer le bout de bois dans le flanc.

Le sol de ma cage était couvert de crayons, tous à moitié rongés. Jonathan m'avait tourmentée toute la matinée. Après avoir passé plusieurs heures à cracher et à essayer de l'attraper, j'avais compris que non seulement ma fureur m'épuisait, mais qu'en plus elle excitait ce monstre sadique. L'ignorer n'était pas aussi satisfaisant que lui arracher les crayons et les casser en deux d'un coup de dents, mais j'espérais qu'il finirait par se fatiguer et s'en irait.

Trent était parti depuis une trentaine de minutes pour son déjeuner ou sa sieste. Le bâtiment était calme, tout le monde se relâchant quand Trent quittait l'étage. Mais Jonathan ne faisait pas mine de s'en aller. Il s'était contenté de rester et de me harceler entre deux bouchées de pâtes. Me placer au centre de la cage n'avait rien apporté. Il avait simplement pris un bâton plus long. Ma cabane était démolie depuis longtemps.

— Foutue sorcière. Tu vas bouger !

Jonathan changea sa prise sur le bâton pour me taper sur la tête. Un coup, deux coups, trois coups, juste entre les oreilles. Mes moustaches frémirent. Je pouvais sentir mon pouls battre plus fort, et la tension pour ne pas réagir commençait à me faire mal à la tête. À la cinquième tape je craquai, me redressant et cassant le bâton en deux d'un coup de dents rageur.

— Tu es mort ! couinai-je, me jetant contre le grillage. Tu m'entends ? Quand je sors de là, tu es mort !

Il se redressa et se passa une main dans les cheveux.

— Je savais que j'arriverais à te faire bouger.

— Essaie quand je serai sortie, murmurai-je, tremblante de rage.

Le bruit de talons hauts dans le couloir s'amplifia, et je me tapis, soulagée. Je reconnaissais le rythme. Apparemment, Jonathan aussi. Il recula d'un pas. Sara Jane entra dans le bureau sans avoir frappé, contrairement à son habitude.

— Oh, s'exclama-t-elle doucement.

Sa main remonta jusqu'au col du nouveau tailleur de travail qu'elle s'était acheté la veille. Trent payait ses employés d'avance.

— Jon, je suis désolée, je croyais qu'il n'y avait plus personne. (Il y eut un silence gêné.) Je voulais donner à Ange les restes de mon déjeuner avant de sortir faire mes courses.

Jonathan la toisa de toute sa hauteur.

— Je le ferai pour vous.

Oh, s'il vous plaît, non, pensai-je. Il les plongerait sans doute d'abord dans de l'encre, s'il me les donnait. Les restes des déjeuners de Sara Jane étaient la seule nourriture que j'acceptais, et je mourais à moitié de faim.

— Merci, mais je vais m'en occuper, dit-elle – et je m'assis sur mon derrière, rassurée. Si vous voulez y aller, je fermerai à clé le bureau de M. Kalamack.

C'est ça, tire-toi. Mon pouls battit plus vite. *Vire, que je puisse essayer de faire comprendre à Sara Jane que je suis une personne.* J'avais essayé tout au long de la journée. Mais la seule fois où je l'avais fait alors que Trent regardait, Jonathan avait « accidentellement » cogné ma cage si fort qu'elle en était tombée.

— J'attends M. Kalamack, contra Jonathan. Vous êtes sûre que vous ne voulez pas que je les lui donne ?

Une expression satisfaite apparut sur son visage habituellement neutre quand il passa derrière le bureau de Trent pour faire semblant d'y mettre de l'ordre. Mon espoir de le voir partir disparut. Il se méfiait.

Sara Jane s'accroupit pour amener ses yeux au niveau des miens. Je me dis qu'ils devaient être bleus, mais je n'en étais pas sûre.

— Non. Cela ne sera pas long. M. Kalamack travaillera-t-il pendant l'heure du déjeuner ? demanda-t-elle.

— Non. Il voulait seulement que je l'attende.

Je rampai vers le grillage en sentant l'odeur de carotte.

— Tiens, Ange. (La voix haut perchée de la petite femme était comme une caresse ; elle déplia une serviette en papier.) Que des carottes aujourd'hui. Ils n'avaient plus de céleri.

Méfiante, je jetai un coup d'œil vers Jonathan. Il vérifiait la pointe des crayons de Trent dans le pot à crayons de celui-ci. J'en profitai pour tendre une patte prudente vers la carotte. Un claquement brutal me fit bondir.

Un petit sourire fit remonter le coin des lèvres fines de Jonathan. Il avait lâché un classeur sur le bureau. Le regard que lui lança Sara Jane était assez courroucé pour faire cailler du lait.

— Arrêtez ça, lança-t-elle, indignée. Vous l'avez harcelée toute la matinée. (Les lèvres serrées, elle poussa les carottes au travers du grillage.) C'est pour toi, ma douce, flatta-t-elle. Prends tes carottes. Tu n'aimes pas tes croquettes ?

Elle laissa tomber les carottes et garda ses doigts passés dans le grillage. Je les reniflai, autorisant ses ongles ébréchés et usés par le travail à me gratter le dessus du crâne. J'avais confiance en Sara Jane, et, pourtant, je ne fais pas confiance facilement. Je crois que c'est parce que nous étions toutes les deux captives, et que nous le savions aussi toutes les deux. Qu'elle soit au courant des agissements de Trent avec les drogues bio était improbable, mais elle était trop intelligente pour ne pas se poser de questions sur la mort de la secrétaire précédente. Trent l'utiliserait comme il avait utilisé Yolin Bates, et la laisserait morte dans une allée.

Ma poitrine se serra comme si j'allais pleurer. Une légère odeur de séquoia flottait autour d'elle, presque dissimulée par son parfum. Misérable, je tirai les carottes vers le centre de la cage et les attaquai aussi vite que possible. Elles sentaient le vinaigre, et je m'interrogeai sur le choix d'assaisonnement de Sara Jane. Elle ne m'en avait donné que trois. J'aurais pu en manger le double.

— Je croyais que vous autres, fermiers, détestiez les tueurs de poulets, dit Jonathan.

Il me surveillait pour déceler toute attitude qui n'aurait pas été celle d'un vison. Les joues de Sara Jane se colorèrent et elle se releva vivement. Avant qu'elle ait pu articuler quoi que ce soit, elle tendit une main hésitante et s'appuya sur ma cage pour ne pas tomber.

— Oh, gémit-elle, ses yeux se perdant au loin. Je me suis levée trop vite.

— Ça va ? demanda-t-il, mais le ton plat de sa voix montrait qu'il s'en fichait.

Elle mit une main sur ses yeux.

— Oui, oui, pas de problème.

J'arrêtai de mâchonner en entendant des pas légers dans le couloir, et Trent entra. Il avait enlevé son veston, et seuls ses habits le faisaient ressembler à un des patrons du Top 20 de *Fortune* plutôt qu'à un chef maître nageur.

— Sara Jane, n'êtes-vous pas en pause déjeuner ? s'enquit-il aimablement.

— J'allais partir, monsieur Kalamack.

Ses yeux soucieux allèrent de Jonathan à moi avant qu'elle prenne la porte. Ses talons claquèrent à peine dans le couloir, puis s'évanouirent. Je me sentis soulagée. Avec Trent dans la pièce, Jonathan me laisserait probablement tranquille et je pourrais manger.

L'homme guindé se cala soigneusement sur l'une des chaises devant le bureau de Trent.

— Combien de temps ? demanda-t-il en posant une cheville sur un genou et en me jetant un coup d'œil.

— Ça dépend.

Trent donnait à ses poissons des miettes tirées d'un sachet de nourriture déshydratée par surgélation. Le poisson chirurgien vint percer la surface, produisant de petits clapotis.

— Le produit doit être fort, dit Jonathan. Je ne pensais pas qu'elle serait affectée.

J'arrêtai de mâcher. *Elle ? Sara Jane ?*

— C'était envisageable. Mais elle va se remettre. (Trent se retourna, ses traits plissés par la réflexion.) À l'avenir, je devrais peut-être me montrer plus directif avec elle. Toute l'information qu'elle nous a apportée sur l'industrie de la betterave sucrière pointait vers une opération financière hasardeuse.

Jonathan se racla la gorge, voulant insinuer qu'il l'avait dit. Trent referma le sachet et le rangea dans le placard, sous l'aquarium. Il passa derrière son bureau mais resta debout, la tête penchée, à feuilleter des papiers.

— Pourquoi pas un sort, Sa'han ? (Jonathan déplia ses longues jambes et se leva, tapotant les plis de son pantalon de costume.) J'imagine que ce serait plus sûr.

— Ensorceler un animal pour la compétition est contre les règles.

Il inscrivit une note dans son agenda.

Un sourire sec traversa le visage de Jonathan.

— Mais les drogues ne posent pas de problème ? Cette logique est perverse.

Ma mastication ralentit. Ils parlaient de moi. Le goût amer de vinaigre était plus fort sur la dernière carotte. Et ma langue commençait à picoter. Lâchant la carotte, je bougeai mes gencives, elles étaient insensibles. *Enfer. On était vendredi.*

— Espèce de salaud ! hurlai-je, jetant la carotte vers Trent, mais elle ne fit que rebondir sur le grillage. Vous m'avez droguée. Vous avez drogué Sara Jane pour m'avoir !

Furieuse, je me jetai contre la porte, glissant ma patte au travers du grillage, essayant d'atteindre le loquet. Je sentais la nausée et des vertiges m'envahir.

Les deux hommes s'approchèrent pour m'examiner. L'expression de pouvoir sur le visage de Trent me fit frissonner. Terrifiée, je courus sur la rampe pour accéder à l'étage, puis redescendis aussi vite. La lumière me faisait mal aux yeux. Je vacillai, perdis l'équilibre. *Il m'avait droguée !*

Une pensée soudaine se fraya un chemin à coups de griffes au milieu de mon affolement. La porte allait s'ouvrir. Ce serait peut-être ma seule chance. Je me figeai au milieu de la cage, haletante. Lentement, je tombai sur le côté. *S'il vous plaît*, pensai-je avec désespoir. *S'il vous plaît, ouvrez cette porte avant que je perde vraiment connaissance.* Ma poitrine se soulevait et mon cœur battait follement. Je ne pouvais dire si cela venait de mes efforts ou de la drogue.

Les deux hommes étaient silencieux. Jonathan me poussa avec un crayon. Je permis juste un tremblement à ma jambe, comme si j'avais été incapable de la bouger.

— Je pense qu'elle est KO, dit-il, sa voix trahissant son excitation.

— Laisse un peu de temps au produit.

La lumière m'éblouit quand Trent se déplaça, et je serrai les paupières.

Heureusement, Jonathan était impatient.

— Je vais prendre la caisse de voyage.

Le grillage trembla quand Jonathan défit le loquet, et mon cœur sembla exploser quand ses longs doigts se refermèrent sur mon corps. Je me débattis, mes dents s'enfoncèrent dans son pouce.

— Espèce de petite chienne ! jura Jonathan, retirant sa main de la cage et me tirant avec lui.

Je relâchai ma prise, heurtai le sol assez fort pour m'ébranler. Même pas mal. Tout mon corps était engourdi. Je bondis vers la porte, m'étalant quand mes pattes refusèrent de me porter.

— Jon ! s'exclama Trent. Ferme la porte !

Le sol vibra, rapidement suivi par le claquement de la porte. J'hésitai, incapable de réfléchir. Je devais courir. Mais où était cette foutue porte ?

L'ombre de Jonathan s'approcha. Je découvris les dents, et il hésita, arrêté par mes minuscules incisives. Il portait sur lui l'odeur acide de la peur. Cette brute était effrayée. Lançant sa main en avant, il m'attrapa par la peau du cou. Je me contorsionnai et enfonçai mes dents dans le gras de son pouce.

Il grogna de douleur et me lâcha. Je tombai par terre.

— Sale sorcière ! cria-t-il.

Je restai sur place, vacillante, incapable de courir. Le sang de Jonathan était pâteux sur ma langue, il sentait la cannelle et le vin.

— Tu me touches encore et je t'arrache tout le pouce, dis-je en haletant.

Jonathan recula, effrayé. C'est Trent qui me ramassa. Hébétée par la drogue, je ne pus rien faire. Ses doigts étaient agréablement frais quand il me fit un berceau de ses mains. Il me déposa doucement dans la caisse de voyage et en ferma le loquet. Son clic sonore secoua la caisse.

Ma bouche était cotonneuse et mon estomac se révoltait. La caisse fut soulevée et décrivit un arc régulier, jusqu'à son atterrissage sur le bureau.

— Nous avons encore quelques minutes avant de devoir partir. Le temps de voir si Sara Jane n'aurait pas une crème antibiotique dans son bureau pour ces morsures.

La voix mélodieuse de Trent se fit aussi confuse que mes pensées. L'obscurité devint insurmontable, et je perdis connaissance, me maudissant pour ma stupidité.

Chapitre 22

Quelqu'un parlait. Je comprenais ça. En fait, il y avait même deux voix et, maintenant que je retrouvais la capacité de penser, je compris qu'elles alternaient depuis un moment. L'une était celle de Trent, et sa sonorité merveilleusement liquide m'attira vers la conscience. Derrière lui, j'entendis le glapissement haut perché de rats.

— Oh ! Par l'enfer ! soufflai-je, ce qui se traduisit par un petit couinement.

Mes yeux étaient ouverts et je les forçai à se fermer. Ils étaient aussi secs que du papier de verre. Encore quelques clignements douloureux et les larmes recommencèrent à couler. Lentement, les parois grises de ma caisse devinrent nettes.

— Monsieur Kalamack ! appela une nouvelle voix enthousiaste. (Le monde se mit à tourner avec ma caisse.) L'accueil m'a dit que vous étiez là. Je suis si heureux. (La voix se rapprocha.) Et avec un concurrent ! Ah, vous allez voir ce que vous allez voir. (Se liquéfiant presque, l'homme entreprit de pomper la main de Trent de haut en bas.) Présenter un nouveau concurrent rend les jeux beaucoup plus distrayants.

— Bonsoir, Jim, salua Trent avec chaleur. Désolé de ne pas vous avoir prévenu.

Le rythme mélodieux de la voix de Trent était un baume pour mon mal de tête. Je l'aimais et la haïssais à la fois.

Comment quelque chose de si beau pouvait-il appartenir à quelqu'un d'aussi ignoble ?

— Vous êtes toujours le bienvenu ici, monsieur Kalamack.

L'homme avait une odeur de copeaux de bois, et je reculai au fond de ma boîte, me tassant dans un coin.

— Vous êtes-vous inscrit ? Avez-vous misé pour le premier round ?

— Il y aura plus d'un combat ? l'interrompit Jonathan.

— Bien sûr, monsieur, dit Jim joyeusement tout en tournant doucement la boîte pour regarder par la porte à claire-voie. Vous faites concourir votre rat jusqu'à ce qu'il meure, ou vous le retirez de la compétition quand vous voulez. Oh ! (Il m'avait vue.) Un vison. Comme c'est… européen de votre part. Cela va changer les paris, mais ne vous inquiétez pas, nous avons déjà engagé des blaireaux et des serpents. Nous nous réjouissons de la nouveauté, et tout le monde adore quand un concurrent se fait dévorer.

Mon pouls réagit. Il fallait que je sorte de là.

— Êtes-vous sûr que votre animal va se battre ? demanda Jim. Les rats que nous avons ici ont été sélectionnés sur plusieurs générations pour leur agressivité, même si nous avons actuellement un rat des rues qui fait une très belle carrière depuis trois mois.

— Il a fallu lui donner un calmant pour la mettre dans sa boîte, répondit Trent sèchement.

— Aaaah, une bagarreuse. Attendez, je vais arranger ça, offrit Jim avec sollicitude. (Il attrapa un listing dans les mains d'un officiel qui passait.) Laissez-moi changer votre premier match. Je vous inscris en fin de séance, ça devrait lui donner le temps de se réveiller complètement. De toute façon, personne ne veut ces créneaux. Il ne reste pas beaucoup de temps avant le prochain match pour que votre bête récupère.

Je m'approchai du devant de la boîte, impuissante. Jim était un homme d'apparence plaisante, avec des joues rondes et un ventre imposant. Il n'aurait fallu qu'un charme mineur pour le transformer en Père Noël de centre commercial. Qu'est-ce qu'il foutait dans les bas-fonds de Cincinnati ?

Son regard jovial passa au-dessus de l'épaule de Trent, et il fit un signe joyeux à quelqu'un.

— Oh, et merci de garder votre animal avec vous tout le temps, dit-il, les yeux toujours sur le nouvel arrivant. Vous avez cinq minutes pour mettre votre candidat dans la fosse une fois qu'on vous a appelé, sinon vous êtes forfait.

Fosse, pensai-je. *Super*.

— Tout ce dont j'ai besoin à présent, c'est de connaître son nom.

— Ange, susurra Trent avec une sincérité moqueuse, mais Jim l'écrivit sur sa feuille sans une seconde d'hésitation.

— Ange, répéta-t-il. Propriété de, et entraîné par Trent Kalamack.

— Je ne suis pas sa propriété, couinai-je.

Jonathan donna une tape sur le côté de ma boîte.

— Remontons, Jon, décida Trent tandis que Jim lui secouait la main et nous laissait. Le tapage de tous ces rats me monte à la tête.

Je me laissai tomber sur mes quatre pattes quand la boîte se mit à tanguer.

— Trent ! Il n'est pas question que je me batte, hurlai-je. Tu peux tirer un trait là-dessus.

— Voyons, mademoiselle Morgan, calmez-vous, dit Trent à voix basse en empruntant l'escalier. Ce n'est pas comme si vous n'aviez pas été entraînée pour ça. Tous les Coureurs savent tuer. Travailler pour eux, travailler pour moi… Il n'y a pas de différence. Ce n'est qu'un rat.

— Je n'ai jamais tué personne de ma vie, criai-je, secouant la porte. Et je ne vais pas commencer pour vous.

Mais je ne pensais pas avoir le choix. Je ne pourrais pas raisonner avec un rat, lui expliquer qu'il y avait erreur, et pourquoi ne pas se quitter bons amis ?

Quand nous arrivâmes en haut des marches, le bruit des rats disparut sous celui des conversations. Trent s'arrêta, observant la salle.

— Regarde par là, murmura-t-il. Il y a Randolph.

— Randolph Mirick ? questionna Jonathan. Vous ne vouliez pas arranger un rendez-vous avec lui pour lui parler de l'augmentation de vos droits sur l'eau ?

— Oui. (Trent sembla respirer le mot.) J'essaie même depuis sept semaines. Il est apparemment très occupé. Et regarde de ce côté. Cette femme qui tient ce petit chien répugnant. C'est la P.-D.G. de l'usine de verre avec laquelle nous avons passé un contrat. J'aimerais beaucoup discuter avec elle de la possibilité d'obtenir une remise en quantité. Je ne me doutais pas que ce serait aussi l'occasion d'élargir notre réseau.

Il reprit sa marche, se déplaçant au milieu de la foule. Trent s'en tenait à des conversations légères, amicales. Il me montrait comme si j'étais une mule de grand prix. Je me terrais au fond de ma caisse et essayais d'ignorer les gloussements des femmes à mon intention. Ma bouche ressemblait à l'intérieur d'un séchoir à cheveux et je pouvais renifler des odeurs d'urine et de sang séché. Et de rats.

Je pouvais aussi les entendre. Piaillant avec des voix trop aiguës pour la plupart des oreilles humaines. Les combats avaient commencé, même si tous les individus à deux pattes n'en étaient pas conscients. Des barreaux et du plastique séparaient peut-être encore les participants, mais les défis, les promesses de violence se lançaient déjà.

Trent trouva un siège à côté de cette tarée de mairesse de la ville, et, après m'avoir posée entre ses pieds, l'entreprit sur l'importance pour tout le monde de requalifier ses intérêts commerciaux en intérêts industriels, une bonne partie de ses terrains étant utilisée d'une façon ou d'une autre pour des développements industriels. Elle n'écoutait pas vraiment jusqu'à ce que Trent sous-entende qu'il pourrait envisager de déplacer ses entreprises les plus sensibles vers des pâtures plus compréhensives.

Une heure de cauchemar s'écoula. Les ultrasons des piaillements et des hurlements, inaudibles pour la foule, transperçaient les sons plus graves. Jonathan entretenait un commentaire coloré à mon intention, embellissant les monstruosités qui se déroulaient dans la fosse. Aucun des combats ne durait très longtemps, dix minutes tout au plus. Le silence soudain suivi par les cris sauvages des spectateurs était barbare.

Bientôt, je pus sentir le sang sur lequel Jonathan semblait heureux d'enjoliver. Je sursautais à chaque mouvement des pieds de Trent.

Les spectateurs applaudirent poliment à l'annonce du résultat du dernier combat. C'était manifestement une victoire sans appel. Grâce à Jonathan, je savais que le rat vainqueur avait ouvert le ventre de son adversaire avant que celui-ci ait abandonné et meure, ses dents encore serrées sur la patte du gagnant.

— Ange ! clama Jim, sa voix plus grave que tout à l'heure, assurant le spectacle. Propriété de, et entraîné par Kalamack.

La poussée d'adrénaline fit trembler mes pattes. *Je peux battre un rat*, pensai-je tandis que la foule acclamait mon adversaire, le Baron Sanglant, pour qu'il descende dans la fosse. *Je ne me laisserai pas tuer par un rat.*

Mes intestins se nouèrent quand Trent se glissa sur le banc vide près de la fosse. L'odeur était cent fois pire. À voir le dégoût qui plissa son visage, je sus que même Trent pouvait la sentir. Impatient, Jonathan se balançait derrière lui d'un pied sur l'autre. Pour un snob guindé et propre sur lui, qui repassait ses cols et amidonnait ses chaussettes, ce type avait un penchant curieux pour les sports sanglants. Les piaillements des rats avaient presque disparu à présent qu'une moitié d'entre eux était morte, et l'autre occupée à lécher ses plaies.

Il y eut quelques secondes d'échanges de plaisanteries entre propriétaires, suivi d'un accroissement de l'excitation orchestré par Jim. Je n'écoutais pas son baratin de Monsieur Loyal, plus intéressée par la découverte de la fosse.

Le cercle avait la taille d'une piscine pour bébé, avec des murs de soixante centimètres. Le sol était couvert de sciure, et décoré de taches sombres. Leur dispersion donnait à penser qu'il s'agissait de sang. L'odeur d'urine et de peur était atroce. Je fus surprise de ne pas la voir planer tel un brouillard. Quelqu'un à l'humour tordu avait mis des jouets pour animaux dans l'arène.

— Mesdames et messieurs ? annonça Jim avec emphase, me rappelant à l'ordre. Placez vos paris.

Trent monta la grille jusqu'à son visage.

— J'ai changé d'avis, Morgan, murmura-t-il. Je n'ai pas besoin de vous comme Coureuse. Vous valez plus pour moi à tuer des rats qu'à tuer mes concurrents. Les contacts que je peux prendre ici sont fantastiques.

— Va te faire Tourner, crachai-je.

À mon couinement haineux, il défit le loquet de la grille et me fit tomber dans la fosse.

Je roulai dans la sciure sans heurt. L'ombre d'un mouvement vif de l'autre côté de l'arène m'annonça l'arrivée du Baron Sanglant. La foule poussa des « oh ! » et des « ah ! » en me voyant, et je bondis au ras du sol pour me cacher derrière une balle. Pas de doute, j'étais plus attirante qu'un rat.

Le nez dans la sciure, l'arène était atroce : le sang, l'urine, la mort. Tout ce que je voulais, c'était me tirer. Mes yeux trouvèrent Trent, et il me sourit d'un air entendu. Il pensait qu'il pouvait me briser. Je le haïssais.

Le public applaudit, et je me retournai pour voir ce vieux Baron Sanglant en personne galoper vers moi. Il n'était pas aussi long que moi, mais plus épais. Je me dis que nous devions peser le même poids. Il lançait de petits cris tout en courant. Je me figeai, je ne savais que faire. Au dernier moment, je sautai hors de son chemin, lui envoyant un coup de patte arrière au passage. C'était une attaque que j'avais utilisée des centaines de fois dans ma carrière de Coureuse. Ce fut instinctif. En vison, ça manquait d'efficacité et de grâce. Je finis mon coup pivotant accroupie, regardant le rat s'arrêter en glissant.

Le Baron hésita, léchant son flanc où je l'avais frappé. Il était devenu muet.

De nouveau, il se rua sur moi, poussé par les cris de la foule. Je visai avec plus de précision, le touchant au museau en sautant de côté. J'atterris ramassée sur moi-même, mes pattes avant automatiquement dressées devant moi pour parer les coups, comme si j'étais une combattante humaine. Cette fois, le rat s'arrêta plus vite, piaillant et secouant la tête comme pour reprendre ses esprits. La vue d'un rat ne devait pas être fameuse, il fallait que je m'en serve.

Couinant comme un malade, le Baron se précipita une troisième fois. Je me tendis, m'apprêtant à sauter verticalement pour retomber sur son dos et l'étouffer jusqu'à ce qu'il soit inconscient. J'avais la nausée, mal au cœur. Je ne tuerais pas pour Trent. Pas même un rat. Si je sacrifiais un principe, une morale, il m'aurait corps et âme. Si je laissais passer pour des rats, demain, ce serait des gens.

Les cris de la foule s'amplifièrent quand le Baron se mit à courir. Je sautai.

— Merde, couinai-je quand il s'arrêta juste sous moi pour se renverser sur le dos. J'allais tomber juste entre ses pattes !

Je le heurtai avec un bruit mou, couinant lorsque ses dents se refermèrent sur mon nez. Prise de panique, j'essayai de me dégager. Mais il maintint sa prise, exerçant seulement assez de pression pour m'empêcher de me libérer. Me débattant contre lui, j'utilisai mes pattes avant pour repousser sa mâchoire, battant son ventre de mes pieds. Couinant en cadence avec mes coups, il endura ce traitement, relâchant peu à peu sa prise, jusqu'à ce que je puisse me dégager en me tortillant.

Je reculai, frottant mon nez et me demandant pourquoi il ne me l'avait pas simplement arraché.

Le Baron se remit sur ses pieds. Il toucha son côté, où je l'avais frappé en premier, puis son visage, et enfin son ventre où mes pattes s'étaient enfoncées, faisant la liste des douleurs que je lui avais infligées. Sa patte se leva pour frotter son nez, et, avec un sursaut, je réalisai qu'il me singeait. Le Baron était une personne !

— Par tous les saints ! couinai-je, et le Baron fit un signe de tête.

Ma respiration s'accéléra, et je jetai un regard vers les murs tout autour et tous les gens qui s'y pressaient. Ensemble, nous pourrions peut-être nous en tirer là où seuls nous étions voués à l'échec. Le Baron émit de petits cris à mon intention, et la foule se tut.

Il n'était pas question que je laisse passer cette chance. Il agita ses moustaches et je bondis. Nous roulâmes sur le sol dans une empoignade sans danger.

Tout ce qu'il fallait, c'était que je trouve un moyen de sortir d'ici et que je le communique au Baron sans que Trent en soit conscient.

Nous nous cognâmes contre une roue d'exercice et nous écartâmes l'un de l'autre. Je me remis sur mes pattes et me retournai, le cherchant. Rien.

— Baron, hurlai-je.

Mais il avait disparu ! Je fis volte-face, me demandant si une main n'était pas venue l'arracher à l'arène. Un grattement rythmé me parvint d'une tour de cubes toute proche. Je combattis mon envie de me tourner dans cette direction. Je fus envahie par le soulagement : il était encore là. Et j'avais une idée.

Le seul moment où des mains descendaient dans la fosse, c'était quand le combat était terminé. L'un de nous deux allait devoir faire semblant de mourir.

— Hé, criai-je quand le Baron me sauta dessus.

Des dents acérées se fixèrent sur mon oreille, la déchirant. Du sang coula dans mes yeux, m'aveuglant. Furieuse, je le jetai par-dessus mon épaule.

— Ça va pas, non ? criai-je quand il eut fini sa roulade.

La foule hurla son enthousiasme, oubliant rapidement notre comportement trop peu caractéristique des rongeurs.

Baron commença une longue série de couinements, sans doute pour tenter de s'expliquer. Je bondis, m'accrochant à sa trachée et l'obligeant à se taire. Ses pattes arrière me labourèrent le ventre quand j'interrompis l'arrivée d'air. En se contorsionnant, il réussit à attraper mon nez, le déchirant de ses ongles. Sous les coups de ses griffes acérées, je relâchai légèrement ma prise, laissant l'air passer de nouveau. Il comprit et son corps se fit mou.

— Tu n'es pas supposé être déjà mort, dis-je, mes piaillements étouffés par sa fourrure dans ma bouche.

Je continuai à serrer jusqu'à ce qu'il pousse un cri aigu et commence à se débattre en tous sens. La foule rugit, croyant probablement qu'Ange allait remporter sa première victoire. Je jetai un œil vers Trent. Mon cœur eut un raté lorsque je vis son air soupçonneux. Ça n'allait pas marcher. Baron pourrait peut-être s'enfuir, mais pas moi. Il allait falloir que je meure, moi, pas Baron.

— Bats-toi, couinai-je, sachant qu'il ne comprendrait pas.

Je relâchai ma prise jusqu'à ce que mes mâchoires commencent à glisser de sa gorge. Sans comprendre, Baron resta inerte. Je lui envoyai un coup de pied dans le bas-ventre et il poussa un glapissement de douleur, s'arrachant d'entre mes dents. Je m'écartai en roulant sur moi-même.

— Bats-toi, tue-moi, pépiai-je.

La tête de Baron oscilla ; il essayait de reprendre ses esprits. Je hochai la tête vers la foule. Il cilla, semblant comprendre, et se précipita. Ses mâchoires se refermèrent sur ma gorge, me privant d'air. J'entendis les cris des gens par-dessus le bruit du sang battant dans ma tête.

Sa prise était serrée, trop serrée pour que je puisse respirer. *Quand tu veux*, pensai-je, *tu me laisses respirer quand tu veux*. Je nous envoyai cogner dans une balle, mais il ne voulait pas lâcher. La peur m'envahit. C'était bien une personne, n'est-ce pas ? Je n'avais pas laissé un rat m'attraper dans une prise mortelle, hein ?

Je commençai à me débattre pour de bon. Sa prise se resserra. Ma tête semblait prête à exploser. Mon sang battait. Je me contorsionnai, me tordis sur moi-même, essayant de griffer un œil, jusqu'à ce que des larmes coulent. Sans effet, il ne voulait pas me lâcher. Je l'entraînai en roulant, heurtant le mur. Je trouvai son cou et y plantai les dents. Immédiatement, il desserra sa prise. Je pris une bouffée d'air reconnaissante.

Furieuse, je le mordis méchamment, sentant le sang sur mes dents. Il me mordit en retour et je couinai de douleur. Je le lâchai un peu, il fit de même. Le bruit de la foule nous assommait, presque aussi violent que la lumière des projecteurs. Nous étions allongés dans la sciure, essayant de calmer notre respiration pour faire croire que nous nous étranglions l'un l'autre. Je compris soudain.

Son propriétaire aussi savait qu'il était une personne ; nous devions mourir tous les deux.

La foule hurlait, voulant savoir qui avait gagné ou si nous étions tous les deux morts. Je regardai à travers mes paupières entrouvertes pour trouver Trent. Il ne semblait pas heureux, et je sus que notre ruse était en passe de réussir. Baron était presque immobile. Une plainte discrète lui échappa, et je lui répondis avec précaution. Une onde d'excitation me traversa, puis disparut.

— Mesdames et messieurs, me parvint la voix professionnelle de Jim par-dessus le brouhaha. Il semblerait que nous ayons un match nul. Les propriétaires pourraient-ils récupérer leurs animaux ? (La foule se tut.) Nous ferons une courte pause pour déterminer si l'un des participants est encore vivant.

Mon cœur battit plus vite quand les ombres de mains s'approchèrent. Baron émit trois petits couinements et bougea très vite. Je suivis avec un peu de retard, m'agrippant à la première main que je trouvai.

— Attention, hurla quelqu'un.

Je fus projetée en l'air quand la main s'agita pour se débarrasser de moi. Je volai par-dessus des têtes, la queue battant en cercles frénétiques. J'aperçus un visage surpris et atterris sur la poitrine d'un homme. Il cria comme une fille et me secoua de ses habits. Je heurtai violemment le sol, à moitié assommée. Je pris trois inspirations rapides et fonçai sous son siège.

Le bruit était étonnant. On aurait pu croire qu'un lion avait été lâché, pas deux rongeurs. Les gens couraient en tous sens. La course des pieds autour du siège était irréelle. Quelqu'un sentant la sciure tendit la main. Je découvris mes dents et il recula.

— J'ai le vison, cria un officiel au-dessus du brouhaha. Passez-moi un filet.

Il tourna la tête et je partis en courant. Mon pouls était si rapide qu'on aurait dit un vrombissement. J'évitai des pieds et des sièges, me précipitant presque la tête la première dans le mur du fond. Le sang de mon oreille me coulait dans les yeux, rendant ma vision floue. Comment allais-je sortir de là ?

— Que tout le monde reste calme ! (La voix de Jim dans les haut-parleurs.) S'il vous plaît, retournez tous dans le hall et prenez des rafraîchissements pendant que nous procédons à une fouille. Nous vous demandons de bien vouloir garder les portes fermées tant que nous n'aurons pas retrouvé les combattants. (Il y eut une pause.) Et que quelqu'un sorte ce chien d'ici, finit-il d'une voix forte.

Des portes ? pensai-je en examinant cet asile de fous. Je n'avais pas besoin d'une porte, j'avais besoin de Jenks.

— Rachel !

L'appel venait d'au-dessus de moi.

Je couinai quand Jenks atterrit sur mes épaules avec un bruit mat.

— Tu as une tête de déterrée, cria-t-il dans mon oreille déchirée. J'ai bien cru que ce rat t'avait eue. Quand tu as sauté et attrapé la main de Jonathan, j'ai failli me pisser dessus !

— Où est la porte ? essayai-je de demander.

Savoir comment il m'avait retrouvée pourrait attendre.

— Ne me fais pas une scène, dit-il, sur la défensive. Je me suis enfui, comme tu me l'avais ordonné. Mais après, je suis revenu. Quand Trent est sorti avec cette boîte à chat, j'ai su que tu étais dedans. Je me suis accroché sous son pare-chocs. Je suis sûr que tu ne savais pas que c'est comme ça que les pixies se déplacent en ville, hein ? Mais tu ferais mieux de bouger tes fesses poilues avant qu'on nous repère.

— Où ? couinai-je. Dans quelle direction ?

— Il y a une porte qui donne sur l'arrière. J'ai fait une reconnaissance durant le premier combat. Purée, ces rats sont vicieux. Est-ce que tu as vu celui qui a carrément arraché la patte de l'autre ? Si tu suis ce mur pendant à peu près dix mètres, puis trois marches qui descendent, tu te retrouveras dans un couloir.

Je démarrai dans la direction indiquée, Jenks se cramponnant à ma fourrure.

— Beuh. Ton oreille est un vrai désastre, dit-il tandis que je dévalais les trois marches. C'est bon, va jusqu'au bout du couloir vers la droite. Il y a une ouverture… Non ! Ne la prends pas, cria-t-il alors que je m'y précipitais. C'est la cuisine.

Je me retournai, me figeant au bruit de pieds sur les marches. Mon cœur battit. On ne me reprendrait pas. Jamais.

— L'évier, murmura Jenks. En dessous, la porte du placard n'est pas fermée. Grouille-toi !

Le repérant, je me précipitai sur le sol en tomettes, mes griffes crissant légèrement. Je me faufilai à l'intérieur. Jenks voleta pour regarder de l'autre côté de la porte. Reculant pour me cacher derrière une bassine, j'écoutai.

— Ils ne sont pas dans la cuisine, cria une voix qui résonna, assourdie.

Je sentis le nœud d'angoisse se desserrer. Il avait dit « ils ». Baron était encore libre.

Jenks vint vers moi, ses ailes comme un brouillard invisible dans l'espace réduit du placard.

— Enfer, c'est bon de te voir. Ivy passe son temps plantée devant une carte de la propriété de Trent qu'elle s'est procurée, souffla-t-il. Elle grommelle et griffonne sur des feuilles toute la nuit. Chaque page termine en boule dans un coin. Mes enfants font des superparties de cache-cache dans la pile qu'elle a faite. Je crois qu'elle ne sait même pas que je suis parti. Elle reste devant cette carte, à boire du jus d'orange.

Je reniflai la saleté. Tandis que Jenks continuait à babiller comme un shooté au Soufre, j'explorai le placard malodorant et découvris que le tuyau d'évacuation passait sous la maison par un trou dans le sol. L'espace entre le tuyau en fer et le plancher était juste assez large pour y passer mon épaule. Je commençai à ronger.

— J'ai dit de sortir ce chien d'ici, nous parvint une voix étouffée. Non. Attendez. Est-ce que quelqu'un aurait quelque chose à lui faire renifler ? Il peut les trouver.

Jenks se rapprocha.

— Hé, le plancher. C'est une bonne idée ! Laisse-moi t'aider.

Jenks se posa à côté de moi, se mettant dans mes pattes.

— Cherche Baron, essayai-je de couiner.

— Mais si, je peux t'aider.

Il arracha du trou un morceau de bois de la taille d'un cure-dents.

— Le rat, continuai-je à piailler. Il voit mal.

Frustrée, je renversai une boîte de produit à récurer. La poudre se répandit, et l'odeur de pin envahit le placard. Attrapant le cure-dents de Jenks, j'écrivis « cherche rat ».

Jenks voleta, une main sur son nez.

— Pourquoi ?

— Homme, gribouillai-je. Voit pas.

Jenks sourit.

— Tu t'es trouvé un copain ! Attends que je dise ça à Ivy.

Je découvris mes dents, indiquant la porte avec mon bout de bois. Il hésitait encore.

— Tu resteras ici ? Tu continueras à agrandir le trou ?

Frustrée, je lui lançai le cure-dents. Il recula en volant.

— C'est bon, c'est bon ! Garde ta petite culotte. Non, attends, tu n'en as pas ?

Son rire résonna avec des accents de liberté tandis qu'il se glissait par la porte entrebâillée. Je recommençai à mastiquer le plancher. Il avait un goût atroce, un mélange puant de savon, de graisse et de moisissure. Je savais que j'allais être malade. La tension crispait tout mon corps. Les coups sourds et les crissements du côté de l'entrée me firent sursauter. Je m'attendais aux cris de triomphe quand on me verrait. Heureusement, le chien ne semblait pas comprendre ce qu'on voulait de lui. Il voulait jouer, et l'humeur des gens tournait à l'aigre.

Mes mâchoires fatiguaient et j'étouffai un grondement de rage. Du savon s'était mis dans la déchirure de mon oreille, et ça me brûlait horriblement. J'essayai de glisser ma tête dans le passage dégagé. Si ma tête pouvait passer, mon corps pourrait aussi. Mais ce n'était pas encore assez large.

— Regardez, cria quelqu'un. Il cherche. Il a trouvé leur odeur.

Affolée, je retirai ma tête du trou. Mon oreille s'accrocha et recommença à saigner. Il y eut un grattement soudain dans l'entrée et je redoublai d'efforts. La voix de Jenks me parvint faiblement par-dessus le bruit de mon rongement.

— C'est dans la cuisine. Rachel est sous l'évier. Non. Le placard suivant. Dépêche ! Je crois qu'ils t'ont vu.

Il y eut un afflux soudain d'air et de lumière, et je m'assis, recrachant de la pulpe de bois.

— Hello ! Nous sommes de retour ! Rach', j'ai trouvé ton rat.

Baron me regarda, ses yeux étaient brillants. Immédiatement, il me sauta par-dessus. Sa tête plongea dans le trou et il commença à ronger. Il n'y avait pas assez de place pour ses épaules plus larges. Je continuai à agrandir le trou de l'autre côté. Les aboiements du chien nous parvinrent de l'entrée. Nous nous figeâmes une seconde, puis nous remîmes à ronger. Mon estomac se noua.

— Est-ce que c'est assez grand ? cria Jenks. Allez ! Grouillez-vous !

Poussant ma tête dans le trou à côté de celle de Baron, je rongeai furieusement. Il y eut un grattement à la porte du placard. Des rais de lumière nous éclairèrent quand la porte alla taper contre les montants.

— Ici ! cria une voix forte. Il y en a un.

Mon espoir s'évanouissant, je relevai la tête. Mes mâchoires étaient douloureuses. Le savon à l'essence de pin avait collé ma fourrure et me piquait les yeux. Je me retournai pour faire face au grattement de pattes. Je ne pensais pas l'ouverture encore assez grande. Un couinement aigu attira mon attention. Baron était accroupi à côté de moi. Il pointait sa patte vers le bas.

— Ce n'est pas encore assez grand pour toi, dis-je.

Baron m'attrapa, me tirant vers le trou et me poussant dedans. Le bruit du chien devint soudain plus fort, et je plongeai dans le vide.

Les bras et les jambes tendus, j'essayai d'agripper le tuyau. J'atteignis une soudure d'une patte avant. Je stoppai brutalement. Au-dessus, le chien aboyait sauvagement. Il y eut un bruit de pattes griffant le plancher, puis un jappement de douleur. Je commençai à perdre ma prise. Je tombai jusqu'à un sol sec. Je restai là, attendant le cri d'agonie de Baron.

J'aurais dû rester, pensai-je, désespérée. *Je n'aurais jamais dû le laisser me pousser dans ce trou.* Je savais qu'il n'était pas assez grand pour lui. Il y eut un grattement pas loin, et le bruit de quelque chose qui s'écrasait dans la poussière, près de moi.

— Tu as réussi ! couinai-je, voyant Baron étalé par terre.

Jenks descendit en voletant, lumineux dans la faible lumière. Il tenait une moustache de chien dans sa main.

— Tu aurais dû le voir, Rach', dit-il, tout excité. Il a mordu ce chien au museau. « Hop crac » ! « Bang » ! « Pif paf », merci madame !

Le pixie continua ses cercles autour de nous, trop énervé pour rester immobile. Mais Baron semblait avoir une crise de tétanie. Roulé en une petite boule de fourrure, il tremblait et avait l'air malade. Je m'approchai en rampant, voulant le remercier. Je le touchai à l'épaule et il sursauta, me fixant avec de grands yeux noirs.

— Faites dégager ce chien !

La voix furieuse nous parvint au travers du plancher, et nous regardâmes la petite flaque de lumière.

Les aboiements s'éloignèrent, et mon pouls se calma.

— Ouais, dit Jim. Ces morceaux de bois sont frais. Y en a un qui est sorti par là.

— Comment pouvons-nous descendre là-dedans ?

C'était Trent et je me recroquevillai, essayant de ne faire qu'un avec la poussière.

— Il y a une trappe d'accès dans l'entrée, mais ce conduit débouche sur la rue par n'importe laquelle des bouches d'aération. (Leurs voix s'éloignèrent.) Je suis désolé, monsieur Kalamack, disait Jim. Nous n'avions jamais eu aucun évadé jusqu'à présent. Je vais envoyer quelqu'un là-dedans immédiatement.

— Ce n'est pas la peine. Elle est partie.

La voix de Trent laissait pointer une rage contrôlée et je ressentis un sentiment de victoire. Jonathan n'aurait pas un voyage de retour très agréable. Je me redressai et poussai un soupir. Mon oreille et mes yeux me brûlaient. Je voulais rentrer à la maison.

Baron couina pour attirer mon attention, indiquant le sol. Je regardai et vis qu'il avait écrit, en lettres soigneusement formées, « merci ».

Je ne pus m'empêcher de sourire. Accroupie près de lui, j'écrivis « de rien ». Mes lettres me parurent peu soignées à côté des siennes.

— Vous êtes *si mignons* tous les deux, se moqua Jenks. On peut y aller, maintenant ?

Baron sauta vers l'écran qui protégeait la bouche d'aération, s'y agrippant des quatre pattes. Choisissant avec soin, il commença à tirer sur les jointures avec ses dents.

Chapitre 23

Ma cuiller racla le fond du pot de fromage blanc. Je me penchai pour voir l'intérieur et rassemblai en tas ce qui restait. Mon genou était froid et je tirai sur le tissu éponge bleu nuit de ma robe de chambre pour le recouvrir. Je me remplissais l'estomac pendant que Baron retrouvait sa forme humaine et se douchait dans la deuxième salle de bains, celle qu'Ivy et moi avions désignée comme étant la mienne. J'étais impatiente de voir à quoi il ressemblait. Avec Ivy, nous étions tombées d'accord pour dire que, s'il avait survécu aux combats de rats pendant une période indéterminée, il devait être beau mec. Dieu savait déjà qu'il était brave, chevaleresque, et pas impressionné par les vampires. Cette dernière caractéristique était la plus surprenante, Jenks nous ayant affirmé qu'il était humain.

Jenks avait appelé Ivy en PCV de la première cabine que nous avions trouvée. Le rugissement de sa moto, tout juste sortie du garage après qu'elle l'eut encastrée sous un camion une semaine plus tôt, m'avait semblé digne d'un chœur céleste. J'avais presque pleuré en voyant son inquiétude lorsqu'elle était descendue de son engin, vêtue des pieds à la tête d'un cuir noir de motard. Quelqu'un se souciait de savoir si j'étais vivante ou morte. Que ce soit un vampire dont je ne comprenais toujours pas les motivations n'avait aucune importance.

Ni Baron ni moi n'avions voulu entrer dans la boîte qu'elle avait apportée et, après une discussion de quelques minutes – ses protestations contre nos couinements –, elle l'avait finalement jetée au fond de la ruelle avec un soupir de rage et nous avait laissé nous installer devant elle. Elle n'avait pas été de très bonne humeur en poussant sa moto hors de la ruelle, un vison et un rat perchés sur son réservoir, leurs pattes sur le minuscule tableau de bord. Le temps que nous sortions du gros des embouteillages du vendredi soir et que nous prenions de la vitesse, j'avais compris pourquoi les chiens passaient leur tête par la fenêtre des voitures.

Rouler en moto était toujours un grand moment mais, en rongeur, on en prenait un coup énorme dans les narines. Les yeux plissés, les moustaches plaquées par le vent, je rentrais à la maison comme une reine. Je me fichais qu'Ivy ramasse des regards curieux et que les gens nous klaxonnent. J'étais sûre que mon cerveau allait avoir un orgasme sous cette surcharge de sensations. J'eus presque des regrets quand Ivy tourna dans notre rue.

D'un doigt, je poussai le reste du fromage dans ma cuiller, ignorant les grognements de cochon émis par Jenks, perché sur une louche accrochée au-dessus de l'îlot central. Je n'avais pas cessé de manger depuis que j'avais laissé tomber ma fourrure mais, comme j'avais dû me contenter de carottes pendant les trois derniers jours, j'avais bien le droit de m'offrir un petit gueuleton.

Reposant le pot vide sur le bord de mon assiette sale, je me demandai si c'était plus ou moins douloureux de se transformer quand on était un humain. Si j'en croyais le gémissement de douleur masculin et à moitié étouffé qui m'était parvenu de la salle de bains avant que la douche se mette à couler, ça devait être du pareil au même.

Je m'étais frotté la peau deux fois de suite, mais j'avais l'impression de toujours sentir le vison sous mon parfum. Mon oreille déchirée m'élançait, mon cou était couvert de perforations cerclées de rouge, où Baron m'avait mordue, et ma jambe gauche était bleue des suites de ma chute dans la roue d'exercice. Mais ça faisait du bien d'être de nouveau une personne. Je jetai un coup d'œil à Ivy en train de faire la vaisselle, me demandant si j'aurais dû mettre un pansement sur mon oreille.

Je n'avais pas encore tout dit à Ivy et Jenks sur ces derniers jours. Je leur avais seulement parlé de ma captivité, pas de ce que j'avais appris dans le bureau de Trent. Ivy n'avait pas fait de commentaires, mais je savais qu'elle mourait d'envie de m'expliquer que je n'avais été qu'une idiote de partir sans plan de secours pour m'échapper.

Le dernier verre rincé et mis à sécher, elle tendit la main et ferma le robinet. Elle se détourna et s'essuya les mains avec un torchon. Voir une vamp, élancée, grande et vêtue de cuir faire la vaisselle valait presque le coût d'admission à ma vie de dingue.

— Bon, dis-moi si j'ai tout compris, déclara-t-elle en s'appuyant contre le comptoir. Trent t'a prise la main dans le sac et, au lieu de te livrer à la police, il t'a inscrite aux combats de rats pour essayer de te briser, dans l'espoir que tu acceptes de travailler pour lui ?

— Ouais.

Je m'étirai pour attraper le sac de biscuits glacés posé à côté de l'ordinateur d'Ivy.

— Ça se comprend.

Elle se déplaça pour prendre mon assiette vide. Après l'avoir lavée, elle la mit à égoutter à côté des verres. À part mes couverts, il n'y avait eu ni assiette ni plat, juste des verres, environ une vingtaine, tous avec quelques gouttes de jus d'orange au fond.

— La prochaine fois que tu t'attaques à quelqu'un comme Trent, est-ce qu'on pourrait au moins prévoir un plan pour gérer ta capture ? demanda-t-elle, le dos tourné et les épaules raides.

Irritée, je relevai la tête de mon sachet de gâteaux. Je respirai un bon coup avant de lui expliquer qu'elle pouvait prendre ses plans et s'en servir de papier toilette, puis j'hésitai. Ses épaules étaient aussi tendues que sa pose était figée. Je me rappelai ce que Jenks avait dit sur son inquiétude, et aussi ce qu'elle m'avait expliqué sur les effets de mes coups de gueule sur la mise en route de ses instincts. Lentement, je relâchai mon souffle.

— D'accord, hésitai-je. Il faudra que nous ayons un plan de secours pour quand je merde, mais à condition que nous en ayons aussi un pour toi.

Jenks renifla et Ivy le regarda brièvement.

— Nous n'en avons pas besoin pour moi, assura-t-elle.

— Contente-toi de l'écrire et pose-le bien en vue à côté du téléphone, lançai-je d'un air détaché. Et je ferai la même chose.

Je plaisantais à moitié, mais je me demandai si, dans toute sa gloire de constipée du bulbe, elle ne serait pas capable de le faire.

Sans rien dire, se révélant incapable de laisser les verres sécher seuls, Ivy se mit à les essuyer. Tout en mastiquant mes biscuits au gingembre, je regardai ses épaules se détendre et ses gestes perdre leur vivacité exacerbée.

— Tu as raison, continuai-je, pensant que je lui devais bien ça. Je n'ai jamais eu personne sur qui je pouvais compter, avant… (J'hésitai.) Je n'ai pas l'habitude.

Ivy se retourna, le soulagement dans son attitude me prenant par surprise.

— Hé, n'en fais pas trop.

— Que Dieu me vienne en aide, déclama Jenks de son étagère à ustensiles de cuisine. Je sens que je vais vomir.

Ivy fit claquer son torchon dans sa direction, le coin des lèvres retroussé en un sourire narquois. Je la regardai attentivement tandis qu'elle se remettait à essuyer. Rester calme et accepter des compromis faisait toute la différence. Maintenant que j'y repensais, accepter des compromis était ce qui nous avait permis de travailler une année ensemble. Mais c'était quand même plus dur de garder mon calme en étant entourée de toutes ses affaires et d'aucune des miennes. Je me sentais vulnérable et en danger.

— Tu aurais dû la voir, Rachel, confia Jenks sur un ton de confidence à vous briser les oreilles. Assise nuit et jour devant ses cartes pour essayer de trouver un moyen de t'extraire de chez Trent. Je lui ai dit que tout ce que nous avions à faire, c'était de continuer la surveillance et d'intervenir à la moindre occasion.

— La ferme, Jenks.

La voix d'Ivy était soudain lourde de menace. J'enfilai le dernier biscuit dans ma bouche et me levai pour jeter le sachet.

— Elle avait ce plan grandiose, continua Jenks. Elle l'a ramassé sur le plancher quand tu étais sous la douche. Elle allait faire appel à tous les services qu'on lui devait. Elle en a même parlé à sa mère.

— Je crois que je vais me procurer un chat, articula Ivy assez fort. Un gros chat noir.

J'attrapai le sac de pain sur le comptoir et dégottai le miel au fond du placard, planqué pour que Jenks ne le trouve pas. Rapportant le tout sur la table, je m'assis et le disposai devant moi.

— C'est une bonne chose que tu te sois échappée quand tu l'as fait, dit Jenks en se balançant sur la louche, ce qui envoya des reflets lumineux dans toute la cuisine. Ivy allait ficher en l'air pour ton compte le peu qui lui reste.

— J'appellerai mon chat Poussière Pixie. Je le laisserai dans le jardin et je ne le nourrirai pas.

Mon regard passa de la bouche soudain refermée de Jenks à Ivy. Nous avions une conversation agréable et chaleureuse, sans peur, sans aura de vamp ou morsure. Pourquoi fallait-il que Jenks la bousille ?

— Jenks, soupirai-je. Tu n'as rien d'autre à faire ?

— Non. (Il se laissa tomber et passa à côté de moi en faisant traîner sa main dans la coulée de miel que j'étais en train d'étendre sur une tranche de pain. Il descendit de trois centimètres sous le poids, puis redressa son vol.) Et, au fait, tu vas le garder ?

Je le regardai sans comprendre et il se mit à rigoler.

— Ton nouveau peeeetiiiit coooopaaaain, gloussa-t-il.

Je fis la moue en voyant l'amusement dans les yeux d'Ivy.

— Ce n'est pas mon petit copain.

Jenks revint planer au-dessus du pot de miel ouvert, en tirant des fils brillants qu'il enfournait dans sa bouche.

— Je t'ai vue avec lui sur la moto… Humm, c'est bon. (Il prit une autre brassée de miel, et ses ailes se mirent à vibrer de façon audible.) Vos queues étaient emmêlées, se moqua-t-il.

Excédée, je fis un moulinet avec la main. Il s'enfuit hors de portée, puis revint.

— Tu aurais dû les voir, Ivy. Se roulant sur le sol, se mordant. (Il rit et cela se transforma en fou rire haut perché ;

je penchai lentement la tête tandis qu'il donnait de la bande vers la gauche.) Ça a été l'amour à la première morsure.

— Il t'a mordue au cou ? demanda Ivy en se tournant vers moi, sérieuse et pince-sans-rire si l'on oubliait ses yeux. Alors là, ça doit être de l'amour. *Moi*, elle ne me laisse pas la mordre dans le cou.

C'était quoi, ça ? Une nuit de payez-vous-Rachel ? Pas très à l'aise, je sortis une autre tranche de pain pour terminer mon sandwich et chassai Jenks du pot de miel. Il volait en tous sens, essayant sans succès de garder un vol stable tandis que le sucre lui montait à la tête et le saoulait.

— Hé, Ivy, brailla-t-il en volant de travers et en se léchant les doigts. Tu sais ce qu'ils disent à propos de la taille de la queue des rats, non ? Plus longue la queue, plus longue le…

— La ferme, hurlai-je.

La douche s'arrêta, ma respiration aussi. Une bouffée d'excitation me fit me redresser sur mon siège. Je jetai un œil vers Jenks. Il riait bêtement, ivre de miel.

— Jenks, dis-je, ne souhaitant pas que Baron ait à supporter un pixie en état d'ébriété. Dégage.

— Hi-ips, conclut-il en puisant une nouvelle poignée.

En rogne, je rebouchai le pot. Jenks émit un petit gémissement de détresse et je le repoussai d'un geste de la main dans les ustensiles de cuisine. Avec un peu de chance, il resterait accroché là jusqu'à ce qu'il soit dégrisé. Dans quatre minutes, maxi.

Ivy sortit, grommelant à propos de verres dans le salon. Le col de ma robe de chambre était humide à cause de mes cheveux et je tirai dessus. J'essuyai le miel de mes doigts, toute parcourue de frissons dans ce qui ressemblait à un syndrome du rendez-vous à l'aveugle. C'était stupide. Je l'avais déjà rencontré. Nous avions même déjà eu la version rongeur d'un premier rendez-vous : une séance retentissante de gym, une petite course pour échapper à des gens et des chiens, et même un petit tour à moto dans le parc. Mais qu'est-ce que vous pouvez dire à quelqu'un que vous ne connaissez pas et qui vient de vous sauver la vie ?

J'entendis la porte de la douche s'ouvrir en grinçant. Ivy s'immobilisa brutalement dans le couloir, le visage vide et deux mugs dans les mains. Je ramenai ma robe de chambre sur mes genoux, me demandant si je devais me lever. La voix de Baron me parvint du côté d'Ivy.

— Vous êtes Ivy, c'est ça ?

— Hum..., hésita Ivy. Vous êtes dans mon peignoir, finit-elle, et je fis une grimace.

Super. Il avait son odeur sur tout le corps.

— Oh, désolé.

Sa voix était agréable. Du genre grave et vibrante. J'étais impatiente de le voir. Ivy semblait être devenue muette. Baron prit une inspiration bruyante.

— Je l'ai trouvé sur le séchoir. Il n'y avait rien d'autre à mettre. Je ferais peut-être mieux d'aller enfiler une serviette de bain...

— Oh, non, répondit Ivy après une hésitation et avec un ton amusé qui ne lui était pas habituel. Ça ira très bien. Vous avez aidé Rachel à s'échapper ?

— Ouais. Elle est dans la cuisine ?

— Entrez donc. (Elle leva les yeux au ciel en le précédant dans la pièce.) *Un intello*, fit-elle avec les lèvres, et mon visage se figea.

Un intello m'a sauvé la vie ?

— Euh, bonjour, salua-t-il en s'immobilisant juste dans l'embrasure de la porte.

— Bonjour, répondis-je mécaniquement.

J'étais trop décontenancée en l'examinant pour en dire plus. Le qualifier d'intello n'était pas honnête, mais, en comparaison des morceaux avec lesquels Ivy avait l'habitude de sortir, on comprenait son jugement.

Baron faisait la même taille qu'Ivy, mais il était tellement mince qu'il semblait plus grand. Les bras pâles qui dépassaient du peignoir noir présentaient quelques cicatrices à moitié effacées, probablement un souvenir de précédents combats de rats. Ses joues étaient rasées de près... Il faudrait que je me procure un nouveau rasoir, celui que j'avais emprunté à Ivy étant probablement fichu. Le bord de ses oreilles était plein d'encoches. Deux piqûres de chaque côté de sa gorge étaient violacées et enflammées. Elles étaient le reflet des miennes, et je me sentis rougir d'embarras.

Malgré ou peut-être à cause de sa carrure étroite, il paraissait gentil, le genre à être toujours plongé dans un livre. Ses cheveux noirs étaient longs, et la façon qu'il avait de les écarter sans cesse de devant ses yeux me fit penser qu'il les portait habituellement plus courts. Le peignoir lui donnait une allure douce et rassurante, mais la soie noire tendue sur ses muscles fins avait tendance à monopoliser mon regard. Ivy était un peu dure. Il avait trop de muscles pour être un intello.

— Tu as les cheveux roux, dit-il en se remettant en mouvement. J'avais pensé qu'ils seraient bruns.

— J'avais pensé que tu serais plus... euh... petit.

Je me levai à son approche et, après un instant de gêne, il tendit la main par-dessus un coin de la table. D'accord, ce n'était pas Arnold Schwarzenegger. Mais il m'avait sauvé la vie. Peut-être à ranger entre un Jeff Goldblum jeune et un Buckaroo Banzai dépenaillé.

— Je m'appelle Nick, déclara-t-il en secouant ma main. En fait, c'est Nicolas. Merci de m'avoir aidé à sortir de ce trou à rats.

— Moi, c'est Rachel.

Sa poigne était confortable. Juste ce qu'il fallait de fermeté sans chercher à prouver sa force. Je lui indiquai l'une des chaises de cuisine et nous nous assîmes tous les deux.

— Et ce n'est pas grand-chose. Nous nous sommes sauvés mutuellement. Tu me diras peut-être que ce n'est pas mes affaires, mais comment diable t'es-tu retrouvé rat dans les combats de la ville ?

Nick se passa une main fine derrière l'oreille et contempla le plafond.

— Je, euh, cataloguais la collection privée de livres d'un vamp. J'ai trouvé quelque chose d'intéressant et commis l'erreur de le rapporter chez moi. (Il croisa timidement mes yeux.) Mais je n'avais pas l'intention de le garder.

J'échangeai un regard avec Ivy. *L'emprunter ; mais bien sûr.* Cependant, s'il avait travaillé avec des vampires auparavant, ça pouvait expliquer son aisance en présence d'Ivy.

— Il m'a changé en rat quand il l'a découvert, continua Nick. Puis il m'a donné en cadeau à un de ses associés. C'est lui qui m'a inscrit dans les combats, sachant qu'en tant qu'humain, j'aurais l'avantage de l'intelligence. Au moins, je lui ai rapporté un paquet de fric. Et toi ? Comment es-tu arrivée là ?

— Humm, hésitai-je. J'ai fabriqué un charme pour me transformer en vison et j'ai été enrôlée dans les combats par erreur.

Ce n'était pas vraiment un mensonge. Je ne l'avais pas prévu et c'était donc un accident. En quelque sorte.

— Tu es une sorcière ? dit-il, un sourire s'élargissant sur son visage. Super. Je n'en étais pas certain.

Un sourire m'échappa. J'avais déjà rencontré quelques humains comme lui, qui pensaient que les Outres n'étaient que l'autre facette de la pièce de monnaie humaine. Chaque fois, c'était une surprise et un plaisir.

— C'est quoi, ces combats ? demanda Ivy. Une sorte de laverie du crime, où on peut se débarrasser des gens sans avoir de sang sur les mains ?

Nick secoua la tête.

— Je ne pense pas. Rachel est la première personne que j'y ai croisée. Et j'y ai passé trois mois.

— Trois mois ? (J'étais atterrée.) Tu es resté en rat pendant trois mois ?

Il se trémoussa sur sa chaise et resserra la ceinture du peignoir.

— Ouais. Je suis sûr que toutes mes affaires ont été vendues pour payer les loyers en retard. Mais bon, j'ai de nouveau des mains. (Il les leva devant lui et je me rendis compte que, bien que fines, elles étaient couvertes de cals.)

J'eus une grimace de sympathie. Dans le Cloaque, vendre les affaires de vos locataires quand ils disparaissaient était une pratique standard. Et disparaître était quelque chose d'assez commun. Il n'avait plus de travail non plus, vu qu'il avait été « viré » du dernier.

— Et tu vis vraiment dans une église ?

Mon regard suivit le sien, balayant cette cuisine clairement destinée à une congrégation.

— Oui. Ivy et moi avons emménagé il y a quelques jours. Ne fais pas attention aux corps enterrés dans le jardin.

Il sourit. Un demi-sourire plein de charme. Dieu me vienne en aide, ça le faisait ressembler à un petit garçon perdu. Ivy, de retour du côté de l'évier, renifla pour elle-même.

— Du miel, nous parvint la voix geignarde de Jenks en direct du plafond, me faisant lever les yeux.

Sa tête dépassait de la louche, et ses ailes vibrèrent jusqu'à devenir invisibles quand il repéra Nick. D'un vol mal assuré, il réussit à atteindre la table. Je me hérissai, mais Nick sourit.

— Jenks, si je ne m'abuse ?

— Baron, répondit Jenks, vacillant quand il tenta de prendre sa pose de Peter Pan la plus avantageuse. Content que tu puisses faire autre chose que couiner. Ça me file mal à la tête. « Scouic, scouic, scouic ». Ces trucs ultrasoniques me transpercent le cerveau.

— Moi, c'est Nick. Nick Sparagmos.

— En fait, Nick, Rachel voudrait savoir l'effet que ça fait d'avoir des boules aussi grosses que ta tête et qui traînent par terre.

— Jenks ! hurlai-je.

Mon Dieu, aidez-moi.

Secouant la tête violemment en signe de dénégation, je regardai Nick, pour m'apercevoir qu'il avait pris ça plutôt correctement, les yeux brillants et son long visage illuminé par un grand sourire.

Jenks prit une inspiration rapide et se tira vite fait quand j'essayai de l'attraper. Il retrouvait rapidement ses moyens.

— Hé, c'est une vilaine déchirure que tu as sur le poignet, enchaîna-t-il. Ma femme – une chic fille – me raccommode. Elle a vraiment un don pour la couture.

— Est-ce que tu veux quelque chose pour mettre sur ton cou ? dis-je pour essayer de changer de sujet.

— Non, ça ira.

Il s'étira lentement comme s'il était raide, se ramassant brusquement quand je sentis un contact délicat sur ma pantoufle. J'essayai de ne pas l'examiner trop ostensiblement. Jenks était beaucoup plus direct.

— Nick. (Il se posa à côté de lui sur la table.) As-tu déjà vu une cicatrice comme celle-ci ?

Il avait remonté sa manche pour dévoiler un zigzag boursouflé qui allait de son poignet à son coude. Il portait toujours des chemises en soie à manches longues avec des pantalons assortis. Je n'avais jamais vu ces cicatrices.

Nick siffla avec admiration, et Jenks rayonna.

— C'est une fée qui m'a fait ça. Elle surveillait la même proie que mon Coureur. Quelques secondes au niveau du plafond avec cette lopette à ailes de papillon et elle a emmené son Coureur se faire voir ailleurs.

— Sans blague.

Nick s'était penché en avant et paraissait impressionné. Il sentait bon : viril sans basculer du côté garou, et sans un brin d'odeur de sang. Ses yeux étaient marron. Chouettes. J'aimais les yeux humains. Vous pouviez vous y perdre et ne jamais rien voir d'autre que ce que vous pouviez prévoir.

— Et celle-là ?

Nick montra une cicatrice ronde sur la clavicule de Jenks.

— Piqûre d'abeille, expliqua Jenks. Elle m'a tenu au lit pendant trois jours avec des frissons et des convulsions, mais nous avons maintenu nos revendications sur les bacs à fleurs du quartier sud. Et toi, tu as eu celle-là comment ?

Il s'envola pour aller indiquer une cicatrice qui formait un léger bourrelet tout autour du poignet de Nick.

Nick me regarda, puis détourna les yeux.

— Un gros rat nommé Hugo.

— On dirait qu'il t'a quasiment arraché la main.

— Il a essayé.

— Et jette un œil ici. (Jenks retira sa chaussure, enlevant en même temps une chaussette presque transparente, pour montrer un pied déformé.) Un vamp a écrasé mon pied quand je ne me suis pas écarté assez rapidement.

Nick grimaça et je me sentis mal. Ça devait être dur de mesurer dix centimètres dans un monde peuplé de gens d'un mètre soixante-quinze. Écartant le col du peignoir, Nick découvrit son épaule et le début de la courbe d'un muscle. Je me penchai pour mieux voir. L'enchevêtrement de cicatrices ressemblait à des griffures, et j'essayai de voir jusqu'où elles descendaient. Je me dis qu'Ivy était à côté de la plaque. Ce n'était pas un intello. Les intellos n'ont pas des abdominaux en tablette de chocolat.

— Et c'est un rat nommé Terreur de Pan qui m'a fait ça.

— Attends, regarde là.

Jenks ôta sa chemise jusqu'à la taille. Je sentis mon amusement s'estomper en voyant dans la lumière son corps couvert de balafres et de traces de coups.

— Tiens, celle-ci. (Il mit son doigt sur une cicatrice ronde en creux.) Tu vois, ça va jusqu'à l'autre côté. (Il se retourna pour montrer une plus petite trace au bas de son dos.) Une épée de fée. Ç'aurait dû me tuer, mais je venais juste d'épouser Matalina. Elle m'a gardé vivant jusqu'à ce que les toxines se soient dispersées.

Nick secoua lentement la tête.

— Tu as gagné. Je ne peux pas battre ça.

Jenks se souleva de plusieurs centimètres, très fier. Je ne savais que dire. Mon estomac gargouilla, et, dans le silence choqué qui suivit, je murmurai :

— Nick, tu veux que je te fasse un sandwich ou autre chose ?

— Si ce n'est pas abuser.

Ses yeux rencontrant les miens étaient pleins de chaleur.

Je me levai et glissai jusqu'au frigo dans mes pantoufles roses.

— Pas de souci. De toute façon, j'allais me préparer quelque chose.

Ivy avait fini de ranger les derniers verres et commençait à nettoyer l'évier avec la poudre à récurer. Je lui lançai un regard noir. Il n'avait aucun besoin d'être nettoyé. Elle était juste curieuse. En ouvrant le frigo, je comptai silencieusement les sacs de quatre restaurants différents. Apparemment, Ivy avait fait les courses. En fouillant, je trouvai de la mortadelle et un cœur de laitue un peu défraîchi. Mes yeux cherchèrent la tomate sur l'appui de fenêtre et je me mordis la lèvre, espérant que Nick ne l'avait pas encore vue. Je ne voulais pas le choquer. La plupart des humains ne toucheraient pas une tomate, même avec des gants. Me déplaçant pour bloquer sa vue, je la cachai derrière le grille-pain.

— On a encore faim ? murmura Ivy discrètement. Dix secondes dans la bouche et… dix ans sur les hanches.

— J'ai faim, répliquai-je tout bas. Et je vais avoir besoin de toutes mes forces cette nuit. (Je fourrai de nouveau la tête dans le réfrigérateur pour dénicher la mayo.) Tu pourrais m'aider si tu as le temps.

— Aider à quoi ? se mêla Jenks. À te border dans ton lit ?

Je me retournai, les mains pleines de denrées pour sandwichs, et repoussai la porte du frigo avec le coude.

— J'ai besoin de votre aide pour faire tomber Trent. Et nous n'avons que jusqu'à minuit pour le faire.

Le vol de Jenks devint erratique.

— Quoi ?

Toute trace d'humour avait disparu de sa voix.

Je dirigeai mon regard las vers Ivy. Je savais qu'elle n'allait pas aimer ce que j'avais à dire. En vérité, j'avais attendu que Nick soit présent, espérant que, devant un témoin, elle ne me ferait pas de scène.

— Cette nuit ? (Ivy posa le dos de sa main sur le cuir qui couvrait sa hanche.) Tu veux organiser une Course contre lui cette nuit ?

Ses yeux allèrent vers Nick, puis revinrent sur moi. Elle jeta son chiffon dans l'évier et se sécha les mains sur un torchon à vaisselle.

— Rachel, est-ce que je peux te dire quelque chose dans le couloir ?

Mon front se plissa à l'insulte implicite envers Nick. Elle ne voulait pas lui faire confiance. Mais, avec un soupir exaspéré, je laissai tomber tout ce que je tenais sur le comptoir.

— Excuse-moi, bredouillai-je en lui adressant une grimace gênée.

Furieuse, je la suivis. Je m'arrêtai brutalement en la voyant immobile à mi-chemin dans le couloir qui menait aux chambres, sa silhouette à la taille de guêpe respirant le danger. Le parfum d'encens omniprésent dans l'espace confiné me fit me tendre comme un ressort.

— Qu'est-ce qu'il y a ? lançai-je sèchement.

— Mettre Nick au courant de ton petit problème n'est pas une bonne idée.

— Ça fait trois mois qu'il vit en rat, dis-je en reculant. Comment pourrait-il être un assassin du SO ? Le pauvre garçon n'a même pas de vêtements, et tu te demandes s'il va me tuer ?

— Non, protesta-t-elle en se rapprochant jusqu'à ce que je sois acculée contre le mur. Mais, moins il en saura sur toi, plus vous serez *tous les deux* en sécurité.

— Oh.

Mon visage était glacé. Elle était trop près. Qu'elle ait oublié son sens de l'espace personnel n'était pas bon signe.

— Et de quoi vas-tu accuser Trent ? De t'avoir retenue sous ta forme de vison ? De t'avoir engagée dans les combats de la ville ? Si tu vas te plaindre de ça au SO, tu es morte.

Son discours s'était ralenti, tournant au monologue sensuel et traînant. Il fallait que je sorte de ce couloir.

— Après trois jours avec lui, j'ai bien plus que ça.

La voix de Nick nous parvint de la cuisine.

— Le SO ? demandait-il d'une voix forte. Ce sont eux qui t'ont mise dans les combats de rats, Rachel ? Tu n'es pas une sorcière noire, hein ?

Ivy se secoua. Ses yeux redevinrent brusquement marron. L'air un peu perdu, elle recula.

— Désolée, dit-elle doucement.

Visiblement peu satisfaite, elle retourna dans la cuisine. Soulagée, je la suivis, pour trouver Jenks perché sur l'épaule de Nick. Je m'interrogeai. Avait-il une ouïe particulièrement fine, ou Jenks lui avait-il tout raconté ? J'aurais parié sur la seconde hypothèse. Et la question de Nick sur la sorcellerie noire avait été déstabilisante de désinvolture.

— Nan, clama Jenks d'une voix suffisante. La magie de Rachel est plus blanche que ses fesses. Elle a quitté le SO en emmenant Ivy. Ivy était leur meilleure Coureuse. Denon, son patron, a mis par dépit un contrat sur la tête de Rachel.

— Tu étais une Coureuse du SO, répéta Nick. Je vois. Mais comment t'es-tu retrouvée dans les combats de rats ?

Toujours sur la défensive, je regardai Ivy qui s'était remise à frotter l'évier avec application. Elle haussa les épaules. Comme si c'était suffisant pour garder M. Rat dans le noir. Traînant les semelles de mes chaussons jusqu'au comptoir, je sortis six tranches de pain.

— M. Kalamack m'a surprise dans son bureau, en train de chercher des preuves de son implication dans des trafics de drogues bio. Il a pensé que ce serait plus rigolo de me mettre dans une arène que de me livrer à la police.

—Kalamack? répéta Nick, ses yeux s'agrandissant. Tu veux dire Trent Kalamack? Le conseiller? Il fait dans les drogues bio?

Le peignoir de Nick venait juste de glisser de ses genoux. Je fis un souhait pour qu'il se tourne encore un touuut petit peu.

Contente de moi, je posai des rondelles de mortadelle sur trois des tranches.

—Ouais. Mais pendant que j'étais prisonnière, j'ai découvert que Trent ne s'occupait pas que de faire circuler des drogues bio. (J'hésitai, ménageant mes effets.) Il les fabrique.

Ivy se retourna. Le chiffon oublié dans une main devenue molle, elle me dévisagea de l'autre bout de la cuisine. Je pouvais entendre des gamins jouer à chat devant la maison d'à côté. Tout était si calme. Savourant sa réaction, je m'occupai de la laitue, enlevant les feuilles brunies jusqu'à parvenir au vert.

Le teint de Nick était devenu cendreux. Je ne le blâmai pas. Pour des raisons évidentes, les humains étaient terrifiés par les manipulations génétiques. Et apprendre que Trent Kalamack était à fond dans le truc devait être superinquiétant. Surtout si on se demandait de quel côté de la barrière il était, humain ou Outre.

—Pas M. Kalamack, dit-il, un brin déstabilisé. J'ai voté pour lui. Les deux fois. Tu es sûre?

—C'est un biogénéticien?

Ivy aussi semblait secouée.

—Non, mais d'après ce que je sais il en finance. (*Et il les tue, et les laisse pourrir sur le sol de son bureau.*) Il a un chargement qui part cette nuit par la Southwest. Si nous pouvons l'intercepter et le relier à lui, je pourrai m'en servir pour payer mon contrat. Jenks, tu as encore cette page de son agenda ?

— Je l'ai cachée dans ma souche, acquiesça le pixie.

J'ouvris la bouche pour protester mais me ravisai. Finalement, ce n'était pas un mauvais endroit. Le bruit du couteau étalant la mayonnaise sur le pain résonna et je finis les sandwichs.

Nick retira sa tête de ses mains. Les traits de son long visage étaient un peu plus tirés. Il était tout pâle.

— De l'ingénierie génétique ? Trent Kalamack a un labo bio ? Le conseiller Kalamack ?

— Et tu vas adorer la partie suivante, dis-je à l'intention d'Ivy. C'est Francis qui gère ça du côté du SO.

Jenks glapit, s'élevant comme une flèche jusqu'au plafond et revenant.

— Francis ? Tu es sûre que tu n'avais pas pris un coup sur la tête, Rach' ?

— Il travaille pour Trent, aussi sûr que j'ai passé trois jours et demi à bouffer des carottes. Je l'ai vu. Vous êtes au courant de ces prises de Soufre que Francis a réussi ? De sa promotion ? *De cette voiture ?*

Je ne finis pas ma pensée, laissant Jenks et Ivy conclure par eux-mêmes.

— Le fils de chienne ! s'exclama Jenks. Les prises de Soufre sont une diversion !

— Ouais.

Je coupai les sandwichs en deux. Satisfaite de mon petit effet, j'en mis un sur une assiette pour moi et deux sur une autre pour Nick ; il était maigre.

— Trent tient le SO et le BFO occupés avec le Soufre, pendant que le vrai gagne-pain sort de l'autre côté de la ville.

Les gestes d'Ivy étaient ralentis. Elle réfléchissait en rinçant de nouveau la poudre à récurer sur ses mains.

— Francis n'est pas assez intelligent, annonça-t-elle en s'essuyant les doigts et en posant le torchon une fois qu'elle eut fini.

— Non. (Je m'étais figée.) Il ne l'est pas. Il va se faire choper et mettre en cabane.

Jenks atterrit à côté de moi.

— Denon va en pisser dans son froc quand il apprendra ça.

— Attends.

L'attention d'Ivy était éveillée. Le cercle marron de ses yeux était en train de diminuer, mais cela venait de l'excitation, pas de la faim.

— Qui dit que Denon n'est pas lui aussi sur la liste de paie de Trent ? reprit-elle. Tu vas avoir besoin de preuves avant d'aller au SO. Ils te tueront avant de t'aider à l'attraper. Et le faire nous-mêmes nécessitera plus que nous deux et un après-midi de préparation.

Mon front se plissa d'inquiétude.

— C'est ma seule chance, Ivy, protestai-je. Risquée ou non.

— Hum. (La main de Nick tremblait lorsqu'il la tendit pour prendre un sandwich.) Pourquoi ne vas-tu pas au BFO ?

Ivy et moi nous tournâmes vers lui dans un silence peiné. Nick prit une bouchée et déglutit pour l'avaler.

— Le BFO se rendrait dans un coin pourri du Cloaque à minuit sur une information concernant la production de drogues bio, surtout si M. Kalamack est accusé d'être dans le coup. Si tu as une preuve quelconque, ils iront voir.

Incrédule, je regardai Ivy. Son visage paraissait aussi vide que l'était devenu le mien. *Le BFO ?*

Mon front se dérida et je sentis un sourire envahir mes lèvres. Nick avait raison. La rivalité qui existait entre le SO et le BFO serait suffisante pour qu'ils s'y intéressent.

— Trent sera cuit, mon contrat sera payé, et le SO passera pour un service de crétins. J'aime ça.

Je pris une bouchée de mon sandwich et rencontrai les yeux de Nick en essuyant la mayo au coin de ma bouche.

— Rachel ? (À son ton, Ivy n'était pas heureuse.) Puis-je te dire quelques mots ?

Je lançai un regard vers Nick, sentant ma tension s'élever de nouveau. Qu'est-ce qu'elle voulait à présent ? Mais elle était déjà sortie.

— Excuse-moi, dis-je en me remettant sur mes pieds et en resserrant nerveusement la ceinture de ma robe de chambre. La princesse Paranoïa veut me parler.

Ivy semblait dans son état normal. Cela devrait bien se passer. Nick balaya une miette tombée sur le peignoir. Pas du tout perturbé.

— Ça t'ennuie si je fais du café ? Depuis trois mois, je meurs d'envie d'en boire une tasse.

— Vas-y. Fais comme chez toi.

J'étais contente qu'il ne se sente pas insulté par le manque de confiance d'Ivy. Il nous sortait un superplan, et elle ne l'aimait pas parce qu'elle n'y avait pas pensé la première.

— Le café est dans le frigo, ajoutai-je tout en la suivant dans le couloir. Qu'est-ce qui ne va pas ? lançai-je en la rejoignant. C'est juste un mec aux mains un peu moites. Et il a raison. Convaincre le BFO de courir après Trent sera beaucoup plus sûr que d'essayer d'avoir le SO pour m'aider.

Je ne pouvais pas voir la couleur des yeux d'Ivy dans la pénombre. La nuit tombait dehors, et le couloir était d'un noir désagréable avec elle dedans.

— Rachel, il ne s'agit pas d'un raid sur le repaire favori des vamps du coin. C'est une tentative pour faire tomber l'un des citoyens les plus puissants de cette ville. Un mot de trop de la part de Nick et tu es morte.

Mon ventre se serra à ce rappel. Je pris une inspiration et la relâchai lentement.

— Continue.

— Je sais que Nick ne veut qu'aider. Il ne serait pas humain s'il ne souhaitait pas te remercier de l'avoir aidé à s'échapper. Mais il risque de se faire amocher.

Je ne dis rien. Je savais qu'elle avait raison. Nous étions des professionnelles, pas lui. Il faudrait que, d'une façon ou d'une autre, je le mette à l'abri.

— Et tu proposes quoi ? demandai-je.

Je sentis sa tension se relâcher.

— Pourquoi ne l'emmènes-tu pas en haut, pour voir si ces vieux habits dans le clocher lui iraient ? Pendant ce temps, je vais réserver une place sur cet avion. Tu as dit que c'était quel vol ?

Je ramenai une mèche derrière une de mes oreilles.

— Pourquoi ? Tout ce que nous avons besoin de savoir, c'est à quelle heure il décolle.

— Nous pourrions avoir besoin de plus de temps. Ça va être juste. La plupart des compagnies font attendre leurs avions si on leur explique qu'on a des problèmes avec la lumière du jour. Ils expliquent le retard par la météo ou une petite maintenance. Ils ne s'envoleront pas avant que le soleil soit aussi couché à douze mille mètres.

Des problèmes avec la lumière du jour ? Ça expliquait beaucoup de choses.

— Le dernier vol avant minuit pour L. A.

Le visage d'Ivy se fit concentré. Elle était partie dans ce que j'appelais son « mode planificateur ».

— Jenks et moi irons au BFO pour tout expliquer. (Sa voix était préoccupée.) Tu pourras nous rejoindre pour l'intervention.

— Hé, attends une minute. Je vais au BFO. C'est ma Course.

Je vis sa grimace, même dans la pénombre du couloir, et je fis un pas en arrière, mal à l'aise.

— Oui, mais c'est quand même le BFO. Plus sûr, d'accord. Mais ils pourraient te mettre la main dessus simplement pour le prestige de réussir à attraper un Coureur là où le SO a échoué. Certains de ces gars aimeraient tuer une sorcière, tu le sais.

J'avais envie de vomir. Je hochai la tête lentement. Je commençai à saliver au bruit de l'eau en train de gargouiller dans la cafetière.

— Tu as raison. Je resterai hors de vue jusqu'à ce que vous ayez dit au BFO ce qu'on est en train de faire.

L'attitude déterminée d'Ivy se transforma en un air de surprise.

— Tu penses que j'ai raison ?

L'odeur du café m'attirait vers la cuisine. Ivy m'y suivit, ses pas ne faisant aucun bruit. Je croisai les bras et m'agrippai les coudes en entrant dans la pièce plus éclairée. Le souvenir d'avoir dû m'y cacher dans l'obscurité pour échapper à des fées assassines doucha tout sentiment d'excitation qu'avait pu me procurer l'espoir de mettre la main sur Trent. Il fallait que je prépare quelques autres sorts. Puissants. Différents. Vraiment différents. Peut-être... peut-être noirs. J'eus encore plus envie de vomir.

Les têtes de Jenks et de Nick étaient toutes proches. Jenks était en train d'essayer de le convaincre d'ouvrir le pot de miel. Au sourire de Nick et à ses refus gentils mais continus, je devinai qu'il avait des connaissances sur les pixies tout comme sur les vamps. Je restai debout à côté de la cafetière, attendant que toute l'eau soit passée. Ivy ouvrit le placard et me tendit trois chopes. Dans ses yeux, je lus qu'elle me demandait pourquoi j'étais soudain à cran. C'était une vamp, elle lisait le langage du corps bien mieux que le docteur Ruth [1].

— Le SO jette encore des sorts contre moi, expliquai-je doucement. Chaque fois que le BFO bouge pour une opération sérieuse, le SO lui emboîte le pas pour être impliqué. Si je dois faire une apparition publique, j'ai besoin de quelque chose pour me protéger d'eux. Quelque chose de puissant. Je peux le fabriquer pendant que vous serez au BFO, puis vous rejoindre à l'aéroport.

Ivy resta figée à côté de l'évier, les bras croisés et l'air soupçonneux.

— Ça semble une bonne idée. Un peu de préparation ne peut pas faire de mal.

Je sentis ma tension augmenter. La magie noire de la terre impliquait toujours de tuer pour ajouter un composant à la potion. Surtout pour les sorts les plus forts. Je supposai que j'allais bientôt savoir si j'en étais capable. Baissant les yeux, j'alignai soigneusement les chopes.

— Jenks ? Comment est la permanence d'assassins dehors ?

Le vent de ses ailes déplaça mes cheveux quand il vint se poser près de ma main.

— Pas très nombreuse. Ça fait quatre jours qu'ils ne t'ont pas vue. Il n'y a plus que des fées. Donne cinq minutes à mes enfants et ils les distrairont assez pour que tu puisses sortir discrètement si besoin est.

---

1. Docteur Ruth Westheimer, thérapeute américaine du sexe, rendue célèbre par son show télévisé *Sexuality Speaking* qui débuta en 1980. A aussi publié *Dr Ruth's Encyclopedia of Sex* (*NdT*).

— Bien. Je sors pour trouver de nouveaux sorts dès que je suis habillée.

— Pour quoi faire ? demanda Ivy sur un ton méfiant. Tu as plein de livres de sorts ici.

Je sentis l'humidité de la sueur dans mon cou. Je n'aimais pas qu'Ivy en soit consciente.

— J'ai besoin de quelque chose de plus fort.

Je me retournai ; le visage d'Ivy était curieusement détendu. La peur raidit mes épaules. Je respirai profondément et baissai les yeux.

— Je veux quelque chose qui puisse servir à attaquer, dis-je d'une petite voix.

Une main soutenant mon coude, je posai mon autre main sur ma clavicule.

Jenks vint voleter devant moi, me forçant à le regarder. Ses traits minuscules étaient crispés par l'inquiétude. Ce qui ne faisait rien pour mon bien-être.

— Hé, Rach', ça me semble flirter d'un peu près avec la magie noire. Non ?

Mon cœur battait à tout rompre, et je n'avais encore rien fait.

— Flirter ? Par l'enfer, ça se peut.

Je jetai un œil du côté d'Ivy. Son attitude était soigneusement neutre. Nick ne semblait pas plus troublé quand il se leva pour s'approcher du café bientôt prêt. De nouveau, l'idée qu'il pratiquait la magie noire me traversa. Des humains pouvaient se brancher sur les lignes d'énergie, même si magiciens et sorcières étaient considérés comme des plaisantins dans la plupart des cercles d'Outres.

— La lune est en train de se lever, ce sera à moi de jouer. Et je ne vais pas préparer des sorts avec l'idée de faire du mal à quelqu'un en particulier…

J'avais eu des difficultés à prononcer les mots. Le silence était désagréable. La réponse relativement modérée d'Ivy fut déroutante :

— Tu en es vraiment sûre, Rachel ?

Il y avait tout juste un soupçon d'avertissement dans sa voix.

— Ça va aller. (Mais je détournai les yeux.) Je ne fais pas ça par méchanceté, seulement pour sauver ma vie. Ça fait une différence.

Je l'espère. Que dieu vienne en aide à mon âme si je me trompe.

Les ailes de Jenks disparurent par à-coups quand il s'envola pour se percher sur la louche.

— Cela n'a pas d'importance, grogna-t-il, visiblement troublé. Ils ont brûlé tous les livres de magie noire.

Nick retira la cafetière de sous le filet de liquide et mit une chope à la place.

— La bibliothèque de l'université en a quelques-uns, dit-il tandis que la plaque brûlante faisait grésiller ce qui était tombé durant les quelques secondes prises par le changement.

Nous nous tournâmes tous vers lui et il haussa les épaules.

— Ils les gardent sous clé dans le cabinet à livres anciens.

Un relent de peur me tirailla. *Je ne devrais pas faire ça*, pensai-je.

— Et tu as la clé.

Mon ton avait été un rien sarcastique, et je fus surprise quand il opina.

Ivy exhala brutalement, incrédule. Puis se moqua :

— Tu as une clé ! Tu étais un rat il y a une heure, et tu as une clé de la bibliothèque de l'université !

Il parut soudain beaucoup plus dangereux, debout dans ma cuisine, l'air nonchalant, le peignoir d'Ivy pendant sur sa grande carcasse efflanquée.

— J'y ai fait mon mémoire de fin d'études, dit-il.

— Tu es allé à l'université ? demandai-je en remplissant à mon tour ma chope.

Il avala une gorgée de café, ses yeux se fermèrent sous l'effet d'une apparente béatitude.

— Un cursus complet. J'ai fait ma spécialisation en acquisition, organisation et distribution de données.

— Tu es bibliothécaire.

J'étais soulagée : c'est comme ça qu'il était au courant pour les livres de magie noire.

— Je l'ai été. Je peux te faire entrer et sortir sans difficulté. La dame en charge des étudiants en mémoire de fin d'études cache les clés des parties fermées près des portes, pour éviter qu'on vienne continuellement l'ennuyer.

Il prit une autre gorgée, et ses yeux devinrent vitreux quand la caféine frappa.

Ivy semblait de nouveau inquiète, ses yeux marron étrécis.

— Rachel, je peux te parler ?

— Non, dis-je doucement.

Je ne voulais pas retourner dans ce couloir. Il y faisait sombre. J'étais à cran. Que mon cœur batte trop rapidement parce que j'étais effrayée par la magie noire et non par elle ne ferait pas de différence pour ses instincts. Et aller à la bibliothèque avec Nick était bien moins dangereux que faire un sort noir. Ce qui n'avait pas vraiment l'air de la perturber.

— Que veux-tu ?

Elle me regarda, puis Nick.

— Je voulais seulement suggérer que tu emmènes Nick dans le clocher. Nous y avons quelques vêtements qui pourraient lui aller.

Je me détachai du comptoir, ma chope non entamée serrée dans l'une de mes mains. *Menteuse*, pensai-je.

— Nick, donne-moi une minute pour m'habiller, et je te montre où c'est. Tu n'as rien contre le fait de porter les vieux habits d'un prêtre, n'est-ce pas ?

L'air étonné de Nick se transforma en acquiescement.

— Non, ça ira très bien.

— Bien. (Mes tempes battaient.) Quand tu seras habillé, nous irons à la bibliothèque et tu pourras me montrer tous leurs livres de magie noire.

En sortant, je regardai Ivy et Jenks. Lui était très pâle, il n'aimait visiblement pas ce que j'allais faire. Elle semblait inquiète, mais j'étais plus embêtée par la désinvolture de Nick envers tout ce qui était Outre, et, à présent, envers la magie noire. Il ne pratiquait pas, si ?

Chapitre 24

J'attendais sur le trottoir que Nick sorte du taxi. Je fis une estimation rapide de ce qui restait dans mon porte-monnaie avant de le ranger. Ma dernière paie était en train de fondre. Si je ne faisais pas attention, il faudrait que j'envoie Ivy à la banque à ma place. Je dépensais plus vite que d'habitude, et je ne voyais pas pourquoi. *Ça doit être les taxis*, pensai-je, me jurant de prendre un peu plus le bus.

Nick avait trouvé un jean délavé dans le clocher. Il flottait dedans, la taille serrée par une de mes ceintures les plus discrètes. Notre prêtre parti depuis longtemps avait été un gros homme. Le sweat-shirt gris avec le logo de l'université de Cincinnati était tout aussi démesuré, et les bottes de jardinage étaient désespérément trop grandes. Nick les avait quand même mises, et il se déplaçait comme la créature de Frankenstein dans un mauvais film. Malgré ça, avec sa grande taille et son air nonchalant, son aspect négligé avait un côté charmant. Moi, je ressemblais toujours à une souillon, quelle que soit ma tenue.

Le soleil n'était pas encore couché, mais, le temps étant couvert, les réverbères étaient déjà allumés. Il avait fallu plus longtemps pour passer toute la garde-robe du prêtre à la machine que pour venir jusqu'ici. Je tins le col de mon manteau d'hiver remonté pour lutter contre le froid et regardai la rue balayée par les phares, tandis que Nick échangeait quelques mots avec le chauffeur. Les nuits pouvaient être fraîches à la fin du printemps, mais j'aurais porté ce long manteau même s'il avait fait plus chaud. Il cachait la robe en vichy marron que j'avais mise. Elle était supposée aller de pair avec mon déguisement de vieille dame. Je ne l'avais portée qu'une seule fois, lors d'un banquet mère-fille dans lequel je m'étais laissé entraîner.

Nick se déplia en sortant du taxi. Il claqua la portière et donna un coup sur le toit. Le chauffeur lui adressa un geste désinvolte de la main et démarra. Il y avait pas mal de voitures à cette heure crépusculaire, quand humains et Outres étaient de sortie.

— Hé, s'exclama Nick en m'examinant dans la lumière incertaine. Où sont passées tes taches de rousseur ?

— Euh, bégayai-je en triturant la bague à mon petit doigt. Je n'ai pas de taches de rousseur.

Nick ouvrit la bouche pour dire quelque chose, puis hésita.

— Où est Jenks ? demanda-t-il finalement.

Énervée, j'indiquai du menton les marches de la bibliothèque, de l'autre côté de la rue.

— Il est parti reconnaître le terrain.

Peu de gens entraient ou sortaient. Ils étudiaient un vendredi soir. Y en a qui ont vraiment besoin de montrer au reste du monde qu'ils sont plus assidus. Nick me prit le coude, mais je m'écartai de lui.

— Je peux très bien traverser toute seule, merci.

— Tu as l'air d'une vieille dame, murmura-t-il. Arrête de balancer tes bras et marche plus lentement.

Je soupirai et traversai la rue à la suite de Nick en essayant de marcher doucement. Les voitures klaxonnaient, mais Nick les ignora. Nous étions en plein territoire étudiant. Si nous avions pris le passage clouté, nous aurions attiré l'attention. Je fus quand même tentée de faire un doigt à quelques chauffards. Mais je me dis que ça n'irait pas avec l'image de la vieille dame. Quoique…

— Tu es sûr que personne ne va te reconnaître ? demandai-je en montant les marches de marbre qui menaient aux portes vitrées.

Sacredieu. Pas étonnant que les personnes âgées meurent, tout leur prenait deux fois plus de temps qu'aux autres.

— Ouais. (Il ouvrit la porte pour me laisser passer et j'entrai en traînant les pieds.) Ça fait cinq ans que je n'ai pas travaillé ici, et les seuls qui viennent le vendredi sont les étudiants de première année. Maintenant, reste le dos voûté et essaie de n'attaquer personne.

Je lui lançai un sourire fielleux et il commenta avec entrain :

— C'est tout à fait ça.

Cinq ans. Ça voulait dire qu'il n'était pas beaucoup plus vieux que moi. C'était à peu près ce que j'avais supposé, bien que l'estimation n'ait pas été facilitée par les accrocs et les usures dus à sa vie de rat.

Je marquai une pause dans le hall d'entrée pour trouver mes repères. J'aime les bibliothèques. Elles sentent bon et sont reposantes. L'éclairage fluo de l'entrée paraissait trop diffus. D'habitude, la lumière venant des grandes baies vitrées qui s'élevaient sur deux étages le complétait. La nuit tombante obscurcissait tout.

Mon regard fut accroché par une ombre qui tombait du plafond. Et qui venait en plein sur moi ! Le souffle coupé, je me jetai en arrière. Nick m'attrapa le bras. Je perdis l'équilibre et mes talons glissèrent sur le marbre du sol. Je criai et m'étalai, jambes et bras dans toutes les directions, et les joues en feu quand Jenks s'arrêta au-dessus de moi en s'esclaffant.

— Que l'enfer vous emporte, hurlai-je. Vous pourriez faire gaffe !

Il y eut un hoquet collectif et tout le monde me regarda. Jenks se cacha dans mes cheveux, son rire joyeux me chatouillant les oreilles. Nick se pencha pour me prendre par le coude.

— Désolé, grand-mère, dit-il d'une voix forte. (Puis il adressa un regard timide à toute l'assistance.) Grand-mère n'entend pas très bien, continua-t-il sur le ton de la confidence. Cette vieille bique.

Quand il se tourna de nouveau vers moi, son visage était sérieux mais ses yeux marron pétillaient.

— Nous sommes arrivés à la bibliothèque ! cria-t-il. Il faut que tu restes tranquille !

Le visage suffisamment enflammé pour faire cuire des toasts, je grommelai quelque chose et le laissai m'aider à me relever. Il y eut un crépitement de commentaires amusés, et chacun retourna à ce qu'il était en train de faire.

Un adolescent couvert d'acné et l'air coincé se précipita sur nous, visiblement inquiet à l'idée d'un procès. Avec plus d'agitation que ça le justifiait, il nous entraîna dans les bureaux, bégayant à propos de sols glissants qui venaient juste d'être cirés, affirmant qu'il allait se plaindre immédiatement au gardien.

Je m'accrochais au bras de Nick, me plaignant de ma hanche et jouant à fond mon rôle de vieille dame. Après avoir tapé un code, le gamin, dépité, nous fit entrer dans une zone interdite au public. Écarlate, il s'empressa auprès de moi, me faisant asseoir et me calant les pieds sur une chaise tournante. La dague d'argent attachée à ma cheville le figea un instant. Je balbutiai faiblement à propos d'un verre d'eau, et il se précipita pour en chercher un. Il lui fallut trois essais pour réussir à taper le code pour ressortir.

La porte se referma derrière lui avec un clic, nous laissant dans le silence. Souriante, je croisai le regard de Nick. Ce n'était pas exactement ce que nous avions prévu, mais nous y étions.

Jenks sortit de sa cachette.

— Encore plus fort que de la colle sur une poignée de porte, dit-il en se précipitant pour inspecter les caméras. Ah ! s'exclama-t-il. Elles sont bidon.

Nick me prit la main et me tira pour m'aider à me relever.

— Je comptais te faire entrer par l'accès qui se trouve dans la salle de repos des employés. Mais ça fera l'affaire. (Je le dévisageai avec un air d'incompréhension, et il m'indiqua des yeux une porte coupe-feu grise.) Le sous-sol est par là.

Un sourire se dessina sur mes lèvres quand je vis la serrure.

— Jenks ?

— Je m'en occupe.

Il se colla contre la porte et commença à tripoter le verrou. En trois secondes chrono, il l'avait fait sauter.

— On y va, murmura Nick en tournant la poignée.

La porte s'ouvrit sur une cage d'escalier plongée dans l'obscurité. Nick appuya sur l'interrupteur pour l'éclairer et tendit l'oreille.

— Pas d'alarme.

Je sortis une amulette de détection et l'invoquai vite fait. Elle resta au vert et tiède dans ma main.

— Pas d'avertisseur silencieux non plus, murmurai-je en la passant à mon cou.

— Eh, grommela Jenks, des débutants s'en sortiraient sans problème.

Nous nous engageâmes dans l'escalier. L'air était frais dans le passage étroit, sans l'odeur rassurante de vieux bouquins. Tous les dix mètres, une ampoule nue éclairait les marches. Des deux côtés, à hauteur de main, une couche de crasse de quinze centimètres faisait une bande épaisse, et je retroussai les lèvres. C'était une rampe, mais pas question d'y toucher.

L'escalier aboutit dans une pièce sombre et sonore. Nick me regarda et je jetai un œil sur l'amulette.

— Non, tout va bien, soufflai-je.

Il alluma et nous découvrîmes une salle au plafond bas et aux murs de parpaings nus. Sur toute leur hauteur, des portes en grillage allaient jusqu'au fond de la salle, laissant voir les rangées de livres qu'elles protégeaient.

Confiant, Jenks nous précéda en bourdonnant. Mes talons claquèrent sur le sol lorsque je suivis Nick, qui se dirigeait vers une grille verrouillée. La section des livres anciens. Pendant que Jenks s'amusait à zigzaguer à travers les trous du grillage en forme de diamants, je m'accrochai à la grille et me mis sur la pointe des pieds, tous les sens en éveil. Je fronçai les sourcils. Ce ne pouvait être que mon imagination, mais il me semblait sentir l'odeur de la magie qui coulait des rangées de livres, presque visible, et qui venait tourbillonner autour de mes chevilles. La sensation d'ancien pouvoir émanant de ce cabinet fermé à double tour était aussi différente de l'odeur du rez-de-chaussée que peut l'être le goût d'un chocolat belge par rapport à celui d'une tablette de supermarché. Riche, entêtant, et si mauvais, oh ! si mauvais pour la santé.

— Et où est cette clé ?

Je savais que Jenks ne serait pas capable de faire basculer la lourde gorge du vieux verrou mécanique. Quelquefois, ce sont les sécurités les plus démodées qui fonctionnent le mieux.

Nick glissa ses doigts sous une étagère qui se trouvait à proximité. Ses yeux scintillèrent au souvenir d'une frustration passée quand sa main s'arrêta.

— Pas assez d'ancienneté pour entrer dans le cabinet secret, hein ? souffla-t-il pour lui-même en sortant une clé à laquelle était accroché un bout de ficelle gluant.

Avant d'ouvrir la porte grillagée, les yeux fixes, il contempla le gros passe-partout posé sur sa paume.

Mon cœur eut un sursaut quand la porte grinça. Nick mit la clé dans sa poche avec un geste brusque et déterminé.

— Après toi, dit-il en allumant les tubes fluo.

J'hésitai.

— Est-ce qu'il y a une autre sortie ?

Quand il fit non de la tête, je me tournai vers Jenks.

— Reste là. Surveille mes… arrières. (Je me mordis les lèvres.) Tu veux bien surveiller mes arrières, Jenks ?

Mon estomac s'était crispé.

Le pixie dut entendre le soupçon de tremblement dans ma voix. Son excitation s'évanouit et il se posa sur ma main tendue. Au niveau de mes yeux, il acquiesça. Sa chemise de soie noire scintillait dans la lumière, s'ajoutant à l'éclat de ses ailes presque invisibles.

— Compte sur moi, Rach', déclara-t-il avec solennité. Rien ne passera par ici sans que tu le saches. Juré.

Je respirai nerveusement. Les yeux de Nick étaient interrogateurs. Tout le monde au SO savait comment mon père était mort. J'appréciais la discrétion de Jenks, son affirmation qu'il serait là pour moi.

— D'accord.

J'enlevai mon amulette de détection et l'accrochai où Jenks pourrait la voir. Je suivis Nick dans le cabinet, me forçant à ignorer l'impression étrange que ma peau me picotait. Qu'ils concernent des arts noirs ou blancs, ce n'étaient que des livres. Le pouvoir venait de leur utilisation.

La porte grinça en se refermant, et Nick me dépassa, me faisant signe de le suivre. Je retirai mon amulette de déguisement et la laissai tomber dans mon sac, puis je dénouai mon chignon et secouai mes cheveux. En les faisant bouffer, je me sentis plus jeune d'un demi-siècle.

J'examinai les titres en passant rapidement à leur hauteur, ralentissant quand l'allée s'élargit en une pièce assez large, cachée de l'entrée par des rayonnages de livres. Il y avait une table d'aspect administratif et trois chaises tournantes dépareillées qui n'auraient même pas été assez bonnes pour le bureau d'un stagiaire. Nick marcha sans hésiter jusqu'à une armoire vitrée de l'autre côté de la pièce.

— C'est là, Rachel, dit-il en l'ouvrant. Regarde si tu trouves ce que tu cherches.

Il se retourna, repoussant la masse de cheveux noirs de ses yeux. Je cillai en voyant le regard résolu et entendu qui obscurcissait son long visage.

— Merci. C'est super. Je te suis vraiment reconnaissante.

Je laissai tomber mon sac sur la table et le rejoignis. L'inquiétude m'envahit, mais je la repoussai. Si le sort était trop répugnant, je ne le lancerais pas, voilà.

Soigneusement, je sortis le livre qui me paraissait le plus ancien. Le dos avait été arraché et je dus utiliser mes deux mains pour le manipuler. Je le posai sur le coin de la table et rapprochai une chaise. Il faisait aussi froid que dans une cave, et j'étais heureuse d'avoir mon manteau. L'air sec sentait légèrement les chips. Étouffant ma nervosité, j'ouvris le livre. La page de titre aussi avait été arrachée. Utiliser un sort trouvé dans un livre sans titre était troublant. Cependant l'index était intact, et je haussai les sourcils. *Un sort pour parler aux fantômes ? Pas mal…*

— Tu ne ressembles pas aux humains avec lesquels j'ai pu passer du temps, dis-je tout en parcourant les rubriques.

— Ma mère était seule. Elle n'avait pas l'argent pour se loger dans le centre, alors elle a préféré me laisser jouer avec les sorciers et les vampires plutôt qu'avec les enfants de junkies à l'héroïne. Le Cloaque était le moindre de deux enfers. (Nick avait les mains enfoncées dans les poches et se balançait de la pointe des pieds aux talons en lisant les titres d'une rangée de livres.) J'ai grandi là-bas. Fait ma scolarité à Emerson.

Intriguée, je lui jetai un coup d'œil. Avoir grandi dans le Cloaque pouvait expliquer pourquoi il en savait autant sur les Outres. Pour survivre, c'était indispensable.

— Tu es allé au lycée du Cloaque ?

Il secoua la porte fermée à clé d'un grand placard. Son bois paraissait rouge dans la lueur des rampes fluorescentes. Je me demandai ce qui pouvait être assez dangereux pour qu'on le mette sous clé dans un placard, à l'intérieur d'un sous-sol fermé à clé, derrière une porte fermée à clé, tout au fond d'un bâtiment administratif.

Tripotant le verrou déformé par la chaleur, Nick haussa les épaules.

— Ça s'est bien passé. Le proviseur a un peu élargi les règles pour moi après ma commotion cérébrale. Ils m'ont laissé porter une dague en argent pour tenir les garous à distance. Et me rincer les cheveux à l'eau bénite rendait les vamps vivants quasi fréquentables. Ça n'aurait pas pu les arrêter, mais l'odeur corporelle que ça me donnait était très dissuasive.

— De l'eau bénite… euh ?

Je me dis que j'allais garder mon parfum à la lavande, plutôt que d'avoir une odeur que seuls les vamps pouvaient renifler.

— Il n'y avait que les magiciens, sorciers et sorcières qui me posaient des problèmes.

Il abandonna le verrou et s'assit sur l'une des chaises, ses longues jambes étendues devant lui. Je lui adressai un petit rictus en coin. Je pouvais facilement imaginer les ennuis qu'avaient pu lui causer les sorcières.

— Mais les blagues stupides ont cessé quand je me suis lié d'amitié avec le plus costaud, le plus méchant, le plus laid des magiciens de l'école, (Un léger sourire apparut dans ses yeux, et il sembla fatigué.) J'ai fait ses devoirs pendant quatre ans. Il aurait dû avoir son diplôme depuis longtemps, et les professeurs étaient plutôt contents de regarder ailleurs pour le sortir du système. Comme je n'allais pas à longueur de temps pleurer auprès du proviseur comme la poignée d'autres humains inscrits dans l'école, j'étais assez cool pour être fréquentable par les Outres. Mes amis ont pris soin de moi, et j'ai appris un tas de choses que je n'aurais jamais dû savoir.

— Comme le fait que tu n'as pas à avoir peur d'un vamp.

Je me dis qu'il était bizarre qu'un humain en sache plus que moi sur les vamps.

— Pas à midi, en tout cas. Mais je me sentirai plus à l'aise une fois que j'aurai pris une douche et que je n'aurai plus l'odeur d'Ivy sur moi. Quand je l'ai mis, je ne savais pas que c'était son peignoir. (Il s'approcha.) Tu cherches quoi ?

— Je ne sais pas exactement.

Il se pencha au-dessus de mon épaule, me mettant mal à l'aise. Il devait bien y avoir là-dedans quelque chose qui ne me ferait pas glisser trop loin du côté obscur de la « Force ». Un amusement nerveux me traversa. *Tu n'es pas mon père, Dark, et jamais je ne te rejoindrai !*

Des larmes vinrent aux yeux de Nick devant la violence de mon parfum et il recula. Nous étions venus avec les vitres de la voiture baissées. À présent, je comprenais pourquoi il n'avait pas protesté.

— Cela ne fait pas longtemps que tu vis avec Ivy, n'est-ce pas ? (Je levai la tête de l'index, surprise, et son long visage se figea.) Euh, je me suis dit que toi et elle n'étiez pas…

Je rougis et baissai les yeux.

— Non, nous ne sommes pas. Pas si nous réussissons à l'éviter. Nous sommes juste des colocataires. Je suis du côté droit du couloir, elle du côté gauche.

Il hésita.

— Cela te gêne si je fais une suggestion ?

Perplexe, je le regardai et il vint s'asseoir sur un coin de la table.

— Tu pourrais essayer un parfum à base d'agrumes plutôt que de fleurs.

Mes yeux s'élargirent. Je ne m'étais pas attendue à ça, et ma main rampa pour aller couvrir mon cou, là où j'avais versé une demi-bouteille de cet affreux parfum.

— Jenks m'a aidée à le choisir, dis-je en guise d'explication. Il a affirmé que ça couvrirait largement l'odeur d'Ivy.

— J'en suis sûr. (Nick eut une grimace d'excuse.) Mais il faut en mettre beaucoup pour que ça marche. Ceux à base d'agrumes neutralisent l'odeur des vamps, ils ne se contentent pas de la couvrir.

— Oh…

Je pris une inspiration, me souvenant du goût d'Ivy pour le jus d'orange.

— Un pixie a un bon nez, mais un vamp a un nez spécialisé. La prochaine fois, va faire ton shopping avec Ivy. Elle t'aidera à choisir quelque chose qui marche.

— J'y penserai.

J'aurais peut-être pu éviter de froisser tout le monde en demandant simplement son aide la première fois. Me sentant stupide, je refermai le livre sans nom et me levai pour en prendre un autre.

Je tirai le volume suivant de l'étagère, me crispant quand je me rendis compte qu'il était plus lourd qu'il n'en avait l'air. Il heurta la table avec un « boum » et Nick eut un mouvement de recul.

— Désolée, dis-je tout en remettant la couverture droite pour cacher le fait que j'avais déchiré la reliure pourrie.

Je m'assis et l'ouvris. Mon cœur rata un battement et je me figeai, sentant les cheveux se dresser dans mon cou. Ce n'était pas mon imagination. Inquiète, je levai la tête pour voir si Nick l'avait lui aussi remarqué. Il regardait par-dessus mon épaule l'une des ailes que dessinaient les étagères. La sensation angoissante ne venait pas du livre. Elle venait de derrière moi. *Enfer.*

— Rachel, nous informa une petite voix depuis l'entrée. Ton amulette a viré au rouge, mais il n'y a personne ici.

Je refermai le livre et me redressai. Il y avait un frémissement dans l'air. Mon cœur battit plus vite quand une demi-douzaine de livres se déplacèrent tout seuls vers le fond des étagères.

— Euh, Nick ? Est-ce que tu as entendu parler de fantômes dans la bibliothèque ?

— Non, jamais.

Enfer et damnation. Je me déplaçai pour être à côté de lui.

— Alors, c'est quoi ce bordel ?

Il me lança un coup d'œil méfiant.

— Je ne sais pas.

Jenks s'amena en volant.

— Il n'y a rien dans la première salle, Rach'. Tu es sûre que ton charme fonctionne ?

De la main, je lui indiquai la perturbation dans l'allée.

— Merde ! s'exclama-t-il, voletant entre Nick et moi tandis que l'air commençait à prendre une forme plus solide.

Tous ensemble, les livres glissèrent de nouveau, cette fois vers le devant des rayonnages. C'était encore plus étrange.

La brume devint jaunâtre, puis se solidifia. Mon souffle s'échappa en sifflant entre mes lèvres. C'était un chien. Si l'on veut bien admettre qu'un chien puisse être aussi gros qu'un poney, avoir des canines de la longueur de ma main et de minuscules cornes sur le crâne, alors c'était un chien. Je reculai d'un pas avec Nick, et il nous suivit.

— Dis-moi qu'il s'agit du système de sécurité de la bibliothèque, soufflai-je.

— Je ne sais pas ce que c'est.

Nick avait un teint cendreux, sa confiance placide était pulvérisée. Le chien était entre nous et la porte. De la salive dégoulinait de sa mâchoire, et je jure qu'elle grésillait en touchant le sol. Une fumée jaune s'élevait de la flaque. Je pouvais sentir le soufre. Qu'est-ce que c'était que ce machin ?

— Tu as quelque chose pour ça dans ton sac ? demanda Nick à voix basse, se raidissant quand les oreilles du chien se dressèrent.

— Un truc pour arrêter un chien jaune sorti de l'enfer ? Non.

— Si on n'a pas l'air d'avoir peur, peut-être qu'il n'attaquera pas.

Le chien ouvrit sa gueule et dit :

— Lequel de vous deux est Rachel Mariana Morgan ?

Chapitre 25

J'eus un hoquet et mon cœur s'affola.

Le chien bâilla, émettant un petit gémissement à la fin.

— Ça doit être toi, devina-t-il.

Sa peau ondula comme un feu ambré et il bondit vers nous.

— Attention, hurla Nick.

Il me poussa hors du chemin et le chien atterrit sur la table, éclaboussant tout de sa salive. Je roulai sur le sol, m'immobilisant, accroupie. Nick cria de douleur. Il y eut un grand bruit quand la table alla cogner dans les étagères. Elle repartit dans l'autre sens quand le chien en descendit. L'épais plastique explosa.

— Nick !

Il était roulé en boule par terre. Le monstre était au-dessus de lui, le poussant du museau. Du sang tachait le sol.

— Laisse-le ! criai-je.

Jenks était collé au plafond, inutile.

Le chien se tourna vers moi. J'avais du mal à respirer. Ses iris étaient rouges, cerclés d'un orange maladif. Ses pupilles étaient horizontales comme celles d'une chèvre. Sans le quitter des yeux, je reculai. Mes doigts tâtonnèrent et parvinrent à sortir ma dague d'argent de ma gaine de cheville. Je jure que le gros toutou eut un sourire qui découvrit ses canines démesurées quand je me débarrassai de mon manteau et de mes chaussures à talons de vieille dame.

Nick gémit et bougea. Il était vivant. Une vague de soulagement me parcourut. Jenks était sur son épaule, lui criant dans l'oreille de se relever.

— Rachel Mariana Morgan, dit le chien, d'une voix noire et d'une douceur mielleuse. (Je frissonnai dans l'air froid du sous-sol, attendant la suite.) L'un de vous deux a peur des chiens. (Il semblait amusé.) Je ne crois pas que ce soit toi.

— Viens vérifier, le narguai-je.

Mon cœur battait la chamade et j'assurai ma prise sur la dague tout en me mettant à trembler. Les chiens ne devraient pas parler. Non, vraiment.

Je fis un pas en avant. J'écarquillai les yeux et restai la bouche béante quand ses pattes avant s'allongèrent, et qu'il s'appuya sur elles pour se mettre debout. Son corps s'amincit, prit forme humaine. Des habits apparurent, un blue-jean artistiquement déchiré, une veste de cuir noir, et une chaîne allant d'un passant de sa ceinture à son portefeuille. Il avait des cheveux en brosse, teints en rouge pour aller avec un visage rubicond. Ses yeux étaient cachés derrière des lunettes noires en plastique. Je n'étais pas encore revenue de ma stupeur qu'il commença à marcher avec une allure chaloupée de mauvais garçon.

— J'ai été envoyé pour te tuer.

Il avait un accent londonien de trottoir. Il s'approcha encore, finissant de se transformer en membre de gang de quartier mal famé.

— On m'a dit de m'assurer que tu mourrais en ayant peur, chérie. On ne m'a pas donné beaucoup d'éléments, ça pourrait prendre du temps.

Je me jetai en arrière, prenant conscience seulement à l'instant qu'il me touchait presque.

Avec une vitesse qui défiait l'œil, il lança sa main en avant comme un piston. Elle m'atteignit avant même que j'aie pris conscience qu'il avait bougé. Ma joue explosa sous une douleur brûlante, puis resta comme engourdie. Un deuxième coup dans l'épaule me souleva. Mon estomac descendit dans mes talons et j'atterris dans des rayonnages.

Je glissai au sol, martelée par une avalanche de livres. Je secouai les étoiles qui volaient devant mes yeux et me relevai. Nick avait rampé entre deux bibliothèques. Du sang coulait de ses cheveux jusqu'à son cou. Sur son visage, il y avait du respect et de la peur. Il se toucha la tête, regardant le sang comme s'il se demandait ce que c'était. Je cherchai son regard de l'autre côté de la pièce. Le machin était entre nous.

Quand il sauta, les mains tendues, j'eus un hoquet. Je me laissai tomber sur un genou et me fendis avec ma dague, me jetant de côté quand elle le traversa sans rien toucher. Horrifiée, j'essayai de me mettre hors de portée, mais il continua à venir vers moi. Son visage était devenu brumeux et s'était reformé après le passage de la lame. *Dieu du ciel, qu'est-ce que ça peut être ?*

— Rachel Mariana Morgan, chantonna-t-il. Je suis venu pour toi.

Il tendit les bras et je me retournai pour courir. Une main m'agrippa lourdement l'épaule et me fit faire demi-tour. Le machin me tenait et je me figeai quand son autre main à la peau rouge se replia en un poing meurtrier. Avec un grand sourire qui découvrit des dents d'un blanc surprenant, il arma son bras, visant le ventre.

Je le bloquai juste à temps. Son poing heurta mon coude et la douleur soudaine me coupa la respiration. Je tombai à genoux, hurlant en me tenant le bras. Il s'abattit sur moi.

Tenant mon bras serré contre moi, je roulai sur le sol pour lui échapper.

Son corps était lourd et brûlant. Il cherchait à m'écraser. Son souffle chaud me balaya le visage. Ses longs doigts me serrèrent l'épaule jusqu'à ce que je crie. Sa main libre serpenta sous ma robe, à l'intérieur de ma cuisse, explorant avec brutalité. Mes yeux s'agrandirent sous le choc. *Par tous les diables ?*

Son visage était à quelques centimètres du mien. Je pus voir ma surprise se refléter dans ses lunettes de soleil. Une langue sinua d'entre ses dents, chaude et répugnante. Il la fit glisser de mon menton à mon oreille. Ses doigts accrochèrent mes sous-vêtements. Il tira sauvagement, les faisant pénétrer dans ma chair.

La douleur me fit réagir. Je fis sauter ses lunettes, mes ongles se plantèrent dans ses yeux aux iris orange.

Son cri d'étonnement me donna une seconde de répit. Je profitai de sa confusion pour le repousser et échapper à son corps. Un pied lourdement chaussé m'atteignit dans les reins. En suffoquant, je me roulai en position fœtale autour de ma dague. Cette fois, je l'avais eu, il avait été trop occupé pour songer à repasser à l'état brumeux. S'il pouvait sentir la douleur, alors il pouvait mourir.

— Tu n'as pas peur du viol, ma petite biche ? (Il semblait satisfait.) Tu es une petite pute vraiment dure à cuire.

Il m'attrapa l'épaule et je me débattis, incapable de résister aux longs doigts rouges qui me remettaient debout. Mes yeux cherchèrent Nick, attirés par le bruit de coups violents. Il tapait de toutes ses forces sur la porte du cabinet en bois fermé à clé avec un des pieds de la table. Il y avait du sang partout. Jenks était sur son épaule, ses ailes écarlates sous l'effet de la peur.

L'air se troubla devant moi et je vacillai en réalisant que le machin avait encore changé. La main m'agrippant l'épaule était devenue douce. Haletante, je levai la tête pour découvrir qu'il était à présent un grand homme raffiné en tenue de soirée. Une paire de lunettes teintées était perchée sur son nez fin. J'étais sûre que je l'avais touché, mais ce que je pouvais voir de ses yeux paraissait intact. Était-ce un vamp ? Un vampire vraiment très vieux ?

— Peut-être as-tu peur de la douleur ? demanda l'homme à l'apparence distinguée, son accent maintenant suffisamment cultivé pour le Henry Higgins [1] de *My Fair Lady*.

Je m'arrachai à son étreinte, heurtant une autre rangée de livres. Souriant, il tendit la main pour me rattraper. Il me souleva et me projeta de l'autre côté de la pièce, sur Nick, qui continuait à taper sur l'armoire.

Mon dos heurta le meuble, avec assez de force pour que mes poumons se vident. Mes doigts se desserrèrent et ma dague alla tinter bruyamment sur le sol. Essayant de retrouver mon souffle, je glissai le long de l'armoire éclatée, me retrouvant à moitié assise sur les étagères révélées par les portes fracassées. Je n'eus même pas de réaction quand la chose me souleva par le devant de ma robe.

— Vous êtes quoi ? coassai-je.

— Ce qui te fera le plus peur, dit-il en souriant pour montrer des dents parfaites. Mais qu'est-ce qui te fait peur, Rachel Mariana Morgan ? Ce n'est pas la douleur. Ni le viol. Il semble que ce ne soient pas non plus les monstres.

— Rien, hoquetai-je, lui crachant à la figure.

Ma salive se mit à grésiller en touchant sa joue. Me souvenant de la salive d'Ivy sur mon cou, je frissonnai.

---

1. Le professeur de phonétique et Pygmalion interprété par Rex Harrison en 1964 dans le film de George Cukor (*NdT*).

Ses yeux s'élargirent de plaisir.

— Tu as peur des ombres sans âme, murmura-t-il, enchanté. Tu as peur de mourir sous l'étreinte amoureuse d'une ombre sans âme. Ta mort va être un délice pour nous deux, Rachel Mariana Morgan. Une façon si tordue de mourir, sous le plaisir. Ç'aurait été mieux pour ton âme si tu avais eu peur des chiens.

Je le giflai violemment, mes ongles laissant quatre balafres. Il ne sourcilla pas. Du sang s'échappa des griffures, trop rouge et trop épais. Il me tordit les bras dans le dos, enserrant mes deux poignets avec une seule main. La nausée me submergea quand il tira sur mes bras et mes épaules. Il me poussa contre le mur, m'écrasant. Je libérai ma main valide et la lançai vers son visage. Il rattrapa mon poignet avant que j'aie pu le toucher. Mon regard croisa le sien et je sentis mes genoux devenir mous. La redingote de gentleman s'était rétrécie pour devenir un blouson de cuir et un pantalon noir. Des cheveux blonds et des joues légèrement couvertes de chaume avaient remplacé le visage rougeaud. Une paire de boucles d'oreilles accrocha la lumière. Kisten me souriait, sa langue rouge invitante.

— Tu es attirée par les vamps, petite sorcière ?

Je me débattis, essayant de me libérer.

— Non, ce n'est pas tout à fait ça, murmura-t-il.

Je me débattis de plus belle, il était encore en train de changer. Il se fit plus petit, seulement une tête de plus que moi. Ses cheveux s'allongèrent, noirs et raides. Le chaume blond disparut, et la peau devint aussi pâle que celle d'un fantôme. Le menton carré de Kisten fit place à un ovale parfait.

— Ivy, murmurai-je, me liquéfiant de terreur.

— Et tu me donnes un nom. (Sa voix était devenue suave et féminine.) Tu en as envie ?

J'essayai de déglutir. Je ne pouvais plus bouger.

— Tu ne me fais pas peur, soufflai-je.

— Mais Ivy, si.

Ses yeux lançaient des éclairs noirs.

Je me raidis, essayant de m'arracher à son étreinte quand il rapprocha mon poignet.

— Non, hurlai-je quand il ouvrit la bouche pour dévoiler ses crocs.

Il mordit profondément et je criai. Le feu courut le long de mon bras et envahit tout mon corps. Je me tordis sur moi-même, essayant de me libérer. Il s'accrochait à mon poignet comme un chien.

Je sentis la peau se déchirer lorsque je tirai de toutes mes forces. Je lui envoyai mon genou dans le ventre et le repoussai. Il me laissa m'écarter. Je reculai, haletante, glacée. J'avais l'impression d'avoir Ivy devant moi, mon sang débordant de ses lèvres souriantes. Elle leva une main pour repousser ses cheveux de ses yeux, laissant une traînée rouge sur son front.

Je ne pouvais pas… Je ne pouvais pas affronter ça. Prenant une grande goulée d'air, je courus vers la porte.

Un bras se détendit comme un serpent, avec toute la rapidité des vampires, et me ramena brutalement. La douleur explosa quand il me plaqua contre le mur de béton. La main pâle d'Ivy m'épinglait.

— Laisse-moi te montrer ce que font les vamps derrière les portes fermées à double tour, Rachel Mariana Morgan.

Je compris que j'allais mourir dans le sous-sol de la bibliothèque de l'université.

Le machin qui était Ivy se pencha tout près. Je pouvais sentir mon pouls battre contre ma peau. Mon poignet était parcouru de picotements chauds. Le visage d'Ivy était à quelques centimètres du mien. Il tirait de mieux en mieux les images de ma tête. Il y avait un crucifix pendu à son cou, et je pouvais sentir le jus d'orange. Ses yeux étaient voilés par une faim sensuelle dont je me souvenais.

— Non, murmurai-je. S'il vous plaît.

— Je peux t'avoir quand je veux, petite sorcière, souffla-t-il, sa voix jumelant la soie grise de celle d'Ivy.

Je paniquai, me débattant désespérément. Le machin sourit pour découvrir ses dents.

— Tu as tellement peur. (Il avait penché la tête pour que ses longs cheveux noirs me caressent l'épaule, et sa voix était pleine d'amour.) N'aie pas si peur. Tu vas aimer ça. Je ne te l'ai pas dit ?

Je tressaillis quand je sentis quelque chose toucher mon cou. Je gémis faiblement en réalisant que c'était une langue agile.

— Tu vas vraiment aimer. (C'était la voix de gorge d'Ivy.) Parole de scout.

Des images d'Ivy me maintenant dans son fauteuil m'envahirent. Le machin qui me plaquait contre le mur gémit de plaisir et enfonça son visage dans mon cou. Terrifiée, je me mis à hurler.

— Oh oui, râla-t-il, et je sentis le tranchant glacé de ses dents égratigner ma peau. Oh oui. Maintenant…

— Non.

Il enfonça ses dents. Il s'y reprit par trois fois, avec des mouvements rapides, affamés. Je me débattis sous son étreinte. Nous roulâmes par terre. Il était encore accroché à mon cou. Il m'écrasa contre le ciment froid. Mon cou était en feu. Une sensation identique montait de mon poignet. Les deux se rejoignirent dans ma tête. Des frissons me firent me convulser. Je pouvais l'entendre sucer mon sang, sentir les aspirations rythmées qui essayaient de m'arracher plus que mon corps ne pouvait donner.

Je respirai violemment, une sensation acide m'envahit. Je me raidis, incapable de séparer la douleur du plaisir. C'était… c'était…

— Lâche-la, hurla Nick.

J'entendis un bruit sourd et sentis une secousse. Le machin s'écarta de moi.

Je ne pouvais pas bouger. Je ne le voulais pas. J'étais vautrée par terre, paralysée et insensible sous l'effet de l'hébétement dû à la morsure de vampire. Jenks volait au-dessus de moi. La brise légère sur mon cou venait du mouvement de ses ailes et provoquait des décharges électriques dans tout mon corps.

Nick aussi était là, le sang gouttant dans ses yeux. Il avait un livre dans les mains. Un livre si gros qu'il avait du mal à le tenir. Il grommelait quelque chose. Il avait l'air pâle et terrifié. Ses yeux allaient nerveusement du livre au machin à côté de moi.

Celui-ci se fondit de nouveau en chien. La gueule béante, il bondit vers Nick.

— Nick, murmurai-je tandis que Jenks dispensait un nuage de poussière de pixie sur mon cou. Attention…

— *Laqueus!* cria Nick, le livre en équilibre sur un genou et en levant une main devant lui.

Le chien heurta quelque chose et retomba par terre. Du sol, je le regardai se relever et secouer la tête, comme étourdi. Grondant, il bondit de nouveau… et retomba par terre.

— Tu m'as enfermé! ragea-t-il.

Il changeait sans cesse de forme, comme un kaléidoscope grotesque. Il regarda le sol et le cercle que Nick avait dessiné de son propre sang.

— Tu n'as pas le pouvoir de me faire venir de l'au-delà! hurla-t-il.

Penché sur le livre, Nick se passa la langue sur les lèvres.

— Non. Mais je peux t'enfermer dans un cercle une fois que tu es là.

Il semblait hésitant.

Perché sur ma paume tendue, Jenks étendait de la poussière de pixie sur mon poignet déchiqueté. Le machin continuait à marteler la barrière invisible. De la fumée s'élevait du sol là où ses pieds touchaient le ciment.

— Non, pas cette fois ! vociféra-t-il. Laisse-moi sortir !

Nick déglutit difficilement et enjamba le sang et les livres pour venir près de moi.

— Mon Dieu, Rachel.

Le livre tomba par terre avec un bruit de pages déchirées. Jenks était en train d'essuyer le sang sur mon visage. Il fredonnait une berceuse rapide qui parlait de rosée et de rayons de lune. Je regardai le livre déchiré, puis Nick.

— Nick ? Je ne peux pas bouger.

La panique faisait trembler ma voix. Mes yeux ne pouvaient lâcher sa silhouette découpée sur un fond de lumière fluo.

— Je ne peux pas bouger. Ce machin m'a paralysée.

— Mais non, mais non, dit-il en jetant un coup d'œil au chien.

S'installant derrière moi, il me redressa pour m'appuyer contre lui.

— C'est la salive de vampire. Ça va passer.

Enfermée dans ses bras et à moitié sur ses genoux, je me sentis envahie par le froid. Engourdie, je le regardai. Ses yeux marron étaient concentrés. Sa mâchoire était serrée par l'inquiétude. Le sang coulait toujours de son crâne, ruisselant avec régularité et trempant sa chemise. Ses mains étaient rouges et poisseuses, mais ses bras autour de moi étaient chauds. Je me mis à trembler. Je suivis son regard posé sur le machin, de nouveau sous la forme d'un chien.

Il était immobile et nous fixait. De la salive gouttait de ses babines. Ses muscles frémissaient.

— Nick, balbutiai-je. C'est un vampire ?

— Non. (La réponse était laconique.) C'est un démon. Mais, s'il est assez puissant, il a les pouvoirs des formes qu'il prend. Tu pourras bouger dans une minute.

Son long visage se tordit de détresse. Il regardait le sang qui couvrait toute la pièce.

— Tu vas aller mieux. (Me gardant dans le berceau formé par ses jambes, il utilisa ma dague d'argent pour couper un pan de sa chemise.) Tu vas t'en sortir, murmura-t-il en enroulant le morceau de tissu autour de mon poignet avant de le reposer sur mon ventre.

Je gémis au plaisir imprévu qui déferla de mon poignet avec le mouvement brusque.

— Nick ? (Il y avait des étincelles d'obscurité entre moi et les lumières ; c'était fascinant.) Il n'y a plus de démons. Il n'y a pas eu d'attaque de démon depuis le Tournant.

— J'ai suivi trois ans de démonologie comme deuxième langue pour m'aider pour mon latin, dit-il en tendant un bras pour récupérer mon sac que Jenks était en train de sortir des débris de la table. Cette chose est un démon. (Gardant ma tête contre lui, il farfouilla dans mes affaires.) Tu as quelque chose contre la douleur là-dedans ?

— Non. (Je me sentais légère.) J'aime la douleur. (Le visage soudain vide, Nick posa les yeux sur moi, puis regarda Jenks.) Personne n'étudie plus la démonologie. (J'avais protesté sans force, j'avais envie de glousser.) C'est vraiment la discipline la plus inutile au monde.

Mes yeux allèrent jusqu'à l'armoire. Les portes étaient encore fermées, mais les panneaux avaient été brisés par les coups de Nick et par le choc de mon vol plané. Derrière les restes de planches, il y avait un espace vide, juste de la taille du livre qui était par terre, à côté de moi. *Alors, c'est ça qu'ils planquent dans un placard fermé à clé, dans une pièce fermée à clé, derrière une porte fermée à clé, dans le sous-sol d'un immeuble gouvernemental.* Je clignai des yeux vers Nick.

— Tu sais comment appeler des démons ? (Dieu me vienne en aide, mais je me sentais en superforme, toute légère et éthérée.) Tu es un praticien noir. J'arrête les gens comme toi, dis-je en essayant de suivre du doigt le bord de son menton.

— Pas exactement.

Il prit ma main et la reposa. Tirant le bout de la manche de son sweat-shirt par-dessus sa main, il l'utilisa pour enlever le sang sur mon visage.

— N'essaie pas de parler, Rachel. Tu as perdu pas mal de sang. (Il se tourna vers Jenks, le regard paniqué.) Je ne peux pas la faire monter dans un bus dans cet état !

Jenks eut un regard peiné.

— Je vais aller chercher Ivy. (Il se laissa tomber sur mon épaule et murmura à mon oreille :) Tiens bon, Rach'. Je reviens vite fait.

Il voleta jusqu'au visage de Nick, envoyant de nouvelles vagues d'euphorie dans tout mon corps en déplaçant l'air avec ses ailes. Je fermai les yeux et les savourai, espérant qu'elles ne s'arrêteraient jamais.

— Si tu la laisses mourir, je te tuerai moi-même, menaça Jenks, et Nick acquiesça.

Le pixie partit en faisant autant de bruit que mille abeilles. Le son résonna dans ma tête bien après qu'il eut disparu.

— Ça ne peut pas sortir ? demandai-je en rouvrant les paupières, mes émotions passant d'un extrême à l'autre et les larmes me montant aux yeux.

Nick enfouit le gros livre de sorts sur les démons dans mon sac. Les deux étaient couverts de ses empreintes sanglantes.

— Non. Et quand le soleil se lèvera, pouf, il disparaîtra. Tu es en sécurité. Chut.

Il mit ma dague dans le sac, et s'étira pour attraper mon manteau. Je protestai :

— Nous sommes dans un sous-sol. Il n'y a pas de soleil à ce niveau.

Nick déchira la doublure du manteau et la pressa contre mon cou. Je criai quand une vague d'extase déferla sur moi, due aux effets rémanents de la salive de vampire. L'hémorragie s'était calmée, et je me demandai si c'était grâce à la poussière de pixie. Apparemment, elle ne faisait pas que pousser les gens à se gratter.

— Ce n'est pas la lumière du soleil qui renvoie un démon dans l'au-delà. (Visiblement, il pensait m'avoir fait mal.) C'est lié aux rayons gamma, ou aux protons… Mais, bon Dieu, Rachel, arrête de me poser toutes ces questions. C'était enseigné pour aider à la compréhension du développement des langues, pas pour apprendre à contrôler les démons.

Le démon était de nouveau Ivy. Je frissonnai quand il lécha ses lèvres rouges avec une langue pleine de sang, me narguant.

— Et Nick, tu as eu quelle note ? S'il te plaît, dis-moi que tu as eu vingt.

— Euh…, bredouilla-t-il en me couvrant avec le manteau.

L'air désespéré, il me serra dans ses bras, me berçant presque. Ma respiration devint sifflante quand mon poignet se mit à battre au même rythme que les élancements dans mon cou.

— Calme-toi, chuchota-t-il. Tout ira bien.

— Tu es sûr ? demanda une voix cultivée venant du coin de la pièce.

Nick releva brusquement la tête. Bien au chaud dans ses bras, je fixai le démon. Il était de nouveau en redingote.

— Laisse-moi sortir. Je peux t'aider, susurra le démon, mielleux.

Nick hésitait.

— Nick ? dis-je, soudain effrayée. Ne l'écoute pas. Je t'en prie !

Le démon aux verres fumés sourit, montrant ses dents blanches et parfaites.

— Brise le cercle et je vous emmènerai voir son Ivy. Sinon… (Le front du démon se fronça, comme s'il était inquiet.) On dirait presque qu'il y a plus de sang à l'extérieur qu'à l'intérieur de son corps.

Les yeux de Nick s'attardèrent sur le sang qui couvrait les murs et les livres. Ses bras se serrèrent autour de moi.

— Tu essayais de la tuer, dit-il, sa voix se brisant.

Le machin haussa les épaules.

— J'y étais forcé. En me liant dans ton cercle, tu as annulé celui qui avait été utilisé pour m'appeler. En même temps a disparu tout ce qui me contraignait à exécuter ses ordres. Je suis tout à toi, petit mage.

Il sourit, et ma respiration se transforma en un halètement mêlé de peur.

— Nicky…, murmurai-je, la stupeur induite par la perte de sang soudain envolée.

Ça sentait mauvais. Je savais que ça sentait mauvais. La terreur éprouvée quand il me déchirait le cou revint au galop. Mon pouls s'affola quand mon cœur essaya de battre plus vite.

— Peux-tu nous ramener à son église ? demanda Nick.

— Celle qui est sur la petite ligne d'énergie ? (Le contour du démon vacilla et il eut un air surpris.) Quelqu'un y a refermé un cercle il y a six nuits. L'onde de choc que cela a envoyé dans l'au-delà a fait trembler mes tasses dans leurs soucoupes, pour ainsi dire. (Il pencha la tête, spéculant.) C'était toi ?

— Non, le détrompa Nick d'une voix faible.

Je me sentis mal. J'avais vraiment utilisé trop de sel. Que Dieu me vienne en aide. Je ne savais pas que les démons pouvaient sentir quand je me branchais sur une ligne d'énergie. Si je m'en sortais, je ne les utiliserais plus jamais.

Le démon me dévisagea.

— Je peux vous y emmener, assura-t-il. Mais, en échange, rien ne doit me contraindre à retourner dans l'au-delà.

L'étreinte de Nick se resserra encore.

— Tu veux que je te laisse le champ libre dans Cincinnati toute la nuit ?

Le visage du démon laissa voir un sourire plein de puissance. Il exhala lentement et j'entendis l'articulation d'une épaule craquer.

— J'ai l'intention de tuer celui qui m'a appelé. Ensuite, je partirai. Ça pue ici. (Il regarda par-dessus ses verres fumés, me fichant la trouille avec ses yeux d'ailleurs.) Tu ne m'appelleras jamais, n'est-ce pas, petit mage ? Je pourrais t'apprendre tant de choses que tu as envie de savoir.

La peur le disputa à la douleur dans mes épaules quand Nick hésita avant de secouer la tête.

— Tu ne nous feras aucun mal, dit Nick. Mentalement, physiquement ou émotionnellement. Tu prendras le plus court chemin et ne feras rien pour nous mettre ensuite en danger.

— Nico Nick. (Le démon eut une moue boudeuse.) On pourrait croire que tu n'as aucune confiance en moi. Je pourrais même vous emmener là-bas avant qu'Ivy parte si je vous transporte à travers une ligne d'énergie. Mais il faudrait te grouiller. Rachel Mariana Morgan semble s'éteindre rapidement.

À travers l'au-delà ? pensai-je, paniquée. *Non !* C'est comme ça que mon père était mort.

Nick déglutit, sa pomme d'Adam joua au yo-yo. J'essayai de crier et de me tortiller pour échapper à son étreinte.

— Non !

La stupeur induite par la salive de vampire avait presque disparu, et avec la fin de la paralysie arrivait la douleur. Je l'accueillis avec joie, le plaisir avait été un mensonge. Nick était tout blanc et essayait de me garder contre lui tout en continuant à appuyer la doublure de mon manteau contre mon cou.

— Rachel, murmura-t-il. Tu as perdu tant de sang. Je ne sais pas quoi faire !

Ma gorge était trop sèche pour déglutir.

— Ne… ne le laisse pas sortir. S'il te plaît, insistai-je, prête à le supplier et essayant de repousser ses mains. Je vais bien. Ça a arrêté de saigner. Ça va aller mieux. Laisse-moi ici. Va appeler Ivy. Elle viendra nous chercher. Je ne veux pas passer par l'au-delà.

Le front du démon se plissa comme si ça le concernait.

— Hummm, émit-il avec gentillesse en triturant la dentelle à son cou. On dirait qu'elle perd les pédales. Ce n'est pas bon du tout. Tic-tac, Nico Nick. Il faudrait décider rapidement.

Nick inspira bruyamment et se raidit. Son regard s'attarda sur la flaque de sang qui s'étendait sur le sol, puis revint sur moi.

— Il faut que je fasse quelque chose, murmura-t-il. Tu es si froide, Rachel.

— Non, Nick ! criai-je.

Il me posa par terre et se redressa. Avec son pied, il fit un accroc dans la ligne de sang. J'entendis un hurlement de terreur. Je mis ma main sur ma bouche en prenant conscience que c'était moi qui l'avais poussé. La peur me tordit le ventre quand le démon eut un frémissement. Avec lenteur, il posa un pied de l'autre côté de la ligne. Il passa un doigt dans le sang qui tapissait le mur et le mit dans sa bouche, sans me quitter des yeux.

— Ne le laisse pas me toucher !

Ma voix était suraiguë, je pouvais entendre l'hystérie qui l'avait envahie.

Nick s'agenouilla à côté de moi et essaya de me calmer.

— Rachel, il a dit qu'il ne te toucherait pas. Les démons ne mentent pas. C'était dans tous les textes que j'ai copiés.

— Ils ne disent pas non plus la vérité, m'exclamai-je.

La colère étincela derrière les yeux du démon, étouffée par une vague de fausse inquiétude pour moi avant que Nick ait pu la voir. Il vint vers nous et je luttai pour reculer.

— Ne le laisse pas me toucher, hurlai-je. Ne m'oblige pas à faire ça !

Mais Nick avait peur de me voir agir ainsi, pas du démon. Il ne comprenait pas. Il pensait savoir ce qu'il faisait. Il croyait que ses livres avaient toutes les réponses. Il ne savait pas où il allait, moi si.

Nick m'attrapa l'épaule et se tourna vers le démon.

— Peux-tu l'aider ? Elle va finir par se tuer.

— Non, Nick !

Je me mis à pleurnicher quand le démon s'agenouilla pour approcher son visage souriant du mien.

— Dors, Rachel Mariana Morgan, souffla-t-il, et je ne me souvins plus de rien.

Chapitre 26

— Qu'est-il arrivé ? Où est Jenks ?

La voix d'Ivy pénétra le brouillard qui m'entourait, proche et inquiète. Je pouvais sentir que j'avançais en tanguant. J'avais eu chaud et maintenant j'avais de nouveau froid. L'odeur du sang était persistante. Le souvenir de quelque chose de pire tournait autour de moi : pourriture, sel, ambre calciné. Je n'arrivais pas à ouvrir les yeux.

— Elle a été attaquée par un démon.

La réponse avait été laconique et feutrée. Nick. *C'est ça*, pensai-je, commençant à réunir les pièces. J'étais dans ses bras. C'était de là que venait la seule bonne odeur, masculine et pleine de sueur. Et c'était son sweat-shirt ensanglanté qui appuyait contre mon œil gonflé, ce qui ne faisait rien pour améliorer son état. Je me mis à trembler. Pourquoi avais-je si froid ?

— Peut-on entrer ? demanda Nick. Elle a perdu beaucoup de sang.

Il y eut une sensation de chaleur sur mon front.

— C'est un démon qui a fait ça ? balbutia Ivy. Il n'y a pas eu d'attaque de démon depuis le Tournant. Par l'enfer, je savais que je n'aurais pas dû la laisser quitter l'église.

Les bras se resserrèrent autour de moi. Mon poids glissa en avant puis de nouveau en arrière quand il s'arrêta.

— Rachel sait ce qu'elle fait, dit Nick avec fermeté. Elle n'est pas ta fille, dans aucun des sens du terme.

— Non ? Mais elle se comporte comme une enfant. Comment as-tu pu la laisser s'amocher à ce point ?

— Moi ? Espèce de vamp à sang froid ! hurla Nick. Tu penses que j'ai laissé faire ?

Mon estomac se serra sous l'effet d'une vague de nausée et j'essayai de tirer mon manteau sur moi avec ma main valide. J'entrouvris les yeux, plissant les paupières dans la lumière des réverbères. Ils ne pourraient pas terminer leur discussion après m'avoir mise au lit ?

— Ivy. (Nick parlait avec componction.) Je n'ai pas peur de toi, alors épargne-moi ta merde d'aura et recule un peu. Je sais ce que tu cherches à faire et je ne te laisserai pas le faire.

— De quoi parles-tu ? bafouilla Ivy.

Nick se pencha vers elle, et je restai comme une vieille couverture entre eux.

— Rachel semble croire que tu as emménagé le même jour qu'elle. Elle aimerait peut-être savoir que tous les magazines te sont adressés ici, à l'église. (J'entendis l'inspiration brusque d'Ivy, tandis qu'il ajoutait d'une voix intense :) Depuis combien de temps vis-tu ici, attendant que Rachel démissionne ? Un mois ? Un an ? Est-ce que tu prends ton temps pour la chasser, Tamwood ? En espérant faire d'elle ton scion quand tu mourras ? Ah, tu fais tes petits plans à long terme ? C'est ça ?

Je me débattis pour écarter ma tête de la poitrine de Nick afin de mieux entendre. J'essayai de réfléchir, mais tout était si confus. Ivy s'était installée le même jour que moi, non ? Son PC n'avait pas encore été connecté au Net, et elle avait toutes ses caisses dans sa chambre. Mais comment ses magazines pouvaient-ils être adressés à l'église ? Je pensai à ce merveilleux jardin de sorcière à l'arrière, et à ces livres de sorts dans le grenier. M'attendant avec un alibi parfait. Dieu me vienne en aide, j'étais une idiote.

— Non, dit Ivy à voix basse. Ce n'est pas du tout ça. S'il te plaît, ne lui en parle pas. Je peux tout expliquer.

Nick se remit en marche, me bringuebalant d'un côté sur l'autre en montant les marches de pierre. Ma mémoire revenait. Nick avait passé un accord avec le démon. Il l'avait laissé sortir. Et le démon m'avait fait dormir. M'avait fait traverser les lignes d'énergie. *Enfer.* La porte de la nef qui claqua derrière nous me fit sursauter, et je gémis sous la vague de douleur.

— Elle se réveille, constata Ivy sèchement, sa voix revenant en écho. Mets-la dans le salon.

Pas le canapé, pensai-je tandis que la sensation de paix de la nef s'infusait en moi. Je ne voulais pas mettre mon sang partout sur le mobilier d'Ivy, mais je me dis que, finalement, il avait dû voir d'autres sangs bien avant ça.

Mon estomac fit de la voltige quand Nick s'agenouilla. Je sentis les coussins accueillir doucement ma tête. Ma respiration s'accéléra quand il retira ses bras de sous moi. Il y eut un clic du côté de la lampe de table, et je serrai les yeux sous la chaleur et la lumière qui traversèrent soudain mes paupières.

— Rachel ?

Le silence s'installa dans la pièce. C'est ce qui me réveilla vraiment. J'ouvris les yeux, fronçant les sourcils pour voir Nick à genoux près de moi. Du sang continuait à couler de sous ses cheveux, et des traces desséchées allaient de son menton à son cou. Ses cheveux étaient tout ébouriffés, et ses yeux marron étaient étrécis. Il était dans un sale état. Ivy était derrière lui, l'air inquiet.

— C'est toi, murmurai-je, me sentant vasouillarde et irréelle.

Nick se pencha vers moi, l'air soulagé.

— Je pourrais avoir de l'eau ? demandai-je d'une voix cassée. Je ne me sens pas très bien.

Ivy s'approcha, se plaçant devant la lumière. Ses yeux m'examinèrent avec un détachement professionnel qui s'évanouit quand elle souleva le bord du bandage improvisé par Nick sur mon cou. Ses yeux parurent intrigués.

— Ça a presque arrêté de saigner.

— L'amour, la confiance et la poussière de pixie, marmonnai-je, et Ivy acquiesça.

Nick se remit debout.

— Je vais appeler une ambulance.

— Non ! (J'essayai de m'asseoir, vite remise à ma place par la fatigue et les mains de Nick.) Pas l'hôpital. Le SO sait que je suis en vie.

Ma tête retomba. J'étais essoufflée. L'endroit de mon visage où le démon m'avait frappée battait au même rythme que mon cœur. Un élancement identique venait de mon bras. J'avais la tête qui tournait. J'avais mal à l'épaule quand j'inspirais, et la pièce s'assombrissait quand j'expirais.

— Jenks a utilisé sa poussière, dit Ivy, comme si ça expliquait tout. Aussi longtemps qu'elle ne se remettra pas à saigner, son état n'empirera probablement pas. Je vais chercher une couverture.

Elle se leva avec cette grâce étrange et liquide qui lui était propre. Elle tournait vamp, et je n'étais pas en état d'y faire quoi que ce soit.

Je regardai Nick quand elle fut sortie. Il semblait malade. Le démon l'avait roulé. Nous étions à la maison comme promis. Mais, à présent, un démon était en liberté dans Cincinnati, alors que tout ce qu'il avait à faire, c'était attendre Jenks et Ivy.

— Nick ? soufflai-je.

— Quoi ? Qu'est-ce que je peux faire ?

Sa voix était inquiète et douce, teintée de culpabilité.

— Tu es un âne. Aide-moi à m'asseoir.

Il grimaça. Avec des mains hésitantes et prudentes, il m'aida à me redresser centimètre par centimètre, jusqu'à ce que mon dos soit contre l'accoudoir du canapé. Assise, je fixai le plafond, attendant que les taches noires aient fini de danser et de sautiller et disparaissent. Respirant lentement, je m'examinai.

Du sang avait éclaboussé ma robe, pour ce que j'en voyais en dessous de mon manteau drapé sur moi comme une couverture. Peut-être qu'à présent je pourrais la jeter ? Une couche de sang avait collé mes bas à mes pieds. Mon bras mordu semblait gris là où il n'était pas couvert de sang gluant. Le pan de la chemise de Nick était encore enroulé autour de mon poignet et du sang s'en égouttait avec une vitesse digne d'un robinet mal fermé. « Plic, plic, plic ». Peut-être que Jenks avait épuisé sa réserve de poussière avant d'y arriver. Mon autre bras était gonflé, et j'avais l'impression que mon épaule était cassée. La pièce passait du froid au brûlant. Je fixai Nick, me sentant partir vers un monde irréel.

— Oh merde, murmura-t-il en jetant un coup d'œil vers le couloir. Tu vas encore t'évanouir. (Il m'attrapa les chevilles et me tira doucement jusqu'à ce que ma tête repose sur l'accoudoir.) Ivy, cria-t-il. Où est cette couverture ?

Je contemplai le plafond jusqu'à ce qu'il cesse de tourner. Nick se tenait plié en deux dans un coin, me tournant le dos, une main pressée contre son ventre.

— Merci, soufflai-je.

Il se retourna.

— Pour quoi ?

Sa voix était amère et il semblait crasseux avec tout ce sang séché sur le visage. Ses mains étaient noires de sang, les lignes de ses paumes blanches en comparaison.

— Pour avoir fait ce que tu croyais être le mieux.

Je frissonnai sous le manteau.

Il eut un sourire blafard. Son visage s'allongeait à vue d'œil.

— Il y avait tant de sang. Je suppose que j'ai paniqué. Désolé.

Son regard se dirigea vers le couloir, et je ne fus pas surprise quand Ivy entra avec une couverture sur un bras, une pile de serviettes de bain roses sous l'autre, et une bassine d'eau entre les mains.

L'appréhension surmonta ma douleur. Je saignais encore.

— Ivy, coassai-je.

— Quoi ?

Elle avait répondu sèchement – tout en posant les serviettes et l'eau sur la table basse. Elle borda la couverture autour de moi comme si j'avais été une enfant.

Je déglutis difficilement, essayant de voir ses yeux.

— Rien, dis-je timidement.

Elle se redressa et recula. Mis à part sa pâleur encore plus prononcée que d'habitude, elle semblait normale. Je ne pensais pas pouvoir m'en tirer si elle tournait vamp. J'étais sans défense.

La couverture était chaude autour de mon menton, et la lumière de la lampe trop violente. Je frissonnai quand elle s'assit sur la table basse et tira la bassine vers elle. Je m'interrogeai sur la couleur des serviettes jusqu'à ce que je comprenne que le rose ne montrait pas les vieilles traces de sang.

— Ivy ?

Ma voix était au bord de la panique quand elle tendit la main vers l'étoffe pressée contre mon cou.

Sa main retomba, l'outrage et la fureur se lisant sur ses traits parfaits.

— Ne sois pas stupide, Rachel. Laisse-moi regarder ton cou.

Elle tendit de nouveau la main et je me recroquevillai.

— Non !

J'avais crié en me jetant en arrière. Le visage du démon était apparu devant moi dans un éclair, semblable au sien. Je n'avais pas été capable de l'affronter. Il m'avait presque tuée. La terreur oubliée revint au galop et je trouvai la force de m'asseoir. La douleur dans mon cou semblait hurler pour qu'on la relâche, pour revenir à ce délicieux mélange de souffrance et de plaisir qu'avait offert la salive vamp. Cela me choquait et m'effrayait. Les pupilles d'Ivy se dilatèrent jusqu'à ce que ses yeux soient complètement noirs.

Nick se glissa entre nous, couvert de sang séché et sentant la peur rance.

— Bas les pattes, Tamwood, menaça-t-il. Tu ne la touches pas si tu as ton aura.

— Calme-toi, raton. Je ne sors pas mon aura. Je suis folle furieuse. Et je ne mordrais pas Rachel maintenant même si elle me suppliait. Elle pue l'infection.

C'était plus que je ne voulais en savoir. Mais ses yeux étaient revenus à leur marron habituel. Elle oscillait entre la colère et le besoin d'être comprise. Je sentis une bouffée de culpabilité. Ce n'était pas Ivy qui m'avait plaquée contre un mur et mordue. Elle ne s'était pas moquée de moi, n'avait pas plongé ses dents dans ma chair. Elle n'avait pas sucé mon cou et gémi de plaisir en me maintenant pendant que je me débattais. Par l'enfer. Cela-n'avait-pas-été-elle.

Nick se tenait toujours entre nous.

— Ça va, Nick. (Ma voix tremblait ; il savait que j'étais terrorisée.) Tout va bien. (Je regardai Ivy derrière lui.) Je suis désolée. S'il te plaît… viens regarder.

Immédiatement, Ivy sembla se détendre. Elle se précipita avec un air de dignité outragée tandis que Nick s'écartait. Je respirai calmement pendant qu'elle retirait doucement le tissu trempé.

— Attention, prévint-elle. Ça va peut-être faire un peu mal.

— Ouille ! criai-je en sentant la déchirure quand elle tira.

Mais je me mordis les lèvres pour ne pas recommencer. Ivy posa le chiffon répugnant à côté d'elle. Mon estomac se convulsa. Il était tout noir de sang encore humide, et je jure qu'il y avait des morceaux de chair collés à l'intérieur. Je frissonnai au froid de l'air sur mon cou. J'avais la sensation désagréable du sang s'écoulant lentement.

Ivy vit mon visage.

— S'il te plaît, retire ça de là, murmura-t-elle, et Nick sortit avec la masse de tissu dégoulinante.

Le visage blanc, Ivy posa une serviette sur mon épaule pour bloquer le flot de sang qui avait repris. Je fixai le téléviseur noir et blanc pendant qu'elle humidifiait un linge et l'essorait au-dessus de la bassine. Les doigts légers, elle se mit à tamponner les bords de la plaie, allant au fur et à mesure vers le centre. Par moments, je ne pus m'empêcher de tressaillir. Le cercle noir autour de ma vision commença à s'étendre.

— Rachel ?

Sa voix était douce, et mon attention revint sur elle, inquiète de ce que j'allais voir. Mais son visage était soigneusement neutre tandis que ses doigts et ses yeux sondaient les marques de dents sur mon cou.

— Qu'est-ce qui s'est passé ? Nick a parlé d'un démon, mais cela ressemble à…

— À la morsure d'un vampire, terminai-je platement. Il s'est transformé en vampire et il m'a fait ça. (Je pris une inspiration hachée.) Il s'était transformé pour te ressembler, Ivy. Je suis désolée si je suis un peu bizarre quelque temps. Je sais que ce n'était pas toi. Mais laisse-moi un peu de temps pour persuader mon subconscient que tu n'as pas essayé de me tuer, d'accord ?

Je croisai son regard et sentis un éclair de peur partagée quand elle comprit. En résumé, j'avais été dévastée par un vampire. J'avais été invitée dans un club qu'Ivy essayait à tout prix d'éviter. À présent, nous y étions toutes les deux. Je pensai à ce que Nick avait dit. Qu'elle voulait faire de moi son scion. Je ne savais plus que croire.

— Rachel, je…

— Plus tard, coupai-je alors que Nick revenait.

Je me sentais malade, et la pièce commençait de nouveau à devenir grise. Matalina était avec lui, avec deux de ses enfants traînant un sac à la taille des pixies. Nick s'agenouilla près de ma tête. Voletant au milieu de la pièce, Matalina saisit rapidement la situation. Elle prit le sac à ses enfants et les poussa vers la fenêtre.

— Allez, allez, l'entendis-je murmurer. Retournez à la maison. Je sais ce que j'avais dit, mais j'ai changé d'avis.

Leurs protestations laissaient paraître une fascination horrifiée, et je me demandai à quel degré j'avais l'air mal en point.

— Rachel ?

Matalina planait devant mes yeux, allant d'avant en arrière jusqu'à ce qu'elle trouve l'endroit où je pouvais la voir. La pièce était devenue silencieuse avec une rapidité alarmante et je frissonnai. Matalina était si jolie. Pas étonnant que Jenks soit prêt à faire n'importe quoi pour elle.

— Ne bouge pas, ma chérie.

Un léger bourdonnement du côté de la fenêtre la fit sortir de mon champ de vision.

— Jenks, s'exclama avec soulagement la pixie. Où étais-tu passé ?

— Moi ? (Il vint se placer devant mes yeux.) Comment es-tu arrivée avant moi ?

— On a pris un bus direct, lança Nick, sarcastique.

Le visage de Jenks était fatigué et ses épaules voûtées. Je sentis un sourire étirer mes lèvres.

— Le joli pixie est-il trop épuisé pour participer à la fête ? soufflai-je.

Il vint si près que je dus plisser les yeux.

— Ivy, il faut que tu fasses quelque chose. (Ses yeux étaient agrandis et inquiets.) J'ai mis de la poussière pour ralentir l'hémorragie, mais je n'avais jamais vu quelqu'un d'aussi blanc et encore vivant.

— Je suis en train de faire quelque chose, gronda-t-elle. Tire-toi de devant moi.

Je sentis l'air bouger quand Matalina et Ivy se penchèrent vers moi. Je trouvai rassurante l'idée d'une pixie et d'une vamp inspectant le désastre de mon cou sanguinolent. Puisque l'infection était écartée, je devrais m'en tirer. Ivy saurait si cela représentait un danger pour ma vie ou non. *Et Nick*, pensai-je, éprouvant soudain le besoin de glousser. *Nick me sauverait si Ivy perdait son contrôle.*

Les doigts d'Ivy touchèrent mon cou et je poussai un glapissement. Elle recula brusquement, et Matalina s'envola.

— Rachel, dit Ivy, inquiète. Je ne peux pas soigner ça. La poussière de pixie ne va le tenir en l'état que peu de temps. Tu as besoin d'être recousue. Il faut qu'on t'emmène aux urgences.

— Pas d'hôpital, répétai-je avec un soupir. (J'avais arrêté de trembler, et mon estomac me faisait une drôle d'impression.) Les Coureurs y entrent, mais ils n'en ressortent pas.

Je cédai à mon envie de glousser.

— Tu préfères mourir sur mon canapé ? demanda Ivy.

Nick se mit à faire les cent pas derrière elle.

— Qu'est-ce qui ne va pas chez elle ? souffla Jenks assez fort.

Ivy se leva et croisa les bras pour prendre un air sévère et excédé. Un vampire excédé. Ouais. C'était assez drôle pour en rigoler, et je me remis à glousser.

— C'est la perte de sang. (Elle commençait à perdre patience.) Elle va faire le yo-yo entre la lucidité et le délire jusqu'à ce que ça se stabilise ou qu'elle perde connaissance. Je déteste ces moments-là.

Ma main valide remonta vers mon cou. Nick la remit de force sous la couverture.

— Rachel, je ne peux vraiment pas soigner ça ! (Elle semblait frustrée.) Il y a trop de dégâts.

— Je vais trouver quelque chose. (J'étais convaincue.) Je suis une sorcière.

Je me penchai pour rouler hors de la couche et me mettre debout. Il fallait que j'aille à la cuisine. Que je prépare le dîner. Pour Ivy.

— Rachel !

Nick avait crié et essayait de me rattraper. Ivy se précipita et me renfonça dans les coussins. Je me sentis devenir toute blanche. La pièce tournoya. Les yeux écarquillés, je fixai le plafond, décidant de ne pas perdre connaissance. Si je le faisais, Ivy en profiterait pour m'emmener aux urgences.

Matalina dériva dans mon champ de vision.

— Un ange, murmurai-je. Un bel ange.

— Ivy, cria Jenks, apeuré. Elle délire.

L'ange pixie sourit pour me bénir et dit :

— Quelqu'un devrait aller chercher Keasley.

— Le vieux débris… sorcier de l'autre côté de la rue ? s'écria Jenks.

Matalina acquiesça.

— Dis-lui que Rachel a besoin de soins médicaux.

Ivy parut aussi étonnée.

— Vous croyez qu'il peut faire quelque chose ?

Il y avait de la peur dans sa voix. Ivy avait peur pour moi. Peut-être que, moi aussi, j'aurais dû avoir peur.

Matalina rougit.

— Il m'a demandé, l'autre jour, s'il pourrait avoir quelques échantillons du jardin. Il n'y a pas de mal à ça. (La jolie pixie s'affaira à enlever quelques plis de sa robe, les yeux baissés.) Il s'agissait de plantes ayant toutes de fortes propriétés. De l'achillée millefeuille, de la verveine, des trucs de ce genre. J'ai pensé que, s'il les demandait, c'est qu'il savait peut-être s'en servir.

— Femme…, gronda Jenks d'un air menaçant.

— Je suis restée avec lui tout le temps. (Ses yeux le défiaient.) Il n'a touché que ce que je l'ai autorisé à toucher. Il a été très poli. Il a demandé des nouvelles de tout le monde.

— Matalina, ce n'est pas notre jardin, affirma Jenks.

Ce qui mit l'ange en colère.

— Si tu ne vas pas le chercher, j'irai.

Elle se précipita par la fenêtre. Je cillai, regardant encore l'endroit où elle avait été.

— Matalina, hurla Jenks. Ne t'envole pas quand je te parle. Ce n'est pas notre jardin. Tu ne peux pas en disposer comme s'il nous appartenait. (Il se laissa tomber pour être dans mon champ de vision.) Je suis désolé. Elle ne le refera pas. (Son visage se durcit et il se rua à sa suite.) Matalina !

— C'est pas un problème, bredouillai-je, mais ni l'un ni l'autre n'étaient plus là. Je dis que c'est OK. L'ange peut faire entrer qui elle veut dans le jardin.

Je fermai les yeux. Nick posa une main sur ma tête et je souris.

— Hé, Nick. (Je rouvris les yeux.) Tu es encore là ?

— Oui, je suis encore là.

— Super. Parce que, quand je vais me lever, je vais te faire un superpoutou.

La main de Nick quitta mon front et il fit un pas en arrière.

Ivy fit une grimace.

— C'est vraiment le moment que je hais, grommela-t-elle. Je le hais. Je le hais.

Ma main rampa vers mon cou, et Nick la remit sous la couverture. Je pouvais entendre le robinet goutter sur la moquette : « plic, plic, plic ». La pièce commença à tourner majestueusement, et je la regardai tournoyer, fascinée. C'était rigolo, et j'essayai de rire.

Ivy émit un borborygme frustré.

— Si elle rit, elle va aller mieux. Pourquoi ne vas-tu pas prendre une douche ?

— Ça va très bien. J'attendrai d'être sûr.

Ivy resta silencieuse le temps de trois battements de cœur.

— Nick, reprit-elle. (Il y avait un avertissement dans sa voix.) Rachel pue l'infection. Tu sens le sang et la peur. Va prendre une douche.

— Oh. (Il eut une seconde d'hésitation.) Désolé.

Je souris à Nick quand il prit discrètement le chemin de la porte.

— Va te faire propre, Nico Nick. Ne pousse pas Ivy à devenir toute noire et horrible. Prends le temps nécessaire. Il y a du savon dans la coupelle, et… (J'hésitai, essayant de me souvenir de ce que je voulais dire.)… et des serviettes sur le sèche-linge.

J'étais fière de moi, je m'étais souvenue.

Il me toucha l'épaule, ses yeux allant de moi à Ivy.

— Tu vas t'en tirer.

Ivy croisa les bras, attendant avec impatience qu'il sorte. J'entendis la douche qui se mettait en marche. Ça me donna cent fois plus soif. Quelque part, je pouvais sentir mon bras qui battait et mes côtes qui m'élançaient. Mon cou et mon épaule n'étaient qu'une vaste douleur. Je tournai la tête pour contempler, fascinée, le rideau soulevé par la brise.

Un « boum » retentissant venant du devant de l'église attira mon attention vers le couloir obscur.

— Ohé ? (C'était la voix lointaine de Keasley.) Mademoiselle Morgan ? Matalina m'a dit que je pouvais entrer.

Les lèvres d'Ivy eurent une moue désapprobatrice.

— Reste là, gronda-t-elle en se penchant sur moi jusqu'à ce que je n'aie pas d'autre choix que de la regarder. Ne te lève pas avant que je sois revenue, d'accord ? Rachel ? Tu m'entends ? *Ne te lève pas.* Tu entends ?

Mon regard passa sur elle et se figea sur le rideau. Si je plissais les yeux comme ça, le gris devenait noir.

— Reste là.

Me lançant un dernier coup d'œil, elle rassembla tous ses magazines et sortit. Le bruit de la douche m'attirait. Je me léchai les lèvres. Je me demandai : si j'essayais vraiment, est-ce que je pourrais atteindre l'évier de la cuisine ?

Chapitre 27

Il y eut le bruit d'un sac en papier que l'on froissait dans le couloir et je redressai la tête de l'accoudoir. Cette fois, la pièce ne bougea pas, et un brouillard sembla me quitter. La silhouette voûtée de Keasley entra, Ivy le suivant de près.

— Oh, chouette, murmurai-je. De la compagnie.

Ivy devança Keasley et s'assit sur le bord de la chaise la plus proche.

— On dirait que tu vas mieux. Tu es de retour parmi nous ou tu cours encore dans des prairies roses ?

— Quoi ?

Elle secoua la tête et j'adressai un pâle sourire à Keasley.

— Désolée de ne pas avoir de chocolat à vous offrir.

— Mademoiselle Morgan. (Son regard s'attarda sur mon cou découvert.) Vous vous êtes disputée avec votre colocataire ? demanda-t-il sèchement en passant une main dans ses cheveux noirs et frisés.

— Non, m'empressai-je de dire, sentant Ivy se raidir.

Il leva les sourcils, incrédule, et posa son sac en papier sur la table basse.

— Matalina n'a pas précisé de quoi j'aurais besoin, alors j'ai apporté un peu de tout. (Il scruta la lampe de table.) Vous n'auriez rien de plus lumineux ?

— J'ai une lampe fluo à accrocher. (Ivy se précipita vers le couloir, puis hésita.) Ne la laissez pas bouger ou elle va se remettre à délirer.

J'ouvris la bouche pour protester, mais elle avait disparu, remplacée par Matalina et Jenks. Celui-ci paraissait véritablement fou furieux, mais Matalina n'avait pas l'air de se repentir. Ils restèrent à voleter dans un coin, leur conversation si rapide et si aiguë que je ne pus la suivre. Finalement, Jenks partit, l'air de vouloir faire la peau à une cosse de petit pois. Matalina rajusta les plis de sa robe blanche flottante et vint se poser sur l'accoudoir à côté de ma tête.

Keasley s'assit sur la table basse avec un soupir fatigué. Sa barbe de trois jours blanchissait. Ça le faisait ressembler à un vagabond. Les genoux de sa salopette étaient tachés de terre humide, et il sentait l'air du dehors. Cependant, ses mains à la peau noire étaient visiblement à vif d'avoir été frottées. Il tira un journal de son sac et l'étendit sur la table comme une nappe.

— Et dans la douche, c'est qui ? Votre mère ?

Je reniflai. Ça me remit en mémoire la tension dans mon œil gonflé.

— Il s'appelle Nick, dis-je tandis qu'Ivy réapparaissait. C'est un ami.

Ivy fit un bruit grossier tout en attachant la petite lampe à l'abat-jour de celle de la table basse. Elle la brancha. Je grimaçai, plissant les yeux à la lumière et à la chaleur qui en émanèrent.

— Nick, hein ? répéta Keasley en fouillant son sac, disposant amulettes, paquets enveloppés de papier alu et bouteilles sur le journal. C'est un vamp, c'est ça ?

— Non, c'est un humain.

Keasley jeta un regard méfiant du côté d'Ivy. Sans en être consciente, elle se rapprocha.

— C'est son cou qui est le plus abîmé. Elle a perdu une quantité inquiétante de sang…

— Oui, j'ai vu. (Le vieil homme la regarda agressivement jusqu'à ce qu'elle recule.) J'ai besoin de plus de serviettes. Et pourquoi ne donneriez-vous pas quelque chose à boire à Rachel ? Elle a besoin de remplacer ses fluides.

— Je sais ça.

Ivy fit un pas hésitant en arrière avant de tourner les talons pour aller dans la cuisine. Il y eut le bruit d'un verre et le son sympathique d'un liquide. Matalina ouvrit sa trousse de réparation et compara silencieusement ses aiguilles à celles de Keasley.

— Quelque chose de chaud, lança Keasley d'une voix forte, et Ivy claqua sauvagement la porte du frigo. Regardons ça, fit-il en dirigeant la lumière vers moi.

Lui et Matalina restèrent silencieux un long moment. Se redressant, Keasley laissa échapper son souffle.

— Peut-être d'abord quelque chose pour atténuer la douleur, dit-il doucement en tendant la main vers une amulette.

Ivy réapparut dans l'embrasure.

— Où avez-vous eu ces sorts ? demanda-t-elle, suspicieuse.

— Détendez-vous, dit-il d'un air distrait en inspectant soigneusement chacun des disques. Je les ai achetés il y a des mois. Rendez-vous utile et faites chauffer une casserole d'eau.

Elle renifla et fit demi-tour, repartant comme une furie vers la cuisine. J'entendis une série de clics suivis par le « wouush » du gaz qui s'enflammait. Les robinets ouverts à plein se déversèrent dans une casserole, et un faible cri de surprise me parvint de ma salle de bains.

Keasley s'était fait saigner le bout du doigt et avait invoqué son sort avant que je m'en sois rendu compte. Ayant noué l'amulette autour de mon cou, et après m'avoir regardée droit dans les yeux pour juger de son efficacité, il retourna à la blessure.

— Ça fait vraiment du bien, murmurai-je quand les premières sensations d'apaisement se répandirent dans mon corps et quand mes épaules se détendirent.

Le soulagement, enfin.

— À votre place, j'attendrais la facture avant de me lancer dans les remerciements, rétorqua doucement Keasley.

Je fronçai le nez à la plaisanterie éculée et il sourit, faisant saillir les plis autour de ses yeux. M'allongeant confortablement, il tâta doucement la peau. La douleur passa au travers du sort, et je pris une inspiration brutale.

— Encore mal ? demanda-t-il inutilement.

— Pourquoi ne l'endormez-vous pas ?

Je sursautai. Par l'enfer, je n'avais même pas entendu Ivy revenir.

— Non, dis-je vivement.

Je ne voulais pas qu'Ivy le convainque de m'emmener aux urgences.

— Comme ça, tu n'aurais plus mal, insista Ivy, raide dans son cuir et sa soie. Pourquoi faut-il que tu fasses les choses de la manière la plus difficile ?

— Je ne fais rien de la manière la plus difficile, simplement je ne veux pas être endormie.

Ma vision s'assombrit et je me concentrai sur ma respiration pour ne pas sombrer dans le sommeil.

— Mesdames, intervint Keasley dans cette atmosphère tendue. Je reconnais que mettre Rachel sous calmants serait plus facile, surtout pour elle, mais je ne vais pas la forcer.

— Merci, fis-je mollement.

— Ivy, peut-être encore quelques casseroles d'eau ? demanda Keasley. Et ces serviettes ?

Le micro-ondes sonna et Ivy se précipita. Quelle mouche l'avait piquée ? J'étais intriguée.

Keasley invoqua une deuxième amulette et la mit à côté de la première. C'était un autre charme contre la douleur : je me laissai aller à la double dose de soulagement et fermai les yeux. Ils s'ouvrirent brutalement quand Ivy posa une chope de chocolat chaud sur la table basse. Qui fut suivie par une pile d'autres serviettes roses. Avec une colère mal venue, elle retourna dans la cuisine pour farfouiller à grand bruit sous le comptoir. De sous la couverture, je sortis avec précaution le bras que le démon avait frappé. Il n'était plus aussi gonflé et un soupçon d'inquiétude s'envola. Il n'était pas cassé. Je fis bouger mes doigts, et Keasley me mit la chope dans la main. Elle était agréablement chaude, et le chocolat descendit dans ma gorge avec une sensation réconfortante.

Tandis que je sirotais ma boisson, Keasley empila les serviettes autour de mon épaule droite. Il prit une bouteille en plastique souple dans son sac et nettoya le reste du sang de mon cou, trempant les serviettes. Ses yeux marron étaient attentifs ; il commença à tâter la chair.

— Aïe ! (J'avais glapi, renversant presque mon chocolat en reculant.) Vous avez vraiment besoin de faire ça ?

Keasley grogna et mit une troisième amulette autour de mon cou.

— C'est mieux comme ça ?

Ma vue s'était troublée sous la force du sort. Je me demandai où il avait eu un truc aussi puissant, puis me souvins qu'il avait de l'arthrite. De telles douleurs nécessitaient des sorts sacrément forts, et je me sentis coupable de lui faire utiliser ses charmes médicinaux pour mon compte. Cette fois, je sentis à peine une légère pression quand il recommença à appuyer et à tirer. Je fis un signe de tête approbateur.

— Vous avez été mordue il y a combien de temps ?

— Humm. (Je dus lutter contre l'état d'endormissement procuré par l'amulette.) Au coucher du soleil ?

— Il est quelle heure ? Neuf heures passées ? lut-il en jetant un œil à l'horloge de la chaîne hi-fi. OK, on peut vous recoudre complètement.

Se mettant à son aise, il prit un air professoral, faisant signe à Matalina de s'approcher.

— Regardez là, dit-il à la pixie. Voyez comme la chair a été coupée plutôt que déchirée ? Je préfère de loin recoudre une morsure de vamp plutôt que de garou. Non seulement c'est plus propre, mais ce n'est même pas la peine de la désenzymer.

Matalina vola plus près.

— Les lances en épine laissent des déchirures de ce type, mais je n'ai jamais réussi à trouver de quoi tenir le muscle en place pendant que les bords se ressoudent.

Un peu blême, je bus une autre gorgée de chocolat chaud, souhaitant qu'ils arrêtent de discuter comme si j'étais une expérience de laboratoire ou une tranche de viande pour le gril.

— Moi, j'utilise des sutures de vétérinaire résorbables.

— De vétérinaire ? demandai-je, interloquée.

— Personne ne s'intéresse aux cliniques pour animaux, répondit-il d'un air distrait. J'ai entendu dire que la nervure des feuilles de laurier est assez solide pour les fées et les pixies. Mais, pour ma part, je n'utiliserais que du boyau de chat pour les muscles des ailes. Vous en voulez ? (Il chercha dans son sac et posa plusieurs petites enveloppes en papier sur la table.) Vous n'avez qu'à considérer ça comme un paiement pour ces échantillons de plantes.

Les ailes de Matalina virèrent à un rose délicat.

— Je n'avais pas le droit de vous donner ces plantes.

— Si ! les interrompis-je. Comme je paie cinquante billets sur mon loyer pour assurer l'entretien du jardin, je suppose qu'il est à moi. Mais comme c'est vous, les pixies, qui l'entretenez, je dis qu'il est à vous.

Keasley leva les yeux de mon cou. Matalina parut choquée.

— Considère que ça fait partie du revenu de Jenks, ajoutai-je. C'est-à-dire, si tu crois qu'il aurait envie de le sous-louer pour augmenter sa paie.

Il y eut un silence.

— Je crois qu'il apprécierait l'idée, murmura Matalina.

Elle mit les petites enveloppes dans son sac. Nous abandonnant, elle vola vers la fenêtre et revint, visiblement perturbée. Apparemment, mon offre lui posait un problème. Me demandant si j'avais commis un impair, je contemplai l'attirail de Keasley posé sur le journal.

— Vous êtes médecin ?

Je posai ma chope avec un « bang ». Il faudrait que je me rappelle de lui réclamer la recette de son sort. Je ne sentais plus rien, nulle part.

— Non.

Il roula en boule les serviettes trempées d'eau et de sang et les jeta par terre.

— Alors, où avez-vous eu tout ce matériel ? insistai-je.

— Je n'aime pas les hôpitaux. (Le ton était brusque.) Matalina ? Je pourrais me charger de recoudre l'intérieur et vous, vous occuper de recoudre la peau. Je suis sûr que votre travail est plus régulier que le mien. (Il eut un sourire triste.) Je pense que Rachel apprécierait une cicatrice minimale.

— Ça aide d'être à trois centimètres de la blessure.

Visiblement, Matalina était contente qu'il le lui ait proposé.

Keasley badigeonna mon cou avec un gel froid. Je fixai le plafond pendant qu'il prenait une paire de ciseaux et égalisait ce que je supposai être des bords déchiquetés. Avec un grognement satisfait, il choisit une aiguille et du fil. Il y eut une pression sur mon cou, suivie par un tiraillement, et je pris une grande inspiration. Mes yeux se portèrent sur Ivy qui venait d'entrer et se penchait vers moi, bloquant presque la lumière de Keasley.

— Et celle-là, dit-elle en montrant un endroit avec le doigt. Vous ne devriez pas vous en occuper en premier ? C'est celle qui saigne le plus.

— Non. (Il fit un autre point.) Vous pourriez m'apporter une autre casserole d'eau bouillante ?

— Ça va faire la quatrième.

— S'il vous plaît, ajouta-t-il d'une voix traînante.

Il continua sa couture et je comptai les tiraillements, les yeux sur la pendule. Le chocolat ne passait pas aussi bien que je l'aurais aimé. Je n'avais pas été recousue depuis que mon ex-meilleure amie s'était planquée dans mon vestiaire à l'école en faisant semblant d'être un renard-garou. À la fin de la journée, nous étions toutes les deux virées.

Ivy hésita, puis ramassa les serviettes humides et les emporta vers la cuisine. J'entendis l'eau couler, et il y eut un nouveau cri en provenance de ma douche, suivi par un coup étouffé.

— Vous pourriez arrêter ça ?

Il semblait excédé, et je ne pus retenir un petit sourire.

Bien trop tôt, Ivy fut de retour, la tête au-dessus de l'épaule de Keasley.

— Ce point n'a pas l'air assez serré.

Gênée, je me tortillai. Le front de Keasley se rida un peu plus. Je l'aimais bien, et Ivy devenait casse-pieds.

— Ivy, dit-il avec douceur. Pourquoi n'iriez-vous pas faire une inspection de la clôture ?

— Jenks est dehors. Nous ne risquons rien.

La mâchoire de Keasley se serra. Les plis de peau sur sa gorge se gonflèrent. Lentement, il tira sur le fil vert, les yeux fixés sur son travail.

— Il a peut-être besoin d'aide.

Ivy se redressa, les bras croisés, ses yeux remplis de noir.

— J'en doute.

Les ailes de Matalina disparurent tellement elles battaient vite quand Ivy se pencha de nouveau, bloquant la lumière de Keasley.

— Allez-vous-en, murmura celui-ci sans bouger. Vous faites de l'ombre.

Ivy recula, la bouche ouverte sous le coup de l'incompréhension. Ses yeux écarquillés cherchèrent les miens, et je lui fis un petit sourire pour lui indiquer que j'étais d'accord. Très raide, elle tourna les talons. Ils claquèrent sur le plancher du couloir, puis dans la nef. Je grimaçai quand la porte d'entrée se referma avec un « boum » qui résonna dans toute l'église.

— Désolée, dis-je, sentant que quelqu'un devait s'excuser.

Keasley redressa douloureusement son dos.

— Elle s'en fait pour vous et ne sait pas comment le montrer sans vous mordre. Ou alors, c'est qu'elle n'aime pas ne pas être aux commandes.

— Elle n'est pas la seule. Je commence à me croire complètement nulle.

— Nulle ? D'où tirez-vous cette conclusion ?

— Regardez-moi. (Mon ton était brusque.) Je suis une épave. J'ai perdu tellement de sang que je ne peux même pas me lever. Je n'ai rien fait par moi-même depuis mon départ du SO, mis à part être capturée par Trent et transformée en pâtée pour rat.

Je ne me sentais plus vraiment une Coureuse. *Papa aurait été déçu*, pensai-je. J'aurais dû rester où j'étais. À l'abri. En sécurité. Et m'ennuyer à en devenir folle.

— Vous êtes vivante. Ce n'est pas facile quand on a sur sa tête un contrat de mort du SO.

Il ajusta la lampe jusqu'à ce que je l'aie en plein dans les yeux, m'obligeant à les fermer. Je sursautai quand il passa un linge froid sur ma paupière enflée. Matalina prit le relais pour recoudre mon cou, ses minuscules tiraillements presque indécelables. Elle nous ignorait avec la modération exercée d'une mère professionnelle.

— Sans Nick, je serais déjà morte deux fois, dis-je en regardant dans la direction de l'invisible douche.

Keasley dirigea la lampe vers mon oreille. Je tentai de lui échapper quand il se mit à la tamponner avec une compresse humide. Il l'en retira noire de sang séché.

— Vous auriez fini par échapper à Kalamack. Mais vous avez préféré tenter votre chance et sauver Nick en même temps. Je ne vois pas de nullité là-dedans.

Je plissai mon œil valide pour le regarder.

— Comment êtes-vous au courant pour le combat de rats ?

— Jenks me l'a raconté en m'amenant.

Rassurée, je cillai quand Keasley répandit un liquide puant sur mon oreille. Elle continuait à m'élancer malgré les trois amulettes.

— Je ne peux pas faire mieux pour ça, désolé.

J'avais presque oublié cette oreille. Matalina se mit au niveau de mes yeux, regardant alternativement Keasley et moi.

— C'est fini, annonça-t-elle de sa voix de poupée en porcelaine de Chine. Si vous pouvez vous occuper du reste, j'aimerais, euh… (Ses yeux étaient charmants d'impatience : un ange chargé de bonnes nouvelles.) Je voudrais parler à Jenks de votre offre de sous-louer le jardin.

— Allez-y. (Keasley hocha la tête.) Il ne reste quasiment plus que son poignet.

— Merci, Matalina. Je n'ai rien senti.

— De rien.

La pixie s'envola vers la fenêtre puis revint.

— Merci à vous, souffla-t-elle avant de disparaître dans la nuit du jardin.

Le salon était vide, mis à part Keasley et moi. Tout était si calme. Je pouvais entendre les couvercles clapoter sur les casseroles dans la cuisine. Keasley prit les ciseaux et découpa le tissu trempé qui comprimait mon poignet. Quand il le retira, mon estomac se souleva. Mon poignet était toujours là, mais rien n'était à sa place. Pas étonnant que la poussière pixie de Jenks n'ait pas pu arrêter l'hémorragie. Des morceaux de chair blanche faisaient des paquets, et de petits cratères étaient remplis de sang. Si mon poignet avait cette tronche, qu'en avait-il été de mon cou ? Fermant les yeux, je me concentrai sur ma respiration. J'allais m'évanouir. Je le savais.

— Vous vous êtes fait une solide alliée, dit Keasley à mi-voix.

— Matalina ? (Je retins mon souffle, essayant de ne pas partir en hyperventilation.) Je ne vois pas pourquoi. (J'expirai soigneusement.) Je passe mon temps à les mettre en danger, elle et sa famille.

— Mmmm.

Il mit la bassine d'Ivy sur ses genoux et y plongea lentement mon poignet. Je sifflai entre mes dents à la morsure de l'eau, puis me détendis lorsque les amulettes prirent la douleur en charge. Il tâta la chair et je glapis, essayant de lui arracher mon bras.

— Vous voulez un conseil ?

— Non.

— Très bien. Mais écoutez quand même. Il me semble que vous êtes devenue le chef ici. Acceptez-le. Mais souvenez-vous que ça a un prix. Les gens vont faire des choses pour vous. Ne soyez pas égoïste. Laissez-les faire.

— Je dois la vie à Nick et Jenks. (Je détestais dire ça.) Je ne vois pas ce que ça a de grandiose.

— Non, vous ne le voyez pas. Grâce à vous, Nick n'a plus à tuer des rats pour rester vivant, et l'espérance de vie de Jenks a presque doublé.

Je retirai ma main. Cette fois, il me laissa faire.

— Pourquoi dites-vous ça ?

J'étais de nouveau méfiante.

Le claquement sec de la bassine heurtant la table basse quand Keasley la posa résonna dans toute la pièce. Il plia une serviette rose sous mon poignet, et je me forçai à regarder. Les chairs semblaient plus normales. Un bourrelet ensanglanté suintait et cachait les dégâts, coulant sur la peau humide et salissant le linge.

— Vous avez fait de Jenks un associé, dit-il en déchirant un paquet de coton et en tamponnant la blessure. Il joue maintenant plus qu'un boulot : un jardin. Cette nuit, vous le lui avez donné pour aussi longtemps qu'il le souhaitera. Je n'ai jamais entendu parler de donner un bail à un pixie, mais je pourrais jurer que cela tiendrait devant une cour humaine ou Outre si un autre clan voulait le contester. Vous lui avez garanti que *tous* ses enfants vont avoir un endroit où survivre jusqu'à l'âge adulte, pas seulement quelques premiers-nés. Je pense que pour lui, ça vaut bien de jouer à cache-cache tout un après-midi dans une pièce pleine de gros bras.

Je le regardai préparer une aiguille et me forçai à lever les yeux vers le plafond. Les pincements et les tiraillements commencèrent sur un rythme lent. Tout le monde savait que pixies et fées étaient prêts à s'entre-tuer pour un bon morceau de terre, mais j'ignorais que les raisons en étaient aussi profondes. Je repensai à ce que Jenks avait dit à propos de risquer sa vie sur une piqûre d'abeille pour deux pauvres barquettes de fleurs. À présent, il avait un jardin. Pas étonnant que Matalina ait été aussi détachée au sujet de l'attaque de fées.

Keasley adopta un rythme de deux points, un tamponnement. Ça ne voulait pas arrêter de saigner. Je me refusai à regarder, préférant parcourir le salon gris des yeux, tombant finalement sur le bout de la table où avaient été empilés les magazines d'Ivy. Je déglutis difficilement, me sentant mal.

— Keasley, vous vivez ici depuis un moment, n'est-ce pas ? Quand Ivy s'est-elle installée ?

Il releva la tête de sa couture, son visage noir et ridé complètement vide.

— Le même jour que vous. Vous avez bien démissionné le même jour, non ?

Je me retins avant d'avoir vigoureusement hoché la tête pour approuver.

— Je peux comprendre pourquoi Jenks est prêt à risquer sa vie pour m'aider, mais… (Je regardai du côté du couloir.) Qu'est-ce qu'Ivy peut en retirer ?

J'avais baissé la voix.

Keasley contempla mon cou d'un air dégoûté.

— N'est-ce pas évident ? Vous la laissez se nourrir de vous et elle ne laissera pas le SO vous tuer.

Ma bouche béa d'indignation.

—Je vous ai déjà dit qu'Ivy n'y était pour rien! (Mon cœur s'emballait dans l'effort fait pour hausser le ton.) C'était un démon!

Il ne parut pas aussi surpris que je l'avais prévu. Il me fixa, attendant plus d'explications.

—J'avais quitté l'église afin de chercher une recette pour un sort. (Ma voix s'était radoucie.) Le SO m'a envoyé un démon. Il a pris la forme d'un vampire pour me tuer. Nick l'a enfermé dans un cercle, sinon il aurait réussi.

Je retombai en arrière, épuisée. Mon pouls battait fort. J'étais trop faible pour être furieuse.

—Le SO? (Keasley coupa le fil de son aiguillée et me regarda sous ses sourcils froncés.) Êtes-vous certaine que c'était un démon? Le SO n'utilise pas de démons.

—À présent, si, dis-je sombrement.

Je regardai mon poignet et détournai vivement les yeux. Il saignait encore, le sang s'écoulant entre les points verts. Je levai la main et sentis que, au moins, l'hémorragie avait cessé au niveau du cou.

—Keasley, il savait mes trois noms. Mon prénom du milieu n'est même pas sur mon acte de naissance. Comment le SO a-t-il fait pour le connaître?

Le regard de Keasley était soucieux. Il essaya de sécher mon poignet.

—Eh bien, si c'était un démon, vous n'aurez pas à vous soucier d'éventuelles attaches rémanentes avec un vamp du fait de ces morsures. C'est déjà ça.

—C'est vraiment super, en effet.

Il reprit mon poignet, apportant la lampe plus près, puis roula une serviette dessous pour absorber le sang qui continuait à couler.

—Rachel?

Des sonnettes d'alarme se déclenchèrent dans ma tête. Il m'avait toujours appelée Mlle Morgan.

— Quoi ?

— À propos de ce démon. Vous avez passé un marché avec lui ?

Je suivis son regard jusqu'à mon poignet et la peur m'envahit.

— Nick en a passé un, répondis-je hâtivement. Il a accepté de le laisser sortir du cercle s'il me ramenait ici vivante. Il nous a conduits par les lignes d'énergie.

— Oh.

Je me glaçai en entendant son ton neutre : il savait quelque chose que j'ignorais.

— Oh, quoi ? Qu'est-ce qu'il y a ?

Il respira posément.

— Cela ne va pas guérir tout seul, dit-il en reposant mon poignet sur mon ventre.

— Quoi ? m'exclamai-je, serrant mon poignet contre moi.

Mon estomac s'agitait et le chocolat menaçait de refaire surface. La douche s'arrêta et je sentis une bouffée de panique. Qu'est-ce que Nick m'avait fait ?

Keasley ouvrit une boîte de pansements adhésifs aseptisés et m'en colla un sur l'œil.

— Les démons ne font rien pour rien. Vous lui devez un service.

— Je n'ai rien accepté du tout ! C'était Nick ! Je lui ai dit de ne pas le laisser sortir !

— Ça ne vient pas de quelque chose fait par Nick. (Keasley me prit le bras et le tapota doucement, jusqu'à ce que l'air siffle entre mes dents.) Le démon veut un paiement supplémentaire pour vous avoir transportée à travers les lignes d'énergie. Mais vous avez un choix. Soit vous payez votre passage en laissant votre poignet pisser le sang jusqu'à la fin de vos jours, soit vous acceptez de devoir un service à ce démon. Dans ce cas, ça va guérir. Je vous conseille la première solution.

Je m'effondrai dans les coussins.

— Super.

C'était vraiment du tonnerre. J'avais dit à Nick que c'était une mauvaise idée.

Keasley attira mon poignet vers lui et commença à enrouler une bande de gaze tout autour. Le sang la trempait presque aussi vite qu'il l'appliquait.

— Ne le laissez pas vous convaincre que vous n'avez pas le choix.

Une fois le rouleau complètement utilisé, il en attacha l'extrémité avec un morceau de sparadrap blanc.

— Vous pouvez marchander sur la façon de payer votre passage jusqu'à ce que vous tombiez d'accord. Au besoin, des années. Les démons vous donnent toujours un choix. Et ils sont patients.

— Drôle de choix ! aboyai-je. Accepter de lui devoir une faveur ou me promener toute ma vie avec des stigmates ?

Il haussa les épaules tout en rassemblant ses aiguilles, son fil et ses ciseaux sur son journal avant de le replier.

— Je trouve que vous vous êtes pas mal débrouillée pour votre première rencontre avec un démon.

— Première rencontre ! m'exclamai-je en me laissant retomber, essoufflée. (Première ? Comme s'il devait jamais y en avoir d'autre.) Comment savez-vous tout ça ? soufflai-je.

Il enfonça le journal dans son sac et replia le haut de celui-ci.

— Quand on vit assez longtemps, on entend des choses.

— Merveilleux.

Je relevai les yeux quand Keasley retira son amulette supervitaminée d'autour de mon cou.

— Hé, objectai-je, sentant toutes mes douleurs revenir avec un élancement ravageur. J'en ai besoin.

— Vous irez très bien avec seulement ces deux-là. (Il se redressa et laissa glisser son remède miracle dans sa poche.) De cette façon, vous ne vous ferez pas de mal en essayant de faire n'importe quoi. Conservez les sutures pendant à peu près une semaine. Matalina vous dira quand vous pourrez les enlever. Et pendant ce temps-là, pas de transformation. (Il sortit une écharpe et la posa sur la table basse.) Mettez ça, dit-il simplement. Votre bras est contusionné, pas cassé. (Il haussa ses sourcils blancs.) Vous êtes une veinarde.

— Keasley, attendez. (Je pris une inspiration rapide, essayant de rassembler mes idées.) Que puis-je faire pour vous ? Il y a une heure, je croyais être en train de mourir.

— Il y a une heure, vous *étiez* en train de mourir. (Il gloussa, puis se balança d'un pied sur l'autre.) C'est important pour vous de ne rien devoir à personne, n'est-ce pas ? (Il hésita.) Je vous envie vos amis. Je suis assez vieux pour ne pas avoir peur de l'avouer. Les amis sont un luxe que je n'ai pas savouré depuis longtemps. Si vous me laissez vous faire confiance, nous serons quittes.

— Mais ce n'est rien, protestai-je. Voulez-vous plus de plantes du jardin ? Ou une potion de vison ? Elles sont encore bonnes pour quelques jours, et je ne vais pas les utiliser.

— Je n'y compterais pas trop. (Il regarda du côté du couloir en entendant la porte de la salle de bains grincer.) Et être quelqu'un en qui j'ai confiance pourrait se révéler assez coûteux. Je pourrais demander un service en retour un de ces jours. Vous voulez vraiment en courir le risque ?

— Bien sûr.

Je me demandai ce qu'un vieil homme comme Keasley pouvait bien fuir. Ça ne pouvait pas être pire que ce que j'affrontais. La porte de la nef claqua en se fermant, et je me raidis. Ivy avait fini de bouder et Nick était sorti de sous la douche. Ils allaient être de nouveau l'un derrière l'autre dans un instant, et j'étais trop fatiguée pour jouer les arbitres. En provenance de la fenêtre, Jenks bourdonna dans la pièce et je fermai les yeux pour rassembler mes forces. Avec eux trois en même temps, je risquais d'y laisser ma peau.

Son sac en main, Keasley bougea comme pour partir.

— S'il vous plaît, ne partez pas encore, suppliai-je. Nick aura peut-être besoin de quelque chose. Il a une vilaine coupure sur le crâne.

— Rach', dit Jenks en faisant des cercles autour de la tête de Keasley pour le saluer. Par tous les diables, qu'as-tu dit à Matalina ? Elle vole d'un bout à l'autre du jardin comme si elle était shootée au Soufre, riant et pleurant en même temps. Je n'ai pas pu lui tirer deux mots d'affilée.

Il s'immobilisa brusquement, faisant du surplace à mi-hauteur. Il écouta.

— Oh, chouette. Ils ont remis ça.

J'échangeai un regard las avec Keasley en entendant la conversation étouffée dans le couloir s'interrompre brutalement mais calmement. Ivy entra, l'air satisfait. Nick était sur ses talons. Sa grimace se fondit en un sourire quand il me vit assise et me sentant visiblement mieux. Il s'était changé pour un tee-shirt en coton blanc trop grand et pour un baggy juste sorti du sèche-linge.

Son demi-sourire charmeur ne me fit aucun effet. J'avais trop à l'esprit la raison du sang qui s'écoulait de mon poignet.

— Vous devez être Keasley ? demanda Nick, tendant la main par-dessus la table, comme si tout allait bien. Moi, c'est Nick.

Keasley s'éclaircit la voix et prit sa main.

— Heureux de faire votre connaissance. (Ses mots n'étaient pas en accord avec la désapprobation que je lisais sur son vieux visage.) Rachel voudrait que je jette un œil sur votre front.

— Oh, ça va très bien. Ça s'est arrêté de saigner sous la douche.

— Vraiment ? (Les yeux du vieil homme s'étrécirent.) Le poignet de Rachel ne veut pas s'arrêter.

Le visage de Nick devint blême. Il me jeta un coup d'œil. Sa bouche s'ouvrit et se referma. Je le foudroyai du regard. Qu'il aille en enfer. Il savait exactement ce que ça voulait dire.

— Ça… euh, murmura-t-il.

— Quoi ? l'interrompit Ivy.

Jenks se posa sur son épaule et elle le balaya de la main.

Nick se passa une main sur le menton et ne dit plus rien. Nick et moi, nous allions devoir parler. Et très prochainement. Keasley poussa agressivement son sac contre la poitrine de Nick.

— Tenez-moi ça pendant que je fais couler le bain de Rachel. Je tiens à m'assurer que la température de son corps est adéquate.

Nick s'écarta docilement. Ivy nous regardait tous les trois d'un air suspicieux.

— Un bain, m'écriai-je joyeusement, ne voulant pas lui laisser voir que quelque chose n'allait pas. (Elle tuerait probablement Nick si elle apprenait ce qui s'était passé.) C'est une superidée.

Je repoussai la couverture et mon manteau, et fis glisser mes pieds jusqu'au plancher. La pièce s'assombrit et je sentis mon visage se glacer.

— Pas si vite, tempéra Keasley en posant une main sur mon épaule. Attendez qu'il soit prêt.

J'inspirai profondément, refusant de mettre la tête entre mes genoux. Ç'aurait fait désordre.

Dans son coin, Nick avait l'air malade.

— Euh, bégaya-t-il. Il se pourrait que tu doives attendre pour ce bain. Je crois avoir utilisé toute l'eau chaude.

— Bien, soupirai-je. C'est ce que je t'avais dit de faire.

Mais, à l'intérieur, j'étais en ébullition. Keasley grogna :

— Les casseroles d'eau sont là pour ça.

Ivy prit un air renfrogné.

— Vous auriez pu le dire plus tôt, grommela-t-elle en sortant. Je m'en charge.

— Faites attention qu'il ne soit pas trop chaud, lui cria Keasley.

— Je sais comment traiter une perte massive de sang, hurla-t-elle en retour.

— Je n'en doute pas, mam'zelle. (En se raidissant, il repoussa un Nick surpris jusqu'au mur.) Vous, vous allez expliquer à Mlle Morgan à quoi elle doit s'attendre avec ce poignet, dit-il en reprenant son sac.

Nick eut un hochement de tête, étonné par le petit sorcier à l'air inoffensif.

— Rach'. (Jenks bourdonnait juste à côté de moi.) Qu'est-ce qu'il y a avec ton poignet ?

— Rien !

Je le repoussai d'un geste de la main, presque essoufflée par l'effort.

— Jenks ? (C'était Ivy, criant par-dessus le bruit de l'eau coulant à flots.) Pourrais-tu m'apporter le sac noir qui est sur ma coiffeuse ? Je veux le mettre dans le bain de Rachel.

— Celui qui pue la verveine ? demanda-t-il en battant des ailes pour monter jusqu'à mes yeux.

— Tu as fouillé dans mes affaires ! accusa-t-elle. (Jenks eut un sourire penaud.) Et dépêche-toi. Plus vite Rachel sera dans cette baignoire, plus vite nous pourrons sortir d'ici. Comme elle va mieux, il faut que nous finissions sa Course.

Le souvenir de la cargaison de Trent me revint brutalement. Je regardai la pendule et soupirai. Il y avait encore tout le temps de mobiliser le BFO et de lui mettre la main dessus. Mais je n'allais y participer en aucune façon. Sous aucune forme ou apparence.

Super.

Chapitre 28

Le bain moussant, pensai-je, devrait être vendu comme un encouragement médicinal au bien-être. Je soupirai, me reprenant juste avant que mon cou disparaisse sous l'eau. Estompées par les amulettes et l'eau chaude, mes douleurs n'étaient plus qu'un élancement lointain. Même mon poignet, posé au sec sur le bord de la baignoire, me semblait supportable. À travers le mur, je pouvais faiblement entendre Nick qui parlait à sa mère au téléphone, lui expliquant que son travail était vraiment devenu un enfer ces trois derniers mois, et qu'il était désolé de ne pas l'avoir appelée. Autrement, l'église était silencieuse. Jenks et Ivy étaient partis.

— Sortis terminer mon boulot, murmurai-je, ma bonne humeur s'évanouissant.

— Vous dites, mademoiselle Rachel ? demanda la petite voix de Matalina.

La pixie était perchée sur une étagère à serviettes, l'air d'un ange dans sa robe de soie blanche flottante, en train de broder des fleurs de cornouiller sur un châle délicat destiné à sa fille aînée. Elle était avec moi depuis mon entrée dans le bain, pour s'assurer que je n'allais pas m'évanouir et me noyer.

— Rien.

Laborieusement, je soulevai mon bras douloureux et attirai plus près une masse de mousse. L'eau refroidissait et mon estomac gargouillait. La salle de bains d'Ivy ressemblait curieusement à celle de ma mère, avec des petits savons en forme de coquillages, et des rideaux en dentelle devant les fenêtres en verre dépoli. Un vase de violettes était posé sur la commode et j'étais surprise qu'une vamp fasse attention à ce genre de petites choses. La baignoire était noire, contrastant joliment avec le pastel des murs et le papier à boutons de roses.

Matalina posa son ouvrage et descendit en volant pour stationner au-dessus de la porcelaine noire.

— C'est normal de laisser ainsi mouiller tes amulettes ?

Je regardai les charmes antidouleur pendus à mon cou, me disant que j'avais l'air d'une pute éméchée le jour du Mardi gras.

— Oui, ça va, l'eau savonneuse ne va pas les dissoudre comme le ferait l'eau salée.

— Mlle Tamwood n'a pas voulu me dire ce qu'elle avait mis dans ton bain, remarqua Matalina avec sagesse. Il pourrait y avoir du sel.

Ivy ne me l'avait pas révélé non plus, et, à vrai dire, je n'avais pas envie de le savoir.

— Pas de sel, j'ai demandé.

Avec un petit grognement d'humeur, Matalina vint se poser sur mon gros orteil qui dépassait de l'eau. Ses ailes disparurent en vibrant et un espace se dégagea lorsque les bulles s'évanouirent. Rassemblant ses jupes, elle se pencha avec précaution et trempa une main pour amener une goutte jusqu'à son nez. De petits cercles s'enfuirent de l'endroit où sa main avait touché l'eau.

— De la verveine, déclara-t-elle d'une voix haut perchée. Mon Jenks avait raison. Et de la sanguinaire. De la mandragore. (Ses yeux croisèrent les miens.) Tout ça est utilisé pour couvrir quelque chose de puissant. Qu'est-ce qu'elle essaie de cacher ?

Je regardai le plafond. Si ça faisait partir la douleur, je m'en moquais.

Il y eut un craquement du plancher dans le couloir, et je me figeai.

— Nick ? appelai-je, regardant la serviette juste hors de portée. Je suis encore dans mon bain. N'entre pas !

Il s'arrêta en traînant les pieds, le mince panneau de bois verni entre nous.

— Euh, Rachel. Je voulais juste, euh, vérifier que tu allais bien. (Il y eut une hésitation.) Je… euh… Il faudrait que je te parle.

Mon estomac se serra, et mon attention revint sur mon poignet. Il saignait toujours, à travers une épaisseur de gaze de deux centimètres. Le filet de sang sur la porcelaine noire avait l'air d'une simple marque. C'était peut-être pour ça qu'Ivy avait choisi le noir. Le sang ne se voyait pas aussi bien sur le noir que sur le blanc.

— Rachel ? appela-t-il au milieu du silence.

— Ça va. (Ma voix était renvoyée en écho par les murs roses.) Donne-moi une minute pour sortir de l'eau, d'accord ? Moi aussi, je souhaite te parler, petit mage.

J'avais dit ça gentiment, mais j'entendis ses pieds frotter par terre.

— Je ne suis pas un magicien, protesta-t-il faiblement. (Il hésita.) As-tu faim ? Tu veux que je te prépare quelque chose ?

Il avait un ton coupable.

— Oui, merci, répondis-je, souhaitant qu'il s'éloigne de la porte.

Je mourais de faim. Cet appétit venait probablement de ce petit gâteau en forme de cake qu'Ivy m'avait fait avaler avant de partir. Il était aussi appétissant qu'une crêpe de riz, et Ivy ne m'avait dit qu'après que je me fus presque étouffée qu'il allait accélérer mon métabolisme, en particulier la production de sang. Je pouvais encore le sentir dans le fond de ma gorge. Une sorte de mélange d'amandes, de banane et de cuir de chaussure.

Nick traîna des semelles en s'en allant, et je tendis un pied vers le robinet pour réchauffer l'eau. Le chauffe-eau avait probablement eu le temps de revenir à bonne température.

— Ne le réchauffe pas, ma chérie, avertit Matalina. Ivy a dit de sortir une fois que l'eau aurait refroidi.

Une vague d'irritation me submergea. Je savais ce qu'Ivy avait dit. Mais j'évitai de commenter.

Lentement, je me redressai et me hissai pour m'asseoir sur le bord de la baignoire. La pièce sembla s'assombrir sur les bords, et je m'empressai de m'enrouler dans une serviette rose moelleuse au cas où je me trouverais mal. Quand la pièce cessa de virer au gris, je tirai sur la bonde et me levai avec précaution. L'eau se mit à s'écouler bruyamment et j'essuyai la buée du miroir, m'appuyant contre le lavabo pour me regarder.

Un soupir me souleva les épaules. Matalina vint se poser près de mon cou, me contemplant d'un air attristé. J'avais l'air d'être tombée de l'arrière d'un camion. Un côté de mon visage était marqué d'une tache violette qui s'étendait jusqu'à l'œil. Le pansement de Keasley s'était décroché, laissant voir une déchirure rouge qui suivait la ligne des sourcils. Ça me donnait un air bancal. Je ne me rappelais même pas avoir été blessée à cet endroit. Je me penchai pour mieux voir, et la victime de l'autre côté du miroir fit de même. Prenant mon courage à deux mains, j'écartai mes cheveux mouillés et emmêlés de mon cou.

Un grognement de résignation m'échappa. Le démon n'avait pas laissé des morsures nettes, mais plutôt trois rangées de déchirures qui se rejoignaient comme un bassin de rivières et d'affluents. Les minuscules points de Matalina donnaient l'impression d'un enchevêtrement de petites voies ferrées descendant jusqu'à la clavicule.

Le souvenir du démon me fit frissonner ; j'en étais presque morte. Cette seule pensée suffisait à me rendre folle de terreur, mais, ce qui allait me tenir éveillée la nuit, c'était la conscience dérangeante que, malgré la peur et la douleur, la salive que m'avait injectée le vampire avait déclenché une avalanche de sensations agréables. Mensonge ou pas, elle m'avait procuré… un plaisir incroyable.

Je serrai la serviette un peu plus fort autour de moi et me détournai.

— Merci, Matalina, murmurai-je. Je crois que les cicatrices se verront à peine.

— Ce n'est rien, ma chérie. C'était le moins que je pouvais faire. Veux-tu que je reste pour m'assurer que tu t'habilles sans problème ?

— Non.

Le bruit du mixeur me parvenait de la cuisine. J'ouvris la porte et passai la tête dans le couloir. Une odeur d'œufs emplissait l'air.

— Je pense que je vais me débrouiller. Merci.

La pixie acquiesça et s'envola avec son matériel de broderie dans un doux bourdonnement d'ailes. J'écoutai quelques instants et, décidant que Nick était largement occupé, clopinai jusqu'à ma chambre, poussant un soupir de soulagement quand je l'atteignis sans avoir été repérée.

Je m'assis sur le bord du lit pour reprendre mon souffle. Mes cheveux continuaient à goutter. La simple pensée d'enfiler mon pantalon me crispait. Mais je n'allais pas non plus porter une jupe et des bas. Je me décidai finalement pour mon jean le plus large et pour un chemisier à carreaux au ras du cou qui serait assez facile à mettre sans me faire trop mal à l'épaule et au bras. Il n'était pas question que je sorte dans une telle tenue, mais comme je ne voulais pas impressionner Nick…

Je commençai à m'habiller. Le plancher continuait à bouger sous mes pieds, et les murs se déplaçaient si je faisais des mouvements brusques, mais je finis par sortir de la chambre, les amulettes trempées cliquetant autour de mon cou. Je traînai les semelles de mes chaussons le long du couloir tout en me demandant si je ne devrais pas cacher la marque sur mon visage avec un sort de maquillage. Les crèmes et poudres classiques ne suffiraient pas.

Nick sortit en courant de la cuisine et faillit me renverser. Il avait un sandwich à la main.

— Ah, te voilà. (Il m'examina, de mes chaussons roses jusqu'à mes cheveux mouillés puis en sens inverse, les yeux écarquillés.) Tu veux un sandwich aux œufs ?

— Non, merci. (Mon estomac se remit à gargouiller.) Ça évoque trop le soufre.

En un éclair je le revis, le livre noir posé sur un genou, la main lancée en avant, arrêtant ce démon dans son élan : effrayé, terrorisé… mais puissant. Je n'avais jamais vu un humain avoir l'air puissant. Ç'avait été une surprise.

— Mais j'aurais besoin d'aide pour changer le pansement de mon poignet, finis-je sur un ton acerbe.

Il se hérissa. Ça suffit à démolir l'image que j'avais en tête.

— Rachel, je suis désolé…

Je le poussai et entrai dans la cuisine. Ses pas discrets me suivirent. Je m'appuyai contre l'évier pour nourrir Monsieur Poisson. Dehors, il faisait complètement nuit. J'aperçus de petits éclats lumineux. Jenks et sa famille patrouillaient dans le jardin. Je me figeai en constatant que la tomate était de retour sur le rebord de la fenêtre. Je m'inquiétai soudain et commençai à maudire Ivy intérieurement. Puis mon front se plissa. Pourquoi me souciais-je de ce que penserait Nick ? C'était ma maison. J'étais une Outre. S'il n'appréciait pas, il n'avait qu'à aller se faire voir.

Je pouvais le sentir derrière moi, près de la table.

— Rachel, je suis vraiment désolé. (Je me retournai, me préparant : ma colère perdrait tout effet si je m'évanouissais.) Je ne savais pas qu'il exigerait un paiement de ta part. Vraiment.

Furieuse, j'écartai les cheveux mouillés de mes yeux et me tins droite, les bras croisés.

— C'est une marque de démon, Nick. Une saloperie de marque de démon.

Nick replia son grand corps maigre sur une des chaises à dossier droit. Les coudes sur la table, il laissa tomber sa tête dans la coupe formée par ses mains. Les yeux fixés sur la table, il continua d'une voix terne :

— La démonologie est un art mort. Je ne pensais pas avoir à la mettre en application. C'était supposé être un moyen sans douleur pour remplir l'un des quotas de l'étude des langues anciennes.

Il releva la tête, croisant mes yeux. Son inquiétude, son besoin d'être écouté et compris stoppèrent la repartie acide que j'avais préparée.

— Je suis vraiment, vraiment désolé. Si je pouvais prendre cette marque de démon pour moi, je le ferais. Mais je pensais que tu étais en train de mourir. Je ne pouvais pas te laisser te vider de ton sang sur la banquette arrière d'un taxi.

Ma colère s'estompa. Il avait été prêt à accepter la marque d'un démon pour me sauver. Et personne ne l'avait forcé. J'étais un âne.

Nick souleva les cheveux qui cachaient sa tempe gauche.

— Regarde. Tu vois ça ? dit-il, plein d'espoir. Ça a stoppé.

J'examinai son crâne. Juste à l'endroit où le démon l'avait frappé, il y avait une blessure fraîchement refermée, entourée de rouge et l'air malsain. Le demi-cercle était traversé par une ligne. Mon estomac se crispa. Une marque de démon. Que l'enfer emporte tout, j'allais devoir porter une marque de démon. Les sorcières noires qui utilisaient les lignes d'énergie avaient des marques de démon. Pas les sorcières blanches de la terre. Pas moi.

Nick laissa retomber sa masse de cheveux noirs.

— Elle disparaîtra quand je lui aurai rendu un service. Ça n'a rien d'éternel.

— Un service ?

Ses yeux marron étaient plissés, me suppliant de comprendre.

— Il s'agira probablement d'informations ou d'un truc du même genre. Tout au moins, c'est ce que disent les textes.

Tenant une main serrée sur mon ventre, j'appuyai le bout des doigts de l'autre contre mon front. Je n'avais pas vraiment le choix. Ce n'était pas comme si Nana commercialisait des pansements pour ce genre de blessure.

— Et je fais comment pour faire savoir à ce démon que je suis d'accord pour lui devoir un service ?

— Tu es d'accord ?

— Oui.

— Alors, l'avoir dit est suffisant.

Je me sentis mal. Je n'aimais pas l'idée que ce démon ait un tel lien avec moi, qu'il puisse savoir à l'instant que j'acceptais ses conditions.

— Pas de formulaire à remplir ? Pas de contrat ? Je n'aime pas les accords verbaux.

— Tu as envie qu'il revienne pour signer des papiers ? Tu n'as qu'à le penser assez fort et il va venir.

— Non.

Mes yeux se portèrent sur mon poignet. Il y eut comme un chatouillement. Mon visage se figea quand cela se transforma en démangeaison puis en une légère brûlure.

— Où sont les ciseaux ? demandai-je d'une voix tendue.

Il chercha autour de lui et j'eus l'impression que mon poignet prenait feu.

— Ça brûle ! criai-je.

La douleur dans mon poignet continuait à augmenter, je tirai frénétiquement sur la gaze, essayant de l'arracher.

— Enlève-la ! Enlève-la ! hurlai-je.

Tournant sur moi-même, j'ouvris le robinet en grand et mis mon poignet sous le jet. L'eau froide traversa l'épaisseur du bandage, étouffant la sensation de brûlure. Je me penchai au-dessus de l'évier, le cœur battant à se rompre, tandis que l'eau coulait en emportant la douleur.

L'air moite de la nuit passait au travers des rideaux. Je fixai le jardin et, au-delà, le cimetière, attendant que les points noirs s'en aillent. Mes genoux étaient mous, et seule la poussée d'adrénaline me tenait debout. Il y eut un grattement étouffé quand Nick fit glisser une paire de ciseaux vers moi sur le comptoir.

Je refermai le robinet.

— Merci de m'avoir prévenue, lançai-je amèrement.

— La mienne ne m'a pas fait mal.

Il semblait inquiet et en pleine confusion. Complètement déboussolé. J'attrapai un torchon et les ciseaux et allai m'asseoir à ma place à la table. Enfilant une lame sous la gaze, je tentai de découper la masse spongieuse. Je lui jetai un coup d'œil. Grand et mal à l'aise, il se tenait près de l'évier, la culpabilité suintant de sa posture voûtée. Je m'effondrai.

— Nick, je suis désolée d'être une telle peste. (J'abandonnai les ciseaux, préférant essayer de dérouler la bande.) Sans toi, je serais morte. J'ai eu de la chance que tu sois là pour l'arrêter. Je te dois la vie, et je te remercie vraiment pour ce que tu as fait. (J'hésitai.) Cette chose m'a foutu la trouille. Tout ce que je voulais, c'était l'oublier. Et maintenant, c'est impossible. Je ne sais pas comment réagir, et te hurler dessus est facile.

Un sourire se dessina au coin de sa bouche et il tourna une chaise pour pouvoir s'asseoir à côté de moi.

— Laisse-moi t'aider, dit-il en tendant la main vers mon poignet.

J'hésitai, puis le laissai le poser sur ses genoux. Il pencha la tête sur ma main, et ses jambes touchèrent presque les miennes. Je lui devais vraiment plus que de simples remerciements.

— Nick ? Je suis sincère. Merci. C'est la deuxième fois que tu me sauves la vie. Cette marque de démon, ça va aller. Je suis désolée que tu en aies récolté une en m'aidant.

Nick releva la tête, ses yeux marron cherchèrent les miens. Je fus soudain très consciente de sa proximité. Je repensai à la sensation de ses bras serrés autour de moi, lorsqu'il m'avait portée à l'intérieur de l'église. Je me demandai s'il m'avait tenue ainsi tout le long du voyage à travers l'au-delà.

— Je suis content d'avoir été là pour t'aider, murmura-t-il. C'était un peu ma faute.

— Non, il m'aurait trouvée n'importe où.

Finalement, le dernier morceau de gaze se détacha. Déglutissant avec peine, j'examinai mon poignet. Mon estomac se convulsa. Il était complètement guéri. Même les fils verts avaient disparu. Le bourrelet cicatriciel blanchâtre paraissait ancien. Ma marque avait la forme d'un cercle complet avec la même ligne le traversant.

— Oh, ce démon doit t'avoir à la bonne, murmura Nick en s'appuyant contre le dossier de la chaise. Moi, il ne m'a pas guéri, il a simplement arrêté le saignement.

— Chouette.

Je frottai la marque sur mon poignet. Je suppose que c'était mieux qu'un bandage. Ce n'était pas comme si tout le monde allait savoir d'où venait cette cicatrice. Personne n'avait plus fait d'affaires avec les démons depuis le Tournant.

— Alors, maintenant, je n'ai plus qu'à attendre qu'il ait besoin de quelque chose ?

— Ouais.

La chaise de Nick racla le sol. Il se leva et se dirigea vers la cuisinière.

Je posai mes coudes sur la table et me contentai de sentir l'air entrer et sortir de mes poumons. Nick me tournait le dos et remuait le contenu d'une cocotte sur la cuisinière. Un silence pesant s'établit.

— Tu aimes la nourriture d'étudiant ? lança soudain Nick.

Je me redressai.

— Je te demande pardon ?

— La nourriture d'étudiant. (Ses yeux se posèrent sur la tomate sur le rebord de la fenêtre.) Tout ce qu'on peut trouver dans le frigo, sur des pâtes.

Inquiète malgré moi, je poussai sur mes bras pour me lever et clopinai jusqu'à la cuisinière pour voir ce qui cuisait. Des macaronis tournaient et virevoltaient dans la casserole. Il y avait une cuiller en bois à côté et je haussai les sourcils.

— Tu as utilisé cette cuiller ?

Nick hocha la tête.

— Ouais. Pourquoi ?

Je tendis la main pour prendre le sel et renversai toute la salière dans la casserole.

— Oh ! cria Nick. J'avais déjà salé l'eau. Il n'y a pas besoin d'en mettre autant.

Je l'ignorai, jetai la cuiller en bois dans mon pot de dissolution et en sortis une en métal.

— Jusqu'à ce que je récupère mes cuillers en céramique, le métal est pour la cuisine et le bois pour les sorts. Rince les macaronis à fond. Il ne devrait pas y avoir de problème.

Ce fut au tour de Nick de hausser les sourcils.

— J'aurais pensé que tu utiliserais celles en métal pour les sorts et celles en bois pour la cuisine, puisque les sorts n'attachent pas au métal.

Je me traînai jusqu'au frigo, sentant mon cœur s'affoler de ce petit effort.

— Et pourquoi, d'après toi, les sorts ne collent-ils pas au métal ? Sauf si c'est du cuivre, les métaux fichent tout en l'air. C'est moi qui me chargerai de préparer les sorts, si ça ne te gêne pas. Tu t'occuperas du dîner.

À ma grande surprise, Nick ne monta pas sur ses grands chevaux et ne sortit pas la testostérone. Il m'adressa seulement un de ses sourires en coin.

Malgré les amulettes, je sentis une douleur soudaine en ouvrant le frigo.

— Je ne peux pas croire à quel point j'ai faim, dis-je en cherchant quelque chose qui ne soit pas sous plastique ou dans une barquette de polystyrène. Je pense qu'Ivy m'avait laissé quelque chose.

Il y eut un grand bruit d'eau lorsque Nick renversa les macaronis pour les égoutter.

— Un petit gâteau ?

Je sortis la tête du frigo et le regardai en clignant des yeux. Ivy lui en avait aussi donné ?

— Oui.

— Je l'ai vu. (Ses yeux étaient fixés sur la tomate, de la vapeur s'élevait autour de lui en provenance des macaronis.) Quand je travaillais sur mon mémoire de master, j'avais accès à la cave aux livres rares. (Son front se plissa.) C'est juste à côté du placard des livres anciens. Pour tout dire, les descriptifs architecturaux des cathédrales préindustrielles sont ennuyeux et, une nuit, j'ai mis la main sur le journal d'un prêtre anglais du XVIIe siècle. Il avait été jugé et condamné pour avoir assassiné trois de ses plus jolies paroissiennes.

Nick mit les pâtes dans une jatte et ouvrit un pot de sauce blanche au parmesan et à l'ail.

— Dans son journal, il faisait allusion à un truc dans ce genre. Il disait que cela rendait les orgies de sang et de luxure des vampires possibles toutes les nuits. D'un point de vue scientifique, tu devrais te considérer comme chanceuse. J'imagine que c'est rarement offert à quelqu'un qui n'est pas sous leur emprise et obligé de garder le silence sur le sujet.

Je grimaçai, mal à l'aise. Que diable m'avait fait prendre Ivy ?

Les yeux toujours sur la tomate, Nick renversa la sauce sur les pâtes. Un arôme riche envahit la cuisine, et mon estomac gargouilla. Il remua l'ensemble et je le regardai fixer la tomate. Il commençait à avoir l'air plutôt malade. Exaspérée par la révulsion irraisonnée des humains pour les tomates, je fermai le frigo et sautillai jusqu'à la fenêtre.

— Comment est-ce entré ici ? murmurai-je en la poussant dans la nuit à travers le trou à pixie. Elle heurta le sol du jardin avec un bruit mou.

— Merci, dit-il en respirant plus librement.

Je revins à ma chaise en soupirant. On aurait pu croire qu'Ivy et moi exposions des crânes de mouton en train de pourrir sur notre plan de travail. Mais il était rassurant de constater qu'il avait au moins une des phobies propres aux humains.

Nick continua à s'activer, ajoutant des champignons, de la sauce Worcestershire et des tranches de pepperoni à son mélange. Je souris en remarquant qu'il s'agissait de mes derniers ingrédients pour pizza. Ça sentait vraiment bon et, quand il décrocha la louche de l'étagère au-dessus de l'îlot, je lui demandai :

— Il y en a assez pour deux ?

— Assez pour tout un dortoir. (Il poussa un bol vers moi et s'assit, entourant le sien d'un bras protecteur.) De la nourriture d'étudiant, dit-il la bouche pleine. Essaie.

Je jetai un coup d'œil à la pendule au-dessus de l'évier tout en plongeant ma cuiller dans le bol. À cette heure-ci, Ivy et Jenks devaient être au BFO, à essayer de convaincre le type de l'accueil qu'ils n'étaient pas des timbrés. Et moi j'étais là, à manger des macaronis à la sauce alfredo avec un humain. Ça n'avait pas l'air correct. Je parle de la nourriture. Ç'aurait été mieux avec une sauce tomate. Méfiante, je pris une bouchée.

— Eh, m'exclamai-je, ravie. C'est bon.

— Je te l'avais dit.

Pendant un moment, il n'y eut plus que le bruit des cuillers raclant les bols et le bruit des grillons dans le jardin. Nick ralentit finalement, et lui aussi jeta un coup d'œil à la pendule.

— Et… euh… j'ai une grande faveur à te demander, articula-t-il en hésitant.

Je déglutis en levant la tête. Je savais ce qui s'annonçait.

— Tu peux dormir ici cette nuit si tu veux. Même s'il n'y a aucune garantie que tu te réveilleras demain matin avec tous tes fluides au complet, ou même que tu te réveilleras tout court. Le SO essaie toujours de m'ensorceler. Pour le moment, il n'y a toujours que ces fées tenaces. Mais dès qu'ils sauront que je suis toujours vivante, il y a des chances que nous soyons submergés par les assassins. Tu serais plus en sécurité sur un banc dans un parc.

J'avais fini avec un air narquois. Mais il eut un sourire soulagé.

— Merci. Je prends le risque. Je te laisserai respirer demain. Il faut que je voie si mon propriétaire a encore quelque chose à moi. Que j'aille rendre visite à ma mère. (Son long visage se plissa : il avait l'air aussi inquiet que quand il avait pensé que j'étais en train de perdre tout mon sang.) Je lui dirai que j'ai tout perdu dans un incendie. Ça ne va pas être facile.

Je sentis un pincement de sympathie. Je savais ce que c'était de se trouver à la rue avec seulement une caisse comme souvenir de sa vie.

— Tu es sûr que tu ne veux pas aller coucher chez elle cette nuit ? Ce serait plus sûr.

Il retourna à son bol.

— Je peux m'occuper de moi.

Je suis sûre que tu le peux, pensai-je, mon esprit revenant à ce livre sur les démons qu'il avait pris à la bibliothèque. Il n'était plus dans mon sac ; une légère trace de sang était la seule preuve qu'il y ait jamais été. J'avais envie d'y aller franchement et de lui demander s'il pratiquait la magie noire. Mais il risquait de répondre oui, et je serais forcée de décider d'une conduite. Je n'étais pas encore prête à le faire. J'appréciais l'insouciance confiante de Nick, et la nouveauté que cela représentait chez un humain était… fascinante.

Une partie de moi comprenait et méprisait le fait que cela venait probablement de mon « syndrome du héros venant au secours de la demoiselle en détresse ». Mais, pour l'heure, j'avais besoin d'un peu de sécurité et de stabilité dans ma vie, et un humain qui pratiquait la magie et qui pouvait empêcher les démons de me déchirer la gorge remplissait assez bien ce besoin. Surtout s'il avait l'air aussi inoffensif que Nick.

— En plus, dit-il en gâchant tout, Jenks me jettera un sort si je n'attends pas son retour.

J'étais dégoûtée. Il jouait les baby-sitters. Comme c'était délicat.

La sonnerie du téléphone résonna à travers les murs. Je regardai Nick et restai immobile. J'avais mal partout, bon Dieu.

Il m'adressa son demi-sourire et se leva.

— J'y vais.

Je pris une autre bouchée tout en contemplant sa chute de reins qui s'éloignait. Je pourrais lui proposer d'aller faire du shopping avec lui quand il irait s'acheter de nouveaux habits. Ce jean était vraiment trop large.

— Allô. (La voix de Nick était devenue plus grave et avait pris un ton curieusement professionnel.) Vous êtes chez Morgan, Tamwood et Jenks. Service de courses et de charmes vampiriques.

Service de courses et de charmes vampiriques ? pensai-je. Un peu d'Ivy, un peu de moi. C'était assez bien trouvé finalement. Je soufflai sur ma cuiller, me disant que sa cuisine n'était pas mal non plus.

— Jenks ? dit Nick. (J'hésitai, levant les yeux quand il apparut dans le couloir avec le téléphone.) Elle mange. Vous êtes déjà à l'aéroport ?

Il y eut un long silence et je soupirai. Le BFO était plus ouvert et plus intéressé par la peau de Trent que je l'avais prévu.

— Le BFO ? (Le ton de Nick était passé à l'inquiétude et je me raidis quand il ajouta) : Elle a fait quoi ? Il y a des morts ?

Mes yeux cillèrent lentement et je posai la cuiller. Le mélange de Nick se fit acide dans mon estomac, et j'avalai difficilement.

— Humm. D'accord. (La peau autour de ses yeux se plissa quand il croisa mon regard.) Donnez-nous une demi-heure.

La tonalité du téléphone résonna lugubrement quand il raccrocha. Il se tourna vers moi et expira lentement.

— On a un problème.

Chapitre 29

Je fus projetée contre la portière du taxi quand il prit brusquement un virage. La douleur passa par-dessus mes amulettes, et je m'accrochai d'une main à mon sac, misérable. Le chauffeur était humain, et il m'avait fait comprendre lourdement qu'il n'aimait pas aller dans le Cloaque après la tombée de la nuit. Ses récriminations ne s'étaient pas arrêtées avant qu'il ait traversé l'Ohio et qu'il soit de nouveau là où « les gens décents habitaient ». À ses yeux, il n'y avait que deux choses qui nous sauvaient, Nick et moi : il était venu nous prendre devant une église et nous allions au BFO. « Un établissement très correct, qui défendait le bon côté de la loi. »

— D'accord, dis-je à Nick, qui m'aidait à me redresser. Si je comprends bien, ces gens très corrects du BFO ennuyaient Ivy, jouant au méchant et au bon flic. Quelqu'un l'a touchée et…

— …elle a explosé, finit Nick. Il a fallu huit agents pour la maîtriser. Jenks dit qu'il y en a trois à l'hôpital en observation. Quatre autres y ont été soignés puis relâchés.

— Crétins, grommelai-je. Et Jenks ?

Nick tendit un bras devant lui, se calant tandis que nous nous arrêtions brutalement devant un grand immeuble en pierre et en verre.

— Ils vont le remettre à une personne responsable. (Son sourire me parut un peu nerveux.) Et, comme ils n'en connaissaient pas d'autres, ils ont dit que tu ferais l'affaire.

— Ah ah, fis-je sèchement.

En regardant à travers la vitre sale du taxi, je lus « Bureau Fédéral de l'Outremonde » gravé en gros sur les portes à double battant. Nick mit le pied sur le trottoir en premier et tendit une main pour m'aider. Je descendis avec précaution et essayai de m'orienter tandis qu'il payait le taxi avec l'argent que je lui avais glissé. Les réverbères éclairaient la rue comme en plein jour et, pour l'heure, il y avait relativement peu de circulation. Visiblement, nous étions au plus profond de la partie humaine de Cincinnati. Levant les yeux pour trouver le sommet de cet immeuble imposant, je me sentis à cran et faisant nettement partie de la minorité.

J'examinai les fenêtres obscures autour de moi, cherchant un signe de danger. Jax avait dit que les fées s'étaient éclipsées juste après le coup de téléphone. *Pour chercher des renforts, ou pour préparer une embuscade dans le coin ?* Je n'aimais pas l'idée que des fées étaient en train de tendre leurs catapultes pendant que j'attendais. Même des fées ne seraient pas assez dingues pour me mettre le grappin dessus à l'intérieur de l'immeuble du BFO, mais, sur le trottoir, j'étais une proie toute trouvée.

Comme à présent le SO envoyait des démons, il se pouvait aussi qu'on les ait retirées de la Course. J'eus une bouffée de satisfaction à la pensée que le démon avait mis en pièces celui qui l'avait conjuré. Ils n'en enverraient pas d'autre avant un moment. La magie noire revient toujours à l'envoyeur. Toujours.

— Vous devriez faire plus attention à votre sœur, dit le chauffeur en prenant l'argent. (Nick et moi nous regardâmes, ébahis.) Mais je suppose que vous, les Outres, ne vous souciez pas les uns des autres autant que nous, les gens décents. Je ferais de la chair à pâté de quiconque oserait toucher à ma sœur du dos de la main, ajouta-t-il avant de démarrer.

Je regardai ses feux arrière s'éloigner, en pleine confusion jusqu'à ce que Nick m'explique :

— Il croit que quelqu'un t'a battue et que je t'amène ici pour porter plainte.

J'étais trop nerveuse pour rire, et puis, ça m'aurait fait perdre connaissance, mais je réussis à émettre un ricanement étouffé tout en attrapant son bras avant de tomber. Le front plissé, Nick ouvrit galamment l'une des portes de verre et la tint pour me faire entrer. Un éclair d'angoisse me percuta quand je franchis le seuil. Je m'étais mise dans la position douteuse de devoir faire confiance à un organisme géré par des humains. J'étais en terrain mouvant et je n'aimais pas ça.

Mais le bruit des discussions animées et l'odeur de café brûlé étaient familiers et apaisants. Le mot « Administration » était écrit sur tout, du carrelage gris au bourdonnement des conversations sonores et aux chaises orange sur lesquelles attendaient les parents anxieux et les voyous sans état d'âme. Je crus presque être chez moi, et mes épaules se relâchèrent.

— Hum, par ici.

Nick indiquait le comptoir central. Mon bras m'élançait dans l'écharpe et mon épaule me faisait mal. Soit ma sueur diluait les amulettes, soit mes efforts étaient en train de les rendre inopérantes. Nick me suivait comme une ombre et ça commençait à m'ennuyer.

L'employée de l'accueil leva la tête à notre approche. Ses yeux s'élargirent.

— Oh, mon ange ! s'exclama-t-elle gentiment. Qu'est-ce qui vous est arrivé ?

— Je, euh…

Je grimaçai en posant mes coudes sur le comptoir pour rester debout. Mon charme de maquillage n'était pas suffisant pour dissimuler l'œil au beurre noir et les sutures. Que pouvais-je lui répondre ? Que les démons étaient de nouveau en liberté dans Cincinnati ? Je regardai derrière moi, mais Nick n'était d'aucune aide, tourné vers les portes.

— Hum, bégayai-je. Je suis venue chercher quelqu'un.

Elle se gratta la tête.

— Pas celui qui vous a fait ça.

Je ne pus retenir un sourire devant son inquiétude. La pitié me faisait craquer.

— Non.

La femme ramena une mèche de cheveux grisonnants derrière son oreille.

— Je déteste avoir à vous dire ça, mais il faut que vous alliez au bureau de la rue Hillman. Et vous devrez attendre demain. Ils ne relâchent personne hors des heures de travail normales.

Je soupirai. Je haïssais profondément les méandres de la bureaucratie, mais j'avais compris que le meilleur moyen de l'affronter était de sourire et de jouer les idiotes. Comme ça, personne ne s'y trompait.

— Mais j'ai eu quelqu'un au téléphone il y a moins de vingt minutes. On m'a dit de venir ici.

Sa bouche s'arrondit en un O de compréhension. Une expression de méfiance se figea autour de ses yeux.

— Ah. (Elle me regarda de travers.) Vous êtes là pour la… (elle hésita) le pixie.

Elle frotta le début d'une petite cloque dans son cou. Elle avait été pixée.

Nick s'éclaircit la voix.

— Il s'appelle Jenks.

Il avait la voix tendue et la tête basse. Visiblement, il avait perçu l'hésitation de la femme, et pensait qu'elle avait failli dire « la bestiole ».

— Oui, concéda-t-elle après un temps d'arrêt et en se penchant pour se gratter la cheville. M. Jenks. Si vous voulez bien attendre de ce côté. (Elle pointa un doigt.) Quelqu'un va s'occuper de vous dès que le capitaine Edden sera disponible.

— Le capitaine Edden. (Je saisis Nick par le bras.) Très bien.

Me sentant vieille et décrépite, je pris la direction des monstruosités orange alignées le long des murs du hall d'accueil. Le changement d'attitude de la femme n'était pas surprenant. Le temps d'une respiration, j'étais passée du statut d'ange à celui de pute.

Bien que nous vivions ouvertement au milieu des humains depuis quarante ans, il y avait souvent des tensions. Ils avaient peur, et c'était probablement justifié. Il n'est pas facile de vous réveiller un matin pour vous apercevoir que votre voisin est un vampire et que votre instit en primaire était une sorcière.

Les yeux de Nick parcoururent le hall tandis qu'il m'aidait à m'asseoir. Les chaises étaient aussi désagréables que je l'avais prévu : dures et inconfortables. Nick s'assit à côté de moi, posé au bord de sa chaise, ses longues jambes repliées.

— Tu te sens comment ? demanda-t-il quand je gémis en essayant de trouver une position ne serait-ce qu'à moitié confortable.

— Pas mal. C'est limite parfait.

Je grimaçai en voyant deux hommes en uniforme traverser le hall. L'un avait des béquilles. L'œil au beurre noir de l'autre était juste en train de virer au violet et il se grattait vigoureusement les épaules. Grand merci, Jenks et Ivy. L'appréhension revint au galop. Comment allais-je pouvoir convaincre le capitaine du BFO de m'aider après ça ?

— Tu veux quelque chose à manger ? (Nick se rappelait à mon attention.) Je, euh, je pourrais traverser la rue pour te prendre quelque chose chez Graeter. Tu aimes les glaces au beurre de pécan ?

— Non. (La réponse avait été plus brutale que je ne l'aurais souhaité, et je souris pour l'adoucir.) Non, merci.

L'inquiétude s'était installée dans mon ventre et avait décidé d'y rester.

— Pourquoi pas quelque chose au distributeur ? Du sel et des hydrates de carbone ? (Il espérait encore.) La nourriture des champions.

Je secouai la tête et posai mon sac entre mes pieds. Tout en essayant de garder ma respiration mesurée, je fixai les carreaux usés du sol. Si je mangeais encore une seule chose, j'allais vomir. J'avais avalé un autre bol des macaronis de Nick avant que le taxi arrive, mais ce n'était pas le problème.

— Les amulettes ne font plus effet, devina Nick, et je hochai la tête.

Une paire de chaussures marron éraflées s'arrêta dans mon champ de vision. Nick s'enfonça dans sa chaise, les bras croisés, et je levai lentement la tête.

Le type était trapu, avec une chemise blanche habillée et un treillis, la taille étroite et le poli d'un ex-marine passé au civil. Il portait des lunettes cerclées de plastique, les verres paraissant trop petits sur son visage rond. Il y avait autour de lui une odeur de savon, et ses cheveux coupés ras étaient humides et hérissés comme ceux d'un bébé orang-outang. Je devinai qu'il avait dû être pixé et qu'il en savait assez pour se laver avant que les cloques apparaissent. Son poignet droit était bandé et reposait dans une écharpe identique à la mienne. De courts cheveux noirs. Une courte moustache grise. J'espérai que sa patience était plus longue.

— Mademoiselle Morgan ? dit-il, et je me redressai en soupirant. Je suis le capitaine Edden.

Super. Je fis un effort pour me lever. Nick m'aida. Je m'aperçus que je pouvais regarder Edden dans les yeux. Il était plutôt petit malgré sa prestance officielle. J'aurais pu parier qu'il avait du sang troll, si ç'avait été biologiquement possible. Mes yeux s'attardèrent sur l'arme dans l'étui accroché à sa ceinture, et j'eus une pensée émue pour mes menottes rendues au SO. Les yeux plissés sous les effluves envahissants de mon parfum, il tendit sa main gauche au lieu de la droite habituelle. C'était bien vu, nous ne pouvions ni l'un ni l'autre utiliser la droite.

Mon pouls s'accéléra quand nous nous serrâmes la main gauche. Ça ne semblait pas correct. Je songeai que je préférerais utiliser la droite en l'état plutôt que de recommencer.

— Bonsoir capitaine, dis-je en essayant de cacher ma nervosité. Voici Nick Sparagmos. Pour le moment, il m'aide à me tenir debout.

Edden fit un bref signe de tête vers Nick, puis hésita.

— Monsieur Sparagmos ? Nous nous sommes déjà rencontrés ?

— Non. Je ne crois pas.

Nick avait dit ça un peu trop rapidement, et je pris le temps d'examiner son attitude visiblement sciemment décontractée. Nick était déjà venu ici, et je n'aurais pas mis ma main à couper que c'était pour acheter des billets pour le dîner annuel de recueil de fonds du BFO.

— Vous êtes sûr ? demanda l'officier en passant une main dans ses cheveux hérissés.

— Ouais.

L'homme l'examina.

— Oui, finit-il par dire. Je dois confondre avec quelqu'un d'autre.

L'attitude de Nick se relâcha presque imperceptiblement, ce qui ne fit qu'augmenter mon intérêt.

Le regard du capitaine Edden se posa sur mon cou, et je me demandai si je ne ferais pas mieux de couvrir les points de suture avec une écharpe ou autre.

— Si vous voulez bien me suivre, j'aimerais vous parler avant de vous rendre le pixie.

Nick se raidit.

— Il s'appelle Jenks, murmura-t-il, juste suffisamment fort pour être entendu dans le brouhaha de la salle.

— Oui, M. Jenks. (Edden fit une pause.) Si vous voulez bien venir jusqu'à mon bureau.

— Et Ivy ? tentai-je.

J'hésitai à quitter le hall d'accueil. Mon pouls battait déjà au seul effort de me tenir debout. S'il fallait que je me déplace rapidement, j'allais m'évanouir.

— Mlle Tamwood restera où elle est. Nous devons la remettre au SO pour les poursuites dès demain matin.

Ma colère l'emporta sur la prudence.

— Vous auriez dû savoir qu'on ne touche pas un vamp en colère.

La main de Nick serra un peu plus fort mon bras, et je dus faire un effort pour ne pas me dégager.

Un sourire fugace passa sur les lèvres d'Edden.

— Peut-être, mais elle a agressé du personnel du BFO. Mes mains sont liées en ce qui concerne Tamwood. Nous ne sommes pas équipés pour garder des Outres. (Il hésita.) Voulez-vous venir avec moi dans mon bureau ? Nous pourrons discuter de vos options.

Mon inquiétude s'accentua. Denon allait adorer incarcérer Ivy avec le droit de son côté. Nick me passa mon sac, et j'acquiesçai de la tête pour Edden. Ça ne sentait pas bon. On aurait presque dit qu'Edden avait poussé Ivy à perdre son contrôle pour m'obliger à venir jusqu'ici, la queue entre les jambes. Je le suivis jusqu'à un bureau vitré dans un coin du hall. Il me sembla d'abord isolé, mais avec les stores relevés il devait avoir vue sur toute la salle. Pour le moment, ils étaient descendus afin de retirer un peu de son apparence de bocal au bureau du capitaine. Il laissa la porte ouverte et un peu du brouhaha du hall nous suivit.

— Asseyez-vous.

Il désigna les deux sièges rembourrés en face de son bureau. Je m'assis avec reconnaissance, les trouvant même un peu plus confortables que les chaises en plastique du hall. Tandis que Nick m'imitait avec raideur, je parcourus des yeux le bureau d'Edden, notant les trophées de bowling couverts de poussière et les piles de dossiers. Des tiroirs de rangement étaient alignés le long d'un mur, des albums photo empilés dessus presque jusqu'au plafond. Derrière le bureau d'Edden, une pendule murale émettait un « tic-tac » bruyant. Il y avait aussi une photo de lui serrant la main de mon ancien boss, Denon, devant l'hôtel de ville. Il avait l'air petit et ordinaire à côté de la grâce de vampire de Denon. Ils souriaient tous les deux.

Mon attention revint sur Edden. Il était avachi dans son fauteuil, attendant visiblement que j'aie fini d'évaluer son bureau. S'il m'avait demandé ce que j'en pensais, je lui aurais dit qu'il n'était qu'un gros lard. Mais son bureau dénotait une efficience encombrée qui impliquait qu'un vrai travail y était effectué. Il était aussi éloigné de celui de Denon, bourré de gadgets et stérile, que le mien l'était d'un cimetière. Si je devais faire confiance à quelqu'un, je préférais qu'il soit aussi bordélique que moi.

Il se redressa.

— J'admets que ma conversation avec Tamwood m'a intrigué, mademoiselle Morgan. En tant qu'ancienne du SO, je suis sûr que vous savez ce qu'arrêter Trent Kalamack pour n'importe quelle raison, mais surtout s'il s'agit de fabrication et de distribution de produits bio illégaux, représenterait pour l'image du BFO.

Il avait mis le doigt dessus. Que je sois damnée si je ne commençais pas à apprécier ce type. Mais je restai muette et laissai mon estomac se nouer. Il n'avait pas fini.

Il posa un coude sur son bureau, cachant son bras en écharpe sur ses genoux.

— Mais vous comprendrez bien que je ne peux demander à mes agents d'arrêter le conseiller Kalamack sur la recommandation d'une ex-Coureuse du SO. Vous êtes sous le coup d'une condamnation à mort, le fait qu'elle soit illégale a peu d'importance.

Ma respiration s'accéléra, faisant la course avec mes pensées qui se bousculaient. J'avais eu raison. Il avait mis Ivy en détention simplement pour me faire venir. Une seconde, je me demandai, paniquée, s'il ne cherchait pas à gagner du temps. Si une équipe du SO n'était pas en route pour me mettre la main dessus. Mais cette idée disparut sous une douloureuse poussée d'adrénaline. Le BFO et le SO étaient des rivaux acharnés. Si Edden avait l'intention de réclamer la prime mise sur ma tête, il le ferait lui-même. Il n'inviterait pas le SO à venir me chercher dans son propre immeuble. Il m'avait attirée ici pour me jauger. *Pourquoi?* m'interrogeai-je, mon inquiétude s'amplifiant.

Je lui souris, décidée à prendre le contrôle de la conversation. Ça tira un peu sur mon œil gonflé et je grimaçai. Abandonnant le genre éblouis-les-pour-les-distraire, je décidai d'y aller carrément. Je laissai la tension évacuer mes épaules et se réfugier dans mon ventre, où il ne pourrait pas la voir.

— Capitaine, je voudrais m'excuser pour le comportement de mon associée. (Je jetai un coup d'œil à son poignet bandé.) L'a-t-elle cassé?

Il eut une brève expression de surprise.

— Il est fracturé en quatre endroits. Ils doivent me dire demain s'il faut plâtrer ou seulement attendre que ça guérisse. Et cette saleté d'infirmerie ne veut pas que je prenne autre chose que de l'aspirine. C'est la pleine lune la semaine prochaine, mademoiselle Morgan. Est-ce que vous imaginez le retard que je vais prendre si je dois être absent ne serait-ce qu'une journée?

Cette conversation était dans une impasse. La douleur était en train de revenir, et il fallait que je trouve ce que voulait Edden avant qu'il soit trop tard pour alpaguer Trent. Ça devait aller au-delà de Trent; il aurait pu régler le sort d'Ivy tout seul si c'était ce qu'il avait voulu.

Me redressant, j'enlevai une de mes amulettes et la poussai sur le bureau. Mon sac était plein de sorts, mais il n'y en avait aucun contre la douleur.

— Je comprends, capitaine Edden. Je suis sûre que nous allons trouver un terrain d'entente mutuellement bénéfique.

Mes doigts lâchèrent le petit disque, et je fis un effort pour que mes yeux ne s'agrandissent pas sous le nouvel afflux de douleur. La nausée m'envahit quand mon estomac se crispa un peu plus, et je me sentis trois fois plus faible. J'espérais que je ne m'étais pas trompée en la lui offrant. Comme l'avait montré la réceptionniste, peu d'humains appréciaient les Outres, et encore moins leur magie. Mais je pensais que le risque en valait la chandelle. Edden semblait avoir l'esprit particulièrement ouvert. Restait à voir jusqu'où.

Ses yeux ne trahirent qu'une certaine curiosité quand il tendit la main pour prendre le charme.

— Vous savez que je ne peux rien accepter de ce genre. En tant qu'officier du BFO, ce serait considéré comme… (son visage se détendit quand ses doigts se refermèrent sur l'amulette et lorsque la douleur dans son poignet s'estompa)… un pot-de-vin, finit-il à mi-voix.

Ses yeux sombres croisèrent les miens et je lui souris malgré la douleur.

— C'est un échange. (Je haussai les sourcils en ignorant le tiraillement sur le sparadrap.) Une aspirine contre une aspirine ?

S'il était intelligent, il comprendrait que j'étais en train de le sonder. S'il était stupide, cela n'avait aucune importance, et je serais morte avant la fin de la semaine. Mais s'il n'y avait eu aucune chance de le convaincre d'agir sur la foi de mon « tuyau », je n'aurais pas été assise en face de lui.

Un instant, il resta immobile, comme effrayé de bouger et de rompre le charme. Finalement, un sourire honnête envahit son visage. Il se pencha vers la porte ouverte et beugla à l'intention du hall.

— Rose ! Passe-moi deux aspirines. Je suis en train de mourir dans ce trou à rats.

Il s'appuya contre le dossier de son fauteuil, souriant en passant l'amulette autour de son cou, et la planqua sous sa chemise. Son soulagement était évident. C'était un début.

Mon inquiétude revint quand une femme à l'air surmené entra, ses talons claquant sur les dalles grises. Elle eut un mouvement de recul en nous voyant dans le bureau d'Edden. En évitant de me dévisager, elle tendit deux gobelets en carton, et il lui montra le bureau du doigt. Le front de la femme se plissa, elle les posa à côté de sa main et sortit sans un mot. Edden tendit un pied derrière elle et s'en servit pour claquer la porte. Il attendit un instant, remontant ses lunettes sur son nez, avant de poser son mauvais bras sur le bon.

Je déglutis en tendant la main vers les gobelets. À présent, c'était mon tour de faire confiance. Il pouvait y avoir n'importe quoi dans ces deux minuscules cachets blancs, mais atténuer la douleur était un rêve inattendu. Les deux cachets s'entrechoquèrent quand j'approchai le gobelet et regardai à l'intérieur. J'avais déjà entendu parler de cachets. J'avais eu une copine de chambre qui ne jurait que par eux, et qui gardait un flacon de tablettes blanches à côté de sa brosse à dents. Elle disait qu'ils étaient plus efficaces que les amulettes, et qu'il n'y avait pas besoin de se piquer le doigt. Une fois, je l'avais regardée en prendre un. Vous étiez supposé les avaler en une seule fois.

Nick se pencha vers moi et me glissa dans l'oreille :

— Tu peux faire semblant.

Je secouai la tête et avalai le contenu du verre et l'aspirine d'un coup. Je sentis le goût amer d'écorce de saule dans un reflux d'eau tiède. Je me convulsai pour ne pas recracher le tout, et dus serrer les dents sous la douleur que provoqua le mouvement trop brusque. Et ça devait me soulager ?

Nick me tapota le dos avec précaution. À travers mes larmes, je pus voir Edden prêt à rigoler devant ma maladresse. Je repoussai Nick et me forçai à me tenir droite. Une minute passa, puis une autre. L'aspirine ne faisait toujours pas d'effet. Je soupirai. Rien. Pas étonnant que les humains soient si méfiants. Leurs médicaments ne fonctionnaient pas.

— Je peux vous livrer Kalamack, capitaine. (Je regardai la pendule derrière lui : 10 h 45.) Je peux prouver qu'il est mouillé dans le trafic de drogues illégales. À la fois dans la fabrication et la distribution.

Les yeux d'Edden s'éclairèrent.

— Donnez-m'en la preuve et on part pour l'aéroport.

Je sentis mon visage se figer. Ivy lui avait pratiquement tout dit et il voulait encore me parler ? Pourquoi n'avait-il pas fait sienne l'information et ramassé la gloire ? Dieu sait que ç'aurait été plus rentable pour lui. Qu'est-ce qu'il voulait ?

— Je n'ai pas toutes les preuves, admis-je. Mais je l'ai entendu discuter de l'opération. Si nous mettons la main sur la drogue, ce sera une preuve suffisante.

Edden serra les lèvres pour faire bouger sa moustache.

— Je ne vais pas me lancer sur de simples présomptions. J'ai déjà trop joué les poires pour le SO.

Je regardai de nouveau la pendule. 10 h 46. Ses yeux croisèrent les miens quand je les détournai, et je réprimai un éclair d'irritation. À présent, il savait que j'étais pressée.

— Capitaine. (J'essayai de ne pas paraître suppliante.) Je suis entrée par effraction dans le bureau de Trent Kalamack pour avoir les preuves, mais je me suis fait prendre. J'y ai passé les trois derniers jours invitée malgré moi. J'ai assisté à plusieurs rendez-vous qui ont renforcé ma conviction. Il fabrique et il distribue des drogues bio illégales.

Calme et concentré, il se pencha en arrière et fit osciller son fauteuil.

— Vous avez passé trois jours avec Kalamack et vous espérez me faire croire qu'il a dit la vérité devant vous ?

— J'étais un vison, expliquai-je sèchement. J'étais supposée mourir dans les combats de rats de la ville. Je ne devais pas m'échapper.

Nick se trémoussa à côté de moi, mal à l'aise, mais Edden acquiesça, comme si j'avais confirmé ses soupçons.

— Trent fait sortir un paquet de drogues bio presque toutes les semaines. (Je forçai ma main à arrêter de triturer mes cheveux.) Il fait chanter tous ceux qui en ont les moyens ou qui sont assez malchanceux pour en avoir besoin. Vous pourriez faire la liste de ses opérations juteuses simplement en récapitulant les prises de Soufre du SO. Il les utilise comme…

— … diversion, termina Edden à ma place.

Il donna un grand coup sur les tiroirs à dossiers, laissant une marque. Nick et moi sursautâmes.

— Par l'enfer ! Pas étonnant que nous n'attrapions jamais rien.

Je hochai la tête. C'était maintenant ou jamais. Que je lui fasse confiance ou non n'avait aucune importance. S'il ne m'aidait pas, j'étais morte.

— J'ai encore mieux, dis-je en priant pour que ce soit le bon argument. Trent a un Coureur du SO sur sa liste de paie. C'est lui qui a dirigé la plupart des prises de Soufre du SO.

Ses yeux se durcirent derrière ses lunettes.

— Fred Perry.

— Francis Percy, corrigeai-je, une bouffée soudaine de colère m'envahissant.

Les yeux étrécis, il se recala dans son siège. Visiblement, il n'aimait pas plus que moi l'idée d'un flic pourri. J'eus une inspiration hésitante.

— Une livraison de drogues bio est planifiée pour cette nuit. Avec mon aide, vous pouvez avoir les deux. Le BFO en retire tout le mérite, le SO passe pour une bande d'idiots, et votre département paie discrètement le prix du contrat sur ma tête. (J'avais mal au crâne, et je priai Dieu de ne pas avoir définitivement jeté ma seule chance dans les toilettes.) Vous pourriez dire que ce sont des honoraires de consultant. Une aspirine pour une aspirine.

Les lèvres serrées, Edden contempla les dalles acoustiques du plafond. Lentement, son visage se détendit. J'attendis, me reprenant quand je m'aperçus que je faisais claquer mes ongles les uns contre les autres au rythme des secondes de la pendule.

— Je suis tenté d'enfreindre les règles pour vous, mademoiselle Morgan. (Mon cœur fit une cabriole.) Mais il me faut plus. Quelque chose que ceux d'en haut puissent inscrire sur leurs tableaux de pertes et profits et qui garde sa valeur pendant plus d'un trimestre.

— Plus ? s'exclama Nick, furieux.

Mes tempes battaient. *Il en voulait plus ?*

— C'est tout ce que j'ai, capitaine.

J'avais prononcé ça d'une voix forte. Je commençais à me sentir complètement frustrée.

— Mais non, dit-il avec un sourire mauvais.

Mes sourcils essayèrent de remonter, arrêtés par le sparadrap. Il jeta un œil à la porte fermée.

— Si ça marche, je veux dire, mettre la main sur Kalamack…

Il leva une main comme un battoir pour se masser le front. Quand ses doigts retombèrent, la confiance sereine du capitaine du BFO s'était évanouie, laissant la place à un éclat impatient et rusé qui me fit reculer sur mon siège.

— Je travaille pour le BFO depuis que j'ai quitté l'armée, dit-il à mi-voix. J'ai fait ma carrière en repérant ce qui manquait et en le trouvant.

— Je ne suis pas une denrée, capitaine.

Je m'échauffais.

— Tout le monde est une denrée. Mes services, au sein du BFO, sont dans une situation inconfortable, mademoiselle Morgan. Les Outres ont prospéré en misant sur les faiblesses des humains. Bon Dieu, vous êtes probablement responsables de la moitié de nos dépressions. La vérité, difficile à accepter, est que nous ne pouvons même pas rivaliser.

Il avait envie que je déblatère sur mes copains Outres. Il aurait dû être plus réaliste.

— Je ne sais rien que vous ne puissiez apprendre dans une bibliothèque.

Je serrai mon sac fermement. J'avais envie de me lever et de partir comme une tornade, mais il me tenait juste là où il le voulait, et je n'avais plus qu'à le regarder sourire. Ses dents régulières étaient d'une humanité désarmante comparées à la lueur prédatrice dans ses yeux.

— Je suis sûr que ce n'est pas totalement vrai. Mais je ne requiers que des conseils, pas une trahison. (Il se cala dans son fauteuil, semblant réunir ses idées.) De façon occasionnelle, dit-il, comme cette nuit, avec Mlle Tamwood : un Outre vient nous demander notre aide, ou nous apporter une information qu'il pense… imprudent… d'aller révéler au SO. Honnêtement, nous ne savons qu'en faire. Mes gens sont si méfiants qu'ils ne peuvent en tirer aucune conclusion utile. Quand, et c'est rare, nous comprenons de quoi il s'agit, nous ne savons pas l'exploiter. La seule raison pour laquelle nous avons réussi à garder Mlle Tamwood, c'est parce qu'elle a accepté d'être enfermée, après que je lui ai expliqué que nous serions plus disposés à vous écouter si elle se calmait. Jusqu'à aujourd'hui, à regret, nous avons toujours transféré ce genre de situation au SO. (Ses yeux croisèrent les miens.) Ils nous font passer pour des imbéciles, mademoiselle Morgan.

Il était en train de m'offrir un boulot, mais ma tension monta d'un cran au lieu de redescendre.

— Si j'avais envie d'un patron, je serais restée au SO, capitaine.

— Oh non, protesta-t-il vivement, et son siège grinça quand il se redressa. Vous avoir ici serait une erreur. Non seulement mes agents voudraient ma tête au bout d'une pique, mais vous avoir comme salariée serait tout à fait contraire aux conventions existant entre le SO et le BFO. (Son sourire se fit malicieux et j'attendis la suite.) Je vous propose un rôle de consultante… occasionnelle… en fonction des besoins.

Je laissai sortir lentement l'air que j'avais retenu. Je commençais à voir où il voulait en venir.

— Vous avez dit que votre société s'appelait comment ?

— Charmes vampiriques, répondit Nick.

Edden gloussa.

— On dirait le nom d'un service de rencontres.

Je grimaçai, mais il était trop tard pour en changer.

— Et je serais payée pour ces services « occasionnels » ? m'enquis-je en mâchouillant ma lèvre inférieure. *Ça pourrait fonctionner.*

— Naturellement.

C'était mon tour de contempler le plafond. Mon pouls s'accéléra à l'idée que j'avais enfin trouvé un moyen pour m'en sortir.

— Je fais partie d'une équipe, capitaine Edden. (Je me demandai fugitivement si Ivy n'avait pas quelques doutes sur notre association.) Et je ne peux pas parler pour le reste de cette équipe.

— Mlle Tamwood m'a déjà donné son accord. Je crois me rappeler qu'elle a dit : « Si la petite sorcière dit oui, je marche avec elle. » M. Jenks a dit à peu près la même chose, mais ses mots exacts ont été un peu plus… colorés.

Je regardai Nick et il haussa les épaules, mal à l'aise. Il n'y avait aucune garantie, une fois que tout aurait été dit et fait, qu'Edden n'oublierait pas opportunément de payer mon contrat. Mais quelque chose dans son humour sec et ses réactions directes m'avait persuadée qu'il ne le ferait pas. Et puis, j'avais déjà fait un pacte avec un démon cette nuit. Ça ne pourrait pas être pire.

— Capitaine Edden, marché conclu, décidai-je soudain. C'est au terminal de la Southwest, le vol de 11 h 45 pour L. A.

— Super ! (Il donna un grand coup sur le bureau de sa main valide et je fis un bond.) Je savais que vous seriez d'accord. Rose !

Il gueulait à l'intention de la porte fermée. Souriant, il se pencha et l'ouvrit.

— Rose ! Fais sortir une équipe de chiens de Soufre pour… (Il se tourna vers moi.) Où aura lieu la prise de Soufre ?

— Ivy ne vous l'a pas dit ? demandai-je, surprise.

— Peut-être que si. Je veux savoir si elle mentait.

— La gare routière principale.

Mon cœur continuait à battre à fond. *Nous allons y arriver. Je vais mettre la main sur Trent et payer le contrat mis sur ma tête.*

— Rose ! hurla-t-il de nouveau. La vieille gare routière. Quels sont les gratte-papiers qui sont en service cette nuit et qui ne sont pas à l'hôpital ?

Une voix féminine robuste s'imposa par-dessus le brouhaha ambiant.

— Il y a Kaman, mais il est sous la douche, en train de se débarrasser de la poussière de l'autre punaise. Dillon, Ray…

— Ça suffit.

Il se leva et nous fit signe de le suivre. Il se précipita hors du bureau. Je pris une profonde inspiration et me mis sur mes pieds. À ma grande surprise, mes douleurs n'étaient plus qu'un vague élancement. Nous suivîmes Edden au bout du hall, l'excitation me faisant accélérer le pas.

— Je crois que l'aspirine fait finalement effet, glissai-je à Nick tandis que nous rejoignions Edden.

Il était penché au-dessus d'un bureau soigneusement rangé, parlant à la femme qui m'avait apporté les cachets.

— Appelle aussi Ruben et Simon. J'ai besoin de quelqu'un qui ait la tête froide. Envoie-les à l'aéroport. Dis-leur de m'y attendre.

— Vous, monsieur ?

Rose nous regarda, Nick et moi, par-dessus ses lunettes. Sa grimace en disait long. Elle n'était pas joyeuse à l'idée de deux Outres dans son immeuble, encore moins de les voir derrière son patron.

— Oui, moi. Fais amener la camionnette banalisée devant la porte. Ce soir je sors, moi-même. (Il remonta sa ceinture au-dessus de ses hanches.) Et pas d'erreurs. Ce coup doit être traité comme il faut.

Chapitre 30

Le plancher de la camionnette du BFO était carrément propre. Il y avait une faible odeur de fumée de pipe qui me rappela mon père. Le capitaine Edden et le chauffeur, qu'on nous avait présenté sous le nom de Clayton, étaient devant. Nick, Jenks et moi étions sur la banquette centrale. Les vitres étaient entrouvertes pour dissiper les effluves de mon parfum. Si j'avais su qu'ils ne relâcheraient Ivy qu'après la fin du boulot, je n'en aurais pas mis autant. Je puais.

Jenks était déchaîné. Sa petite voix grattait l'intérieur de mon crâne, poussant mon impatience vers de nouveaux sommets.

— Fais-toi une raison, Jenks.

J'avais soufflé ça tout en passant mon doigt au fond de mon petit sachet de cacahouètes pour récupérer le reste de sel. Quand l'aspirine avait atténué la douleur, la faim l'avait remplacée. J'aurais presque préféré m'être passée des cachets si cela m'avait évité d'être affamée.

— Va te faire Tourner, gronda Jenks depuis le support à gobelet dans lequel je l'avais fourré. Ils m'avaient enfermé dans la bonbonne d'un distributeur d'eau. Comme si j'avais été une monstruosité en exposition ! Ils ont cassé une de mes petites ailes. Regarde ! Elle est arrachée au niveau de la veine principale. J'ai des traces minérales sur ma chemise. Elle est foutue ! Et tu as vu mes bottes ? Je n'arriverai jamais à enlever les taches de café.

— Ils se sont excusés, dis-je tout en sachant que c'était une cause perdue ; il était lancé.

— Ça va me prendre une semaine pour faire repousser cette foutue aile. Matalina va me tuer. Tout le monde me fuit quand je ne peux pas voler. Tu savais ça ? Même mes enfants.

Je changeai de longueur d'onde. Sa tirade avait débuté dès qu'ils l'avaient relâché et n'avait pas cessé depuis. Bien que Jenks n'ait été déclaré coupable d'aucun crime – il s'était contenté d'encourager Ivy du plafond tandis qu'elle tabassait les agents du BFO –, il avait insisté pour mettre son nez là où il n'aurait pas dû jusqu'à ce qu'ils l'enferment dans une bonbonne vidée de son eau.

Je commençais à comprendre ce qu'Edden avait voulu dire. Lui et ses agents n'avaient pas la moindre idée de la façon de s'y prendre avec les Outres. Ils auraient pu enfermer Jenks dans un placard ou un tiroir pendant qu'il farfouillait. Ses ailes n'auraient jamais été mouillées et ne seraient pas devenues aussi fragiles que du papier de soie. La poursuite de dix minutes avec un filet n'aurait pas eu lieu. La moitié des agents présents n'auraient pas été pixés. Ivy et Jenks étaient venus volontairement au BFO, et ils avaient quand même laissé derrière eux un chaos complet. Ce qu'un Outre violent et peu coopératif pouvait faire était effrayant.

— Ça n'a pas de sens, dit Nick d'une voix suffisamment forte pour être entendu par Edden de l'avant. Pourquoi M. Kalamack se remplit-il les poches avec des affaires illégales ? Il est déjà riche.

Edden se retourna à moitié sur son siège en faisant crisser sa veste de nylon kaki. Il avait sur la tête une casquette du BFO comme seul signe de son autorité.

— Il doit financer un projet dont il ne veut pas qu'on parle. L'argent gagné illégalement est toujours difficile à suivre, surtout quand il est dépensé tout aussi illégalement.

Je me demandai de quoi il s'agissait. Quelque chose dans le labo de Faris ? Peut-être.

Le capitaine du BFO passa sa grosse main sur son menton, son visage rond éclairé par les voitures qui nous suivaient.

— Monsieur Sparagmos, questionna-t-il, avez-vous déjà pris le ferry qui fait le tour des berges ?

Le visage de Nick se figea.

— Euh ?

Edden secoua la tête.

— C'est vraiment curieux. Je suis sûr que je vous ai déjà vu.

— Non. (Nick s'enfonça dans le coin de la banquette.) Je n'aime pas les bateaux.

Avec un petit bruit de gorge, Edden se retourna vers l'avant. J'échangeai un regard de connivence avec Jenks. Le pixie fit une grimace entendue, il avait compris plus vite que moi. Je froissai bruyamment mon sachet de cacahouètes vide et le glissai dans mon sac, ne voulant pas le laisser sur un plancher aussi nickel. Nick était sombre, le regard fuyant. Les phares des automobilistes qui nous croisaient éclairaient son nez droit et son visage maigre. Me penchant, je murmurai :

— Qu'est-ce que tu avais fait ?

Ses yeux restèrent fixés sur la route, sa poitrine se soulevant et se rabaissant sur un rythme lent.

— Rien.

Je regardai le cou d'Edden. *Ouais, c'est ça. Et je suis la fille sur les affiches du SO.*

— Écoute. Je suis désolée de t'avoir entraîné là-dedans. Si tu veux te tirer dès que nous serons à l'aéroport, je comprendrai.

À bien y réfléchir, je n'avais pas envie de savoir ce qu'il avait fait.

Il secoua la tête et me lança un bref sourire.

— Tout va bien. Je reste avec toi pour cette nuit. Je te dois bien ça pour m'avoir sorti de ce trou à rats. Une semaine de plus et je serais devenu fou.

Rien que de l'imaginer, ça m'a fichu un frisson. Il y a des sorts bien pires que d'être sur la liste des morts à venir du SO. Je serrai brièvement son épaule et m'adossai de nouveau à la banquette, l'examinant discrètement tandis que la tension le quittait et que son souffle redevenait normal. Plus j'en apprenais sur lui, plus ses différences avec la plus grande partie de l'humanité devenaient évidentes. Mais, au lieu de m'inquiéter, cela me tranquillisait. Retour à mon syndrome héros/demoiselle en détresse. Enfant, j'avais lu trop de contes de fées, et j'étais trop réaliste pour ne pas savourer d'être sauvée une fois de temps en temps.

Un silence pénible s'instaura, et l'anxiété revint. Et si nous arrivions trop tard ? Et si Trent changeait de vol ? Et si tout cela n'avait été monté que pour me mener en bateau ? *Dieu me vienne en aide*, pensai-je. J'avais tout joué sur les heures à venir. Si tout cela était du vent, je n'avais plus rien.

— Sorcière ! hurla Jenks, se rappelant à moi.

Je pris conscience qu'il essayait d'attirer mon attention depuis plusieurs minutes.

— Sors-moi de là. Je ne peux rien voir.

Je tendis une main, qu'il escalada.

— Je ne vois vraiment pas pourquoi tout le monde t'évite quand tu ne peux pas voler, dis-je sèchement.

— Tout cela ne serait jamais *arrivé*, hurla-t-il, si *quelqu'un* ne m'avait pas arraché à moitié cette damnée *aile*.

Je l'installai sur mon épaule. Nous pouvions tous les deux voir le trafic sortant de la ville tandis que nous nous dirigions vers l'aéroport international Nord Kentucky de Cincinnati. La plupart des gens l'appelaient le Cloaque International, ou plus simplement le « Grand CI ». Les voitures étaient éclairées périodiquement par les rares lampadaires. Mais l'éclairage devint plus abondant en approchant des terminaux. Je sentis l'excitation me gagner et me redressai sur le siège. Rien n'aurait lieu de travers. J'allais le choper. Quoi que soit Trent, j'allais l'avoir.

— Quelle heure est-il ? demandai-je.

— 11 h 15, grommela Jenks.

— 11 h 20, corrigea Edden, indiquant la pendule du tableau de bord.

— Quinze, aboya de nouveau le pixie. Je sais où est le soleil bien mieux que tu ne sais par quel trou pisser.

— Jenks ! intervins-je, horrifiée.

Nick décroisa les bras, un soupçon de confiance lui revenant.

Edden leva une main pour calmer le jeu.

— Ce n'est rien, mademoiselle Morgan.

Clayton, un flic constipé qui semblait ne pas me faire confiance, croisa mon regard dans le rétroviseur.

— En vérité, monsieur, dit-il à regret, cette pendule avance de cinq minutes.

— Tu vois ! s'exclama Jenks.

Edden tendit la main vers le téléphone de la voiture et mit le haut-parleur pour que nous puissions tous entendre.

— Assurons-nous que l'avion est retenu au sol et que tout le monde est à son poste.

Angoissée, je remis en place l'écharpe de mon bras. Edden poussa trois boutons sur le téléphone.

— Ruben, beugla-t-il dans l'appareil, le tenant comme un micro. Réponds.

Il y eut une brève hésitation, puis une voix masculine résonna dans les haut-parleurs.

— Capitaine, nous attendons à la porte d'embarquement, mais l'avion n'est pas là.

— Pas là ! criai-je, grimaçant en me glissant jusqu'au bord du siège. Ils devraient être en train de monter à bord.

— Il n'est jamais arrivé jusqu'à la passerelle, monsieur, continua Ruben. Tout le monde attend dans le terminal. Ils disent que c'est une réparation mineure qui ne devrait prendre qu'une heure. Ce n'est pas de votre fait ?

Mes yeux allèrent du haut-parleur à Edden. Je pouvais presque voir les idées se bousculer derrière son expression calculatrice.

— Non, dit-il finalement. Continue à surveiller.

Il interrompit la communication et le sifflement disparut.

— Qu'est-ce qui se passe ? hurlai-je dans son oreille, et il me jeta un regard noir.

— Remettez vos fesses sur cette banquette, Morgan. Ce sont probablement les restrictions sur la lumière. La compagnie aérienne ne va pas faire attendre tout le monde sur le tarmac quand le terminal est vide.

Je regardai du côté de Nick. Ses doigts tambourinaient nerveusement le rythme d'un air inaudible. Toujours mal à l'aise, je me rassis. Les balises de signalisation de l'aéroport faisaient comme un arc sur la surface inférieure des nuages. Nous étions presque arrivés.

Edden composa de mémoire un nouveau numéro. Un sourire se fit jour sur son visage quand on décrocha.

— Allô, Chris ? (J'entendis faiblement une voix de femme répondre.) J'ai une question pour toi. Il semblerait qu'il y ait un vol de la Southwest bloqué sur le tarmac. Le 11 h 45 pour L. A. Tu peux m'expliquer ce qui se passe ? (Il hésita, écoutant, et je m'aperçus que j'étais en train de me manger la petite peau d'un ongle.) Merci, Chris, gloussa-t-il. Qu'est-ce que tu dirais du plus gros steak en ville ?

Il gloussa de nouveau et je jure que ses oreilles rougirent.

Jenks renifla quelque chose que je ne pus entendre. Je regardai Nick, mais il m'ignorait.

— Chrissy, susurra Edden. Ma femme pourrait y voir un problème. (Jenks joignit son rire à celui d'Edden, et je tirai sur une de mes mèches, nerveuse.) Je te rappelle plus tard, conclut-il avant de raccrocher.

— Eh bien ? demandai-je, de nouveau sur le bord de la banquette.

Les restes du sourire d'Edden refusèrent de quitter ses lèvres.

— L'avion est retenu au sol. Il semblerait que le SO ait eu un tuyau comme quoi il y aurait du Soufre à bord.

— Par le Tournant, jurai-je.

Le bus était l'appât, pas l'aéroport. Qu'est-ce que foutait Trent ?

Les yeux d'Edden étincelèrent.

— Le SO en a encore pour quinze minutes avant d'arriver. Nous pourrions le leur souffler sous le nez.

Sur mon épaule, Jenks se mit à jurer.

— Nous ne sommes pas là pour le Soufre, protestai-je tandis que tout s'effondrait. Nous sommes là pour les drogues bio !

Furieuse, je me tus. Une automobile puissante approchait en ronflant, repartant vers la ville.

— Celui-là est au-dessus des lois, gronda Edden. Clayton, vois si tu peux lire le numéro.

Le cerveau en pleine tempête, j'attendis qu'elle soit passée avant d'essayer de parler de nouveau. Le moteur faisait un tel bruit qu'on aurait dit que le conducteur était à cinquante au-dessus de la limite de vitesse, mais la voiture n'avançait quasiment pas. L'embrayage patinait à mort. Ce boucan m'était familier. *Francis*, pensai-je, le souffle coupé.

— C'est Francis !

Jenks avait crié en même temps que moi. Je me retournai pour voir le feu arrière cassé. Ma vision devint floue sous la douleur déclenchée par le mouvement brusque, mais j'escaladai presque la banquette arrière.

— C'est Francis. (Mon cœur battait à se rompre.) Faites demi-tour. Arrêtez. C'est Francis !

Edden envoya un grand coup de poing dans le tableau de bord.

— Par tous les diables, jura-t-il. Nous arrivons trop tard.

— Non ! Vous ne comprenez pas ? Trent les a intervertis. Les drogues bio et le Soufre. Le SO n'est pas encore là. C'est Francis qui est chargé de l'échange !

Edden me dévisagea, son visage alternativement éclairé et dans l'obscurité tandis que nous continuions à avancer sur la longue avenue qui menait à l'aéroport.

— Francis a les drogues ! Faites demi-tour ! hurlai-je.

La camionnette s'arrêta à un feu.

— Capitaine ? interrogea le chauffeur.

— Morgan, dit Edden. Vous êtes complètement cinglée si vous pensez que je vais laisser passer ma chance de piquer une prise de Soufre sous le nez du SO. Vous ne savez même pas si c'était bien lui.

Jenks se mit à rire.

— C'était bien Francis. C'est Rachel qui a flingué sa boîte de vitesses.

Je grimaçai.

— Francis a la drogue. Elle va partir par bus. Je parierais ma vie là-dessus.

Les yeux d'Edden s'étrécirent et sa mâchoire se gonfla.

— C'est ce que vous venez tout juste de faire, jeta-t-il sèchement. Clayton, fais demi-tour.

Je m'affalai et laissai échapper l'air que je n'avais pas eu l'impression de retenir.

— Capitaine ?

— Tu m'as entendu ! (Visiblement, Edden n'était pas heureux.) Fais demi-tour. Fais ce que dit la sorcière. (Il se retourna vers moi, le visage tendu.) Vous avez intérêt à avoir raison, Morgan, grogna-t-il.

— J'ai raison.

L'estomac noué, je me renfonçai sur la banquette, me cramponnant pour le virage en épingle à cheveux. *J'ai intérêt à avoir raison*, pensai-je en jetant un coup d'œil à Nick.

Un camion du SO nous croisa, en route pour l'aéroport, silencieux, gyrophare en action. Edden frappa le tableau de bord si violemment que je fus étonnée de ne pas voir sortir les airbags. Il attrapa le téléphone.

— Rose ! beugla-t-il. L'équipe de chiens a-t-elle trouvé quelque chose à la gare routière ?

— Non, capitaine. Ils sont en train de revenir.

— Renvoie-les immédiatement. Qui avons-nous dans le Cloaque en tenue civile ?

— Monsieur ? demanda-t-elle, interloquée.

— Qui est dans le Cloaque que je n'ai pas envoyé à l'aéroport ? hurla-t-il.

— Briston est au centre commercial de Newport, en civil. (Sa voix fut couverte par la sonnerie lointaine d'un téléphone, et elle se mit à crier.) Que quelqu'un décroche ! (Il y eut une hésitation.) Gerry assure sa couverture, mais il est en uniforme.

— Gerry, répéta Edden, pas content. Envoie-les à la gare routière.

— Briston et Gerry à la gare routière, répéta-t-elle calmement.

— Dis-leur d'utiliser leur MAC, ajouta Edden, me lançant un coup d'œil.

— MAC ? interrogea Nick.

— Matériel Anti-Charmes, traduisis-je.

— Nous sommes à la recherche d'un humain de race blanche, dans les trente ans. Sorcier. Nom : Francis Percy, Coureur du SO.

— Il ne vaut guère mieux qu'un mage, l'interrompis-je, m'arc-boutant quand nous nous arrêtâmes brusquement à un feu rouge.

— Le suspect transporte probablement des sorts, continua Edden.

— Il est sans danger, commentai-je.

— Ne l'approchez pas à moins qu'il essaie de partir, dit Edden, crispé.

— Ouais. (Je reniflai quand la camionnette démarra brutalement.) Il pourrait vous faire mourir d'ennui.

Edden se retourna :

— Vous allez la boucler ?

Je haussai les épaules, et songeai que je n'aurais pas dû quand mon épaule se remit à m'élancer.

— Tu as tout noté, Rose ? demanda-t-il dans le téléphone.

— Armé, dangereux, se tenir à distance à moins qu'il essaie de partir. J'ai tout.

— Merci, Rose, grogna Edden.

Il éteignit le téléphone d'un doigt épais.

Jenks tira sur mon oreille et j'étouffai un glapissement.

— Il est là, s'égosilla le pixie. Regarde, juste devant nous.

Nick et moi nous penchâmes en avant pour mieux voir. Le feu arrière cassé était comme une balise. Nous vîmes Francis mettre son clignotant avant de s'engouffrer avec un hurlement de pneus dans le parking de la gare routière. Un klaxon résonna et j'eus un ricanement. Francis s'était presque payé un bus.

— D'accord, dit doucement Edden tandis que nous faisions le tour du parking pour nous garer à l'autre extrémité. Nous avons cinq minutes jusqu'à ce que l'équipe de chiens arrive, quinze pour Briston et Gerry. Il va devoir enregistrer ses colis au bureau d'accueil. Ça nous donnera toutes les preuves de propriété.

Il déboucla sa ceinture et fit pivoter son siège baquet lorsque la camionnette s'immobilisa. Il avait l'air d'un vamp affamé avec ce sourire plein de dents.

— Personne ne lui adresse ne serait-ce qu'un regard avant que tout le monde soit là. C'est compris ?

— C'est bon, j'ai compris.

Mais j'étais nerveuse. Je n'aimais pas être sous les ordres de quelqu'un, même si ce qu'il disait n'était pas idiot. Stressée, je glissai sur la banquette pour appuyer mon visage contre la vitre de Nick. Francis se débattait avec trois boîtes plates.

— C'est lui ? demanda Edden d'une voix froide.

Je hochai la tête. Jenks descendit le long de mon bras et s'installa sur le rebord de la fenêtre. Ses ailes d'un flou transparent le maintenaient en équilibre.

— Ouais, grinça-t-il. C'est la quiche.

En détournant le regard, je m'aperçus que j'étais presque sur les genoux de Nick. Embarrassée, je repris ma place. L'effet de l'aspirine commençait à s'estomper, et même si l'amulette restante serait encore efficace plusieurs jours, la douleur revenait par à-coups avec une fréquence alarmante. Mais c'était la fatigue qui m'inquiétait le plus. Mon cœur battait comme si j'avais juste fini une Course. Et ça ne venait pas seulement de l'excitation.

Francis ferma la porte de sa voiture d'un coup de pied et se mit en marche. Il entra dans la gare d'un pas conquérant, l'image même du type important avec sa chemise criarde et son col déplié jusqu'aux oreilles. Je ricanai en le voyant sourire à une femme qui sortait et se prendre une veste. Mais, au souvenir de sa peur dans le bureau de Trent, mon mépris fit place à une ombre de pitié pour ce pauvre mec et son manque d'assurance.

— C'est bon, les enfants. (La voix d'Edden me rappela à plus d'attention.) Clayton, tu restes ici. Tu envoies Briston dès qu'elle arrive. Je ne veux personne en uniforme dans la ligne de vision de ces fenêtres. (Il regarda Francis franchir les portes à double battant.) Tu appelles Rose, qu'elle fasse revenir tout le monde de l'aéroport. On dirait que la sorcière, euh… Mlle Morgan avait raison.

— Oui, monsieur.

Clayton tendit la main à regret vers le téléphone. Les portes commencèrent à s'ouvrir. Nous n'avions pas l'air du groupe habituel de clients des bus, mais Francis était probablement trop stupide pour le remarquer. Edden fourra sa casquette jaune du BFO dans sa poche de derrière. Nick était une silhouette sans épaisseur, il aurait l'air à sa place. Mais mon bras en écharpe et mes ecchymoses allaient attirer les regards pire qu'une cloche et une pancarte indiquant « Cherche travail pour enchantements ».

— Capitaine Edden ? Donnez-moi une minute.

Il était descendu le premier et nous attendait. Lui et Nick eurent un air interrogateur en me voyant fouiller mon sac.

— Rachel, dit Jenks de l'épaule de Nick. Tu rigoles. Dix sorts de maquillage ne pourraient pas te rendre un aspect potable dans l'état où tu es.

— Va te faire Tourner, grommelai-je. Francis va me reconnaître. Il me faut une amulette.

Edden m'observait, l'air intéressé. Sentant la poussée d'adrénaline, je continuai à retourner maladroitement le contenu de mon sac de ma main valide pour y trouver un sort de vieillissement. Finalement, je renversai le sac sur la banquette. Je pris le bon sort et l'invoquai. Lorsque je le passai autour de mon cou, Edden émit un murmure d'admiration incrédule. Son acceptation de ma transformation, non, son approbation, était réconfortante. Le fait qu'il n'ait pas refusé mon amulette antidouleur plus tôt dans la soirée expliquait en grande partie pourquoi j'avais consenti à lui rendre un ou deux services. Dès qu'un humain montrait un peu de respect pour mes talents, ça me faisait fondre. *Pauvre poire.*

Je renfournai tout dans mon sac et entrepris de descendre de la camionnette avec difficulté.

— Prête ? lança Jenks sur un ton sarcastique. Tu es sûre que tu ne veux pas te passer un coup de brosse dans les cheveux ?

— Mets-la-toi où tu veux, Jenks. (Nick tendit la main pour m'aider, mais je le repoussai.) Je peux descendre toute seule.

Jenks sauta de l'épaule de Nick à la mienne.

— Tu as l'air d'une vieille femme, dit-il en s'installant. Comporte-toi comme telle.

— Elle le fait très bien. (Edden me prit par l'épaule pour m'empêcher de tomber quand mes bottes de vamp touchèrent le sol.) Elle me rappelle ma mère. (Ses yeux se plissèrent, il fit une grimace en agitant sa main devant son nez.) Elle sent même comme elle.

— La ferme, tous les deux.

J'hésitai. L'inspiration profonde que j'avais prise en atterrissant me montait à la tête. La douleur déchirante qui m'avait secouée au contact du sol était remontée jusqu'à mon crâne via la colonne vertébrale et s'était installée pour rester. Je me refusai à laisser la fatigue prendre le dessus, et je me dégageai de la main d'Edden pour avancer en clopinant vers les portes. Les deux hommes me suivirent, trois pas en arrière. Je me sentais comme une épave dans mon jean trop large et cette horrible chemise à carreaux écossais. Porter une illusion de vieillesse par-dessus n'aidait pas. Je tirai sur la porte, incapable de l'ouvrir.

— Que quelqu'un m'ouvre cette porte ! m'exclamai-je, ce qui fit rire Jenks.

Nick me prit par le bras tandis qu'Edden ouvrait la porte. Une vague d'air surchauffé nous balaya.

— Là, dit Nick. Appuie-toi sur moi. Ça te fait encore plus ressembler à une grand-mère.

Je pouvais lutter contre la douleur. Mais c'est la fatigue qui me fit oublier mon orgueil et accepter le bras de Nick. C'était soit ça, soit passer la porte de la gare en rampant.

J'entrai en traînant les pieds. Un sentiment d'excitation accéléra mon pouls quand je repérai Francis près du grand comptoir d'accueil.

— Il est là, soufflai-je.

Presque caché derrière une plante artificielle, Francis parlait avec une jeune femme en uniforme. Le charme percynien avait son effet habituel : elle avait l'air agacée. Les trois boîtes étaient à côté de lui, sur le comptoir. La non-interruption de ma vie était dans ces cartons.

Nick tira gentiment sur mon coude valide.

— Viens, mémé, assieds-toi là.

— Tu m'appelles encore une fois comme ça, et je m'occupe du sort de ta future progéniture, le menaçai-je.

— Mémé, répéta Jenks.

Ses ailes me ventilaient le cou par petites bouffées.

— Suffit. (La voix d'Edden était basse, mais elle contenait une dureté nouvelle ; ses yeux ne quittaient pas Francis.) Vous allez tous les trois vous asseoir là-bas et attendre. Personne ne bouge, sauf si Percy essaie de se tirer. Je vais m'assurer que ces trois boîtes ne prennent pas un bus.

Son regard était toujours sur Percy. Il toucha l'arme cachée sous sa veste et se dirigea vers le comptoir, l'air détaché. Il fit un grand sourire à une deuxième employée avant même d'y être arrivé.

Assise ? Attendre ? Ouais, je pouvais essayer.

Je cédai à la pression insistante de Nick et avançai vers la rangée de sièges. Ils étaient orange comme au BFO et semblaient tout aussi confortables. Nick m'aida à m'asseoir et prit le siège à côté du mien. Il tendit les jambes devant lui et prétendit faire un somme, les yeux à peine entrouverts pour surveiller Francis. J'étais assise bien raide, mon sac sur les genoux, le serrant comme j'avais vu les vieilles grand-mères le faire. À présent, je savais pourquoi. J'avais mal partout et l'impression que j'allais partir en morceaux au moindre relâchement.

Un gamin hurla, et j'inspirai brutalement. Mes yeux glissèrent de Francis, toujours en train de passer pour un crétin, jusqu'aux autres clients. Il y avait une mère de famille fatiguée avec ses trois mouflets, dont un portait encore des couches. Elle argumentait avec un employé sur l'interprétation d'un coupon. Une poignée de businessmen absorbés par leurs affaires marchaient à grands pas, comme si ce lieu n'avait été qu'un mauvais rêve et pas la réalité de leur existence. Deux amoureux se tenaient dangereusement imbriqués, fuyant probablement leurs parents. Des SDF. Un vieil homme dépenaillé qui m'adressa un clin d'œil.

J'eus un sursaut. L'endroit n'était pas sûr. Le SO pouvait être n'importe où, prêt à me flinguer.

— Détends-toi, Rach'. (Jenks semblait lire mes pensées.) Le SO ne va pas tenter de te mettre la main dessus avec un capitaine du BFO dans la salle.

— Comment peux-tu en être aussi certain ?

Je sentis le vent dans mon cou quand il agita ses ailes inutiles.

— Je ne le suis pas.

Nick ouvrit les yeux et se rassit correctement.

— Tu vas comment ? s'inquiéta-t-il à voix basse.

— Bien, dit Jenks. Merci d'avoir demandé. Tu savais qu'un de ces lourdauds du BFO m'avait arraché la moitié d'une aile ? Ma femme va me tuer.

Je réussis à sourire.

— J'ai faim, répondis-je à Nick. Et je suis épuisée.

Nick m'examina avant de reporter son attention sur Francis.

— Tu veux manger quelque chose ? (Il fit sonner les pièces dans sa poche – la monnaie du taxi pour venir jusqu'au BFO.) Il te reste assez pour prendre un truc au distributeur.

Je laissai un léger sourire m'envahir. C'était agréable d'avoir quelqu'un qui se faisait du souci pour moi.

— D'accord. Merci. Avec du chocolat ?

— Chocolat, confirma Nick en se levant.

Son regard alla des distributeurs de l'autre côté de la salle à Francis. Le débile était à moitié couché sur le comptoir, il devait essayer d'avoir le numéro de téléphone de la fille. Je regardai Nick s'éloigner. Pour quelqu'un de si maigrichon, il marchait avec une certaine grâce. Je me demandai ce qu'il avait fait pour être harponné par le BFO.

— Avec du chocolat, singea Jenks d'une voix de fausset. Oooh, Nick. Tu es mon héros.

— Va te faire empailler, dis-je plus par habitude qu'autre chose.

— Tu sais quoi, Rach' ? (Jenks s'installa un peu plus confortablement sur mon épaule.) Tu feras une grand-mère vraiment étrange.

J'étais trop fatiguée pour trouver une réponse. J'inspirai profondément, mais lentement pour ne pas avoir mal. Mes yeux allaient de Francis à Nick. L'excitation me nouait l'estomac.

— Jenks, soufflai-je en contemplant la grande silhouette de Nick devant le distributeur de sucreries, la tête penchée sur la monnaie dans sa main. Que penses-tu de Nick ?

Le pixie renifla puis, voyant que j'étais sérieuse, se calma.

— Il semble OK. Il ne ferait rien pour te blesser. Il a ce complexe du héros, et tu as l'air d'avoir besoin d'être sauvée. Tu aurais dû voir sa tête quand tu étais étendue sur le canapé d'Ivy. J'ai bien cru qu'il allait tourner de l'œil. Mais ne t'attends pas à ce qu'il ait tes idées du bien et du mal.

Mes sourcils se froncèrent, tirant douloureusement sur mon visage.

— Magie noire ? murmurai-je. Oh, mon dieu, Jenks. Ne me dis pas que c'est un pratiquant ?

Jenks éclata de rire. On eût dit un carillon.

— Non. Je veux seulement dire qu'il n'a pas de problème de conscience pour voler les livres des bibliothèques.

— Oh !

Je me remémorai sa gêne au BFO et dans la camionnette. Cela venait-il de là ? Je n'en avais pas l'impression. Mais les pixies étaient connus pour être de bons juges en matière de caractère, malgré leur grande gueule et leur personnalité farfelue. Je me demandai si l'opinion de Jenks changerait s'il découvrait ma marque de démon. J'avais peur de lui poser la question. Par tous les diables, j'avais trop peur pour simplement la lui montrer.

Je relevai la tête en entendant le rire de Francis. Il écrivit quelque chose sur un papier et le poussa vers la femme des tickets. Il passa une main sous son nez étroit et lui adressa un sourire miteux.

— Brave fille, soufflai-je en la voyant froisser le papier et le jeter par-dessus son épaule dès qu'il eut pris la direction des portes.

Mon cœur eut un soubresaut. Il allait vers les portes! *Enfer.* Je regardai autour de moi pour trouver de l'aide. Nick se battait contre la machine et me tournait le dos. Edden était plongé dans une discussion avec un type à l'allure officielle, en uniforme de conducteur de bus. Le visage du capitaine était rouge et ses yeux étaient fixés sur les boîtes posées derrière le comptoir.

— Jenks, déclarai-je sèchement. Va chercher Edden.

— Quoi ? Tu veux peut-être que je rampe jusqu'à lui ?

Francis était à mi-chemin de la porte. Je ne faisais même pas confiance à Clayton, dehors, pour empêcher un chien de pisser. Je me levai, priant pour qu'Edden se retourne. Mais il ne bougea pas.

— Débrouille-toi, murmurai-je, ignorant l'indignation de Jenks quand je le détachai de mon épaule et le posai sur le sol.

— Rachel! cria Jenks.

Mais je clopinai aussi vite que je le pouvais pour essayer de me mettre entre Francis et la sortie. Trop lente. Francis passa devant moi.

— Excusez-moi, jeune homme, roucoulai-je, mon pouls s'affolant quand je tendis le bras pour l'accrocher. Pourriez-vous me dire où se trouve la zone des bagages ?

Francis pivota sur ses talons. Je fis un effort pour ne pas laisser voir ma panique. Il risquait de me reconnaître, de voir la haine que m'inspirait ce qu'il avait fait.

— C'est la gare routière, madame. (Ses lèvres fines étaient tordues par l'exaspération.) Il n'y a pas de zone bagages. Vos affaires doivent être dehors, sur le parking.

— Comment ? dis-je très fort, maudissant mentalement Edden.

Où diable est-il ?

J'agrippai le bras de Francis d'une poigne ferme et il baissa les yeux sur ma main ridée par le charme.

— Dehors ! beugla-t-il, essayant de se dégager.

Il eut un mouvement de recul quand mon parfum le submergea. Mais je ne voulais pas le lâcher. Du coin de l'œil, je vis Nick à côté de la machine à sucreries. Il regardait mon siège vide sans comprendre. Son regard parcourut la salle, croisant finalement le mien. Ses yeux s'élargirent. Il se précipita vers Edden.

Francis avait glissé ses papiers sous son bras et de l'autre main tentait de desserrer mes doigts.

— Laissez-moi, madame. Il n'y a pas de zone bagages.

Mes doigts lâchèrent prise et il en profita pour s'écarter. Prise de panique, je le regardai remettre sa chemise en place.

— Vieille chauve-souris gâteuse, grinça-t-il en plissant le nez. Je me demande ce que font les vieilles folles comme vous. Elles prennent des bains de parfum ? (Puis sa mâchoire se décrocha.) Morgan, siffla-t-il en me reconnaissant. Il m'avait dit que tu étais morte.

— Je le suis.

Mes genoux menaçaient de me lâcher. Je ne tenais plus que grâce à l'adrénaline.

À son sourire stupide, je compris qu'il n'avait aucune idée de ce qui se passait.

— Tu vas venir avec moi. Denon me filera probablement une promotion quand il te verra.

Je secouai la tête. Il fallait que je fasse ça dans les règles, sinon Edden serait furieux.

— Francis Percy, sous l'autorité que me confère le BFO, je t'inculpe de transport volontaire de drogues bio.

Son sourire disparut. Son visage vira au blanc sous le chaume répugnant. Ses yeux regardèrent vers le comptoir par-dessus mon épaule.

— Merde ! jura-t-il, et il se retourna pour courir.

— Stop ! hurla Edden, mais il était trop loin pour être utile.

Je plongeai derrière Francis et l'attrapai aux genoux. Nous roulâmes sur le sol avec un bruit douloureux. Francis se débattit, me donnant des coups de pied dans la poitrine pour tenter de se dégager. Je haletais. J'avais mal.

Un souffle d'air bruyant passa au-dessus de nous, là où s'était trouvée ma tête. Je me forçai à rester attentive. J'essayai de résister aux efforts de Francis. Des étoiles passèrent devant mes yeux.

Non, pensai-je quand une boule de feu bleu s'écrasa contre le mur du fond et explosa. *Ces étoiles sont réelles.*

Le sol trembla sous la force de l'explosion. Des femmes et des enfants se mirent à crier, se réfugiant le long des murs.

— Qu'est-ce qui se passe ? cria Francis.

Il se tordit sous moi et, le temps d'un battement de cœur, nous nous figeâmes, hypnotisés. Les flammes bleues vacillantes s'étaient étalées sur le mur jaune et lépreux. Puis elles semblèrent se replier sur elles-mêmes et disparurent avec un « pop » sonore.

Pour la première fois, j'eus vraiment peur. Je me tournai pour regarder derrière moi. Debout et sûr de lui, un petit homme vêtu de noir se tenait à l'entrée du couloir menant aux bureaux. Il avait une boule rouge d'au-delà dans la main. Une femme frêle vêtue de la même façon bloquait l'accès aux portes principales, une main sur la hanche. Un sourire découvrait ses dents blanches.

Le troisième était un type musclé, de la taille d'une New Beetle. Il se tenait près du comptoir.

Apparemment, la Convention de sorciers sur la côte était terminée.

Super.

Chapitre 31

La respiration de Francis eut un raté, il avait compris.

— Lâche-moi! pleurnicha-t-il. (La peur rendait sa voix méconnaissable et haut perchée.) Lâche-moi, Rachel! Ils vont te tuer!

Je plantai mes doigts solidement. Il continua à se débattre, mais je serrai les dents. Je gémis de douleur. Ses efforts pour fuir étaient en train d'arracher les sutures de mes blessures. Le sang s'était remis à couler et, d'une main, je fouillai mon sac à la recherche d'une amulette. Du coin de l'œil, je suivais les mouvements du petit homme: ses lèvres bougèrent et la boule dans sa main passa du rouge de l'au-delà au bleu. *Bon Dieu*. Il était en train d'invoquer son charme.

— Je n'ai pas le temps pour ça! maugréai-je, furieuse, à moitié sur Francis, essayant de le maintenir par terre.

Des gens s'étaient mis à courir. Ils s'échappaient par les couloirs et n'étaient pas arrêtés par la femme s'ils essayaient de sortir sur le parking. Quand des sorciers s'affrontaient, seuls les plus rapides survivaient. Ma respiration siffla dans mes narines lorsque les lèvres de l'homme arrêtèrent de bouger. Il ramena son bras en arrière et lança son sort.

Avec un hoquet, je tirai Francis et le mis devant moi.

— Non! hurla-t-il en voyant le charme foncer vers nous.

Sa bouche et ses yeux étaient déformés par la peur.

Le sort nous propulsa sur le sol, jusqu'aux sièges. Le coude de Francis se ficha dans mon bras blessé et je grognai de douleur. Son cri s'interrompit brutalement dans un gargouillis effrayant.

La douleur dans mon épaule devint une véritable agonie et j'essayai désespérément de me débarrasser de son poids. Il s'affala sur le sol, inconscient. Je rampai fébrilement en arrière et le regardai. Une aura bleue palpitait autour de lui. J'en avais aussi une fine couche sur ma manche. Ma peau se convulsa quand la brume bleue d'au-delà glissa de ma manche pour rejoindre celle qui recouvrait Francis. Il se tordait sur lui-même, complètement recouvert. Finalement, il s'immobilisa.

Le souffle court, je détachai mes yeux de Francis. Les trois assassins prononçaient en chœur des mots latins, leurs mains décrivant des figures dans l'air. Leurs mouvements étaient élégants et précis, presque obscènes.

— Rach' ! (La voix de Jenks me vrilla les oreilles à trois sièges de là.) Ils sont en train de construire un filet. Sors de là ! Il faut que tu dégages !

Sortir ? pensai-je en regardant Francis. Le bleu avait disparu, ses bras et ses jambes faisaient des angles anormaux sur le sol. J'étais horrifiée. Je lui avais fait prendre le coup qui m'était destiné. Ç'avait été un accident. Je n'avais pas voulu le tuer.

Mon estomac se serra. Je me dis que j'allais vomir. Je repoussai ma peur et utilisai la colère pour me mettre à genoux. J'agrippai un des sièges orange et m'en servis pour me mettre debout. Ils m'avaient obligée à faire prendre ce coup par Francis. *Oh Dieu. Il était mort par ma faute.*

— Pourquoi m'avez vous fait faire ça ? dis-je doucement en me tournant vers le plus petit.

Je fis un pas en avant. L'air se mit à vibrer. Je ne pouvais pas dire que ce que j'avais fait était mal. J'étais vivante. Mais je n'avais pas voulu ça.

— Pourquoi ? répétai-je plus fort.

Ma colère s'amplifiait, et la sensation de piqûres d'épingles sur toute ma peau me submergea. C'étaient les premiers effets du filet. Je m'en fichais. En passant à côté de mon sac, je le ramassai, tout en écartant du pied mon amulette non invoquée.

Les yeux du sorcier branché sur la ligne d'énergie s'écarquillèrent de surprise en me voyant venir vers lui. L'air déterminé, il se mit à chanter plus fort. Je pouvais entendre les deux autres murmurer comme un vent chargé de cendres. Il était facile de se déplacer au centre du filet, mais plus j'approchais du bord, plus cela devenait dur. Nous étions dans une sorte de bulle d'air teinté de bleu. À l'extérieur, Edden et Nick se battaient pour y pénétrer.

— Vous m'avez fait faire ça ! hurlai-je.

Mes cheveux se dressèrent et retombèrent dans un souffle d'au-delà quand leur filet se solidifia. Les dents serrées, je risquai un regard au-delà de la brume bleue. Je vis la montagne de muscles occupée à le maintenir en place tout en lançant des sorts tirés de la ligne d'énergie sur les malheureux agents du BFO, complètement dépassés, qui avaient fini par arriver. Je m'en moquais. Il y en avait deux à l'intérieur avec moi. Ils n'allaient pas en sortir.

J'étais furieuse et frustrée. Fatiguée de me cacher dans une église, fatiguée d'esquiver des balles molles, fatiguée de passer mon courrier dans l'eau salée, et surtout fatiguée d'être effrayée. Et à cause de moi, Francis était allongé sur le sol froid d'une gare routière miteuse. C'était peut-être un vermisseau, mais il n'avait pas mérité ça.

Je mis mon sac devant moi en continuant à boitiller vers le plus petit. Je sentis sous mes doigts les crans d'une amulette de sommeil. Folle de rage, je la passai autour de mon cou et la laissai pendre à sa cordelette. Les lèvres du sorcier commencèrent à bouger, ses longues mains se mirent à dessiner des figures. Si c'était un sort vraiment méchant, j'avais quatre secondes. Cinq s'il le faisait assez fort pour me tuer.

— Personne ! hurlai-je en titubant vers lui par la seule force de ma volonté. (Ses yeux s'agrandirent quand il vit la marque du démon sur mon poing fermé.) Personne ne peut me faire tuer quelqu'un.

Je lançai mon poing en avant. Nous vacillâmes tous les deux quand il atteignit sa mâchoire. Je me recroquevillai sur moi-même, secouant ma main endolorie. L'homme recula en chancelant, puis se reprit. Le rassemblement de pouvoir s'était brutalement relâché. Toujours en rage, je serrai les dents et frappai de nouveau. Il ne s'était pas attendu à une attaque physique, car peu de sorciers des lignes d'énergie y recouraient, et il leva un bras pour se protéger. Attrapant ses doigts, je les pliai violemment en arrière, en brisant au moins trois.

Son cri de douleur trouva un écho dans celui de surprise que lança la femme, de l'autre côté de la salle. Elle se mit à courir vers nous. Tenant toujours la main de l'homme, je lançai mon pied en avant, le tirant vers moi pour qu'il s'y empale. Les yeux lui sortirent de la tête. Il recula en se tenant l'estomac. Ses yeux pleins de larmes cherchèrent quelqu'un derrière moi. Sans avoir repris son souffle, il se laissa choir et roula vers la droite.

Haletante, je me jetai par terre et roulai vers la gauche. Une explosion fit voler mes cheveux. Je redressai la tête. La boule d'au-delà verdâtre s'étalait sur le mur et vers les extrémités de la salle. Je me retournai. Le petit brin de femme marchait vers moi, le visage figé. Ses lèvres continuaient à débiter des mots. Une boule rouge d'au-delà grossit dans sa main, parcourue de traînées vertes de son aura tandis qu'elle essayait de la maîtriser.

— Tu veux te payer Morgan ? hurlai-je du sol. C'est ça ?

Je me redressai en tremblant, posant une main sur le mur pour rester droite.

L'homme derrière moi prononça un mot que je ne pus saisir. Il était trop étrange pour que je le comprenne. Mes yeux s'agrandirent, ma bouche s'ouvrit sur un hurlement silencieux quand il explosa en moi.

Me tenant la tête, je tombai à genoux en criant.

— Non ! (J'essayai de m'arracher le crâne.) Non ! Sortez de là !

Des déchirures écarlates bordées de noir. Des asticots grouillants. Le goût aigre de la chair en décomposition.

Le souvenir du mot se consuma dans mon subconscient. Je relevai les yeux, haletante. J'étais au bout du rouleau. Mon cœur battait contre mes poumons. Des points noirs virevoltaient aux frontières de ma vision. Ma peau me picotait, comme si elle ne m'avait pas appartenu. *Bon Dieu, c'était quoi, ce truc ?*

L'homme et la femme se tenaient l'un à côté de l'autre. D'une main, elle le soutenait par le coude. Il était replié sur sa main blessée. Leurs visages étaient furieux mais sûrs d'eux-mêmes et satisfaits. Il ne pouvait pas se servir de sa main, mais visiblement, il n'avait pas besoin de me tuer. Tout ce qu'il avait à faire c'était répéter ce mot.

J'étais morte. Plus morte que la normale. Mais j'allais en emmener un avec moi.

— Maintenant, rugit Edden, mais sa voix me parvint à travers un brouillard.

L'effondrement du filet magique nous surprit tous les trois. La vapeur bleue qui avait envahi l'air sembla se replier sur elle-même et disparut. Le gros sorcier qui était resté à l'extérieur du filet était par terre, les mains derrière la tête. Six agents du BFO l'encerclaient. L'espoir se réveilla en moi, presque douloureux.

Une course attira mon regard. C'était Nick.

Le charme de sommeil que j'avais invoqué était tombé par terre. J'attrapai la cordelette et balançai l'amulette dans sa direction.

— Prends ça !

L'assassin se retourna, mais trop tard. Le visage blême, Nick laissa tomber la boucle autour du cou de la femme puis recula à toute vitesse. Elle s'effondra. L'homme essaya de la retenir mais amortit seulement sa chute jusqu'au sol. La bouche béant sous le coup de la surprise, il parcourut la salle du regard.

— C'est le BFO ! clama Edden. (Il avait l'air cruche avec son bras en écharpe et son arme dans la main gauche.) Mettez vos mains derrière la tête et arrêtez de remuer les lèvres, ou je vous fais sauter la mâchoire !

L'homme cligna des yeux, abasourdi. Il jeta un œil à la femme allongée à ses pieds, prit une inspiration et se mit à courir.

— Non ! criai-je.

Encore assise, je renversai mon sac. J'attrapai une amulette, la plaquai contre mon cou dégoulinant de sang, puis la jetai devant ses pieds. La moitié de mes charmes, leurs cordons emmêlés, partirent en même temps. Comme des bolas, l'ensemble tournoya à hauteur de genoux, le heurta, et s'enroula autour de ses jambes comme s'il avait été du bétail. Il trébucha et se vautra.

Le bruit fait par les gens du BFO finit par m'atteindre. Avec une obstination farouche, je rampai jusqu'à Francis, allongé tout seul près des sièges. Craignant le pire, je le retournai. Ses yeux vides contemplaient le plafond. Mon visage se liquéfia. *Mon Dieu, non.*

C'est à ce moment que sa poitrine se souleva et que ses lèvres minces eurent un sourire provoqué par je ne sais quel rêve. Il était vivant. Il respirait, profondément endormi par un sort tiré d'une ligne d'énergie. Le soulagement m'envahit. Je ne l'avais pas tué.

— Chat ! (Je vociférais dans son visage inconscient, étroit et fuyant.) Tu m'entends, espèce de sac à merde de chameau ? C'est toi le chat !

Je ne l'avais pas tué.

Les chaussures marron éraflées d'Edden s'arrêtèrent à côté de moi. Mon visage se tendit et je passai une main couverte de sang sous mon œil. *Je n'avais pas tué Francis.* Je plissai les paupières et laissai mon regard remonter le long du pantalon kaki chiffonné, jusqu'à l'écharpe bleue de son bras. Il avait sa casquette, et je n'arrivais pas à détacher les yeux des grosses lettres bleues sur fond jaune qui gueulaient « BFO ». Il émit un grognement satisfait et un large sourire le fit ressembler encore plus à un troll. Hébétée, je me contentai de cligner des yeux, mes poumons semblant se battre l'un contre l'autre. Il me fallait un effort considérable pour les remplir.

— Morgan, dit-il joyeusement en tendant une de ses mains épaisses pour m'aider. Ça ira ?

— Non, coassai-je.

Je tendis ma propre main, mais le sol se mit à tanguer. Nick balbutia un avertissement et je partis dans les limbes.

Chapitre 32

— Écoutez ! criait Francis, de la bave s'échappant de ses lèvres sous l'effet de l'enthousiasme. Je vous dirai tout. Je veux un accord. Je veux une protection. J'étais seulement supposé faire des saisies de Soufre. Que ça. Mais quelqu'un a pris peur, et M. Kalamack a décidé d'échanger les livraisons. Il m'a ordonné d'échanger les livraisons. C'est tout ! Je ne suis pas un passeur de drogues bio. S'il vous plaît. Vous devez me croire !

Assis en face de moi, Edden ne bronchait pas, jouant au méchant flic silencieux. Accusation muette, sa large main était posée sur les bordereaux d'expédition que Francis avait signés. Ce dernier était tassé sur une chaise au bout de la table, à deux sièges de nous. Ses yeux étaient écarquillés et effrayés. Il était pathétique dans sa chemise éclatante et sa veste en polyester, les manches relevées, essayant de vivre le rêve qu'il avait voulu faire de sa vie.

J'étirai avec précaution mon corps endolori. Mes yeux glissèrent jusqu'aux trois cartons empilés bien en évidence à un bout de la table. Je laissai s'afficher un sourire. Caché sous la table, sur mes genoux, j'avais une amulette prise à l'assassin en chef. Elle brillait d'un rouge malsain, mais si c'était ce que je croyais, elle virerait au noir quand je serais morte ou quand le contrat sur ma tête aurait été payé. J'allais me coucher à la maison et dormir une semaine dès que cette petite saloperie s'éteindrait.

Edden nous avait installés dans la salle de repos des employés pour éviter toute exposition à une nouvelle attaque de sorciers. Grâce au camion de la télé locale stationné devant la gare routière, tout le monde en ville savait où j'étais. Et je m'attendais à voir, d'un moment à l'autre, des fées sortir des conduites d'aération. J'avais plus confiance dans la couverture MAC enroulée sur mes épaules que dans les deux agents du BFO qui se tenaient dans la pièce et qui transformaient notre réunion en cohue.

Je serrai un peu plus la couverture autour de mon cou, appréciant sa mince protection tout autant que sa chaleur. Des microfibres en titane étaient tissées dedans, assurant la dilution des sorts les plus puissants et l'élimination des plus faibles. Plusieurs agents du BFO avaient des gilets taillés dans la même matière, et j'espérais qu'Edden oublierait de me demander de la rendre.

Francis continuait à babiller. J'examinai les murs sales décorés de posters bébêtes sur les lieux de travail formidables et sur les moyens de poursuivre votre employeur. Un micro-ondes et un vieux frigo occupaient un mur. Un comptoir taché par le café un autre. Le distributeur de sucreries fatigué me rappela que j'avais faim. Nick et Jenks étaient dans un coin, essayant de rester hors du chemin.

La lourde porte de la salle de repos s'ouvrit. Je me retournai et vis entrer un agent du BFO et une jeune femme vêtue d'une robe rouge provocante. Un badge du BFO pendait à son cou, et la casquette jaune perchée sur sa permanente avait l'air d'un gadget bon marché. Je devinai qu'il s'agissait de Gerry et Briston, en provenance du centre commercial. Le visage de la femme se fripa et elle dit juste « parfum ». Je lâchai un gros soupir. J'aurais aimé lui expliquer, mais ç'aurait probablement fait plus de mal que de bien.

Les murmures des agents du BFO s'étaient miraculeusement étouffés une fois que j'eus laissé tomber le déguisement de vieille dame au profit d'une nénette dans la vingtaine, avec des cheveux rouges frisottés et des formes là où il fallait. Je me sentais comme un haricot dans une maraca et, avec mon bras en écharpe, mon œil au beurre noir et la couverture enroulée autour de moi, j'avais probablement l'air de la rescapée d'une catastrophe.

— Rachel ! supplia Francis, ramenant mon attention sur lui. (Son visage triangulaire était pâle et ses cheveux noirs pendaient en mèches hirsutes.) J'ai besoin d'une protection. Je ne suis pas comme toi. Kalamack va me tuer. Je ferai n'importe quoi ! Vous voulez Kalamack ; je veux une protection. Je ne devais m'occuper que de Soufre. Ce n'est pas ma faute. Rachel, tu dois me croire.

— Ouais.

J'étais épuisée au-delà de l'imaginable. Je pris une inspiration profonde et regardai l'heure à l'horloge murale. Il était juste minuit passé, mais j'avais l'impression que l'aube était déjà là. Edden sourit. Sa chaise racla le sol quand il se leva.

— Et si on les ouvrait, les gars ?

Deux agents du BFO s'avancèrent avec enthousiasme. Serrant l'amulette sur mes genoux, je me penchai impatiemment en avant pour mieux voir. Ma survie était dans ces boîtes. Le bruit du collant arraché résonna violemment. Francis s'essuya la bouche. Il regardait avec un mélange de fascination morbide et de peur.

— Sainte mère de Dieu, jura un des agents en s'écartant de la table après l'ouverture d'un des cartons. Ce sont des tomates.

Des tomates ? Je me hissai sur mes jambes, grommelant de douleur. Edden me précéda d'un souffle.

— C'est à l'intérieur ! balbutia Francis. Les drogues sont dans les tomates pour que les chiens des douanes ne puissent pas les renifler. (Blême derrière le chaume de ses joues, il remonta une nouvelle fois ses manches.) Elles y sont. Vous pouvez regarder !

— Des tomates ? (Le dégoût se lisait sur le visage d'Edden.) Il les envoie dans des tomates ?

De belles tomates rouges, avec des queues vertes, me renvoyaient mon regard, assises dans leur emballage en carton. J'étais impressionnée. Mes lèvres s'entrouvrirent. Trent avait dû insérer les fioles dans les fruits lors de leur développement, et quand ces derniers étaient mûrs la drogue était parfaitement cachée dans des fruits sans défaut qu'aucun humain n'aurait touchés.

— Nick, viens par ici, demanda Jenks.

Mais Nick ne bougea pas. Son long visage était cendreux. Les deux agents qui avaient ouvert le carton se rinçaient les mains dans l'évier avec acharnement.

Edden tendit la main, prit une tomate et examina le fruit rouge. Il avait l'air d'avoir envie de vomir. Il n'y avait pas une seule imperfection ou entaille dans la peau parfaite.

— Je suppose que nous devrions en ouvrir une, articula-t-il à regret, la posant sur la table et s'essuyant la main sur son pantalon.

— Je vais le faire, proposai-je alors que personne ne disait rien.

Quelqu'un poussa un vieux couteau de table terni vers moi. Je le pris de la main gauche, et, me rendant compte que mon autre main était dans son écharpe, je levai les yeux pour demander de l'aide. Mais pas un seul agent n'accepta de croiser mon regard. Personne ne voulait toucher ce fruit. Fronçant les sourcils, je reposai le couteau.

— Si c'est comme ça, murmurai-je.

Je levai la main et l'abattis sur le fruit.

Il y eut un grand splash. De la purée rouge atterrit sur la chemise blanche d'Edden. Son visage devint aussi gris que sa moustache. Il y eut un brouhaha de dégoût en provenance des agents du BFO qui me regardaient. Quelqu'un eut une nausée. Le cœur battant, je pris la tomate dans ma main et la pressai. De la pulpe et des graines s'échappèrent entre mes doigts. Ma respiration s'arrêta une seconde quand un cylindre de la taille de mon petit doigt s'enfonça dans ma paume. Je lâchai la masse végétale et secouai la main. Des cris consternés s'élevèrent lorsque le reste du fruit éclaboussa la table. Ce n'était qu'une tomate, mais, d'après les vociférations poussées par les grands et forts officiers du BFO, on aurait pu croire que je venais de presser un cœur en décomposition.

— Et voilà !

J'étais fière de moi, brandissant un tube à l'aspect très scientifique couvert de restes de tomate. Je n'avais jamais vu de drogues bio avant. J'avais pensé que le tube serait plus gros.

— Eh bien, que je sois…, dit Edden à mi-voix.

Il prit l'ampoule dans une serviette de table. Sa satisfaction devant cette trouvaille avait pris le dessus sur son horreur.

Un soupçon de peur étrécit les yeux de Francis qui faisaient le va-et-vient entre moi et les cartons.

— Rachel ? pleurnicha-t-il. Tu vas m'assurer une protection contre M. Kalamack, hein ?

Mon dos se raidit sous l'effet de la colère. Il m'avait trahie, moi et tout ce en quoi je croyais. Pour de l'argent. Je me tournai vers lui. Un cercle gris s'étendit à la périphérie de ma vision quand je m'appuyai sur la table et me penchai pour river mon regard au sien.

— Je t'ai vu chez Kalamack.

Ses lèvres se vidèrent de tout leur sang. Je l'attrapai par le devant de sa chemise, ce qui laissa une traînée rouge sur le tissu chamarré.

— Tu es un Coureur noir et tu vas cramer.

Je le repoussai sur sa chaise et me rassis. Mon cœur battait la chamade, mais j'étais contente de moi.

— Ouais ! fit Edden doucement. Que quelqu'un l'arrête et lui lise ses droits.

La bouche de Francis s'ouvrit et se ferma sous le coup de l'inquiétude quand Briston dégrafai ses menottes de sa hanche et les referma autour de ses poignets. Je fouillai sous mon écharpe et dégrafai maladroitement mon bracelet de charmes. Je le lançai pour qu'il tombe près d'elle, au cas où Francis aurait eu quelque chose de méchant dans ses manches retroussées. Sur un signe de tête d'Edden, elle l'attacha aussi au poignet de Francis.

Le rythme mesuré et régulier de la Miranda [1] s'éleva avec son ronron rassurant. Les yeux de Francis étaient écarquillés et fixés sur la fiole. Je pense qu'il n'entendit même pas l'homme qui lui récitait ses droits.

— Rachel ! cria-t-il, sa voix retrouvée. Ne le laisse pas me tuer. Il va me tuer. Je t'ai donné Kalamack. Je veux un accord. Je veux une protection ! C'est comme ça que ça marche, n'est-ce pas ?

À l'aide d'une serviette rêche, j'essuyai les dernières traces de tomate sur ma main valide. Mes yeux croisèrent ceux d'Edden.

— Il faut qu'on supporte ça ?

---

1. C'est à la suite d'un procès resté célèbre, Miranda *vs* Arizona (1966), durant lequel Ernesto Arturo Miranda avait été jugé coupable sur la seule foi de ses déclarations, qu'a été rendue obligatoire aux États-Unis, lors de toute arrestation, la lecture de ses droits à l'interpellé. Droits baptisés depuis du nom de Miranda (*NdT*).

Un sourire tordu, pas si gentil que ça, s'afficha sur ses lèvres.

— Briston, mets ce sac à merde dans la camionnette. Enregistre ses aveux sur bande et sur papier. Et lis-lui une seconde fois ses droits. Pas de faux pas.

Francis se leva, sa chaise raclant le carrelage sale. Son visage étroit était tiré et ses cheveux lui tombaient dans les yeux.

— Rachel, dis-leur que Kalamack va me tuer !

Je regardai Edden, les lèvres serrées.

— Il a raison.

À ces mots, Francis se mit à sangloter. Ses yeux sombres avaient l'air hantés. Il se demandait s'il devait se réjouir ou s'alarmer que quelqu'un prenne enfin son inquiétude au sérieux.

— Filez-lui une couverture MAC, décida Edden, l'air soucieux. Et gardez-le au frais.

Mes épaules se détendirent. S'ils mettaient Francis à l'abri des regards assez vite, il serait en sécurité.

Les yeux de Briston se posèrent sur les cartons.

— Et les, euh, les tomates, capitaine ?

Il s'appuya sur la table en prenant soin de garder ses bras à l'écart des éclaboussures. Son sourire s'élargit.

— Laissons ça à l'équipe du labo.

Visiblement soulagée, Briston fit un signe à Clayton.

— Rachel ! bredouilla Francis tandis qu'ils l'entraînaient vers la porte. Tu vas m'aider, hein ? Je leur dirai tout !

Les quatre agents du BFO l'escortèrent sans ménagement à l'extérieur. Les talons de Briston claquaient joyeusement sur le sol. La porte se referma avec un bruit sec, et je fermai les yeux pour savourer un silence béni.

— Quelle nuit, murmurai-je.

Le gloussement d'Edden me fit rouvrir les yeux.

— Je vous suis redevable, Morgan. (Il avait trois serviettes en papier et la fiole blanche couverte de traces de tomate entre les mains.) Après vous avoir vue affronter ces deux sorciers, je ne comprends pas pourquoi Denon était si obstiné à vous démolir. Vous êtes une sacrée Coureuse.

— Merci.

Je soufflai ça après un long soupir et en étouffant un frisson quand mes pensées revinrent à ma tentative de combattre deux sorciers des lignes en même temps. Ç'avait été limite. S'il n'avait pas détourné la concentration du troisième sorcier pour briser le filet, j'y serais restée.

— Je veux dire, merci d'avoir assuré mes arrières, continuai-je doucement.

Au départ des agents du BFO, Nick était sorti de son recoin. Il me tendit une tasse en polystyrène emplie d'un liquide qui avait dû être autrefois du café. Il s'assit avec précaution sur la chaise à côté de moi, ses yeux allant des cartons aux éclaboussures sur la table. Il semblait que voir Edden en toucher une lui ait donné une dose de courage. Je lui adressai un sourire fatigué et enveloppai la tasse dans ma main valide, profitant de sa chaleur.

— J'apprécierais si vous informiez le SO que vous allez payer mon contrat, repris-je. Avant que je mette un pied hors de cette pièce, ajoutai-je en resserrant la couverture MAC autour de moi.

Il reposa la fiole avec une lenteur religieuse.

— Avec les aveux de Percy, Kalamack ne pourra pas se tirer de ce coup-là. (Un sourire éclaira son visage carré.) Clayton me dit que nous avons aussi eu le Soufre à l'aéroport. Je devrais décoller de mon bureau plus souvent.

Je sirotai mon café. Le goût amer emplit ma bouche, et j'avalai à regret.

— Et pour ce coup de fil ? demandai-je en reposant la tasse et en contemplant la lueur rouge de l'amulette sur mes genoux.

Edden s'assit avec un grognement et sortit un fin téléphone mobile. Le tenant délicatement dans le creux de sa main gauche, il appuya sur une seule touche avec son pouce. Je cherchai Jenks pour savoir s'il voyait ça. Les ailes du pixie n'étaient plus qu'un brouillard. Avec un air impatient, il glissa de Nick et marcha avec raideur sur la table jusqu'à moi. Je le soulevai pour le mettre sur mon épaule avant qu'il le demande. Se collant à mon oreille, il murmura :

— Il a une touche de raccourci pour le SO.

— Tiens, tiens !

Le sparadrap tira sur mon sourcil quand j'essayai de soulever celui-ci.

— Je compte bien tirer le maximum de plaisir de ce coup de téléphone.

Il s'appuya contre le dossier de son siège tandis que le téléphone sonnait. La fiole blanche trônait devant lui comme un minuscule trophée.

— Denon, beugla-t-il. C'est la pleine lune la semaine prochaine. Comment te sens-tu ?

Ma mâchoire se décrocha. Ce n'était pas le SO qu'Edden avait en ligne. C'était mon ancien patron. Et il était vivant ? Le démon ne l'avait pas tué ? Il avait dû faire faire le sale boulot par quelqu'un d'autre.

Edden gloussa, se trompant sur la raison de ma surprise. Puis son attention revint au téléphone.

— C'est super, lança-t-il, interrompant Denon. Écoute. Je voudrais que tu arrêtes la Course que tu as sur Mlle Morgan. Tu vois de qui je parle ? Elle travaillait pour toi.

Il y eut une brève pause, et je saisis presque ce que disait Denon, tellement il parlait fort. Sur mon épaule, les ailes de Jenks battirent d'énervement. Un sourire rusé s'installa sur les lèvres d'Edden.

— Tu te souviens d'elle ? Super. Rappelle tes gens. Nous paierons le contrat. (Une nouvelle hésitation et son sourire s'élargit.) Denon, je suis vexé. Elle ne peut pas travailler pour le BFO. Je ferai le transfert de fonds demain matin, dès l'ouverture des banques. Oh, et pourrais-tu envoyer un de tes fourgons à la gare routière centrale ? J'ai trois sorciers en attente d'extradition vers une prison outre. Ils ont semé un peu de désordre et, comme on était dans le coin, on les a mis sous cloche pour toi.

Il y eut quelques éclats de voix à l'autre bout, et Jenks faillit s'étouffer.

— Ooooh, Rachel ! réussit-il à sortir. Il est vraiment remonté.

— Non, répondit Edden avec fermeté, se redressant. (Visiblement, il savourait cette conversation.) Non. (Il souriait de toutes ses dents.) Tu aurais dû penser à tout ça avant de les lancer à ses trousses.

Les papillons dans mon estomac se démenaient pour sortir.

— Dites-lui de dissoudre l'amulette maîtresse qui est réglée sur moi, exigeai-je en posant celle que j'avais sur la table avec un cliquetis, comme un secret honteux.

Edden referma sa main sur le téléphone, étouffant les vociférations de Denon.

— La quoi ?

Mes yeux étaient fixés sur l'amulette. Elle luisait toujours.

— Dites-lui, répétai-je en respirant calmement, que je veux que l'amulette maîtresse qui est réglée sur moi soit dissoute. Tous les assassins en train de jeter des sorts pour me retrouver en ont une comme celle-ci. (Je la touchai du doigt, me demandant si le picotement que je ressentais était imaginaire ou réel.) Aussi longtemps qu'elle brillera, ils ne s'arrêteront pas.

Il haussa les sourcils.

— Une amulette qui contrôle les signes de vie ?

J'acquiesçai et lui lançai un sourire amer. C'était une mesure de courtoisie d'un trio d'assassins pour le suivant, pour que personne ne perde son temps à essayer de tuer quelqu'un de déjà mort.

— Euh, balbutia Edden en ramenant le téléphone à son oreille. Denon (il était joyeux), sois un bon garçon et trempe ce charme qui contrôle les signes de vie de Morgan, qu'elle puisse rentrer se coucher.

La voix furieuse de Denon fut assez forte pour s'échapper du petit haut-parleur. Je sursautai quand Jenks se mit à rire. Il fit un saut pour se percher sur ma boucle d'oreille. Je me passai la langue sur les lèvres en fixant l'amulette. J'essayai de la faire s'éteindre par ma seule volonté. La main de Nick toucha mon épaule et je sursautai. Mes yeux revinrent sur l'amulette avec une intensité affamée.

— Ça y est ! m'exclamai-je quand le disque clignota puis s'éteignit. Regardez ! C'est fini !

Mon pouls s'affola. Je fermai les yeux longuement en imaginant le même effet dans toute la ville. Denon devait avoir gardé l'amulette maîtresse près de lui. Il avait tenu à connaître le moment exact où ses assassins réussiraient. Il était vraiment taré.

Les doigts fébriles, je ramassai l'amulette. Le disque me parut lourd. Mon regard croisa celui de Nick. Il semblait aussi soulagé que moi, son sourire s'étendit jusqu'à ses yeux. Expirant profondément, je m'appuyai contre le dossier de mon siège et glissai le disque dans mon sac. Ma condamnation à mort s'était envolée.

Les interrogations furieuses de Denon résonnaient dans le téléphone. Edden sourit encore plus.

— Tu n'as qu'à allumer ta télé, Denon, mon ami. (Il éloigna l'appareil de son oreille quelques secondes, puis le rapprocha pour hurler.) Allume ta télé. Je te dis d'allumer ta bon Dieu de télé ! (Edden me fit un clin d'œil.) Salut-salut, Denon. (Il avait pris une voix de fausset moqueuse.) À plus, à l'église.

Un bip sonore signala l'interruption de la communication. Edden se renfonça sur son siège et croisa son bras valide par-dessus l'autre et son écharpe. Il avait l'air satisfait.

— Vous êtes une sorcière libérée, mademoiselle Morgan. Quel effet ça fait de revenir d'entre les morts ?

Mes cheveux me balayèrent le visage quand je baissai la tête pour me regarder. Chaque égratignure, chaque hématome tenait à se rappeler à moi. Mon bras en écharpe m'élançait. Mon visage n'était qu'une douleur lancinante.

— Super. (J'arrivai à afficher un maigre sourire.) Ça fait un effet super.

C'était fini. Je pouvais rentrer chez moi et me cacher sous mes couvertures.

Nick se leva et me posa une main sur l'épaule.

— Allez, viens, Rachel, dit-il doucement. Je te ramène chez toi. (Ses yeux sombres se posèrent brièvement sur Edden.) Elle pourra s'occuper de la paperasse demain ?

— Sans problème.

Edden se leva aussi. Il prit la fiole entre deux doigts avec précaution et la glissa dans sa poche de chemise.

— J'apprécierais votre présence pour l'interrogatoire de M. Percy, si vous vous en sentez capable. Vous avez bien une amulette détectrice de mensonges ? Je serais curieux de comparer ses résultats à ceux de notre matériel électronique.

Ma tête se balança d'avant en arrière et j'essayai de trouver la force de me lever. Je ne voulais pas avouer à Edden la difficulté qu'il y avait à invoquer de tels outils, mais je n'allais pas aller acheter de charmes sur le marché pendant au moins un mois. Le temps de laisser tous les sorts qui m'avaient été destinés se désactiver. Peut-être deux mois. Je repensai à l'amulette dans mon sac et étouffai un frisson. *Peut-être jamais.*

Une explosion étouffée déplaça l'air et fit trembler la porte. Il y eut une seconde de silence absolu, puis des cris filtrèrent faiblement à travers les murs épais. Je regardai Edden.

— Quelque chose a sauté, souffla-t-il, et je vis une bonne centaine d'explications potentielles passer dans ses yeux.

Mais une seule me retint. *Trent.*

La porte de la salle de repos s'ouvrit brutalement et alla cogner contre le mur. Briston tomba dans la pièce, se rattrapant à la chaise récemment occupée par Francis.

— Capitaine, haleta-t-elle. Clayton ! Mon Dieu, Clayton !

— Restez avec les pièces à conviction, dit Edden en se précipitant par la porte, presque aussi vite qu'un vamp.

Le brouhaha de gens en train de crier pénétra dans la pièce avant que la porte se referme majestueusement. Briston se redressa dans sa robe rouge ; les phalanges de ses doigts crispés sur le dossier étaient blanches. Sa tête était inclinée, mais je pus voir dans ses yeux monter des larmes de chagrin et de frustration.

— Rachel. (Jenks me tirait l'oreille.) Lève-toi. Je veux voir ce qui s'est passé.

— Trent est passé, soufflai-je, mon estomac se convulsant. *Francis.*

—Lève-toi ! (Jenks hurlait, tirant comme s'il avait pu me soulever par l'oreille.) Rachel, lève-toi.

Me sentant comme une mule attachée à sa charrue, je me levai. Mon estomac se crispa et, avec l'aide de Nick, je boitillai jusqu'à la porte et passai dans le bruit et la confusion. J'étais pliée en deux sous la couverture et je serrais mon bras blessé contre moi. Je savais ce que j'allais trouver. J'avais vu Trent tuer un homme pour moins que ça. S'attendre qu'il reste sans rien faire tandis qu'un nœud coulant tout à fait légal s'approchait de son cou aurait été illusoire. Mais comment avait-il pu agir aussi vite ?

Dans la salle d'accueil régnait un désordre indescriptible. Des gens marchaient en tous sens dans le verre brisé. L'air froid de la nuit entrait par un trou béant dans la façade. Là où il y avait eu auparavant une surface vitrée. Des uniformes bleu et jaune du BFO étaient partout. Ça ne voulait pas dire qu'ils arrangeaient les choses. Les fumées de plastique carbonisé me prirent à la gorge. Un incendie dans le parking, là où brûlait la camionnette du BFO, éclairait par instants la salle de lueurs orangées. Des lumières bleues et rouges balayaient les murs.

—Jenks. (Il continuait à m'arracher l'oreille pour me faire avancer.) Si tu continues, je t'écrase de mes mains.

—Alors magne-toi de sortir de cette salle tes jolies petites fesses blanches de sorcière ! s'exclama-t-il, frustré. D'ici, je ne peux rien voir.

Nick repoussa les attentions de bons Samaritains qui croyaient que j'avais été blessée dans l'explosion, mais on nous laissa tranquilles seulement quand il m'eut mis sur la tête une casquette du BFO abandonnée par terre. Il me soutint d'un bras passé autour de ma taille et nous avançâmes avec peine sur le verre crissant, passant des lumières jaunes de la gare routière à celles plus incertaines et plus dures des gyrophares des véhicules du BFO.

À l'extérieur, les journalistes des stations locales s'en donnaient à cœur joie : ils étaient chacun dans leur coin, éclairés par des spots éblouissants, et faisaient de grands gestes. Mon estomac se convulsa quand je compris que leur présence était probablement la cause de la mort de Francis.

Plissant les yeux pour les protéger de la chaleur de l'incendie, je réussis à me traîner jusqu'à l'endroit où Edden se tenait. À dix mètres de la camionnette en feu, il la regardait sans bouger. Je m'arrêtai à côté de lui sans rien dire. Il ne détourna pas les yeux. Le vent changea et je me mis à tousser dans l'âcre odeur du caoutchouc en feu. Il n'y avait rien à dire. Francis était là-dedans. Francis était mort.

— Clayton avait un môme de treize ans, murmura Edden en gardant les yeux sur la fumée tourbillonnante.

J'eus l'impression d'avoir pris un coup de poing dans le ventre, et je me forçai à rester droite. Treize ans n'était pas un bon âge pour perdre son père. J'étais bien placée pour le savoir.

Il respira profondément et se tourna vers moi. L'expression figée de ses traits me glaça. Les lueurs vacillantes du feu faisaient ressortir les lignes dures sur son visage.

— Ne vous inquiétez pas, Morgan. L'accord était que vous me donniez Kalamack, et que le BFO payait votre contrat. (L'émotion traversa son regard, mais je ne pus dire s'il s'agissait de colère ou de douleur.) Vous me l'avez donné. Je l'ai perdu. Sans les aveux de Percy, tout ce que nous avons, c'est la parole d'un sorcier mort. Le temps que je réussisse à avoir un mandat, les champs de tomates de Kalamack auront été retournés. Je suis désolé. Il va s'en tirer. Tout ça… (Il montra le feu de la main.) Tout ça n'est pas votre faute.

— Edden…

Il m'arrêta de la main. Se détournant, il commença à s'éloigner.

— Pas d'erreur, grommela-t-il pour lui-même.

Il avait l'air encore plus cassé que je l'étais. Un agent du BFO avec un gilet MAC jaune se précipita vers lui, hésitant quand il ne fit pas mine de l'avoir vu. La foule les avala.

Je me retournai face au chatoiement soudain d'or et de noir. Je me sentis mal. Francis était là-dedans. Avec mes charmes. Finalement, ils ne portaient pas vraiment chance.

— Ce n'est pas ta faute. (Nick passa de nouveau un bras autour de moi quand il vit que mes genoux menaçaient de lâcher.) Tu les avais prévenus. Tu as fait tout ce que tu as pu.

Je m'appuyai contre lui avant de tomber.

— Je sais, dis-je d'une voix morne, voulant le croire.

Un camion de pompiers approchait entre les voitures garées sur le parking, dégageant un chemin et attirant une foule encore plus dense avec ses coups de sirène sporadiques.

— Rachel.

C'était Jenks, qui tirait de nouveau sur mon oreille.

— Jenks… (Je me sentais frustrée et amère.) Laisse-moi tranquille.

— Secoue ton manche à balai, gronda le pixie. Jonathan est de l'autre côté de la rue.

— Jonathan ! (L'adrénaline remonta douloureusement, et je me détachai de Nick.) Où ça ?

— Ne regarde pas ! dirent ensemble Nick et Jenks.

Nick remit son bras autour de moi et voulut m'entraîner.

— Stop ! hurlai-je, ignorant la douleur et essayant de regarder derrière moi. Où est-il ?

— Continue à marcher, Rachel, me glissa Nick. Il se pourrait que Kalamack te veuille morte, toi aussi.

— Que les enfers vous ramènent au Tournant ! Je veux le voir !

Je me laissai mollir pour essayer d'arrêter Nick. D'une certaine façon, ça marcha. Je lui échappai et m'effondrai en tas sur le pavé.

Roulant sur moi-même, je me concentrai sur l'autre côté de la rue. Un mouvement pressé et familier attira mon attention. C'était Jonathan. Il zigzaguait entre les sauveteurs et les badauds. Sa haute silhouette distinguée était immanquable, il dépassait la foule de la tête et des épaules. Il avait l'air superpressé et se dirigeait vers une voiture garée sur le chemin du camion de pompiers. L'estomac serré d'inquiétude, je fixai la longue berline noire. Je savais qui était à l'intérieur.

Je repoussai Nick du bras quand il essaya de me ramasser, et je maudis les voitures et les gens qui se mettaient sans cesse devant moi. La vitre teintée s'abaissa. Le regard de Trent croisa le mien et j'arrêtai de respirer. À la lueur des véhicules d'urgence, je pus voir que son visage n'était qu'une masse de bleus et que son crâne était bandé. La colère dans son regard prit mon cœur en tenaille.

— Trent, murmurai-je.

Nick s'accroupit pour me prendre sous les bras et me relever. Mais il s'immobilisa et, du sol, nous regardâmes tous les deux Jonathan s'arrêter près de la fenêtre. Il se pencha pour écouter Trent. Mon pouls s'accéléra quand il se redressa brusquement et suivit le regard de celui-ci jusqu'à nous, croisant le mien. Je frissonnai sous la haine que déversèrent ses yeux.

Les lèvres de Trent bougèrent et Jonathan sursauta. Me lançant un dernier regard assassin, il marcha jusqu'à la portière conducteur. J'entendis le bruit de la portière par-dessus le chaos ambiant quand il la claqua.

Je ne pouvais détacher mes yeux de Trent. Son expression était toujours furieuse, mais il sourit, et mon inquiétude augmenta devant la promesse implicite. La vitre remonta et la voiture s'éloigna lentement.

Pendant un moment, je ne pus bouger. Le sol était chaud et, si je me levais, il faudrait que je marche. Ce n'était pas Denon qui m'avait envoyé le démon, c'était Trent.

Chapitre 33

Je me penchai pour ramasser le journal sur la plus haute marche du perron de l'église. L'odeur d'herbe coupée et de pavé humide était presque un baume, emplissant mes sens. Il y eut un bruit de course sur le trottoir. Le cœur battant, je m'accroupis en position défensive. Le gloussement de petite fille et le bruit de sonnette qui suivirent le passage du vélo rose furent un rien embarrassants. Tandis qu'elle disparaissait au coin de la rue, je fis une grimace et frappai du journal la paume de ma main. Je poussai un juron. Elle me faisait le coup chaque après-midi.

Cela faisait une semaine que le contrat du SO sur ma tête avait été officiellement dénoncé, et je voyais encore des assassins partout. Mais peut-être qu'il n'y avait pas que le SO qui voulait ma mort.

Expirant bruyamment, je me concentrai pour faire redescendre l'adrénaline et tirai la porte de l'église derrière moi. Le bruit réconfortant du papier froissé se répercuta contre les murs nus et les épaisses poutres porteuses de la nef. Je trouvai les petites annonces, repliai les autres pages pour les mettre sous mon bras et me dirigeai vers la cuisine. C'étaient les annonces personnelles qui m'intéressaient, et je commençai à les parcourir.

— Il était temps que tu te lèves, Rach'.

Jenks se mit à faire des cercles exaspérants autour de moi, les ailes bruissant dans l'espace restreint du couloir.

Je pouvais sentir le jardin sur lui. Il était vêtu de ses habits de « travail » et ressemblait à une miniature de Peter Pan avec des ailes.

— Est-ce qu'on va enfin avoir ce disque ?

— Salut, Jenks. (Je sentis une pointe d'anxiété et d'anticipation me traverser.) Ouais. Ils ont appelé un exterminateur hier.

J'étendis les feuilles sur la table de cuisine en poussant les crayons de couleur et les cartes d'Ivy pour faire de la place.

— Regarde, dis-je en lui indiquant une annonce. Il y en a une autre.

— Laisse-moi voir, demanda le pixie.

Il atterrit sur le journal, les mains sur les hanches. Suivant du doigt le texte, je lus à haute voix :

— TK cherche à rouvrir la communication avec RM au sujet d'une éventuelle association.

Il n'y avait pas de numéro de téléphone, mais l'auteur était évident. Trent Kalamack.

Mal à l'aise et fatiguée, je m'assis à la table. Mon regard, passant sur Monsieur Poisson dans son tout nouveau verre à cognac, alla se poser sur le jardin. Bien que j'aie payé mon contrat et sois raisonnablement en sécurité du côté du SO, j'avais encore à affronter Trent. Je savais qu'il produisait des drogues bio. J'étais un danger. Pour le moment, il se montrait patient, mais si je n'acceptais pas d'être sur sa liste d'employés il allait me mettre six pieds sous terre.

Au point où j'en étais, je ne voulais pas la tête de Trent. Je voulais qu'il me laisse tranquille. Le chantage était entièrement acceptable, et sans aucun doute plus sûr que d'essayer de me débarrasser de Trent devant une cour de justice. C'était un homme d'affaires, du moins officiellement, et les embêtements impliqués par un procès, ne serait-ce que pour se disculper, étaient probablement plus importants que son désir de me voir travailler pour lui ou simplement morte. Mais il me fallait plus qu'une page de son agenda, et aujourd'hui j'allais l'obtenir.

— Tes collants sont super, Jenks.

La voix d'Ivy était un coassement venant du couloir.

Surprise, je sursautai, puis changeai le geste pour faire semblant de remettre une mèche de cheveux en place. Ivy était affalée contre le chambranle. Elle avait un air de grand faucheur apathique avec son peignoir noir. Traînant les pieds jusqu'à la fenêtre, elle tira les rideaux et s'appuya contre le comptoir dans la pénombre obtenue.

Ma chaise grinça quand je m'appuyai contre le dossier.

— Tu t'es levée de bonne heure.

Ivy se versa une tasse du café froid d'hier soir et se laissa tomber sur une chaise en face de moi. Ses yeux étaient cerclés de rouge et la ceinture de son peignoir était de travers autour de sa taille. Elle poussa du doigt la feuille de journal sur laquelle Jenks avait laissé des traces de pied.

— C'est la pleine lune cette nuit. On le fait ?

Je pris une inspiration rapide, le cœur battant. Je me levai et allai jeter le café pour en refaire avant qu'Ivy puisse boire le reste. Même moi, j'avais des standards un peu plus élevés que ça.

— Oui.

En répondant, je sentis ma peau se tendre.

— Tu es sûre que tu es assez en forme ? demanda-t-elle, ses yeux se fixant sur mon cou.

Ce n'était que mon imagination, mais je sentis un pincement là où s'était posé son regard.

— Je vais bien. (Je fis un effort pour empêcher ma main de venir cacher la cicatrice.) Mieux que bien. Je suis en superforme.

Les petits cakes sans goût d'Ivy m'avaient fait passer de la faim à la nausée, mais j'avais retrouvé mon endurance dans un délai alarmant de trois jours au lieu de trois mois. Matalina avait déjà enlevé les fils de mon cou et il n'y avait presque aucune trace. Mais avoir guéri si vite était inquiétant. Je me demandai si j'en paierais le prix plus tard. Et quelle serait la nature de ce prix.

— Ivy ? lançai-je en sortant les grains du frigo. Qu'est-ce qu'il y avait dans tes cakes ?

— Du Soufre.

Je pivotai sur moi-même, choquée.

— Quoi ?

Jenks renifla, et Ivy ne baissa pas les yeux devant mon regard tout en se relevant.

— Je rigole, dit-elle benoîtement. (Mais je continuai à la dévisager, le visage blême.) Tu n'aimes pas les plaisanteries ? ajouta-t-elle en se dirigeant vers le couloir. Donne-moi une heure. J'appelle Carmen et je lui dis de s'amener.

Jenks bondit dans les airs.

— Super. (Ses ailes vrombirent.) Je vais dire au revoir à Matalina.

Il sembla s'illuminer dans le rayon de soleil qui passa entre les rideaux alors qu'il les écartait pour sortir.

— Jenks, criai-je, essayant de le retenir. Nous ne nous en allons pas avant au moins une heure.

Il ne fallait pas aussi longtemps pour faire ses adieux.

— Ouais ? (Sa voix me parvint de dehors.) Et tu crois que mes enfants sont juste sortis du sol ?

Les joues rouges, je mis la cafetière en route. Mes gestes étaient accélérés par l'impatience, et je sentis un feu commencer à brûler dans mon ventre. J'avais passé la dernière semaine à préparer dans les détails une nouvelle visite chez Trent pour Jenks et moi. Ç'avait été difficile, mais j'avais un plan. Et même un plan de secours. J'avais tellement de plans que j'étais surprise qu'ils ne me sortent pas par les oreilles quand je me mouchais.

Entre mon anxiété permanente et la rétention anale d'Ivy en ce qui concernait le respect des plannings, nous nous retrouvâmes sur le trottoir exactement une heure plus tard. Ivy et moi étions vêtues de cuirs de motard et, à nous deux, ça faisait bien trois mètres cinquante d'emmerdeuses en uniforme. Bien que la plus grande partie soit pour Ivy. Nous portions autour du cou, hors de vue, des répliques de ces indicateurs de vie qu'avaient eus les assassins. C'était mon plan de secours. Si j'avais un problème, je briserais le charme et l'amulette d'Ivy passerait au rouge. Elle avait insisté pour que nous les portions, avec tout un tas d'autres trucs que je jugeais complètement inutiles.

Je montai derrière Ivy sur la moto. Je n'avais que cette amulette de secours, une fiole d'eau salée pour la briser, une potion de vison, et Jenks. Nick avait le reste. Mes cheveux rentrés sous le casque, la visière fumée baissée, nous traversâmes le Cloaque. Une fois le pont franchi, nous fûmes dans Cincinnati. Le soleil de l'après-midi me réchauffait les épaules, et je souhaitai un instant que nous ne soyons que deux copines à moto, en route pour une séance de shopping en ville, un vendredi après-midi.

En fait, nous avions rendez-vous dans un parking souterrain avec Carmen, l'amie d'Ivy. Elle prendrait ma place sur la moto pour la journée, pour faire croire que j'étais toujours derrière Ivy, à me promener dans la ville. Je trouvais la précaution un peu exagérée, mais si ça tranquillisait Ivy, je le ferais.

Sortie du parking, je m'introduirais dans le jardin de Trent avec l'aide de Nick. Pour l'occasion, il serait déguisé en jardinier d'une société extérieure, et traiterait les insectes que Jenks s'était chargé de répandre en début de semaine sur les rosiers de concours de Trent. Une fois passé les murs, ce serait facile. Du moins, c'est ce que je me répétais.

J'avais quitté l'église calme et sûre de moi, mais au fil des rues je me sentais de plus en plus tendue. Je ressassais le plan dans ma tête. Et j'y trouvais un maximum de trous et de suppositions douteuses. Tout ce que nous avions prévu semblait à toute épreuve lorsque nous l'élaborions dans la sécurité de la cuisine. Une bonne partie reposait sur Nick et Ivy. J'avais confiance en eux mais cela me mettait mal à l'aise.

— Détends-toi, lança Ivy quand nous quittâmes la rue encombrée pour tourner dans le parking proche de la place de la fontaine. Ça va marcher. On va y aller étape par étape. Tu es une bonne Coureuse, Rachel.

Mon cœur battit plus vite et j'acquiesçai. Elle n'avait pas pu dissimuler l'inquiétude dans sa voix.

Il faisait frais dans le parking. Ivy passa à côté de la barrière pour éviter le péage. Elle allait traverser le parking comme si c'était un raccourci. J'enlevai mon casque en voyant la camionnette blanche décorée de plantes vertes et de chiots. Je n'avais pas demandé à Ivy où elle avait trouvé un véhicule d'une société d'entretien de jardins. En fait, je m'en fichais.

La porte arrière s'ouvrit quand la moto d'Ivy arriva à proximité en ronronnant. Une vamp squelettique habillée comme moi en sortit, la main tendue pour attraper le casque. Je le lui passai, glissant ma jambe par-dessus la moto tandis qu'elle prenait ma place. Ivy ne ralentit même pas. Je faillis m'étaler. Je regardai Carmen fourrer ses cheveux blonds sous le casque et passer son bras autour de la taille d'Ivy. Je me demandai si j'avais vraiment cette allure. Nan! Je n'étais pas aussi maigre.

— Je te vois cette nuit, d'accord ? me lança encore Ivy par-dessus son épaule avant de disparaître.

— Allez, monte.

C'était Nick, sa voix étouffée par les cloisons de la camionnette. Après un dernier regard dans la direction où étaient parties Ivy et Carmen, je sautai à l'intérieur, tirant la porte derrière moi. Jenks volait autour de ma tête.

— Par tous les saints, s'exclama-t-il en se précipitant à l'avant. Qu'est-ce qui t'est arrivé ?

Nick se retourna sur le siège conducteur, ses dents tranchant sur son visage maquillé d'une couleur sombre.

— Coquillages, dit-il en tâtant ses joues gonflées.

Il ne s'était pas arrêté là dans le déguisement. Ses cheveux étaient d'un noir métallique. Avec son teint basané et son visage gonflé, il était méconnaissable. C'était un chouette déguisement qui ne ferait pas réagir un détecteur de sorts.

— Salut, Ray-Ray. (Ses yeux brillaient.) Ça va comme tu veux ?

— Super, mentis-je, un rien nerveuse.

Je n'aurais pas dû l'entraîner là-dedans, mais les gens de Trent connaissaient Ivy, et Nick avait insisté.

— Tu es sûr que tu veux y aller ?

Il passa la marche arrière.

— J'ai un alibi en béton. Ma fiche de pointage dit que je suis au boulot.

Je le regardai de travers tout en retirant mes bottes.

— Tu fais ça sur le temps de la société ?

— Ce n'est pas comme si on était très contrôlés. À partir du moment où le travail est fait, ils s'en fichent.

Mon visage se fit narquois. Assise sur un bidon de produit anti-pucerons, je poussai mes bottes hors de vue. Nick avait obtenu un contrat pour nettoyer des objets antiques au musée de l'Eden Park. Sa capacité à s'adapter était pour moi un étonnement permanent. En une semaine, il avait trouvé un appartement, l'avait meublé, avait acheté un camion hors d'âge, trouvé un emploi, et m'avait invitée un soir – ç'avait été assez réussi, y compris le tour surprise de dix minutes en hélico autour de la ville. Il m'avait dit que son compte en banque retrouvé avait eu une grosse influence sur sa vitesse de récupération. Ils devaient mieux payer les bibliothécaires que je ne l'imaginais.

— Tu ferais mieux de te transformer. (Ses lèvres avaient à peine bougé pendant qu'il réglait au péage automatique, et nous sortîmes au soleil.) Nous y serons dans moins d'une heure.

L'impatience me rendait encore plus nerveuse. Je tendis la main pour attraper le sac de marin blanc au logo de la société d'entretien. J'y empilai ma paire de chaussures légères, mon amulette de sûreté dans son sac à fermeture Éclair, et ma toute nouvelle combinaison intégrale en soie et nylon, réduite à une masse qui tenait dans le creux de la main. J'arrangeai le tout de façon à laisser assez de place pour un vison et un pixie casse-pieds. Je mis par-dessus la salopette jetable en papier de Nick. J'allais entrer sous forme de vison, mais je voulais bien être pendue si j'avais l'intention de le rester.

L'absence de mes charmes habituels me perturbait. Sans eux, je me sentais nue. Mais, si je me faisais prendre, tout ce que le SO pourrait me mettre sur le dos, ce serait une effraction. Alors qu'avec un seul sort capable d'agir sur une personne, même un simple remède pour la mauvaise haleine, ils pourraient m'accuser d'intention de nuire physiquement. Et ça, c'était un crime. J'étais une Coureuse, je connaissais la loi.

Pendant que Nick retenait l'attention de Jenks à l'avant, je me déshabillai complètement et entassai toutes les traces de ma présence dans la camionnette à l'intérieurd'un container où était marqué « déchets toxiques ». J'avalai ma potion de vison avec une hâte embarrassante et dus serrer les dents sous la douleur de la transformation. Jenks se mit à injurier Nick quand il se rendit compte que j'avais été nue à l'arrière. Je n'éprouvais aucune impatience à l'idée de la transformation inverse, et surtout à celle de devoir supporter les plaisanteries et les sarcasmes de Jenks le temps d'enfiler ma combinaison.

À partir de là, tout se déroula exactement comme dans le plan.

Nick réussit à entrer sur la propriété sans problème puisqu'il était attendu – la vraie société d'entretien avait été décommandée par mes soins le matin même. Les jardins étaient déserts du fait de la pleine lune et étaient fermés pour cause d'entretien massif. Sous ma forme de vison, je m'enfonçai sous les épais buissons de roses que Nick était censé asperger d'un insecticide toxique qui n'était en réalité que de l'eau salée destinée à ma transformation inverse. Le bruit de mes affaires personnelles, chaussures, amulette et habits, jetées dans les buissons par Nick, fut incroyablement réconfortant. Surtout sous les commentaires égrillards et sans fin de Jenks à propos de foules de grandes femmes nues et pâles. Il s'était perché sur un tuteur de rosier et se balançait d'avant en arrière, tout à fait hilare. J'étais sûre que l'eau salée allait tuer les roses plutôt que les insectes prédateurs répandus par Jenks. Mais ça faisait aussi partie du plan. Si par hasard nous nous faisions prendre, Ivy n'aurait plus qu'à s'introduire de la même façon avec les plantes de remplacement.

Jenks et moi passâmes la plus grande partie de l'après-midi à écraser les insectes et à faire plus que l'eau salée pour débarrasser les rosiers de Trent de leurs agresseurs. Les jardins restèrent tranquilles, et les autres équipes d'entretien se tinrent à l'écart des pancartes « Danger » installées par Nick autour des parterres de roses. Lorsque la lune se leva enfin, j'étais plus excitée que la reine vierge des trolls pour sa nuit de noces. Le froid de la nuit n'arrangeait pas les choses.

— On y va ? demanda Jenks sur un ton sarcastique.

Il voletait au-dessus de moi et ses ailes étaient invisibles, réduites à un nuage argenté dans la pénombre.

— On y va.

Je claquai des dents en m'avançant avec précaution au milieu des épines.

Avec Jenks en avant-garde, nous courûmes en nous cachant de buisson bien taillé en arbre imposant, pour trouver finalement un passage par une porte de derrière. Aller de là jusqu'au hall d'entrée fut une question de secondes, Jenks réglant chacune des caméras sur une boucle d'un quart d'heure.

La serrure neuve sur la porte du bureau de Trent nous posa un problème. Le cœur battant, je passai les cinq minutes que cela prit à Jenks pour la faire sauter à tourner en rond. Jusqu'à ce qu'il se mette à jurer comme un réparateur de chaudière et me demande de l'aider en tenant un trombone déplié contre un interrupteur. Il ne prit pas la peine de m'avertir que j'allais ainsi fermer un circuit et je fus propulsée sur les fesses par une décharge électrique.

— Espèce de débile ! (Assise sur le sol, je me tordis la main au lieu de lui tordre le cou comme j'en avais envie.) À quoi tu joues ?

— Tu ne m'aurais pas aidé si je t'avais prévenue.

Il s'était réfugié au niveau du plafond.

Les yeux étrécis, j'ignorai ses explications vaseuses et poussai la porte. Je m'attendais à moitié à être accueillie par Trent, et je respirai mieux en trouvant la pièce vide, à peine illuminée par l'aquarium derrière le bureau. Me penchant avec avidité, je me précipitai sur le tiroir du bas, attendant seulement que Jenks m'ait confirmé qu'il n'avait pas été piégé. Le souffle court, je l'ouvris. Il était vide.

Je n'étais pas surprise. Je regardai Jenks et haussai les épaules.

— Plan B.

Nous le dîmes en même temps. Je sortis un chiffon de ma poche et essuyai les éventuelles empreintes.

— On va chercher dans son bureau de derrière.

Jenks vola hors de la pièce puis revint.

— Il n'y a plus que cinq minutes de boucle. Faut se grouiller.

Je hochai la tête et suivis Jenks après avoir jeté un dernier coup d'œil au bureau de Trent. Il vola devant moi en bourdonnant à mi-hauteur, jusqu'au fond du couloir. Le cœur battant, je le suivis discrètement à petites foulées, mes chaussures ne faisant aucun bruit sur la moquette. Le bâtiment était vide. À mon cou, l'amulette de sécurité brillait d'un vert rassurant

Mon pouls s'accéléra et un sourire me vint aux lèvres quand je rejoignis Jenks devant la porte du second bureau de Trent. Il y avait tout ce qui m'avait manqué, ce pourquoi j'avais lâché le SO. L'excitation, le frisson de la gagne. Prouver que j'étais plus futée que le méchant. Cette fois, j'allais repartir avec ce que j'étais venue chercher.

— Combien de temps ? soufflai-je en m'immobilisant, enlevant une mèche de cheveux de ma bouche.

— Trois minutes. (Il s'éleva puis redescendit.) Pas de caméras dans son bureau privé. Il n'est pas là. J'ai déjà vérifié.

Satisfaite, je poussai la porte et me glissai dans la pièce, refermant après que Jenks fut entré. Le parfum du jardin était un délice. La lune entrait à flots, éclairant la pièce comme la lumière de l'aube. Je m'approchai avec précaution du bureau, mon sourire devenant narquois. Il était couvert d'un fatras qui montrait qu'il était à présent utilisé. Cela ne me prit que quelques secondes pour mettre la main sur le porte-documents posé à côté du bureau. Jenks s'occupa de la serrure et je l'ouvris. Je poussai un soupir en voyant les disques bien rangés.

— Tu es sûre que ce sont les bons ? murmura Jenks de mon épaule.

J'en choisis un et le glissai dans une poche.

Je savais que c'étaient les bons. J'allais ouvrir la bouche pour répondre quand une brindille craqua dans le jardin.

Le cœur affolé, je fis à Jenks le geste du pouce convenu pour se cacher. Les ailes battant sans bruit, il alla se percher sur une applique murale. Arrêtant de respirer, je m'accroupis à côté du bureau.

L'espoir que j'avais eu qu'il s'agisse d'un animal s'évanouit. Des pas légers, presque inaudibles, approchaient. Une ombre passa sans hésiter du chemin à la terrasse. Elle franchit les trois marches d'un bond. Ses mouvements étaient assurés et joyeux. Mes genoux se ramollirent quand j'entendis la voix de Trent. Il fredonnait un air que je ne reconnus pas, ses pieds marquant la mesure avec entrain. *Merde,* pensai-je en essayant de me tasser un peu plus derrière le bureau.

Trent me tourna le dos et farfouilla dans un placard. Un silence pénible fit place à sa chanson. Il s'assit sur le bord d'une chaise, entre moi et la véranda. Il mettait ce qui ressemblait à des bottes d'équitation. Le clair de lune faisait luire sa chemise blanche sous sa veste cintrée. C'était dur à dire dans la faible lumière, mais il me sembla que sa tenue de cavalier était verte, pas rouge. *Trent élève des chevaux*, pensai-je, *et il les monte la nuit ?*

Le bruit de ses talons touchant brutalement le fond des bottes résonna lourdement. Le souffle plus court, je le regardai se lever. Il paraissait plus grand que ne le justifiaient les deux centimètres supplémentaires apportés par ses bottes. La luminosité faiblit lorsqu'un nuage passa devant la lune. Je faillis ne pas le voir se baisser et tendre la main vers le dessous de la chaise.

D'un mouvement fluide et gracieux, il en sortit un revolver et le pointa vers moi. Ma gorge se serra.

— Je vous entends, dit-il posément, sa voix montant et descendant comme une eau tranquille. Maintenant, sortez.

Des frissons coururent sur mes bras et mes jambes, faisant vibrer le bout de mes doigts. Je restai accroupie à côté du bureau, ne pouvant croire qu'il avait pu sentir ma présence. Mais il était tourné vers moi, les pieds bien écartés, ombre formidable devant la clarté de la nuit.

— Baissez d'abord votre arme, soufflai-je.

— Mademoiselle Morgan ?

L'ombre se redressa encore. Il était réellement surpris. Je me demandai à qui il s'était attendu.

— Pourquoi le devrais-je ?

Sa voix mélodieuse était rassurante malgré la menace sous-jacente.

— Mon associé tient un sort juste au-dessus de votre tête, bluffai-je.

L'ombre bougea légèrement quand il jeta un œil vers le plafond.

— Lumières à quarante-huit pour cent, lança-t-il sèchement.

La pièce s'éclaira, mais pas assez pour ruiner ma vision nocturne. Les genoux flageolants, je me relevai de ma position accroupie. Essayant de donner l'impression que tout ça était prévu, je m'appuyai contre le bureau, dans ma combinaison de soie et tissu élastique, et croisai les chevilles.

Le revolver toujours fermement tenu, Trent laissa son regard glisser sur moi. Il avait l'air distingué et parfaitement à l'aise dans sa tenue verte, c'en était écœurant. Je me forçai à ne pas fixer les yeux sur l'arme pointée sur moi, mais mon estomac se crispa.

— Votre revolver ? demandai-je, levant les yeux vers le plafond et Jenks qui attendait.

— Lâche-le, Kalamack ! s'égosilla Jenks de l'applique, battant bruyamment des ailes pour paraître plus déterminé.

Le corps de Trent se détendit pour imiter mon attitude décontractée et confiante. De quelques gestes vifs et simples, il enleva les balles de l'arme et la jeta à mes pieds. Je ne la touchai pas, mais ma respiration se calma. Les balles finirent dans une poche de sa redingote avec un cliquetis étouffé. Dans la lumière plus forte, je pus voir que les traces de l'attaque du démon étaient en voie de guérison. Une marque jaunâtre décorait sa pommette. Le bout d'un plâtre bleu dépassait légèrement de la manche de sa veste. Il y avait aussi les restes d'une longue éraflure sur le menton. Je me pris à penser que, malgré tout ça, il avait l'air en forme. Ce n'était pas juste qu'il ait un air si confiant alors qu'il croyait un sort mortel pendu au-dessus de sa tête.

— Je n'ai qu'un mot à prononcer et Quen sera là dans trois minutes, dit-il sur un ton badin.

— Et ça vous prendra combien de temps pour mourir ? bluffai-je.

La colère lui fit serrer les dents. Il en parut plus jeune.

— Vous êtes venue pour ça ?

— Si c'était le cas, vous seriez déjà mort.

Il acquiesça, acceptant mes mots comme une vérité. Debout de l'autre côté de la pièce, tendu, son regard se posa sur sa mallette ouverte.

— Vous avez pris quel disque ?

Avec un détachement feint, je repoussai une mèche de cheveux de devant mes yeux.

— Huntington. Si quelque chose m'arrive, il sera directement envoyé à six journaux et trois radios. Avec la page manquante de votre agenda. (Je m'écartai du bureau.) Laissez-moi tranquille, le menaçai-je sur un ton serein.

Ses bras pendaient, immobiles, le long de son corps, le cassé faisant un angle. Ma peau me piquait, bien qu'il ne fasse pas un geste, et mon vernis de confiance s'effritait.

— Magie noire ? se moqua-t-il. Des démons ont tué votre père. C'est vraiment triste de voir la fille suivre le même chemin.

De l'air siffla entre mes lèvres.

— Que savez-vous de mon père ?

Il m'avait surprise.

Ses yeux glissèrent jusqu'à mon poignet, celui avec la marque du démon, et mon visage se glaça. Mon estomac se noua au souvenir du démon me tuant lentement.

— J'espère qu'il vous a fait mal. (Je me fichais du tremblement dans ma voix ; il se dirait peut-être que c'était la colère.) Je ne sais pas comment vous avez survécu. Moi, j'y suis presque restée.

Le visage de Trent vira au rouge et il tendit un doigt vers moi. C'était sympa de le voir se comporter comme une personne normale.

— Envoyer un démon contre moi était une erreur, assena-t-il d'une voix tranchante. Je ne joue pas avec la magie noire, et je ne permets pas à mes employés de le faire.

— Espèce de sale gros menteur ! m'exclamai-je, sans me soucier du caractère enfantin de l'expression. Vous n'avez eu que ce que vous méritiez. Ce n'est pas moi qui ai commencé, mais je veux bien griller en enfer si je n'y mets pas fin !

— Ce n'est pas moi qui porte la marque du démon, mademoiselle Morgan. (Son ton était glacial.) Et en plus, je suis un menteur ? Vous me décevez. Je me demande si je vais retirer mon offre d'emploi. Vous devriez prier pour que je ne le fasse pas. Je n'aurais plus de raison de tolérer vos agissements plus longtemps.

Furieuse, je pris mon souffle pour lui dire qu'il n'était qu'un crétin. Mais ma bouche ne voulut pas. Trent croyait que j'avais appelé le démon qui l'avait attaqué. Mes yeux s'écarquillèrent quand je compris. Quelqu'un avait appelé deux démons. Un pour moi, et un pour lui. Et j'aurais misé ma vie que ce n'avait pas été quelqu'un du SO. Le cœur battant, je m'apprêtai à tout lui expliquer. Mais je refermai la bouche.

Trent se fit méfiant.

— Mademoiselle Morgan ? demanda-t-il doucement. Quelle idée s'est soudain mise à caracoler dans votre tête ?

Je secouai la tête en me léchant les lèvres et fis un pas en arrière. S'il croyait que je pratiquais la magie noire, il me laisserait tranquille. Et, aussi longtemps que j'aurais la preuve de sa culpabilité, il ne se risquerait pas à me tuer.

— Ne m'acculez pas, menaçai-je. Et je ne vous ennuierai plus.

L'expression interrogatrice de Trent se durcit.

— Sortez.

Il se déplaça de devant la véranda dans un mouvement gracieux. Comme dans un pas de danse, nous échangeâmes nos places.

— Je vais vous laisser une avance généreuse.

Il atteignit son bureau et referma le porte-documents avec un claquement. Sa voix était suave, aussi riche et étouffante que l'odeur de feuilles d'érable en décomposition.

— Cela me prendra peut-être dix minutes pour rejoindre mon cheval.

— Je vous demande pardon ?

Je ne comprenais pas où il voulait en venir.

— Je n'ai pas couru de proies à deux jambes depuis la mort de mon père. (Il ajusta sa redingote de chasse verte avec un mouvement agressif.) C'est la pleine lune, mademoiselle Morgan, dit-il, et sa voix était riche de promesses. Les chiens sont lâchés. Vous êtes une voleuse. La tradition voudrait que vous couriez… vite.

Mon cœur s'affola et mon visage se figea. J'avais ce que j'étais venue chercher, mais ça ne servirait à rien si je ne réussissais pas à m'échapper. Il y avait quarante kilomètres de forêt entre moi et l'aide la plus proche. À quelle vitesse galopait un cheval ? Combien de temps tiendrais-je la course avant de m'effondrer ? J'aurais peut-être dû lui dire que je n'avais pas envoyé le démon.

Le son lointain d'un cor s'éleva dans la nuit. Les aboiements d'un chien lui répondirent. La peur s'empara de moi, aussi douloureuse qu'un coup de couteau. C'était une peur ancienne, si primitive qu'elle ne pouvait être calmée par des illusions fumeuses. Je ne savais même pas d'où elle venait.

— Jenks. On y va.

— Je te suis, Rach', dit-il du plafond.

Je fis trois pas en courant et plongeai depuis la terrasse de Trent. J'atterris en roulant dans un buisson de fougères. Il y eut un coup de feu et les feuillages près de ma main explosèrent. Je me propulsai à travers la verdure et me mis à sprinter.

Le salaud! pensai-je, mes genoux se dérobant. *Et mes dix minutes, elles sont où?*

Tout en continuant, je fouillai dans ma poche pour sortir ma fiole d'eau salée. J'arrachai le bouchon avec les dents et versai le contenu sur l'amulette. Elle clignota et s'éteignit. Celle d'Ivy allait changer de couleur et rester rouge. La route était à moins de deux kilomètres. Le poste de garde à cinq. La ville à quarante. Combien de temps faudrait-il à Ivy pour arriver?

—Jenks, est-ce que tu peux voler vraiment vite? haletai-je entre deux foulées.

—Ouais, assez vite, Rach'.

Je restai sur le sentier jusqu'à ce que j'arrive au mur du jardin. Un chien aboya pendant que je l'escaladais. Un autre répondit. *Merde.*

Respirant au rythme de mes foulées, je franchis la pelouse impeccable et entrai dans l'étrange bois. Le bruit des chiens s'éloigna derrière moi. Le mur leur posait un problème. Il leur faudrait le contourner. J'allais peut-être y arriver.

—Jenks! (Je haletais et mes jambes commençaient à protester.) Je cours depuis combien?

—Cinq minutes.

Que Dieu me vienne en aide, suppliai-je silencieusement. Je sentais la douleur monter dans mes jambes. Cela m'avait paru deux fois plus long.

Jenks vola en avant, laissant une traînée de poussière de pixie pour me guider. Les piliers muets des grands arbres noirs passaient et disparaissaient. Mes pieds émettaient un bruit rythmé. Mes poumons me faisaient mal et j'avais un point de côté. Je me promis, si je survivais, de faire dix kilomètres par jour.

Les aboiements des chiens changèrent. Bien que lointaines, leurs voix se firent plus claires, plus douces, me promettant de bientôt me rejoindre. Cela me fit l'effet d'un coup de trique. Je puisai en moi, trouvant la force de maintenir l'allure.

Je courus, levant et abattant mes jambes lourdes. Mes cheveux me collaient au visage. Des épines et des ronces me déchiraient habits et mains. Les cors et les chiens se rapprochaient. Je fixai mon regard sur Jenks volant devant moi. Un feu commença à brûler dans mes poumons et s'étendit à toute ma poitrine. Si je m'arrêtais, j'étais morte.

Le ruisseau fut une oasis inattendue. Je tombai dans l'eau et en ressortis en suffoquant. Mes poumons se soulevant, je balayai l'eau de mon visage pour pouvoir respirer. Les battements de mon cœur essayaient de faire plus de bruit que mes halètements. Le silence des arbres était effrayant. J'étais la proie, et toute la forêt regardait, contente de ne pas l'être.

Ma respiration eut un à-coup en entendant les chiens plus proches. Un cor sonna. La peur m'aiguillonna. Je ne savais pas quel était le pire bruit des deux.

— Lève-toi, Rachel ! me pressa Jenks. (Il brillait comme un feu follet.) Suis le courant.

Je me remis debout tant bien que mal, et me mis à patauger dans l'eau du ruisseau. Elle allait me ralentir, mais elle ralentirait aussi les chiens. Ce n'était qu'une question de temps avant que Trent divise sa meute en deux pour chercher de chaque côté du cours d'eau. Je n'allais pas m'en sortir.

Les jappements excités des chiens diminuèrent. Paniquée, je remontai sur la rive. Ils avaient perdu ma trace. Ils étaient juste derrière moi. Des images de mon corps déchiré par une meute de chiens m'aiguillonnèrent, mirent en branle des jambes qui avaient du mal à me porter. Trent allait décorer son front de mon sang. Jonathan conserverait une mèche de mes cheveux dans le tiroir du haut de sa commode. J'aurais dû dire à Trent que je ne lui avais pas envoyé le démon. M'aurait-il cru ? À présent, certainement pas.

Le grondement d'une moto m'arracha un cri.

— Ivy.

Ma voix était rauque. Je tendis un bras pour m'appuyer contre un arbre. La route était juste devant. Elle avait dû être déjà en chemin.

— Jenks, ne la laisse pas nous dépasser. (J'avais réussi à dire ça entre deux goulées d'air.) Vas-y, je te suis.

— Compris !

Il était parti. Je trébuchai à sa suite. Les chiens aboyaient de nouveau, ils cherchaient. Je pus entendre des voix donnant des instructions. Je me remis à courir. Un chien eut un jappement clair et net. Un autre lui répondit. L'adrénaline me poussait en avant.

Des branches me giflèrent le visage et je tombai sur la route. Je sentis la piqûre de mes paumes déchirées. Trop essoufflée pour crier, je me contraignis à me relever. Titubante, je regardai le long de la route. Le rugissement d'une moto fut comme la bénédiction d'un ange. Ivy. C'était forcément elle. Elle avait dû partir avant que je brise l'amulette.

J'étais toujours sur mes pieds, mais je vacillais, mes poumons étaient près d'exploser. Les chiens arrivaient. Je pouvais entendre le bruit de sabots. Je me mis à trottiner, tant bien que mal, vers la lumière qui approchait. Elle se précipita soudain vers moi, le bruit devenant infernal. Et s'arrêta juste à mon niveau.

— Monte ! cria Ivy.

Je pouvais à peine lever la jambe. Elle me tira derrière elle. Le moteur vibrait entre mes jambes. J'agrippai sa taille et me battis pour ne pas tomber dans les feuilles sèches. Jenks s'accrocha dans mes cheveux, de sa poigne solide à peine sensible. La moto bondit en avant, vira sèchement et repartit de plus belle.

Les cheveux d'Ivy furent ramenés en arrière, me giflant violemment le visage.

— Tu l'as eu ? hurla-t-elle par-dessus le vent.

Je ne pouvais pas répondre. Mon corps tremblait de fatigue. L'adrénaline était épuisée, et j'allais commencer à payer au centuple. La route défilait sous moi. Le vent éparpillait la chaleur de mon corps, ma sueur était en train de se glacer. Je combattis la nausée qui montait et mes doigts gourds allèrent tâter le renflement rassurant du disque dans ma poche de devant. Je lui tapai sur l'épaule, incapable de consacrer le moindre souffle à autre chose qu'à respirer. Sa voix couvrit le vent.

— Super !

Épuisée, je posai ma tête contre le dos d'Ivy. Demain, je resterais au lit, et je tremblerais jusqu'à l'arrivée du journal du soir. Demain, j'aurais mal partout et je serais incapable de bouger. Demain, je mettrais des pansements sur les griffures des branches et des ronces. Cette nuit… Je préférais ne pas penser à cette nuit.

J'eus un frisson. Le sentant, Ivy tourna la tête.

— Ça ira ? hurla-t-elle.

— Ouais. (J'avais parlé dans son oreille pour qu'elle puisse m'entendre.) Ouais, ça va aller. Merci d'être venue me chercher.

Je retirai ses cheveux de ma bouche et regardai derrière nous.

Je ne pus détourner le regard. Trois cavaliers se tenaient immobiles sur le ruban d'asphalte illuminé par la lune. Les chiens se pressaient autour des jambes des chevaux qui dansaient sur place, leurs cous arqués. J'avais réussi. De justesse. Transie jusqu'au plus profond de mon âme, je regardai le cavalier du milieu porter la main à son front dans un salut désinvolte.

Une fierté imprévue m'envahit. Je l'avais surclassé. Il le savait et l'acceptait. Et il avait la noblesse de le reconnaître. Comment ne pas être impressionnée par quelqu'un d'aussi sûr de lui-même ?

— Par l'enfer, je voudrais bien savoir ce qu'il est réellement, soufflai-je.

— Je ne sais pas, me répondit Jenks. Je ne sais vraiment pas.

Chapitre 34

À *minuit, le jazz va parfaitement avec le chant des grillons*, pensai-je en répartissant les tranches de tomate sur la salade mélangée. J'eus une hésitation et fixai un instant les morceaux rouges au milieu du vert des feuilles. Par la fenêtre, je jetai un coup d'œil vers Nick en train de s'occuper du barbecue, puis les retirai un à un, mélangeant de nouveau la laitue pour cacher ce que je n'avais pu retirer. Nick n'en saurait rien. Et ce n'était pas comme si ç'avait pu le tuer.

Le bruit et l'odeur de la viande qui grillait m'attirèrent, et je me penchai par-dessus Monsieur Poisson pour mieux voir. Nick avait un tablier qui disait « Saignant le steak, saigneur le cuisinier ». De toute évidence, il appartenait à Ivy. Au clair de lune, Nick avait l'air détendu et à l'aise au-dessus du feu. Jenks était sur son épaule, s'élevant vers le ciel, telles les feuilles à l'automne, quand le feu projetait des étincelles.

Ivy était à la table, l'air sombre et tragique, et lisait la dernière édition du *Cincinnati Inquirer* à la lueur d'une chandelle. Il y avait des enfants pixies partout, leurs ailes transparentes envoyant des reflets multicolores quand elles attrapaient un rayon de lune. La pleine lune était passée depuis trois nuits. Leurs cris de joie à tourmenter les lucioles précoces couvraient par moments le brouhaha étouffé de la circulation du Cloaque. Le mélange était apaisant. C'était le bruit de la sécurité, et ça me rappelait les barbecues de ma famille. Une vamp, un humain et une bande de pixies faisaient une drôle de famille, mais c'était bon d'être vivante, dans la nuit, avec mes amis.

Satisfaite, j'empoignai le saladier, une bouteille de vinaigrette et la sauce à steak. Je poussai la porte à claire-voie avec le dos. Elle se referma derrière moi en claquant et les enfants de Jenks s'éparpillèrent dans tout le cimetière avec des hurlements joyeux. Ivy leva les yeux de son journal quand je posai la salade et les bouteilles.

— Hé, Rachel. Tu ne m'as jamais dit comment tu t'étais procuré cette camionnette. Tu n'as pas eu de mal à la remettre à sa place ?

Je haussai les sourcils.

— Je ne me l'étais pas procurée. Je croyais que c'était toi.

De conserve, nous regardâmes vers Nick. Il nous tournait le dos.

— Nick ? interrogeai-je.

Il se raidit presque imperceptiblement. Assaillie de questions, je pris la sauce barbecue et m'approchai silencieusement de lui. Je fis signe à Jenks de s'éloigner, passai un bras autour de la taille de Nick et me collai contre lui, satisfaite quand sa respiration eut un raté. Il me lança un regard surpris mais intéressé. *Que diable, c'était un gentil garçon pour un humain.*

— Tu l'as volée pour moi ?

— Empruntée, corrigea-t-il en clignant des yeux et en restant prudemment immobile.

— Merci, dis-je en souriant et en lui passant la bouteille de sauce.

— OK, Nick, se moqua Jenks d'une voix de fausset. Tu es mon héros.

Un soupir d'agacement m'échappa. Je laissai à regret ma main retomber de la taille de Nick et me reculai. Dans notre dos me parvint le reniflement amusé d'Ivy. Jenks se mit à faire des bruits de baisers en nous tournant autour. Excédée, je lançai ma main.

Il se jeta en arrière, voletant en tous sens sous l'effet de la surprise. Je l'avais presque eu.

— Sympathique. (Il s'éloigna pour aller ennuyer Ivy.) Et comment va ton nouveau boulot ? dit-il d'une voix traînante en se posant près d'elle.

— La ferme, Jenks, prévint-elle.

— Boulot ? Tu as trouvé une autre Course ?

Elle déplia le journal et le mit devant elle.

— Tu n'en savais rien ? commenta joyeusement Jenks. Edden s'est arrangé avec le juge pour qu'Ivy prenne trois cents heures de travaux d'intérêt général pour avoir détruit la moitié de son service. Elle a travaillé à l'hôpital toute la semaine.

Les yeux écarquillés, je m'approchai de la table de pique-nique. Le coin du journal tremblait.

— Pourquoi ne me l'as-tu pas dit ? demandai-je en passant mes jambes par-dessus le banc et en m'asseyant en face d'elle.

— Peut-être parce qu'ils l'ont transformée en bénévole sexy. (Nick et moi échangeâmes un regard dubitatif.) Je l'ai vue partir au travail, hier. Alors je l'ai suivie. Ils lui font porter une jupette rayée rose et blanc et un corsage affriolant. (Il se mit à rire, se rattrapant de justesse quand il faillit tomber de mon épaule.) Et aussi des dessous blancs pour cacher son petit cul. Je te dis que ça. C'est super sur sa moto.

Un vamp en infirmière sexy ? J'essayai de visualiser ça.

Nick eut un hoquet, vite transformé en toux. Les phalanges d'Ivy, agrippées au journal, étaient devenues blanches. Entre l'heure tardive et l'atmosphère relax, je savais combien il était difficile pour elle de ne pas sortir son aura. Ça n'allait pas aider.

— Elle est au Centre médical pour enfants. Elle chante et distribue du thé, s'étouffa presque Jenks.

— Jenks, murmura Ivy.

Le journal s'abaissa lentement, et je me forçai à garder un visage prudemment impassible en voyant la brume noire qui se levait dans ses yeux.

Les ailes battant à en être invisibles, Jenks sourit et ouvrit la bouche. Ivy avait roulé le journal. Plus rapide que le son, elle essaya de l'écraser. Le pixie s'envola en riant dans les branches du chêne.

Nous nous retournâmes tous en entendant crisser la porte en bois qui donnait sur le trottoir.

— Bonsoir. Suis-je en retard ?

C'était la voix de Keasley.

— Nous sommes derrière ! criai-je en apercevant l'ombre de Keasley.

Il se déplaça lentement sur l'herbe humide, au milieu des arbres et des buissons silencieux.

— J'ai apporté le vin, dit-il quand il fut arrivé près de nous. Le rouge va avec la viande, c'est ça ?

— Merci, Keasley. (Je lui pris la bouteille.) Il ne fallait pas.

Il sourit et me tendit l'enveloppe rembourrée qu'il avait tenue sous son bras.

— Ça aussi, c'est pour vous. Le livreur ne voulait pas la laisser sur les marches cet après-midi, alors j'ai signé le reçu.

— Non, hurla Ivy, tendant la main pour l'intercepter au-dessus de la table.

Jenks aussi se laissa tomber de son arbre, ses ailes claquant brutalement. L'air agacé, elle arracha l'enveloppe des mains de Keasley.

Il lui jeta un regard noir, puis se dirigea vers Nick pour voir où en étaient les steaks.

— Ça fait déjà une semaine, dis-je, irritée, en m'essuyant la main, mouillée par la condensation sur la bouteille de Keasley. Quand vas-tu me laisser ouvrir mon courrier ?

Ivy ne répondit pas. Elle approcha la bougie à la citronnelle pour voir l'adresse de l'expéditeur.

— Dès que Trent cessera de t'en envoyer, répondit-elle doucement.

— Trent ! m'exclamai-je.

Soucieuse, je ramenai une mèche de cheveux derrière une de mes oreilles, pensant au dossier que j'avais laissé à Edden deux jours plus tôt. Nick se détourna des steaks, son long visage trahissant son inquiétude.

— Qu'est-ce qu'il veut ? grommelai-je en espérant qu'ils n'allaient pas voir combien cela me perturbait.

Ivy regarda Jenks. Le pixie haussa les épaules.

— Elle est propre. Ouvre-la.

— Bien sûr qu'elle est propre, intervint Keasley. Vous croyez que je lui aurais apporté une lettre avec un sort ?

L'enveloppe me sembla légère quand je la pris à Ivy. Nerveuse, je glissai un de mes ongles fraîchement laqués sous le rabat et la déchirai. Il y avait un truc épais à l'intérieur et je la secouai au-dessus de ma main.

La bague de mon petit doigt tomba de l'enveloppe dans ma paume. Ma mâchoire se décrocha sous la surprise.

— C'est ma bague ! dis-je, le cœur battant.

Je regardai mon autre main, effrayée de ne pas l'y trouver. Levant les yeux, je vis l'étonnement de Nick et l'inquiétude d'Ivy.

— Comment… (J'en bégayais, je ne m'étais même pas aperçue de son absence.) Quand a-t-il pu… Jenks, je ne l'ai pas perdue dans son bureau ?

Ma voix était devenue aiguë et mon estomac se crispa quand il secoua la tête. Ses ailes virèrent au noir.

— Tu n'avais aucun bijou sur toi cette nuit-là. Il a dû la prendre après.

— Y a-t-il autre chose ? demanda Ivy sur un ton soigneusement neutre.

— Ouais.

Je déglutis et passai la bague à mon doigt. Cela me fit bizarre quelques secondes, puis je sentis qu'elle était à sa place. Les doigts glacés, je tirai l'épaisse feuille de papier qui sentait le pin et les pommes.

— « Mademoiselle Morgan, lus-je à mi-voix, mal à l'aise. Félicitations pour votre toute nouvelle indépendance. Quand vous verrez que ce n'est qu'une illusion, je vous montrerai la véritable liberté. »

Je laissai la feuille tomber sur la table. Le sentiment lancinant qu'il m'avait vue dans mon sommeil se dissipa quand je pris conscience que c'était la seule chose qu'il avait faite. Mon chantage était à toute épreuve. Ç'avait marché.

Me tassant sur moi-même, je posai mes coudes sur la table et plaçai mon front sur mes mains. J'étais soulagée. Trent avait pris la bague à mon doigt pendant que je dormais pour une seule raison. Pour prouver qu'il pouvait le faire. Je m'étais introduite dans sa « maison » trois fois. Chaque fois plus facilement, sans rencontrer d'obstacle. Que je puisse recommencer lui était probablement insupportable. Il avait éprouvé le besoin de répondre, de montrer qu'il pouvait en faire autant. Je l'avais atteint profondément. C'était un bon point pour me débarrasser de mon sentiment de vulnérabilité et de colère.

Jenks plongea pour se stabiliser au-dessus du mot.

— L'enfoiré d'outre à sel. (De la poussière de pixie lui sortait de partout.) Il a réussi à passer ma garde. Il a réussi ! Par l'enfer, comment a-t-il fait ?

Le visage fermé, je pris l'enveloppe. Le cachet de la poste datait du lendemain du jour où j'avais échappé à ses chiens. Il agissait vite. Il fallait le reconnaître. Je me demandai si c'était lui ou Quen qui avait commis le larcin. J'aurais parié sur Trent.

— Rach' ? (Jenks se posa sur mon épaule, probablement perturbé par mon silence.) Tu te sens bien ?

Je jetai un œil sur l'expression soucieuse d'Ivy, en face de moi. Je me dis qu'il fallait voir l'aspect comique de la situation.

— Je l'aurai.

Je bluffais.

Jenks s'éleva et s'éloigna de moi, ses ailes bruissant d'inquiétude. Nick se détourna du gril et Ivy se raidit.

— Hé, attends un peu, dit-elle après avoir échangé un regard avec Jenks.

— Personne ne me fait ça ! ajoutai-je, serrant les dents pour ne pas rire et ruiner mon effet.

Le front de Keasley se plissa. Les yeux étrécis, il s'assit.

Ivy devint encore plus pâle que d'habitude dans la lumière de la bougie.

— Calme-toi un peu, Rachel, prévint-elle. Il n'a rien fait. Il voulait seulement avoir le dernier mot. Laisse tomber.

— J'y retourne ! hurlai-je. (Je me levai pour mettre un peu de distance entre nous, des fois que j'aie tiré sur la chaîne un peu trop fort et qu'elle me saute dessus.) Je vais lui montrer. (J'agitai un poing.) Je vais m'introduire chez lui, lui piquer ses mochetés de lunettes et les lui renvoyer avec une putain de carte d'anniversaire !

Ivy se dressa, ses yeux virant au noir.

— Si tu fais ça, il va te tuer !

Elle croyait vraiment que j'y retournerais ? Elle était dingue ? Mon menton se mit à trembler quand j'essayai de contenir mon rire. Keasley s'en aperçut et se mit à glousser tout en tendant la main vers la bouteille toujours bouchée.

Ivy lui fit face avec toute la vitesse d'un vamp.

— Et vous, le sorcier, qu'est-ce qui vous fait rire ? (Elle se pencha en avant.) Elle va se faire tuer. Rachel, je ne te laisserai pas faire ça. Je jure que je vais t'attacher à la souche de Jenks avant que tu puisses y retourner !

Ses dents lancèrent un éclair tranchant dans la lumière de la lune. Elle était suffisamment remontée pour exploser. Un mot de plus et elle risquait de mettre sa menace à exécution.

— D'accord, dis-je d'un air détaché. Tu as raison. Je laisse tomber.

Ivy se figea. Un profond soupir échappa à Nick du côté du barbecue. Les doigts de Keasley retiraient lentement la capsule de la bouteille.

— Bon Dieu, elle vous a bien eue, Tamwood. (À présent, il riait haut et fort.) Jusqu'au trognon.

Ivy avait les yeux écarquillés. Son visage pâle et parfait était défait par la surprise. Elle venait de comprendre qu'elle s'était fait mener en bateau. Un étonnement mêlé d'incompréhension fit rapidement place au soulagement, puis à l'ennui. Elle prit une profonde inspiration et la garda. Son visage devint maussade. Les yeux presque fermés par la colère, elle se laissa retomber sur le banc de la table de pique-nique et redéplia le journal.

Jenks riait, faisant des cercles de poussière pixie qui descendaient du ciel comme des arcs-en-ciel pour venir briller sur ses épaules. Souriante, je me levai et m'approchai du barbecue. Ça m'avait fait du bien. Presque autant que de voler ce disque.

— Hé, Nick. (Je me glissai derrière lui.) Ces steaks sont cuits ?

Il me lança un sourire en coin.

— Ils sont juste à point, Rachel.

Super. Je m'occuperais du reste plus tard.

BRAGELONNE – MILADY,
C'EST AUSSI LE CLUB :

Pour recevoir la lettre de Bragelonne – Milady annonçant nos parutions et participer à des rencontres exclusives avec les auteurs et les illustrateurs, rien de plus facile !

Faites-nous parvenir vos noms et coordonnées complètes, ainsi que votre date de naissance, à l'adresse suivante :

Bragelonne
35, rue de la Bienfaisance
75008 Paris

club@bragelonne.fr

Venez aussi visiter nos sites Internet :
http://www.milady.fr
http://www.bragelonne.fr

Vous y trouverez toutes les nouveautés, les couvertures, les biographies des auteurs et des illustrateurs, et même des textes inédits, des interviews, des liens vers d'autres sites de Fantasy et de SF, un forum et bien d'autres surprises !

CPI HÉRISSEY

Achevé d'imprimer en février 2010 par CPI Hérissey à Évreux (Eure)

N° d'impression : 113190 - Dépôt légal : février 2010

Imprimé en France

81120272-1